AE
&I

Desaparecida en Siboney

Autores Españoles e Iberoamericanos

Rosario Raro

Desaparecida en Siboney

Planeta

Av. Diagonal, 662-664, 08034 Barcelona
www.editorial.planeta.es
www.planetadelibros.com

Diseño de la colección: © Compañía

Primera edición: mayo de 2019
Depósito legal: B. 9.029-2019
ISBN: 978-84-08-20927-0
Preimpresión: J. A. Diseño Editorial, S. L.
Impresión: Cayfosa
Printed in Spain - Impreso en España

El papel utilizado para la impresión de este libro es cien por cien libre de cloro y está calificado como **papel ecológico**

A mis lectores

A un fin le sigue siempre un comienzo.

I Ching, El libro de las mutaciones

Hubo una noche muy larga previa al nosotros.

MIGUEL ROMAGUERA

El 29 de noviembre de 1874, Dulce Sargal desapareció de su hacienda en Siboney, a unos veinte kilómetros de Santiago de Cuba. Estaba casada con Bartolomé Gormaz, uno de los hombres más ricos de los territorios españoles de ambos lados del Atlántico. Ella era criolla, española nacida en ultramar, y él, natural de una aldea cercana a Lebrija, en Sevilla.

Tenían una hija, Romualda Gormaz, Romi, de quince años de edad. Ella y su sirvienta Ángela fueron las primeras personas en iniciar su búsqueda ante el manifiesto desinterés de Bartolomé por conocer el paradero de su esposa, pero en el oriente de la isla nadie parecía saber nada.

Un mes fue el tiempo que tardó en llegar desde la Gran Antilla a España la carta en la que Romi le comunicaba lo sucedido a su tío Mauricio, un millonario libertino y *bon vivant* que había retornado a la península años antes.

Un mes fue también lo que tardó él en cruzar el océano en el vapor Providencia, tras abandonar de inmediato la vida de holganza y placer continuo de la que disfrutaba en Barcelona para marcharse a Cuba en busca de su hermana. Estaba dispuesto a hacer cualquier cosa por ella, como enfrentarse a la persona que más odiaba en el mundo: su cuñado, Bartolomé Gormaz.

Hay grandes fortunas que tienen su origen en un crimen. Otras, ocultan cientos.

PRIMERA PARTE

1

Siboney, miércoles, 2 de diciembre de 1874

Habían pasado ya tres días desde la desaparición de Dulce. Por la ventana del salón, Romi vio el carruaje de ruedas altas y forma de taza parado frente a la entrada principal de la hacienda Nuestra Señora de las Mercedes.

Su doncella entró y la apremió para que se preparara:

—Vamos a la ciudad a ver a Dada. Es una mujer que ayuda a los demás a entender sus vidas. Son muchos los que recurren a ella. Cuando lleguemos a su casa, estate tranquila. Cuanto más le agrades, mejor nos atenderá —le dijo.

En los días previos, la sirvienta había intentado hacer averiguaciones por su cuenta. Había espiado las conversaciones de Bartolomé Gormaz con las dos personas que lo habían visitado desde el domingo: un comerciante de Santiago y un amigo de la familia. No se extrañaron de la ausencia de Dulce, por lo que dedujo que antes de hacerlos pasar a su despacho su esposo ya les había comunicado que ella no se encontraba en la casa. Ángela trabajaba allí desde antes de nacer Romi y los conocía muy bien. Además de su señora, Dulce era su mejor amiga, lo que aumentaba su desazón. Tenía que esforzarse mucho por disimular ante Romi su desconcierto. Pensaba que podían haberla raptado cuando volvía de misa muy temprano el domingo 29 de noviembre y no se perdonaba no haberla acompañado.

Dentro de la berlina, que saltaba al trote de los dos caballos,

Ángela le cogió la mano a Romi. Ambas permanecieron en silencio durante todo el trayecto.

Media hora después estaban ante la santera. Vestía toda de blanco, con varias prendas amplias y bordadas superpuestas, y un turbante plisado del mismo color le cubría gran parte de la cabeza. Sobre el pecho, voluminoso como el resto de su cuerpo, le caían varios collares de colores intensos. Tenía la piel muy oscura y arrugada, pero una sonrisa permanente que la rejuvenecía. Dada las condujo hasta el centro de un patio lleno de plantas, les pidió que se sentaran en unas sillas de forja plateada y desapareció por una de las puertas que tenían enfrente. Ángela aprovechó para decirle a Romi que se trataba de una santera coronada por su ángel de la guarda. Quiso añadir algo más, pero en aquel momento la mujer regresó con un balde lleno de agua perfumada y comenzó a esparcirla con las manos en todas direcciones.

—Vienes a registrarte —le dijo a Romi sin mirarla y sin esperar respuesta. Con esa expresión era como se denominaba aquella forma de adivinación—. Los caracoles del oráculo de Dilogún son dieciséis —continuó—. Los que caen boca arriba hablan y los que caen boca abajo callan. Además, otros cinco harán de testigos.

Romi asintió. Tenía las manos sobre la falda, los hombros un poco encogidos y las piernas muy juntas. Había oído hablar antes de aquellas prácticas, pero como de algo ajeno que no pertenecía a su mundo.

Dada dejó el barreño en el suelo, sacó algo del bolsillo de su delantal y lo extendió sobre la mesa colocada contra una de las paredes del patio.

—Acercaos —les dijo. Había desparramado sobre la tabla unas conchas de cauri. A Romi le parecieron cáscaras de huevos pequeños y nacarados. En el lado más plano tenían una abertura con dos filas de dientes, como si fueran minúsculas bocas abiertas.

Del otro bolsillo de su delantal, la santera extrajo varios objetos que colocó ante ellas: una semilla, una cabeza de muñeca de porcelana, un hueso y una moneda. Se inclinó para coger de nuevo el balde, mojar su mano y acariciar con ella la frente de Romi. Después, tomó los caracoles con las dos manos y se los pasó por los hombros y por el pecho; le pidió que se pusiera en pie para acercarlos también a sus rodillas. A continuación, cerró los ojos y comenzó a rezar:

—Que no haya muerte, que no haya enfermedad, que no haya tragedia, que cualquier cosa mala que se presente sea alejada, que no haya pérdida mala en la familia, que venga lo bueno.

Ángela se frotaba el lunar rugoso y oscuro que tenía en su mejilla izquierda. Sabía que con estas palabras la santera pedía la bendición de los difuntos y la protección de las deidades y del resto de fuerzas de la naturaleza, de las que quería extraer la energía positiva, la buena fortuna y el acierto en la interpretación de los caracoles. Notaba a Romi muy inquieta, pero confiaba en que Dada la reconfortaría.

Romi no se movía, tenía la vista clavada en la mujer; se fijaba sobre todo en sus manos negras, de uñas muy blancas y rectangulares. Su presencia le imponía. Se concentró en controlar el temblor de sus propias manos. Le parecía bien que Ángela la hubiera llevado allí. Quería hacer aquello. Cualquier cosa que le sirviera para saber de su madre era buena, y además no dudaba de los poderes sobrenaturales de la santera.

Después de la oración, Dada guardó silencio unos segundos y, a continuación, ya con los ojos abiertos, le dijo a Romi:

—Tienes que sostener estos objetos en tus manos mientras yo lanzo las conchas de cauri. —Le dio la semilla, la moneda, la cabeza de muñeca y el hueso, y después añadió—: A ver qué nos dicen.

Arrojó las conchas, que se dispersaron sobre la estera que cubría la mesa, y las observó con mucha atención.

—A ver el mensaje… —Tocó algunas—. Nadie sabe lo que hay en el fondo del mar. Eso es lo que los caracoles nos dicen.

Romi y Ángela se miraron. Nunca se habían encontrado en una situación similar. Estaban allí por recomendación de Himar, la cocinera, que era amiga de la santera, a la que la unía su mismo origen africano.

—Habla de profundidades, de la oscuridad, de la posibilidad de ocultarse en medio de plantas sumergidas, de los animales que hay allí y, sobre todo, de los secretos —continuó Dada—. Volveré a lanzarlos. Esto es como una historia, tenemos que seguir para ver qué viene a continuación.

Dada recogió las conchas, las movió arriba y abajo, a un lado y a otro, cerró de nuevo los ojos, musitó algo y las volvió a lanzar:

—Ahí está. —De repente, se detuvo y su voz se hizo más grave—. Un rey no miente. Tenéis que buscar a un rey. Él sabe lo que ha pasado. Estuvo allí, puedo verlo en el centro de esa oscuridad. Tiene el secreto, pero está amenazado.

—¿Un rey amenazado? —le preguntó Ángela.

La santera se inclinó hacia ella y sus collares sonaron al entrechocar.

—Así es. No todos los reyes tienen poder. —La santera recogió los caracoles y los agitó de nuevo entre sus manos. Cuando cayeron sobre la mesa dijo—: Mirad, todas las bocas hablan. ¿Habéis visto? Esto pasa muy pocas veces. Los dieciséis han caído boca arriba.

Romi no decía nada. Mantenía la vista fija en las conchas, como intentando ver más allá de ellas.

—¿Qué dicen ahora, Dada? —le preguntó por fin con la voz un tanto temblorosa.

—Que no nos equivocamos: a tu madre hay que buscarla, no aparecerá ella sola. Querida niña —continuó la santera mientras se pasaba las manos por el turbante—, los caracoles han hablado todos a la vez. No cabe duda. Y además… —Dada se quedó callada. Su mirada caía sobre las conchas. Después, elevó la voz—. Dicen algo más, esperad: que os marchéis a España. Eso dicen. Está muy claro. Aquí —dijo señalando—. Tenéis que preparar el viaje, los Orishas os acompañarán. Si os quedáis aquí, será como sacar agua en canastos. Este no es el lugar.

—¿Quiénes son los Orishas? —le preguntó Romi.

—Son espíritus, divinidades —le explicó la sirvienta.

La santera permanecía callada, muy pensativa. Después de unos segundos, Dada dijo:

—Contáis con su protección. Ahora dejadme sola, por favor, tengo que recibir en unos minutos. —Y después de decir esto dio unas palmadas.

Cuando las despidió en la puerta, se dirigió a la sirvienta después de que esta le diera unas monedas:

—Ángela, conoces a un rey. Recuerda lo que han dicho los caracoles: los reyes nunca mienten.

Ella no supo qué responderle. En cuanto subieron al carruaje, Romi la interrogó:

—¿Conoces a un rey?

—No sé a quién se refiere —contestó Ángela con la mirada baja.

—Y cuando ha dicho que nos tenemos que ir a España, ¿quería decir nosotras dos con mi madre?

Para esta pregunta, Ángela tampoco tenía contestación.

2

Siboney, 2 de diciembre de 1874

Estimado tío Mauricio:

Espero que al recibo de la presente te encuentres muy bien de salud. Me gustaría darte buenas noticias de aquí, de Siboney, pero no es el caso, sino que te escribo porque me hallo en una situación de extrema gravedad, la peor de mi vida y, cuando lo sepas, también será la peor de la tuya: mi madre ha desaparecido.

Hasta el momento, las personas con las que he hablado no han sabido darme razón sobre lo sucedido. No sé qué pensar. Tengo pesadillas cada día; sueño que mi madre enfermó de forma repentina y que no quieren que la vea porque está muy desfigurada, o que se ha desangrado a causa de un embarazo malogrado. Me asaltan imágenes del hospital militar, del cementerio de Santa Ifigenia… Mi sirvienta, Ángela, dice que pueden haberla raptado, y el capataz, que si no aparece en los próximos días, es muy probable que se haya ahogado en la bahía, que desde ahí el agua arrastra los cuerpos mar adentro.

Yo quiero creer que está viva y que volverá.

Los criados, mi padre (sobre todo mi padre) y cualquiera que me ve acercarme desvía la mirada y se aleja. Me rehúyen porque saben que voy a preguntarles por ella. Pero ¿por qué quieren que les pregunte si no? No pienso en otra cosa, tío. Me siento muy débil, como si no pudiera hacer nada, como si no dependiera de mí, pero al mismo tiempo creo que no estoy haciendo lo suficiente para encontrarla, que podría hacer más.

Tío, necesito que vengas y me ayudes a buscarla. Han pasado solo tres días, pero me parece que son toda una eternidad.

Ven, por favor.

Tu sobrina que te quiere mucho y piensa mucho en ti,

Romi Gormaz

En cuanto firmó, escuchó un ruido a su espalda. Ángela se le acercó, le acarició el cabello largo, de tirabuzones oscuros recogidos a varias alturas que le caían sobre los volantes de su vestido, y señaló la lámina:

—¿Dónde está ese lugar, Romi? —le preguntó.

—De momento, solo en mi cabeza. Es para mi tío Mauricio. ¿Iremos mañana a correos a enviarle esta carta junto con el dibujo? —le dijo muy deprisa mientras se la mostraba.

—No hace falta, déjala abajo, en la cómoda de la entrada. Rafael la llevará. —Ángela se refería al secretario de don Bartolomé.

Ángela cogió dos toallas y las colocó sobre las asas laterales del palanganero.

—Prefiero ir yo. No quiero que se pierda —insistió Romi.

—No se va a perder. Los barcos de hélices de tu padre llevan muy bien el correo —la tranquilizó mientras descorría una de las cortinas de gasa. En la parte trasera de la finca, las hojas de los tilos se movían por el aire.

—Acompáñame mañana a la ciudad, Ángela. Hazlo por mí, por mí y por mi madre —le suplicó Romi con las palmas de las manos hacia arriba para remarcar su ruego—. Quiero asegurarme de que la carta le llega a mi tío Mauricio cuanto antes. Él es quien más nos puede ayudar.

Desde que había desaparecido su madre, Ángela no se sentía capaz de negarle nada.

—Iremos, pero bien pronto —accedió después de unos segundos—, en cuanto salga el sol. Así no tendremos que dar explicaciones ni retrasar tus clases.

—Gracias, Ángela —le dijo tomándola de las dos manos—. Al menos contigo tengo suerte.

La sirvienta fue hacia la puerta de la habitación. Tenía veinticinco años. La habían llevado a la isla desde la península con solo diez años para que se hiciera cargo de la niña nada más nacer. Llegó cuando Dulce aún estaba embarazada de ocho meses. Ángela tenía los ojos rasgados y verdes, la nariz ancha y recta, y aquel lunar grande, oscuro y rugoso en el pómulo izquierdo, como un fragmento de piel de otro cuerpo. Se peinaba siempre con una trenza que le caía recta hasta la mitad de la espalda y que se movía al compás de sus pasos.

A menudo, al entrar en la cocina de improviso, Romi había encontrado a su madre y a Ángela bailando. Y Romi se escabullía porque le daba mucha vergüenza cantar y bailar.

Era tanta la música que había dentro de aquella casa que rebosaba por el patio y por las ventanas... hasta que regresaba Bartolomé, su marido. Entonces, Dulce Sargal dejaba de entonar aquellas canciones o de tocar el piano, corría de puntillas hasta la sala de costura y fingía rezar el rosario.

Al desaparecer, Dulce se había llevado con ella la música y la alegría, y la casa había enmudecido.

A la mañana siguiente, fueron las dos a Santiago para llevar la carta con el dibujo de la casona a correos. Después de depositarla en el buzón dorado con forma de cabeza de león, Romi acarició la melena de bronce, como si el felino fuera el encargado de transportarla. Ángela sintió mucha ternura. Pensó que Romi había encontrado en la pintura un poco de consuelo y que aquella lámina a carboncillo había sido un refugio para ella. Pensó también que no sabía cuántos días más seguiría interesada en sus clases o si tendría que decirles a sus dos profesores, al de gramática, geografía e historia y matemáticas, y al de inglés y francés, que no regresaran durante un tiempo a la hacienda.

En cuanto se alejaron del edificio de correos, Romi comenzó con sus razonamientos, que empezaban siempre con las mismas preguntas: «Si la han raptado, ¿por qué no dicen nada sus captores, Ángela? ¿Y por qué mi padre se niega a hablar conmigo sobre ella? Eso es lo más extraño. Además, no veo que nadie la busque. No ha venido nadie a la hacienda a preguntar por ella. No están haciendo nada. Todo sigue igual. Siguen igual con sus vidas, como si no hubiera pasado nada. Y es mi madre».

3

Barcelona, sábado, 2 de enero de 1875

Un mes después, Mauricio recibió la carta de su sobrina en su casa del número 36 de la calle Portaferrissa.

—Señor, es de la isla —el criado se la entregó con una leve reverencia.

Mauricio se la metió en el bolsillo derecho de su chaleco de raso turquesa. Se dijo que más tarde la leería en el Prodigio, el palacete en construcción que poco a poco crecía sobre una colina de El Masnou, a unos veinticinco kilómetros de Barcelona.

En menos de una hora llegó a las obras de su nueva casa. Comprobó con satisfacción que Gustau Farnés, el arquitecto, y sus ayudantes habían seguido al pie de la letra sus últimas instrucciones respecto a la ubicación del invernadero para su colección de plantas exóticas. Acarició el recubrimiento de jade de las paredes de la entrada. Había concebido aquel lugar como un ser vivo capaz de albergar a quienes poblaban sus sueños, pero de cuya compañía gozaría solo a ratos. No trasladaría allí su piano hasta que todo estuviera dispuesto; así se aseguraba de que nada lo destemplaría. Lo que más repetían quienes tenían noticia de sus planes era que la mansión no tendría cocina. Que Mauricio fuera a prescindir del servicio y pretendiera que le llevasen siempre la comida hasta allí era la mayor excentricidad que habían conocido en aquella comarca.

Después de supervisar los avances, abandonó la obra. Descendió por la loma, extendió su pañuelo sobre la hierba y se sentó. En el horizonte acuático se perfilaba la separación entre los dos estados materiales: el vapor de las nubes y el agua del mar. Antes de la playa, como una cicatriz, la vía que formaba parte del primer trazado peninsular desde Barcelona a Mataró partía en dos el paisaje. Detrás se veían los astilleros en los que se fabricaban las embarcaciones de la marina colonial y, más cerca, la arena, invadida casi por completo por las redes, las velas extendidas, los aparejos, las cajas de estopa, las latas pringosas y las sillas de anea de los calafateadores. Mauricio rasgó el sobre de Romi y desplegó el dibujo doblado en cuatro. Mientras lo observaba se llevó la mano al lazo que le rodeaba el cuello y rozó su seda hasta notar la aguja rematada con dos perlas negras. De vez en cuando necesitaba comprobar que aquella joya seguía allí. Después hundió varias veces los dedos en la barba, tan tupida como su cabello castaño, pero menos suave. Los rizos, fragantes y ahuecados, le caían por encima de las orejas hasta juntársele con las patillas.

«Seguro que tu casa será así de bonita», le había escrito su sobrina en el reverso de la lámina.

Mauricio sonrió. Aquella construcción no se parecía en nada al Prodigio. La del dibujo de Romi era una masía con el emparrado sobre el porche y un ciprés a la derecha del arco de entrada. Él plantaría una palmera, ese símbolo de ultramar, poderoso e indoblegable. En su carta de respuesta le diría que había acertado de pleno, que parecía adivina, pues su imagen era exacta; así, cuando estuviera frente al Prodigio se admiraría ante aquel palacete único lleno de maravillas.

Dirigió otra mirada al papel y le asomó una sonrisa al pensar que, cuando Romi lo visitara, tendría que esforzarse para madrugar y que se vería obligado a evitar, al menos durante la estancia de su sobrina, algunos de sus entretenimientos nocturnos por los que muchos lo calificaban de licencioso.

Mauricio dejó la lámina sobre la hierba. Pensó en enterrarla para que aquella casa creciera allí, junto a la suya, y poder regalársela después a Romi. «Seríamos vecinos», se dijo, pero enseguida arrugó la frente: «Mejor no, demasiado cerca. Enseguida se formaría la idea de que su tío es un libertino, y con toda la razón», recapacitó.

Se dispuso entonces a leer la carta que, anticipó, contendría las ensoñaciones de Romi, el relato de su cotidianidad fastuosa en la isla, su vida en Nuestra Señora de las Mercedes, la casa en el ingenio de Siboney, donde se procesaba el azúcar, la caña, el ron y el alcohol que su cuñado exportaba, siempre con mejores resultados que los demás productores de la colonia.

Pero, apenas acercó los ojos al papel, a Mauricio se le borró la sonrisa: «… me hallo en una situación de extrema gravedad, la peor de mi vida y, cuando lo sepas, también será la peor de la tuya: mi madre ha desaparecido». Una punzada le cortó la respiración. Se apretó con fuerza el pecho, como si la mano con los tres anillos alineados sobre sus dedos índice, corazón y anular, y que simbolizaban la Trinidad, pudiera protegerlo de aquella aflicción. Se puso de pie para aspirar con más fuerza.

—¡Maldito Bartolomé! —gritó. Luego siguió leyendo el resto de la carta—. ¿Dónde está mi hermana? ¿Qué le has hecho, malnacido? —La voz se le quebró. Se dejó caer de nuevo en la hierba, esta vez sin preocuparse de colocar el pañuelo ni de recogerse el abrigo para que no le arrastrara, y lloró. De su hermana se sentía hijo, padre, amigo, todo. La pena era inmensa. Se inclinó a su derecha y escupió una saliva densa y amarga, como una mezcla de agua del Caribe con hiel de pescado—. Desde que apareciste aquella mañana en el almacén de mi padre sabía que te llevarías nuestra felicidad y nos traerías la desgracia. —Golpeó la tierra con los puños—. Te conocí al primer golpe de vista, sanguijuela. Más te vale que ella aparezca o te desollaré. Te voy a hundir.

—¡Señor! —Uno de los payeses que se encargaban de las tierras se acercó hasta él. Lo había oído gritar. Había dejado el mulo uncido al arado, junto a la tapia que separaba la viña de la zona del cenador entonces abandonado y que permanecía allí como único vestigio de la mansión que antes ocupaba aquel solar—. ¡Señor! ¿Qué le ocurre? ¿Puedo hacer algo por usted?

Mauricio contaba con el aprecio inmediato de todas las personas que lo conocían. Era imposible sustraerse a su magnetismo, a su simpatía, a su afabilidad, a su mirada llena de picardía y nostalgia a la vez.

—Malas noticias de la isla —le dijo al campesino con la mirada posada en el mar.

—¿Algún negocio arruinado? —le preguntó este con timidez mientras estrujaba su gorra entre las manos.

—Peor, buen hombre, mucho peor. Se trata de la persona a quien más quiero en el mundo.

—Lo siento, señor, eso sí que es mala cosa… Que Dios lo ampare —le dijo compungido.

Mauricio fue consciente de que aquella expresión, que pretendía ser de ánimo, se parecía mucho, demasiado, a un pésame, a unas palabras de consuelo que se negaba a aceptar. Quería creer que aún había esperanza, que era posible que su hermana todavía apareciera sana y salva.

—Me lo acaban de comunicar —le dijo mientras le enseñaba desde el suelo el sobre.

El empleado retiró enseguida la vista. Mauricio pensó primero que era por prudencia hasta que cayó en la cuenta de que, como casi todos los de su condición, no sabía leer y le avergonzaba reconocerlo.

—Si no puede hacer otra cosa, desahóguese, eso siempre va bien. Y si puede hacer algo, hágalo cuanto antes. El tiempo no espera.

—Gracias, Te… —dudó al pronunciar su nombre.

—Teodoro, sí señor. Así me bautizaron. Le dejo, señor, tengo que seguir —le dijo señalando con la cabeza en dirección al arado.

Mauricio se incorporó. Sintió la distancia como un peso y también como una barrera que le impedía agarrar a Bartolomé Gormaz de la pechera y sacudirlo. Su cuñado no conseguía disimular, con sus ropas, ni con su calzado, ni con sus gemelos, ni con la finura de todo lo que le rozaba la piel, de dónde provenía: era un prófugo de la justicia. Había escapado de una orden de arresto emitida en el partido de Lebrija, en Sevilla: ese era el motivo que lo había llevado a América. Lo delataba su mirada torva, sus maneras excesivas, su voz rasgada, desagradable. Mauricio sabía que Dulce había accedido a casarse con él para no contravenir la voluntad de su padre, que se sacrificó por no contrariarlo. Hubiera hecho cualquier cosa que le ordenara José Sargal porque lo adoraba. Todo el genio de Dulce, todo su desparpajo mudaba ante él en obediencia ciega. Por eso, Mauricio sabía que tenía que haber intercedido para impedir su matrimonio.

En aquel momento, allí, en El Masnou, a Mauricio cada segundo le pareció vital. Que no hubiera recibido una carta de Bartolomé, sino de Romi, era lo más revelador de todo. Maldijo de nuevo a Gormaz. Pensar en él le asqueaba, evocarlo le embotaba la mente y le impedía razonar. Se sentía mareado, tenía la respiración entrecortada y un sudor frío. Recogió el pañuelo y, antes de guardarlo, se frotó la frente con fuerza, como si de esa forma pudiera borrar lo que le ocupaba el pensamiento y recobrar la imagen de su hermana Dulce: morena de piel, con el cabello negro muy rizado, esbelta y siempre alegre. La mujer con más gracia que había conocido. Frecuentar la compañía de muchas artistas le había servido para constatar que ninguna se movía ni cantaba como ella. Años después, Mauricio, ante el piano, sintió cómo, antes incluso de despertar con las teclas las notas, estas ya lo abrazaban, porque lo reconocían. Eran las canciones de Dulce.

Allí, frente al mar, sobre la loma donde comenzaba a asentarse el Prodigio, rememoró sus palabras: «Quiero un marido que me mire como me miras tú: con alegría en los ojos». Recordaba sus gestos, cómo giraba el cuello para apartarse la melena y colocarla sobre uno de sus hombros sin tocarla con las manos, o cómo se le acercaba poco a poco con los brazos tendidos hacia él.

Mauricio sacó su reloj, lo miró y pensó en arrojarlo lejos. Renegaba del tiempo que llevaba sin tener noticias de su hermana, más de un mes, y aborrecía saber que aún tendría que esperar hasta saber de ella. Pero no lanzó el reloj, sino que lo encerró en su puño; lo estimaba demasiado. Las finas agujas marcaban la una y media sobre la esfera de nácar coronada con un rubí. Se había despertado sobre las once, más o menos como siempre, y muy ilusionado por ver el progreso de la casa. Pero la carta de su sobrina, como una tempestad, lo había lanzado a través del océano a ultramar. Seguía allí, en El Masnou, pero se sentía un náufrago en una orilla desconocida.

4

Santa María de Sants, sábado, 2 de enero de 1875

Doña Delia, su marido don Augusto Esmerla y su hija Carola esperaban el almuerzo en el comedor de su casa de la calle del Miracle. Enseguida entró Manón con la sopera de porcelana de Limoges que llevaba en aquella mansión tres generaciones. Primero le sirvió a don Augusto, que exclamó con los ojos cerrados:

—¡Qué bien huele!

Las dos mujeres fruncieron el ceño tras escuchar aquello. La criada le sonrió a su amo y le respondió:

—Y espero que sepa aún mejor.

—¡Chist! —los interrumpió doña Delia—. La comida es sagrada. Nada de alharacas —dijo.

—Mujer, era solo un comentario —contestó su esposo mientras desplegaba la servilleta para anudársela al cuello.

—Pues los comentarios que tengas que hacer nos los haces a nosotras. A nosotras —repitió a la vez que golpeaba la mesa con el tenedor.

Manón, sin perder la sonrisa, llenó con el cucharón los otros dos platos y se retiró en silencio.

La tarde anterior, doña Delia y su hija Carola habían estado hablando de la empleada con su amiga Visi, doña Visitación.

—Hay que reconocer que es muy servicial. Hace todo lo que le mandamos —había dicho la madre mientras dejaba una taza muy delicada sobre la mesa con un gesto esforzado.

—Y muy guapa —había apuntado su amiga. Doña Visitación

tenía el cabello ensortijado y lucía anillos hasta en los pulgares. Con ella habían compartido muchas veladas y, sobre todo, muchos chismes—. Vigila a tu marido de día y de noche. No lo dejes a solas con ella. Ya sabes que a los hombres les pierde la carne fresca, tanto que les salen colmillos cuando ven a las jovencitas. Se les hace la boca agua.

—A Augusto la baja estofa no le va —le había replicado doña Delia.

—La estofa, la estufa y el estofado. ¡Palabras! Lo que cuenta son los hechos —le había insistido doña Visitación con mucha autoridad—. He visto mucho mundo. Tú, por si acaso, atenta.

Aunque ante su amiga doña Delia y su hija Carola disimularon, hicieron como que no tenía tanta importancia, estas advertencias, sin embargo, no cayeron en saco roto. Una vez a solas, sin la compañía de doña Visi, decidieron tomar ciertas precauciones, solo por si acaso. Determinaron que empezarían por observar exhaustivamente a Manón. Y en aquello estaban en aquel momento en el comedor de su casa.

—¿Cómo te ha ido en el Círculo, querido? —le preguntó doña Delia a su esposo.

El Círculo Mercantil era el lugar en el que el industrial solía celebrar sus reuniones más distendidas, las que, sin embargo, le procuraban a la larga mayores beneficios.

—Bien, bien. Con Tomás Pizcueta siempre me va bien. Pero de todo lo que hemos hablado hay algo que no sé… —Don Augusto miró en dirección al ventanal que daba al jardín.

—Cuenta, cuenta —lo apresuró doña Delia.

Él se giró hacia el pasillo que tenía a su espalda para asegurarse de que no había nadie.

—Mamá, llama a Manón. Quiero que me deshuese el faisán —interrumpió Carola, ajena a la conversación de sus padres.

Doña Delia agitó la campanita de loza que había junto a su copa. La criada apareció enseguida y se llevó el plato. Ya en la cocina, mientras cumplía con la orden, pensó en los grabados de aves de los libros que a escondidas le había prestado don Augusto. Apenas cinco minutos después, regresó al salón.

—Aquí lo tiene, señorita. Sin un cartílago ni…

—¡Silencio! Ponle el plato a mi hija y retírate —la reprendió doña Delia.

Carola y Manón tenían la misma edad, casi veinte años. La hija de los dueños parecía haber crecido a escala desde la cuna. Sus proporciones eran las mismas que las de un recién nacido: la cabeza muy grande, los brazos y las piernas gordezuelos y el abdomen un tanto inflado.

—A lo que estábamos, Augusto —continuó doña Delia en cuanto Manón desapareció—. ¿Qué decías de la conversación con Tomás Pizcueta? ¡Con tanta interrupción aquí no hay quien hable! —dijo muy malhumorada.

—Me ha propuesto constituir una sociedad para el comercio triangular: recoger cargamento en África, en las islas de Cabo Verde y en Sierra Leona para llevarlo después a Cuba. —Cada vez que nombraba un lugar, don Augusto posaba la mano sobre el mantel—. A la vuelta, en el mismo barco, traeríamos de allí algodón, sobre todo algodón para la fábrica, café, azúcar, ron y chocolate. ¿Qué te parece?

—¡Magnífico, Augusto! Ese es el negocio de nuestros días. Además, nosotros necesitamos algodón, mucho algodón. Lo de importar paño inglés ya está de capa raída.

—Caída —la corrigió él.

—Da igual caída que raída, el caso es que es de otra época. Podríamos hacernos ricos si trajeras tú directamente el algodón. ¿Has escuchado, Carola? —ella estaba ausente.

—Pero hay algo que no me acaba de convencer —continuó don Augusto—. Hay un socio… Iríamos al cincuenta por ciento en la imposición de capital y, por descontado, en las ganancias, pero ignoro de quién se trata. Tomás Pizcueta figuraría como abogado, pero solo como garante de la transacción. El problema es que no quiere facilitarme el nombre del otro. No sé por qué no me lo dice… No me convence, Delia, no me convence todo esto.

—Mira, Augusto, si te lo recomienda Tomás, puedes fiarte. A lo mejor es extranjero y no sabe pronunciar su nombre. O no se acuerda… —dijo como si esto fuera posible—. No le des más importancia. Piensa en lo que puede suponer para nosotros. Compraríamos una casa en el norte. ¡Con la ilusión que le hace a Carola el Cantábrico!

—Sí, mamá, podría ir a fiestas durante todo el verano —su hija volvió de repente con la mente a aquel salón y aplaudió a la vez que decía esto.

—Necesitamos ese dinero. Mucho, Augusto, lo sabes. —Y entonces bajó la voz—. La casaríamos bien, sobre todo eso. Las pedidas de mano cada vez se celebran antes y todas las familias rivalizan por ser las primeras en cazar el botín. Carola ya tiene diecinueve años y bastantes meses. No nos quedan muchas oportunidades.

—Tomás ha remarcado que el anonimato del otro miembro es una condición esencial e irrevocable para firmar el contrato —insistió don Augusto. Parecía no haber escuchado nada del casamiento de su hija—. Si no, no hay negocio, y no sé... El que se oculta, por algo es. Que no se haga público está bien, pero que no lo sepa ni siquiera yo...

—Comparado con lo que nos puede suponer..., eso son minucias, pequeñeces. Si te lo han ofrecido a ti por algo será. —Doña Delia bebió agua y después dejó la copa sobre la mesa como si su base fuera el punto final de aquella conversación.

—A saber de dónde procederá el dinero que aporta, Deli. Si no quiere dar la cara, será porque se trata de algo turbio.

—¿Y a ti qué más te da? Del dinero que te tienes que preocupar es del tuyo, no del de los demás. Con administrar bien el nuestro ya tenemos bastante. Y si este viaje sale bien, podríais repetir.

—Me ha dejado bien claro que no hay ninguna traba para la comercialización de estas mercancías. Algunos aranceles, poco más. Pero apostar así mi capital... Hay gato encerrado, está claro, si no...

—No tengas tantos remilgos. ¿Qué puede salir mal? Cada día zarpan barcos hacia esos destinos. Seguro que, si piensas en lo que puedes ganar, te parecerá poco lo que arriesgas. Augusto, podríamos encargar nuestra ropa a París, recorrer Europa, visitar balnearios... Por favor, hazlo por nosotras. Por tu hija sobre todo —se corrigió—, no quiero que acabe con cualquier pelagatos que haya pedido un crédito para aparentar fortuna. Tenemos que cerciorarnos de que la dejamos bien colocada. Es nuestra única hija, nuestra única esperanza. Además, tú solo tienes que esperar a que el barco regrese. Podríamos ir al puerto a recibirlo. ¡Qué emoción!

Manón entró sin que ningún ruido ni movimiento la anunciara. Doña Delia la miró con severidad y cambió su tono entusiasta. En aquel momento, recordó lo que su hija y ella se habían propuesto.

—Llevas el delantal de una forma que... anda... Te marca demasiado la cintura, aflójatelo. No sé ni cómo puedes respirar. Igual por eso estás tan pálida.

—No se preocupe, doña Deli, he menguado mucho últimamente —le contestó ella con mucha serenidad.

—Pues no lo digas por ahí, a ver si van a creer que no te damos de comer, con la de comida que nos sobra cada día. ¿Qué pensarían?

—Nunca cuento nada. No tengo a quién.

—Mejor. En boca cerrada, no entran moscas —continuó diciendo mientras se alejaba. Cuando calculó que ya habría entrado en la cocina, se dirigió a su marido—: Esta chica no tiene muchas luces. Menos mal que nos hicimos cargo de ella, si no, habría acabado de prostituta.

—Mujer, o trabajando en una fábrica.

—Con esos aires... No sé. Es muy altiva. ¡Con lo que nos debe! ¿De dónde la sacaría Mauricio?

—Hazte cargo: es huérfana... Aunque ahora menos.

—¿Qué quieres decir? ¿Han aparecido sus padres?

—No, Deli, no, por lo que sé, sus padres no pueden aparecer más que como fantasmas. Quiero decir que ahora nos tiene a nosotros. Nosotros podemos protegerla, instruirla; tiene mucha curiosidad por la lectura. Le he prestado algunos volúmenes de nuestra biblioteca.

—¿Pero qué dices? ¡Menuda desfachatez! En vez de trabajar, ¿a eso ha dedicado su tiempo? ¿A leer? ¡Habrase visto!

—Déjalo estar, Delia —llamó a su mujer por el nombre más formal—. Pero si no para en todo el día. ¿Qué más quieres? Por eso está tan flaca. No tiene tiempo ni para que se le asienten los alimentos en el estómago.

—¡Tú qué sabrás si nunca estás! Ya me encargaré yo de no quitarle el ojo de encima a partir de ahora. ¡Menuda pájara!

Carola sonrió. Aquello encajaba con lo que habían planificado las dos. Que su padre les hablara de las lecturas de Manón les había proporcionado el pretexto perfecto para observarla a todas horas.

Un par de minutos después, la criada retiró el plato de Carola y les llevó a sus padres un asado de cordero con patatas, romero y pimentón rojo.

—¡Qué excelsitud! —exclamó don Augusto cuando Manón depositó la bandeja sobre la mesa para trinchar la carne—. Debe de haberte llevado toda la mañana prepararlo.

—Ay, Augus, qué fácil de conformar eres. No es para tanto. No le des tanta cola.

—Será coba.

—No me corrijas, y menos delante de extraños. —Al pronunciar esta última palabra, doña Delia miró fijamente a su criada.

Manón volvió a retirarse en silencio. Necesitaba conservar aquel trabajo a costa de lo que fuera. Le dijeran lo que le dijeran.

—¿Y Mauricio? ¿Sabéis algo de él? —preguntó de repente don Augusto—. Me vendría bien que me aconsejara en esto de la sociedad. Me dijo que hoy nos visitaría para felicitarnos el año.

—Esta mañana cuando he ido a misa de siete con la tía Enriqueta he visto luz en su casa. Desde la calle se oía el piano y unas risas, pero no sé más. —Carola se guardó para ella que había visto a través de la ventana a una mujer vestida solo con un corsé muy ajustado y un sombrero del que salía una pluma de al menos medio metro. Brindaba con Mauricio una y otra vez mientras este tocaba el piano.

—Cada vez alarga más las juergas —dijo Delia.

—Déjalo, mujer, tiene derecho a divertirse. Ayer era fiesta.

Además, no hace mal a nadie y sí mucho bien a algunas, a juzgar por su apariencia. —Soltó una carcajada.

—¡Esas mujerzuelas! Dice que son tonadilleras, pero no son más que… Le van a sacar los cuartos, hasta los hígados le van a sacar.

—Es soltero. Está en su derecho de entretenerse con quien quiera —añadió don Augusto con mucha parsimonia.

—Soltero y muy rico. Más que nosotros, Augusto. Mucho más. Tanto que no necesita trabajar más.

—Mejor para él, Delia —le dijo en tono conciliador.

—Y mira que llamar a su palacete el Prodigio. Qué ganas de llamar la atención, de alardear. ¡Qué fanfarronería!

—Es suyo, puede llamarlo como quiera. ¡Qué más te da! Parece que todo lo que hace te molesta. ¿No será que lo envidias?

—¿Yo? Si siempre ha sido un engreído. Su padre lo consintió tanto que, llegado el momento, fue Bartolomé Gormaz quien les tuvo que sacar las avellanas del fuego.

—Las castañas —apuntó su marido.

—Pues las castañas. Lo que sea, qué más dará sacar del fuego castañas que avellanas si el caso es que no se quemen. ¿Pero a que estás de acuerdo conmigo?

—Pues no, Deli, no estoy de acuerdo. Su cuñado no es que sea muy generoso, precisamente.

—El caso es llevarme la contraria —le reprochó ella.

Sonó la campanilla de la entrada e instantes después Mauricio Sargal pasó al comedor de los Esmerla acompañado por Manón.

5

—Anda, a lo tuyo, aquí ya no haces nada. —Doña Delia despachó así a Manón.

Don Augusto se levantó y avanzó hacia Mauricio.

—Feliz año nuevo —dijo este.

—Igualmente en nombre de toda la familia, amigo mío. ¿Cómo estás? —le preguntó don Augusto mientras le palmeaba la espalda.

—¿Me invitáis a comer? Estoy más hambriento que un lobo en la nieve. —Mauricio había entrado dispuesto a fingir un ánimo que no tenía.

Notó cómo madre e hija se miraban. Estaba seguro de que aquel gesto se debía a que su comportamiento corroboraba lo que habrían comentado sobre él muchas veces: que era un caradura que se había puesto el mundo por montera.

Mauricio tomó asiento frente a Carola y, después de mirarla con mucha intensidad, le preguntó:

—¿Cómo estás, Carola? ¿Haces progresos con el canto?

Ella se azoró, pues creía a Mauricio tan perspicaz como para adivinarle el pensamiento y saber que se aplicaba mucho en sus clases para parecerse a las mujeres que a él le gustaban. Como no dijo nada, él continuó:

—¿Quieres que te lleve a la zarzuela una noche de estas?

—¿Cómo se te ocurre, Mauricio? —lo amonestó doña Delia.

Él se apresuró a responder para que no lo malinterpretaran:

—No tiene nada de malo, Delia, que nos dediquemos a lo que nos endulza la vida.

—A Carola una salida de ese tipo solo la puede perjudicar. Queremos casarla bien, pero si la ven con unos y con otros…

—Pero, mujer, yo soy… como si fuera su tío. Además, nos llevamos muchos años. ¡Qué van a decir!

—De todo, dirían de todo. Ferminita Peñaranda, la que estudió con ella en el internado, ha anunciado su compromiso con don Conrado. ¿Y sabes cuántos años tiene él? ¡Sesenta! Te puedes imaginar que lo que más lo adorna es una buena fortuna.

Mauricio pensó en su sobrina Romi. A su edad, su hermana Dulce ya se había casado.

—¿Tienes algo que anunciarnos? —la interrumpió don Augusto dirigiéndose a su invitado.

Mauricio se quedó callado. Le costaba un esfuerzo titánico aparentar aquella ligereza, conversar sobre lo de siempre, pero observó a las dos mujeres y pensó que si les contaba lo de su hermana, en menos de dos horas toda Barcelona sabría que Dulce Sargal había desaparecido en Siboney.

—Los ingleses dicen «No news, good news». La ausencia de noticias son buenas noticias —dijo.

—Déjate de *gunius* y come. Parece que estés tísico. Como solo sales de noche, no tienes ni color.

—Y de día, también de día. Yo siempre estoy dispuesto a celebrar que soy un privilegiado. Y así seguiré hasta que el cuerpo me responda. —Mauricio alzó la copa—. ¡Salud! —dijo con una sonrisa que hizo que Carola se estremeciera.

—La salud está reñida con la vida de crápula —le replicó la esposa de don Augusto, inmune a las sonrisas de Mauricio.

—Delia, déjalo en paz, que haga lo que quiera. No quiero guardianes de la moral en esta casa.

—Más que de la moral, del decoro, querido esposo. Como dicen, nuestra fama nos precede.

Mauricio no estaba molesto, tenía asumido lo que su comportamiento despertaba en los demás.

—Solo me informo para un libro que estoy escribiendo —les dijo—. Necesito entrevistar a muchas cantantes, a coristas, a bailarinas. A muchas. No quiero que se me escape ninguna. La exhaustividad es clave en un empeño así.

—No creo que esas horas de la madrugada sean el mejor momento para escribir —objetó doña Delia.

—No, a esas horas no escribo —le contestó él—, solo tomo notas sueltas, recabo datos… Es una cuestión de necesidad, Delia; tengo que acoplarme a los horarios de estas chicas, esperar a que salgan del teatro, de los salones, de los cafés…

—Te dedicas a… Tu padre, en paz descanse, siempre decía que tenías un don, que los músicos de la isla se admiraban al escucharte tocar el piano con solo diez años.

Mauricio recordó un concurso de pianistas en el que lo habían inscrito los dos dependientes de la tienda de su padre sin que él lo supiera. Se celebró en el club San Carlos. Cuando entró en la gran sala central rodeada de columnas, con la galería del primer piso asomada a ella, se quedó maravillado ante la orquesta de más de treinta músicos. Le asignaron un número de participación. Mientras esperaba su turno, observaba con mucha atención cómo tocaban los otros. El director alzaba las manos; entonces comenzaba a sonar una pieza que el concursante debía seguir e interpretar en armonía con los demás instrumentos. Cuando le tocó a él los aplausos comenzaron enseguida. Conocía la obra a la perfección, *No bailes más*, una contradanza de Ignacio Cervantes Kawanagh, el Chopin cubano, así lo llamaban. En aquellos momentos vivía en el exilio, expulsado por el capitán general por apoyar a los rebeldes. Aunque el músico no estaba muy bien visto por la alta sociedad de procedencia peninsular, su música era imposible de silenciar.

Mauricio tenía ritmo y potencia. Los demás participantes lo miraban desazonados desde uno de los lados del salón. Ganó, le colocaron alrededor del cuello una guirnalda de hojas y flores y le pidieron que dijera unas palabras. Él sonrió y dijo:

—La música ya estaba ahí antes de que yo llegara. Siempre está ahí, en este caso entre ustedes. Lo único que he hecho ha sido despertarla.

Después dio las gracias y se marchó cogido de la mano de Dulce. A partir de entonces comenzaron a requerirlo para conciertos públicos, privados, familiares, multitudinarios, religiosos, festivos... Mauricio Sargal se convirtió, a pesar de su corta edad, en el animador imprescindible de cualquier encuentro social que se pretendiera de categoría. En Barcelona, tantos años después, lo conocían como el pianista de habaneras, de aquella música de ida y vuelta.

Mientras rememoraba el concurso, escuchaba de fondo, como llegadas de otro mundo, las palabras de doña Delia.

—Estás malgastando tu talento. Las tonadillas son aún peores que la zarzuela. Ellas, las tonadilleras, no son señoras, no son grandes damas como las cantantes de ópera, son mujerzuelas. Y zarzuelas y mujerzuelas rima y todo. Por algo será.

Mientras Mauricio gozaba de los laureles y actuaba en tantas fiestas, su padre insistía en que debía decidirse entre ser abogado o músico, pues nadie tomaría en serio a un letrado que fuera a la vez pianista ni seguirían el son de un picapleitos. Él lo tranquilizaba con la promesa de que concluiría sus estudios, pero, mientras sus manos se lo permitieran, viviría de la alegría, y no de sacar tajada de las disputas de sus semejantes.

Su mente regresó de sus andanzas musicales por Santiago de Cuba al comedor de la casa de los Esmerla. Muy sereno respondió a la esposa de don Augusto:

—A mí me divierte mucho escribir libretos para la revista, ver cómo cobran vida esas palabras sobre el escenario. Además, no sabes el gusto que da meterse con los conservadores —le dijo después de vaciar su copa de vino tinto.

—No, no lo sé, porque nunca lo haría. Esas sátiras tendrían que estar prohibidas. ¿Te divierte reírte de los hombres de bien como mi marido? ¿De las personas de orden, Mauricio? Tú y yo somos irreconciliables. Está visto.

—Augusto, tú eres un mirlo blanco —se dirigía ahora a don Augusto—, un hombre de bien, como dice Delia, pero sabes que hay mucho retrógrado, mucho ultramontano que quiere llevarnos de vuelta a las cavernas, y hay que pararles los pies, aunque sea con las risas del prójimo. No me cabe duda de que el mensaje les llega.

—En esos espectáculos os burláis de quienes dedican su vida entera a producir riqueza —le insistió ella.

Mauricio habría querido continuar en el mismo tono, pero ya no podía más. Le dolía la cabeza por el esfuerzo que tenía que hacer para mantener el tipo. Dijo para terminar:

—Sobre ese tema han estrenado hace poco *Los presupuestos de Villapierde*. Carola, ven a verla esta noche conmigo. Yo tengo que asistir, aunque no tengo muchas ganas hoy. No te faltará compañía. —Mauricio pensó que de esa forma él se iría a dormir pronto con la excusa de llevarla a su casa y se recuperaría. Necesitaba reunir fuerzas para enfrentar lo que estaba por llegar.

—Ni se te ocurra. En esos antros solo hay gentuza. ¡Mi hija allí! Menudo escándalo. Ya te he dicho antes que no va a ir contigo a ningún sitio, ni a la vuelta de la esquina.

—Dirás lo que quieras, pero esto de los cafés va a ir a más. En París, ya asiste más gente a ellos y a las revistas que al teatro. De hecho, voy a abrir una sala —les dijo Mauricio refugiándose en sus sueños.

—¿Una sala? ¿De qué?

—De espectáculos. Me voy a hacer empresario del gremio. Así contrataré a quien quiera. —No podía evitar la provocación. Cuanto más intransigente se mostraba alguien, más le divertía escandalizarlo.

—Estás loco. Parece que te gusta rodearte de parásitos. Menuda corte que tienes ya de mantenidas. Dicen que hasta pagas los vicios de los maridos de algunas de ellas.

—¡Deli! —le gritó su marido.

—Que digan lo que quieran, Delia —respondió Mauricio sin perder la paciencia ni la sonrisa—. La gente se tiene que entretener. Mientras hablan de mí, no pecan.

—No pecan, no. Ya pecas tú por todos nosotros.

Manón entró, llevaba unas copas de mantecado con una hoja de hierbabuena encima. Cuando se agachó por encima del hombro de Carola para recoger la bandeja vacía de carne, Mauricio Sargal le guiñó un ojo. Solo don Augusto se dio cuenta del gesto.

—Mauricio, no pierdes comba. —Su mujer y su hija no se percataron del detalle—. Vamos al salón de fumar. Nos tomaremos un brandy tranquilos. Quiero consultarte algo. —Antes de salir, don Augusto miró de forma reprobatoria a su mujer.

Para despedirse, Mauricio se dirigió primero a Delia y le besó la mano, pero ella la apartó enseguida. Después hizo lo mismo con su hija, y flexionó además una rodilla.

—Suerte, Carola. Sabes que deseo que seas feliz —le dijo.

Ella se estremeció al sentir sus labios sobre la piel.

—Se te están pegando las maneras de los comediantes, Mauricio —intervino Delia—. Anda, a ver si le das a Augusto el empujón que le hace falta para meterse en un nuevo negocio. Haznos ese favor por lo menos.

6

Sobre una mesa circular y baja había una caja de madera de cedro. Era un humidor para los puros, que se dejaban ver a través del mapa de Cuba que decoraba el vidrio enmarcado en la tapa. Mauricio tenía la vista fija en ella y Augusto Esmerla lo advirtió.

—¿Sabes que reproduce exactamente las condiciones ambientales de la isla? —le preguntó su anfitrión para sacarlo del ensimismamiento—. Dentro de esta caja está Cuba. Unos dieciséis o dieciocho grados como máximo y una humedad en torno al 70 %. Las mismas condiciones ambientales en las que vivieron mis padres y en las que viviste tú. Así mantengo a raya al gorgojo. Te aseguro que aquí nunca fumarás ni una pata quemada de ese insecto. Manón nunca se olvida de comprobar que haya agua en el higrómetro. Vale mucho esa chica, pero mi mujer y mi hija no la tragan. Manón... ¿Le pusiste tú ese nombre? —le dijo a la vez que le tendía un habano.

—Sí, por la novela del Abate Prévost, *Memorias y aventuras de un hombre de calidad retirado del mundo* —rio—. Ese casi casi soy yo. Quería protegerla. —Mauricio se acercó el puro a la nariz y aspiró con fuerza el olor a tabaco fresco. Don Augusto le pasó la guillotina. Sujetó el cuadrado con los dedos pulgar e índice, metió la capa del habano en la abertura y seccionó apenas unos milímetros, lo justo para dejar a la vista la tripa de tabaco. La vitola con la silueta del casco alado en el centro y una red de filamentos de oro a su alrededor le recordó las láminas que troquelaba su padre.

—¿Un hombre de calidad retirado del mundo tú, que eres lo contrario de un eremita? —Don Augusto le acercó un trozo de corteza de cedro para que encendiera el puro—. Nunca me has contado cómo la conociste. Solo me dijiste que era de toda confianza. No quiero líos.

—Tranquilo, ya habrán cejado en su búsqueda, hay muchas para…

—Yo siempre confío en ti, a ciegas, me da igual lo que me propongas, pero comprende que esto no es solo cosa mía. Le doy comida y techo, y algo de propina, tengo derecho a saber de dónde procede. Si al final resulta que Delia y Carola están en lo cierto…

Mientras escuchaba, Mauricio hacía girar el habano para que prendiera bien sobre la llama. Succionó con fuerza un par de veces, lo alejó de la boca y se pasó un dedo por la punta de la lengua para retirar una hebra.

—Augusto, tú no la has visto arreglada como yo. Con el uniforme todas parecen iguales. Tiene una elegancia natural que abruma y cierto aire displicente. Estaba a las puertas de La Forest subida en un carromato con otras diez chicas. Las iban a embarcar para llevarlas a América. Ya sabes que no a todos les gustan las negras. Me suplicó con la mirada y con un par de gestos que la ayudara. Juntó las palmas de las manos de una forma… Pensé que me rezaba como se le reza a un santo. Y ya me conoces. Me acerqué, pregunté quién era el responsable y entré en el edificio. Vi al jefe de los soldados que las custodiaban. No hicieron falta muchas palabras; saqué todo lo que llevaba encima, que era bastante, y le di los billetes a aquel hombre. Después me acerqué a ella, le tendí la mano y la ayudé a bajar. Las demás se pusieron como fieras. Me silbaron, me pidieron que las ayudara también a ellas. Luego, me contó una historia tristísima. El resto ya lo sabes. ¿Qué le vamos a hacer, Augusto? Yo soy así.

—¿Y qué te contó? ¿Cómo llegó a esa situación si, como tú dices, vestía y se comportaba de forma tan distinguida?

—Su protector había muerto y… Mira, si la convivencia se complica, he visto cómo la tratan Delia y Carola, pues que trabaje en la fábrica y ya está. Esa era mi intención la primera vez que te hablé de ella, pero entonces me dijiste que vuestra doncella acababa de volverse a su pueblo. Pero, Augusto… Yo no he venido a hablar de Manón. —Mauricio se inclinó hacia él como si alguien pudiera oírlos—. Estoy muy preocupado por algo, bastante me ha costado callar delante de tu mujer y de tu hija. No veía el momento de que nos quedáramos solos.

Llamaron a la puerta. Manón entró con dos copas de coñac. Sin hacer el más mínimo ruido, las dejó ante ellos y se marchó.

—¿De qué se trata? —preguntó don Augusto en cuanto se hubo retirado—. ¿Tiene que ver con Cuba? ¿Has comprado alguna propiedad? ¿Queda algo que aún no sea de tu cuñado?

—Me ha escrito Romi, mi sobrina, para decirme que mi hermana ha desaparecido. No me precisa desde cuándo, pero es seguro que ya hace bastantes semanas, como mínimo cuatro. Ya sabes que la correspondencia tarda en llegar más o menos un mes.

—Mauricio… —Don Augusto no supo qué añadir.

—Quiero que me ayudes a averiguar qué ha sucedido. Vengo ahora del puerto, en unos días salgo para Cuba. Sé que ha sido un tanto grosero presentarme así en mitad del almuerzo, pero no me quedaba otra opción. No podía esperar a esta tarde para verte. Por el momento, preferiría que no lo supieran Carola y Delia. Tengo que actuar con discreción. Quiero saber antes de llegar qué me voy a encontrar allí. Acompáñame al Círculo Hispano Ultramarino. Allí todos te respetan. Necesito saber si alguien ha venido de la isla últimamente. Necesito hacer preguntas. Es mi hermana, Augusto, mi única…

Augusto Esmerla apagó el habano en el cenicero de plata con forma de concha.

—Nos vamos ahora mismo —le dijo mientras se ponía en pie—. Sé lo unidos que estabais y también la poca gracia que te hizo que tu padre la casara con Bartolomé.

—Así es. Desde el primer momento sentí aversión por él. Lo empeñó casi todo, apostó un dinero que aún no era suyo y hubo que cerrar el almacén de Santiago. Pero mi padre o estaba ciego o solo tenía ojos para él, al menos en lo que respectaba a los negocios. Menos mal que además tenía la tienda y la imprenta litográfica.

—Pero le salió bien. Eso es lo que cuenta. En los negocios, los sentimientos son injerencias. Multiplicó vuestra fortuna.

—La mía no. Yo ya tenía mi parte y no quise jugármela. Me opuse y, sin embargo, después recibí la mitad de lo que él le había conseguido a mi padre. A él no le pareció justo, nunca me lo perdonó.

—Vámonos de una vez, Mauricio, tienes que ponerte en marcha. Déjate de rumiar el pasado —lo apremió don Augusto.

Salieron al pasillo y pasaron ante la sala de costura; la puerta estaba entreabierta. Dentro, doña Delia se preguntaba si habrían hablado de lo que a ella más le interesaba en aquellos momentos. No pudo evitar decir entre dientes: «Cómo les gusta perder el tiempo a estos hombres. A todos».

Mauricio se detuvo y le preguntó a don Augusto:

—Por cierto, ¿de qué querías hablarme?

—Bah, lo mío puede esperar. Me han hecho una propuesta comercial a todas luces muy apetecible, salvo por un pequeño detalle —respondió don Augusto de forma apresurada instándole a avanzar hacia la puerta—. No sé quién está detrás.

—No te metas en un negocio así, Augusto. Las dudas son avisos. Yo no creo, como tú dices, que en los negocios los sentimientos sean injerencias.

En cuanto Delia escuchó estas palabras, salió al corredor para interrumpirlos.

—¿Ya te marchas, Mauricio? Pensaba que te gustaría probar el chocolate que nos acaba de llegar: cacao con maicena y miel, una golosina.

—Otro día, Delia. Despídeme de Carola. —Mauricio le tomó la mano, pero solo se la apretó. En cuanto salieron de la mansión prosiguió—: Augusto, si antes de comenzar no lo ves claro, eso ya indica algo. Nuestra actitud es muy importante. Te acuciará la incertidumbre, te faltará empuje. Insisto: déjalo estar, que negocios hay muchos.

7

Los dos hombres entraron en el salón principal del Círculo Hispano Ultramarino. Todo allí era colonial: la madera, las bebidas, el café, el cuero, la plata, el tabaco…, hasta los muebles, con sus líneas difuminadas por la penumbra y el humo.

Augusto Esmerla era alto, bastante más que la mayoría de los hombres de su edad, tenía el cabello gris y usaba unas lentes de oro muy ligeras que le matizaban el cerco siempre enrojecido de los ojos. A Mauricio no le cabía duda de que esto se debía a que repasaba con mucho celo y durante horas su contabilidad. Don Augusto vestía de forma tan impecable que parecía llevar siempre el traje recién lavado y planchado.

Mauricio parecía su versión joven y policromada. Al chaleco turquesa y al pañuelo de lazo granate se sumaban el color caoba del cabello, el rojo de los labios y el tono crema de los pantalones de rayas negras con la chaqueta a juego. Se mostraba en público tal como se esperaba de un retornado, con aquel estilo desenfadado, un tanto extravagante, propio de los millonarios antillanos.

Se sentaron delante de la cristalera que daba a la avenida. Enseguida se acercaron un par de socios del Círculo y les pidieron permiso para ocupar los sitios libres a su lado. Para no preguntar directamente por lo que los había llevado hasta allí, don Augusto echó un vistazo a *La Verdad Económica*, el periódico que había sobre la mesa.

—Dicen que está a punto de llegar a Barcelona el rey Alfonso de Borbón, que es cuestión de días que ya esté en Madrid para sentarse en el trono —comentó desinteresadamente.

—Lo que nos faltaba. Tanta inestabilidad política... Ahora la quieren arreglar así —replicó Mauricio.

—Y otro naufragio de un mercante —continuó don Augusto con la vista fija en el periódico—. Otra familia, o varias, arruinadas. ¿Tendría asegurada la carga? —se preguntó a sí mismo en voz alta pensando de nuevo en el negocio que le había propuesto el abogado Tomás Pizcueta.

—Dicen que has contratado a un técnico inglés, Esmerla —el hombre de su derecha cambió de tema—. ¿Qué quieres fabricar ahora? Dínoslo para seguirte, tú siempre te anticipas. A nosotros nos ancla demasiado la tradición.

—Nada de eso, lo que pasa es que preferís que se equivoque otro primero. Siempre son los mismos lances: uno amaga, el otro avanza y quien da primero..., pues, como mínimo, da dos veces —respondió don Augusto con bastante sorna—. Es ingeniero. Se llama Clive Barnaby y es de Manchester, hijo de española e inglés. Enviudó y se fue a África, parece que bastante desorientado... Me hablaron de él. Dicen que es el mejor. Si os parece, puedo invitarlo una tarde. Sin duda os resultará muy interesante.

—Un bohemio, vamos —dijo el otro hombre, que rondaba los setenta años.

—No lo calificaría así. Pero el caso es que tiene unas ideas bastante... distintas a las nuestras.

—Un librecambista entonces. A ver si altera a los obreros y te hacen otra huelga. Ya sabes lo que pasó en la anterior, hace ya veinte años: mataron a tu socio de un tiro. Y eso que entonces estaba Espartero en el gobierno. No debemos dejar entrar en casa a cualquiera, tenemos que protegernos. Nosotros, los industriales, somos el motor de España, junto con los que están haciendo el agosto con la guerra de Cuba, claro.

—Como Bartolomé Gormaz, por ejemplo —Esmerla no quiso perder más tiempo.

Mauricio permanecía callado a su lado, con la vista perdida en algún punto de una de las terrazas de los edificios de enfrente.

—A tu cuñado no le puede ir mejor, Sargal —le dijo el amigo de Esmerla—. No solo tiene el contrato en exclusiva del transporte de tropas y la concesión del correo a Cuba, Puerto Rico y Santo Domingo, sino que se rumorea que, si cuaja lo del rey, como todo parece indicar, lo premiará con un título por haber apoyado tanto a la monarquía.

«Lo que le faltaba», pensó Mauricio.

—Parece que Alfonso de Borbón está muy agradecido a los que lo están llevando en volandas hasta el trono —continuó el hombre—. Si tu cuñado cuenta finalmente con su favor, ya no tendrá límite. Parece que ahora también importa tasajo, carne seca y salada, de Buenos Aires a las Antillas. Tu hermana debe de vivir como una reina.

—Viajo a Cuba, señores. El martes. —Mauricio interrumpió la conversación como si no hubiera escuchado nada de lo anterior—. Si antes de esa fecha tienen algún encargo que hacerme, estaré gustoso de atenderlo. Les doy mi tarjeta para que se lo digan a sus esposas también. —Dejó varias sobre la mesa extendidas como un abanico de naipes—. Sé que algunas se escriben con mi hermana Dulce. Díganles que les traeré cualquier cosa, lo que quieran.

—No te encargarán más que bagatelas —dijo el hombre que tenía a su derecha.

—Lo que sea, señores, nos conviene tener a las mujeres contentas —bromeó Mauricio.

—A las nuestras y a las tuyas. Tienes tantas como todos nosotros y nuestros parientes juntos.

Los tres rieron a carcajadas. Mauricio se encogió de hombros y alzó las palmas de las manos.

—Manrique —don Augusto se volvió hacia el hombre que tenía a su derecha—, el otro día me dijo el conserje que ya tienen en la biblioteca tu obra sobre la rebelión en la isla. Me gustaría leerla, saber lo que pasó.

—Más que obra, opúsculo, Augusto. Lo que cuento es que esos revolucionarios no son más que unos aventureros que tienen horror al trabajo y solo persiguen el goce. Eso sí, siempre que lo obtengan sin fatigas. ¡Que trabajen los negros! Eso es lo que en el fondo quieren. Hacerse ellos los amos, expulsarnos de allí solo para su conveniencia, ocupar el lugar de los comerciantes y los hacendados, pero, eso sí, sin trabajar.

—¿Leísteis el artículo de *El Círculo Mercantil* de ayer? —preguntó don Augusto—. Dicen que cada vez hay más partidarios del abolicionismo.

—Dicen... ¿Quién lo dice? —continuó Manrique—. ¿Los antiesclavistas? Habrase visto. Formas hay de no tener los pies en el suelo, pero esa... ¿No piensan en la economía? ¿Irán ellos a trabajar allí? Si más de uno agachara el lomo, se le partiría por ser la primera vez en la vida que lo hace. Cuba es la provincia más rica de España en este momento y quieren frenar ese desarrollo. ¡Quieren parar el progreso! Hace seis años que embarcó el batallón de voluntarios para enfrentarse a ellos. También son muchos los que han ido a trabajar a los ingenios azucareros, decenas de gallegos, entre otros. No serán tan malas las condiciones de los negros cuando algunos quieren cambiarse por ellos. Pero, claro, ahora los americanos se han puesto a cultivar remolacha y los precios del azúcar de caña se han desplomado. Siempre nos enmiendan la plana.

Mauricio no soportaba escuchar que defendieran el sistema esclavista, sentía deseos de gritar que él era abolicionista y lo sería hasta que se consiguiera que todos los hombres fueran libres, pero como en aquel momento le faltaba energía para enfrentarse a ellos, decidió hacer como que estaba ausente. Pensó de nuevo en su oferta, con ella perseguía contactar con quienes conocían a su hermana para preguntarles si les había escrito en las últimas semanas. Una mujer muy elegante que se había detenido junto a la cristalera para ajustarse un zapato lo sacó de su ensimismamiento. Cuando ella elevó la mirada y se encontró con el rostro de Mauricio y su sonrisa al otro lado de la ventana, se azoró y, tras recolocarse el sombrero, comenzó a caminar muy rápido.

Manrique le dijo:

—Sargal, tu fama te precede y tu comportamiento la corrobora. No sé si mandar a mi esposa a tu casa. Si acaso quiere algo, le diré que te lo haga saber a través de la sirvienta. Eres capaz de quitarnos a nuestras mujeres. Estás hecho un dandi. En cambio, nosotros somos unos carcamales. Te aseguro que ya se han aburrido de nuestra compañía, de nuestra conversación, de... No sabes la envidia que te tengo. Qué listo has sido quedándote con todas en vez de elegir a una sola —concluyó con una carcajada.

8

Puerto de Barcelona, martes, 5 de enero de 1875

Dos policías recorrían la vía de adoquines ante los edificios del puerto. Desde la cubierta del buque que lo llevaría de Barcelona a Cádiz, Mauricio contemplaba los muelles verticales y los transversales recién construidos, el morro del dique del oeste, enrasado a flor de agua, y el del este con su escollera, las naves de almacenamiento y los tinglados, con la pintura aún reciente. El Buenaventura era uno de los mejores barcos de la compañía naviera; partía cada martes a las once de la mañana para cubrir la línea regular a Cádiz, donde conectaba con el transatlántico al que llamaban «de los catalanes» por la procedencia de la mayoría de los pasajeros. Hasta la bahía del sur, el barco llevaba, además de unas doscientas personas, sacos de harina, garrafas de vino, tejidos de las fábricas de las cuencas del Ter y el Llobregat, almendras, aceite de oliva, corcho del Ampurdán, materiales de construcción, sobre todo tejas y ladrillos, y sal de Torrevieja; mercancías que después embarcaban a América. De las colonias regresaba con azúcar, tabaco, café, melaza y algodón, igual que los otros trece buques que cada mes hacían el llamado «viaje redondo» desde Santander, Sevilla y Cádiz hasta Cuba y Puerto Rico. Estos vapores transoceánicos no solo cumplían una función mercante y de transporte de viajeros, sino que garantizaban el gobierno de las provincias de ultramar porque transportaban también el correo que contenía los documentos oficiales necesarios para la gestión pública. Por este motivo tenían una importancia capital las comunicaciones postales entre la metrópoli y las colonias.

La mirada de Mauricio lo asía aún a tierra firme; el viento le revolvía el cabello que asomaba por debajo del sombrero. Se frotaba la barba y pensaba que las chimeneas humeantes de los barcos, como las de las fábricas textiles, eran los nuevos símbolos del poder.

En la fila de noráis de hierro colado buscó el que amarraba al Buenaventura. A punto de levar anclas, y a pesar de la singladura determinada del velero, sabía que a partir de aquel momento él quedaba a la deriva, sin un cuaderno de bitácora, al menos emocional, que seguir durante la travesía. Cuando abandonó Cuba lo hizo con la intención de que su partida fuera definitiva, pero por Dulce y por Romi era capaz de cualquier cosa, de surcar los siete mares y más si los hubiera. Hasta que su sobrina le escribió no había reparado en lo mucho que echaba de menos a su hermana. Recordaba su voz, su olor y el tono canela oscuro de su piel.

En su equipaje, Mauricio había metido todo lo que se le había ocurrido que podía servirle de entretenimiento: libros, entre ellos uno que le había regalado Augusto Esmerla, los cuadernos y hojas sueltas con sus notas, unos naipes y las cartas que había conseguido reunir de su hermana. A través de ellas, de su continua relectura, esperaba encontrar alguna razón que explicara su ausencia.

Su estratagema había dado resultado: en cuanto las esposas de aquellos con quienes se encontró en el Círculo Hispano Ultramarino de exresidentes en las Antillas supieron que se marchaba a la isla, lo buscaron. Sus sirvientes le dejaron las tarjetas en su casa sobre una pequeña bandeja de plata. La víspera de su partida, Mauricio las tomó todas y se dispuso a recorrer una a una aquellas residencias con la coartada de anotar en un cuaderno las peticiones y con la esperanza de que alguna de esas mujeres le diera noticias de su hermana. Varias de ellas habían estado en la isla, asistido a bailes, alternado con quienes vivían allí, y con dos de ellas Dulce se había escrito.

Mauricio tuvo que esmerarse más que nunca. Como un actor demasiado histriónico, derrochó excesivas zalamerías con estas dos damas: les cogió las manos, se las acercó a los labios, donde las mantuvo más tiempo del que la etiqueta exigía, las miró a los ojos y les prometió entregarles personalmente el encargo a su vuelta. A la que tenía los ojos claros le dijo que eran como el mar de día, y a la que los tenía oscuros, que eran como el mar de noche. Les rogó que le dejaran tocar el piano para sobrellevar la despedida. Sabía que sentado en la banqueta, con los pies en los pedales y las manos en el teclado, era imbatible. Ambas le dieron las cartas de su hermana después de que Mauricio les prometiera que se las devolvería. Él sabía que la insistencia de las mujeres se debía al deseo de volver a verlo.

—Sargal, es usted mucho más apuesto y atento de lo que me habían contado, que ya es decir.

—Mauricio, no sabe el buen rato que he pasado con usted. Cuánto tiempo que no...

—Por el bien de sus amigas, que dicen que tiene muchas, espero que no se quede en Cuba.

—¿Me invitará a su palacete de El Masnou cuando regrese? Ya sabe que aquí las noticias vuelan.

—¿Y si en la isla se prenda de alguna criolla?

—No sabe el bien que me ha hecho este rato. Ya dudaba de que siguiera con vida, hay días en que ni me siento el pulso, y ahora, tóqueme, siéntalo.

Él respondió a todos estos requiebros con la mayor amabilidad posible. Entonces aún le faltaban doce horas para partir. Se dijo que le sobraba tiempo para despedirse también de quienes eran casi tan libres como él.

Después de aquel recorrido por las casas de los socios del Círculo, esperó frente al Café Concert la salida de las tonadilleras. A algunas, como Iris y Fedora, las había rebautizado para que tuvieran algo adelantado en el mundo de la farándula: un nombre sugerente. También pensaba en Manón. Desde que la había visto en casa de los Esmerla, tan solícita y amable pero también taciturna, tenía la misma sensación que cuando la conoció: que se trataba de un misterio por descubrir. Estaba convencido de que no le había contado apenas nada, comparado con lo que ocultaba. Lo que le había trasladado sobre su vida era escabroso, pero presentía que lo que callaba sería aún peor.

9

Mientras Mauricio surcaba el Mediterráneo en dirección a Cádiz, Augusto Esmerla recordaba la visita de su amigo a su fábrica. Él le pidió a Mauricio que fuera para poder abrazarse una vez más antes de aquel viaje tan inesperado. Le había mostrado la maqueta de la colonia en construcción junto a un antiguo batán en Santa Coloma de Cervelló. Estaba cerca de Barcelona, pero a la vez lo suficientemente apartada como para tener a los obreros aislados y lejos del clima conflictivo de la capital. Así le habló de sus planes Augusto Esmerla a Mauricio Sargal:

—Contrataré a campesinos, aunque tengan que aprender los oficios, a hilar, a tejer... Ellos saben más del valor del esfuerzo, de cuánto sudor cuesta alimentar a los hijos, y no pierden el tiempo con panfletos y reivindicaciones que después no van a ningún lado. En otras colonias tienen prohibido leer diarios que no sean católicos. Para mí ese no es el problema, que se ilustren todo lo que quieran, cuanto más sepan más me apreciarán. Les pagaré el sábado por la mañana, irán al economato y en unas horas tendré casi todo el dinero de regreso aquí —le dijo a Mauricio golpeándose el bolsillo derecho de su chaleco—. Eso es lo principal, lo que no hay que descuidar nunca. El crecimiento económico es lo más importante. Habrá de todo, mira. —Don Augusto señalaba los distintos edificios construidos a escala en madera—. La fábrica estará aquí, junto al río, y las casas de los trabajadores en estas dos calles; hasta he pensado el nombre: calle Porvenir y calle Prosperidad. Aquí la cooperativa, la bodega, porque habrá bastantes viñas, el ateneo, que contará con biblioteca, sala de conferencias y salón de baile, el teatro, el gimnasio, la fonda para los comerciales, los huertos, los gallineros, la capilla, la casa del administrador, la torre del maestro, la guardería y el colegio de monjas para niñas. Y, por supuesto, nuestro chalet aquí arriba, para ver desde lo más alto lo bien que funciona mi empresa... Delia lo está supervisando todo.

Mauricio le dijo entonces que él conocía experiencias similares en el extranjero y que era consciente de que aquel supuesto paternalismo que estaba detrás de proyectos como el suyo encerraba en realidad una forma muy evidente de explotación laboral, de semiesclavitud incluso; que los obreros no tenían vida propia porque todo estaba controlado por la empresa: su trabajo, su ocio y sus relaciones. Sí, en la colonia tendrían médico propio, pero para que controlara sobre todo que los obreros se reincorporaban cuanto antes a la fábrica tras un accidente o una enfermedad. Y todas las medidas que él mostraba como orientadas al bienestar de los trabajadores sabía que tenían como única finalidad aumentar sus beneficios económicos.

Augusto Esmerla no ponía en duda el conocimiento de Mauricio respecto a aquellas cuestiones, pero había una gran diferencia entre la teoría y la puesta en práctica de las mismas ideas. Estaba seguro de que esto segundo hubiera hecho cambiar de opinión a su amigo.

Para ponerle punto final a aquella discusión, hizo sonar el timbre de bronce y madera que tenía sobre su mesa. Mauricio se sobresaltó por la estridencia de aquel mecanismo y él le sonrió. Había conseguido despistarlo.

Recordaba también Augusto Esmerla la mirada de satisfacción de Mauricio en el momento en el que entró en el despacho Ceferina, su secretaria, y lo saludó. Acababa de cumplir los treinta y dos años, llevaba lentes y el cabello recogido en un moño cruzado por una hebilla de metal con forma de hoja. Don Augusto le pidió que fuera a avisar a Clive. Sabía que el hecho de que hubiera contratado a una mujer y no a un hombre para aquellos menesteres, redactar los memorandos, ocuparse de su agenda y transcribir al dictado sus cartas, había agradado sobremanera a su amigo, que así se lo expresó:

—Este sí que es un rasgo de modernidad, Augusto. Yo he conocido a algunas secretarias que trabajan para aristócratas recluidas en sus bibliotecas. Se las reconoce enseguida cuando caminan por la calle porque siempre van pertrechadas de un maletín de madera con sus útiles de escritorio. Esa herramienta es también un signo inequívoco de su soltería pues, en cuanto se casan, dejan de trabajar.

Según había escuchado Mauricio, en Londres era, después del de institutriz, el oficio más habitual entre las mujeres de cierta posición.

—A su edad, ya no creo que se case Ceferina. Es muy hábil, Mauricio. Hay otros aquí, en cambio, que no sé si son torpes o unos saboteadores.

—Augusto, preferiría marcharme ya. Todavía quiero pasarme por un café cercano —dijo Mauricio.

—Será solo un momento. Aguarda un poco. Seguro que te esperan —insistió él—. Quiero que conozcas a Clive. Es un hombre magnífico. Llévatelo de jarana, inclúyelo en tus correrías, que conozca a mujeres, que sonría. Para el trabajo que le he encargado lo necesito contento y no como una sombra arrastrándose siempre por ahí con un libro bajo el brazo. Haréis buenas migas. ¿Te parece bien mi encargo para cuando vuelvas?

Ceferina volvió acompañada de Clive Barnaby.

—Señor —dijo este a la vez que le estrechaba la mano a don Augusto.

—Este es mi amigo Mauricio Sargal, y espero que pronto también lo sea tuyo. Es un retornado. Tiene tanto dinero que ahora solo se dedica a gastarlo. Conocerás otra Barcelona con él, sin duda más interesante. Si yo pudiera acompañaros, no te quepa duda de que lo haría.

Los dos hombres se saludaron. Clive Barnaby era alto y muy delgado, tenía los ojos color cobalto, tan uniformes que parecían de vidrio. Vestía con un pantalón gris de tiro alto, tirantes de cuero sin curtir y una camisa granate. Llevaba el cabello castaño bastante largo por delante, de forma que un mechón le caía de lado sobre la frente.

—Encantado, señor Barnaby —dijo Mauricio—. Será un honor mostrarle la ciudad y sus placeres.

—No me gusta demasiado salir, créame, pero acepto su invitación.

—Me dijo Augusto que ha estado en África.

En ese momento, seguía recordando Augusto Esmerla, vio unos nudillos contra el cristal esmerilado de la puerta y no pudo evitar exclamar:

—¡Qué incordio de persona! No hay manera de librarse de él. En cuanto ve movimiento, acude. —Alzó la voz mientras el de fuera golpeaba la puerta—. Pase, Gerardo.

Entró un hombre enjuto, con el cabello gris, pero sin el reflejo plateado del suyo. Tenía la espalda bastante curvada y la piel de las manos y la cara fina como un velo de gasa encerada. En cuanto comenzó a hablar, notó que Mauricio no podía apartar la mirada del diente de oro que resplandecía en el lado derecho de su boca.

—Mauricio, casualmente —y remarcó entonces don Augusto esta palabra—, vas a conocer también a nuestro administrador, don Gerardo Arlitán.

—Señor Sargal, mucho gusto. No sabe lo que se habla de usted. Parece que, además de ser un hombre de fortuna, es muy afortunado en general y tan inteligente que hasta es soltero. —Con esta última frase, el administrador buscaba provocar una carcajada, pero ninguno lo secundó.

Notó a Mauricio incómodo porque tenía prisa:

—Gracias, señor Arlitán, y ahora, señores, si me disculpan —dijo mientras recogía el sombrero de encima de la mesa que había a la entrada—, aún me quedan algunos asuntos que ultimar antes de marcharme a Cuba.

Pero Arlitán comenzó a decir:

—A Cuba, a Cuba, la perla del Caribe, nuestra provincia más rica, bella y fértil. ¿Con qué va a comerciar?

Mauricio le respondió de una forma bastante cortante que le ocupaban asuntos familiares.

—¿Acaso contraerá nupcias? ¿Le han echado el lazo? No quiero ni pensar cómo será esa mujer —insistió Arlitán sin dejar de hacer aspavientos.

Don Augusto le dijo a Mauricio como despedida:

—Amigo, esta vez sí que tienes que volver victorioso. No me cabe duda de que todo saldrá bien con Dulce.

—Dulce, Dulce, claro, no se podía llamar de otra manera —masculló Gerardo sin que ninguno le prestara la más mínima atención.

Augusto Esmerla decidió en aquel momento regalarle el libro de su poeta de cámara, como le gustaba referirse a Laureano Parnás.

—Toma, te distraerá —le dijo.

—*Lamento oferente de tempestuoso océano* —Mauricio leyó enseguida el título y después añadió—: No es muy halagüeño.

—No tiene nada que ver con ninguna travesía —continuó don Augusto. Este florilegio de versos se lo escribió Laureano Parnás a mi hija. Ya sabes cómo son los poetas de exagerados, de dramáticos. Ha ganado la Flor Natural en los Juegos Florales de este año. «Patria, Fides, Amor», ese es nuestro lema. Sabes que yo he sido mantenedor en varias ocasiones de este torneo literario. A falta de talento artístico, me dedico a apadrinar el genio de otros. Pinto, sí, pero mis retratos y paisajes no reciben ningún premio, y eso que son míos. Imagínate si serán malos —dijo con una sonrisa para despedirse, y le repitió—: Vuelve victorioso, amigo mío.

10

Mauricio estaba junto a la barandilla del buque Buenaventura. Tenía la mano derecha, con el dedo pulgar hacia dentro, apoyada en la pretina del pantalón; con la otra mano rozó las dos perlas negras de su lazo, sobre el que siempre lucía aquella joya que le había regalado su madre cuando aún era muy pequeño. Recordaba el momento en el que abrió el estuche de baquelita y encontró junto a la aguja una nota que decía: «Hijo, siempre estaré contigo. Siénteme».

Miró una vez más el reloj y, después de acariciar el rubí de su corona, lo volvió a guardar en el bolsillo. Entonces reparó en que la mujer que había a su lado lo observaba con bastante insistencia. Vestía un abrigo azul acero abotonado desde el cuello hasta los pies y una cinta del mismo color le ajustaba el sombrero negro de ala levantada. Lo primero que le llamó la atención de su perfil fueron sus pestañas muy largas y sus labios protuberantes. Se imaginó cenando con ella, la conversación posterior, la manera en que la seduciría... Sin embargo, se llevó la mano al sombrero para saludarla de forma cortés, aunque breve; después inclinó la cabeza, dio media vuelta y se dirigió a su camarote.

Una vez dentro, se quedó muy quieto, con la mirada puesta en dos grabados con sendas figuras alegóricas que representaban el comercio y ultramar, respectivamente. No le cupo duda de que aquellas dos imágenes las había elegido su cuñado en persona para identificar a su sociedad marítima, pues definían a la perfección sus ansias, aquello a lo que había dedicado su vida: a hacer las Américas.

Aunque se trataba de la compañía naviera de Bartolomé Gormaz, Mauricio había comprado su pasaje como cualquiera. Estaba convencido de que era clave coger a su cuñado con la guardia baja, aparecer por sorpresa, sin darle tiempo a reaccionar. Se plantaría ante él y le haría la única pregunta que le ocupaba la mente: «¿Dónde está mi hermana?». Le escupiría esas cuatro palabras, lo increparía con la mirada, lo agarraría de las solapas.

La noche del jueves al viernes, mientras paseaba por la cubierta del Buenaventura, escuchó el sonido de unos cascabeles. Se giró con el tiempo justo para ver a una mujer muy blanca con unos ojos verdes que parecían estar iluminados por dentro. Llevaba unos aros grandes en las orejas y los hombros al descubierto a pesar de estar en pleno mes de enero y en alta mar. Vestía con telas muy vaporosas de tonos claros y un gorro ajustado de terciopelo fucsia del que colgaban sobre la frente unas monedas doradas. La siguió con la mirada hasta que entró por una puerta que cerró tras ella. Mauricio se acercó. Era la primera vez que se adentraba en aquella zona del barco. Un cartel rectangular informaba con una tipografía recta, sin ningún adorno, de que era la capilla.

Al día siguiente llegarían a Cádiz, y hasta entonces no sabría quiénes de entre el pasaje embarcarían hacia las Antillas y quiénes se quedarían en la ciudad del sur. Mauricio esperaba que tanto aquella mujer que vestía de forma tan estrafalaria como la del abrigo azul acero subieran al transatlántico. Que lo intrigaran ya le suponía una forma de distracción.

A media mañana del viernes, el Buenaventura se disponía a entrar en la bahía. Lo primero que vio Mauricio fue el faro en el centro de una isla a la que rodeaba una fortaleza y que solo estaba unida a la ciudad por una lengua de tierra empedrada. Conforme se acercaba el barco, comenzó a distinguir las letras sobre la fachada del edificio principal: «Sociedad del Puerto Mercantil de Cádiz». También aquellas instalaciones eran propiedad de su cuñado.

Enseguida divisó en el desembarcadero a su amiga Lupión.

En realidad se llamaba Aparición, pero era conocida por ese otro nombre porque había nacido en la villa homónima de La Loma, en Úbeda. Una localidad del centro de la provincia de Jaén en la que su padre, comandante de infantería, había estado destinado. Mauricio la había conocido en el lujoso teatro Tacón de La Habana en 1860, cuando él tenía veinticinco años y ella veintiséis, y desde entonces era su más rendido admirador. Entre la ópera y la zarzuela, ella también se había decantado por este segundo género. En las reseñas de sus actuaciones siempre hacían constar su afinada voz de tiple que la convertía en la mejor entre las mejores de su cuerda. Además, a sus cuarenta y un años conservaba intacta su belleza. El año antes había emigrado a Italia, poco después de casarse con el médico republicano Adolfo de la Rosa. En esos momentos, y solo durante cinco días, estaba en Cádiz resolviendo unas cuestiones relacionadas con un contrato de exclusividad con una compañía de la ciudad. Mauricio, antes de salir de Barcelona, la avisó de su llegada al puerto, por si era posible el encuentro, a pesar del poco tiempo del que disponían ambos. Por eso se alegró tanto al verla allí. Él sabía que, en cuanto trasladaran la carga del Buenaventura al otro barco, zarparía para comenzar un trayecto de más o menos un mes, según cómo soplara el viento.

—¡Lupi! —gritó él nada más descender. Junto a la cantante jienense estaba su criada negra, con un vestido muy blanco y almidonado con varias filas de puntillas.

Antes de llegar adonde estaban ellas, Mauricio se giró en dirección al buque y vio cómo la mujer del abrigo azul acero le clavaba los ojos. Aquella mirada se lo dijo todo. Él sonrió.

—Señor —lo saludó también la sirvienta con la voz muy baja.

—Ven aquí. —La soprano lo abrazó—. Aún mantengo mi casa de Cádiz. Vamos y te tomas un refresco, duermes y mañana desde la ventana podrás vigilar que no se te escape el barco —le dijo como si adivinara su inquietud.

A Mauricio le admiraba la forma de hablar de Lupión, la energía que ponía en cada frase, como si quisiera que le saliera perfecta, rápida. Mientras caminaban por la calle Columela, poco antes de llegar a la vivienda en la plaza de las Flores, él le contó el motivo de su viaje a la isla.

—¿Y tu cuñado no te ha dicho nada? Eso sí que no me cuadra. Con lo poco que cuesta escribir. Si tú y yo nos hemos encontrado pronto poniéndonos un cable; cuando se quiere, se puede.

—Lupi, esa es la peor señal —le dijo él—. Sabes que Bartolomé y yo nos hablamos lo justo. Pero aun así… En una situación como esta… Dulce es mi hermana, tenía derecho a saberlo.

La criada lo miraba de tal manera que parecía desentrañar el enigma que le refería.

—Mira, conservo buenas amistades en Cuba. Ya lo sabes —le dijo la cantante.

—Y en todo el mundo. Nunca he escuchado aplausos como los que te dedicaron cuando estrenaste *Marina.* Cuánto arte. ¿Por qué no vuelves a la isla?

—A Cuba no voy a volver mientras haya guerra. Estoy muy bien con mi marido y mis hijos en Italia. ¿Volverías tú acaso si no fuera por lo de tu hermana? Y ahora, a lo que vamos. Ya sé lo que haremos. —Lupión había sido siempre muy dispuesta—. Te voy a dar una lista de nombres y te voy a escribir todas las cartas que me dé tiempo. Verás como estas personas se encargan de facilitarte cualquier cosa que necesites allí. Ahora Maricha te preparará algo de comer. Esta mujer es una joya, una perla negra —dijo, y rio—. Y después, mientras yo escribo, descansas un buen rato en una cama que no se mueva.

11

Al día siguiente, de regreso al puerto, Mauricio admiró el mascarón de proa en la parte alta del tajamar del Providencia, el buque que lo llevaría a Cuba. Pensó que, sin duda, el escultor que lo había tallado en madera debió conocer a Manón. En el folleto que acompañaba a su billete leyó que aquel barco había sido construido en los astilleros Oswald & Co., en Sunderland (Inglaterra). Mauricio sabía que se había hecho famoso por sobrevivir a un temporal que, a decir del cronista del diario *The New York Times* que relató la noticia que le había mostrado su cuñado con mucho orgullo, más que una tempestad parecía el fin del mundo. Le contaron que si no se partió ni se le rompieron los ejes de las hélices fue, en parte, gracias a la pericia de su capitán, Dan Felberg, el mismo que los guiaría entonces, según decía el impreso, y en parte también debido a la capacidad de la nave de navegar a vela con los motores parados. Después de aquel suceso, el Providencia llegó al puerto de La Habana desarbolado, pero con la tripulación y el pasaje en perfecto estado. Recogía también la nota periodística que a su llegada a la isla todos los que descendieron del barco se declararon creyentes y llenaron las iglesias de la capital de exvotos de tema marinero.

Aquel buque tenía capacidad para cuatrocientos pasajeros distribuidos entre la cámara alta, donde viajaba Mauricio junto a otras sesenta personas, la cámara baja y el transporte. Miró de refilón los datos técnicos: casco de hierro de 96,6 metros de eslora, 11,8 de manga y 8,58 de puntal. Su máquina de vapor era de 1.600 caballos y andaba 12 nudos. Alzó la vista porque prefería detenerse en su estética poderosa, admirar sus dos palos, la chimenea, la proa recta y el alcázar. «Una amena travesía de apenas treinta días», decía el papel.

Junto a la escalerilla se encontró con el mozo que se había hecho cargo de su equipaje desde que lo bajaron del Buenaventura y que lo había depositado en su camarote. Le dio una buena propina; el chico abrió mucho los ojos y le dijo que era una lástima que no se quedara en Cádiz, que no había demasiados caballeros tan generosos como él. Mauricio le sonrió.

Al escuchar la sirena sintió cómo se le hinchaba el pecho: la nave que lo llevaría hasta su hermana se ponía en movimiento.

En cuanto se alejaron del puerto, dedicó las primeras horas a familiarizarse con el que iba a ser su medio durante varias jornadas. El camarote era bastante más confortable que la cabina en la que había viajado desde Barcelona. Había una lámpara de araña de cristal, unas molduras bastante historiadas, cortinas tupidas rematadas de pasamanería, muebles robustos y oscuros y en todas las paredes cuadros de clíperes con las velas desplegadas.

Le pidió a uno de los mozos que le llevara un plato de sopa y un filete, y permaneció allí hasta que anocheció. No quería relacionarse demasiado con el resto del pasaje porque temía que, en cuanto descendieran del barco, le contaran a su cuñado que se encontraba allí. Se dijo que solo con dos personas, con las dos mujeres que había visto en el otro barco, no le importaría compartir su tiempo.

Salió a la cubierta con la esperanza de verlas y enseguida encontró, y en la misma postura, a la que había saludado durante la travesía anterior.

Pasó un par de veces por detrás de ella sin atreverse a hablarle. Después se detuvo, se llevó la mano al ala del sombrero y la saludó. Ella le correspondió con una leve inclinación de cabeza. Mauricio se acercó a la barandilla, la miró desde más cerca y recordó cómo lo había atravesado con la mirada cuando se encontró con Lupión. Aspiró el aire del mar con los ojos cerrados y entonces ella le preguntó por su destino.

—Voy a Santiago —le dijo él.

—Yo también —le respondió, y después de unos segundos en silencio añadió—: Aunque no sé qué me voy a encontrar allí, y no lo digo solo porque no haya estado antes en la isla.

«Yo tampoco sé lo que me voy a encontrar allí», pensó Mauricio.

Ella continuó:

—Han herido a mi marido. Si está grave, es muy posible que no llegue a tiempo.

—Cuánto lo siento, señora... —le dijo a la espera de que le revelara su apellido.

—Lo acababan de nombrar mariscal de campo. En Madrid trabajó en el Ministerio de la Guerra. Apenas llevábamos medio año allí cuando lo volvieron a destinar. Había estado ya bastante tiempo en la isla antes de que nos casáramos. Ya sabe que, cada vez que cambia el gobierno, cambian todos los cargos. Los traslados son frecuentes, la vida de los militares...

—Sí, y de sus esposas —le dijo Mauricio mientras la miraba intentando adivinar de golpe más cosas sobre ella. Le había sorprendido que nada más acercarse ella le hubiera hablado de aquella manera, a bocajarro, como si necesitara desahogarse.

—Exactamente. Sobre eso también habría mucho que hablar, pero no quiero aburrirle. ¿Usted a qué va a la isla? ¿De dónde es?

Mauricio decidió no aludir de momento a su cometido. Necesitaba encontrar cierto solaz en aquella conversación, por lo que se decidió a relatarle sus circunstancias anteriores.

—Le contaré mi historia para que se distraiga —le dijo con una sonrisa—. Mi padre se llamaba José Sargal. Llegó allí, a Santiago de Cuba, desde San Juan de Puerto Rico, donde había trabajado como mozo en una tienda de un paisano suyo, también emigrado como él desde Alella, en el Maresme. Su patrón se dedicaba a adquirir saldos de fin de temporada en Barcelona: tejidos, zapatos, sombreros, sombrillas y paraguas, juguetes, cristalería, espejos, porcelanas, abanicos... Cualquier cosa que se pudiera vender. En pocos años, mi padre ya era el contable del negocio. Pronto, su jefe le propuso abrir otro almacén en Santiago aprovechando que los barcos hacían escala allí y que podían descargar sus mercancías. En poco tiempo, La Favorita, como la llamaron, fue la tienda más frecuentada y bien surtida de la ciudad. Él le mandaba las cuentas a su jefe a San Juan acompañadas siempre de buenas noticias.

La mujer, de la que aún no sabía el nombre, solo que estaba casada y muy preocupada por su marido, le prestaba mucha atención. Mauricio la invitó a sentarse en las hamacas que había detrás de ellos. Ella aceptó, pero se quedó en la orilla de una de aquellas sillas de lino con el armazón de madera.

—¿Y usted nació allí? —le preguntó ella mientras se fijaba en su ropa.

—Sí, soy criollo, español de ultramar.

—Continúe, por favor, no sabe el bien que me hace, consigue que por unos momentos me olvide de mis preocupaciones.

Mauricio pensó que a él le sucedía lo mismo, que ambos estaban embarcados en una circunstancia similar.

—Le decía que el negocio no podía ir mejor, que solo un año después mi padre ya tenía dos empleados, que eran de la misma comarca que él. Uno era el dependiente y el otro el recadero. Entre los clientes de la tienda había un alemán con el que mi padre trabó amistad. Era un hombre muy afable. Estudiaba la naturaleza, la fauna, la flora, los ríos, las costumbres de los habitantes…, y lo anotaba todo en unos cuadernos apaisados que cuidaba mucho. Tenía además bastantes libros, todos ilustrados. Cada tarde, el alemán solía llegar a la hora en que estaban a punto de cerrar La Favorita y se quedaba un rato a conversar con él en la trastienda mientras se tomaban un ron. Se llamaba Herbert Hollwege.

Ella repitió el nombre para corregirle la pronunciación y Mauricio sonrió.

—Parece que antes de dedicarse a viajar había sido litógrafo en Gotinga. ¿Sabe a lo que me refiero?

—Sí. ¿Le sorprende que sepa estas cosas? —le preguntó ella sonriendo por primera vez. Después se recolocó una horquilla para atrapar un mechón de cabello detrás de su oreja. Él advirtió sobre su mejilla una marca, como una letra de un alfabeto antiguo—. Continúe, por favor. Las historias triunfales me interesan mucho, para derrotas ya tenemos cada uno las nuestras.

Mauricio tenía ganas de confesarle la preocupación que sentía por su hermana, sincerarse con aquella mujer como solo puede hacerse con una persona desconocida, decirle de pronto «debí impedir que mi hermana se casara con ese rufián. Sabía que todos acabaríamos pagando las consecuencias de mi inacción», pero continuó hablándole de la vida de su padre:

—Herbert Hollwege se empeñó en enseñarle el oficio de litógrafo. Le dijo que ese era el futuro de la imprenta, que cada vez los grabados eran más demandados para los carteles de publicidad y las etiquetas de los licores, de los perfumes... Mi padre accedió, más por complacerlo que porque tuviera verdadero interés. Ese es un comportamiento bastante habitual en mi familia —Mauricio sonrió de nuevo—. Cambiaron la tertulia de cada tarde en la trastienda por un rato en la vecina Imprenta Moderna, el local donde el alemán compraba sus cuadernos y sus estilográficas. La había fundado un navarro, Matías Alqueza, a finales del siglo pasado, en 1792, y hoy por hoy sigue en manos de su nieto. Allí, entre actas, estatutos, memorias patrióticas, leyes y demás documentos públicos, mi padre, que además tenía una buena relación con el tipógrafo, recuperó su relegado placer por el dibujo. Enseguida le cogió el gusto a aquel oficio que para él no era más que una afición. Entonces no se imaginaba que esta actividad lo convertiría en un hombre inmensamente rico.

—Como supongo que también lo es usted —intervino ella.

—Sí, a pesar de que mi herencia fue diezmada por cierta mala jugada de alguien que hace trampas, un indeseable que se dedica al comercio ilegal; pero no quiero hablar de él ahora. Esa es otra historia. —Mauricio miró alrededor. Estar en uno de los barcos de la sociedad marítima de Bartolomé le hacía sentirse demasiado cerca de él—. ¿Quiere que entremos? El tiempo se está tornando muy desapacible —dijo.

—Como guste —respondió ella.

—¿Le importa que la vean conmigo? —Mauricio pensó que a él le convenía que los tomaran por un matrimonio. Así pasaría más desapercibido.

—Pierda cuidado. Si vistiera uniforme, pensarían que es un asistente de mi marido; aun así… —dejó la frase inconclusa—. No, no se inquiete. Tengo otras cosas más relevantes de las que preocuparme. Si enviudo…

—No diga eso. —Mauricio le tomó la mano y se la apretó—. Seguro que su marido se recupera. Vayamos.

Recorrieron unos cuarenta metros de la cubierta hasta llegar a una puerta dividida en cuatro rectángulos de vidrio por una cruz de forja. Él le cedió el paso. La iluminación proporcionada por las velas que descansaban en las repisas les acentuaban los rasgos. Se sentaron en una de las mesas del comedor, cerrado a aquellas horas. Él pidió un ron y cuando el camarero somnoliento se dirigió a la esposa del militar, ella le dijo que tomaría lo mismo que el señor.

A Mauricio le gustó esta fórmula porque de esa manera no se sabía si él era o no su esposo.

—¿Ya ha acabado su historia? —le preguntó mientras se llevaba la copa a los labios de forma que sus ojos asomaban por el borde superior.

—Prácticamente. Poco queda que contar. El éxito de mi padre coincidió con el auge del tabaco en la época en que dejaron de exportarse los habanos en cajas voluminosas y comenzó a hacerse al detalle. Era necesario identificarlos porque había mucho fraude, muchas falsificaciones. Decían que procedían de Cuba cigarros de cualquier origen. Además, se puso de moda que los clubs, las navieras como esta… —Mauricio se quedó callado unos instantes; la animadversión que sentía hacia Bartolomé Gormaz y todo lo que tenía que ver con él lo detuvo.

—¿Se encuentra bien? —Ella advirtió que una sombra le cruzaba los ojos y dejó la bebida de caña sobre la mesa.

—Sí, le decía que en los casinos, y también algunas personalidades y ciertos empresarios, querían regalar a sus amigos y clientes cigarros exclusivos y, para eso, las tabaqueras comenzaron a competir en sus envolturas y a esmerarse en los bocetos de las láminas que los acompañan. Mi padre se entusiasmó tanto con esta nueva situación que encargó una prensa a una fábrica de Cambridge y la instaló en la trastienda del almacén. A su vecino, Matías Alqueza, el dueño de la Imprenta Moderna, no le importó lo más mínimo porque ni con sus cuarenta empleados daba abasto para atender tantos encargos como recibía. La clave de la notoriedad de mi padre radicó en que trabajaba de forma más artesanal que los demás y, sobre todo, en que sabía escuchar a sus clientes; se adaptaba a sus peticiones, por mucho que aquellos grabados, brillantes y recargados, no respondieran a su gusto. Conservo algunas de las planchas de zinc que imprimían relieve a las figuras; también muchas piedras con imágenes y textos, troqueles con los que se marcaba el papel... Es todo un arte. Los pliegos comenzaron a amontonarse en la trastienda y mi padre tuvo que trasladar la imprenta a otro local más grande, separándola de esa manera del almacén La Favorita.

Mauricio sintió que estaba en otro mundo, en el de su infancia, que había regresado a aquellos años en Santiago de Cuba. Pensó que muchas veces un interlocutor, alguien con quien hablar, es lo único que nos salva de nuestros abismos interiores. La compañía de aquella mujer lo había llevado al momento en el que comenzó todo.

Ella se había desprendido de su abrigo azul acero y lo había dejado sobre el brazo de un butacón cercano. Debajo llevaba una blusa oscura con pliegues estrechos en el pecho y una larga fila de botones que le llegaban hasta la cinturilla de la falda. Las mangas eran tan abombadas que Mauricio no entendió cómo le cabían debajo del abrigo.

Dijo para terminar:

—Mi padre se especializó en los juegos de habilitaciones. ¿Sabe lo que son?

Ella negó con la cabeza.

—Son las etiquetas de las cajas de cigarros puros: la del exterior, la de dentro, el tapaclavos, el sello de garantía... Imagínese si se necesita papel estampado para todo eso. Por aquellos años, el hombre que lo contrató a su llegada a las Antillas, el dueño del almacén de San Juan de Puerto Rico, le vendió el negocio; quería regresar a España, pasar sus últimos años, que aún fueron muchos, en la casona que se había hecho construir frente al Mediterráneo. Mi padre dejó su almacén y el de Santiago de Cuba en manos de sus empleados y él se dedicó en cuerpo y alma a la litografía. Su patrimonio superó el de muchos tabacaleros e incluso el de los más renombrados miembros de la «sacarocracia», como se les llama.

—¿Quiénes son?

—En cuanto llegue, le hablarán de ellos. Son los propietarios de los ingenios azucareros. Entre los comerciantes y los hacendados catalanes poseen casi toda la isla.

—¿Y usted a qué se dedica? ¿Continuó con los almacenes o con la imprenta litográfica?

—Con ninguna de las dos cosas. El almacén de Santiago lo empeñó mi padre en un negocio nada claro, en una apuesta temeraria de... mi cuñado —a Mauricio le costó mucho pronunciar estas dos palabras—, y la prensa se la vendió a los descendientes del navarro, el propietario del taller donde le enseñó el alemán.

—Herbert Hollwege —dijo ella.

—Sí, Herbert Hollwege, qué memoria —apreció Mauricio.

—Sé que usted lo expresa con la voluntad de hacerme un cumplido, pero créame si le digo que muchas veces es una maldición no poder olvidar ciertas cosas.

Al decir esto, tenía en el pensamiento las desagradables palabras que un militar borracho, compañero de su esposo, le había gritado en una fiesta en medio de la pista de baile. Hacían referencia a algo que le había sucedido a ella en su infancia y que el compañero de su marido sabía porque procedía de la misma zona de Asturias. Según él, aquel era el motivo por el que el mariscal había acabado casado con ella. Aquellas frases la habían herido de una forma tan profunda que el tiempo no había conseguido alejarlas.

—Bien, en ese caso espero fijarme en su memoria como un buen recuerdo —le dijo Mauricio.

—Y ahora, ¿qué le queda de todo aquello? ¿Nostalgia? —le preguntó ella para cambiar de tema de forma inmediata.

—Eso también. Con el dinero que se salvó de la primera operación y todo lo percibido por el negocio litográfico compré unas tierras en el Maresme. Puedo decirle que apenas tengo que ocuparme de ellas porque elegí muy bien a quienes las llevan.

—Bueno —le dijo a modo de despedida—. Gracias por su agradable conversación. Sin duda, es lo que más me podía entretener esta noche. Me ha hecho estar en otro lugar al menos durante este rato. Mire si ha logrado involucrarme en lo que me contaba que hasta he deseado fumarme un habano. —Se puso en pie y Mauricio se incorporó también enseguida.

—La acompaño —le dijo él mientras depositaba unas monedas sobre la mesa.

Cuando los dos salieron a la cubierta, el viento arrastraba una lluvia fina. A ella le recordó al ábrego.

—¿Sabe cómo se llama el viento de mi tierra? —preguntó ante el silencio de Mauricio—. El aire de las castañas, porque las arranca de los árboles.

—¿De dónde es? —se atrevió a preguntarle él.

—De Llanes. ¿Lo conoce?

—No he estado allí, aunque sí en Oviedo. He asistido a varias representaciones en el teatro del Fontán. ¿Cómo se llama usted? —le preguntó Mauricio.

—Mañana —le dijo ella de forma tajante.

—¿Se llama usted «mañana»? —Sin pretenderlo, exhibió la sonrisa que a tantas mujeres les había hecho cambiar su mirada… y su actitud.

—Se lo diré mañana. Ahora estoy muy cansada. —Ella bajó la vista para sustraerse de aquel embrujo, aunque la expresión que él había compuesto con sus labios y con sus ojos ya la había atravesado entera.

—¿Tan cansada está como para no pronunciar su nombre? —insistió; una vez azuzada su curiosidad, no quería darse por vencido—. ¿Por qué no me lo quiere decir? —Se colocó delante de ella, quería leérselo en la frente o en el fondo de las pupilas.

—Tendría que explicarle a continuación por qué me llamo así —le respondió con la mirada posada en el mar, a pesar de que a aquellas horas no se podía distinguir nada en el horizonte. Después giró la cabeza hacia él, fingió un mayor aplomo y le replicó—: Usted tampoco me ha dicho el suyo.

—Soy Mauricio Sargal.

Le cogió la mano y se la besó. Ella la apartó enseguida porque sintió que le quemaba. Después se la frotó contra la otra. Pensó que, en cuanto estuviera a solas, rozaría con sus labios el mismo trozo de piel en el que él había depositado los suyos.

Llegaron a su camarote y ella entró.

—Espero que pase la noche en calma —le dijo él a dos pasos de la puerta.

Ella bajó la mirada y Mauricio se fijó de nuevo en sus pestañas, y pensó que aquella manera tan esquiva, aquel no saber dónde posar los ojos, la delataba.

Una vez dentro, ella se quedó muy quieta con la espalda pegada a la puerta, mientras Mauricio acariciaba con mucha suavidad la madera desde el exterior. Cada uno sintió en aquel contacto que el corazón le revivía.

12

Santa María de Sants, martes, 12 de enero de 1875

En cuanto escuchó el ruido que hacían los albañiles que pavimentaban uno de los caminos del jardín, Carola Esmerla puso en marcha lo que había planeado: bajó a decirles que, para adelantar, podían cruzar con los materiales a través del vestíbulo y sacarlos por la puerta trasera de la mansión. Esperó unos minutos junto a la pared de la sala de estar y, en cuanto uno de ellos apareció, tan cargado que iba inclinado hacia adelante, Carola cruzó el pasillo atropelladamente y chocó contra él. Al obrero se le cayó el capazo lleno de teselas que llevaba.

—¡Ay, no te he visto! ¿Y ahora qué? —le dijo al albañil.

—Pues que me tocará recogerlo —el hombre la miró resignado.

—No, espera —le dijo indicándole con un gesto de la mano que no se agachara y llamó a Manón.

La criada apareció ajustándose la cofia.

—Mira qué desastre. Que no quede ni una de estas dichosas piedrecitas.

Manón encontró teselas debajo de la cómoda, en la alfombra, entre las sillas, junto a las estanterías. En cuanto llenaba con ellas una caja mediana de madera, salía al jardín para entregárselas a los obreros, que cada vez le sonreían más.

—Menuda faena para la pobre chica. Podías haber tenido más cuidado —le dijo el jefe de la cuadrilla al obrero.

—Pero si yo no he hecho nada. Ha llegado aquella como un tifón y... Casi me caigo yo también —se defendió.

Dentro de la casa, Carola se colocó junto a Manón y le dijo:

—Qué lástima. Hoy no tendrás tiempo para leer.

—Qué más da. Cada día tenemos que tomarlo como Dios nos lo envía —le respondió ella.

—Qué piadosa eres. Parece mentira.

Como única contestación, Manón sonrió. Carola no podía soportar el trazo que marcaban sus labios; le levantaba los pómulos y le iluminaba los ojos. Le molestaba su belleza natural, sin afeites, sin trucos, sin medios, limpia, como recién trazada, y no entendía aquel servilismo extremo, aquella manera suya de doblegarse.

Carola continuó:

—Qué pena, Manón, me duele la espalda solo de mirarte. Qué cansancio. Y cuando seas vieja… ¿Qué será de ti?

—Cuando sea vieja, me mantendrá don Mauricio, me lo ha prometido, y él es hombre de palabra, amén de otras muchas cosas.

A Carola se le incendió la mirada. Quiso agarrarla del cabello negro, deshacerle el moño, que todos la vieran así, castigada, pero decidió llevarse su mal humor con ella.

Santa María de Sants, jueves, 14 de enero de 1875

Manón aprovechó su única tarde libre aquella semana para ir a la fábrica textil de su patrón. Después del episodio de las piedrecillas del mosaico, se habían sucedido solo en un par de días una serie de humillaciones de las que no pensaba dar cuenta a don Augusto, pero por las que se había decidido a pedirle un puesto de trabajo en los telares mecánicos. Su situación en aquella casa solo podía empeorar porque la aversión que le manifestaban doña Delia y Carola aumentaba día a día. Ella había procurado ser discreta, paciente, hacendosa, sonreír siempre, sobre todo a los invitados, pero cada gesto suyo era rechazado por la esposa y la hija con más saña. Con Mauricio Sargal embarcado hacia América, no tenía nadie más a quien recurrir.

Salió de la calle del Miracle hacia la plaza principal. Allí, ante el edificio industrial de planta baja, tres pisos y desvanes, sintió un leve mareo al mirar la alzada de la chimenea de ladrillo. Llegó hasta la verja y llamó a un timbre de sonido tan estrepitoso que la asustó. El portero se asomó enseguida y bajó los cinco escalones amplios que separaban la puerta de entrada de la verja.

—Necesito hablar con el señor Esmerla —le dijo ella antes de que le preguntara.

—¿Y por qué asunto? —le dijo él.

—Dígale, por favor, que soy Manón. Esperaré lo que haga falta. No tengo prisa.

—No sé si podrá recibirla. Está siempre muy ocupado. Veré

lo que puedo hacer, pero… entienda que esto no es habitual —le dijo él mientras la observaba con desconfianza—. Pase, quédese aquí y no se mueva.

Manón entró en el zaguán. Tenía el techo más alto que había visto nunca. Sintió vértigo al admirar las vigas de madera que se cruzaban arriba. Al lado de la entrada, unas vitrinas exhibían muestras de pana y terciopelo, cada una con un cartel con datos sobre el año de fabricación y la urdimbre. A su derecha estaba la portería, llena de llaves, clavos de los que colgaban fichas, anaqueles y muchas casillas con papeles doblados en sus huecos.

El hombre volvió enseguida.

—Acompáñeme —le dijo.

Accedieron a la nave central. El ruido, que fuera apagaba un portalón inmenso, le resultó insoportable. En vez de cruzar por el centro de los telares, se desviaron a la derecha, hacia una puerta que conducía a un pasillo. De la pared colgaban un calendario, algunos carteles metálicos de fábricas inglesas, herramientas y había un botijo cada cuatro o cinco metros.

Caminaron hasta el patio trasero y subieron por una escalera metálica que había contra el muro. Aquellas oficinas a un lado y otro del corredor eran muy diferentes al resto de las instalaciones. A Manón le parecieron salones de una mansión. Sin dirigirle la palabra, el portero la condujo hasta la puerta del fondo. Una vez allí, llamó.

—¿Da usted su permiso, don Augusto?

—Adelante —dijo el dueño de la fábrica—. ¡Manón, esto sí que no me lo esperaba! —exclamó en cuanto la vio.

—Si no se le ofrece nada más, me retiro —le dijo el portero a su patrón.

El industrial estaba en el centro de la habitación, de pie junto a una mesa llena de planos, algunos estaban enrollados y otros estirados, sujetos en las esquinas con distintas piezas de su escritorio. Se acercó hasta ella.

—Buenas tardes, don Augusto, discúlpeme, no quería molestarlo, pero…

—Dime, ¿qué sucede?

—Verá, he venido porque quiero pedirle un favor. Me gustaría trabajar aquí.

—¿No estás a gusto en mi casa? —le preguntó sorprendido. Ella no supo si fingía o si realmente no había advertido los continuos desaires de doña Delia y de su hija.

—No es eso, es solo que necesito que me dé el aire. No me acostumbro a estar tanto tiempo encerrada —mintió. Trabajar en una casa, a resguardo de miradas e intenciones ajenas, era lo que más le convenía.

—Aquí no te va a dar mucho el aire. Si acaso a la ida y a la vuelta. —Después de una pausa don Augusto le preguntó—: ¿Y dónde vivirás? Además, tendrías que esperar al menos hasta que encontráramos otra doncella. Manón, piénsatelo. No vas a estar en otro sitio mejor que en mi casa.

—Don Augusto, quiero marcharme esta misma noche. Hacer la maleta en cuanto regrese. Lo he hablado con la cocinera y de momento puede hacerse cargo su sobrina; si después no les gusta...

—Eso no es de mi incumbencia, de los asuntos domésticos se encarga doña Deli, yo ya tengo bastante con la fábrica, pero en este caso... Manón, tu decisión me apena. Te estás equivocando.

—Estoy decidida, don Augusto. No me gusta tener que recurrir a usted, pero no conozco a nadie más que pueda proporcionarme un trabajo.

—Si es así y no hay más remedio, acompáñame. Veré qué se puede hacer.

Salieron juntos y fueron hasta la primera puerta del pasillo, la de Administración, que estaba junto a la entrada. No hizo falta que don Augusto llamara porque enseguida surgió del despacho la voz endeble y trémula de Arlitán:

—Pase, pase, don Augusto, y compañía. —Había visto a Manón entrar con el portero.

—Gerardo, esta es Manón. Ha estado trabajando en mi casa hasta ahora. La apreciamos mucho —dijo don Augusto a manera de presentación.

—¡Manón! —dijo él con los ojos muy abiertos como si aquel nombre le despertara alguna evocación lejana.

—Búscale algo que valga la pena —le ordenó él.

—Veré lo que se puede hacer —respondió Arlitán con los ojos brillantes.

—Manón, espero que hayas meditado lo suficiente tu decisión —le dijo don Augusto como despedida.

Ella asintió y le dio las gracias.

—Decisión, decisión —le dijo Arlitán en cuanto se quedaron solos—. En eso consiste la vida: en decidir. Espera aquí un momento.

El administrador fue al cubículo que ocupaba Ceferina sobre un voladizo del edificio. Le dijo:

—Que durante la próxima hora no me moleste nadie. Y nadie es nadie. ¿Me has entendido? —El temblor de la voz se le había trasladado a los gestos.

—¿Ni siquiera don Augusto? —le preguntó la secretaria.

—Con él acabo de hablar. No vendrá. Encárguese durante este rato de cualquier cosa que pueda surgir. No me interrumpa usted tampoco, oiga lo que oiga. Nada de lo que sucede en mi despacho es asunto suyo. ¿Está claro?

—Sí, don Gerardo, así lo haré.

En cuanto regresó, echó la llave de la puerta sin apenas hacer ruido y después contempló a Manón. Estaba de espaldas ante la ventana, el contraluz la perfilaba de tal forma que hasta se apreciaban con minuciosidad los cabellos que se le escapaban de su moño alto. Tenía el cuello muy largo y los hombros estrechos. Arlitán constató que, aunque vestía de forma humilde, les daba a aquellas prendas una prestancia inusual; parecía una aristócrata disfrazada de plebeya.

Se le acercó con mucho sigilo y con un siseo, muy cerca de su nuca, le ordenó que se sentara. Después, en vez de dar la vuelta a la escribanía y ocupar su silla, Arlitán se apoyó en la esquina derecha de la mesa, apenas a un metro de Manón. Ella se sintió muy incómoda tan cerca del administrador y retrocedió. No pudo evitar fijar su mirada en el diente de oro que le daba a su boca el aspecto de un mecanismo de metal.

—Veamos… ¿Qué sabes hacer? —le preguntó en primer lugar.

—Sé escribir, entiendo un poco de francés y de italiano, leo mucho, también dibujo, aunque eso aquí en la fábrica… —dijo ella enseguida, consciente por primera vez de dónde se encontraba.

—¿Y cómo es que una sirvienta sabe hacer todas esas cosas? ¡Una fregona cultivada! ¡Ilustrada! —rio él—. Esta sí que es buena.

—Mi vida no siempre ha consistido en esto.

—Déjame ver tus manos —le exigió como si no le importara lo que acababa de decirle y su único interés radicara en el cuerpo de Manón. Ella se las tendió en un gesto que se parecía bastante a una rendición y él la cogió de ambas muñecas.

—¿Y dormías solita en casa de don Augusto?

—¿Qué insinúa? —le preguntó desconcertada—. Don Augusto es un hombre respetable. Muy decente.

—Todos lo somos, criatura. Respetables, respetuosos y, por tanto, respetados, hasta que dejamos de serlo.

Manón advirtió en sus facciones mucha amargura y resentimiento.

—¿Mi jefe se ha aburrido de ti? ¿Es eso? ¿Quiere premiarme discretamente? ¿O es que habías convertido tu cuarto en un lupanar y por eso te han puesto de patitas en la calle? No serías la primera. Casa con dos puertas mala es de guardar, dicen, así que con tres… Son muchas las que compaginan los dos oficios porque nunca tienen bastante.

—Me está ofendiendo —le dijo Manón en voz muy baja.

—Demasiada libertad es la que tú has tenido. —Arlitán le oprimió las muñecas mordiéndose los labios.

—Creo que es mejor que me marche. Ya encontraré trabajo en otro lugar —dijo Manón cuando consiguió zafarse de él. Después se dirigió hacia la puerta.

—No lo dudo. Con ese talle, con… —Arlitán hablaba de forma entrecortada. Después jadeó—. Espera, aún no te he dicho que salgas. No creo que estés en ningún sitio mejor que aquí. Piénsalo. Si fueras lista… Te he preguntado al principio qué sabías hacer, dejémonos de cháchara y demuéstramelo. Levántate la falda. Quiero verte las piernas.

En ese momento, como si esas últimas palabras la hubieran lanzado a otra realidad, a unos recuerdos demasiado vívidos, se abalanzó hacia la puerta. Comenzó a mover la manivela arriba y abajo y a golpear el vidrio opaco de la ventana de al lado.

—¡Ayuda! —gritó.

—¿Ayuda? Pero si eso es lo que has venido a pedirme a mí. ¿Por qué quieres marcharte ahora? ¿Acaso no sabes cómo funciona esto o es que te haces la ingenua para excitarme más? Te aseguro que no es necesario. Ya me pareces un buen bocado.

Arlitán se situó detrás de ella, metió la mano entre su cabello y le deshizo el moño. Las peinetas y los ganchos que lo sostenían cayeron al suelo. Enseguida se pegó a su espalda.

—Te conviene. Hasta puede que te guste —le dijo él arrastrando las eses de nuevo. Acercó sus caderas a la parte trasera de la falda de Manón—. Pero si hasta hueles bien. ¡Qué tonta has sido al marcharte de esa casa! La vida consiste en decidir. Ya te lo he dicho. Tú has elegido esto, así que ahora déjame.

Ella permaneció callada y muy quieta durante unos segundos, pero, en cuanto Arlitán dejó de hablar, se revolvió con mucha fuerza y fue entonces ella quien lo cogió de las muñecas. Bajo aquel traje de muñeco perverso, de autómata al que solo le faltaba la caja de madera, el hombre pesaba bastante menos de lo que ella esperaba. Levantó los dos brazos a la vez y lo lanzó con toda su fuerza contra la pared de la izquierda.

—Me da asco, señor administrador. Me da asco usted y me dan asco todos los que son como usted, aquellos que solo pueden conseguir por la fuerza lo que por su propia naturaleza y por la buena capacidad de discernimiento de los demás se les niega.

Él seguía en el suelo. Se tocaba con los dedos el labio inferior, del que manaba sangre. A su lado, una mancha señalaba el lugar donde había chocado.

Manón supo que ya no iba a incorporarse.

—Llevo un tiempo, señor administrador, rogándole a Dios por una sola cosa —se detuvo y después dijo con mucha energía—: que me libre de una vez de los que, incapaces de luchar, de sentir bondad, pervierten el mundo con su envidia, con su rijosidad deleznable. Espero que, a partir de ahora, todas las mujeres le hagan lo mismo. Yo misma me encargaré de advertirlas en cuanto baje a la fábrica. —Arlitán no creyó que estas últimas palabras las dijera en serio—. Es usted infame. Un ser abyecto.

—¡Qué vocabulario se gasta la mucama! A saber de dónde habrá salido esta zorra —dijo como si Manón ya no estuviera allí.

—Deme la llave —le dijo ella—. ¡O rompo la ventana!

—Está en mi mesa, desagradecida.

—Muérase pronto. Sobra en este mundo, no aporta nada. Solo ensucia.

—¡Madre mía! —murmuró Arlitán en cuanto Manón salió al pasillo—. ¡Cómo me gustaría domar a esta fiera! Lo primero que haría sería callarla. Menuda perorata de catedrático. —Se levantó apoyando la espalda dolorida contra la pared—. No me voy a quedar con las ganas de saber quién es esta furia. Seguro que don Augusto tampoco la conoce como cree. Indagaré, él me lo agradecerá.

13

Siboney, jueves 14 de enero de 1875

Rafael, el secretario de Bartolomé Gormaz en Santiago de Cuba, acababa de marcharse. El empleado vestía siempre la misma levita y una camisa blanca con los botones brillantes. Romi aprovechó para entrar en el despacho:

—Padre —dijo con la voz entrecortada y temerosa, a la vez que asomaba por la puerta.

Él estaba de espaldas, de pie ante el ventanal, rodeado de muebles de maderas preciosas, talladas con minuciosidad. Contemplar desde allí la plantación con una copa de brandy, jerez, whisky o ron en la mano, según el día, era una de sus costumbres. Nuestra Señora de las Mercedes era la única hacienda que supervisaba en persona. Además de esta, tenía otras siete entre ingenios y cafetales, que constituían solo la parte insular de su extenso patrimonio. En Barcelona había comprado tres fincas contiguas y más de tres mil metros cuadrados muy cerca del puerto donde, en aquel momento, se construían los once inmuebles que lo convertirían en uno de los principales propietarios de fincas urbanas de la capital catalana.

Romi se colocó a su lado:

—Ha tardado muchos días en volver esta vez —le dijo para comenzar la conversación.

—Los negocios, siempre los negocios. Pero gracias a mis ausencias, a mis transacciones, a mis desvelos, a los riesgos que asumo, a que me enfrento a todos, somos ricos. Muy ricos. Los más ricos de esta isla y casi casi de toda Barcelona.

Él le hablaba como si el hecho fundamental de su vida en ese momento, que Dulce ya no estuviera allí, no hubiera ocurrido, como si se tratara de una anécdota trivial que ni siquiera mereciera ser mencionada.

—¿Dónde está mi madre? Ya no puedo estar más días sin verla —dijo Romi. Nada le importaba más que aquello. Todo lo demás era solo un eco que le llegaba desde otros lugares que no le atañían.

—Romi, tienes que ser fuerte. Tienes que aguantar, que resistir —respondió mientras ella hipaba—. Por mucho poder que yo tenga, nada me garantiza que pueda escoger lo que nos sucede. Hay circunstancias, contrariedades, percances que ni siquiera yo puedo manejar. Y si yo no puedo, no puede nadie. Tenemos que asumirlo.

—Esto no es un contratiempo. ¡Mi madre ha desaparecido! —gritó ella—. Esto es una tragedia. Además… —se detuvo unos instantes—, no le veo muy afectado —le dijo por fin.

Bartolomé Gormaz no reaccionó a estas palabras. Romi había necesitado desde siempre que su padre la abrazara, que dejara de mirarla con aquella distancia, que no solo se dirigiera a ella cuando parecía que no tenía más remedio, obligado por el hecho de compartir aquella casa.

Estaba convencida de que habría sido muy diferente si hubiera nacido varón. Entonces habría compartido todo con su padre y él no consideraría que su cómoda existencia era a la vez inútil, que sus días entre vestidos, bordados, dibujos, clases de piano, de inglés y de francés, del resto de materias, los paseos a caballo y los ratos en la cocina preparando repostería no tenían sentido. Sabía que la actitud de su padre solo cambiaría cuando tocara casarla con quien él ya habría decidido de antemano; entonces, por primera vez, su hija cobraría importancia. Cobraría, se repetía ella, y su compromiso de boda sería un trato más para Bartolomé, un negocio que tendría como objetivo su venta al mayor postor.

Ambos dirigieron su mirada hacia el cañaveral, estaban en

pleno periodo de la zafra, el momento en el que los macheteros cortaban la planta porque era más pura y su jugo ya se había convertido en sacarosa.

Las montañas cerraban el paisaje en el que destacaban las palmeras gráciles, combadas, junto al río. Desde la torre del ingenio las vistas aún eran más amplias, pero Bartolomé prefería observar desde allí, sin ser advertido, con la habitación casi siempre en penumbra, calculaba mentalmente las arrobas a las que ascendería la cosecha. Además, desde esta atalaya, parecía que los esclavos se movieran de forma natural, y no forzados a latigazos. Esta era la representación fija, siempre la misma función, en aquel teatro en el que no faltaba siquiera el telón.

Las habitaciones de Romi estaban en la parte trasera de la hacienda, sobre las del servicio, y pocas veces se asomaba a las ventanas. A ella la habían protegido de determinadas escenas hasta que ya no fue posible; entonces comenzó a sentir también en su alma aquellos zurriagazos que los caporales descargaban sobre las espaldas de los esclavos. Este era su único mundo conocido, el orden establecido e inalterable que se mostraba ante ella: un medio cruel, de explotación, de sangre que manaba de aquellos cuerpos oscuros y brillantes por el continuo sudor.

—Quiero saber dónde está mi madre —insistió. Tuvo ganas de decirle que le había escrito a su tío Mauricio, pero se calló. Consideró que no tenía sentido hablarle de nada a aquel hombre que nunca la tomaba en consideración.

—Romualda, ya basta. A mí también me apena que no esté. ¿Crees que me da igual? De momento, no puedo darte ninguna noticia de lo sucedido. Eso es todo lo que te puedo decir. Y ahora, por favor, discúlpame, quiero estar solo. Vuelvo a esta casa en busca de paz, de toda la paz que sea posible. Eso es lo único que quiero.

—¿Paz? ¿Tiene paz sin ella? Está de brazos cruzados mientras… ¿Cómo se puede quedar así? Tenemos que encontrarla.

—Yo ya sé lo que hacer. Lo he sabido siempre. Eres demasiado joven para comprender nada aún.

Ángela, su doncella, escuchaba desde fuera, junto a la puerta. En medio del silencio que había dejado Dulce le resultaba fácil espiar, pero también aumentaban las posibilidades de que la descubrieran.

Don Bartolomé dio por concluida la conversación, quería perder de vista a su hija. La doncella sabía que Romi saldría del despacho y correría hasta su habitación mientras las lágrimas le opacarían la visión de aquel trayecto tan conocido. Ella esperaría un par de minutos para subir a verla, ofrecerle una tisana y, sobre todo, su compañía y su cariño. Y para que no perdiera la esperanza le hablaría del rey que había mencionado la santera coronada, el hombre al que tenían que preguntarle por el paradero de Dulce.

Vapor Providencia, viernes, 22 de enero de 1875

Mauricio Sargal ordenaba sobre el escritorio del camarote las notas de su libro sobre las tonadilleras y las cantantes de zarzuela. Con el fin de entretenerse, y para no enloquecer, se había propuesto terminarlo durante aquella travesía. Con su escritura, cada vez quería abarcar más, le resultaba imposible acotar aquel tema. Quería titularlo *La música alegre* porque trataba sobre las melodías compuestas e interpretadas sin pretenciosidad. Para él, al contrario de lo que solía pensarse, resultaban ser las más efectivas, las que más hondo calaban en el público, las que lo divertían. Como consecuencia, eran también las que arrancaban los aplausos más enfervorecidos, que surgían, en su opinión, del agradecimiento por el cambio de estado de ánimo de quienes las disfrutaban. En su opinión, la fidelidad de los asistentes y la diversión eran conceptos que siempre iban de la mano en un espectáculo.

La mitad de la travesía a bordo del Providencia se le había pasado con relativa rapidez, al menos más de lo que esperaba. Sin duda, había tenido mucho que ver en ello la compañía de la esposa del militar herido en Cuba. Tal como le había prometido, al día siguiente de su larga conversación en el bar del comedor de primera, le reveló que se llamaba Deva. Tal vez, le había dicho, porque su nombre era el de una diosa acuática, para sentirse bien tenía que permanecer siempre junto al agua. Por Llanes, la población donde había nacido y vivido, pasaban nada menos que cinco ríos: el Nueva, el Bedón, el Purón, el Cabra y el Carrocedo. Cuando no estaba allí, frecuentaba balnearios, tomaba baños de mar, e incluso en Madrid había conseguido habitar una casa con muchas fuentes, un estanque y una bañera de porcelana con patas de león en su habitación. Deva también le contó a Mauricio que de pequeña nadie había tenido que enseñarle a nadar, que un día se acercó a una balsa con las paredes llenas de musgo y se dejó caer desde la orilla ante el asombro de su niñera, su madre y sus tres hermanos. Tenía entonces cuatro años. La mujer que la cuidaba, a punto de quedarse en pololos, se dio cuenta de que no era necesario que la rescatara: la niña flotaba y se desplazaba. Deva siempre le agradeció este gesto, pues ella, la criada, no sabía nadar.

A Mauricio, después de haber inventado nombres para muchas de sus amigas intérpretes, el de Deva le fascinó. Estaba seguro de que la dueña de ese nombre, si él se descuidaba, también sería su dueña. «Deva, Deva...», repetía a solas, como si invocarla pudiera hacer que se materializara ante sus labios.

Se había acostumbrado a su presencia. Si pasaba más de dos días sin verla, enviaba a uno de los mozos con una nota para invitarla a comer. En enero no era fácil coincidir con el resto del pasaje de primera en el exterior. Las bajas temperaturas hacían que se refugiaran la mayor parte del tiempo en sus camarotes, muchos incluso se hacían llevar la comida allí y salían solo cuando el sol brillaba. Mauricio evitaba esas horas para no encontrarse con nadie que no fuera ella; frecuentaba el comedor cuando aún no había llegado ningún comensal o cuando ya se habían marchado todos. Deva también procuraba evitar a los demás pasajeros.

A ratos, conseguía alejar a Deva de su tristeza, de la desazón que, a su entender, le producía no saber si el mariscal de campo se hallaba aún en este mundo y si llegaría a tiempo para verlo y atender a sus últimas voluntades. Mauricio, por su parte, había retrasado todo lo posible relatarle el verdadero cometido de su viaje, hasta que un atardecer en el que la melancolía lo envolvió, ya no pudo más. Le pidió a Deva su secreto para hacerla partícipe de lo que lo anegaba. Además, no le parecía acertado ocultarle lo más importante, no quería que desconfiara de él si llegaba a saber de este suceso por otros. Él conocía cómo era la sociedad de la isla y su capacidad para propagar cualquier novedad en pocos minutos.

—Sabe que cuenta con mi silencio y mi comprensión, y no solo en este caso —le dijo Deva con la amabilidad y la serenidad que había manifestado hacia él desde el primer momento.

La mujer que en Cádiz lo había mirado airada desde la cubierta parecía otra. Aquellos ojos encendidos con los que atendía a la escena no se correspondían con los de Deva. Cuando lo recordaba, Mauricio no podía evitar sonreír. En los días posteriores a conocerse, conforme ella se relajó, para Mauricio su belleza, con su naturalidad, fue en aumento. Le recordaba en su porte a Manón, aunque con ella no había tenido el placer de conversar durante tantas horas, algo que se compensaba con lo mucho que aún le ocupaba el pensamiento.

—Sé que me hará bien compartirlo con usted. Tenerlo dentro me está corroyendo —dijo Mauricio—. Verá, si le exijo confidencialidad no se debe a que recele de usted, sino a que me resulta muy delicado tratar este tema precisamente en el lugar donde nos hallamos.

—¿Aquí, en alta mar, en este barco? Se me ocurren pocos lugares más adecuados para una confesión. Nadie nos escucha. Estamos solos, al menos ahora. —Deva pensaba en las veces que habían tenido que zafarse de alguno de los otros pasajeros—. De todas formas, ¿sabe que hay un capellán a bordo? Tal vez él pueda ayudarle más que yo a aliviar su angustia —le dijo, aunque esperaba que la eligiera a ella.

—Lo dudo —le dijo Mauricio—. No debe de esmerarse mucho en sus oficios, pues en todo este tiempo no me lo he encontrado. Es posible que pase la mayor parte de su tiempo en la bodega con quienes más necesitan rezar.

—Tengo entendido que este sacerdote, el padre Vergel, es un tanto… peculiar —dijo Deva después de titubear buscando la palabra—. No soy muy amiga de las habladurías, pero esto que le digo lo he comprobado yo misma. Viaja con una mujer, ella es..., no sé, parece extranjera. Viste como una zíngara. Él tendrá unos treinta años y es muy atractivo, demasiado para... Ya me entiende. Y escribe poesía. Dicen que a medianoche, desde el castillo de proa, le recita al océano los versos que compone. Me reconocerá que es una excentricidad.

Mauricio reparó sobre todo en la alusión a la mujer que acompañaba al padre Vergel. Para quitarse aquella imagen de la cabeza continuó:

—Tal vez necesite los mares tanto como usted.

—No sé hasta qué punto el capitán, el señor Felberg, aprueba su comportamiento.

—A él le dará igual. A pesar de su buena fama, de sus reconocidos méritos, de su autoridad, el capitán no es más que otro empleado de la naviera. Este sacerdote recorre esta ruta de Cádiz hasta La Habana desde hace un par de años —dijo. A Mauricio no le cabía duda de que lo recordaría. Sobre todo porque Bartolomé lo tendría muy presente, pero no en sus oraciones, sino en sus imprecaciones y maldiciones, pues los sentimientos negativos eran recíprocos. A él el padre Vergel también le había parecido siempre alguien bastante extraño—. No se ocupa solo de la salud espiritual de este barco, sino que es el presbítero de esta compañía de navegación, de esta sociedad marítima que es propiedad... —Mauricio bajó la voz a pesar de que estaban solos— de mi cuñado.

Ella lo miró entonces con más atención todavía:

—Sí que tiene entonces motivos para ser reservado —le dijo.

—Mi cuñado es su protector y mecenas. Bartolomé Gormaz es muy inculto, pero por ese mismo motivo considera que apadrinar artistas le da cierta pátina intelectual. Como si entendiera lo que expresan... —Mauricio pensó que Augusto Esmerla sí que era sensible al arte. No le cabía duda de que su interés en la obra *Lamento oferente de tempestuoso océano* era genuino—. Entenderá por todo esto que le cuento que no tengo demasiadas ganas de relacionarme con nadie. No quiero que aquí se conozca mi parentesco con él. Con el transporte de pasajeros, de los hombres de tropa a la isla y del correo, Bartolomé no da abasto para contar sus ganancias. Todo el comercio, cualquier mercancía que se traiga o se lleve desde la España peninsular a las provincias de ultramar, de una forma o de otra, directa o indirectamente, lo enriquece. ¿Sabe cuántos emigran a América en este buque? ¿Cuántos permanecen bajo nuestros pies sin poder acceder adonde nosotros estamos? ¿Sabe cuánto les cobra? El pasaje equivale a su sueldo de unos ocho años.

Deva miró el suelo de madera de la cubierta como si pudiera ver a quienes se encontraban bajo aquellas láminas claveteadas.

—A pesar de ese sacrificio económico, no tienen nada; abajo no hay salón de baile ni disfrutan de los manjares que nos preparan a nosotros en la cocina —continuó Mauricio—. Están abajo y nosotros arriba. Y más arriba, en la cúspide, está él, Bartolomé Gormaz.

—Advierto que no lo tiene usted en gran estima. ¿Le envidia su fortuna?

—Es un miserable, un criminal de la peor calaña y temo que haya acabado con la vida de mi hermana. Tengo muchos motivos para pensarlo. No tiene escrúpulos.

Deva se quedó aturdida al escuchar esto. No imaginaba que lo que quería revelarle Mauricio fuera algo de aquel cariz.

—¿Y lo ha puesto en conocimiento de las autoridades? —le preguntó en cuanto se recuperó un poco de la impresión.

—Lo haré cuando llegue a la isla, una vez indague sobre lo sucedido. Apenas sé nada. —Después se quedó callado durante bastantes segundos—. Mi hermana Dulce es la persona más cautivadora que he conocido.

—No podrán negar entonces el parentesco —le dijo para intentar atemperar su ira. Mauricio sonrió.

—No le falta ninguna virtud. Me gustaría tanto que la conociera… —La expresión de él se ensombreció. Hizo una pausa y después continuó con los ojos llenos de nostalgia—. Cuando éramos muy pequeños, me dijo que nunca dejaría de cantar y bailar.

Mauricio se detuvo.

—Siga —Deva pretendía hacerlo razonar para que se tranquilizara.

—He tenido muchas amantes, tal vez eso me haya entretenido en exceso, me ha hecho apartarme de lo esencial, de ella... Le cuento esto para que entienda la profundidad de mi desolación, ahora me siento apesadumbrado, descuidé su atención... Desde que me escribió mi sobrina para decirme que mi hermana había desaparecido... Fue ella quien me lo comunicó, y no mi cuñado. Se llama Romi y tiene quince años. Yo le respondí a vuelta de correo. Hace varios años que no la veo, desde que regresé de la isla, pero entonces ya era..., sí, como mi hermana a su edad; por suerte para ella, Bartolomé parece no haber intervenido en su concepción. Si Bartolomé ha acabado con la vida de mi hermana, habrá acabado con la mía también, porque yo no podré sobrevivir a su ausencia. —Mauricio tomó aire y continuó—. En mi carta de contestación no pude darle grandes esperanzas a Romi, ni desvelarle mi propósito de embarcarme inmediatamente. Sé que la decepcioné, pero no podía contarle nada, quiero sorprender a Bartolomé, ese es mi empeño... Conseguir que se explique, que me aclare lo sucedido, ponerlo contra las cuerdas. No podía escribirle a mi sobrina a las claras y que él leyera aquellas líneas —dijo mientras dejaba la mirada suspendida en el horizonte marítimo.

—Serénese. Ninguno de los dos sabemos con qué nos encontraremos a nuestra llegada a la isla. —Ella puso su mano sobre la de Mauricio.

—Así es, Deva, ese es el destino incierto que nos une —le dijo él sin apartar los ojos del horizonte.

14

Barcelona, sábado, 23 de enero de 1875

Doña Delia, la esposa de don Augusto Esmerla, dejó el tazón de chocolate sobre la mesa y con unos movimientos muy rápidos se sacudió del pecho el azúcar de los picatostes que le había caído sobre la blusa.

—Menudo escándalo, Visi. Según me han contado, se puso a vociferar en la fábrica como una energúmena. Imagínate si gritaba que se la escuchaba con los telares en marcha. Despotricó contra Gerardo. Parece que Manón se presentó allí por su cuenta y riesgo para que mi Augus le diera trabajo. No sé de qué querría trabajo esa, porque de obrera no la veo. Si hasta las labores de servicio de mi casa le desagradaban. Qué *ínsulas* tiene. Es una arrogante, una descarada, una… Y claro, mi marido, en cuanto la vio llegar, se la *expectoró* sin muchas contemplaciones. Porque lo conocen que si no… Visi, de ser otro, hubieran pensado que era una amante despechada. Enseguida se la mandó a Gerardo Arlitán. Al fin y al cabo, eso de la colocación del personal no es cosa suya. Habrase visto. ¿Qué se creerá la perdularia esa? ¡Y todo esto sin decirnos nada! A saber dónde estará ahora. ¿Sabes qué te digo? —Doña Visitación seguía sin poder intervenir para intentar calmar a su amiga—. Que lo mejor es que nos la hemos quitado de encima. No quiero ni pensar en lo que hubiera sido capaz de hacer en nuestra casa. Menuda bellaca. ¿Y ahora? Pues ahora nos tenemos que conformar con la sobrina de Gertrudis, nuestra cocinera. Mala chica no es, pero…

—Y vuelta a empezar, Deli. Que no es tan garbosa, que no tiene ese porte, ese saber estar que tenía la otra. ¿Entonces qué quieres? No le des tanta importancia. Conforme se van unas, llegan otras. Si además es familia de Gertrudis, mejor que mejor; con su tía cerca, esta no se atreverá ni a replicaros. No se puede tener todo. Yo ya te advertí cuando se os caía la baba con Manón. Llevo ya mucho vivido y vi que no podía ser trigo limpio, era demasiado correcta, tenía un trato impecable; lo dicho, demasiado perfecta. Es decir, una falsa.

Mientras su madre y doña Visitación hablaban y merendaban, Carola estaba enfrente de ellas, tan quieta como una escultura. Sostenía una pasta en la mano desde hacía rato, pero tenía la mente muy lejos de allí, arrobada por los versos del libro que Laureano Parnás le había dedicado. En la página diez leía:

Ansioso y febril tu presencia sigo
por zaguanes de victoria esperada.
Ansío ser testigo
de tu ideal mudanza,
sentir que al fin tu rendición me alcanza.

Carola nunca se había sentido tan halagada, nadie le había cantado así, con aquellas maneras tan elevadas, tan incomprensibles como la pasión irracional, desatada, desaforada que le demostraba ese hombre al que apenas conocía. Solo lo había visto en dos ocasiones: una vez en el despacho de su padre en la fábrica y durante un *lunch* en el Círculo Mercantil.

Ella dormía con aquel librito bajo la almohada, paseaba con él por el jardín, lo llevaba consigo cuando salía, como en aquella ocasión, como si en vez de tratarse de un poemario fuera su esposo quien la acompañaba. Quería conocerlo cuanto antes, hablar con él, saber de él, qué pensaba, cómo vivía, dónde. Por ese motivo esperaba como agua de mayo la fiesta de inauguración de la colonia de Santa Coloma. En ese momento, le haría entrega del primer ejemplar de la revista del ateneo en el que saldrían publicados sus nuevos versos. Ansiaba reconocer de nuevo en ellos el homenaje del poeta hacia ella.

Vapor Providencia, jueves, 28 de enero de 1875

A las doce del vigésimo día de travesía, Mauricio, como tantas otras noches, continuaba sin poder conciliar el sueño. Decidió abrigarse y salir. Mientras cerraba la puerta de su camarote, escuchó un tintineo. Esta vez no se correspondía con el sonido de unos cascabeles, sino que lo producían las pulseras de aquella mujer a la que Deva se había referido.

—Buenas noches —le dijo con un acento extraño para él.

Estaba a menos de dos metros de distancia, completamente iluminada por la luna. Unas cejas muy finas y angulares parecían los tejados de aquellos ojos tan inquietantes. Llevaba tantos collares que era imposible contarlos de un solo vistazo. Lucía el mismo vestido de verano en tonos apagados, suaves, y el gorro fucsia del que colgaban las monedas. Varias pulseras adornaban los tobillos de sus pies descalzos. Le hizo un gesto a Mauricio para que se acercara y entonces le susurró:

—¿No le dejan dormir las almas en pena? En este barco hay muchas.

—Estoy inquieto. Eso es todo —le respondió él de una forma bastante lacónica. Después añadió—: ¿No tiene abrigo? Le puedo prestar uno de los míos. No sé cómo soporta estas temperaturas tan bajas vestida así.

—No lo necesito, pero se lo agradezco. ¿Quiere acompañarme? —le preguntó ella. Mauricio no quería encontrarse con el padre Vergel, pero se sentía bastante desorientado y abatido como para oponerse a la voluntad de aquella mujer—. Venga conmigo —le dijo cogiéndolo de una mano—. Me llamo Orfiria.

—Estanislao —le respondió él de inmediato. Quería ocultarle su identidad al menos hasta que supiera algo más sobre ella.

—Precisamente ahora me disponía para el encuentro. Sé que le hará bien escuchar lo que ellos tienen que decirme —le dijo de forma muy enigmática y sin soltarlo.

—¿Ellos? Me disculpará en ese caso, pero no quiero ver a nadie —Mauricio se detuvo.

—No los verá, señor Estanislao, son invisibles. Almas descarnadas.

Mauricio la miró asombrado. La travesía en barco era un freno inevitable para resolver lo único que lo inquietaba. Esa espera, mecida y a veces agitada por el mar, lo había desgastado tanto que, a ratos, cuando no podía controlar su ira, por suerte siempre a solas, tenía alucinaciones. Aquel encuentro con Orfiria también le pareció un delirio. Entonces recordó a Deva e imaginó lo que pensaría si lo encontraba en compañía de aquella mujer.

—Me embarqué con mi mesa parlante. ¿Sabe lo que es? —continuó ella.

Él negó con la cabeza.

—Soy discípula de Allan Kardec, él me eligió junto a otros espiritistas. Murió hace cinco años, pero nos dejó un legado inmenso, extrasensorial, pero a la vez muy conectado con nuestra realidad. Venga conmigo y lo comprobará. ¿Ha oído hablar del espiritismo? ¿Quiere saber algo del más allá? —Orfiria bisbiseaba y a Mauricio su cadencia al hablar, la manera de articular aquellas sílabas de forma lenta lo sumergían en la calma que había echado de menos en su camarote.

—Me temo que tendrá que ser otro día. Si no me marcho a descansar ahora mismo, corro el riesgo de quedarme dormido en cualquier momento. Tendrá que disculparme.

—Mejor. No hay momento de mayor lucidez que el de la duermevela. En esa transición del sueño a la vigilia o de la vigilia al sueño, percibimos mejor, sin cortapisas, somos más libres.

Orfiria empujó una puerta y entraron en un salón con el techo bastante bajo. Había cuatro velas encendidas en el suelo, una en cada esquina. De las paredes colgaban documentos enmarcados y algunos útiles de marinería estaban apilados sobre el suelo.

—Me han permitido instalar aquí mi mesa parlante. Han sido muchos los pasajeros que ya han escuchado lo que los espíritus tenían que decirles. Tal vez también tengan un mensaje para usted. Eso sí, le advierto que hay de todo, como entre las personas, nada nos garantiza que no nos mientan o que no se burlen de nosotros. Es importante que usted se muestre predispuesto a recibirlos; así, lo que tenga que venir vendrá.

Mauricio no había vuelto a hablar. Sobre el único mueble de aquel depósito vio una tabla de marquetería rectangular. Estaba ilustrada con un sol, una luna y dos estrellas; entre los dibujos astrales se leía el alfabeto completo y las palabras «sí», «no», «hola» y «adiós». Orfiria adivinó su interés, el mismo que despertaba en todos, y le dijo:

—Es un método egipcio. A través de él puede conseguirse que las almas perdidas encuentren la luz y abandonen por fin este mundo. ¿Ha oído hablar del castillo de las nubes? Eso es la vida humana, un navío que flota en el aire sostenido por santos incorpóreos. Cada existencia es colectiva aunque nos parezca engañosamente individual... Hay cables telegráficos que unen el corazón de cada persona con los de las demás. También hay transmisiones entre aquí y allá —señaló al techo—. Puede aprender mucho esta noche, señor Estanislao. Ha tenido suerte.

Mauricio notó el balanceo del Providencia mucho más que cualquier otro día; pensó que esa sensación era producto de su mareo, de su desubicación.

—¿Quiere preguntar algo? —lo invitó Orfiria.

—Sí. —Mauricio decidió entregarse a aquel entretenimiento. Dio un par de vueltas por la habitación observando los permisos, los salvoconductos y prebendas antiguas que se alineaban enmarcados en las paredes. Esto lo despejó por completo. Después, acercó a la mesa una de las dos únicas sillas que había en aquella estancia del buque.

—Espere un momento —le dijo Orfiria—. Primero tengo que entrar en situación. No es tan fácil.

La luna atravesaba los gruesos vidrios de los ojos de buey. A través de ellos se veía el mar; la imagen recordaba a una botella a medio llenar. Ella ocupó la otra silla. A su derecha tenía un cuaderno con las tapas de cuero y un lápiz gris metálico. Se quitó las pulseras de sus muñecas y de sus tobillos, los collares y los pendientes de aro y lo dejó todo sobre la alfombra que había debajo de la mesa.

—¿Sabe? En Occidente no se conoce todavía demasiado esta práctica. El medio es lo de menos, señor Estanislao. Pero es una evidencia que yo soy muy receptiva, los espíritus me hablan en cualquier situación. A veces tengo que detenerme en medio de un lugar, de una conversación, porque precisan transmitirme algo. Esta noche he salido a buscarlo. Lo recordaba de cuando nos cruzamos al principio de este viaje. Sabía que se referían a usted. Me hablaron de su chaleco… adamascado, de su pañuelo a juego, pero sobre todo de ese alfiler. —Cada vez que nombraba una prenda, la vidente detenía los ojos en ella—. Esa joya también lo conecta con ellos. Deme su mano. —Orfiria se fijó en los tres anillos que llevaba alineados y en el dibujo de cada uno de ellos: una mano tendida, una cruz y una paloma.

—Representan a la Trinidad —le explicó él.

—Para nosotros esos símbolos tienen otro significado: hablan de lo visible, de lo invisible y de la posibilidad de establecer puentes entre una y otra realidad.

A pesar de la seriedad de aquella mujer, a Mauricio todo aquello, su parafernalia, la forma en que lo explicaba, no dejaba de parecerle un juego para ociosos que buscaban en lo ultraterreno lo que ya existía en la tierra y que no eran capaces de apreciar. Se detuvo en ella, en su belleza. Tenía las manos suspendidas sobre la tabla, los ojos cerrados y los labios entreabiertos, y musitaba algo, una leve letanía de apenas unas pocas palabras: «Si estáis ahí», o algo similar le pareció entender a Mauricio. Tenía un atractivo turbador, cada facción era única.

—Quiero saber dónde está mi hermana —le dijo él de repente sin detener su observación. Orfiria se sobresaltó y lo miró con mucha intensidad.

—Espere, señor Estanislao, como le he dicho necesito introducirme primero. Llevar a cabo mi ceremonia de llamamiento.

A Mauricio aquella pregunta se le salía, le rebosaba, la tenía formulada y lista para lanzarla siempre. Ella tocó con sus manos la tabla, recorrió con sus dedos las letras y le pidió que se levantara a por un vaso. Le señaló una puerta que había enfrente de la entrada. Mauricio la abrió; comprobó que se trataba de una alacena que albergaba en sus estantes elementos del ajuar del barco. El vaso le resbaló, pero antes de que se estrellase contra el suelo, él lo cogió.

—Veo que ha elegido bien —le dijo Orfiria con una sonrisa—. Nadie nos molestará aquí, señor Estanislao. Todos duermen… Todos duermen —repitió como si quisiera acunarlo con las palabras—. Ahora sí. Dígame el nombre de su hermana.

—Dulce. —Bastaba solo ese nombre para expresar el universo entero que ella representaba.

Orfiria permaneció inmóvil y callada durante varios minutos. Mauricio aprovechó para mirarla de nuevo: tenía la piel muy blanca, tanto que las venas se le transparentaban y parecían la urdimbre que le sostenía el rostro. El cabello que le asomaba bajo el gorro fucsia era rojizo, los labios rectilíneos, apenas abultados en el centro, con una ligera doble curva, el tabique de la nariz, desdibujado, sin apenas relieve.

—Quieren hablarnos. Está de suerte. —Colocó la mano derecha sobre las páginas en blanco de su cuaderno entonces abierto. Las acarició como si con este gesto pudiera dibujar sobre ellas. Después, se sumergió de nuevo en su trance y apoyó los dedos de la mano derecha de Mauricio sobre el vaso.

—Quieren comunicarnos algo. Luego les preguntaremos por su hermana. Dicen que hay un hombre herido —exclamó después de juntar las letras sobre las que se había desplazado el vaso.

Mauricio permanecía en silencio, como encallado entre las coordenadas de un mapa desconocido.

—Hay muchos en la bodega —añadió.

—¿Abajo? —le preguntó Mauricio.

—No, espere, se refieren a otro barco. No es el Providencia. Puedo leer el nombre. Es otro. Hay mala mar, la peor. Una tempestad impetuosa, impenitente. La embarcación gira como un cascarón de nuez. Ingrávida. Está a merced del temporal. —Orfiria se detuvo—. Ahora estoy fuera. Sí, puedo leer el nombre: Misericordia. Ese es. —Ella lo tomó de ambas manos y Mauricio sintió cómo le temblaban.

—Necesito que estemos en contacto. Déjeme sentir qué tiene que ver con usted.

Él estaba convencido de que la mujer le pediría una buena propina después de aquella función. Por sus ropas, lo habría tomado por un indiano y lo habría relacionado con la flota mercante y otros negocios de la isla a la que se dirigían.

—No pueden moverse, están encadenados —continuó ella—. El barco se va a pique. Huele a muerte. —Orfiria aspiró con fuerza, como si necesitara tomar aire, y después se tapó la nariz con la palma de la mano derecha extendida; el hedor al que se refería parecía llegar hasta allí—. Y el agua, hay mucha agua, entra agua en la bodega, se ha abierto una vía. Ellos mueven las cadenas, los grilletes. Hablan en una lengua que no entiendo, imploran ayuda. Hay muchas mujeres, y bebés, y niños. Agua, todo es agua alrededor. Hay luz también. —Se tapó los oídos con las dos manos—. El estruendo es ensordecedor. El barco se ha abierto por su base, su carga cae al mar. El casco del buque se ha partido en dos. Ellos están ahí. Ya no gritan. El agua los ha atravesado enteros, los ha llenado. No pueden desencadenarse de sus hierros. Se han hundido rápido por el peso de las cadenas, ya han dejado de golpear con ellas. Reposan en el lecho, en el fondo, con los ojos abiertos. Los peces los observan. Ya son libres. —Mauricio pudo ver en los iris de la augur la terrible escena que le había descrito. Estaba sobrecogido. Ella había puesto en palabras lo que él habia pensado muchas veces sobre aquella catástrofe que segaba la vida de tantos—. Toque el vaso de nuevo —le ordenó ella.

Él obedeció y entonces Orfiria situó las manos sobre las suyas. El vaso describió varios círculos y dijo:

—Dahomey —lo repitió varias veces y a continuación lo anotó en su cuaderno. El recipiente de vidrio hizo otros tantos movimientos sobre la tabla de marquetería. Orfiria se detuvo para escribir. Volvieron ambos a la misma posición, con las cuatro manos superpuestas—. Cotonú —dijo. Pasados unos segundos, Mauricio creyó que había terminado porque permanecía hierática como al principio, pero entonces ella cerró los ojos para concentrarse aún más y añadió—: Mauricio. Así se llama usted. Ese es su nombre y esta es su historia.

A Mauricio lo recorrió un escalofrío.

—Vaya, vaya allí donde tiene que ir. Usted ya lo sabe. Interceda, intervenga cuanto antes para que algo así, algo tan horrible como lo que acabamos de ver, no suceda de nuevo.

Mauricio se incorporó. No sabía cómo, pero estaba dispuesto a seguir su dictado. Aprovecharía aquella imagen de lo que suponía el naufragio de un barco de esclavos. Contaría aquello a los cuatro vientos: que el peso de los grilletes los hundía en segundos.

—Espere, escucho sus lamentos de nuevo.

Ella seguía en trance cuando Mauricio salió de allí muy apesadumbrado, con las miradas y los gritos de aquellos esclavos dentro, de alguna manera ya los había sentido desde que tuvo conciencia en Santiago de la terrible situación en la que vivían o morían, pero nunca de aquella forma tan sensorial. Además, su desasosiego también se debía a que hubiera intentado saber algo de su hermana por aquel medio, eso le dio también la medida exacta de su desesperación.

15

Santa María de Sants, jueves, 28 de enero de 1875

Augusto Esmerla contemplaba la maqueta de su colonia textil. Junto a ella se sentía como Gulliver, el personaje del irlandés Jonathan Swift, en Liliput. Él ya era grande, pero aquella nueva fábrica lo haría crecer aún más. Miraba la miniatura del chalet que habitaría durante el verano con Delia y Carola. «La torre del amo», la llamarían todos. Desde allí dominaría y controlaría el trabajo.

Aquella misma tarde había estado en el Círculo Hispano Ultramarino con Clive Barnaby, el ingeniero inglés. Como él esperaba, deleitó con su conversación a su amigo Manrique y al resto de los socios con los que coincidieron durante el café.

Les describió cómo era la vida en Manchester y el pasatiempo al que se dedicaban sus más prósperos conciudadanos durante sus últimos tiempos allí. Se trataba de un entretenimiento muy macabro: desvendaban las momias egipcias que habían entrado de contrabando en el país. Para tal fin, organizaban sofisticadas veladas. Les contó también que su difunta esposa no cejó hasta conseguir que asistieran a una de esas estrambóticas reuniones. «Consigue que te inviten, tú los conoces a todos, *darling*». El ingeniero reprodujo exactamente sus palabras.

—A veces, cuando los barcos llegaban a puerto, las momias no estaban en las bodegas. Era frecuente que los marineros las lanzaran por la borda, temerosos de sus maldiciones.

—Ciertamente exótico, señor Barnaby. Echará de menos

ese tipo de prácticas en Barcelona. Aquí somos bastante más prosaicos, más apegados a nuestras raíces, aunque eso también tiene su aquel —le dijo con mucha ironía Guadalbert, otro de los industriales con quien Augusto Esmerla compartía tertulia y encuentros en familia de vez en cuando.

Antes de entrar en el edificio, don Augusto le había pedido a Clive que los distrajera con lo que fuera, pero que no les diera ningún detalle de lo que preparaban para la puesta en marcha de la fábrica de la colonia. «Una cosa es la amistad y otra el interés. No hay que mezclarlos».

Todos sabían que aquel era un momento crucial para la industria textil. En dos décadas, la máquina de hilar algodón Maixerina (bautizada así en honor a su inventor, Ramón Farguell, al que apodaban Maixerí), de ciento veinte husos, había sustituido casi por completo a las inglesas Spinning Jenny de ochenta husos. Esto había supuesto una revolución en los medios de producción. Era el orgullo del sector, un símbolo de la fuerza de Cataluña como motor económico. Augusto Esmerla había confiado en Clive Barnaby porque quería ir todavía más allá, perfeccionar las que se utilizaban entonces, las selfactinas, que tomaban el nombre del término inglés «self-acting» porque se accionaban por sí mismas. Con estas máquinas se necesitaban bastantes menos obreros para alcanzar el mismo rendimiento, por lo que había habido muchas protestas y disturbios. Se quería evitar su implantación como fuera: algunos trabajadores, organizados en piquetes, habían quemado muchas instalaciones. Pero hubo acontecimientos más graves, como el asesinato del cónsul británico o lo sucedido en la fábrica de Augusto Esmerla en Sants cuando le dispararon a su socio, que murió horas después en el hospital. Al día siguiente hirieron al capataz de la hilatura. Don Augusto quería huir a toda costa de aquel clima social, pero no aislarse del progreso, sino utilizar esa circunstancia para adelantarse a los demás. A diferencia de lo que sucedía con las anteriores máquinas de hilar, las nuevas podían manejarlas obreros sin apenas formación. Esto también encajaba con su idea de contratar para la fábrica de la colonia a campesinos, factor que jugaría a su favor para evitar la conflictividad laboral. Con esta maniobra, con el traslado de la producción a su finca de Santa Coloma de Cervelló, estaba seguro de que conseguiría aumentar mucho sus beneficios, pero también su tranquilidad y la seguridad de su familia. Contactó a Clive Barnaby cuando supo que trabajaba en el boceto de una máquina de hilar de miles de husos. Le ofreció la financiación necesaria para que estudiara a fondo los modelos previos, para que experimentara con todo el algodón que fuera necesario y para que construyera algunos prototipos de prueba. Además, Augusto Esmerla se armó de paciencia. Sabía que, por mucho que se retrasaran, estaría a la vanguardia de los industriales, que ni siquiera se habían planteado que algo así fuera posible. Por todo esto, estaba seguro de que, tanto el inglés como él, guardarían el secreto hasta el final del proceso.

El ingeniero, después de hablarles de las momias y de su estancia en la Alpujarra, los distrajo con un tema que a todos ellos les resultó apasionante: el auge de las colonias fabriles como modelo de organización social en su país y en los Estados Unidos. Tanto les gustó su disertación que lo emplazaron para dar una conferencia ante el resto de los integrantes de aquella sociedad, cuyos socios tenían vínculos con los territorios transoceánicos o los habían tenido a través de sus padres, como era el caso de Augusto Esmerla. Clive Barnaby había ido a pasar la tarde allí para complacer a su jefe, pero no se había planteado volver, por eso le sorprendió tanto la propuesta.

Cuando salieron, eran las siete y media y llovía bastante. Antes de despedirse, se guarecieron bajo el mirador del edificio colindante. Don Augusto quería hablar un rato a solas con él. Su intención era exponerle al inglés, más o menos en los mismos términos que lo había hecho con Mauricio Sargal, la oferta que había recibido para formar parte de un negocio de comercio triangular entre España, África y América. Le enumeró las condiciones de inversión, el cincuenta por ciento exigido y lo que no lo convencía: el hecho de no saber con quién se asociaba.

—Sé cómo se hacen las transacciones aquí, en Cuba, en Puerto Rico e incluso en Santo Domingo y Haití, pero desconozco por completo cualquier cuestión relacionada con el comercio en África. Por eso te lo pregunto, Clive.

Al ingeniero de Manchester se le nubló la mirada y la mente se le llenó de malos presagios relacionados con las cacerías de hombres de las que había oído hablar durante el tiempo que permaneció en la zona del golfo de Guinea. Recordaba a los orgullosos adja del reino de Dahomey, en el país yoruba, una etnia cada vez más diezmada por la codicia sin fin de Occidente. Pensó en el fuerte de Porto Novo, en la desembocadura del río de la muerte, en el incendio, en los restos carbonizados, en las muchas atrocidades...

—Dice Pizcueta que todo es legal, que por ese lado no hay nada que temer —continuaba el industrial.

Clive Barnaby escuchó estas palabras, pero estaba con la mente en el trópico africano. Escuchaba hablar francés, fon y yoruba en uno de los mercados con más trasiego del mundo de la misma manera que si estuviera entonces allí.

—Bien, amigo —continuó Augusto Esmerla—, con tu silencio y esa mirada creo que me lo dices todo.

—Para mí es demasiada responsabilidad que me consulte algo así —quiso zafarse el inglés.

—Bien, bien, lo entiendo. De todas formas, me has ayudado más de lo que crees. ¿Te acuerdas de Mauricio Sargal? Te lo presenté en mi despacho. Él tampoco lo vio demasiado claro, me dijo que negocios hay muchos. Aún no habrá llegado a Cuba y ya tengo ganas de que regrese. Te divertirás con él. Pero volviendo al tema... —Clive esperó a que su patrón continuara—. También están mi mujer y mi hija. Ellas me exigen que acepte. Ahora me arrepiento de haberlas hecho partícipes de esto, pero llegué a casa tan ofuscado después de la reunión en el Círculo Mercantil que tenía que contárselo a alguien. Si Mauricio hubiera llegado antes... Delia está empeñada. Dice que influirá mucho en que casemos bien a Carola. Las dos tienen sus miras puestas en el Cantábrico; además quieren recorrer Europa, ir al balneario de Gellert, en Budapest, al de Baden Baden, en la Selva Negra..., eso como poco.

—Señor Esmerla, en Luba, en Guinea Ecuatorial, escuché un proverbio que dice: «La piel del leopardo es bonita, pero su corazón malvado». Tiene que convencerlas de que no se dejen llevar por lo externo, por la vanidad, que no pierdan de vista lo que de verdad vale la pena. Las apariencias son solo eso, engaños. Además, usted ya es muy rico, ¿qué necesidad tiene? —Clive hizo una pausa—. Don Augusto, no pensaba hacerlo, pero ya que me lo ha pedido le daré mi opinión: deje pasar este negocio. Seguro que su familia lo prefiere prudente antes que arruinado o algo todavía peor.

—Clive, eres sabio. No me equivoqué contigo. Tienes razón. Prefiero centrarme en nuestro proyecto. ¿Cómo llamaremos a nuestra máquina? —Don Augusto calló durante unos instantes; algo había llamado su atención. Después exclamó—: ¡Manón!

—¿Manón? ¿Así quiere llamar a nuestra máquina de hilar? ¿Como la protagonista de la novela del Abate Prévost? —le preguntó sin saber que se dirigía a la mujer que estaba frente a ellos.

—Mauricio me habló de la misma obra. Usted y él tienen mucho en común, también él es un apasionado de Andalucía —reaccionó don Augusto. Pensaba en la afición de su amigo por la música, pero sobre todo por las tonadilleras.

Levantó la mano y, al verlo, Manón cruzó la calle. Se cubría con un periódico y con la otra mano se levantaba un poco la falda para que el reguero que discurría por debajo de la acera no le mojara su ropa tan modesta.

—Ven, Manón, estás empapada. Te presento a Clive Barnaby, el ingeniero de Manchester que ha venido a salvarnos del conformismo y el anquilosamiento.

—Señorita —le dijo el inglés mientras le levantaba la mano para besársela—, encantado.

—*Please to meet you* —le dijo ella al reconocer su acento y caer en la cuenta de quién se trataba. Clive sonrió. Echaba de menos su lengua paterna.

—Vaya, Manón, eres una caja de sorpresas. No sabía que también hablaras inglés —le dijo don Augusto.

—No lo hablo, don Augusto, solo sé unas cuantas frases de saludo y agradecimiento. Lo mínimo para manifestar buena educación.

—Criatura —le dijo él como si de repente fuera consciente del injusto desamparo en el que ella había quedado.

Manón supo lo que le pasaba por la mente al que había sido su patrón: el recuerdo del incidente ocasionado por ella en la fábrica como consecuencia de la actitud de Arlitán.

—Tengo a las obreras en pie de guerra —dijo don Augusto—. A raíz de lo que tú contaste, bueno, de lo que gritaste más bien, son muchas las que han puesto en conocimiento del encargado que, para ser contratadas en la fábrica, tuvieron que… contentar al administrador.

—Señor Esmerla, espero que lo haya despedido.

—Eso piden.

—Pues hágalo. Él no es nadie. No le será difícil reemplazarlo. No es más que una pieza de su engranaje. Lo que hace es un atropello, su conducta es imperdonable.

—Por desgracia, me temo que esos abusos están a la orden del día. La desesperación es mucha y el hambre todavía más.

—Esa no es excusa, señor Esmerla. Al menos no permita que suceda en su fábrica.

A Clive le gustó la actitud de Manón, su carácter desafiante, que no se detuviera ante las consideraciones sociales, las jerarquías, que para otros eran sagradas. Le gustó que le hablara de igual a igual a alguien tan poderoso, a uno de los principales industriales textiles de Cataluña.

—Haga de su fábrica un lugar libre de malas hierbas. No puede oponerse a que los obreros reclamen unas condiciones más justas.

Clive tuvo ganas de aplaudir, pero solo sonrió. Hablaba como algunas de las dirigentes del movimiento obrero de su país.

—Manón —le dijo don Augusto sin poder ocultar cierta admiración—, sabes que cuando abra las puertas de mi colonia las cosas van a cambiar mucho. La potencia de una fábrica son los trabajadores, no los caballos de vapor de la caldera. Eso lo tengo muy claro.

El ingeniero inglés admiraba a Augusto Esmerla, pero después de verlo conversar con esa mujer que, a todas luces, era de procedencia humilde, todavía lo apreció más.

—Ya sé lo que haremos. Un día iremos los tres a Santa Coloma de Cervelló. Os maravillará ver todo lo que hay allí. Voy a contratar a un profesor para que les dé clases nocturnas a los obreros en el ateneo. Cada familia tendrá una casa grande con un jardín delantero. Tendremos un médico y también un patronato, además de la mutua. Estarán muy bien atendidos. Será mi particular Arcadia, todo un modelo para que los demás empresarios se animen a convertir sus explotaciones en lugares más amables —«sobre todo cuando vean que soy el que más gano con la aplicación de estas medidas», pensó, y después añadió—: Habrá paseos con plataneras, tilos, moreras, castaños de Indias... Hasta he hablado con las monjas del Sagrado Corazón para que se hagan cargo de los pequeños mientras sus madres trabajan.

Don Augusto volvía a exponerles sus intenciones, de la misma manera que lo había hecho ante Mauricio, y cada vez que lo hacía se reafirmaba aún más en que pronto vería crecer su fortuna exponencialmente y sin necesidad de meterse en otros negocios nada claros.

—¿Y quiere que todo eso sea real? —le preguntó Manón.

—En eso estamos. Os admiraría saber la cantidad de albañiles que en este momento están terminando todos esos edificios.

—Señor Esmerla, tiene que despedir a Arlitán. No se lleve con usted a esa sabandija. Reproduciría allí los abusos de aquí.

Clive lo miró fijamente, atento a su respuesta.

—Póngalo de patitas en la calle. No se merece otra cosa. De lo contrario, usted, ahora que lo sabe, se convertirá en cómplice de sus tropelías —insistió ella con un leve tono de amenaza.

El ingeniero de Manchester se vio obligado a intervenir:

—Señor Esmerla, ¿le parece bien si nos despedimos aquí y acompaño a Manón a su casa? —No se le ocurrió otra manera más efectiva de cortar aquel diálogo que comenzaba a tomar tintes de acusación contra don Augusto.

—Como quieras, Clive. Manón, espero que volvamos a encontrarnos.

—Sí, don Augusto. En cuanto eche a esa rata, regresaré a su fábrica. No lo dude.

Augusto Esmerla se llevó la mano al sombrero, miró después al cielo y entró de nuevo en el Círculo Hispano Ultramarino para pedir al portero que le buscara un coche que lo llevara a su casa.

La soledad había hecho mella en Manón, por ese motivo no le disgustó la compañía del ingeniero inglés, pero en cuanto cruzaron la calle cayó en la cuenta de que no sabía adónde ir con él. Le daba vergüenza que viera la pensión en la que vivía y tampoco eran tantos los establecimientos en los que ella podía entrar. Deseó que dejara de llover para que pudieran pasear por la ciudad.

—¿Conoce desde hace mucho al señor Esmerla? —le preguntó Clive.

—Conocí a un amigo suyo en…, aquí, en Barcelona, muy cerca de donde estamos. Se llama Mauricio Sargal, él me llevó a su casa para que trabajara allí de… momento —añadió.

—Lo conozco. Me lo presentó el señor Esmerla en su fábrica.

—Está viajando a Cuba. Antes de que Mauricio aparcciera, yo no había sido demasiado afortunada. Iba a contraer matrimonio, pero dos noches antes de la boda mi prometido murió.

—Lo siento mucho —le dijo Clive mientras pensaba que aquello la había convertido de alguna forma también en viuda.

—Era un buen hombre, bastante mayor. Ya estaba enfermo cuando nos conocimos. Pero su familia… —Manón dudó. No sabía si debía contarle lo demás. Detuvo sus pasos, lo miró y se decidió a hablarle de lo que le había sucedido, del desprecio con el que la trataron. Necesitaba contárselo a alguien, a quien fuera—: En cuanto volvimos del funeral, sus hermanos y sus cuñadas me dijeron que no querían volver a saber nada de mí. Yo les dije que me marcharía si esa era su voluntad. Tampoco tenía otra opción. No estaba en condiciones de enfrentarme a ellos, no tenía nada... Pero antes de que me fuera...

Clive advirtió cómo el pecho le subía y le bajaba. Estaba muy agitada, transformar aquellos hechos en palabras le suponía volver a vivirlos. Después de tomarse unos instantes para respirar profundamente, Manón continuó:

—Me tendieron una trampa, me dieron una dirección donde supuestamente recibiría ayuda. Fui allí y era cierto que me estaban esperando, pero para llevarme a la fuerza a América junto con otras chicas.

Manón se detuvo para mirar a Clive. El ingeniero acusaba en su rostro el pesar que le había producido aquella confesión. Ella dijo después:

—Mauricio, el señor Sargal, apareció en el último momento y gracias a él pude quedarme en esta ciudad, pero aquellas pobres..., había de todo. Algunas eran muy niñas. Por lo visto, los hermanos de Celso, el que hubiera sido mi marido, recibieron dinero por...

—¿Por venderla? —preguntó Clive. Quería que terminara cuanto antes y mitigar de ese modo su angustia.

—Don Mauricio tuvo que abonar una buena suma. No sé qué hubiera sido de mí. Quizás hubiera muerto durante la travesía. La deuda que tengo con él es inmensa, impagable. ¡Le debo la vida! —exclamó Manón.

—Ahora usted está aquí. Eso es lo único que importa —le dijo Clive Barnaby admirado por cómo había sobrellevado aquella situación tan humillante, aquella traición.

Ella todavía continuó:

—Antes, cuando recogía mis cosas para marcharme de aquella casa me dijeron cosas terribles: que nunca les había gustado, que su hermano había preferido morirse antes que casarse conmigo, que se vieron obligados a acogerme allí durante nuestro noviazgo porque no tenía donde caerme muerta.

Clive la miró, quería abrazarla, que se sintiera arropada. No sentía lástima por ella, sino algo mucho más complejo que conjugaba el agradecimiento al destino por haberla puesto ante él con unas inmensas ganas de ayudarla. Le preguntó:

—¿Quiere que vayamos a algún sitio donde se pueda comer algo? —Pretendía con esta propuesta interrumpir la tortura que a todas luces le suponía a Manón recrear aquella situación.

—Sí, me gustaría —le dijo, y sonrió aliviada de poder confesarle aquella necesidad.

—Vamos a ir a *Canculletes.*

—Can Culleretes —lo corrigió Manón.

—¿Quiere?

—Claro que quiero, no le voy a ocultar que me vendría muy bien un plato caliente —se sinceró—. Ahorro todo lo que puedo para no quedarme en la calle. Paso días enteros con un trozo de pan duro. Cuando don Augusto me llamó desde el otro lado de la calle, los veía borrosos.

—Vamos a remediarlo entonces —le dijo Clive muy conmovido por su franqueza.

Después de cenar en el restaurante de la calle Quintana de Barcelona, Clive Barnaby insistió en acompañar a Manón hasta la pensión. A ella, una vez que había reconocido que pasaba hambre, ya no le importaba que viera el lugar donde vivía. Además, se sentía muy bien a su lado. Le gustaba cómo le quedaba el pantalón con los tirantes que asomaban bajo la chaqueta cuando se movía, el color azul cobalto de sus ojos, su acento, la manera en que sonreía. A pesar de haber perdido a la persona a la que amaba y de lo que le refirió que había visto en África, le pareció un hombre feliz.

—Y cuando no trabaja en la nueva máquina para la fábrica de don Augusto, ¿adónde va? —le preguntó Manón.

—A buscar nidos de urraca. —Él sabía que la sorprendería con esa respuesta.

Manón recordó los grabados de los libros de aves que le

prestaba don Augusto y se alegró de que compartieran la afición por los pájaros.

—¿Y qué hace con los nidos? —le preguntó.

—Los dejo tal como están. Solo miro en su interior. Las urracas sienten atracción por los objetos brillantes. A veces las observo con los prismáticos: entierran lo que hallan y después vuelven a buscarlo. He encontrado cosas muy curiosas. Les cambio estos objetos por comida.

—Es un buscador de tesoros entonces.

—¿Conoce una ópera de Rossini que se llama *La gazza ladra*? Quiere decir *La urraca ladrona*. La escuché en Londres, me interesé por el tema... —le dijo Clive con mucho entusiasmo— y me ha servido de distracción.

—Es aquí —dijo ella como si el final de su paseo supusiera también la vuelta a la realidad. Acababan de girar la esquina de la calle Mirallers.

Clive Barnaby miró el portalón oscuro con un ventanuco enrejado en la parte superior y el escalón desgastado y resbaladizo ante él. Toda aquella calle olía a humedad.

—Manón, espere un momento —le dijo como si temiera que al atravesar aquel umbral sombrío desapareciera para siempre—. Quiero decirle que es la primera vez que soy feliz en Barcelona. Gracias.

Ella le sonrió y en ese momento abrieron la puerta desde dentro. Los goznes chirriaron. Apareció un joven muy delgado, con una barba rala y rubia igual que el cabello, los huesos de los pómulos muy marcados y una mirada vibrante.

—Laureano —le dijo Clive—, ¿qué haces aquí?

—Vivo aquí, míster Barnaby.

Manón los miró a los dos. Entonces el ingeniero de Manchester se dirigió a ella:

—Laureano Parnás, además de ser poeta, se encarga de los escritos para los catálogos y los anuncios de los tejidos que fabrica don Augusto.

—No sabía que ambos conociéramos a don Augusto, Laureano —le dijo Manón. Hasta entonces, el joven solo le había hablado de sus deseos de visitar París, las ruinas de Roma, el lago de Como... Soñaba en voz alta frente a ella siempre que se encontraban en la salita de la pensión—. ¿Usted dónde vive, señor Barnaby? —le preguntó a Clive.

—En la fábrica. Tengo un habitáculo con mis artefactos. Está lleno de cachivaches. A veces, durante la noche, se pone en marcha algún mecanismo y me despierto sobresaltado hasta que me doy cuenta de dónde estoy.

—Parece que no quiere que vayamos a verlo allí —le dijo ella con una sonrisa.

—Me alegro de que ambos compartan esta pensión.

—¿Seguro que es usted inglés, señor Barnaby? —le preguntó Laureano Parnás—. Por su forma de expresarse nadie lo diría, y el acento..., el acento es fácil fingirlo.

—Mi madre es española —les dijo para terminar de satisfacer la curiosidad del poeta.

—Aclarado el misterio entonces. ¿Y vive su señora madre?

—Vive. Se llama Clara. Gracias por interesarse, Laureano.

—Buenas noches tengan ustedes. Sigo pues. Sigo por estas calles de ansiada victoria / como un barco pródigo en tierra o ave desnortada. / Soy el siempre atento vigía / que anhela atisbar por fin en lontananza / la promesa cumplida.

Manón y Clive sonrieron ante el inesperado regalo de aquellos versos.

16

Siboney, jueves, 28 de enero de 1875

Romi estaba cada día más abatida y su padre cada vez más tiempo fuera. Dos días después de que habló con él en su despacho, Bartolomé Gormaz se marchó de nuevo.

—¿Le escribes otra vez a tu tío? —le preguntó Ángela a Romi cuando la vio acodada en su escritorio de palosanto.

—No, esto que escribo es solo para mí, y para ti si quieres. Intento apuntarlo todo, cualquier recuerdo, palabras de mi madre. Lo que se me ocurre.

—En un rato, bajaremos a la plantación. Fulgor —se refería al caporal— tampoco está. El capataz que ha dejado al mando no dirá nada. Vamos a preguntarles a ellos. Tenemos que intentar saber algo más por nuestra cuenta.

—¿A ellos? ¿Vamos a preguntarles a ellos? —Romi estaba muy asombrada. Desde pequeña la habían educado para que no tomara a los negros en consideración, o al menos para que no les tuviera la misma que a las demás personas. Siempre le habían dejado muy claro que debían ser como el agua y el aceite, que no tenían más remedio que convivir, pero sin llegar a mezclarse nunca. Aquellas habían sido las palabras de Bartolomé; a su madre nunca la había escuchado expresarse en términos semejantes.

—En un rato te subiré algo de comer. Al cabo de una hora más o menos, vendré a buscarte. Puedes leer alguna novela para entretenerte mientras.

Romi asintió. Pensaba lo mismo que cuando Ángela la llevó

a casa de la santera Dada, que era capaz de hacer cualquier cosa. Además, también la atraía adentrarse en el cañaveral, un lugar tan próximo como desconocido para ella.

En cuanto entraron en la plantación, Ángela y Romi vieron a un grupo de unos veinte niños y niñas. Ninguno de ellos tendría más de doce años. Estaban semidesnudos y tenían los ojos muy grandes. Echaban la caña en el elevador, que la llevaba hasta el trapiche donde se le extraía el jugo, mientras otros se acercaban con las carretas repletas de más caña. Al fondo de aquel depósito estaban los evaporadores, un mecanismo muy sofisticado con el que se cocía el guarapo, el jugo de la caña. Junto con el trabajo de los esclavos y de los animales, bueyes y caballos sobre todo, el vapor era la otra fuente de energía.

En una esquina de la instalación había un hombre negro muy alto que movía un látigo de cuero arriba y abajo. Se incorporó de la silla sobre la que descansaba en cuanto las vio, y mostró un gesto temeroso como si se tratara de dos espectros.

En ese momento, un perro entró y el vigilante lo azotó hasta que se marchó. Romi se quedó muy compungida y dirigió la mirada hacia el lugar por el que había huido. Descubrió la zona de los barracones, unos edificios de ladrillo de un solo piso cerrados por rejas. Se acercaron hasta allí. Comprobaron que aquellas cabañas eran bastante peores que los establos de la hacienda. No tenían paja en el suelo, sino tierra húmeda y maloliente, y las paredes negras las hacían parecer todavía más pequeñas.

—Aquellos son los bohíos —le dijo Ángela mientras le señalaba en otra dirección para sacarla de allí—. Se los construyen los esclavos los domingos, los únicos días en los que se les permite trabajar en otras cosas. Tardan muchos meses en acabarlos. Son mejores que estos barracones, tienen más espacio y sobre todo ventanas. Dentro, hasta crían gallinas.

Romi no se sentía con fuerzas para decir nada. Tal como le había aconsejado su doncella, llevaba solo los pantalones de montar, sin la falda de amazona encima para no arrastrarla por el barro. «Da igual. La mía es muy vieja», le había respondido Ángela cuando le ofreció otros pantalones.

Vieron a una docena de hombres vestidos con camisa y calzón de un tejido muy basto. Pasaron junto a una pila de plátanos en rama y varios serones de boniatos. Romi vio sobre una mesa de piedra unos trozos de algo que le pareció madera. Ángela la sacó enseguida de su error:

—Es tasajo. Esto es lo que comen. Carne salada, muy dura. Tienen que ponerla en agua para que se ablande un poco, pero aun así…

—Son todos muy jóvenes —dijo por fin Romi refiriéndose al grupo con el que se acababan de cruzar, pero sobre todo a los niños que habían visto en el trapiche.

La criada no le respondió. Le dolía ver las condiciones en las que vivían. La entrada allí estaba prohibida para cualquier persona ajena a las labores de la finca o que no contara con la autorización escrita del patrón. Aquellos con los que se cruzaban rehuían sus miradas y se apartaban de su camino.

—Falta poco para que todo se quede en silencio. A las nueve de la noche dejarán de trabajar y podremos hablar con ellos antes de la oración. Para entonces, los mayorales ya se habrán retirado. Por la noche solo se quedan los vigilantes. Ninguno se atreverá a decirnos nada, pensarán que tu padre está al corriente.

—¿Cómo sabes tantas cosas sobre ellos?

—Por Himar, la cocinera. Antes ella y Dada, la santera, eran esclavas. Vivían aquí abajo con los demás. También me contó que los días de fiesta bailan. Eso es lo único que les está permitido.

—No sé cómo tienen ganas de bailar —dijo Romi con mucha tristeza mientras paseaba la vista por aquel entorno miserable.

—Lo hacen porque lo necesitan. Además, para ellos tiene que ver con su religión. Himar me ha dicho que busquemos a Zoghe, es el esclavo al que más respetan los demás, pero que lo hagamos con discreción. Si se enteran los mayorales, lo castigarán, lo someterán a tortura delante de todos y nadie más se atreverá a abrir la boca. Los colocan en el cepo… —Se detuvo porque no quería que Romi supiera más de aquel tormento—. No pueden relacionarse con nadie de fuera, ni hablar apenas entre ellos. Quieren que estén lo más aislados posible para evitar revueltas.

Delante de la puerta de los bohíos vieron a algunas mujeres embarazadas y a otras que amamantaban a sus bebés. Romi quiso acercarse en un par de ocasiones, pero ellas, en cuanto adivinaron su intención, cubrieron a sus hijos con una manta, con una tela o con la mano sobre la cabeza las que no tenían otra cosa.

—Temen que los ojees.

—¿Que los mire?

—No, que les eches mal de ojo. No confían en las miradas de los blancos. Y hacen bien.

Romi asintió y luego añadió:

—Hay pocas mujeres.

—Sí, además evitan quedarse embarazadas, no quieren que sus hijos pasen por lo mismo. Estas deben de ser las únicas que han dado a luz. Ahora, durante la zafra, los esclavos trabajan dieciocho horas, enferman de tanto esfuerzo y nadie los auxilia. Los médicos están en las ciudades grandes y no les sale a cuenta desplazarse hasta aquí si no es para atender a un blanco. En los bohíos más grandes, los que les construyen los amos, tienen enfermería, pero no les sirve para nada. También los obligan a rezar oraciones de nuestra religión, que es muy diferente a la suya. Ellos tienen otras creencias. —Después de una pausa, Ángela añadió—: No les preguntaremos a las mujeres, su única aspiración es que las dejen en paz. En cuanto regresen los niños del trapiche, nos acercaremos, pero sin ponerlos en peligro.

Romi y Ángela permanecían de pie en uno de los lados de la plaza que quedaba en medio de los bohíos cuando escucharon a Himar, la cocinera. Ángela no le había contado aún lo que les había transmitido la santera.

—¿Sabes si está aquí Zoghe, el esclavo del que me hablaste, el que se encarga de los caballos? —le preguntó la criada.

—Sí, Zoghe siempre está. No puede ir a otro sitio. Somos prisioneros —le respondió como si estuviera en trance—. Desde que perdió el brazo en el trapiche, Zoghe ya no es el mismo. El cilindro que tritura las cañas giró de repente más rápido y la mano se le quedó atrapada. Los gritos se escucharon en toda la hacienda. No sé si vosotras alcanzasteis a oírlos. Se la trituró entera, y como no podía sacar el brazo, el mayoral tuvo que afilar un machete con una piedra de amolar y cortárselo por debajo del codo. Parece que el torniquete no le paró la hemorragia. Casi muere, pero es muy fuerte.

Himar tenía la mirada perdida como si flotara sobre sus recuerdos de África entremezclados con sus vivencias allí. Romi sintió un torbellino en la boca del estómago y se apoyó en la pared exterior de uno de los bohíos. Ángela miró a la cocinera para implorarle que callara.

—Ahora ya está mejor. No ha sido el primer caso ni será el último en esta condenada existencia nuestra. Yo no me quejo, no podría, no puedo compararme con ellos, sobre todo con las mujeres que dejaron a sus hijos allí, en el otro continente; por suerte, cuando las capturaron no los llevaban con ellas.

Ángela se rindió y decidió escucharla. Se pasaba una y otra vez la palma de la mano por el lunar oscuro y áspero. Romi se había quedado muy blanca. Ángela se acercó a ella y se colocó a su lado. Himar continuó como si no fuera consciente de que el malestar de la hija de don Bartolomé se debía a lo que ella les estaba contando.

—Por eso siempre miramos todos hacia el este, como si nos fuera posible ver a nuestros familiares o regresar. Bueno, hay una forma de volver: cuando morimos, salimos volando hacia África. Yo soy yoruba, como Zoghe, pero aquí hay gente de muchos pueblos; no nos entendemos entre nosotros, pero eso a los amos les da igual, nos ven a todos los negros iguales…

Romi miraba al este, hacia el lugar del que aquellas gentes habían sido arrancadas. Himar le dijo algo a uno de los hombres que pasó por su lado. Después sacudió la cabeza y tras unos segundos en silencio continuó:

—Van a avisarlo. Mientras llega, os contaré lo que hizo un antepasado suyo: solicitó a un rey vecino una parcela de tierra para él y su familia. Le dijo que se conformaría con una que tuviera el tamaño de la piel de un antílope, que pondría una en el suelo y que cercaría el terreno alrededor. El antepasado de Zoghe cortó la piel del antílope en tiras muy finas, muchas, y comenzó a extenderlas sobre la tierra. Las colocó en fila, una a continuación de la otra, y dibujó un cuadrado enorme con ellas. No solo hubo sitio para su familia, sino también para las familias de sus familias. Así fundó el reino de Adjacé, el lugar de mi país que los blancos llaman Porto Novo. Zoghe es su descendiente, el jefe, el rey de su pueblo, por eso los que vinieron con él lo respetan tanto. Los demás comenzaron a hacerlo en cuanto lo supieron. Pero aquí está, sometido y vejado como el resto.

Ángela aprovechó aquella pausa de la cocinera para preguntarle a Romi si prefería que se marcharan. Ella negó con la cabeza. Las palabras de Himar le dolían, pero no quería dejar de escucharla. Además con más motivo después de lo que acababa de decir. Habían encontrado al rey que les dijeron los caracoles a través de Dada.

—A muchos, sobre todo a los hombres jóvenes, los vendieron los jefes de los otros pueblos, entre ellos los Dahomey, después de hacerlos prisioneros de guerra. Los blancos enfrentaban a los distintos pueblos, si luchaban entre sí, ellos se quedaban después con los prisioneros de todos los bandos. Así ni siquiera tenían que cazar a nuestros hombres en la selva, ya se los entregaban atados. A algunas de nosotras nos subieron al barco sin que supiéramos dónde íbamos. ¿Sabéis qué hizo mi hermana? En cuanto se dio cuenta de la situación, cogió de los pies a mi sobrino, que aún no había cumplido un año, y comenzó a golpearle la cabeza contra uno de los palos de aquella nave. No murió. A ella le faltaron las fuerzas para acabar con su vida, pero al pequeño se le quedó la cara deformada. Desde que nos desembarcaron no los he vuelto a ver. Otra mujer se sentó en la borda con su niño, lo abrazó muy fuerte y se lanzó de espaldas al mar con él en los brazos. He visto muchas cosas..., tantas que cuando el amo se reúne con los señores de la isla, los dueños de los otros ingenios, tengo ganas de echar veneno a la comida. Pero no serviría de nada, vendrían otros iguales a ellos, o incluso peores.

—¡Himar! —le rogó Ángela mientras le señalaba con la cabeza a Romi, a la que en ese momento cogía de la cintura. La cocinera parecía que había olvidado que estaba ante la hija de Bartolomé Gormaz.

—Ángela, déjala que siga. Todo esto es lo que me han ocultado durante años —dijo Romi con los ojos vidriosos—. No volveré a casa hasta que hable con ¿Zoghe? —titubeó al pronunciar su nombre.

—Como quieras, mi niña —le dijo Himar—. Tampoco está mal que se sepa lo que pasamos aquí y sobre todo lo que pasamos antes de llegar. Eso, los que llegamos, claro, los que se quedaron por el camino… ¿No te parece, Ángela? Este es nuestro sufrir y tenemos derecho a proclamarlo. ¿Sabéis por qué bajo cada noche? Porque para mí estar aquí es como volver a África, a mi aldea. Hablamos en nuestra lengua, cantamos bajito para que se duerman los niños, les contamos historias de animales. No queremos que se pierda nuestra cultura. Por la noche nos dejan tranquilos y durante esas horas volvemos a ser quienes éramos. Como no está don Bartolomé, hoy he bajado antes.

En ese momento, desde detrás de una de las hileras de cañas que aún quedaban sin cortar, apareció el hombre al que esperaban. Sonrió al ver a Himar y fue el primero que no desvió la mirada de Romi y Ángela. Uno de los niños le acercó un pote de aguardiente. Ellas dos pudieron apreciar a la luz del candil su dentadura aún entera. Vieron también el relieve de cada uno de sus músculos, la interrupción que suponía en su silueta el corte del brazo a la altura del codo. Romi no podía apartar la vista de su muñón, le recordaba los brazos rotos de las estatuas de sus libros.

Zoghe abrazó a Himar y la llamó «lyá», «madre» en lucumí, uno de los dialectos de la lengua yoruba. Después hablaron durante un par de minutos en su idioma. El esclavo miraba a Romi de vez en cuando. Ella se atrevió a decirle:

—Dulce..., mi madre. No está.

Entonces él miró alrededor. Se había levantado aire, un par de camisas de tejido tosco y rasposo, iguales a la que él vestía, volaron hacia el este.

—Quiero saber lo que le pasó. Nadie me cuenta nada. No sé si enfermó, y si está... muerta, ¿dónde está su tumba? —lo interrogó Romi sin saber si hablaba tan bien como Himar, que llevaba décadas con su familia—. Ángela me dice que es muy posible que la raptaran, pero, si es así, ¿por qué mi padre no la busca? —Mientras ella hablaba elevando cada vez más la voz, algunos hombres comenzaron a acercarse—. Quiero que me diga si aquí en la plantación saben algo de ella, por favor —le dijo mirando alrededor.

Himar quiso acercarse a él para preguntarle si lo había entendido todo, pero él la apartó con su único brazo. Le había cambiado el gesto y le hablaba a gritos a la cocinera en su lengua. Le decía: «Que se vayan, que se vayan fuera de aquí. Yo no sé nada. ¿Cómo se les ocurre que yo puedo saber algo de la patrona? Van a castigarme por culpa de ellas». Himar quiso hacerlo entrar en razón, le dijo, de nuevo en yoruba, que tenía que comprender a Romi. Él le respondió:

—¿Acaso nos comprende su padre a nosotros? ¿Se compadece de nosotros?

Entonces escucharon unos tambores.

—Es la llamada a la oración —les dijo la cocinera.

—Señor Zoghe... —insistió Romi.

—Silencio —replicó él de muy malos modos. Muy alterado, volvió a dirigirse a Himar en su lengua para que no lo entendieran.

—Será mejor que nos marchemos. Dice que hemos puesto en peligro su vida, que ya tuvo bastante con perder el brazo, con que la máquina de hierro se lo comiera, y que tiene que permanecer aquí para guiar a su gente de vuelta en cuanto sea posible, que lo dejemos tranquilo.

—Mi madre, Himar, es mi madre. ¿Por qué nadie quiere decirme nada? La necesito a mi lado. —Romi comenzó a llorar.

La imagen de su ausencia, tan concreta, tan material en la

habitación vacía ante el vaivén de las cortinas, el espejo de su tocador sin ella delante y la cama deshabitada descorazonaba a Romi. Como si fuera una súplica, una oración, con la voz muy baja repetía varios pasos alejada de sus sirvientas: «Mauricio, tío Mauricio, tienes que ayudarme. Los demás no pueden hacerlo. Nadie más que tú la puede encontrar».

—Vamos —repitió la cocinera mientras cogía del brazo a Ángela que se había quedado atrás. Observaba cómo Zoghe, después de recoger del suelo el candil, volvía a internarse en el cañaveral.

17

Curazao, jueves, 28 de enero de 1875

En el Victoria, otro de los buques de su compañía naviera, Bartolomé Gormaz llegó a Curazao, una de las islas de Sotavento, en el archipiélago de las Antillas Menores. Las fachadas de las casas de Willemstad, su capital, daban la bienvenida a las naves que entraban en la bahía de Santa Ana. Era un acceso tan estrecho que visto sobre los mapas parecía imposible que un barco penetrara en el puerto a través de él.

En cuanto Bartolomé puso el pie en tierra, se dirigió a uno de los edificios principales. Por las últimas noticias recibidas sabía que el Concordia, con su preciada mercancía a bordo, no tardaría en atracar, aunque no allí.

Después de firmar varios documentos de su sociedad marítima, recorrió un par de calles hasta la taberna Volendam, situada frente a uno de los tres puentes con nombres de reinas holandesas que salvaban el canal. Aquel lugar acogía cada noche a clientes distintos, por lo que no había mejor forma de pasar desapercibido que entre sus mesas. A Lupercio Sandoval, su empleado en Curazao, siempre le advertía de que la cautela era lo que más convenía a su negocio.

Abrió la puerta y lo vio allí. Se acercó hasta donde estaba y lo apremió a que terminara la cena para que pudieran marcharse enseguida. Este se levantó, apuró la jarra de vino y se secó la boca con la manga. Sobre la mesa quedaron unos restos de iguana medio sumergidos en un plato de sopa.

—¿Cómo va todo por Cuba, don Bartolomé? —le dijo con un acento portugués muy marcado mientras subían al carro.

—Bien, bien. —La imagen de Dulce le vino a la mente—. ¿Sabes que algunos piensan que hemos pagado a los abolicionistas para enriquecernos aún más? Y no me refiero solo a las indemnizaciones que ya nos ha dado el gobierno a los dueños de las plantaciones por prescindir de algunos de nuestros negros.

Sandoval rio.

—Menudo favor les han hecho, sí. Además, desde que el tráfico es ilegal... —Estaba concentrado en la conducción del carro. Conocía el camino, que hubiera luna llena le facilitaba su manejo, pero aun así no podía avanzar a demasiada velocidad.

—Eso sí, la Reina de los Mares —continuó Bartolomé Gormaz aludiendo a la armada inglesa— cada vez patrulla con más celo. Interceptan a los buques con negros, pero para llevárselos ellos a sus colonias como «aprendices». Así llaman a los esclavos. Y aún tienen la desfachatez de decir que los liberan. Pero siempre es posible volver a comprarlos allí.

—¿Y en España cómo llevan esta injerencia? —le dijo mientras levantaba las dos riendas a la vez para dejarlas caer sobre las espaldas del caballo.

—Se han ablandado, apoyan a los ingleses, pero solo en parte. Eso sí, por obligación, porque no hay más remedio. Cosas de la política. Los esclavos van bien como carne de cañón. Ya llevamos ocho años de lucha contra los delincuentes de Céspedes; suerte que a él le pegaron cuatro tiros el año pasado. Entre los que no sobreviven a la guerra, los mayores de sesenta años a los que han libertado y los muertos por el cólera, ahora se necesita más mano de obra que nunca. Y aún quieren más leyes por plazos. Menos mal que Cánovas ha parado todas estas majaderías.

—¿Y va todo bien con este cargamento? —le preguntó Sandoval con la mirada al frente. Cada vez veía menos y no podía descuidarse, apartar un momento la vista del camino podía suponer que volcaran.

—De Cotonú salieron doscientas cincuenta y siete piezas.

Veremos cuántas llegan. Con que fueran la mitad, ya me daría con un canto en los dientes.

—Esperémoslo así. Por mi parte lo tengo todo dispuesto. El fuerte Beekenburg es la referencia que tiene el capitán. En cuanto recalen en el punto fijado, los descargaremos. Después los embarcaremos en el Victoria, rumbo a la Gran Antilla, y el Concordia navegará, ya sin ellos, hasta el puerto de Willemstad. Cuanto menos tardemos, mejor. He dado órdenes a la tripulación de que dispongan de mucha agua para baldearlos. Apestarán, como siempre. También subirán a bordo cestas de frutas y verduras y la carne de res asada. En estos cuatro días tienen que parecer otros. Desembarcarán en la playa de la Conchera, tal como usted me dijo. Los compradores irán hasta allí con sus carretas para llevárselos.

—A ver cuánto sacamos esta vez. Necesito que sean fuertes como mulas. Al factor que tengo en Cotonú le exigí que me los mandara de una edad similar, de entre dieciocho y treinta años. Esos son los que más resisten. Las mujeres y los niños muy pequeños son una inversión, pero yo lo que necesito es que trabajen en la zafra de la caña nada más llegar. Espero que no me haya llenado el barco de sobras, de moribundos de esos que tienen encerrados durante meses. Si es así relegaré a Rausell, al gerente, y enviaré allí a otro par de capataces de la plantación. Sandoval, quiero regresar a casa lo antes posible. A partir de la próxima semana me escribes a Nuestra Señora de las Mercedes con las cuentas. En el próximo viaje que traigan solo niños. Encárgate tú de que les quede claro que esa tiene que ser la carga.

—Así será, don Bartolomé. Como usted ordene. Espero que la suerte esté de nuestro lado, aunque también le digo que estos que vienen ahora son los que tienen más peligro de rebelarse, y más si los han traído solos, sin familia. Ya sabe lo que pasó en Haití.

—Para eso tengo tantos mayorales en mi hacienda, para no quitarles el látigo de la espalda en ningún momento. De vez en cuando hay que meter a alguno en el cepo y dejarlo al sol toda la mañana a la vista de todos. Del valle de los ingenios es imposible escapar. Y estos van para allá. La torre de vigilancia es uno de los edificios más altos de la isla. Si se les ocurre intentar huir, les sueltan a los perros; los pobres animales pasan días y semanas sin comer, pero es necesario. Pobres bestias, qué vida tan perra llevan —dijo Bartolomé, y los dos rieron.

En una de las últimas curvas, la carreta se inclinó mucho. Lupercio Sandoval se movió enseguida hacia la parte izquierda del pescante para equilibrarla. En cuanto se rehicieron del sobresalto, vieron ya, a escasa distancia, las almenas de las dos torres circulares del fuerte Beekenburg. Habían cubierto el trayecto en menos de media hora. En cuanto Sandoval detuvo al caballo, bajaron hasta la playa. Tenían que andar con cuidado para esquivar los cactus kadushi que los desafiaban con sus largas columnas espinadas entre las rocas volcánicas.

El Concordia, guiado por la silueta de la construcción militar, se había detenido a un par de millas de la costa. Hasta allí no llegaba ningún sonido del buque. Después de esperar unos minutos, vieron una barca de remos que se acercaba.

—¿Por qué no los bajan ya en las otras barcas? ¿A qué esperan? —la voz de Gormaz atronó.

—Don Bartolomé, por favor, no pierda la calma. No podemos arriesgarnos a que nos descubran. Ahora ya hemos hecho lo más difícil. Tenga paciencia.

—¿Quiénes son esos que vienen? ¿Y a decirme qué? Yo lo que quiero es que me entreguen a los negros, echarles un vistazo y embarcarlos en cuanto aparezca el Victoria. Si otros se me adelantan, bajará el precio.

La barca estaba ya muy próxima a la orilla. Bartolomé Gormaz les gritó desde allí:

—¿Dónde está la mercancía, capitán? —Aún sin distinguirlo, suponía que uno de ellos era quien se encargaba del gobierno del buque—. El Victoria solo podrá estar aquí unos minutos. ¡Traedlos ya si no queréis que os denuncie a las autoridades por contrabando de esclavos!

En ese momento, el capitán, que había saltado un par de metros antes que los otros dos, le tendió la mano:

—Señor Gormaz, lamento tener que comunicarle que el barco está vacío. No hay un solo esclavo en él.

—¿Pero qué desatino es este? ¿Te has vuelto loco? ¿Qué estás diciendo? ¿Os habéis quedado sin agua? ¿Los habéis matado por este motivo? Sabéis que los tiempos en que se aseguraba la carga se acabaron. Ahora ya no se puede hacer eso.

Los otros dos hombres, después de saludarlos con un murmullo, se colocaron junto al capitán, uno a cada lado. Se trataba del piloto del Concordia y de un marinero de una envergadura descomunal. Sandoval calculó que le doblaba en peso.

—Han sido los ingleses —continuó el jefe del Concordia.

—¿Os han robado las piezas? ¿Y para qué queréis los cañones? ¿Creéis que es una casualidad que mande este barco a África? —Bartolomé estaba fuera de sí—. Sois todos unos inútiles. Que tenga que estar yo aquí, a estas horas, en esta isla…, es la prueba.

Tomó la palabra el piloto:

—Permítame que intervenga, señor Gormaz.

—Más te vale que lo que tengas que decirme valga la pena. Tengo ganas de… ¡de pasaros a cuchillo a toda la tripulación, de sacaros los ojos para que no podáis navegar más!

El marinero hinchó el pecho como si quisiera imponer de esa manera su presencia.

—Verá, don Bartolomé, navegábamos entre las islas de La Blanquilla y La Orchila, cerca de La Tortuga, cuando avistamos un barco con bandera inglesa. Nos dieron el alto. Nosotros no nos detuvimos, pero amenazaron con hundirnos. No teníamos nada que hacer, salvo…

—¿Salvo? —Bartolomé Gormaz escupió esta palabra.

—Deshacernos de la mercancía —continuó el capitán—. Aún teníamos a los ingleses a una distancia suficiente. Parte de la tripulación formó sobre la línea de estribor; los demás amordazamos a los negros en la bodega, los sacamos y los lanzamos por la borda de babor. De esta forma nuestros marineros taparon la maniobra, hicieron de barrera. Además los ingleses lo interpretaron como un acatamiento de su orden. Estaban aún lejos, pero toda precaución es poca. No tuvimos más remedio, don Bartolomé. No solo eran ellos o nosotros, también estaba en juego su barco. Lo hicimos por usted.

—¡Ya estabais aquí, aquí al lado! ¡Aquí al lado mismo, después de venir desde África! —Gormaz se tapó los ojos con la palma de la mano derecha—. ¿Sabéis qué significa esta pérdida? A estos los íbamos a mandar al valle de los ingenios. ¿Qué les voy a decir ahora a los compradores?

—Los ingleses del Golden Dream subieron a bordo, gritaban como diablos, lo registraron todo, bajaron a la bodega. Dijeron que allí no se podía respirar. Les contamos que se debía a que habíamos descargado cien caballos en Puerto España. Me pidieron los papeles, el registro, y les dije que accidentalmente había caído al mar. Me abofetearon, nos amenazaron a todos. Estaban enfurecidos. Ellos también habían perdido el negocio. Saben lo que sucedió, pero no tienen pruebas. Aun así nos han denunciado por irregularidades.

—Y los grilletes, las cadenas. ¡Hundidos también! —Bartolomé Gormaz se hablaba a sí mismo—. Tendré que volver a encargar otros a los herreros de Porto Novo, que forjen más y a toda prisa. Con lo fácil que era antes, cuando los enviaban desde Sheffield. Ahora todo son complicaciones y vosotros no ayudáis a que salgan bien las cosas. Con lo que arriesgo. No quiero volver a veros. Llevad este barco a Santiago, que os siga el Victoria. —Se giró hacia el portugués—. Sandoval, vámonos. He cambiado de opinión. Dormiré esta noche en Willemstad. Y vosotros ya me habéis oído, no quiero volver a veros. Me dais asco, banda de ineptos. En cuanto lleguéis al puerto, os largáis, y olvidaos de volver a trabajar para mí. Me encargaré también de que no volváis a trabajar para nadie más. Haceos a la idea de que habéis naufragado. Estáis muertos.

18

Vapor Providencia, lunes, 1 de febrero de 1875

Mauricio Sargal estaba sentado en un banco junto a la pared de los camarotes de primera. No le gustaba demasiado salir a aquellas horas tan concurridas, pero se había visto obligado a tomar un poco el aire; desde la noche de su encuentro con Orfiria se sentía bastante indispuesto. Un hombre que marcaba sus pasos con un bastón de empuñadura plateada lo saludó al pasar; al poco, dio la vuelta en su limitado paseo y se detuvo ante él:

—¿Descenderá en Santiago o en La Habana? —le formuló la pregunta más frecuente entre el pasaje para entablar conversación.

—Voy hasta la primera escala —le respondió Mauricio a la vez que se levantaba.

—¿Me permite que le acompañe unos minutos? Exdiputado Sebastián Aguinaga —se presentó—. Imagino que ya me conoce.

Mauricio le tendió la mano sin demasiadas ganas. Cada vez se sentía más débil.

—No me encuentro demasiado bien esta mañana. Si no le molesta, prefiero continuar sentado —respondió Mauricio.

—Como guste —le dijo como si no hubiera escuchado sus motivos—. He asistido en España a la Asamblea, pero no sé si podré ir a la próxima sesión. Ya me considero a todos los efectos exdiputado, por eso me he presentado como tal. Con la guerra…

Sebastián Aguinaga se refería al conflicto que había comenzado en 1868 en la isla, cuando Mauricio todavía estaba allí, y el mismo en el que habían herido al marido de Deva, el mariscal de campo del que desconocía su apellido. No sabía cuál era la postura de su interlocutor, aquel hombre envarado de acento meloso, respecto a aquella lucha. A Mauricio, su experiencia le había demostrado que siempre era mejor dejar hablar al otro durante unos minutos para hacerse una idea de lo que pensaba.

—Nuestro capitán general en Cuba es un hombre de buen gobierno, toma medidas para que se agilice el comercio, pero Madrid está muy lejos. Qué fácil les resulta legislar a los que están allí, a más de siete mil kilómetros. Algunos no han levantado sus posaderas de los sillones de terciopelo en toda su vida.

—¿Y qué propone usted? —le dijo Mauricio con el fin de abreviar aquella conversación que le resultaba tan inoportuna.

—Equidad, sentido común y realismo. Eso es lo que yo propongo. Tres cosas muy necesarias ahora mismo y muy escasas en la isla, con tanto soñador desaforado disfrazado de patriota. Y yo me pregunto: ¿patriota de qué? Nos faltan más arrestos para enfrentarnos sin temor y por nuestro país a los insurgentes.

—Tengo entendido, señor Aguinaga, que la guerra se alarga irremisiblemente por tanto cambio en el gobierno de nuestra nación a la que tan bien le vienen además los esclavos para utilizarlos como carne de cañón. Parece que cada vez se repatria a todos los cargos destinados allí y vuelta a empezar, con lo que esto supone, sobre todo en el ámbito militar. Más que de nuestro gobierno, se podría hablar de nuestro desgobierno.

—Yo le diré cómo se resolvería esto rápido y sin tanta diplomacia ni quítate tú para ponerme yo. Si a todos los alzados en armas y a sus colaboradores se les confiscaran sus propiedades, si se regulara la prensa de forma estricta, si se deportara a los rebeldes y se fusilara a unas docenas de ellos ante los ojos de todos, otro gallo nos cantaría. Se aplican demasiadas cataplasmas cuando lo que se necesita es, unas veces, cauterizar la herida, y las más de ellas, amputar. Si a mí me dejaran... ¡Emancipación! —exclamó el diputado—. No pueden ser más ingenuos. Aunque eso es lo que nos quieren vender. Sus intereses son otros.

Mauricio se había colocado la mano derecha sobre la frente.

El sol del mediodía le daba de pleno, lo que le impedía apreciar bien los rasgos de aquel hombre. Apenas veía su barba, que se le juntaba con las patillas anchas, rizadas y espesas. Tenía los ojos muy pequeños y el cuello muy corto.

—Y mientras tanto descapitalizándonos —continuó Aguinaga—. ¿Sabe cuántos ingenios azucareros había hace solo diez años? —Mauricio no tenía ningunas ganas de escucharle—. Pues el doble que ahora. ¿Sabe cuántos productores de café quedan en Cuba? —Sin esperar respuesta, continuó—: Cuatro gatos. No dan abasto ni para proveer al mercado interno. ¿Y sabe quiénes están sacando tajada de todo esto? Los más listos, los que no se andan con paparruchas: los americanos. Delante de nuestras narices se llevan el manganeso, el hierro. Se lo van a llevar todo y nos van a dejar sin plumas y cacareando.

Mauricio no aguantaba más su perorata, se sentía peor por momentos. Aguinaga, como tantos otros, también obviaba la importancia de la mano de obra esclava en la riqueza que se producía en Cuba. Quería despedirse y entrar de nuevo en su camarote, pero no tenía suficientes fuerzas.

—Pero el colmo del despropósito lo representan los abolicionistas. No sé si esta vez nos volverán a citar en Camagüey o qué harán. El caso es no vernos por Madrid. Desde el inicio de la guerra no se eligen diputados por esta jurisdicción. ¿Y sabe qué implicaciones tiene eso? Pues nada menos que la inaplicabilidad —remarcó mucho cada sílaba de esta palabra— del régimen constitucional. Esto es un desastre.

Mauricio pensó que, si todos los demás eran como él, no le extrañaba lo más mínimo que prefirieran que estuvieran ausentes de la Asamblea.

—Becerra, Segismundo Moret, Amadeo I, Castelar, Cánovas. —Rio—. Qué más da. —Aguinaga no dejaba de desgranar nombres—. Los realistas también. Va Soler y Pla a Cuba y, mientras está en la isla, lo destituyen como ministro de Ultramar. ¿Usted se cree? ¡Qué poca seriedad! Y le diré algo más. Cuando se cargaron a Prim fueron muchos los que dijeron que los gatillos de aquellos trabucos los apretaron desde La Habana, y no les faltaba razón. Eso fue hace seis años, pero la cosa ya venía de antes.

Mauricio no supo si era por aquella vorágine de datos o porque su estado se agravaba, pero sintió una nueva arcada, igual que le había sucedido un rato antes en su camarote. Esta vez era más intensa y los movimientos de su estómago más violentos. Temió vomitar sobre los brillantes botines de charol del político.

—Discúlpeme, señor Aguinaga. Como le he dicho antes, no me encuentro bien. Espero verlo otro día —le dijo mientras se apoyaba para no caerse.

—Lo mismo le digo. Ha sido muy agradable intercambiar impresiones con usted —le dijo a pesar de que Mauricio apenas había aportado nada a aquella conversación—. Que tenga una buena travesía. Y cuídese, esos mareos lo pueden dejar sin líquidos. No sería el primero al que lo llevan a la tumba después de secarlo por dentro. Y, señor Sargal, salúdeme a su cuñado de mi parte. Seguro que lo verá antes que yo.

Mauricio se quedó paralizado, no solo por aquellas palabras tan desagradables y agoreras, sino porque había creído en todo momento que Aguinaga no sabía quién era él y que le hablaba como a cualquier otro pasajero que se le hubiera puesto a tiro. Empujó la puerta de su camarote y vomitó sobre la delicada loza pintada de la palangana. Después de echarse agua en la nuca con el jarro que había debajo, se dejó caer sobre la cama.

Barcelona, lunes, 1 de febrero de 1875

Doña Delia entró muy decidida en el despacho de Tomás Pizcueta. Su hija Carola la acompañaba, en cambio, sin demasiadas ganas. Llevaba en la mano el libro de Laureano Parnás. Se sentó enseguida, mientras su madre permanecía de pie, pero no se atrevió a abrir el poemario; desde bien pequeña le habían enseñado que era de muy mala educación leer cuando se está de visita. A pesar de eso, solo con rozarlo sentía sus efectos benéficos. Lo había convertido en su talismán y en su medio de evasión, en la materia que la aislaba.

Las dos llevaban vestidos de tafetán verdoso bajo los abrigos negros, a juego con los guantes y los sombreros con adornos de flores que a doña Delia le quedaban más altos y a Carola le caían sobre el lado derecho del rostro. Calzaban también el mismo modelo de botas estrechas de caña alta con corchetes y cordones.

El abogado se incorporó nada más verlas aparecer y las saludó con mucha amabilidad.

—Sé de ese negocio que le has propuesto a Augusto —le dijo doña Delia sin devolverle siquiera el saludo—. Él tiene muchos remilgos. Ya lo conoces, lo piensa todo mucho, tanto que algunas cosas acaba sacándolas de quicio. ¿Te acuerdas de la propiedad de mi padre? Mira, aquí tengo la escritura. —Aún de pie, le tendió unas hojas amarillentas—. Tenemos que hipotecarla. Yo lo convenceré. Es mejor eso que pedir un crédito para aportar la mitad del capital para esa sociedad. Si yo fuera hombre…, pero no puedo hacer sola casi ningún trámite, si no estuviera atada de pies y manos, otro gallo ganaría.

—Cantaría —dijo él de forma automática—. Entiendo que don Augusto se ha decidido, pero que no quiere arriesgar en esa transacción sus ahorros. ¿Es así? Tome asiento, doña Delia.

—Estoy bien así. Nos marchamos enseguida. Ni Augusto se ha decidido ni se decidirá. Pero tiene que firmar.

—No voy a obrar a espaldas de don Augusto si es eso lo que creo que me está sugiriendo.

—Yo no te sugiero nada. Si además no podemos. —En aquel momento a doña Delia no le preocupaba guardar las formas y menos con alguien a quien, a pesar de la ampulosidad de su lenguaje, de su ostentoso despacho y de su atildado estilo, consideraba también de la servidumbre. Sin embargo, a diferencia de su cocinera y de la sobrina de esta, estaba capacitado para moverse en el proceloso océano de las leyes y los legajos de compraventa, de los juicios… Eso le merecía un mínimo respeto, pero no la apeaba de sus modos imperativos con él—. Entrevístate con quien tengas que hacerlo, prepara los documentos y cuando esté todo ya me encargaré yo de que mi esposo los firme.

—Eso es una encerrona.

—Todo lo contrario. Saldrá por la puerta grande. Solo lo ayudamos a que se decida. Es por el bien de nuestra familia. Tengo que casar a esta niña lo mejor posible, ya lo sabes.

Carola miró al abogado y le sonrió. Él advirtió cierta armonía nueva en sus rasgos redondeados. Pizcueta asintió, decidido a alargar todo lo posible aquel proceso y a no tomar una sola medida sin consultarla antes con quien le pagaba: don Augusto Esmerla.

—La avisaré en cuanto termine con los trámites —le dijo a Delia como despedida para conformarla.

Las dos mujeres salieron de la misma forma que entraron: doña Delia erguida, con pasos rápidos, y Carola detrás, como arrastrada por el ímpetu de su madre. Siempre le había indicado que cuanto menos hablara, mejor, que así resultaba más misteriosa; ya se desvelaría ante quien lo mereciera. Desde el pasillo, doña Delia le dijo al abogado:

—Y quiero que me digas quién está detrás de esto.

—Veré si es posible. Lo estudiaré todo. Recuerde que es al cincuenta por ciento, que no solo depende de usted. Para decirle de quién se trata, antes tengo que preguntarle a la otra parte si estaría de acuerdo.

19

Vapor Providencia, miércoles, 3 de febrero de 1875

El camarote de Mauricio estaba en penumbra, solo una vela a punto de consumirse sobre una palmatoria cubierta de cera aportaba algo de luz. Él se removía en la cama. Había empapado las sábanas con su sudor y agitaba la cabeza a un lado y a otro sobre la almohada.

En su delirio no dejaba de musitar el nombre de Dulce. Dulce y el Prodigio. El Prodigio y Dulce. Se veía con su hermana en el palacete, ante la entrada principal, asomados ambos a los grandes ventanales; después, junto a sus primeros invitados, quienes lo escuchaban tocar el piano desde los bancos de forja de la terraza. Afectado por la fiebre, veía la sala de música, el gran lucernario del techo pensado para poder leer a mediodía las partituras sin necesidad de calarse los lentes. En su casa habría un camerino bien surtido con ropa de varias tallas, adornos, plumas de marabú, sombreros... para que se vistieran y acicalaran quienes allí actuaran, solo para él o para quien él decidiese. Todas esas escenas desfilaban por su mente, pero no podía apresarlas, su debilidad las difuminaba dentro de aquel sopor espeso e innavegable.

Hacia las doce de la noche, Deva golpeó con los nudillos en la puerta del camarote de Mauricio, movió la manivela, empujó, pero no obtuvo ninguna contestación. La esposa del militar lamentó en aquellos momentos que nadie del servicio de su casa la acompañara durante aquella travesía porque intuyó que iba a precisar bastante ayuda.

Se dirigió hacia el puente de mando en busca de Dan Felberg. Los pasajeros no podían acceder allí, pero estaba segura de que con ella harían una excepción. Lo comprobó enseguida cuando el oficial que acompañaba al capitán la saludó llevándose la mano a la sien. Casi toda la tripulación estaba al tanto de que era la esposa de quien había sido gobernador militar de La Habana y también, por un periodo muy breve, capitán general.

—Señor, estoy muy preocupada por uno de los pasajeros —le dijo al capitán—. Se trata de don Mauricio Sargal. No lo he visto desde hace unos días y temo que le haya sucedido algo grave.

—Señora Rivadeneira, comprenda que debemos respetar la privacidad de cada uno de los embarcados.

—Señor Felberg, le ruego que envíe a alguien. Si el señor Sargal se encuentra bien, le aseguro que no le molestará lo más mínimo, no suele estar dormido todavía a estas horas, pero si al contrario…

El capitán miró al oficial:

—Miñón, baje a comprobarlo. Tiene razón, no perdemos nada. —Después se dirigió a ella—: Espero que a la llegada encuentre bien a su esposo.

—Este viaje se me está haciendo eterno —le respondió ella—. A pesar de todas las comodidades y de todas las atenciones, para mí está siendo un suplicio.

—Comprendo sus circunstancias. Ya falta poco. Antes de una semana atracaremos en la bahía de Santiago de Cuba. Llegaremos antes de lo previsto.

—Dios le oiga, capitán —le dijo Deva mientras fijaba la vista en su cabello blanco que contrastaba con la piel tostada y los ojos azules. Observó que llevaba el uniforme impecable.

El oficial volvió:

—Capitán, necesitamos la llave maestra. Parece que el pasajero sí se halla en el interior de su camarote. Desde fuera se le escucha. Gime en voz baja, como si rezara.

—Vayamos —dijo Felberg.

En cuanto abrieron la puerta, Deva se abalanzó sobre el lecho y le puso a Mauricio la mano en la frente.

—Está ardiendo —les dijo mirándolos asustada.

—Miñón, despierte al doctor Galise. Dese prisa —ordenó el capitán.

Mauricio no dejaba de musitar. Tenía los labios cuarteados y muy resecos. Cuando sintió la mano de Deva, abrió los ojos. El brillo que tenían los inquietó. A ella le llamó la atención que llevara el lazo abrochado con la agujilla; tampoco se había quitado sus tres anillos de la mano derecha.

—Este hombre está muy grave. He visto a muchos otros antes así. —Dan Felberg fue hacia la puerta abierta y colocó una silla para evitar que se cerrara—. Aquí dentro no se puede respirar. Hay que buscar a alguien que limpie todo esto inmediatamente —dijo al descubrir la palangana con el vómito—. Si no llega a ser por usted, este hombre se pudre en vida.

El médico llegó vestido con ropa de dormir y una bata de franela y dejó enseguida su maletín sobre el escritorio.

—Tenemos que trasladar al paciente para ponerlo a salvo de los miasmas, de los efluvios malignos. Este ambiente es insalubre —dijo mirando alrededor—. Señora, debería esperar fuera. Puede contagiarse.

—Llévenlo a mi camarote —dijo ella—. Allí podré atenderlo.

—De ninguna manera. Lo llevaremos a uno de los almacenes vacíos —dijo el capitán—. Señora, usted retírese a descansar. Mañana por la mañana podrá verlo.

Cuando ella se iba a incorporar del lecho, Mauricio la cogió del brazo y le dijo:

—Dulce, ¿dónde has estado? Me he preocupado tanto.

Deva le sonrió y le acarició la mejilla con el dorso de la mano.

Santa María de Sants, jueves, 4 de febrero de 1875

Mientras Carola intentaba escribirle una carta de agradecimiento por su libro a Laureano Parnás, sus padres hablaban de pie en la sala, delante del tresillo de tapizado capitoné.

—Augus, atiende a razones. ¿Qué te cuesta? —le decía doña Delia con la voz más suave posible.

—No insistas, Deli —le respondía él—. La decisión ya está tomada. Yo también tengo razones, más que eso: corazonadas. No se trata de tener dinero a toda costa. De dónde sale también importa. —En ese momento Augusto Esmerla amagó con abandonar la habitación.

—Nos estamos quedando atrás. Piensa en tu hija. No pienses solo en ti —le dijo ella para que se diera la vuelta—. No seas tan egoísta.

—Delia, no es justo que me digas eso. Ven, siéntate conmigo. —En cuanto estuvieron los dos en el sillón más amplio, continuó—: Créeme. Hay algo turbio detrás de todo esto. Eso es lo que me detiene.

—Te repito que tú pones el cincuenta por ciento del capital en esa sociedad, el barco llega a África, de allí a América y vuelve, no sé dónde está la complicación. No tienes que hacer nada, solo esperar. A muchos les gustaría ganar el dinero de forma tan fácil, estando casi de brazos cruzados —insistió ella.

—No es tan fácil. Lo desconozco casi todo del comercio triangular y tendría que confiar en alguien que no da la cara. Y eso no es posible. Estoy arrepentido de habértelo contado. Además, ahora quiero dedicar todos mis esfuerzos a la colonia. En cuanto finalicen las obras en Santa Coloma, tendremos que ocuparnos del traslado, no es algo sencillo. Tengo mucho en qué pensar, no quiero distraerme ni embarcarme en otras ocupaciones, al menos por ahora. Clive pronto tendrá preparada la máquina de hilar y habrá que encargar que repliquen su prototipo y supervisar que se hace bien, que nada falla antes de la puesta en marcha.

Don Augusto pensó en el momento en que gritó «Manón» a la salida del Círculo Hispano Ultramarino y Clive creyó que era el nombre que había pensado ponerle a su invento. Sabía que su esposa no lo permitiría de ninguna manera, que pondría el grito en el cielo si llamaran así a la nueva máquina de hilar.

—¿Por qué sonríes ahora? —le preguntó ella un tanto desconcertada.

—No lo sé, Delia, no creo que estuviera sonriendo —le dijo él disimulando, y enseguida continuó—: Me dijiste que dejara a tu cargo todo lo que tiene que ver con la que será nuestra residencia allí en la colonia, que dirigirías la decoración del teatro, del ateneo, de la sala de conferencias, que verías la mejor manera de amueblarlos; que te dedicarías a supervisar que no faltara nada en el colegio de los niños ni en las aulas de las monjas para niñas. Creo que tú también tienes mucho trabajo como para dedicarte a cuestiones que no nos incumben.

Ella le replicó como si no lo hubiera escuchado:

—Augusto, te falta ambición. Eso es lo que te pasa, menos mal que me tienes a mí —le dijo más relajada—. He ido a hablar con Tomás Pizcueta.

—¿Qué? —Don Augusto se incorporó. Después se pasó la mano por la nuca varias veces.

—¿Sabes qué podrías hacer? Hipotecar el terreno de mi padre, desde nuestra boda te pertenece. —Hablaba con mucha tranquilidad mientras lo miraba desde su asiento.

—¡Has perdido el juicio! ¿Qué te ha dado con esto? Estás obsesionada.

—Algún día me lo agradecerás, Augus. En cuanto Bartolomé Gormaz esté en Barcelona, iré a entrevistarme con él. No tendré problema en que me reciba. Seguro que él te convence de que es lo mejor. Es lo que toca en estos tiempos. Además, oportunidades así, de esa consideración, no se presentan todos los días. No puedes conformarte con ser solo un industrial textil. Tienes que ampliar tus miras. Somos los Esmerla y Carola necesita un buen apellido junto al suyo. Hazlo por nosotras. Por eso he pensado consultárselo a él. Ya sabes que está construyendo cerca del puerto casi una docena de edificios. Seguro que él sí que sabe lo que se hace.

Don Augusto no le respondió. Había decidido ir a hablar con su abogado para que deshiciera las gestiones que hubiera realizado hasta el momento si fuera el caso, aunque lo consideraba improbable por la lealtad que sabía que le tenía. «Bartolomé», pensó. No quería ni imaginarse la entrevista entre su mujer y él. El hombre más distinto posible a su amigo Mauricio, y para más inri su cuñado.

En la habitación de al lado, Carola ensayaba unos versos con los que corresponder a los de Laureano Parnás. «Verde rayo que lo real separa. / De ingenio es tu barniz», escribía. Quería que tuvieran todos once o siete sílabas como los de él. Quería demostrarle que ella también podía hacer malabares con las palabras.

20

Vapor Providencia, jueves, 4 de febrero de 1875

A Mauricio el volumen de la barba le había aumentado tanto que había perdido su forma; el vello le llegaba casi hasta los ojos. Deva logró que se incorporara sobre la almohada y le dio un poco del caldo de carne que le había llevado en un cuenco de cerámica. Hasta ese momento, solo había tomado algunas uvas pasas y las infusiones de azafrán y albahaca que le había preparado el doctor Galise para bajarle la fiebre.

—¿De verdad que no le importa que la vean conmigo? —le preguntó él.

—En un barco las normas sociales se relajan. Ya lo sabe. El mar es siempre un territorio más libre. Considéreme su enfermera. —Después de sonreírle, continuó—: Mauricio, falta poco para que desembarquemos. Tiene que recuperarse, fortalecerse. Sería una lástima que una vez en el puerto de Santiago tuviera que regresar a España sin saber qué ha sido de su hermana. —Deva pretendía infundirle ánimos con estas palabras.

—Eso de ninguna manera.

—Le he traído un bastón. Se lo regala el capitán.

—Como si fuera un anciano… O el exdiputado Aguinaga.

Deva sonrió. También había conocido a aquel hombre que no cesaba de hablar.

—Si este caldo le sienta bien, volveré mañana para ayudarlo a asearse. Iremos al comedor y después pasearemos un rato hasta las hamacas de cubierta —le dijo mientras dejaba la escudilla vacía sobre el velador—. Ya sabe que el aire marino lo cura casi todo.

—Pero agrava la nostalgia —le respondió él.

En cuanto se quedó solo, Mauricio Sargal evocó a Dulce. La mejoría aumentaba la intensidad de sus recuerdos de la casa de la calle San Tadeo, en Santiago de Cuba. La veía como si la tuviera al lado, recién nacida, con la piel ya tostada. Ella dormía en la cuna; él, con poco más de cinco años, se asomaba a mirarla. Su madre yacía muerta en la cama de al lado. La habían tapado con una sábana limpia, pero la anterior aún estaba a sus pies manchada de sangre.

Una criada lo tomó de la mano:

—Ven conmigo, todavía no has merendado —le dijo para distraerlo.

—¿La niña se va a morir también? —le preguntó él.

—En esta casa ya no se va a morir nadie más —lo tranquilizó la sirvienta.

Al día siguiente, vestido con un traje chaqueta de pantalón corto, asistió a las exequias. Sintió el cariño de los demás de una forma empalagosa, con roces en su cara, besos, abrazos que lo hacían tambalearse, palabras que no significaban nada para él y miradas de lástima. Solo quería estar junto a su padre, que en la primera fila se apoyaba en el alemán Herbert Hollwege y en Matías Alqueza, el dueño de la Imprenta Moderna. Los dos lo sujetaban por los brazos para que se mantuviera en pie. Mauricio los miraba desde la otra fila de bancos, junto a las criadas, el chófer y el resto del personal de servicio. Aunque era demasiado pequeño, entendió de golpe lo que significaba el amor, el dolor y la unión de ambos, y decidió que intentaría huir siempre de aquello.

Después de la muerte de su madre, su casa en Santiago permaneció en un silencio denso que solo rompía el llanto de su hermana. En cuanto él lo escuchaba, corría hacia la habitación para verla. Era un brote de vida en medio de tantas sombras. En esa época fue cuando su padre, para distraerse y por consejo de su amigo de Gotinga, se dedicó en cuerpo y alma a la litografía, pero también a Mauricio. Este sentía siempre cómo su mano grande rodeaba la suya, estuviera o no. En sus paseos le explicaba cada cosa que veían como si de repente tuviera prisa por que lo aprendiera todo. Las mujeres que trabajaban en la casa se encargaron también de mitigar la orfandad de Mauricio, allí se sentía protegido.

Cuando Dulce cumplió cinco años y él diez, notó cómo le crecía el instinto de protección hacia su hermana. Años después no dejaría de reprocharse que lo que sentía entonces no le sirviera para evitar que se casara con Bartolomé. Que Dulce tuviera el carácter más alegre que él siempre lo achacó a que ella no había sufrido la pérdida de su madre y, por tanto, no notaba su ausencia.

Con diez años, su hermana le parecía un portento, era ingeniosa, compartía con él razonamientos brillantes. Creaba palabras que a Mauricio le sorprendía que no existieran, pues, en cuanto ella las pronunciaba, se daba cuenta de lo necesarias que eran. Tenía siempre la sonrisa suspendida en los labios, de tal forma que, ante cualquier comentario de él, se abrían, se ensanchaban. No podía evocarla seria.

Cuando él cumplió quince años, su padre lo mandó a estudiar leyes a un colegio de Bayamo. «Donde crece el bayam, el árbol de la sabiduría. Que su sombra te cobije, hijo», le dijo como despedida José Sargal. Permaneció en el internado durante casi tres años. Su padre no quería que viviera el agitado ambiente estudiantil de Santiago y prefirió alejarlo de allí. Cuando regresó, Dulce ya era otra, aún mejor.

En el almacén del Providencia, Mauricio apoyó un codo contra el colchón y con el otro brazo alcanzó el vaso de agua que tenía en la mesita de noche. Pensó también en las obras del Prodigio, en lo que se encontraría a la vuelta, en si el arquitecto, Gustau Farnés, habría cumplido punto por punto con todas sus indicaciones, en si su casa habría crecido como lo hizo Dulce mientras él estaba fuera. Con esta ilusión, la de reencontrarse con su hermana primero en Santiago de Cuba y la de comprobar cuando volviera, semanas después, los progresos de aquella construcción en El Masnou, se durmió.

A mediodía, mientras la campana desafinada de la capilla llamaba a la oración del ángelus, Orfiria entró en el almacén al que habían trasladado a Mauricio cuando enfermó. Aprovechó el momento en el que la mayoría de los pasajeros de primera asistían a la misa oficiada por el padre Vergel, más por distraerse que por atender al dictado de su fe. La ocultista se acercó a él. Las monedas cosidas a su gorro de terciopelo tintinearon. En cuanto comprobó que dormía, dejó caer sobre su frente unas gotas de agua de espliego, romero y perejil que había llevado en una taza y comenzó a decir:

—Te libero de las cadenas del barco Misericordia para que puedas volver a la superficie. Sanarás, pero, si no quieres recaer, tendrás que hacer algo por ellos. Recuperarás el vigor, te recompondrás, pero para salvar a los otros. Salvándolos a ellos, te salvarás a ti. Ese es el mensaje de los espíritus. De sus espíritus —mientras decía estas palabras, Orfiria se mojaba una y otra vez la mano derecha en el líquido con el que lo rociaba a él y la ropa de su cama. Después abrió la puerta para que la luz inundara toda la estancia y salió.

Mauricio no se despertó enseguida. En sueños, volvió a la escena en la que los náufragos del buque que ella había vislumbrado durante su trance imploraban ayuda con gestos desesperados. El agua enmudecía sus voces. Él era uno de ellos. Agitaban los brazos y las piernas con los grilletes. Se movían con desesperación. Escuchaba el ruido de las argollas que les rodeaban los cuellos y los tobillos. Entonces vio cómo se abrían todos los hierros que los atenazaban, cómo se soltaban de ellos como si fueran algas, lianas ligeras, y comenzaban a ascender a la vez que la pesada carga del barco y su armazón, las cuadernas, las varengas y los mástiles partidos, atravesaban el manto de agua para caer y caer. Sus cuerpos se iluminaban, contrastaban con el fondo marino.

Mauricio inspiró con mucha fuerza, como si también hubiera estado a punto de ahogarse, y se sentó en la cama. Se apretó con las manos las sienes. En aquel momento, Deva lo vio desde la puerta que Orfiria había dejado abierta.

—¡Mauricio! —lo llamó—. Está mejor. Vuelvo de misa. Ese hombre..., el capellán, parecía que pretendía atemorizarnos. Solo hablaba del demonio, de posesiones; en el sermón ha contado el caso de una joven que ingería clavos, cristales y espejos rotos para regurgitarlos al día siguiente sin causarse ningún daño. No creo que vuelva a escucharlo. Déjeme que le ayude. Cerraré la puerta. —Deva echó la llave y llenó la palangana con el agua del jarro—. Hasta hay esencia de jazmín —dijo mirando el frasco—. Venga, lávese. Iré a su camarote a por algo de ropa.

—Deva, este viaje va a arruinar su reputación —le dijo él.

—Si ese es el coste de no trastornarme... En algo me tengo que entretener —le dijo ella a la vez que le sonreía—. De todas formas, falta poco para que lleguemos. En cuanto arribemos, me pondrán al día sobre el estado del mariscal Rivadeneira.

—¡Santo Dios! ¡Rivadeneira! ¡Usted es su mujer! ¡Y ahora me lo dice! Entonces el que tiene que preocuparse soy yo.

—¿Por qué? ¿Porque ha sido un caballero conmigo? ¿Porque con su conversación y compañía me ha aliviado la desazón insoportable que sentía al comienzo de esta travesía? Creo, por el contrario, que le estará muy agradecido. Eso si vive. —Se quedó unos instantes callada y continuó—: Cuando zarpamos ya se sabía que el rey iba a ocupar el trono. El mariscal podría interceder ante él para que le otorgue un título.

Mauricio pensó en su cuñado y le dijo:

—No está entre mis intenciones pertenecer a la nobleza, no tengo el más mínimo interés, no es lo que busco. Me conformo con ser lo que soy. Lo único que no quiero es encontrarme con una lápida en Santiago. Eso es todo. No le pido más a la vida.

—Ahora vuelvo —le dijo Deva colocando su mano sobre la de Mauricio. Sintió el relieve de los tres anillos grabados sobre su palma.

Entonces él la detuvo:

—Espere. Siéntese un momento —le dijo.

Ella le obedeció. Mauricio se quedó callado. Alargó una mano y acarició la tela de las mangas de Deva, sobre los antebrazos. Sintió cómo ella se estremecía. Cerró los ojos y solo pronunció su nombre. Ella notó su esfuerzo por dominarse, por no decirle ni hacerle nada más. Mauricio estaba muy tenso. Inspiró con fuerza y después exhaló el aire muy despacio. Se rozó la nuca y notó su sudor. Deva se incorporó y le dijo que volvería enseguida.

En pocos pasos llegó hasta el camarote de Mauricio. Allí todo permanecía tal como él lo había dejado, con la diferencia de que estaba muy limpio. Entre los papeles revueltos de su escritorio vio unas partituras, dibujos y muchas notas encabezadas con nombres de mujer: Fedora Lis, Armida Lacha, Dana Vélez, Iris Duarte… No pudo evitar leer aquellas líneas por encima: se trataba de las biografías de las cantantes. Sobre una hoja, en el centro de una de ellas, con letras grandes, Mauricio había escrito solo tres palabras: «La música alegre». Deva pensó que todo aquello lo habría mantenido muy ocupado durante los días anteriores. En una esquina de la mesa había un libro: *Lamento oferente de tempestuoso océano.* Le gustó comprobar que se trataba de un poemario. Imaginó a Mauricio recorriendo con sus ojos aquellos versos y sonrió.

Después abrió el armario y sintió el aroma a lavanda que emanaba de su ropa. Eligió el traje de tonos más claros, una camisa blanca y un sombrero, y se azoró al darse cuenta de que también tenía que llevarle ropa interior.

No tardó mucho en regresar al almacén que le habían acondicionado a Sargal como dormitorio provisional. Él se afeitaba de pie, inclinado hacia el espejo del palanganero. La miró a través de él, sin girarse. Vestía solo un pantalón gris de rayas. Deva pensó en el mariscal Rivadeneira, en lo diferente que era su espalda, demasiado lisa, estrecha y huesuda, en su cuerpo enjuto que tan bien disimulaba el uniforme de paño azul con charreteras de oro sobre los hombros y la banda de Carlos III cruzada sobre el pecho. Cuando se conocieron, los treinta años que él le llevaba no parecían tantos, pero, conforme pasó el tiempo, la diferencia de edad parecía haberse duplicado. Ella aparentaba más o menos los mismos veinte años que tenía cuando coincidieron por primera vez en aquel baile de inauguración de un balneario, y él, por el contrario, parecía hallarse más próximo a los ochenta que a los sesenta que estaba a punto de cumplir. La dureza de la vida militar, las heridas sufridas, las secuelas y los achaques que acumulaba lo habían hecho envejecer a pasos agigantados. Por todos estos motivos ella sabía que, si había sobrevivido, no lo encontraría en un estado nada saludable. Recordó las atenciones, las sonrisas, su camaradería al principio de la relación. Al poco tiempo de la boda comenzó a alejarse de ella: «Es la vida de armas», le decía siempre. Deva sentía que la había encerrado en una vitrina junto a los escudos y los cascos que coleccionaba. De haber habitado en aquel armario de cristal repleto de reliquias del ejército en vez de en su casa, no hubiera notado la menor diferencia . Casi siempre estaba sola. El mariscal pocas veces se dirigía a ella con delicadeza. De forma continua, Santos de la Piedra Rivadeneira tenía el gesto adusto, el ceño fruncido y la voz solo presta para expresar órdenes.

—Mauricio —le dijo Deva a la vez que se colocaba a su derecha—. Dedíqueme la última tarde en el Providencia, por favor. Vayamos al comedor, charlemos después en las hamacas como la primera vez. Quiero contemplar cómo se baña el sol en este mar tropical.

—Así será. Espero que no me olvide cuando estemos en tierra firme. —Aunque le había dicho que llegarían muy pronto, Mauricio no esperaba que el atraque del buque fuera tan inminente. Desconocía el número de días que había pasado en aquel estado febril.

—No lo haré, y lo ayudaré en todo lo que pueda en la búsqueda de su hermana.

—Gracias, Deva Rivadeneira —le dijo él mientras la tomaba de la mano—. Le regalaré entonces también un concierto de despedida... con la condición de que esta sea solo temporal.

SEGUNDA PARTE

21

Santiago de Cuba, viernes, 5 de febrero de 1875

El vapor Providencia entró en la bahía de Santiago de Cuba hacia las doce del mediodía. Aquella mañana, antes de desembarcar, Mauricio releyó lo que su hermana les había escrito a sus conocidas de Barcelona. De las dos destinatarias de sus cartas, solo hacía partícipe de ciertas confidencias a Violeta Bayul, la esposa de Manrique. Le había escrito en un tono tan triste que la primera vez que la vio Mauricio se detuvo en la caligrafía para comprobar que se trataba de la letra de su hermana, pues aquella manera de expresarse no le pareció de Dulce:

> *Esta situación que vivo no es tan agradable como parece desde fuera, querida Violeta. Tanto oropel, tantas joyas, tantas orquestas, tantos salones y palacios solo sirven para esconder la verdad, una verdad muy dolorosa: la muerte de tantos, de muchísimos.*
>
> *Sabes que deseo que me visites. A mí no creo que me resulte posible ir. Últimamente, Bartolomé no quiere que vaya a Barcelona, a pesar de que él tiene por costumbre viajar a vuestra ciudad una vez al año. Con lo bien que lo pasamos siempre allí… Sé que lo hace porque teme que no quiera regresar.*
>
> *Mi única dicha, ya lo sabes, es mi hija Romi. Ella es la luz de mis días. La veo crecer y me parece un milagro. Solo estoy bien a su lado. Cuando la abrazo, cuando la acaricio, cuando me sonríe, las pesadillas se apartan, se desvanecen. Si me alejara de ella, moriría. Es como estar agarrada a un tronco en medio del océano. No quiero separarme*

nunca de ella, soltarme de ella, porque me hundiría. Escríbeme, Violeta. Aunque sea en la distancia, tus palabras me hacen mucho bien, palían tanto dolor que siento.

Miró la fecha. Era del 1 de noviembre, un mes y un día antes de que Romi le escribiera a él. Tuvo la intuición de que aquellas líneas eran las últimas que había escrito su hermana, al menos las últimas que habían salido de la isla. Después de meter el paquete con los sobres en su maletín de mano, Mauricio salió a la cubierta para presenciar las maniobras de atraque.

Santiago de Cuba se extendía ante sus ojos. Las montañas parecían perfiles de olas solidificadas, detenidas en piedra. Las líneas emplumadas de palmeras separaban la superficie marítima de la tierra que los rodeaba en su entrada. Sintió que su recuerdo de aquel lugar empalidecía contrastado con la exuberancia real del oriente de la isla. El paisaje de la costa entre la Punta de Maisí y el cabo Cruz lo atrapaba, lo engullía para llevarlo en su continuidad ininterrumpida hacia su centro, a las calles tantas veces recorridas de la hondonada en la que se hallaba la ciudad. La forma de entrar por mar hasta allí era como un abrazo; la tierra no aparecía enfrente, sino a los lados para acoger a los pasajeros en su descenso. Ante ellos, destacado en el horizonte, tenían el santuario imponente de la Caridad del Cobre.

Mauricio vio cómo se colocaban dos grupos de cinco hombres en la proa y cuatro en la popa para lanzar las anclas. El ruido de las cadenas lo llevó de nuevo al momento en el que Orfiria le reveló sus visiones y a los delirios que lo acompañaron durante su enfermedad. Siempre había sido contrario a la esclavitud, que él supiera desde que tenía conciencia, pero la forma en que la médium le había transmitido el naufragio hizo que su sensibilidad hacia ese sistema de explotación y exterminio fuera máxima. Se cubrió de sudor por efecto de estos recuerdos y sintió un escalofrío a la vez que una presión en el brazo derecho:

—Amigo mío, tenemos que despedirnos, al menos de momento —le dijo Deva. Él le sonrió.

—Espero que sea por poco tiempo. Me ha resultado muy grata su compañía durante este viaje tan aciago para mí y, bueno, también para usted. Espero que encuentre lo mejor posible a su esposo.

—Quiero agradecerle su concierto de piano —le dijo como si no hubiera escuchado sus últimas palabras—. Tenía razón: la música alegre es curativa. Cómo necesitaba reír. Es usted inigualable, y eso que estaba convaleciente. Gracias, Mauricio, me ha despertado. Gracias a usted he recobrado la ilusión. Deseo que encuentre con bien a su hermana y que me lo comunique cuando así sea. Sin duda sabrá cómo dar conmigo.

Antes de llevarse su mano a los labios, Mauricio paladeó su nombre una vez más, en voz alta:

—Deva.

Aún quiso preguntarle por su marca en la mejilla, por aquella cicatriz que tenía bajo el lóbulo de su oreja derecha y que desde el primer momento a él le había parecido la letra de un alfabeto antiguo. Pero en aquel momento dos oficiales del ejército español con el uniforme de rayadillo con lazo negro en el cuello y las pistolas en el cinto subieron a cubierta. Fueron las primeras personas a las que se les permitió embarcar. Acompañaron a la esposa del mariscal Rivadeneira a su camarote para bajar su equipaje. Antes de descender, Mauricio se despidió también del doctor Galise:

—No me gustaría perderle de vista. Es usted un seguro de vida —le dijo—. Gracias. Sé que por bastante menos otros no han llegado a puerto.

En ese momento le palmeó la espalda Dan Felberg:

—Bien, señor Sargal, tengo que decirle que ha sido usted un pasajero muy discreto. Apenas hemos tenido tiempo de intercambiar unas palabras, y cuando lo tuve más cerca no estaba usted en condiciones de hablar. Una verdadera lástima.

—Gracias por su ayuda, capitán. Está a la altura de su fama. Ha sido una travesía magnífica. Espero que volvamos a vernos.

—Aquí me tendrá. Salude a don Bartolomé de mi parte.

A Mauricio le contrarió que aquellas fueran las últimas palabras que escuchara allí. No se consideraba supersticioso, pero hubiera preferido marcharse con el nombre de Deva en la mente.

Una pareja lo empujó cuando estaba a punto de poner el pie en el primer escalón de la escalerilla. Eran el padre Vergel y Orfiria, que se disponían a bajar del Providencia cogidos del brazo. Ella inclinó la cabeza hacia delante y le susurró:

—No me olvide, señor Sargal, y menos aún olvide lo que le dije. Lo que los espíritus ordenan no se puede contradecir. No se arriesgue. Obedézcales.

Él se giró para mirarla hasta el fondo de sus ojos verdes, donde volvió a reencontrarse con la escena del barco sumergido y de los náufragos que se elevaban hacia la luz. Las monedas que colgaban de su gorro de terciopelo fucsia tintinearon cuando ella giró el cuello hacia su acompañante.

—No lo olvidaré —le dijo.

El capellán lo saludó ausente, con la mirada fija en aquel paisaje al que parecía interrogar.

Mauricio le dio instrucciones a uno de los mozos para que le llevara sus pertenencias a El Remanso. En su opinión, era la mejor de las quince fondas con las que contaba Santiago y en la que servían, además, la comida que más le recordaba a la de su casa cuando vivía allí con su padre y con Dulce.

Después de tanto tiempo en el barco, prefirió hacer el recorrido a pie para estirar las piernas. En una esquina, cerca del cruce con la calle Corona, vio unas flores color malva que asomaban entre las piedras irregulares de un muro. Se acercó y tiró un poco del tallo. Consiguió arrancarlo de raíz. Quería aquella planta para su invernadero del Prodigio. Otra de las flores se soltó. Se la guardó para regalársela a la primera mujer con la que se encontrara.

En menos de quince minutos llegó a la fonda. Esperó ante el mostrador de la entrada a que lo atendieran. Mauricio había recuperado por completo su vigor. La enfermedad no le había dejado ninguna secuela, ningún signo de debilidad. Más que una afección había sido como un tránsito, una inmersión en otro tiempo.

—Don Mauricio —le dijo la dueña antes de que él pudiera advertir que bajaba por las escaleras—. Qué honor tenerlo con nosotros. Le agradezco que se haya decidido por mi establecimiento.

A él no le extrañó que lo reconociera enseguida. Ser hijo de un tendero y haber ayudado con los recados significaba prescindir del anonimato desde pequeño. Después, cuando creció, sus convecinos aún le seguían la pista. En toda la ciudad conocían los acontecimientos más importantes de su vida hasta que se marchó a la península.

—¿Viene para mucho tiempo?

—No, solo para unos días, los que me lleve resolver un... asunto. ¿Podría tener un coche a mi disposición para esta tarde? ¿Para las tres? —Mauricio quería llegar a la hacienda Nuestra Señora de las Mercedes lo antes posible.

—Claro, señor Sargal. Se lo diré a Agapito, nuestro cochero. Es de toda confianza. Puede prestarle servicio todos los días que esté aquí.

—Preferiría ir solo.

—Como guste. Descanse un rato y después baje al comedor. Verá qué ricos me han quedado hoy los moros y cristianos. —Las alubias negras con arroz eran una de las especialidades de doña Gadea, la propietaria de El Remanso.

—No lo dudo, pero ¿me subirían la comida a mi habitación? Y otra cosa —le dijo mientras ponía un billete sobre el mostrador junto a la flor malva de la jacaranda.

—No tiene que pagarme ya —le dijo ella.

—Esto solo es para pedirle un favor: necesito que no le cuente a nadie, al menos de momento, que estoy aquí.

—Pero, don Mauricio, esto es el doble de lo que iba a cobrarle por su cuarto durante una semana.

Él no le respondió, se llevó el dedo índice a los labios, se puso el sombrero y subió con su maletín de mano la escalera de aquella fonda del corazón de Santiago.

A las tres en punto de la tarde, Mauricio salió de El Remanso en dirección a Nuestra Señora de las Mercedes. Subido en el carro, sentía el viento en la cara. Aquella sensación lo transportaba al tiempo en que conquistó su libertad después de librarse de la vigilancia de su cuñado.

Cuando su padre, José Sargal, se trasladó al taller de impresión, él quedó bajo su cuidado en la tienda. Bartolomé Gormaz se encargó de que tuviera que desempeñar siempre los trabajos más desagradables, aquellos que rehuían los demás dependientes. Por ese motivo, marcharse a Bayamo a estudiar leyes le resultó un alivio, a pesar de que lo obligó a separarse de Dulce.

Aunque por aquel entonces su hermana tenía solo diez años, Bartolomé Gormaz ya había puesto sus ojos en ella; sobre todo, como él bien sabía, en su dote: ese era su objetivo desde que se estableció allí como encargado de La Favorita. A su padre se lo presentaron como el joven con más futuro de la isla. José Sargal necesitaba a alguien diligente, con experiencia, y no dudó cuando un cantinero al que surtía de cristalería le habló de él en aquellos términos. Pronto lo dejó todo en sus manos y él se enfrascó con más ahínco aún en los bocetos con los que grabar con la piedra los juegos de habilitaciones para las cajas de cigarros.

Bartolomé Gormaz ya había amasado antes una pequeña fortuna yendo de un lado a otro con quincalla: bisutería, tijeras, navajas, agujas, dedales... A esto sumaba las mercancías que le confiaban los marineros para su venta, que procedían en su mayor parte de la pacotilla, aquello que la tripulación podía embarcar por su cuenta y que estaba libre de pago. Se encargaba también de los saldos que remataban algunas tiendas al final de cada temporada. Con los beneficios que obtuvo, envió a Barcelona un cargamento de ron de la fábrica de un conocido suyo y, mientras esperaba a que el barco regresara con armas, subidas a bordo por otros, celebraba su buena suerte. Gracias a varios préstamos, disfrutaba de aquel dinero que aún no era suyo.

En el trayecto entre Santiago y la hacienda, Mauricio se dio cuenta de que, llevado por todos estos recuerdos, había descargado el látigo con demasiada fuerza sobre las crines del caballo. Tiró de las riendas, que sujetaba solo con una mano, y en cuanto el animal se detuvo, bajó del carro y lo acarició.

—Perdóname. Estoy desquiciado, amigo. Tanto que hasta hablo contigo.

Una mujer pasó por el lado opuesto del camino. Llevaba un hato anudado en la mano derecha.

—Sí que está falto de cariño —le dijo con una sonrisa.

Mauricio pensó que en otro momento le habría respondido con alguna frase que la habría dejado sin aliento; después, la habría invitado a subirse en el pescante con él y, tal vez, antes de llegar a casa de su hermana, se habría detenido con ella un buen rato junto al río para buscar la sombra. Pero solo le respondió:

—No lo sabe usted bien.

Volvió a montar y ya no se detuvo hasta que tuvo enfrente la reja de la entrada de Nuestra Señora de las Mercedes. Bajó para abrirla un poco más y continuó por el sendero. Un hombre negro bastante mayor se acercó para ayudarlo a descender. Mauricio elevó la mirada hasta las ventanas arqueadas. Las dos palmeras que flanqueaban la fachada habían crecido mucho desde la última vez que él había estado allí. Entonces, con sus copas unidas formaban un arco sobre la puerta principal. A la derecha, la espadaña culminaba la capilla. Deseó que no sonaran las campanas. No le agradaba aquel sonido, siempre le traía a la mente tristeza y lágrimas. Quería estrechar en sus brazos a Romi cuanto antes, estrujarla de la misma manera que hacía con Dulce.

«Mauri, cuánto tiempo. Dichosos los ojos —le decía su hermana siempre, aunque acabara de verlo. Y después le sonreía—. ¿Te escriben cartas? ¿Te buscan las muchachas? —lo interrogaba cada vez que regresaba de Bayamo—. Cada cosa que pase me la tienes que contar. ¿A que lo harás?», aún le parecía escucharla.

Cuando José Sargal le propuso a su hija con toda la delicadeza del mundo casarse con Bartolomé Gormaz, ella aceptó. De nuevo le retumbaba aquel pensamiento. Con aquello demostró que era capaz de cualquier cosa por su padre y por su hermano, incluso hacer lo que menos le convenía. Lo acató como se acata lo inevitable, pero nunca le hizo el menor comentario sobre sus sentimientos hacia su marido, consideraba él que tal vez porque no los tenía.

Antes de entrar, Mauricio vio acercarse a un esclavo que llevaba un cubo de agua con su única mano para darle de beber al caballo. Le recordó a un hombre al que había visto en la ciudad en la que estudiaba. A aquel lo habían colocado a la vista de todos en una silla dentro de una jaula de hierro bajo el sol en la plaza principal. Mauricio había querido acercarse a él, socorrerlo, pero cuando puso la mano sobre el metal se quemó. Enseguida lo apartaron de allí los guardias y le dijeron que se dedicara a sus libros. Llevaba varios bajo el brazo. Cuando volvió a mirar hacia la jaula, aquel hombre ya había doblado el cuello. Nunca se le olvidó aquella imagen. Aquel fue el primer momento de su vida en el que supo con toda su crudeza lo que suponía para miles de personas el régimen de esclavitud en el que vivían. Se prometió entonces que siempre estaría del lado de quienes lo sufrían.

En la cocina de Nuestra Señora de las Mercedes, Himar dejó sobre la mesa su muda limpia.

Mauricio dio la vuelta a la casona de la hacienda para entrar por allí. La cocinera se sobresaltó al verlo.

—¿Se acuerda de mí? —le preguntó él.

—Claro que sí —le respondió ella mientras lo recorría de arriba abajo con la mirada para apreciar su belleza sin que se le escapara ningún detalle—. Me acuerdo muy bien de cuando vivía en Santiago y nos visitaba.

—¿Está mi sobrina arriba?

—Venga. Lo acompañaré.

Mientras avanzaban por el vestíbulo, lo envolvió el lujo inverosímil de aquella casa anclada entre la vegetación salvaje, por un lado, y la caña de crecimiento domesticado y continuo, por otro.

—¡Qué contenta se va a poner Romi! No se lo va a creer.

—La cocinera hizo una pausa—. Desde que su hermana no está, no levanta cabeza —añadió.

Mauricio alzó la vista hacia el retrato de Dulce. La pintura estaba colgada al final del tramo de escaleras que arrancaba frente a la entrada. Del cuadro destacaban la mirada intensa de sus ojos negros y el cabello largo y muy rizado, también muy oscuro. Los labios gruesos, con las puntas superior e inferior muy marcadas, estaban ocultos detrás de un abanico de plumas rosado. Era tan real que, en vez de una pintura, parecía una ventana a la que estuviera asomada su hermana. Mauricio se estremeció.

En la segunda planta, la cocinera le señaló una puerta y antes de retirarse le dijo:

—Gracias por venir desde España, señor. Esa niña…

Llamó con suavidad y escuchó por fin la voz de Romi, la anhelada voz de su sobrina:

—Pasa, Ángela —dijo ella.

Estaba sentada ante el escritorio de palosanto. La contempló: era igual que su hermana a esa edad, cuando estaba a punto de casarse con Bartolomé. Los mismos tirabuzones, la misma cintura, la forma acampanada en que reposaba su falda sobre la banqueta…

—¿Qué quieres? —preguntó ella convencida de que se trataba de su doncella.

—A ti. Te quiero a ti, Romi —le dijo él.

Ella se giró muy despacio, como si aquello le pareciera imposible y no quisiera romper el hechizo. Se quedó muy quieta y después gritó:

—¡Tío Mauri! —Se levantó y, más que abrazarse a él, se fundió con su cuerpo, y comenzó a temblar y a llorar.

—Ya me tienes aquí, pequeña. Entre los dos vamos a encontrar a tu madre. Vamos a averiguar qué ha pasado. Ya lo verás. —Ella sentía sobre su cara el tejido suave del raso adamascado del chaleco, impregnado de perfume.

—Tío, aunque no me decías nada en tu carta, sabía que vendrías —le dijo con la voz entrecortada.

Su doncella pasó ante la puerta abierta y al verlos sonrió. Recordaba muy bien a Mauricio, pero al tenerlo allí de nuevo le pareció que aún estaba mejor, como si el tiempo lo hubiera perfeccionado. A continuación, como si leyera el pensamiento de su tío, Romi añadió:

—Mi padre no está. Casi nunca está. Cada vez pasa menos tiempo aquí.

Él no quería ni nombrarlo.

—Necesito saber todo lo que ha ocurrido. Y sobre todo, ¿por qué tu padre no me lo ha comunicado? ¿Sabes algo de eso? ¿Te ha dicho a ti el motivo? —En ese momento, a la tristeza que sentía se le unió la rabia. No quería transmitirle a Romi la animadversión que le tenía a su cuñado, por eso lo alejó enseguida de su mente—. Quiero que busquemos entre las cosas de tu madre. Mira, he traído estas cartas. —Le mostró el atado con las que había conseguido reunir, a excepción de la que él creía que era la última que había escrito Dulce—. Quiero que me enseñes todos los rincones de esta casa y de la hacienda. Necesito saberlo todo. Nadie puede desaparecer así como así. Verás como la encontramos. —Mauricio le acarició el cabello que le caía sobre la frente y recogió con su dedo índice una lágrima—. Vamos —le dijo después, y la tomó con fuerza de la mano mientras salían al pasillo.

22

Casa del adelantado Diego Velázquez, Santiago de Cuba, viernes, 5 de febrero de 1875

En la casa más antigua de la isla, la que el primer capitán general de Cuba, Diego Velázquez, se había mandado construir hacía más de trescientos cincuenta años, Deva miró hacia la plaza a través de las celosías del balcón de madera que ocupaba la mitad de la fachada en la primera planta. En cuanto se giró, el subalterno de su marido, Fermín Gutiérrez, inclinó la cabeza:

—Señora Rivadeneira, fue una emboscada. Creo que el mariscal se expuso demasiado. Quien ha sido la mayor autoridad aquí, tanto militar como de justicia, no debería andar a veces según qué maneras... Desprotegido, negándose a que se le acompañe...

—Bien, Gutiérrez, nada se puede hacer ahora. Ese siempre fue su carácter. Nunca se ha dejado intimidar por nada ni por nadie. Pero dejemos eso y atengámonos a... las consecuencias. ¿Cómo se encuentra?

—Mal, muy mal, señora. Tiene la sangre infectada. No es lo mismo que a uno lo ataquen con las mugrientas armas de los rebeldes que con las nuestras.

—Déjeme con él —le dijo Deva al ayudante de su marido. Quería cortar cuanto antes aquella conversación inconveniente por lo que suponía de demora, pero también de crítica al comportamiento de Santos Rivadeneira.

—Como quiera, acompáñeme, pero entiéndalo, mi obligación era ponerla en antecedentes.

—Ya lo ha hecho —le dijo Deva sin disimular que la habían molestado todos aquellos comentarios.

—Si me permite, le diré que el mariscal la ha estado esperando. Saber que usted estaba viajando hacia aquí ha alargado su...

—Su agonía. Déjeme, por favor, Gutiérrez. Prefiero entrar sola. —Deva ya no sabía cómo deshacerse de aquel hombre.

—Como quiera. Le impresionará verlo así —le dijo—. Si me necesita, estaré en la sala contigua.

Deva se acercó al portalón de la habitación en la que habían colocado al militar. Con la mano tapó el hueco de la cerradura para evitar la tentación de mirar antes de entrar. Esperó un par de segundos y empujó aquella hoja que pesaba siglos.

Al contrario de lo que había esperado, y de lo que era más recomendable para el estado del herido, el cuarto estaba por completo a oscuras, sumido en una pestilencia sólida, dulzona. Descorrió las cortinas y miró hacia la cama. Primero se detuvo en el tapiz que colgaba sobre el cabecero, representaba una escena campestre que parecía de otro mundo. Bajó entonces la vista para descubrir que Santos Rivadeneira apenas ocupaba sitio en su lecho. Había menguado mucho, tenía el pelo blanco esparcido sobre la almohada, más largo de lo que nunca se lo había visto, igual que la barba.

Le tomó la mano y esperó a que reaccionara sin hablarle. Cuando el mariscal entreabrió los ojos, ella sintió que la miraba desde muy lejos.

—Ya estás aquí, ya me puedo morir tranquilo —le dijo.

Deva pensó que aquel hombre, o lo que quedaba de él, ya no era su marido, sino uno de sus antepasados. Se parecía mucho a quienes habían posado para los retratos que entonces, después de varias mudanzas, descansaban en la galería interior de la casa de los Rivadeneira en Llanes.

—No te hice feliz, perdóname —le dijo el militar.

Ella no le respondió. No quería manifestar su presencia con demasiada rotundidad, prefería permanecer ante él, pero en el terreno de la ensoñación. Deva quería sentir algo: lástima, pesar, tristeza, pero no lo consiguió a pesar de que, para provocarse las lágrimas, rebuscó entre los escasos recuerdos compartidos con quien le había resultado siempre demasiado ajeno. Solo tenía ganas de salir de aquel mausoleo anticipado en el que todo estaba ya dispuesto para su funeral; hasta el uniforme de gala esperaba en una silla: la casaca colocada en el respaldo, los pantalones sobre el asiento y la camisa doblada encima. Deva quería alcanzar cuanto antes la plaza frente a aquella casona detenida en el tiempo y respirar a pleno pulmón. Volver al presente, a la amabilidad, a la sonrisa, a la conversación y a la música de Mauricio Sargal. No se lo podía negar.

Santa María de Sants, viernes, 5 de febrero de 1875

—Don Augusto, ¿y qué fue de aquella joven? —le preguntó Arlitán. El dueño de la fábrica sacaba papeles de los cajones y los dejaba sobre la mesa.

—No tienes vergüenza. Creo que voy a seguir su consejo y te voy a despedir —le dijo mientras sostenía unos legajos en la mano.

—Don Augusto, disculpe. Era solo sincero interés. No me malinterprete —se excusó a la vez que inclinaba la cabeza y movía su mano derecha—. Además, ¿no habrá creído todo lo que dijo?

—Tengo que continuar ordenando todo esto. Voy a quemar lo que no sirva, deshacerme de lo que no valga. Quiero que nos traslademos antes de quince días. No puedo esperar a que lleguen los muebles de América.

—Me pondré manos a la obra, don Augusto. Hoy mismo pediré al carpintero unas cajas para guardar mis pertenencias —dijo frotándose con el dedo índice su diente de oro.

—No será necesario, Gerardo. Tú te quedas aquí.

—Don Augusto, la colonia... Usted ha construido una casa allí para mí, un palacete diría yo. No veo el momento de hacer la mudanza.

—Necesito a alguien que supervise el cierre. Te quedarás aquí hasta el último momento.

—Si usted lo manda... —le respondió él muy contrariado.

Ya en el pasillo, Arlitán resopló. Quería ser el primero en llegar a la colonia de Santa Coloma. Eso significaba para él ser el administrador, no llegar el último, cuando todos los demás ya estuvieran establecidos y se permitieran contarle con altanería cómo funcionaba todo. Apretó los puños y entró sin llamar en el cubículo de Ceferina.

—¿Cómo va el asunto ese de la revista del ateneo? —Se refería a la publicación que Augusto Esmerla tenía previsto regalar el día de la inauguración de la nueva fábrica. Muchos de los obreros no sabían leer, pero la intención de su jefe era facilitarles poco a poco el acceso a la cultura, en general, y a la escritura, en particular, a través de las actividades que se celebrarían en las dependencias que se estaban construyendo para ello: la biblioteca, el teatro y la sala de conferencias—. Cultura para los obreros… Cultura para que los obreros se nos suban después a las barbas. No entiendo a este hombre. Mano dura es lo que mejor funciona siempre. Parece que no escarmienta. Ya mataron a su socio, ¿qué quiere ahora? ¿Que maten a su administrador, es decir, a mí? —A Arlitán se le notaba el desprecio en la voz.

Ceferina no había abierto la boca. Él continuó:

—No te descuides con este asunto. Será un capricho, como tantos otros suyos, como esas veleidades de pintor que tiene o como cuando se obceca en hacer de mecenas de algunos literatos, pero no tenemos más remedio que cumplir con este encargo. Así que, ya sabes. Si esos señores del Círculo Hispano Ultramarino quieren escribir algo, que lo hagan ya o que lo encarguen a sus secretarios. En cuanto a los otros chupatintas y a los políticos, a los regidores y senadores…, no sé qué tendrán que decir, pero como está empeñado en que participen, apremia también a sus subordinados. Y acuérdate de los versos de su preferido, de Laureano Parnás… ¡Mira que tener que dedicarme yo a estas tonterías con el trabajo que tengo!

Arlitán le hablaba sin esperar respuesta. Cuando terminó, cerró la puerta con fuerza y entró en su despacho:

—Te voy a encontrar, furia. —Manón no se le iba del pensamiento—. Te arrepentirás de lo que no hiciste aquel día y además de propagarlo. Menudo sinsentido. En qué cabeza cabe. No tardaré en dar contigo. Mira, ya me voy a buscarte —dijo como si ella estuviera allí. Cogió su abrigo y el sombrero de la percha—. Comenzaré ahora mismo.

Lo que más le disgustaba era que se le escapara una presa, y si ya le había hincado el diente, sentía una especie de sed implacable, un ansia de volver a tenerla entre las manos que no lo dejaba ni a sol ni a sombra. Con la mano abierta se encajó el sombrero de fieltro verde oscuro y salió a la escalera.

Indagaría, preguntaría a unos y a otros. Desde la plaza principal de Santa María de Sants se dirigió a casa de don Augusto. Empezaría por Carola, la hija de su patrón, y a partir de lo que le dijera, le seguiría el rastro. Estaba dispuesto a recorrer las calles hasta dar con ella.

Barcelona, viernes, 5 de febrero de 1875

La dueña de la pensión de Manón la avisó de que la esperaban en la sala. Ella dejó de limpiar y se dijo que ya continuaría después. Quería que su habitación estuviera resplandeciente para mostrársela a aquella mujer con la intención de que le permitiera hacer lo mismo con el resto de los cuartos a cambio de lo que tuviera a bien darle. Ya llevaba varios días mano sobre mano, entraba y salía sin demasiado sentido. Necesitaba emplear cuanto antes su cuerpo y su mente en quehaceres que, además de distraerla, le permitieran sobrevivir. Sus ahorros, obtenidos de las escasas propinas que había recibido por trabajar en casa de don Augusto, menguaban sin remisión, a pesar de los muchos esfuerzos que hacía para estirarlos todo lo posible. Se quitó el delantal, se arregló el pelo ante el espejo y bajó.

Clive Barnaby miraba la vitrina donde doña Fuensanta guardaba bajo llave lo que más se estimaba de aquella casa: la porcelana y algunos utensilios de metal que recordaban a la plata ennegrecida.

—Manón —le dijo el inglés—. Espero que no le incomode mi visita. He venido porque quiero proponerle dos cosas.

Ella sonrió.

—En primer lugar, quiero invitarla a una conferencia que voy a dar en el Círculo Hispano Ultramarino, donde me vio con el señor Esmerla.

—Pero ¿cómo voy a ir yo a un lugar así?

—Quiero que venga a escuchar lo que tengo que decir. Al principio no me pareció conveniente aceptar la invitación, no me gustan esos sitios, pero después pensé que estaría bien que esa tribuna de oradores me sirviera para exponer mis ideas.

—Me maravilla su forma de hablar, Clive. Cuántos quisieran dominar así nuestro idioma.

—Eso es mérito de mi madre. Leía mucho. Yo solo la obedecí en sus recomendaciones. Tanto que ahora hablo español mejor que inglés. ¿Vendrá?

Manón se miró la ropa.

—Ese día dejan entrar a las mujeres de los socios. Quiero que usted me acompañe. Soy libre de llevar a quien quiera. Hágame ese honor.

A ella le preocupaba mucho su aspecto. No tenía nada que ver con el que había lucido en otra época, cuando era mucho más joven.

—Hay tiempo todavía de encargarle un vestido y un abrigo y lo que quiera… Amiga mía, no sabe lo que se agradece tener a alguien con quien hablar después de estar todo el día con las máquinas. Alguien sensible… Hágame ese favor. Hágalo por mí.

Manón le sonrió.

—Iré, pero, eso sí, no tengo otra alternativa que aceptar que se ocupe de mi apariencia ese día.

—Ya vendrán tiempos mejores. Además, lo otro que tenía que decirle tiene que ver con esto. —Clive Barnaby miró alrededor. Sabía que las salitas de las pensiones eran los sitios menos privados del mundo, así que se acercó a su oído y, tal como había ensayado, le dijo—: Manón, quiero mantenerla.

—¿Pero qué dice? Sabe lo de don Gerardo, le conté lo que me sucedió con la familia de mi marido, y ahora usted… Se ve que estoy condenada.

—No se ofenda, por favor, Manón —continuó él con la voz muy baja—. No quiero comprar sus favores, no me refiero a eso. Quiero que salga de apuros. Lo haría igual por un amigo. Entiéndalo así. Hasta que tenga un medio del que vivir le facilitaré una cantidad al mes. Apenas gasto nada de lo que el señor

Esmerla me paga. Hago vida de ermitaño. Si quiere más, será usted quien lo decida.

Manón no acabó de entender esta última frase. No sabía si se refería al dinero o a mantener una relación con él, pero prefirió no pedirle que se lo aclarara.

—Le he traído esto —Clive le entregó un paquete mediano atado con un cordel—. Ábralo en su habitación. Será mejor —le dijo mirando en dirección a las dos puertas de la sala—. En la fábrica de Santa María de Sants aún estaremos dos semanas. Tendrá que ir antes de que pasen si quiere volver a saber de mí —le dijo sonriendo.

—No volveré mientras ese cretino de don Gerardo merodee por allí. No podría resistir volver a verlo —le respondió Manón enseguida.

—Tiene razón. Vendré yo entonces. ¿Cuándo quiere que la recoja?

—Ahora —le respondió ella, y los dos rieron.

—Bien, pero antes deje lo que le he traído en su habitación —le pidió él.

Después de recorrer el barrio durante un par de horas con Clive Barnaby, Manón subió a su habitación. Con la navaja de la que nunca se separaba desde el incidente con Arlitán, cortó el cordón del paquete que le había entregado el inglés. Dentro encontró un bolso muy delicado de color salmón, con las manillas plateadas y cubierto de adornos de piedrecitas brillantes sobre círculos y tiras de terciopelo gris. Para abrirlo había que girar un pequeño broche negro culminado por un adorno con forma de llave. Estaba repleto de billetes. Los tocó y comenzó a mirar a su alrededor para buscar un sitio seguro donde esconderlos. No quería dejarlos en el cajón de su velador, ni en los de la cómoda, ni debajo del colchón, ni bajo sus escasas pertenencias en el armario. Tocó con el pie una baldosa suelta, pero se dijo que aquellos escondrijos ya sabidos eran los menos seguros. Le pareció más práctico recurrir a su ropa. Sabía que nadie codiciaría algo tan harapiento. Descosió el forro de un corpiño e introdujo todo el dinero dentro de una de las mangas. Solo tenía que acordarse de sacarlo cuando necesitara lavarlo.

23

Santa María de Sants, viernes, 5 de febrero de 1875

—Carolita —le dijo Arlitán a la hija de Augusto Esmerla—, está hecha toda una mujer, qué formas. Y pensar que la he visto crecer.

—¿Qué se le ofrece? —le preguntó ella cortante cuando Enma, la sobrina de la cocinera Gertrudis, lo acompañó hasta la sala.

—Habéis cambiado de criada. Vaya, vaya. No tenía ni idea —dijo haciéndose el sorprendido.

—Lo dice usted como si no supiera el escándalo que armó la otra en la fábrica —se apresuró ella a responderle para que supiera que estaba al tanto de todo, también de que fingía.

—No andaba bien de salud mental aquella muchacha. Mira que inventarse aquellas patrañas.

—Carola, ¿con quién hablas? —le preguntó doña Delia desde el pasillo.

—Ha venido don Gerardo, madre.

Doña Delia entró con un movimiento tan enérgico que apartaba el aire a su alrededor. Su falda permanecía estirada, muy lisa por delante y bastante abultada por detrás por el polisón, tupida y firme, como si las distintas capas conformaran una única pieza.

—¿Qué te trae por aquí, Arlitán? —le preguntó extrañada de verlo allí a aquellas horas en las que tendría que estar en la fábrica con su marido.

—He salido a ver a uno de los importadores de algodón. Vive

aquí al lado mismo y al pasar por delante de su casa me he dicho: «Gerardo, ¿por qué no entras un momento a saludar a la esposa y a la hija de tu patrón? Ser agradecido es de bien nacido».

Aquellas palabras no disminuyeron un ápice la desconfianza de ambas mujeres.

—¿Quieres tomar algo? —le preguntó doña Delia.

—Un chocolate se lo aceptaría de mil amores.

A ella le molestó recibir aquella respuesta afirmativa a su obligada invitación. Se acercó hasta la cómoda del fondo de la habitación e hizo sonar la campanita de loza que dejaban allí cuando no estaba la mesa puesta.

—Enma, tráigale un chocolate al señor.

—Vaya, vaya, esta doncella no es tan agraciada como la que teníais —dijo él en cuanto estuvo seguro de que ya no podía oírlos—. ¿Cómo se llamaba…?

—Gerardo, ya está bien. Si has venido a buscarla, te has equivocado de sitio —le dijo Delia muy severa.

—¿Yo buscando a una mucama? ¿Por quién me ha tomado? Con lo feliz que soy con Manolita.

—Estoy al tanto de lo que sucedió en la fábrica.

—Se lo inventó. Es una pobre desgraciada que lo único que quiere es medrar en la vida.

—Arlitán, a otra rata con ese hueso.

—Perro —dijo él.

—Qué más da. ¿Crees que nadie se entera de tus andanzas? Y no te hablo solo de las de allí, que no respetas siquiera tu lugar de trabajo. Espero que no hagas partícipe a mi marido de nada de lo tuyo. Él jamás te seguirá en tus correrías. Ya tiene bastante y de sobra conmigo.

Arlitán tosió para intentar mitigar su incomodidad. No estaba acostumbrado a que nadie le hablara de esa manera ni a que lo ningunearan así.

—Ahora te tomas el chocolate y te marchas. Vámonos, Carola, no quiero que te quedes aquí a solas con este sátiro, no me fío.

Salieron las dos. Después del ofrecimiento de la merienda, Delia había decidido que no tenía por qué ser cortés con quien no lo merecía, con quien solo era un simple empleado de su marido.

—Así me gustan a mí las mujeres, claras como el agua —dijo mientras se llevaba la taza a los labios ante el estupor de la doncella—. Quema. Ven, quédate conmigo. Hazme compañía mientras se enfría —le dijo mientras se enrollaba en un dedo la punta de la servilleta para frotarse con ella su diente metálico.

—No puedo, señor —le dijo ella dándole la espalda—. Que lo disfrute.

—Qué perdidas estáis. No sabéis lo que queréis. Ninguna —resopló él.

Cuando don Gerardo Arlitán cruzaba el jardín delantero de la casa de su patrón escuchó que alguien lo llamaba.

—¡Carola! —exclamó el administrador antes de llegar a la calle—. ¿Me he dejado algo?

—Verá, don Gerardo —le dijo ella mientras miraba hacia la fachada principal por si se asomaba su madre—, quiero preguntarle por la revista que prepara mi padre para la inauguración de la colonia.

—Sí, la di… —el administrador se detuvo antes de decir «dichosa»—, la publicación del ateneo. No sé cada cuánto quiere que se publique, pero su señor padre está muy ilusionado con este primer número. Dice que será un ágora de papel, que sus páginas invitarán a la discusión laboral razonada y de mucha profundidad, que en ella expondrán sus opiniones todos los estamentos e instituciones de nuestro tejido industrial y social.

—Escuche —lo interrumpió—. Yo también quiero participar en esa revista con… un poema. Quiero dedicárselo a mi padre, que lo coloquen en la página central al lado de una de sus acuarelas. Sé que ese detalle lo emocionará. Pero no sé nada de métrica, apenas conozco la mitología, no sé rimar, aunque, eso sí, lo puedo escribir con mucho sentimiento. Necesitaría que me buscara a alguien que pudiera ayudarme. Alguien que usted sepa que cultiva la poesía.

—Mujer, nada más fácil. Tenemos de todo, como en botica. La factoría Esmerla cuenta con su propio poeta particular. Se trata de Laureano Parnás. Ya lo conoce. Además, la atenderá de mil amores, es usted su musa. Al menos eso es lo que parece, porque le dedicó su libro.

—En él había pensado, don Gerardo, pero entenderá que prefiera encargarle que se lo diga usted. Dígale que lo esperaré este domingo aquí. —Carola había escuchado decir a sus padres que ese día se desplazarían a Santa Coloma para recorrer las obras y hacer un inventario de los muebles que necesitarían.

—Descuida.

—Y a la hora que quiera —le dijo ella con una sonrisa de satisfacción—. Se lo agradezco.

—Espere, solo un minuto, yo también quiero pedirle algo. Quiero saber adónde se fue vuestra mucama y por qué apareció vestida de aquella guisa en la conferencia del inglés —soltó todo esto sin detenerse.

Ella pensó en las certeras palabras de su madre respecto al objetivo de la visita de don Gerardo a su casa.

—Descuide, a mí también me intriga saber cómo se las apaña. Preguntaré. Mi tía Enriqueta sabe lo que sucede en la mitad de Barcelona, y Visitación, una amiga de la familia, en la otra mitad. Cada una tiene su especialización. Lo mantendré al tanto.

—Estaré a la espera. Y descuide: el domingo se personará aquí el poeta.

Carola se sintió muy ufana porque había conseguido que su idea se materializara en aquella cita.

Casa del adelantado Diego Velázquez, Santiago de Cuba, domingo, 7 de febrero de 1875

Deva Rivadeneira no se había atrevido a salir a la calle por no dejar a su esposo solo en aquel estado. Pasaba la mayor parte de su tiempo en la habitación de la planta baja que daba a la plaza. Desde allí miraba hacia fuera a través de las lamas de madera de la persiana. Su mayor anhelo era ver aparecer a Mauricio Sargal. Cada pocos segundos, levantaba los ojos del libro que tenía en el regazo y que le había prestado él: *Lamento oferente de tempestuoso océano.* Se soliviantaba al leer algunos de sus versos. Aquellas palabras le calentaban el ánimo y la sacaban de allí, de aquella casa en el preludio del luto. Recordaba sus conversaciones en el barco, cuando mostró su reparo en nombrar a sus amantes. Ella pensó que podría tener todas las que quisiera porque era imposible que existiera una mujer a la que él no le pareciera atractivo, con aquellos ojos, con su barba, con sus maneras, con sus hechuras, pero sobre todo con su mirada.

Deva escuchó unos pasos y salió al vestíbulo después de levantar la vista por última vez. Gutiérrez, con su habitual pose demasiado marcial, se colocó ante ella:

—Señora, el mariscal la llama.

—Subo —le dijo ella mientras se recogía las faldas para caminar más rápido a su lado—. Desde que estoy aquí no lo ha visitado ningún médico. ¿Por qué?

—Lamento decirle, señora, que esa decisión se tomó sin poder consultarlo con usted. El doctor Argensola pasó muchas horas aquí hasta que... hasta que no hubo nada más que hacer. Parece que al menos el mariscal no sufre.

En cuanto entró en la habitación, la impregnó el mismo olor dulzón de la otra vez, pero menos concentrado. Las ventanas estaban abiertas para que la ventilación fuera continua, tal como ella le había indicado al oficial.

—Tengo que vigilar que no llueva. Este mes aquí es muy tempestuoso.

—Bien —le dijo para despedirlo. Deva volvió a colocarse en la misma posición junto al cabecero de la cama donde se colocaba siempre.

—Deeeva —musitó él con una voz más débil que la de hacía unas horas—. Ya me marcho, pero antes quiero poner mis asuntos en paz con Dios. Ve a buscar al padre Vergel, por favor.

Deva sintió un escalofrío al recordar al capellán del barco y su sermón sobre las posesiones demoníacas que había lanzado desde el púlpito del Providencia.

—No hay por qué recurrir a ese... cura. Santos, aquí al lado hay una iglesia. Puedo avisar enseguida. Y al otro lado de la calle, otra. Las vi desde la calesa cuando llegué, aunque todavía no he ido a misa por no abandonarte. Si quieres, Gutiérrez puede llamar al arzobispo.

—No —le dijo él con una fuerza que ella ya no esperaba—. Que venga Vergel, no quiero a otro.

En pocos minutos, Deva salió de la casa de Velázquez acompañada por el militar. Gutiérrez no tardó en hacerle saber su opinión:

—En este caso, lo más apropiado sería que fuéramos a la catedral. En Nuestra Señora de la Asunción le comunicarán al excelentísimo señor arzobispo, a don José María Martín de Herrera y de la Iglesia, salmantino como yo, la gravedad del estado del mariscal para que se apresure a ungirlo con los sagrados óleos. De lo contrario, si prescindimos de él, podría ofenderse, y no querría yo contrariar a mi paisano, a él menos que a nadie.

—Le diré lo que haremos —le dijo Deva con mucha resolución—: iremos primero a por el dichoso padre Vergel.

—¿Lo conoce usted, señora Rivadeneira?

—Venía en el Providencia —asintió ella.

—Apenas ejerce ya de capellán en la compañía naviera. Parece que está cansado de embarcarse. Dicen las malas lenguas... —El oficial se calló y Deva pensó en la mujer que acompañaba al párroco, en sus vestiduras de zíngara y en su belleza. Creyó que iba a referirse a ella—. Parece que el padre Vergel tiene otras ocupaciones que lo reclaman con mayor vehemencia. Practica... exorcismos —le dijo con la voz convertida en un susurro.

Deva se santiguó porque le pareció la respuesta más correcta a esas palabras.

—Es un clamor en la isla. Lo buscan más a él que a las santeras, por eso evita embarcarse. Cada día parece más ido. Pero como debemos respetar la última voluntad del mariscal, que lo confiese él y después que le dé la extremaunción el arzobispo. De ninguna manera deben coincidir. En cuanto atienda a su esposo, acompañaremos a Vergel a la calle, que no se quede aquí. Le gusta mucho curiosear en la biblioteca, siempre se entretiene. Pero cuanta menos gente lo vea, mejor. No quiero represalias de don José María, el arzobispo. He venido a Cuba para ascender, no para hundirme.

—Gutiérrez, no se preocupe, esto no afectará a su carrera de méritos. Lo dispondremos de esa forma. Vamos a darnos prisa. No sabemos cuánto tiempo le queda.

En compañía de Gutiérrez, Deva llamó a la puerta de la casa parroquial de la iglesia de Nuestra Señora del Carmen. Escucharon desde fuera un tintineo metálico y enseguida les abrió Orfiria. Llevaba el mismo gorro de terciopelo fucsia que en el barco y las mismas ropas de gasa, vaporosas y superpuestas. El militar sonrió.

—¿Qué desean? —les preguntó ella.

—Queríamos hablar con el padre Vergel —le respondió Deva.

—Tendrán que disculparlo ahora. Se encuentra descansando.

Gutiérrez tiró de la leontina de su reloj.

—Son las doce de la mañana.

—Sí, lo sé, señor, pero no ha pasado muy buena noche.

El militar deseó quedarse allí con aquella mujer tan exótica hasta que despertara el sacerdote.

—Tiene que avisarlo. Se trata de una emergencia —le dijo Deva—. Mi esposo, el mariscal Rivadeneira, está…

—En las últimas —añadió Gutiérrez.

—Y nos ha rogado que lo confiese el capellán antes… —esta vez no quiso que el oficial terminara su frase— de dejar este mundo.

—Cuánto lo siento, señora Rivadeneira. Procuraré que lo atienda pronto. —Tenía una forma de hablar sibilante.

—Está en la casa de Velázquez.

—Quiero darle algo —le dijo Orfiria a Deva—. Señor, espere un momento fuera si es tan amable —le pidió al militar, y cerró la puerta.

A Deva le sorprendió aquella maniobra, pero se sintió aliviada de librarse de Gutiérrez aunque fuera solo durante unos minutos. Orfiria la hizo pasar a una salita que había a la izquierda de la puerta de entrada. Una vez dentro, reparó en una hornacina con la Virgen de la Caridad del Cobre, un cuadro del Sagrado Corazón y una Santa Bárbara sobre una pilastra. Sobre la mesa había un volumen encuadernado en cuero; el título, *El libro de los espíritus*, y el nombre del autor, Allan Kardec, estaban subrayados con varias líneas doradas. Orfiria siguió el trayecto de su mirada y le dijo:

—Es mi maestro. En Barcelona quemaron más de trescientos libros como este hará unos quince años, los traían de Marsella. Pero da igual, a las almas no se las puede enmudecer.

Deva no se movía. Estaba fascinada por aquella mujer. La punta de una babucha brillante bordada con pedrería que asomaba del vestido largo de Orfiria atrajo su mirada.

—Ellos tienen algo que decirle —continuó Orfiria—. Algo

que usted quiere saber... No tiene que ver con su marido, sino con su futuro —añadió enseguida.

Deva miró hacia el interior de la casa a través de la cristalera que separaba la salita del pasillo.

—¿Quiénes? ¿Quiénes son ellos?

—Los invisibles —le dijo con la voz muy baja—. Quieren comunicarse con usted. —Utilizó la misma fórmula que había empleado para acercarse a Mauricio—. En el barco que nos trajo hasta aquí, usted...

Deva aspiró el olor a jazmín y a nardos que había sentido desde que les había abierto la puerta. Orfiria se había callado. Después prosiguió:

—Hable usted también con el padre Vergel, le hará bien. Usted sufre. Ha sufrido mucho —le dijo la vidente—, lo traslucen sus ojos.

—Estoy a punto de enviudar —le dijo ella para que regresara a la tierra, pero no pudo evitar preguntarle—: ¿Quién quiere comunicarse conmigo?

—Personas que estuvieron aquí, que todavía están, pero en otro plano. Descarnadas pero con la misma energía. Nuestro pensamiento está imantado. Recuérdelo. A él llega lo que atraemos.

Deva miró a través de las trompetas amarillas que crecían en las macetas iguales que colgaban de la verja. Gutiérrez fumaba mientras hablaba con dos soldados en la plaza.

—Avise al padre Vergel —le dijo para concluir aquella conversación que la inducía al sopor al mismo tiempo que la hacía sentirse muy lúcida y receptiva, como si pudiera ver muchas cosas que antes le pasaban desapercibidas—. Dígale que lo aguardamos.

—Espere, espere un momento, por favor. La he hecho pasar porque quería entregarle esto —Orfiria le tendió un sobre del tamaño de dos cuartillas—. Hágaselo llegar al señor Sargal. Usted sabrá cómo.

—¿Al señor Sargal? —le preguntó Deva sin disimular la sorpresa que le produjo escuchar el nombre de Mauricio de labios de aquella mujer.

—Sí, los vi en el barco. Sé que son amigos. Es una documentación importante. Le vendrá bien. Hágalo por él, pero sobre todo por ellos.

Deva sintió un escalofrío y se arrebujó en la mantilla que llevaba sobre los hombros. Cuando salió a la plaza sintió que atravesaba el umbral de otro mundo. Gutiérrez se acercó muy solícito a ellas. Orfiria se despidió de él apenas con un movimiento de la mano derecha y cerró la puerta enseguida.

—¿Qué es eso? —le preguntó el militar sin poder reprimir su curiosidad.

—Unos papeles que quiere que le entregue a uno de los pasajeros del Providencia. No sé cómo voy a dar con él. Gutiérrez, esperaremos a que este hombre, el padre Vergel, se digne a venir a procurarle a mi esposo auxilio espiritual. —Deva se detuvo en esta última palabra—. En cuanto él se marche, usted irá al arzobispado.

El oficial leyó de reojo el nombre del destinatario en el sobre.

24

Siboney, domingo, 7 de febrero de 1875

Después de recorrer los alrededores de la hacienda, Romi y Mauricio entraron en la casona por la cocina. Himar y Ángela los esperaban.

La doncella miró a Mauricio con mucha intensidad mientras se rozaba el lugar rugoso con el dedo índice. Después de los años que habían pasado, quería atisbar en él los rasgos de su hermana y de su sobrina, pero le pareció muy distinto. Además, no notó ningún rastro de flaqueza en la mirada ni en el porte, a pesar de la situación que vivía.

—Señor, don Bartolomé está arriba en su despacho. Llegó de improviso, como hace siempre, como si no se hubiera marchado, a pesar de que pasa tanto tiempo fuera —le dijo.

A media tarde, Bartolomé Gormaz había arribado a la bahía de Santiago desde Curazao. La cocinera los informó de que había dejado la carreta en la puerta y había entrado después con mucho estruendo.

—¿Le ha dicho que estoy aquí? —le preguntó a la cocinera.

—No se puede hablar con una tromba.

—Mejor —le dijo él mientras salía por la puerta.

Ángela y Romi fueron detrás de él, pero Himar las detuvo.

—Esperad aquí. Hacedme caso, por el bien de todos.

Bartolomé Gormaz tenía junto a él una botella de ron. Había tomado más de la mitad en apenas una hora. Contemplaba desde allí la plantación y se maldecía por su mala suerte. De espaldas a la puerta, ante las pesadas cortinas granates abiertas, sostenía una copa en la mano izquierda mientras con el puño de la derecha golpeaba el vidrio deseando que el impacto lo recibieran los trabajadores de la plantación que desfilaban ante él.

Mauricio subió las escaleras muy rápido, se apretó la mano derecha hasta rozar los tres anillos con el pulgar. Recorrió unos pocos pasos más y se plantó junto a la mesa de su cuñado.

—¡Mauricio! —exclamó este con los ojos y la boca muy abiertos. Se giró hacia un mueble esquinero para dejar la copa encima y a continuación masculló para sí mismo—: ¡Lo que me faltaba! —Luego se volvió de nuevo para tenderle la mano.

—¿Dónde está mi hermana? —le preguntó mientras se arrojaba contra él. Lanzarle la pregunta fue como desembarazarse de una opresión, sintió que se le liberaba el nudo que lo había asfixiado desde que leyó la carta de Romi en la ladera de El Masnou. Además, de esta forma concentraba toda su fuerza en la mano con la que le apretaba el cuello contra el ventanal.

Bartolomé colocó su mano sobre la de su cuñado y cuando consiguió que este aflojara un poco la presión dijo:

—Siéntate. ¿Quieres una copa? Te irá bien.

Sus palabras no tenían nada que ver con lo que sucedía en aquellos momentos, pero a Mauricio no le sorprendió porque había sido testigo de su cinismo durante años. Le soltó el cuello, lo sujetó por los hombros y comenzó a zarandearlo:

—Bartolomé, hay una sola cosa que me importa en la vida en estos momentos. ¡Dime dónde está Dulce y dime también por qué no me comunicaste su desaparición!

—Mauricio, confiaba en que aparecería y quería ahorrarte el disgusto. Tendrías que estarme agradecido —mientras hablaba, Bartolomé Gormaz no dejaba de darle vueltas a la cabeza. Quería saber quién lo había puesto sobre aviso. Él les había dicho a sus conocidos que se encontraba en Biarritz. Aquel era el lugar al que tenía que haberse dirigido su cuñado. Esa era su estrategia.

—¡Solo te lo voy a repetir una vez más! —le gritó Mauricio tras alejarse un par de palmos de él.

—Cálmate, hermano. Tienes que escucharme.

—¡No soy tu hermano!

—Tu padre me consideraba un hijo. Por eso te llamo así.

—A mi padre lo engañaste, te aprovechaste de él, como has hecho con todos los que se han cruzado en tu vida. No tienes escrúpulos. Cuando me acuerdo de aquel pobre hombre muerto en la esclusa… Siento náuseas.

—No sé por qué, Mauricio, como tú mismo acabas de decir, ya estaba muerto. Pero dejemos eso ahora, qué más da. Era un don nadie.

A Mauricio se le revolvía el estómago siempre que tenía a su cuñado enfrente, y más todavía cuando lo escuchaba. Así había sido desde que lo conoció. Era para él escoria, un detritus humano.

—No he tenido un buen día hoy, Mauricio.

—Yo no he tenido un buen día desde que… —iba a aludir a la carta de Romi, pero decidió callar—, desde que supe que Dulce había desaparecido.

—Lo entiendo. Imagínate entonces en qué estado me encuentro yo. Soy su… esposo. —Bartolomé Gormaz se regodeó al pronunciar aquella palabra y Mauricio sintió cómo lo desafiaba—. Sé que estabais muy unidos, hasta que te fuiste a Barcelona… Pero hazte cargo, ponte también en mi lugar. Si te sientas y me aceptas una copa, te lo contaré todo.

—No voy a beber. Así no podrás envenenarme. Tendrás que idear otra manera de deshacerte de mí.

—Calma, Mauricio. Siempre has sido muy impulsivo. Pensaba que la edad te habría serenado, pero aquí estás, igual que siempre. Genio y figura.

Mauricio avanzó de nuevo hacia él, pero antes de tocarlo dejó caer los brazos.

Bartolomé Gormaz volvía a hablarle con el mismo tono de regañina con que lo había hecho durante toda su juventud. Lo trataba como si aún tuviera quince años. Por eso y por muchas otras cosas, solo ante él Mauricio había sentido que sería capaz de matar.

—Mira mis esclavos —continuó su cuñado con las mismas formas imperativas que utilizaba siempre con todos—. No sé cómo se corre la voz entre ellos, quizás son los capataces, pero el caso es que solo quieren venir a trabajar aquí, a mi ingenio y a mis otras fincas. Como te digo, todos quieren trabajar conmigo. Será que los trato bastante mejor que otros. —Rio.

En ese momento, Mauricio recordó al hombre manco con el que se había cruzado nada más llegar. Por lo que conocía de su cuñado, no le cabía ninguna duda de que aplicaba con sus esclavos el llamado «código negro» por el que el amo tenía la potestad de ordenar que se les amputaran algunas partes del cuerpo como castigo por haber intentado la fuga, por desobediencia o por cualquier otra razón que se considerase insubordinación. Aunque suponía perder fuerza de trabajo, él sabía que durante sus accesos de ira Bartolomé Gormaz era capaz de cualquier cosa. Al tenerlo delante sentía su odio crecer de tal forma que le embotaba los sentidos; debía esforzarse mucho para escuchar su voz siempre tan impostada. Mauricio estaba tan afectado por la desaparición de Dulce y por la actitud de Bartolomé que no tenía ánimos para continuar gritándole.

—Son difíciles de manejar —decía en aquel momento—. De vez en cuando los negros se alborotan. Tienen prohibido el alcohol, pero da igual. No sé de dónde lo sacan, si lo destilan ellos, si se lo venden los traidores de los capataces… Tampoco les hace ninguna falta para alterarse, llevan la rebeldía en la sangre. Mis esclavos son bozales de primera generación. Fuertes como mulas, pero salvajes y fieros como los leones de su tierra. Tengo que armar a los mayorales hasta los dientes para protegerlos de ellos.

Mauricio se desesperaba. Se dejó caer en la silla que había delante del escritorio y cerró los ojos. Sentía cómo la energía se le iba del cuerpo.

—A veces hay algún tumulto y toca poner a algunos en el cepo. —Mauricio Sargal conocía aquel instrumento de tortura que servía para inmovilizar a un prisionero a ras de suelo—. No me gustan estos métodos, pero no se puede hacer otra cosa con ellos, hay que domarlos. Son tiempos duros, pero nosotros tenemos que ser más duros todavía.

A Mauricio le repugnaba que lo incluyera de esa forma en aquel alegato a favor de la violencia como si él no abominara de aquellas prácticas.

—¿Y qué tiene que ver todo esto con mi hermana? —le dijo mientras intentaba alejar aquellas escenas tan atroces de su mente.

—¿Qué tiene que ver? Vive aquí. ¿Crees que ella es ajena a todo eso? Lo ve igual que yo.

Que se refiriera a Dulce en presente le dio esperanzas, pero enseguida se dijo que no tenía que confiarse, que podía tratarse de una treta para despistarlo.

—Cada noche acuso más el agotamiento. A mi edad ya me pesa tanta actividad. Ya tendría que tener un hijo, y además bien crecido, que se ocupara de mis asuntos, pero no ha sido posible... Quiero tener un heredero, un varón, cuanto antes. Ya no puedo esperar más. No quiero que mi fortuna caiga en manos de...

Mauricio sabía que lo tenía a él en mente. Lo creía capaz de quemarlo todo antes de permitir que una sola moneda fuera a parar a sus manos. A él esto le daba igual, tenía dinero suficiente para varias vidas, pero le preocupaba la situación en la que quedaría su sobrina.

—¡Mi hermana, Bartolomé! ¿Dónde está mi hermana? —le insistió para que no cambiara de tema de nuevo. Ya no podía más. Acusaba la tortura a la que lo estaba sometiendo su cuñado. Quería abalanzarse de nuevo contra él, romper el vidrio con su cabeza, lanzarlo desde allí.

—Últimamente se había empeñado en visitar Biarritz, me lo repetía con mucha frecuencia. Yo no sé lo que hay allí y me parecía una pérdida de tiempo acompañarla. Si al final se salió con la suya, al menos podía haberme escrito a su llegada o haber dejado una nota en vez de marcharse de noche como un fugitivo. ¿Me comprendes tú a mí? No supe de su partida hasta algunos días después. Aquel domingo, el 29 de noviembre, me fui muy temprano a La Habana. No sé si ella aún dormía entonces en su dormitorio o ya no estaba. —Mauricio tenía que hacer muchos esfuerzos para escucharlo sin alterarse —. Llegaba un ministro por la tarde —continuó Bartolomé Gormaz— y yo tenía que estar en el puerto para recibirlo. Servidumbres a las que me debo por ser quien soy. Tuve que quedarme allí durante un par de días para agasajarlo. Cuando regresé, Dulce ya no estaba. Nadie la había visto. —Al decir esto, como si de un truco de magia se tratara, movió las manos para mostrar las palmas—. Comprenderás que de quien tendrías que apiadarte es de mí. Ahora mismo no sé si soy viudo, si estoy casado…

—Algo sabes, Bartolomé. Algo que no me quieres decir. Tienes ojos y oídos en toda la isla.

—Dulce se ha esfumado. Eso es lo único que sé.

—¿Y qué le dices a mi sobrina? ¿No piensas en ella? ¿En su desolación? ¿En que va a enfermar?

—Nada, no le puedo decir nada. La edad que tiene ahora es para mí la principal preocupación. Dentro de poco tendré que tomar una decisión respecto…

Mauricio sabía con exactitud lo que su cuñado pensaba en aquel momento: que tendría que casar a Romi pronto. Se acercó de nuevo a él:

—Voy a encontrar a mi hermana. Y eso, escúchame bien, puede suponer que tú acabes entre rejas o mejor aún… —se detuvo antes de expresar lo que deseaba para él.

Bartolomé Gormaz no se inmutó.

—Comprendo que estés trastornado. Yo también lo estoy. La conocí cuando era una niña. Ya lo sabes.

Mauricio sintió repulsión al imaginar sus manos sobre el cuerpo joven de su hermana. Se había casado con ella cuando tenía dieciséis años, uno más que Romi entonces.

—¿Dónde estás alojado? ¿Con quién has venido?

Mauricio no respondió a ninguna de las dos preguntas.

—Volveré mañana temprano —le dijo—. ¡La voy a encontrar! Entonces tendrás que dar muchas explicaciones, y no a mí.

—Qué lástima, Mauricio. No nos veremos, me marcho al amanecer. Salgo hacia Brasil. Mis negocios no se detienen. Me hubiera gustado ser tu anfitrión, agasajarte como mereces, pero tendrás que disculparme. Si hemos coincidido hoy se ha debido a un… percance. Nos hemos visto de casualidad. No tendría que estar aquí. Mi plan inicial era partir desde Curazao a Brasil, pero… un contratiempo… En fin, cosas que pasan. Para entender mi vida hay que vivirla.

—Ninguno de los dos tendríamos que estar aquí —le respondió Mauricio.

25

Mauricio llegó a la fonda El Remanso con las últimas luces del atardecer. Mientras entraba en el recibidor, se desató el lazo del cuello después de separar las dos perlas negras y guardarlas con mucho cuidado en el bolsillo para asegurarse de que no le caían fuera.

—Señor Sargal, le tengo preparada una yuca con mojo exquisita —doña Gadea, la dueña, se llevó los dedos juntos a los labios para remarcar con este gesto que se trataba de una delicia—. Pase al comedor.

—Prefiero cambiarme de ropa antes.

—Lo esperaremos, pues.

En menos de diez minutos, Mauricio estaba de regreso. Entró donde servían las cenas y por indicación de la dueña del establecimiento caminó hacia una mesa que ya estaba ocupada por otro hombre.

—Le gustará compartir un rato con don Benito —le dijo ella mientras el aludido se incorporaba para estrecharle la mano. Se trataba de un septuagenario que, tal como advirtió Mauricio por su ropa y por sus ademanes, intentaba aparentar muchos menos años.

—Encantado —dijo Mauricio. De esa manera respondía al saludo de don Benito y al deseo de doña Gadea de que se sentara allí.

—Estamos en el mejor sitio de la isla, amigo —le dijo el otro.

—Enseguida le traerán su plato. —La mujer le sonrió agradecida porque hubiera aceptado acompañar a su huésped más estimado.

—¿Qué le trae por aquí?

—Asuntos... familiares —le respondió Mauricio.

—Su cuñado... —comenzó a decirle don Benito.

Mauricio bajó la mirada hacia el mantel cubierto de migas en la parte de su acompañante, y en aquel preciso momento asumió que así iba a ser siempre, que cualquier persona con la que cruzara unas palabras le hablaría de Bartolomé Gormaz. No parecía quedar nadie en Santiago que no supiera de su parentesco.

—Se está haciendo de oro —continuó el hombre—. Ciertos negocios son ahora más lucrativos que nunca. No hay como prohibir algo para aumentar las ganancias. Usted ya me entiende.

Mauricio no le pidió ninguna aclaración porque aquel comentario no hacía más que confirmar una vez más sus sospechas: que su cuñado era incapaz de respetar nada, ni siquiera las leyes, y menos todavía a las personas, que se dedicaba a lo que él más aborrecía: a la trata.

—El cólera morbo ha hecho subir aún más los precios de la mercancía con la que... comercia. Ha diezmado a los esclavos. Ellos han sido los más afectados. —A don Benito se le entristeció la mirada y después añadió—: No sé si decirlo así, no sé si tendríamos que hablar de comercio, de tráfico o de contrabando, señor Sargal, tratándose de carne humana, porque, aunque muchos no los quieran considerar así, son humanos. Esa es al menos mi opinión.

Mauricio supo que la dueña de la fonda había puesto en antecedentes a don Benito respecto a quién era él, a pesar del billete que le había dejado sobre el mostrador. Esperó que al menos el asunto se hubiera quedado dentro de aquellas paredes.

A Mauricio le quedó muy claro que aquel huésped necesitaba transmitir sus ideas, desahogarse, y que doña Gadea había recurrido a él como a un servicio más de la casa para atender esta urgencia. A Mauricio le reconfortó que al menos sus creencias coincidieran con las suyas.

Don Benito continuó:

—¿Y qué le parece lo de la Sociedad Abolicionista? Los liberales, los progresistas, los radicales, que si abolicionismo total o parcial, que si completo o con condiciones... El caso es que llevan discutiendo entre ellos desde 1864, más de una década, y no se ponen de acuerdo.

Él sabía que, debido a la presión inglesa, se había promulgado una ley en 1835 para abolir la esclavitud en la España metropolitana, pero en los territorios de ultramar que eran más difíciles de vigilar todo seguía como si nada. Allí había comerciantes con mucho poder sobre el gobierno que se negaban a prescindir de la productiva mano de obra africana para no perder ni sus beneficios ni los privilegios que les comportaba. Y su cuñado era el más importante de todos.

En ese momento, una chica negra muy joven le sirvió la yuca con mojo a Mauricio. Él aspiró el aroma de los ajos, la cebolla, la naranja y el limón del aderezo y después la miró a ella como si fuera el origen de todos aquellos aromas. La camarera bajó la mirada avergonzada, pero no pudo evitar sonreír; que se detuviera en ella, que reparara en su presencia, le pareció un halago.

Mauricio aún no le había respondido a su compañero de mesa. Solo le preguntó si le servía más vino y se dispuso a continuar escuchándolo mientras comía. Don Benito parecía haber terminado su plato.

—Muchos se ríen cuando se habla de liberar a los negros, y le diré quiénes especialmente: los industriales textiles. Bueno, estos se burlan para ocultar su miedo a quedarse sin algodón barato para la hilatura. Pero, sobre todo, la clave está en la sacarocracia, los dueños de las plantaciones de azúcar son unos depredadores. —Don Benito dejó la mirada perdida y después añadió con bastante energía, como si se hubiera estado guardando la frase mucho tiempo—. Mire, yo soy abolicionista, ¿qué quiere que le diga? A los negros los cargan como animales, los hacinan en las bodegas de las goletas, de los clíperes... La mitad se muere durante la travesía. He visto cómo los tratan en los mercados de esclavos, cómo los tasan, cómo separan a los padres de los hijos. Ese es el peor momento, los venden a amos distintos y nunca más se vuelven a ver. ¿Sabe que al menos la mitad de los que llegan son niños? Imagínese las penurias que han tenido que pasar esas criaturas durante la travesía. A mi entender, en esta sociedad nuestra solo un antiesclavista se puede llamar civilizado, ilustrado. Los demás son en mayor o menor medida negreros, tratantes de seres humanos, bien porque los traen hasta aquí, bien porque los explotan en sus haciendas o porque participan en todo este negocio de una u otra manera. Y esos hombres no pueden llamarse a sí mismos hombres.

—Estoy de acuerdo con usted, es un tema de humanidad. «Nadie es más que nadie», y a eso habría que añadir la frase del erudito alemán Friedrich von Schiller que dice: «Vive y deja vivir». Y no crea, don Benito, que son solo expresiones, yo las pongo en práctica a carta cabal. Estas ideas igualitarias mías sé que se interpretan por la mayoría como parte de un credo libertario e incluso revolucionario; en cualquier caso, si se me tilda de demasiado liberal, yo nunca lo discuto. Liberal, libertario e incluso libertino, todo lo que emparente con la libertad me interesa, me atrae. Es mi razón de ser, por eso no puedo soportar la esclavitud, me parece repugnante en cualquier circunstancia y condición. Los negreros no pagan con la vida todo lo que hacen.

Mauricio Sargal quería desmarcarse tanto personal como políticamente de su cuñado Bartolomé Gormaz lo máximo posible. No era necesario que nadie le dijera que parte de su personalidad se había forjado, de forma exagerada incluso, por reacción a la manera de ser y de manejarse del marido de su hermana. Su ideal consistía en oponerse en todo a quien consideraba el ser más mezquino y depravado sobre la faz de la tierra y, en otro orden de cosas, su rival.

—No concibo que alguien se enriquezca a costa de tanta sangre. Es una monstruosidad —concluyó Mauricio.

—No sabe cuánto me alegra esta coincidencia de nuestros sentires. De momento intentan cortar el tráfico. Van a los fuertes donde los tienen prisioneros en África, destruyen esas construcciones y llevan a los negros a Sierra Leona. Pero allí tampoco están a salvo porque los revenden y vuelta a empezar. Si ya es difícil sobrevivir a una travesía, imagínese a dos. Con la guerra, aquel impulso abolicionista del principio que llegó a alcanzar tanta fuerza, que se atrevió a hablarle a la oligarquía colonial de tú a tú, pues se ha parado. Estoy muy al tanto. La otra prensa, los periódicos abolicionistas, también llegan aquí. Somos ciudadanos de una nación criminal y, entre nosotros, le diré —don Benito bajó la voz— que su cuñado es uno de los mayores criminales que ha parido la patria. Era más pobre que los soldados que ahora trae en sus barcos y hoy en día todos los comerciantes se miran en él; ese es el problema, que quieren ser como él al precio que sea. Y mientras tanto, ¡pobre gente! Porque los esclavos son personas, esa es la clave, por mucho que a algunos les pese y por mucho que se empeñen en afirmar que no son como nosotros, que están más próximos a los animales.

Mauricio sintió una corriente de simpatía inmediata por aquel hombre, pero decidió no confiarse tan rápido. A Bartolomé Gormaz lo creía capaz de cualquier cosa, incluso de enviar a uno de sus esbirros a la fonda, compinchado con la dueña, a que le hablara en estos términos para ver cuál era su reacción.

—¿Y cómo está ahora la situación en las Antillas? ¿Hay visos de cambio? —le preguntó Mauricio con la esperanza de que aquella pesadilla terminara cuanto antes.

—Parece que le hicieron algo de caso a Segismundo Moret, el ministro de Ultramar. Promulgó hace cinco años la ley llamada de «vientres libres», para los hijos futuros de las esclavas, y también les han prometido la libertad a los que luchen contra los insurrectos. Además, los mayores de sesenta años están exonerados de trabajar.

Mauricio pensó en Himar, la cocinera de Nuestra Señora de las Mercedes.

—En Puerto Rico han pasado de ser esclavos a ser contratados —continuó don Benito—. Tienen que permanecer aún varios años con sus amos, pero algo es algo. ¿Y aquí? Esto es otro mundo, un mundo salvaje de hienas con los colmillos muy retorcidos. Primero prohibieron una Sociedad Abolicionista como la de La Habana y ahora han prohibido hasta la de la península. De aquí sale todo el dinero que pone en marcha las máquinas de su otra tierra. Dicen que no hay mejor grasa para que los engranajes de las fábricas funcionen de forma óptima que la grasa humana. Pero tiempo al tiempo, Sargal. Los quieren explotar, exprimir hasta dejarlos sin hálito, pero el esclavismo tiene sus días contados por mucho que se empeñen. ¿Y sabe qué pasa? Que, como lo saben, actúan con más desenfreno. Están desaforados. Saben que son las últimas ocasiones. No hay semana que no llegue algún barco negrero. Las autoridades, como siempre, miran hacia otro lado. No hemos tenido un solo capitán general que no haya percibido lo suyo, todo está putrefacto. Los americanos también van por delante en esto. Allí los esclavos ya son libres. Ha sido después de una guerra, pero ya lo han conseguido... En cambio, nosotros siempre vamos a remolque.

Doña Gadea les sonrió al pasar por detrás de su mesa, satisfecha de que fuera tan bien la conversación.

—Don Benito, creo que haremos buenas migas —le dijo Mauricio ya más relajado para que lo escuchara la dueña de la fonda, y añadió—: Me gustan sus ideas. Es usted un hombre —se detuvo para elegir el adjetivo que sabía que más ilusión le haría escuchar a su interlocutor— moderno. Eso es. Un hombre moderno, con un pensamiento más preclaro y lúcido del que tienen muchos con veinte años. Pero, además, lo más importante es que es usted un hombre de bien.

El anciano sonrió halagado y Mauricio prosiguió ya más confiado:

—Le contaré algo: pensando en que serviría para unir los intereses de todos, me hice socio del Círculo Hispano Ultramarino de exresidentes en las Antillas. Al fin y al cabo, esa es mi condición. Tiene sedes en Barcelona, Cádiz, Santander y Madrid. ¿Sabe a qué institución me refiero?

Don Benito asintió y Mauricio continuó:

—Reconozco que lo consideré una cuestión de camaradería, de colaboración, y no me informé demasiado. Poco antes de embarcarme hacia la isla, estuve con un amigo allí, don Augusto Esmerla, y no me gustaron nada las opiniones que se expresaron sobre el librecambismo, sobre las luchas de los rebeldes aquí ni sobre los esclavos. En cuanto regrese, dimitiré como socio. Me avergüenza que se me considere uno de ellos. Es hora de que dejemos atrás tanta violencia, ¿no le parece, don Benito? Ocho años ya de guerra aquí, ¿y para qué? No se ha conseguido nada. Por no hablar de las guerras carlistas en España. Intermitentes, pero por desgracia siempre vivas desde el 33. ¿Qué país es capaz de soportar esta sangría ininterrumpida? Se lo diré: solo uno muy fuerte, pero inevitablemente cada vez más exangüe. Todas estas luchas no se han traducido más que en una cosa: atraso. ¿Para esto queremos un gobierno? ¿Para que nos aboque al abismo? En fin, me temo que nadie nos escuchará. No sé ni para qué hablo. Pensará que soy un rebelde, un idealista, un romántico.

—¿Y se puede ser algo mejor? —le dijo don Benito con una sonrisa.

—¿Conoce lo que le sucedió a Isidoro de Antillón? —Como don Benito negó con la cabeza, Mauricio continuó—: Este hombre pronunció un discurso nada menos que en 1802 sobre la manera en que las colonias podían prosperar sin necesidad de esclavitud. Once años después, en 1813, repitió sus palabras en las Cortes de Cádiz y, nada más salir de allí, le dieron una paliza. Quedó tan malherido que murió apenas un año después. En otros países parece que han sido más moderados, no matan a palos a quienes se oponen al sistema esclavista, sino que analizan nuevas formas de organización del trabajo. He traído alguna lectura sobre este tema. Me refiero a las ideas de Charles Fourier. Soy un gran admirador de este hombre mordaz y lúcido que abominaba del matrimonio y defendía la vivencia del deseo y el placer sin más cortapisas ni represión que no dañar al otro. Ese es en parte mi credo. —Mauricio sonrió—. Si lee en francés, le puedo prestar alguna obra suya. ¿Ha escuchado hablar de esas comunidades que llaman «falansterios»?

Tras unos instantes callado, decidió aprovechar aquel momento y dejar reflexionar a don Benito un rato. Quiso hablarle de algo más que de política y de economía, aunque había decidido que, al menos por el momento, no le contaría que su hermana había desaparecido. Le refirió las circunstancias de la vida de su padre y de la tienda La Favorita en la calle San Tadeo. Don Benito conocía el establecimiento de José Sargal, pero no todos los pormenores que le relató Mauricio, como que Bartolomé Gormaz comenzó a hacer fortuna como empleado de su familia. También le habló de su plan de terminar cuanto antes el libro sobre la música alegre y de su casa en El Masnou. Después de enumerarle algunos detalles, le preguntó:

—Y dígame, don Benito, nada más llegar escuché que el mariscal Rivadeneira, el que fue gobernador militar y capitán general de Cuba, está muy grave... ¿Lo conoce?

—¡Qué cosas me pregunta, Sargal! Esa explicación sobraba. ¡Cómo no voy a conocer a Rivadeneira! Si no supiera quién es, significaría que ya no estoy en este mundo. Lo conozco mucho. Ese hombre es una leyenda. Pero leyenda y todo, parece languidecer por momentos. La muerte nos iguala a todos. Lo trajeron muy malherido de la sierra. Ahora está en la casa de Velázquez. Si no se nos hace muy tarde y quiere, podemos acercarnos a interesarnos por su salud, por nombrar de alguna manera el estado en el que se encuentra. Llamamos con la aldaba y algún militar saldrá, allí siempre están de guardia. De paso... nos distraemos —le dijo con una sonrisa.

Mauricio se limpió con la servilleta y pensó en Deva, en sus largas pestañas, en sus pómulos altos y en el resto de su rostro y de su cuerpo. La consideraba inconquistable, y no solo porque fuera la esposa de Rivadeneira. A esas alturas, ella había conseguido desdibujar la imagen de Manón y de todas las cantantes con las que Mauricio alternaba cuando su vida aún era feliz.

26

—Ah de la casa —dijo don Benito, e hizo sonar la aldaba.

Mientras su acompañante permanecía ante el portón, Mauricio se desplazó hacia la ventana de la planta baja, que llegaba hasta el suelo. Atisbó a través de las lamas de madera, pero estaba oscura y no consiguió ver nada.

—¿Quién llama? —respondió Gutiérrez enseguida.

—Benito Friné y don Mauricio Sargal.

El militar recordó que aquel segundo nombre era el que había visto escrito en el sobre con el que había salido Deva Rivadeneira de la casa parroquial, el que le había entregado aquella mujer que le había resultado tan atractiva. Pensó que sería aquello lo que buscaban y les abrió.

—¿Qué les trae por aquí? —les preguntó.

Mauricio aprovechó la escasa iluminación de las farolas de gas de la plaza para examinar el atrio en el que esperaba descubrir algún movimiento o el sonido de la voz de Deva.

—Queríamos preguntar por el estado del mariscal. Él me recordará —dijo Friné.

—No recibe visitas, lo siento.

—No pretendíamos verlo. Solo que le transmita mis saludos. ¿Será usted tan amable? Dígale que soy su antiguo compañero de dominó.

—Rivadeneira está muy mal —Gutiérrez cambió su actitud con aquella referencia—. No sabemos cuánto durará. Será cuestión de días o de horas…

Mauricio quería entrar, recorrer aquel pasillo que llegaba

hasta la calle de atrás, subir las escaleras hasta encontrar a Deva, pero como no tenía más remedio que refrenarse, se decidió a intervenir:

—Salude también a su señora esposa. Transmítale nuestro ánimo y dígale que podrá encontrarnos en la fonda de doña Gadea, en El Remanso —dijo. Con esta frase sintió que el reencuentro entre ambos estaba más próximo.

—Ella no se encuentra ahora. Salió hace un rato, pero se lo diré, descuide.

—Bien, gracias por atendernos —le dijo don Benito a Gutiérrez—. No podemos descartar que se produzca un milagro. Ojalá.

El oficial pensó que su superior necesitaba, más que un milagro, varios para salir de aquella situación, pero no añadió nada más. Los saludó inclinando la cabeza y cerró el portalón de la casa de Velázquez. Mauricio quería recorrer la ciudad entera hasta dar con Deva, atravesar cada puerta, pero enseguida pensó en Dulce, en que tenía que levantarse nada más salir el sol y dirigirse a Nuestra Señora de las Mercedes. A pesar de la amargura que le suponía no saber nada de su hermana, a pesar de encontrarse allí y haber visitado la hacienda, le gustó mucho sentir aquel ímpetu dentro de él.

—Bueno, ya lo ha escuchado, amigo Sargal, este hombre se marcha.

Mauricio no respondió porque no quería ser hipócrita.

Cuando llegaron a la fonda, doña Gadea le dijo que una mujer tan tapada que apenas le dejó ver sus ojos acababa de irse después de preguntar por él.

—¿Y no sabe quién era? ¿Qué quería?

—Le insistí, pero no me dijo su nombre. Llevaba un sobre, un sobre grande. Dijo que volvería porque tenía que entregárselo en mano, que era muy importante. Nada más.

Mauricio no acertaba a saber cómo alguien podía haber dado con su dirección. Pensó en Orfiria, aunque le resultó difícil imaginársela tan cubierta. Deseó que fuera Deva, pero no pudo evitar pensar también que podía tratarse de su hermana.

—¿Qué acento tenía?

—Era española —le respondió enseguida doña Gadea, como si ya fuera a añadir aquellas dos palabras antes de que le preguntara.

Deva solo había tenido que preguntarle a Gutiérrez cuál era, según su criterio, la mejor fonda de Santiago. Este le había dicho que, en su opinión, había dos que estaban a la par: El Remanso y Las Siete Puertas, y ella había acertado a la primera.

Mauricio le había indicado al oficial su dirección con la intención de que lo encontrara, pero ella se le había adelantado. Consideró aquello otra muestra más de su inteligencia.

Santa María de Sants, domingo, 7 de febrero de 1875

Nada más despertarse, Carola le pidió a Enma que le preparara el baño y que añadiera unas gotas de agua de rosa y esencia de espliego. A las nueve de la mañana salió de la bañera y permaneció de pie mientras su criada la secaba con los suaves toques de una toalla. Le preguntó cómo quería vestirse y le preparó la ropa sobre la cama. Completó su atuendo con una gargantilla a juego con el nomeolvides de su muñeca. Mientras se peinaba, su criada le llevó una limonada con miel. Carola aprovechó para preguntarle cuánto hacía que se habían marchado sus padres.

—Casi dos horas ya, señorita. Y no está previsto que regresen hasta que oscurezca.

Sonrió. Después bajó al salón. Sobre la banqueta del piano estaba el libro de poemas de Laureano Parnás, lo dejó sobre una mesilla y se dispuso a tocar. Quería que cuando él atravesara el jardín escuchara la música y su voz, que aquellas notas lo atrajeran hacia ella, lo deslumbraran y les permitieran comenzar su conversación con el arte como tema. Los progresos en el canto sobre los que le había preguntado Mauricio el último día que se habían visto eran innegables. La manera en que entonaba, meliflua y rotunda a la vez, según el momento de la obra, su pose y la gracia de su interpretación hacían que cuando cantaba aumentara mucho su atractivo.

Después de dos horas al piano, decidió cambiar de actividad. Eran casi las once y media y el poeta seguía sin aparecer.

Fue a por las notas que había tomado para escribirle el poema laudatorio a su padre. Expresiones como «varón insigne», «prócer industrial», «espejo de laboriosidad y tesón», «amado progenitor» eran las únicas que había sido capaz de pergeñar y no la satisfacían lo más mínimo. Ella había ensayado muy bien lo que le diría a Laureano para convencerlo de que su interés en la escritura de aquellos versos era genuino. Confiaba en que sería capaz de convencerlo para que lo escribiera él y así tener una nueva ocasión para verlo.

A las doce en punto sonó la campanilla de la entrada.

—¡Eeeenmaaaa! —gritó ella por si su criada no la había escuchado.

Después de la carrera de la doncella, ella se sentó de nuevo a tocar el piano para darle la bienvenida a su invitado. Eligió una mazurca de Chopin. Estaba demasiado nerviosa para cantar y cuando lo supo a su espalda dejó caer sus manos sobre las teclas con más fuerza. No se giró hasta que él tosió.

—Señor Parnás —le dijo con la expresión más cándida que fue capaz de componer—. Ya me ve, estaba distraída. Me pongo a tocar y se me va el santo al cielo, al séptimo cielo. Imagino que a usted le sucederá igual con la poesía.

Laureano se acercó para besarle la mano.

—Sí, algo parecido. Antes que nada le quiero agradecer que tomara de tan buen grado mi dedicatoria en el libro con el que gané la Flor Natural en los Juegos Florales. Mi intención fue que solo vieran su nombre en mi poemario los señores del jurado, pero ya ve qué alto honor me deparaba el destino. Se rumoreaba que ganaría el padre Narciso Vergel, él era el favorito, apadrinado nada menos que por el todopoderoso señor Gormaz, pero…

—Ha vencido el arte, su magnífico arte. Me sé su libro de memoria. Haga la prueba. Dígame una página y le recitaré el poema que aparece en ella.

—No es necesario —le dijo él muy halagado.

—Gracias por aceptar mi invitación a… almorzar. —Carola había decidido que, según a qué hora apareciera, lo convidaría a desayunar, a comer, a lo que correspondiese.

—Es usted muy amable, pero no sé si debo.

—¿Tiene otro compromiso?

—No, los domingos solo descanso, pero... —Él no se sentía demasiado a gusto en la casa del patrón de la fábrica.

—Venga, venga aquí conmigo. —Carola dio unos golpecitos en un canapé tapizado con motivos florales para invitarlo a que se sentara a su lado—. Quiero pedirle algo: que me ayude a escribirle un poema a mi padre para la revista del ateneo obrero de la colonia.

—Será un honor. Si gusta, comenzamos ahora mismo.

—Espere, antes de ponernos manos a la obra quería decirle que hay cosas que tal como las describe en su libro no logro imaginarlas.

—Dígame a qué se refiere y se las aclararé si está en mi mano. Ya sabe que esto de la poesía tiene mucho de trance y después, cuando se despierta de ese estado de gracia, no siempre es posible saber por qué se ha escrito algo. Las raíces son muy profundas.

—Espere un momento. —Carola salió de la sala de visitas y fue a la cocina para hablar con la doncella y con la cocinera—. Gertrudis, prepare un almuerzo exquisito, lo que quiera, y traiga una botella de clarete. Enma, en cuanto nos lo sirvas, quiero que las dos os toméis el día libre.

—Ya lo íbamos a hacer, señorita, es domingo.

—Me refiero a que no tenéis que esperar a la tarde. Si os dais prisa, podréis marcharos antes de una hora. ¿Dónde viven vuestros familiares?

—En una masía de la Verneda de San Martín, señorita.

Carola no supo a qué se refería su sirvienta. Nunca había oído hablar de aquel lugar.

—Pues eso —asintió de todas formas—. Menuda alegría que les dará veros tan temprano. Y como mis padres volverán bastante tarde de Santa Coloma, regresad mañana. Si se les ofrece algo esta noche, ya los atenderé yo.

Las dos mujeres se miraron. Para ellas aquel era el mejor regalo.

—Muchas gracias, señorita, pero su madre…

—Nada de mi madre, Gertrudis. Yo ya estoy autorizada para tomar estas decisiones. Ya no soy una niña. Enma, tú te cambias ya, no hace falta que nos traigas el almuerzo con el uniforme. —Carola quería que de esta manera Laureano Parnás viera que la doncella estaba a punto de marcharse y que se quedaban solos en aquella casa que, estaba segura, lo habría impresionado.

Regresó a la habitación del piano, pero el poeta ya no estaba allí. Primero recorrió con sus ojos la estancia, como si no diera crédito a aquella situación; luego salió al pasillo y, tras revisar la planta baja, subió por la escalera. Pensó que Laureano habría decidido conocer el resto de las dependencias. Por fin, cuando se asomó a la ventana de su habitación lo vio sentado en uno de los bancos recubierto de teselas de cerámica. Respiró muy aliviada y bajó las escaleras tan rápido que estuvo a punto de caerse en el último tramo, el que terminaba ante el vestíbulo. Abrió la puerta de par en par:

—¡Laureano, está aquí!

—¿Sabe? Muchas veces he imaginado un lugar así. Me siento como si ya lo conociera, como si la fuente, este paseo con los arcos de hierro recubiertos con el jazminero, me fueran muy familiares. Hasta esa imagen —le dijo mientras le señalaba una pequeña gruta que albergaba una talla de Santa Eulalia.

Carola pensó que aquella sensación, más que remitirle a su pasado, podría llegarle de un futuro bastante próximo.

—¿Le parece que pasemos dentro y después de comer algo regresemos aquí? Me alegro de que le guste nuestro hogar. —Ella se sentía muy bien: recorría con él los mismos sitios que antes había recorrido con su libro.

Nada más entrar en la sala, Carola vio todas las viandas que había en la mesita y pensó que no era posible que en apenas diez minutos alguien hubiera sido capaz de preparar todo aquello. En cuanto se sentaron los dos juntos de nuevo en el canapé, Carola escuchó la puerta trasera.

—Laureano, nos hemos quedado solos. A estas horas siempre le damos fiesta al servicio. Cualquier cosa que precise tendrá que pedírmela a mí.

Fijó la mirada en él. Examinó su barba rala, los ojos claros, los pómulos marcados y muy blancos, como el resto de su piel, el cabello bastante largo peinado con la raya en el lado izquierdo. El poeta vestía una chaqueta negra muy entallada de faldones amplios que parecía una casaca militar, la llevaba desabrochada sobre un chaleco dorado. Toda aquella ropa tan ceñida sobre su cuerpo delgado le daba una apariencia escultórica.

—Le decía antes —continuó la anfitriona— que no alcanzo a comprender algunas expresiones de sus poemas. Serviré el vino —anunció, y vació casi media botella en las dos copas.

—Verá… —Carola fingió ruborizarse—. Se trata de todo lo que se refiere a los besos, a las caricias, a la manera en que los dedos…

Laureano sintió cómo se le tensaban todos los músculos.

—Beba, por favor. No es necesario que espere a que yo acabe de hablar —le pidió ella, y añadió a continuación—: Quiero que me haga sentir lo mismo que describe en sus versos —le dijo, como si esta petición fuera de la misma índole que la anterior.

—¿Sentir dice? ¿Que le haga sentir yo? —El poeta se bebió de un trago todo el clarete que contenía su copa.

—¿Sabe? Yo no soy ninguna erudita, pero estoy convencida de que para escribir sobre algo primero hay que vivirlo, que eso es preciso para que tenga sentimiento, para que no sea frío. ¿Está de acuerdo?

—Doña Carola, usted me ha hablado de un poema que quiere dedicarle a su padre y estoy dispuesto a ayudarla, como le he dicho. Pero…

—Sí, ese será el primero, el más urgente, pero mi intención es escribir después un cancionero y ponerle música. Las composiciones que más me interesan son las que tratan de amor, pero para eso tengo que saber de qué estoy hablando. Laureano… —dejó la frase en suspenso para tomarle la mano y ponérsela sobre el pecho—, tiene que hacerlo por mí. Ayúdeme. Tengo que dar salida a todo lo que experimento, saber cómo encauzarlo. Puedo hablar de mí misma, pero cuando se trata de describir acciones amorosas…

El poeta cogió una rebanada de pan con tomate y se la llevó a la boca con la mano izquierda mientras mantenía la derecha en el mismo lugar donde se la había colocado Carola.

—¿Nota mis latidos? ¿Cree que tengo un corazón poético? —Se acercó a él hasta que le rozó los labios.

27

Doña Delia regresó a Barcelona muy satisfecha de la visita a la fábrica y al resto de las dependencias de la colonia textil, sobre todo porque sabía que tarde o temprano conseguiría el consentimiento de su marido para que fletaran el barco.

—Augusto, qué bien. Qué bien nos entendemos respecto a casi todo —le dijo mientras salían al huerto que había delante de la que sería, una vez terminada, la torre del amo allí en Santa Coloma—. No te preocupes que no faltará ni un detalle y además estará todo preparado para la inauguración. Tengo tiempo de sobra. Ya me conoces, me ocuparé de todo.

—Sí, decidida sí que eres —le dijo Augusto resignado.

—Muchas cosas habrá que traerlas después, como hablamos. Sabes que esta factoría no puede ser una más, tenemos que convertirla en un símbolo… —buscó una palabra que sabía que a él le gustaba mucho— de armonía. Además, sabes que mi intención es que se hable durante décadas de la fiesta que demos ese día. Para ello, nuestros invitados tienen que degustar lo más excéntrico.

—Exótico —apostillo él.

—Lo que quieras, pero tenemos que dejarlos con la boca abierta. Gracias, Augusto, por confiar en mí. —Delia lo abrazó con mucha efusividad—. Tenemos que hablar con Tomás Pizcueta.

—Delia… —Él se llevó las manos a la frente porque comenzó a sentir unos fuertes pinchazos.

—Tú dedícate a la fábrica, a los telares, a la hilatura, a ver cuántos miles de husos consigues que se pongan en marcha a la vez.

A Delia no se le iba de la cabeza que tenía al alcance de la mano la oportunidad de crearse su propia riqueza, habida de sus manejos y no heredada de nadie.

Siboney, lunes, 8 de febrero de 1875

Romi y Ángela se encontraban en la habitación de Dulce rodeadas de sus cosas. Habían abierto el armario de madera clara que ocupaba toda una pared y habían dejado sus vestidos sobre la cama. Entre aquel revoltijo de sedas, corsés, blondas, puntillas, lazos, tules y flecos esperaban encontrar algún rastro de sangre, una tela desgarrada, hierbas adheridas..., cualquier indicio que les aportara algo, lo que fuera, sobre su desaparición. Después hicieron lo mismo con los sombreros y los zapatos, pero todo estaba impoluto, preparado para que ella lo vistiera. Romi se acercó hasta el bargueño.

—¿Te han contado que todos estos muebles tienen un compartimento oculto? —le preguntó a su doncella—. Hay un mecanismo que si se acciona... —le decía mientras repasaba con su mano la tabla de debajo y la trasera.

—Tu madre no tenía secretos, era transparente como el agua. No creo que ocultara nada.

—Así es, Ángela, pero ya no sé qué pensar.

Alinearon sus joyas sobre el tocador, miraron hasta dentro de las polveras, pero todo estaba en orden. Después de repasar sus objetos, las miradas de ambas se encontraron en el mismo punto, el umbral de su dormitorio. Las dos esperaban que Dulce apareciera por la puerta en cualquier momento y les contara lo que había sucedido.

Los días en que Bartolomé y su esposa volvían de alguna fiesta dormían juntos en el cuarto de su marido. Pero eran los menos. Dulce pasaba casi todo el tiempo en aquel templo en el que había reunido lo que más le había interesado en todos sus años de vida: libros, cuadros, partituras. También guardaba regalos de las personas que más la estimaban y que siempre le entregaban algo con el afán de que al menos ese obsequio permaneciera a su lado. Ángela recorrió con un dedo las teclas del piano. Echó de menos bailar, las carcajadas compartidas con Dulce, su complicidad.

—¿Por qué nadie nos pregunta por ella, Ángela? ¿Qué les habrá dicho mi padre? ¿No les extraña que no vaya a Santiago al teatro, a los bailes, que no cumpla con los compromisos sociales de siempre? Es verdad que ella siempre prefería ir a la ciudad, que aquí no venía casi nadie, pero aun así. Alguien sabrá algo. —Romi estaba agachada ante el armario—. ¿Qué es esto? —le preguntó mientras sacaba una caja de madera.

—No lo sé, nunca la había visto.

—Estaba debajo. No se veía desde fuera —le dijo señalando hacia la balda de los zapatos.

En ese momento escucharon unos ruidos que procedían del despacho de don Bartolomé y se miraron asustadas. Además de Himar, no había nadie más que ellas en la casa. Ángela le pidió a Romi que esperara, le dijo que ella vería de qué se trataba, que era muy probable que su padre hubiera vuelto antes de embarcarse, que tal vez necesitara algún documento más para llevárselo a Brasil. Pero Romi insistió en ir con ella y, tras esconder la caja debajo de la cama, salieron las dos.

Recorrieron el pasillo en silencio y cuando estuvieron ante el umbral de la puerta vieron a Mauricio. Él tardó unos segundos en advertir que estaban allí:

—Ya lo tengo —les dijo—. Es el permiso que necesito para entrar en la plantación. A ver… —Mauricio trazó con la pluma la rúbrica de su cuñado tal como la recordaba de cuando firmaba los recibos de los pedidos de La Favorita. Por aquel entonces Bartolomé Gormaz era casi analfabeto, solo sabía de números, que siempre calculaba de memoria, y poco más—. Ya podemos bajar —les dijo a su sobrina y a la criada.

Atravesaron la finca por un lateral. Primero pasaron junto a la rosaleda que rodeaba una fuente ornamental; después anduvieron por un terreno baldío, cruzaron bajo los flamboyanes con flores rojas y amarillas y enseguida llegaron hasta las cañas. Las palmeras del fondo marcaban el límite de la propiedad. El cultivo estaba rodeado por unas cercas de madera. Lejos, en el centro exacto de los terrenos de la hacienda se erguía la torre de vigilancia. Fulgor, el caporal, los había visto llegar y los esperaba en la entrada de la plantación. Mauricio le tendió enseguida el papel.

—Usted es su cuñado, señor Sargal, no era necesario. Ellas también bajaron el otro día. ¿En qué puedo ayudarle?

—Estoy buscando una finca para dedicarme yo también a la caña. Si ya estuviera plantada, mejor —le dijo al empleado, y le sonrió—. Quiero ver cómo organizan el trabajo aquí, la extensión… ¿Sabe cómo voy a llamar a mi hacienda? La Prosperidad. ¿Le gusta? —le preguntó con la intención de incidir en su coartada. Un esclavo pasó ante ellos.

—Sí, patrón —le respondió el caporal. Mauricio advirtió que el esclavo tenía la espalda surcada por las cicatrices de los latigazos. En ese momento escucharon unos gritos desgarradores.

—¿Qué sucede? —preguntó.

—Nada, una negra que está pariendo —les respondió mientras se sacudía unas hierbas del hombro de su camisa.

—¿Y nadie la asiste? —quiso saber Mauricio.

—Las otras a veces hacen de parteras. Según cómo les da. Es difícil entenderlos. Yo creo que ni entre ellos mismos se entienden. —Chasqueó la lengua.

—Voy a acercarme —le dijo Mauricio.

—Como quiera.

Dentro del bohío la oscuridad era casi absoluta. La mujer estaba muy cerca de la puerta, a la izquierda de la entrada. Se retorcía en el suelo y movía las piernas y los brazos como un insecto con un abdomen descomunal. Cuando los ojos se le acostumbraron a la luz de unas cuantas velas, Mauricio vio que dentro de la cabaña había también cinco niños que la miraban espantados. Alguien le había dado a la parturienta dos puñales para que se desahogara clavándolos en el suelo. Tenía los ojos abombados, como si se le fueran a salir de sus órbitas. La saliva le resbalaba de los labios.

—Romi, ve a la casa y dile a Himar que mande a buscar a Dada —le dijo Ángela. Quería alejarla de allí aunque fuera por unos minutos.

La esclava estaba desnuda por completo. Su vientre prominente relucía, igual que sus mejillas. En cuanto se marchó Romi, Mauricio se acercó a ella y vio que entre sus piernas había un charco de sangre.

—Esta mujer se está desgarrando. Hay que hacer algo —gritó Mauricio—. Se va a partir en dos. —Él no tenía ningún conocimiento de medicina, pero le pareció tan evidente lo que estaba sucediendo que le extrañó que nadie hiciera nada. A continuación preguntó—: ¿Quién es Dada?

—Es una santera. Ella sabe de partos —se apresuró a responder Ángela.

—Pues si no llega pronto, no habrá nada que hacer. Esta mujer se muere.

Los niños permanecían quietos como estatuas, en cuclillas formando una fila. Más o menos tenían la misma edad. Todos miraban con los ojos muy abiertos. Mauricio salió en busca del caporal, que estaba a punto de internarse entre las cañas con un látigo en la mano.

—Fulgor, esa mujer va a morir. Hay que hacer algo.

—Venga, acompáñeme. —Después de apartar unas cañas, el caporal le señaló un tocón con varios machetes clavados en él—. Coja uno y ábrale la tripa. Al menos así le podrá sacar el hijo.

Mauricio se quedó desconcertado, pero aun así cogió uno de los cuchillos. Rodeó el mango con la mano, miró los símbolos de sus tres anillos y musitó una plegaria. Cuando regresó al bohío se encontró a Ángela arrodillada entre las piernas de la mujer. Había vomitado a su lado y se quitaba los restos de la regurgitación con el dorso de la mano.

—Señor, la carne se le abre pero no asoma nada.

—¿No puede ser, como dicen, que el niño venga de pie? —Mauricio nunca se había visto en una situación como aquella.

—Entonces lo vería. Mire cuánta sangre ha perdido.

—El caporal me ha dado esto para que la cortemos.

La mujer gritó todavía más y él se dio cuenta de que, o bien por sus gestos o porque era capaz de comprender ya algunas expresiones, lo había entendido. Intentó incorporarse con los codos apoyados en la tierra del suelo de la cabaña, pero no le fue posible y volvió a caer.

—¿Dónde vive la santera?

—En Santiago.

Mauricio resopló tras la respuesta de Ángela.

—No creo que llegue entonces a tiempo, y eso suponiendo que la encuentren.

Fuera de la cabaña había media docena de mujeres. Los niños que trabajaban en el trapiche y los hombres que cortaban la caña no podían detener su trabajo porque los mayorales los tenían vigilados muy de cerca. Hasta el centro de la plantación llegaban los alaridos de la parturienta. A muchos hombres, cada vez que se agachaban para cortar la caña, les caían las lágrimas sobre aquel suelo que era el de su infierno.

—¿Le va a abrir el vientre? —le preguntó Ángela muy asustada.

Entonces entró Fulgor.

—Traiga aquí. Todo me toca hacerlo a mí. Aguánteme el fusil. —Mauricio no pudo reaccionar. El caporal cogió a la mujer de la nuca y la rajó desde el esternón hasta debajo del ombligo—. Ya está. —Los miró mientras blandía la hoja del machete en el aire—. No era tan difícil, ¿no? —dijo, pero enseguida enmudeció para exclamar después—: Santísimo Cristo, ¿qué es eso? —Los niños se taparon unos la boca y otros las orejas y salieron a la carrera despavoridos.

—Ángela, por favor, sal y no dejes entrar a mi sobrina. Volved a la casa. Ya hablaremos luego.

Del vientre abierto de aquella mujer surgieron dos cabezas

unidas a un cuello. Dos cabezas que pugnaban por salir a la vez a través del mismo canal. Dos cabezas que la habían desgarrado. La sangre manaba con fuerza.

—Voy a pararle la hemorragia —dijo Fulgor—. Apártese. —Cogió el fusil de los brazos de Mauricio, que parecía mecerlo como a un recién nacido, y le disparó dos tiros en la cabeza a la mujer—. Ya no sufre —sentenció.

Mauricio agradeció que en aquel momento estuvieran los dos solos. El caporal agarró por el cuello a aquella criatura, cortó el cordón con el machete, lo sacó del bohío y lo dejó caer sobre la tierra, delante de la puerta.

—Que lo vean todos. Así se les quitarán las ganas de fornicar. Esto es cosa del diablo.

Apesadumbrado, Mauricio se sentía inmerso en una pesadilla, le costaba reaccionar, moverse. Después de unos segundos paralizado, cogió un balde de la cabaña y lo llenó en la alberca. Dejó caer el agua poco a poco sobre el niño y después lo tomó en brazos. El caporal le había dejado el cordón demasiado corto y no se le podía atar, así que se lo pinzó con los dedos.

—¿Se lo quiere quedar como juguete? —le preguntó Fulgor.

Mauricio miró hacia el camino de la izquierda, el que conducía hacia el terreno baldío que separaba aquel lugar de la rosaleda de la casona, el límite entre el espanto y la vida confortable. Su sobrina no había vuelto y Ángela tampoco. Imaginó a la criada reteniéndola allí, a salvo del horror.

Dada lo encontró más de una hora después sentado en el pretil del pozo, con el recién nacido de dos cabezas en brazos. Con las cañas de azúcar al fondo, todavía destacaban más las vestiduras blancas, el turbante y los collares multicolores que la santera llevaba sobre el pecho. Ella miró a la criatura; su anomalía no parecía llamar su atención.

—¿Sabe por qué ha sucedido esto, señor? Porque la madre yació con dos hombres. Además, fíjese —le dijo mientras señalaba los dos rostros— una cabeza es blanca y otra negra. Las dos semillas no pueden convivir en el mismo vientre, se producen aberraciones como esta.

A Mauricio le dio un escalofrío al ver que una de las caras hacía muecas y la otra lloraba. Quiso que la santera lo tomara en brazos, pero ella se negó.

—Me voy a dedicar a lo demás. Hay mucho que hacer. En cuanto vuelvan los hombres, comenzaremos.

—Señora, tendrá que disculparme, pero tengo que regresar a Santiago enseguida —dijo después de depositar al niño en el suelo, junto al pozo.

—Pues avise al padre Vergel. Dígale que se le necesita en Nuestra Señora de las Mercedes.

—Así lo haré —le respondió Mauricio, y se alejó rápido.

28

Mauricio condujo la carreta a toda prisa. Huía de la hacienda, como si así consiguiera salir de la pesadilla en la que vivía desde que supo que había desaparecido su hermana. Aquel vértigo se había intensificado con lo que acababa de ver en la plantación.

Desde la carretera de Siboney, entró en la ciudad por la calle Marina; estaba sudoroso, despeinado, se había soltado el lazo y dejado el abrigo a su lado en el pescante. Cuando pasó por al lado del mercado, redujo el ritmo. Miró a la multitud que lo rodeaba y comenzó a mover los labios:

—Deva, Deva —decía una y otra vez. Necesitaba abrazarse a ella, quería sentir que en aquel mundo tan atroz aún quedaban refugios. Un par de mujeres lo miraron con desparpajo. Él, sin embargo, apartó la vista—. Deva, Deva —repetía para invocarla. Se detuvo en la esquina de Santo Tomás, junto a la casa de Velázquez. A su izquierda, de espaldas al parque, vio, en la parte baja de la entrada, una fracción de tela color aguamarina. Solo fue un segundo, pero estaba seguro de que era ella. Bajó enseguida y se dirigió allí—. Deva —volvió a decir ante el umbral.

Ella acababa de girar la esquina del corredor hacia las escaleras, pero su voz le llegó como un murmullo. Descendió varios escalones y volvió atrás. Vio a Mauricio en la puerta. Apoyaba una mano en una de las jambas, entre las bisagras. Fue hacia él. Escuchó otros pasos que llegaban desde el fondo de la casa, pero le dio igual.

—Mauricio. —Intentó disimular su alegría porque presentía que Gutiérrez podía aparecer en cualquier momento—. La otra noche fui a llevarle un sobre que me dio para usted... Orfiria. ¿Se acuerda de ella? La mujer que acompañaba al padre Vergel en el Providencia.

—Deva —murmuró él como si estuviera ante una aparición—. Necesitaba verla. —A continuación le preguntó por su esposo.

—Al mariscal le queda poco tiempo. La infección es ya irreversible. Llegó muy malherido —le respondió ella sin alzar la vista del suelo.

—Lo siento —hablaba de una forma maquinal, irreflexiva.

—Y dígame, ¿ha averiguado algo sobre su hermana?

—Vengo ahora de Nuestra Señora de las Mercedes, de su hacienda. Me he reencontrado con mi sobrina. Mi cuñado se ha marchado a Brasil, pero da igual donde esté. —Se detuvo para admirarla. Le parecía un sacrilegio estar allí frente a ella, poder hablarle—. Deva, mañana hay un baile en el club San Carlos, asistirán muchas personas que conocieron a mi hermana..., que la conocen, quiero decir. —«Y creer», pensó Mauricio—. Estará la sacarocracia en pleno, los dueños de los algodonales, los tabaqueros y los de los cafetales también, pero ni su situación ni la mía nos permiten asistir. Si usted, Deva —le gustaba mucho pronunciar su nombre—, pudiera indagar entre los militares... Se lo agradecería tanto. Volveré a visitarla, dígame lo que sea, cualquier noticia.

—Lo ayudaré en todo lo posible, como le dije. Encontrará a Dulce y todo volverá a ser como antes... o mejor —le aseguró ella.

Mauricio quiso creer que con aquella frase ella aludía a la posibilidad de que ambos se encontraran más adelante, cuando los dos hubieran atravesado aquel purgatorio que entonces los mantenía alejados.

—En unos días, yo preguntaré a quienes conozco aquí. —Mauricio tenía las cartas de recomendación que le había entregado en Cádiz su amiga, la cantante Lupión—. Pero de momento —continuó— quiero estar concentrado, sin distracciones, que nada me altere ni me ofusque. Quiero mantener la mente despejada y pensar por mí mismo. Lo demás...

—Mauricio, no espere. Vaya al cuartel ya. Ellos le ayudarán a buscarla.

Escucharon el sonido de un piano en la calle y casi a la vez apareció Gutiérrez. Él le dijo a Deva para disimular:

—Necesito la música como respirar. Esta ciudad hierve de música, pero yo tengo las manos mudas. —Mauricio se las miró y recordó al recién nacido con dos cabezas—. Si las circunstancias fueran otras, le aseguro que ya habría tocado todos los pianos de la isla. Habría buscado partituras. Habría llamado a los músicos que conozco, quienes tanto me animaron de pequeño a que buscara mi felicidad en la música. Habría disfrutado de todo lo que esta ciudad tiene.

—Le bajo enseguida el sobre —le cortó ella bastante azorada ante la presencia del militar.

Mauricio lo saludó con la cabeza. Aquella conversación tan breve con ella había conseguido reconfortarlo. Deva volvió enseguida.

—Tenga —le dijo.

—Tiene que ayudarme en algo más. ¿Sabe dónde puedo encontrar al padre Vergel? Me he comprometido a transmitirle un recado de la hacienda de Gormaz.

—Dígamelo a mí, esta tarde confesará a mi esposo.

—Lo esperan allí, en la plantación —añadió. Como Bartolomé Gormaz no se encontraba en la casa, el sacerdote podría dirigirse a cualquiera de las dependencias, porque Ángela o Himar lo conducirían hasta los bohíos—. Que vaya cuanto antes, a ser posible esta noche. —Mauricio pensó en el niño, en la madre muerta sobre el charco de sangre, en los dos tiros que le había descerrajado Fulgor a aquella mujer, y decidió retirarse.

Gutiérrez seguía allí inmóvil junto a ellos. Cuando se despidieron, fue detrás de Deva y, al llegar al patio central recubierto de azulejos y con plantas en torno a la fuente, le preguntó:

—¿Va todo bien, señora Rivadeneira?

—Sí, tenía que entregarle un sobre a este señor —respondió ella guardándose para sí el apellido.

—¿Quién es?

—Un músico. Ya ha escuchado lo que hablábamos.

29

Barcelona, lunes, 8 de febrero de 1875

Todos los asientos del salón de conferencias del Círculo Hispano Ultramarino estaban ocupados. Clive no dejaba de vigilar la entrada desde el estrado. En la primera fila, don Augusto lo miraba; había acudido acompañado de su esposa y de su hija, y al lado de esta se había sentado Arlitán. El inglés esperaba a que Manrique se acercara hasta la tarima y presentara el acto.

—¿Con qué nos deleitará su empleado? —le preguntó a Augusto Esmerla uno de los socios que había participado en la tertulia la tarde que Clive Barnaby había estado allí—. ¿Nos hablará de las momias otra vez? Parecía fascinado con esa práctica... necrofílica. Sí, señor, necrofílica —dijo para sí, contento por haber dado con aquella palabra que tanto parecía satisfacerle—. Solo le pido a Dios que no nos haga perder el tiempo. A mí, en concreto, ya no me queda mucho.

—No diga eso, Guadalbert —don Augusto le dio unas palmadas en la pierna—. Usted llegará a centenario.

Se escuchó un murmullo en las últimas filas. Tanto los Esmerla como don Gerardo miraron en la misma dirección. Junto a la pared, a la derecha de la puerta, había una mujer bellísima. Vestía un traje de falda muy recta por delante, ajustada a la cintura, y bastante ahuecada por detrás. La tela, color rosa palo, le caía en varias capas adornadas con pasamanería negra a juego con el encaje de los puños y el cuello. Llevaba además un sombrero alto de color negro con una pluma del mismo tono que el vestido y el bolso que le había regalado Clive en la mano. Él contuvo la respiración. Casi nadie sabía quién era y a los pocos que la habían visto antes les costó reconocerla.

—¿Qué hace esa aquí? —le preguntó Carola a su madre.

—¡Eso quisiera saber yo! —exclamó Arlitán.

—Mamá, ahora que lo pienso, ¿revisaste nuestras cosas cuando ella se marchó? ¿Ese bolso que lleva no es el tuyo?

Augusto Esmerla no las escuchaba, solo sonreía; les auguraba a ambos jóvenes un excelente futuro.

—Damas y caballeros —dijo Manrique colocado junto al inglés—, esta tarde tenemos el honor de contar con un visitante que nos embelesará con sus relatos de vida y de viajes. Les presento a Clive Barnaby. El señor Barnaby es originario de Manchester, en Inglaterra, lugar de sobra conocido por su potente industria textil; Cottonopolis, la llaman también: la ciudad del algodón. Antes, Barcelona se miraba en esta ciudad, pero me permitirá, amigo mío, que afirme —dijo volviéndose hacia él— que ahora ya se reflejan las dos, Manchester y Barcelona, la una en la otra en igualdad de condiciones. Ustedes conocen lo sucedido con ese orgullo patrio nuestro que fue la Maixerina, esa portentosa máquina de hilar, invención del señor Ramón Farguell, que sustituyó a la hasta aquel momento omnipresente Spinning Jenny. Con la nueva máquina llegó la revolución y me atrevo a aventurar, aunque él no me lo haya querido confirmar, que la estancia del señor Clive Barnaby entre nosotros propiciará una segunda revolución industrial en Cataluña bajo la protección y el auspicio de nuestro querido socio don Augusto Esmerla. —Manrique miró al industrial y después volvió a dirigirse al público—. Además de ingeniero, nuestro invitado es un viajero incansable y tiene la principal virtud que hace que un hombre sabio lo sea: la curiosidad. Con él los dejo.

Manrique se alejó medio metro de Clive y comenzó a aplaudir. El público lo secundó.

—Buenas tardes, les agradezco que hayan acudido aquí para escucharme. —Mientras los asistentes cuchicheaban sobre lo correcta que era su dicción, él detuvo la vista en Manón como si la frase que acababa de pronunciar se la hubiera dirigido solo a ella—. Quiero hablarles de las colonias y de las colonias, es decir, de las colonias de ultramar y de las colonias textiles. Comenzaré por las unas y terminaré con las otras. Creo que mi condición de extranjero me permitirá decirles algunas cosas que no suelen oírse muy a menudo por aquí, y menos en estos salones.

—Este es tan inglés como yo —escuchó Manón que le decía a su acompañante una señora sentada en la última fila.

—Pero solo con aportarles algún dato y darles materia para sus cavilaciones no me daré por satisfecho, ya que lo que pretendo es conmoverles, es decir, moverles a la acción. Estas palabras que hoy quiero transmitirles son el resultado de años de estudio y de mi observación directa en algunos de los territorios que les enumeraré. No hablo de oídas. —Clive hizo una pausa para comprobar que había conseguido captar la atención del público—. Verán, estamos en una ciudad muy próspera, los telares no cesan de moverse, el dinero corre muy rápido, corre también el champagne, los palacetes se recubren de mármol y se llenan de pinturas de los principales maestros europeos. Los tejidos confeccionados en las fábricas de aquí, el algodón, el paño, el terciopelo, nos visten. Ustedes componen una sociedad floreciente con unos privilegios que heredarán sus hijos y los hijos de sus hijos; esa es nuestra esplendorosa realidad. Pero ahora quiero que nos detengamos en algo: ¿Cuál es el origen de la mayor parte de sus fortunas? Sus fábricas, me responderán, pero ¿de dónde salió el dinero para construirlas y ponerlas en marcha? ¿Cuál fue la procedencia de los capitales que les permitieron levantar sus factorías y los otros negocios de los que muchos de ustedes son accionistas o forman parte de sus consejos de administración? Creo que el lugar en el que nos hallamos responde con su nombre a esta pregunta: señores, estamos en el Círculo Hispano Ultramarino de exresidentes en las Antillas. Con decir esto sería suficiente, pero permítanme que añada algo más: todos ustedes tienen vínculos con la España transoceánica, bien porque vivieron allí bien porque sus progenitores lo hicieron, como es el caso de mi patrón y benefactor, don Augusto

Esmerla. No tengo que describirles la idiosincrasia de La Habana, ni de Santiago, Trinidad o Matanzas, la exuberancia de San Juan, la palaciega Manila, inglesa por tan poco tiempo. Ustedes conocen esos lugares a la perfección. De hecho, muchos de ustedes son criollos. Eso les enfrentó en algunos casos, cuando estaban allí, a los peninsulares. Ahora les pido que cambien por un momento la confortabilidad de este salón por la bodega de un barco, la luz por la oscuridad, la libertad de movimientos por las cadenas, los perfumes por el hedor de la carne herida, tumefacta, putrefacta. Ustedes saben que hoy cenarán con sus hijos, pero ¿qué sentirían si se los arrebataran? ¿Si los secuestraran? ¿Si los separaran de su lado para siempre y nunca más los volvieran a ver?

—¡Qué barbaridad! ¿Qué pretende este hombre? —dijo uno de los asistentes mientras recogía el bastón que había dejado a sus pies y se levantaba—. ¡Con su barco lo dejo! ¡Ahí se queda! ¡Habrase visto! —exclamó en voz muy alta para que lo escuchara el resto de los allí presentes.

Augusto Esmerla hacía rato que se miraba los zapatos. En cambio, doña Delia, cada vez escuchaba con mayor interés. Carola releía de nuevo los versos de Laureano Parnás que ya se sabía de memoria; quería que su ritmo, su vocabulario, su brillantez se trasladaran al poema que ella había comenzado a escribir. Arlitán se giraba para mirar de hito en hito a Manón. A ella su perfil escudriñador le parecía el de un cuervo. Después de esperar a que el hombre que lo había increpado cerrara la puerta acristalada, Clive continuó:

—Bien, la mitad de las piezas que se trasladan a América, como llaman los negreros a estos desgraciados, son niños. Ese es uno de los datos que quería transmitirles. Sé que habrán escuchado hablar de «la conspiración de la escalera». Les resumiré en una palabra en qué consistió: fue un escarmiento. No sé si alguno de ustedes se encontraba en la Navidad de 1843 en Matanzas o en La Habana, hace ahora treinta y tres años de aquello. —Clive miró a su auditorio. La mayoría sobrepasaba con creces los sesenta años, y, por tanto, le doblaban la edad—.

Los amos —continuó—, los dueños de las plantaciones, estaban temerosos de que sus esclavos se rebelaran, como había sucedido en Haití. No hay nada que atemorice más que perder las prebendas, el poder. ¿Y saben por qué se le llamó «la conspiración de la escalera»? Porque bajo las órdenes de O'Donnell, como perfectamente saben capitán general de Cuba entonces, a los que se sublevaron contra este *statu quo* criminal de sometimiento y martirio continuo los ataron a escaleras para arrancarles primero la piel a latigazos y después una confesión o la vida. No solo murieron negros, murieron hombres que no querían que a sus semejantes, solo porque tenían la piel más oscura, se les tratara peor que a mulas de carga. Murieron militares, entre ellos un teniente de milicias; también murieron un dentista, varios músicos, comerciantes e incluso algún poeta. —Carola levantó la vista del libro—. Es decir, hombres como yo, hombres que creían que la libertad es el valor supremo del ser humano. Hoy en día, en la España antillana muchos recién nacidos pasan de la cuna a la tumba en apenas minutos. Sus madres son violentadas, abusadas; cuando las embarazan los blancos, estos abominan después de sus hijos y los venden como esclavos. ¡Venden a su propia sangre! Señores, les repito que hablamos de seres humanos. Muchas de estas personas son mutiladas como castigo, algunos sufren terribles agonías.

El malestar aumentaba en la sala. A las toses como forma de protesta se habían sumado otros gestos y ruidos de mobiliario. Clive esperaba que lo obligaran a abandonar aquel lugar de un momento a otro. Otro hombre de la segunda fila se levantó:

—¡Le abrimos la puerta de nuestra honorable sociedad para esto!

—¿Sabe por qué le molestan mis aseveraciones? —Clive se dirigió a él—. Porque le hablo a su conciencia.

—Hace falta mucho valor o ser un insensato para meterse en la boca del lobo. O las dos cosas en su caso. Solo hay que oírlo —le reprochó el mismo hombre.

Manón tenía el semblante muy serio. Augusto Esmerla hacía rato que no lo miraba. Guadalbert se dirigió a él:

—Augusto, has traído a un antiesclavista, a un abolicionista, aquí. Pensaba que nos hablaría de los Icarianos, de las experiencias de Robert Owen en New Lark, de lo que aportan las colonias como formas de organización social de los obreros a la productividad, que es lo que nos importa a nosotros. ¿Pero esto? Creo, Esmerla, que te has metido en un buen lío. Es muy posible que pidan tu dimisión como socio.

—¿Vas a sugerirlo tú, Guadalbert? —le preguntó él.

Augusto Esmerla no formaba parte de la directiva porque no había nacido en ultramar, sino en Barcelona al regreso de sus padres de San Juan de Puerto Rico.

—Termino ya con una imagen —prosiguió Clive Barnaby—, la del castillo de Elmina, en la llamada Costa de Oro del Atlántico africano. Es ese un lugar de ignominia, uno más, otro baluarte de la infamia. Las paredes de sus calabozos están llenas de la sangre de miles y miles de esclavos que esperaron allí semanas, a veces incluso meses, hasta que los embarcaron hacia el Caribe. Explotación de humanos por humanos. Creo que ninguna nación debe dar lecciones a otra, pero en este caso tengo que citar a mi añorada Inglaterra. Desde hace casi setenta años, allí —y remarcó esta palabra— la esclavitud está prohibida. La armada de mi país, la Reina de los Mares como se le llama con razón a la flota inglesa, patrulla el océano para interceptar a los barcos negreros. Muchos de ellos son españoles, como los dueños de esas mal llamadas factorías africanas, que no son otra cosa que los presidios donde los hacinan antes de embarcarlos. Cuando detectan un buque con el vientre lleno de seres humanos, lo inmovilizan y a sus ocupantes los trasladan a Sierra Leona y a Liberia. No les negaré que aquí no acaban sus sufrimientos, ya que en muchos casos vuelven a ser vendidos... Pero es hora, es la hora, después de siglos de depravación, de que nos mostremos superiores moralmente a nuestros antepasados y detengamos esta aberración. Allí, en el castillo de Elmina, los dos tercios de las personas cazadas en la selva como animales, solo los dos tercios que sobrevivían a aquel infausto encierro, atravesaban un arco antes de subir a bordo. ¿Saben cómo llamaban a ese arco? La puerta sin retorno. Solo les pido, señores, que cuando salgan de este edificio magnífico, construido con esa misma sangre africana, con la argamasa de sus músculos, con sus dientes, con sus cabellos, con sus huesos, piensen en todo lo que les he dicho y en que las puertas que han de abrirse no son las que no tienen retorno, sino las del buen juicio, las del entendimiento, las de la conmiseración, las de la libertad, en el idioma de mi madre, *the doors of freedom*, en el de mi padre. Porque esas puertas son las únicas que siempre se pueden atravesar en los dos sentidos.

Clive Barnaby dejó de hablar, pero nadie aplaudió. Los asistentes comenzaron a abandonar la sala en silencio. La familia Esmerla y Arlitán salieron los últimos mientras el inglés recogía sus papeles. No se despidieron de él. Manón se acercó hasta el estrado y él recibió su sonrisa como única recompensa.

—Gracias por venir. Con esa ropa parece recién llegada de Londres o de París. Está preciosa, *beautiful*... ¿Le gustó el bolso? Como no sé nada de modas me fijé en uno que llevaba la señora Esmerla. La mujer y la hija de don Augusto vestirán a la última, me dije. —La contempló de nuevo y a continuación le dijo—: No creo que estos señores del Círculo Hispano Ultramarino quieran invitarme a nada más, ni hoy ni nunca, así que me gustaría que me acompañara a cenar. —Le tomó la mano derecha y se la besó—. Manón, no hay como decir lo que uno piensa, sea donde sea y ante quien sea. Qué bien me siento.

—En eso nos parecemos. —Manón se refería al incidente de la fábrica, cuando les habló a voz en grito a todas las obreras.

—Es muy posible que esto me cueste el exilio o el repudio general de esta sociedad considerada tan bien pensante cuando para mí son precisamente todo lo contrario.

Caminaban sobre la alfombra magenta con adornos dorados y verdes que cubría por completo el zaguán. Junto a la caja del reloj de péndulo, tras una planta, esperaba Arlitán. Manón dejó que Clive se adelantara en su camino hacia la calle y se acercó al administrador. Abrió la polvera, se miró los ojos en el espejo, tosió y finalmente le escupió. Barnaby le preguntó por el motivo de su demora.

—Tenía algo en la garganta. No podía tragar saliva.

—Espero que no se le hayan atragantado mis palabras.

—Clive, yo podría haber acabado igual: violada, embarazada, abandonada... si no hubiera sido por don Mauricio Sargal.

—¡Cuánto le tengo que agradecer a ese hombre! —le dijo él mientras la tomaba de la mano—. Vamos, aquí solo queda el conserje.

Ella sonrió. Don Gerardo también sonreía mientras se limpiaba la saliva de Manón de su mejilla.

—Furia, te agarraré y entonces el que te llenará de saliva seré yo. Qué poco falta para eso. Nadie me había despertado nunca este fuego —gritó en medio del vestíbulo. Enseguida acudió el vigilante con las llaves en la mano para preguntarle si le sucedía algo.

Al poco tiempo de enviudar, Clive Barnaby había pasado una temporada en Porto Novo, en la bahía de Guinea. La ciudad era más o menos del mismo tamaño que Cotonú y ambas pertenecían a la colonia de Dahomey. Desde hacía menos de tres años eran territorio francés y por ese motivo a un inglés solo se le permitía pasear por allí si contaba con los permisos correspondientes. No sucedía así con los integrantes de la flota de su país, que para patrullar las aguas tenían una mayor libertad de movimientos.

En su caso, en la tarjeta que se veía obligado a mostrar de forma continua habían consignado que se trataba de un explorador y antropólogo. Él no puso ninguna objeción a aquellos dos títulos sobrevenidos cuando le expidieron la cartilla gracias a la intercesión de uno de sus amigos, muy próximo al gobierno del condado de Manchester.

Algunos marineros le habían contado a Clive Barnaby que, si se discutía por un cargamento y no se llegaba a un acuerdo, para no tener que mantener a los esclavos en aquellas instalaciones hasta la llegada del próximo barco en el que cargarlos, los envenenaban o apuñalaban y después los lanzaban al agua atados a una piedra. Los europeos encargados de las factorías ahogaban también a los enfermos y a los «sobrantes», como llamaban a los que eran más difíciles de vender.

Clive había sabido también que durante la travesía por el océano muchos morían de *banzo*, un sentimiento que primero los sumía en la rabia y en la desesperación y después en una nostalgia profunda que los conducía a la apatía. Se negaban a comer, muchos morían de hambre y otros enloquecían. Los demás estaban convencidos de que estaban poseídos por los espíritus que habían decidido llevárselos con ellos.

La primera tarde en Porto Novo, Clive miró hacia el este desde una de las calles principales y vio una columna de humo. Cuando preguntó, le informaron de que estaba ardiendo una de las factorías. Al día siguiente, localizó los edificios arrasados por el fuego. Dentro de cada celda halló carbonizados a quienes habían sido llevados hasta allí por la fuerza. Estaban encadenados por el cuello de dos en dos. Lo comentó en el pueblo para dar la voz de alarma, pero le dijeron que no era la primera vez que sucedía, que a veces morían así y otras a manos de quienes los retenían. Lo segundo él ya lo sabía. Igual que sabía que lo hacían desaparecer todo cuando llegaban sus compatriotas, pues los ingleses con el permiso de visita podían registrar los barcos y las instalaciones de tierra. En cuanto oteaban la bandera británica de una nave desde las torres de vigilancia, comenzaba la destrucción. Para no dejar rastro hasta hundían los botes con los que los transportaban a los barcos.

Allí, frente a aquellas dolorosas pruebas de la barbarie, Clive Barnaby se prometió que no cejaría en su lucha contra ese exterminio, que proclamaría a los cuatro vientos aquellas matanzas continuas, aquellas maniobras a través de las cuales se proveía de mano de obra a las plantaciones de café, de algodón, de cacao, de caña de azúcar que en las distintas metrópolis habían tenido tan brillante y ostentosa repercusión. La riqueza se veía en los principales edificios de las capitales europeas, en las ropas, las costumbres y, sobre todo, en el obsceno dispendio en el que vivía la clase alta, como los del Círculo Hispano Ultramarino de exresidentes en las Antillas de Barcelona.

En este mismo enclave de Porto Novo, Bartolomé Gormaz tenía una de las factorías de negros más grandes de todo el Atlántico africano. Como en el resto de fuertes y construcciones carcelarias de este tipo que se extendían por toda la llamada Costa de Oro, los gerentes eran más respetados cuanto más crueles eran con los cautivos.

La noche en la que llegaron Oquendo y Junio, los mayorales que don Bartolomé había enviado allí, enseguida supieron que aquel trabajo sería bastante más duro que el que habían desempeñado hasta entonces en la plantación. Lo primero que presenciaron fue cómo Bejarano, otro de los empleados, le cortaba el pie y la mano derecha a una niña de unos seis años delante de su padre porque este había intentado escapar de uno de los calabozos y liberar también a los que estaban encerrados con él. Aquel castigo se grabaría a fuego en todos los que lo presenciaron y les serviría de escarmiento. Mientras este recuerdo permaneciera aún tierno, no tendrían que preocuparse por más intentos de fuga.

Arrojaron aquel pie y aquella mano pequeños al agua desde la puerta de no retorno, el arco que atravesaban para embarcarse en el largo calvario que les esperaba y durante el que encontrarían hombres tan crueles como Bejarano, o incluso más.

30

Santiago de Cuba, lunes, 8 de febrero de 1875

Deva Rivadeneira y el oficial del ejército español Fermín Gutiérrez acompañaron al padre Vergel a la habitación del mariscal. El sacerdote se entretenía en cada cuadro, ante cada mueble de la casa de Velázquez como si quisiera demorar su entrada en aquella estancia.

—Llegamos juntos en el Providencia —le dijo ella para entablar conversación.

—Sí, sí, así es. —Con aquella respuesta, Deva no sabía si había entendido siquiera lo que le había dicho.

—Mi esposo nos ha suplicado que sea usted quien venga, pero comprenderá que los sagrados óleos se los dé el señor arzobispo. —Quería evitar cualquier malentendido—. Si él tiene a bien confesarlo de nuevo... Yo no quiero interferir en los ministerios de la Iglesia.

El ayudante de su marido miraba al sacerdote con curiosidad. Esperaba que se dignara a decir algo antes de atravesar el umbral tras el que agonizaba su superior.

—Si me disculpan, tengo que cumplir con mi obligación —se limitó a decir Vergel ya ante la puerta.

En cuanto entró, a través de sus párpados entreabiertos, Rivadeneira vio su sotana negra, abotonada desde los pies hasta el cuello, su perfil altivo, el cabello negro y abundante, los labios carnosos; a su juicio, era demasiada la belleza de aquel hombre para dedicarse a los menesteres religiosos.

—Vergel, ha tardado mucho en venir. Toda una eternidad.

El sacerdote le tomó la mano y se sentó a su lado.

—No tengo nada que confesarle. —Rivadeneira se detuvo. Le costaba mucho respirar—. Maté para que no me mataran, para ganar honores también, ese ha sido al fin y al cabo mi oficio y creo que no lo he desempeñado mal. —El militar se calló y ladeó la cabeza de tal manera que el capellán creyó que se había quedado dormido. Se incorporó y con las manos a la espalda comenzó a inspeccionar la habitación que en el siglo XVI había sido del adelantado Diego Velázquez de Cuéllar. Miró hacia la puerta y después rozó con dos dedos una de las pinturas para tratar de descubrir su firma. En ese momento, Santos Rivadeneira lo llamó:

—Venga, venga aquí. No se marche todavía. Esa muchacha, Deva, porque es solo una muchacha, tiene ahora otra vida por delante una vez se libre de este viejo. Nunca fue feliz a mi lado, lo sé. Siempre mantuvo conmigo la cortesía, pero… —el mariscal se detuvo de nuevo—, qué más iba a sentir hacia mí, creo que ni siquiera agradecimiento. Soy agreste, malhumorado, solo me han importado la milicia y… el dominó. Eso es lo que pensará de mí. Me casé porque me tenía que casar, porque tocaba, porque era lo que me decían todos: que me casara. Nunca había sentido la menor atracción hacia las mujeres, ni hacia los hombres, no se crea que me dio por ahí. Nunca me ha interesado el amor, me parece una entelequia, una invención de gente ociosa, qué quiere que le diga. El otro día, cuando llegó mi mujer, apenas fui capaz de decirle nada, no sabía de qué hablar con ella. La siento tan distante.

Rivadeneira había dicho todo aquello sin interrumpirse, incluso con cierto vigor. Vergel se disponía a trazar una cruz en el aire para darle la absolución cuando el militar le tiró de la manga.

—Lo he hecho llamar para que me diga qué hay al otro lado. Usted lo sabe. Quiero saber con qué me voy a encontrar. Es solo una cuestión de estrategia. Quiero ir preparado a la batalla.

—Santos —lo llamó él, y recordó la primera vez que se encontraron. Los había presentado Bartolomé Gormaz—. Me lo pregunta como si yo hubiera estado allí y hubiera vuelto. —El sacerdote se pasaba la mano por la mandíbula y por el mentón.

—No me cabe duda. Otra cosa es lo que diga desde el púlpito, aquí o en los barcos de la compañía naviera, pero a mí, por todo lo que hemos pasado juntos, por tantos a los que hemos visto morir, dígame la verdad. Cuénteme qué ha descubierto durante sus sesiones de... hechicería. Me encontraré a san Pedro o al otro Pedro, a Pedro Botero. ¿Y después qué? ¿Qué hay de la reencarnación? ¿Hay pasaje de vuelta?

—Rivadeneira, los tiene engañados a todos y eso no está bien. Los demás creen que va a morir en cualquier momento. Está atentando contra el octavo mandamiento. Miente.

—Reflexiono sobre el más allá, eso me da fuerzas. Estoy en todo mi derecho y no se me ocurre otro momento más oportuno. ¿Me encontraré allí con mis soldados? ¿Hay guerras en el otro mundo? ¿Hay jerarquías? Sabe que a mí me informan de todo lo que sucede en la isla. Ya no soy el capitán general ni el gobernador militar, pero lo fui, y eso pesa mucho. ¿Qué le dicen a usted los espíritus? ¿Va a abominar de su fe católica?

—Ya basta. Ya está bien. Tranquilícese —le dijo el sacerdote cogiéndose la cabeza con las dos manos como si quisiera impedir que aquellas palabras llegaran hasta sus oídos.

—Tranquilícese usted, veo que he puesto el dedo en la llaga. ¿Cómo se llama esa mujer con la que vive? Dicen que es muy bella, distinta, exótica, y ser exótico aquí tiene mérito. ¿Me escribirá un panegírico, Vergel? ¿Me lo enseñará antes de mi... partida?

—Mariscal, me ha traído hasta aquí con malas artes. Su estado no es tan grave, creo incluso que sus heridas pueden curarse.

—Se equivoca, Vergel, hay heridas que no se curan nunca. Como la de la traición, por ejemplo.

—Rece.

—¿Usted desde cuándo no lo hace? ¿Le despedirá Bartolomé Gormaz de su compañía cuando sepa que usted ya no cree? ¿Le retirará su favor? ¿Dejará de ser su mecenas? ¿El mecenas de su poesía?

—Me marcho, Rivadeneira. Veo que no solo está usted mejor, sino que está igual que siempre.

—¿He conseguido ponerle nervioso? Hágame el favor, acérquese a la religión de nuevo, aunque solo sea por unos instantes, para pedirle al señor arzobispo que todavía no me unte con sus mejunjes. —Rivadeneira rio—. Su presencia me ha resultado benéfica. ¿Se imagina que lo canonizan? El santo del diablo.

—No blasfeme, Rivadeneira. Le diré a su mujer que delira y vendrá a ponerle unos paños con vinagre.

—Agria, así es mi vida ya. Muy agria —se lamentó el mariscal mientras el sacerdote cerraba la puerta.

A pesar de que durante meses el padre Vergel había estado alejado de allí debido a las continuas idas y venidas en los barcos de la naviera de Bartolomé Gormaz, se sintió transparente durante aquellos momentos ante Rivadeneira. Todos sus pensamientos, todo su desasosiego y su crisis de conciencia le parecieron algo que no sucedía solo dentro de él, sino a la vista de todos. Estaba convencido de que su nombre sobrevolaría con frecuencia las partidas del casino, mezclado con las novedades de la isla y, sobre todo, con muchas murmuraciones. Él procuraba parecer un asceta, alguien entregado en cuerpo y alma a la oración, pero su físico no le acompañaba, se rebelaba contra él. Siempre había sentido que vestía las ropas talares como si de un disfraz de carnaval se tratara. La austeridad, llevar una sotana desgastada, los sacrificios, no pisar apenas la calle, el ayuno, no aceptar invitaciones a fiestas... Nada de todo aquello había conseguido cambiar su imagen ante los demás ni había mitigado el profundo sentimiento de rechazo que sentía hacia sí mismo. Se consideraba un impostor, nadie podía desalojar esa idea de su cabeza. Cada vez le resultaba más difícil disimular. Había dejado de mirar a los ojos porque creía que de esa forma se delataba. Estaba atormentado, perdido, solo encontraba consuelo en la poesía, hasta que llegó Orfiria de la mano de su maestro, Allan Kardec, y ambos le mostraron que había otras formas de espiritualidad. Desde que los conoció en Barcelona, había encontrado un nuevo sentido a su vida: ser el pastor de las almas en pena que se habían quedado atrapadas aquí, en esta dimensión, y que, como él, solo buscaban la luz para desvanecerse en ella y descansar. Junto a este sufrimiento ultraterreno, metafísico, le inquietaba, hasta quitarle el sueño, el de quienes en vida soportaban castigos físicos terribles, tan sádicos a veces que costaba pensar que eran infligidos por otros hombres. Quería enfrentarse a aquellas personas despiadadas que explotaban y torturaban a los negros hasta el extremo de abocarlos al suicidio, pero le faltaba valor, así que esa intención estéril era otra de las fuentes de su pesadumbre.

Deva Rivadeneira lo interceptó antes de que alcanzara la calle.

—Padre, tengo un recado para usted. Tiene que ir cuanto antes a Nuestra Señora de las Mercedes. Acérquese hoy mismo. Menos mal que no se ha entretenido demasiado con mi esposo. Aún es de día.

—Sí, aún es de día, señora Rivadeneira —le dijo como toda respuesta. Ella pensó que aquello significaba bastante más.

—¿Cómo ha encontrado al mariscal?

—Mejor de lo que esperaba, pero no se confíe. Muchas veces estos momentos de inesperada lucidez son la señal más inminente de que el tránsito está cerca.

El padre Vergel se subió en su calesa y el cochero, con la mirada al frente, fustigó al caballo. Ella observó el parque y las fachadas de las casas que rodeaban aquella plaza; los desconchados, la escasa limpieza del suelo, los carteles de papel medio arrancados de las paredes. El esplendor de Santiago había mermado mucho en menos de una década. Aunque desde allí no se escucharan los tiros, todo remitía al estado de guerra en el que se vivía desde hacía casi ocho años. El pesimismo en las caras y en la actitud, el mayor recogimiento de la ciudad antes tan animada. Deva sabía de los barcos que solo transportaban tropas destinadas a aquella guerra, la misma en la que habían herido a su marido. Una mujer negra pasó con un cántaro en la cabeza; a su espalda llevaba amarrado a un niño bastante pequeño. No miró a Deva, como si fuera invisible o como si lo tuviera prohibido.

31

Siboney, lunes, 8 de febrero de 1875

Aquella tarde, Romi y Ángela intentaron forzar la cerradura de la caja de madera que habían encontrado en el armario de Dulce. Primero buscaron la llave por toda la habitación, le preguntaron a Himar y probaron todas las de los manojos colgados a la entrada de la casa sobre una tabla verde con clavos. Ninguna encajaba. Después se sirvieron de un cuchillo, pero al final tuvieron que desatornillar las bisagras para abrirla.

Dentro había mucho dinero: monedas de plata, escudos de oro, reales, duros y pesetas; joyas que ninguna de ellas dos le había visto lucir nunca a Dulce sobre su piel cobriza y un sobre apaisado que contenía un recibo con el dibujo de un barco. Romi leyó aquel documento.

—Ángela, es el comprobante del pago de tres pasajes para el 15 de febrero en un vapor de la línea de Santiago a Nueva York, pero los billetes no están. Este barco zarpará el próximo lunes. Es posible que mi madre vaya al puerto desde donde esté. —La sirvienta se pasó los dedos por el lunar y sintió su aspereza. Romi continuó. Estaba eufórica—. Todo lo que hay en esta casa y también dentro de esta caja tiene mucho valor, pero tal vez lo que se llevó tenga aún más: oro, diamantes, no sé. No podemos saber qué falta.

—No creo que se llevara nada más porque se dejó aquí lo más valioso. Te dejó a ti. —En cuanto dijo aquellas palabras, la doncella se arrepintió. Hasta aquel momento, no había querido que Romi perdiera la esperanza de encontrarla con vida.

—En cuanto vuelva mi tío, se lo enseñaremos —dijo ella como si no se hubiera dado cuenta de lo que había insinuado su criada.

Fonda El Remanso, Santiago de Cuba, lunes, 8 de febrero de 1875

Mauricio tenía sobre la mesa de noche el sobre que le había entregado Deva Rivadeneira de parte de Orfiria. Contenía unas láminas en las que se detallaba la manera en que se transportaba a los esclavos desde África. Una nota manuscrita decía: «Son del padre Vergel, pero es mejor que estas las tenga usted». En una de ellas se veía el casco del barco y la colocación de aquellos a quienes pretendían vender. Estaban alineados de forma que ocupaban el menor espacio posible. Mauricio contó las siluetas de una sección coloreadas por completo de negro y las multiplicó por todos los cuadros del dibujo. Aquella disposición permitía trasladar a más de trescientas personas inmovilizadas en un solo viaje. Otra de las ilustraciones reproducía varios modelos de grilletes, candados, cadenas, cerrojos y sus llaves. Además, se daban instrucciones sobre cómo rodear con ellos el cuello, los brazos y las piernas de los prisioneros. En una tercera lámina aparecía un corte transversal del barco con su carga dentro. Los trazos de la figura tenían una mayor definición. Sintió asco y mucha rabia.

Aquella tarde se había detenido en observar un croquis que mostraba a un hombre negro dentro de una noria. Movía el mecanismo desplazando su peso dentro de la rueda que servía para poner en marcha los dos cilindros en los que se encajaba la caña para sacarle el jugo. Doce, catorce, dieciséis horas así, pensó Mauricio, como si la fuerza del vapor aún no existiera. Había también una tabla con nombres de barcos, la mayoría bergantines y goletas, además de alguna fragata. Junto a cada uno de ellos constaban los datos del propietario, el nombre del capitán y el número de piezas transportadas. Así lo decía. Al lado, entre paréntesis, había otra cifra que aludía a las que habían salido de África y no habían sobrevivido a la travesía. En la mayor parte de los casos, los embarcados eran el doble que los arribados. Le sobrecogió la imagen pintada a plumilla de un buque a punto de irse a pique. En la parte superior alguien había escrito con tinta: «Todos desaparecidos. Tripulación y carga. No hay rastro de ellos»; en la parte de abajo, en una línea a lápiz, se había consignado la distancia hasta la costa. De nuevo, se le apareció con mucha nitidez la visión del naufragio que le había transmitido Orfiria. Pensó que lo que tenía entre las manos, manejado con acierto, podría provocar cambios muy notables en los designios políticos respecto a los esclavos. Eso coincidía con lo que la médium le había dicho, con sus palabras, que era la misión que le encomendaban los invisibles.

Mauricio estaba echado en su cama con las manos debajo de la nuca. Se rozaba con el pulgar los aros de sus tres anillos alineados. No podía dejar de pensar en que el motivo que tenía Orfiria para haberle hecho llegar aquel sobre era que él supiera que no se había inventado nada, como si quisiera certificarle que lo dictado por los espíritus era real. Ella no sabía que desde muchos años atrás ya estaba en su ánimo luchar contra todo aquello y que así lo haría en cuanto supiera el paradero de Dulce.

A través de aquellas láminas, sintió de nuevo la presencia sombría de Bartolomé Gormaz. Además, haber rememorado ante él el incidente de la esclusa hizo que todos aquellos acontecimientos volvieran con nitidez a su mente casi quince años después. En ellos ya estaba el germen del comportamiento posterior de su cuñado; el tiempo había amplificado de una forma demencial sus manejos de siempre. Las traviesas que se entrecruzaban en el techo de su habitación le recordaban a otras estructuras de madera. Rememoró las palabras de su padre cuando le habló de la tarde en la que lo había ido a buscar a la imprenta.

Cuando su cuñado irrumpió allí, José Sargal estaba solo, rodeado de las pruebas de varias litografías para revisarlas con la lupa. Su entonces empleado le había dicho que había un cadáver en el patio trasero de la tienda, en el espacio que servía de distribuidor para los distintos almacenes. Él le había preguntado sobre el muerto y Bartolomé Gormaz le respondió muy nervioso que no sabía de quién se trataba, pero que daba igual, que el caso era que estaba muerto y que eso implicaba que tenían que deshacerse de él cuanto antes, que, si no, su negocio cogería mala fama. Habría una investigación, un juicio y mientras lo señalarían a él como responsable. Comenzarían las hipótesis y las habladurías. José Sargal le dijo que, a pesar de todo, lo mejor era avisar a la policía, decírselo al sereno o buscar a algún cabo; Mauricio sabía que su padre nunca se había visto en una situación semejante y que, por tanto, desconocía si aquello sería competencia de las fuerzas militares de la capitanía o de la Guardia Civil. Pero su cuñado había insistido con sus vaticinios agoreros. El padre de Mauricio siempre había confiado mucho, demasiado, en quien después sería su yerno, así que cuando este se ofreció a arreglarlo y le pidió dinero para hacerlo, el comerciante, bastante desconcertado y sobrepasado por aquella situación, accedió. Bartolomé Gormaz le dijo que buscaría a un par de hombres que le ayudaran a meterlo en un saco, como si se tratara de una mercancía más del almacén.

Su padre le refirió que enseguida se quitó el guardapolvo para ir a la tienda y que, en cuanto vio el cuerpo hinchado, con los ojos abiertos, enrojecidos y saltones, y un hueco oscuro en el cuello, se puso en sus manos. Le preguntó de nuevo si lo conocía y si se le ocurría quién podía haberlo matado. Elevó la vista por si Dulce se había asomado a alguna de las ventanas traseras. Bartolomé Gormaz le dijo que le diera el dinero y que no se preocupara de nada, que cuanto menos supiera, mejor. Le recomendó que mientras tanto se marchara a la cantina para dejarse ver. El padre de Mauricio primero le extendió un cheque, pero el otro se negó a recibirlo; alegó que quería pagar sin dejar ningún rastro. Le entregó entonces varios montones de billetes atados con un cordel que sacó de la caja de caudales. Mauricio estaba seguro, aunque su padre no le había precisado la cantidad, de que se trataba de un monto considerable. Bartolomé Gormaz le repitió que lo dejara todo en sus manos. A Mauricio esta frase le pareció profética porque estaba convencido de que aquellas eran sus intenciones respecto a la familia Sargal al completo.

Encontraron el cadáver en la esclusa, a la entrada del canal de la bahía. Aquella instalación no servía para que los barcos alcanzaran otro nivel dentro del agua, era solo para que las barcas de descarga dejaran los bultos con más facilidad en la orilla. Se trataba de un mecanismo modesto, pero situado en uno de los lugares más concurridos de la ciudad.

Solo muchos años después, Mauricio sabría, por ciertas habladurías y comentarios del propio Bartolomé Gormaz, que aquel cadáver lo había encontrado su cuñado la víspera, allí junto a la acequia, en el mismo lugar donde sus convecinos lo hallaron al día siguiente. Se le ocurrió la artimaña de trasladarlo a la tienda con los hombres que después le ayudarían a dejarlo en el mismo sitio; en vez de un hombre fallecido parecía haber encontrado un baúl con un tesoro. Así lo vio él. Aquella breve visita del muerto a La Favorita le reportó lo necesario para doblar el segundo cargamento de ron que pocos días después mandó a la península. A sus compinches apenas les dio una propina que no pagó su silencio. La historia comenzó a circular al poco tiempo y algunos, como Mauricio, la creyeron a pies juntillas porque sabían de lo que era capaz Bartolomé. Recordaba el día en que lo enfrentó con aquellas palabras:

—Los muertos no se mueven por voluntad propia —le había dicho Mauricio.

Con su habitual estilo desentendido, su cuñado le había respondido:

—No sé de qué me hablas.

—De que dejes de estafar una vez tras otra a esta familia, sanguijuela.

La respuesta lo había herido:

—Yo no me he marchado a estudiar leyes y a darme la gran vida a Bayamo, señorito Sargal. Todo está en mis manos, cada vez más —de esta forma desafiante, había concluido la conversación.

Mauricio supo sin ninguna duda que se refería a su hermana. Aún tenía muy viva aquella sensación: había cerrado los ojos, apretado los puños y había decidido marcharse antes de no poder contener las ganas de estrangularlo. Sobre la cama de la fonda El Remanso repitió aquellos gestos. Pensó que el hecho de estar allí, en Santiago, a escasas calles de donde aún seguía abierta La Favorita, y el haber pasado por la esclusa cuando entró por la carretera de Siboney habían hecho que lo reviviera todo con más intensidad que nunca.

En todas sus salidas había evitado pasar por delante de la tienda que había sido de su padre. Su idea era ir a La Favorita para cumplir con los encargos de las mujeres de Barcelona, pero aún no había encontrado el momento ni el ánimo. Sabía que, si no tenían allí alguno de aquellos artículos, en la tienda le darían razón de dónde hallarlo; podría llevar todo lo que le habían demandado, tal como se había comprometido. Pero ver de nuevo aquellos anaqueles, aquella puerta que comunicaba la zona de los mostradores con la trastienda que, a su vez, daba al almacén trasero donde había estado el muerto, era una vivencia que pretendía retrasar lo máximo posible. Aquel lugar sin su padre era como un erial, un viento árido que le desmantelaría las capas con las que se había protegido durante tantos años para no sucumbir a la tristeza. También se había hecho el propósito de ir a la Imprenta Moderna y saludar al nieto de Matías Alqueza, su fundador, para preguntarle si habían tenido noticias de Herbert Hollwege.

Mauricio quería exponer sobre una de las paredes del Prodigio algunas de las piedras grises y brillantes que había utilizado José Sargal para los juegos de habilitaciones de las cajas de puros. Caviló un rato más sobre cuestiones relacionadas con su casa en construcción y como no le llegaba el sueño, antes de desesperarse, resolvió coger la chaqueta y bajar al comedor por si encontraba allí a don Benito.

Al cerrar la puerta de su habitación, escuchó unas risas de hombre y de mujer que procedían del cuarto de al lado. Pensó en su otra vida, la que había dejado detenida en Barcelona, en sus veladas ante el piano con sus amigas cantantes. Pensó también en Manón. Se dijo que en cuanto le fuera posible le escribiría a casa de don Augusto.

32

El anciano jugaba solo al ajedrez. No había nadie más en aquella sala. Mauricio golpeó con los nudillos la puerta abierta para que no se sobresaltara.

—¡Ah! Sargal, acérquese. Ya ve lo que hago. A veces nuestro peor adversario somos nosotros mismos —le dijo, y a continuación le preguntó—: ¿No ha ido al baile en el club San Carlos? Es verdad que ya no son como antes, la guerra lo opaca todo. Ya no se viven estas cosas con el mismo ánimo. Son tantos los que mueren a diario... Mueren los que no tienen las pesetas con las que se librarían, los pobres. Las guerras siempre han funcionado así. Me han dicho que en la fiesta estaban los dueños de todas las haciendas, la sacarocracia al completo, pavoneándose, rivalizando como siempre, aunque de lejos, con los cafetaleros y con los de las plantaciones de algodón. Menudos humos se gastan los del azúcar.

—Mi hermana no ha estado y Bartolomé tampoco. —Quiso igualar de este modo ambas ausencias como si se debieran al mismo motivo—. Mi cuñado está en estos momentos de viaje.

—Ese hombre lo va a comprar todo.

Mauricio recordó las palabras de Manrique, uno de los socios del Círculo Hispano Ultramarino, cuando se había referido a la ambición de Bartolomé Gormaz casi en los mismos términos la tarde en que acompañó allí a Esmerla.

—Pues yo juraría que me han contado hace un rato que los han visto —continuó don Benito. Mauricio achacó sus palabras a una confusión, pero como no podía desestimar ninguna posibilidad ni a ningún informante, decidió que iría a comprobarlo—. Parece que ha sido el acontecimiento social de la temporada. El alcalde abrió el baile a las siete. Algunos se quedaron después a cenar, otros regresaron a sus hogares y habrá quienes todavía continúen ahora de juerga.

Mauricio quería preguntarles a aquellos que aún seguían por los alrededores.

—Yo no podía conciliar el sueño, por eso he bajado —le dijo Mauricio—. ¿Me acompañaría a dar un paseo como la otra noche?

—¿Con el mismo destino? —le preguntó con una sonrisa—. Parece que está usted muy preocupado por el mariscal Rivadeneira. ¿O me equivoco y es por su bella esposa por quien siente ese interés tan vehemente? No tiene mal gusto, no, pero apártese de momento. Será lo más sensato. Rivadeneira es capaz de levantarse del lecho de muerte y fusilarlo. El mariscal es mucho mariscal. No lo dé por muerto todavía. —Mauricio sonrió ante su sagacidad y don Benito lo interpretó como un aserto—. Bien, estimado amigo, hoy no me va a ser posible —le respondió finalmente el anciano—. Es casi la una de la madrugada y mis engranajes a esta hora ya chirrían. Que tenga suerte, pero no se exponga demasiado. Recuerde que ese hombre cuenta con todo un ejército.

A Mauricio le gustó pensar en la posibilidad de que la conquista de Deva fuera su único cometido, en no tener que preocuparse de nada más que de idear maniobras de seducción como en otros tiempos. Así sería si en ese momento su hermana durmiera en su alcoba de Nuestra Señora de las Mercedes. Pensó en su voz, en su risa, en su gracia, y se incorporó.

—Tres cosas hay que no se pueden disimular: el picor, la tos y el amor —le dijo don Benito como despedida, convencido de que se dirigía a intentar hablar con la esposa de Rivadeneira.

Siboney, lunes, 8 de febrero de 1875

El padre Vergel le pidió al esclavo que lo había llevado en la calesa hasta la hacienda de Bartolomé Gormaz que lo dejara en la puerta de la casona. Himar salió al escuchar el ruido del caballo. La cocinera ya sabía a qué se debía la presencia del sacerdote en la plantación. Le dio uno de los dos candiles encendidos que llevaba y fueron hacia la zona de los bohíos.

En cuanto entraron allí, vieron a Fulgor, el caporal, sentado en uno de los bancos. Enfrente había una hoguera inmensa que él miraba extasiado.

—A ver qué hacen estos salvajes, cómo se desfogan —le dijo el empleado de don Bartolomé al cura.

Dada salió de una de las cabañas y después de saludar a la cocinera se dirigió a él:

—Venga conmigo, padre. Sin duda lo que voy a mostrarle le parecerá obra del diablo.

Volvieron a entrar en la misma construcción precaria de la que ella había salido. Sobre una mesa, alrededor de la que habían colocado las sillas con el respaldo contra la tabla, se retorcía el bebé de dos cabezas. Estaba mudo. Una cara tenía los ojos abiertos y la otra, cerrados. El sacerdote retrocedió espantado. Sacó un hisopo de la bolsa de cuero que llevaba colgada al hombro y lo roció con agua bendita. El niño comenzó a llorar. Vergel se fijó en que aún tenía restos del cordón umbilical cubiertos de sangre a unos dos centímetros del abdomen.

—¿Dónde está la madre? —le preguntó Vergel con su laconismo habitual.

—Murió en el parto. —Dada no añadió nada más—. Estamos preparando el funeral. En cuanto se ponga el sol comenzaremos.

La santera le hizo un gesto para que saliera. El sacerdote observó a los esclavos, distintos pero unidos por la misma desgracia. Quería alejarse cuanto antes de aquel mundo despiadado, de aquel mercado de carne humana en el que se había convertido Cuba, dejar de ser el capellán de la compañía naviera y dedicarse solo a la espiritualidad y a la poesía, redimirse y enfrentarse a quienes les ocasionaban a los esclavos aquellos tormentos. Confesaba a Bartolomé Gormaz porque no podía negarle el sacramento, pero también lo hacía por temor. Lo creía capaz de todo. El relato de las acciones de quien muchos consideraban uno de los prohombres de la nación había convertido la conciencia del sacerdote en un cenagal maloliente.

Los esclavos habían comenzado a llevar hasta el espacio central entre los bohíos los tambores fabricados por ellos mismos con madera y pieles de animales. En cuanto los hicieron sonar, algunos, sobre todo los niños, empezaron a reír y a danzar. Entre ellos había un par de mulatos.

—Nosotros le bailamos al dolor, padre —le explicó la santera al sacerdote mientras los miraba—. El baile nos sana. Bailamos también para que se cumplan nuestros anhelos. Es nuestra forma de rogar por la libertad. Pedimos volver a África y reencontrarnos con los nuestros. Yo soy liberta, ya lo sabe, porque tengo más de sesenta años, pero ¿de qué me sirve si permanezco aquí?

Poco a poco se unieron a los niños unas cuantas jóvenes. De nuevo, el padre Vergel advirtió que dos de ellas eran mulatas.

—Padre, menos mal que ha venido —le dijo Fulgor. El caporal no apartaba la vista de las esclavas que hacían vibrar sus brazos arqueados. Aquellos movimientos que parecían convulsiones, la manera en que agitaban las caderas semidesnudas mientras dejaban el resto del cuerpo rígido, le hacían pensar en lo que había escuchado sobre las posesiones demoníacas. La voz desgarrada de un hombre se acompasó en aquel momento con los tambores—. ¿Qué experiencia tiene usted con los negros, padre? —le preguntó.

—Nunca he viajado en un barco negrero si es eso lo que me pregunta —le respondió él para exculparse—. Convivo con ellos en la ciudad, con la servidumbre en la casa parroquial, pero de buenas maneras.

—Así es muy fácil. En cambio, estos son bozales, no están domesticados. Y como ve, les sobran energías. A partir de mañana los haré trabajar más, catorce horas son pocas para ellos. Don Bartolomé me agradecerá que los arree.

—No son bestias, Fulgor —le dijo el sacerdote con mucha tristeza.

Los hombres que habían vuelto de la plantación se habían unido también al baile.

—Y padre, yo me pregunto —continuó el caporal como si no hubiera escuchado su recriminación—, ¿no querrá usted... —Fulgor buscaba una palabra distinta a «fornicar»— copular con una de estas negras?

—Yo soy un ministro del señor —le contestó ofendido.

—Y yo de don Bartolomé. No mezcle el credo con la salve. Nunca mejor dicho, padre. Una cosa son las necesidades y otra el oficio. Pero como quiera. Usted vigile que no aparezca el diablo que yo mientras me voy a llevar a una de estas a las cañas.

El sacerdote se quedó inmóvil, pensó que la joven con la que se alejaba Fulgor podría ser su hija, no solo por la edad, sino también por la mezcla de razas, pero volvió a quedarse callado como tantas otras veces en que había presenciado aquellos atropellos. Le faltaba energía y resolución para oponerse. Se sintió de nuevo derrotado. Miró a Dada como si ella le pudiera proporcionar consuelo.

—Si estuviéramos en África —le dijo la santera—, la ceremonia sería a las doce de la noche, pero aquí... —se calló porque no consideró necesario añadir nada más—. ¿Y Orfiria? ¿Cómo van sus... estudios? ¿Se quedará en la isla?

—Creo que regresará conmigo a Barcelona. Quiere trasladarse a París para continuar expandiendo allí las enseñanzas de su maestro Kardec. Yo tampoco creo que vuelva —le dijo mirando alrededor—. Yo quiero recluirme. No me siento demasiado bien desde hace un tiempo, apenas como, siento que mi cuerpo no me obedece. A veces se me mueven involuntariamente los brazos y las piernas, siento hormigueos; de repente, tengo mucho frío y enseguida mucho calor, me asfixio —le enumeraba con todo detalle a la santera lo que le sucedía por si ella pudiera curarle su mal—. Creo que he perdido las ganas de vivir. Lo que me sucede se puede resumir de esta forma. Estoy… apático —concluyó.

—Padre, ¿usted escucha ruidos en el tejado, en las paredes, pasos, ve sombras o siente otras presencias?

—Si solo fuera eso…

Vergel se sentía allí más relajado, se trataba con todos de igual a igual, parecía que los ingenios y los cafetales eran un mundo aparte, lugares que por el hecho de tener otras normas le permitieran a él alterar las suyas. Este entorno más primitivo lo libraba de tener que fingir. Había comenzado a visitar las explotaciones porque los amos querían contar con un sacerdote, aunque fuera de forma intermitente. Bartolomé Gormaz les propuso a los principales hacendados enviarles al capellán de su línea de barcos. Desde aquel momento, lo mismo ejercía a bordo que en tierra firme.

Aquella fue la forma en que Vergel conoció una realidad que a veces parecía más una alucinación. Los azucareros y algodoneros, al igual que los otros dueños de fincas, para congraciarse con él, defendían que el traslado de los esclavos desde África hasta allí era beneficioso para los negros, que estaban mejor si vivían en la fe cristiana que si se dejaban llevar por sus supersticiones. Esta era una de las consignas antiabolicionistas que más repetía la prensa insular y peninsular. Además, le decían que sus innegables padecimientos terrenales les garantizarían a los esclavos la paz en la vida celestial y eterna.

Allí, junto a las cabañas, la hoguera, cada vez más grande,

calentaba el agua de la alberca. Desde la casa, Ángela y Romi vieron el fuego, querían bajar, pero cuando se disponían a salir Himar las interceptó. Regresaba tras haber velado durante casi una hora el cadáver de la madre del niño de dos cabezas.

—Quedaos aquí, van a celebrar un funeral —les dijo.

Abajo, Vergel vio cómo dos hombres trasladaban sobre una tabla el cuerpo de la mujer. Lo habían cubierto con una tela basta de color crudo que se había manchado de sangre. Los demás cesaron su baile y miraron hacia aquel bulto acostado. Se escuchó la misma voz desgarrada; repetía un canto de frases sueltas al que los demás le daban réplica a coro. Muchos sin entender lo que decía, solo por imitación de los sonidos de los demás.

Dada le dijo al sacerdote que con aquellas palabras le deseaban a la fallecida que llegara con bien a África. Le rogaban también que les hablara a sus familiares y a sus antepasados para que fueran a socorrerlos, les pedían a sus ancestros que les enviaran un barco con el que poder regresar. Después de detenerse un rato frente a ellos, los dos hombres que la portaban se dirigieron hacia la carreta de Fulgor y depositaron la parihuela con la que transportaron a la mujer junto a una estaca de guayabo. Tenían por costumbre señalar con aquellas ramas dónde había alguien enterrado. Colocaban siempre un trozo de esta rama en vez de una cruz. Servía de guía, de identificación, en el cementerio común del ingenio, junto al manglar. Por el grosor, la longitud y el color de cada trozo de árbol, sabían quién yacía en cada tumba. En aquel ingenio, hasta entonces habían muerto, por causas muy diversas pero todas terribles, más de treinta esclavos.

Bartolomé Gormaz advertía a sus mayorales de la necesidad de extremar su celo en las tareas de enterramiento porque las malas sepulturas constituían el origen de muchas epidemias. En el recuerdo de todos aún estaba el horror que había supuesto el cólera. Les exigía que cavaran a bastante profundidad para evitar que las bestias hambrientas pudieran extraer los restos.

Como había estado más tiempo al servicio de don Bartolomé que en otros menesteres, Vergel sabía, igual que Fulgor, que al amo de Nuestra Señora de las Mercedes le gustaba invertir en labores religiosas. Le decía siempre que en sus propiedades no iba a permitir que a los esclavos se les enterrara igual que a los animales, a pesar de que en vida, eso pensaba siempre Vergel, los tratara como a tales. A veces lo había hecho llamar para que bautizara a alguno *in articulo mortis*; resultaba más fácil encontrar a un cura que a un médico. Cuando podía, era él quien se acercaba para darle la bendición al esclavo que fallecía.

Vergel permanecía de espaldas junto a la carreta de Fulgor, a bastante distancia de la hoguera. No vio cómo le daban al niño unas hierbas con una especie de embudo hecho con piel de animal ni cómo después lo sumergían en la alberca para comprobar que se había quedado dormido por completo y que no reaccionaba ante nada.

—Le agradecen que haya venido —le dijo Dada como despedida.

—¿Qué va a pasar con el niño? —le preguntó el sacerdote.

—Dicen que está maldito, que su presencia en la plantación puede atraer una gran calamidad.

—Como si ya no tuvieran bastante —dijo el sacerdote.

—Despreocúpese, padre. Es hijo de ellos, no nuestro.

—Es una criatura del señor —respondió él de forma automática.

Vergel supo que iba a pasar algo terrible, toda aquella escenografía apuntaba a ello. De nuevo, sintió el impulso de volver a la plaza central y hacer algo. Colocarse allí, gritar y exigirles que le entregaran al recién nacido. En cambio, se dejó guiar por Dada hacia el camino que llevaba hasta los flamboyanes, junto a la rosaleda entonces sin pétalos.

Ante la fachada principal de la casona de Bartolomé Gormaz, la santera se percató de que el olor del humo era distinto y deseó que Vergel no lo advirtiera. Sabía que el sacerdote era muy frágil y que algo así agravaría todavía más la devastación de su ánimo.

33

Santiago de Cuba, lunes, 8 de febrero de 1875

Mauricio salió de la fonda dispuesto a preguntar por su hermana a quienes abandonaban en aquellos momentos el club San Carlos tras la cena posterior al baile. Sentía que, aunque se había embarcado en cuanto recibió la carta de Romi y había ido a Nuestra Señora de las Mercedes nada más llegar, todo era insuficiente para averiguar qué le había sucedido a Dulce. A la vez se decía que no estaba en sus manos tomar otras medidas, que no podía hacer más de lo que ya hacía, que estaba dispuesto a intentarlo todo. Pero el desánimo y la sensación de parálisis volvían hasta que de nuevo se ponía en marcha.

Frente a aquel edificio de la calle San Pedro, bajo los arcos en los que terminaban los corredores de las dos plantas recargadas de filigranas, guirnaldas decorativas y demás adornos, se acercó a un grupo de cuatro mujeres y dos hombres que salían en ese momento.

—Buenas noches, soy Mauricio Sargal —se presentó.

Ellas rieron mientras sus acompañantes le tendían la mano. Uno de los hombres dijo:

—Es el hermano de Dulce.

Las cuatro iban ataviadas de una forma similar y hasta los peinados, con algunos rizos sueltos sobre la frente y las mejillas, se parecían. Llevaban corpiños y faldas brillantes y, en vez de sombreros, su cabello lo culminaban tocados con flores de tela. Aunque no era el momento más oportuno, un pensamiento le llegó como un fogonazo: cayó en la cuenta de que, desde que había cumplido los veinte años, nunca había pasado tanto tiempo sin estar con una mujer. Y lo peor de todo era que no había echado nada de menos la que era su actividad favorita. Aquel era para él el peor síntoma, la señal de que su preocupación le había aniquilado el deseo. A Mauricio no le cupo duda de que la alegría que manifestaban era producto del alcohol.

—Señoras, quería preguntarles por mi hermana. —Decidió por primera vez no disimular la verdad—. Hace semanas que no sé su paradero. Por ese motivo he venido hasta aquí desde Barcelona. Les agradecería mucho cualquier noticia que me pudieran dar...

Los seis se quedaron muy serios.

—No viene con mucha frecuencia a la ciudad, casi siempre está en el ingenio, por lo que sabemos y por lo que ella misma nos cuenta —dijo la mujer más alta—. Pero ahora que lo dice, sí, es demasiado tiempo incluso para Dulce. Siempre se unía a nuestras actividades filantrópicas. Nunca faltaba a un evento que tuviera que ver con el asilo o con las recolectas que hacemos para los soldados. Además, cuando lo organizaba ella, siempre había baile.

—Señor Sargal, ¿está recién llegado? ¿Aún no ha hablado con su cuñado? —le preguntó uno de aquellos dos hombres. Mauricio no pudo evitar apreciar que ninguno llevaba la barba tan bien arreglada como la suya.

—Bien, señoras, señores. Perdonen este atrevimiento mío, esta forma de interceptarlos en plena calle.

—¿Por qué no se viene con nosotros? Nos vamos a la cantina de El Cellero —le propuso una de las mujeres.

—Gracias, pero tengo que madrugar... mucho —se disculpó—. Tal vez otro día.

—Cuando usted quiera —le dijo la primera mujer que había hablado, y volvió a sonreírle.

Mientras regresaba a El Remanso, Mauricio comenzó a elaborar mentalmente la carta que le escribiría a Manón. Quería que le contara cuál era su situación en la casa de los Esmerla y preguntarle sobre todo por sus planes. Estaba convencido de que no querría acabar sus días como criada. De alguna forma, se sentía responsable de su futuro por haberla comprado, así se lo había hecho saber cuando la liberó de aquella carreta en la que pretendían trasladarla con las demás al puerto. Manón tenía algo que lo turbaba. Lo advirtió desde el primer momento, cuando juntó sus manos y con la mirada le suplicó que la sacara de allí. No era solo la manera en que había sucedido todo, sino que la sentía como una presencia inquietante, como un aviso. Un faro puesto en medio de su travesía vital para marcarle su derrotero, incluso para advertirle que había llegado al final de su trayecto galante, que ya no le quedaba ninguna mujer más a la que conocer, que tendría que quedarse a su lado y explorarla, especializarse en ella.

Pero entonces pensó en Deva, en su obligado enclaustramiento en la casa de Velázquez, en lo que le gustaría, si aquello fuera posible, ir a recogerla y enseñarle sus lugares preferidos de Santiago. Conocía aquella ciudad palmo a palmo. Durante los años que se encargó de hacer los recados de la tienda de su padre, pasaba casi todo el día en la calle. No podía negarse que cada vez que escuchaba el toque de difuntos albergaba la esperanza de que las campanas doblaran por el mariscal Santos Rivadeneira. Las veces que había sonado el tañido fúnebre desde que estaba allí, le había preguntado a doña Gadea, pero la dueña de la fonda siempre le daba información que él no deseaba.

Se imaginaba con Deva en el Prodigio, la primera casa solar de España, como le gustaba decir a él. Le había dado este nombre porque en su interior el sol lo seguiría en todo momento. Al amanecer, iluminaría su dormitorio, con la cama más grande que nadie hubiera visto nunca; conforme la luz se desplazara, después de sentir cómo le bañaba la piel durante un buen rato, continuaría su riego luminoso e higiénico en dirección oeste: refulgirían los cubiertos de plata de su desayuno, siempre hacia mediodía, se mantendría caliente el café; después, estaría con él en el cuarto de baño mientras se recortaba la barba con las tijeras, se peinaba y se perfumaba. Cuando abriera la sala de música, ya estaría posado sobre el atril del piano donde continuaría con el arreglo de alguna partitura, repasaría varias de sus obras predilectas o tocaría hasta que le escocieran las yemas de los dedos, como le sucedía con frecuencia alguna madrugada cuando compartía melodías y risas acompasadas con alguna bella cantante sentada de lado sobre sus rodillas. Pero entonces sería Deva quien estaría sobre él después de que ambos regresaran de la sala de espectáculos que regentaría. Aplicaría sus conocimientos de música para contratar a los mejores, pero solo se dedicaría a disfrutar de sus notas, de sus trinos; de las demás diligencias se encargarían los socios, en los que ya había pensado. También fabulaba Mauricio con el nuevo concierto con el que obsequiaría a Deva, con las viandas que ordenaría que les llevaran desde El Masnou, con el *champagne*..., con ella en su cama. Su unión le parecía algo de otro mundo, una situación inaccesible, una ocurrencia de soñador desmedido y soberbio.

Barcelona, martes, 9 de febrero de 1875

—Tomás —le dijo doña Delia al abogado de su marido—, ayer estuve en el Círculo Hispano Ultramarino en una especie de conferencia del inglés que trabaja para mi marido. Escuché algunas conversaciones, hablé con un par de socios y estoy decidida: quiero que lleves al banco la escritura de la propiedad de mi padre que te mostré el otro día, que preparen la firma. Obtendremos un crédito en muy buenas condiciones para financiar esta operación.

—¿La operación?

—Sí, voy a comprar paraguas de seda, sombreros, pañuelos, bisutería... de saldo, y también tabaco, mucho tabaco de Filipinas; eso es lo que puedo conseguir con más facilidad. Lo mandaré todo a Cabo Verde, me han dicho que me interesa más venderlo allí. El capitán tiene un socio portugués, el gerente de una factoría, me ha dicho. Allí volverán a cargar el barco con la otra mercancía para Cuba.

—Entiendo que don Augusto no está al corriente.

—¿Otra vez, Pizcueta? Déjame hacer a mí. Si he venido, que conste, es solo porque necesito tu asesoramiento, y lo más importante: que convenzas de una vez a mi marido. Aún no lo has hecho. Confío mucho en ti —le dijo para halagarlo—. Ya sabes que él está muy ocupado con la colonia textil, los husos de las máquinas, el algodón y ese inglés. No sé lo que espera de ese inglés, pero el caso es que no habla de otra cosa; parece que fuera a abrir la primera fábrica de hilaturas del mundo, y tampoco es para tanto. Solo se trata de cambiar de sitio la fábrica de Santa María de Sants con alguna mejora. Espero. Sí, espero que todo este trastorno sirva para algo.

—Pero, usted, ¿qué le ha dicho exactamente sobre todo esto?

—Nada, pero de momento mejor. Así, cuando todo esté en marcha, le diré que intenté informarle pero que no encontré el momento porque siempre está muy atareado. Entonces no tendrá más remedio que firmar. Ay, si yo no necesitara su firma..., pero eso no es posible. Qué lástima... Mira, Tomás, he oído que hay unas letras de cambio que valen tanto como el dinero, que las hacen efectivas al momento, pero son de un banco de Londres. Dicen que pronto abrirán otro, un gran banco aquí en Barcelona para el comercio ultramarino, pero mientras tanto tenemos que arreglarnos con lo que hay.

—Doña Delia, me acercaré hoy mismo a la fábrica y hablaré con él, tal como me indica. Pero, insisto, no voy a emprender ninguna acción a sus espaldas. Además, está el otro socio.

—Como quieras. Yo ya voy avanzando, he hablado con los dueños de un par de almacenes mientras venía hacia aquí. En un par de días me habrán preparado toda la mercancía. Si otros pueden dedicarse al comercio, no sé por qué no voy a poder yo. Que siempre tenga que pasar todo por las manos de los hombres... Y además tal como sois.

—Déjeme esa escritura, veré a cuánto asciende el aval que nos ofrecen, qué valor tiene ese terreno. Después tendremos que hablar del seguro del flete; solo se puede declarar hasta la mitad del recorrido.

—Ya lo sé.

—Se puede asegurar la carga de aquí a África. Después ya no. Además, me ha dicho el otro socio que hay cambios, que el barco no atracará en el puerto de Praia, sino en el de Ribeira Grande. Parece que es más conveniente. Pase lo que pase a partir de allí con la otra mercancía, ya no es posible responder.

—Pues si no nos indemnizan en el caso de que haya pérdidas, qué se le va a hacer. El que no arriesga, no gana —le dijo ella muy decidida.

—Doña Delia, ustedes tienen mucho dinero, ¿para qué quiere más? Comienzo a arrepentirme de haber intermediado ante su marido.

—Quiero dinero nuevo —continuó ella—. El que hemos tenido hasta el momento, con el que Augusto montó la fábrica de aquí, forma parte de la herencia que nos legaron mis suegros. Siempre he sentido que vivía de prestado.

—Pero sus padres… —se sinceró.

—Mis padres tenían lo justo para no desentonar, para permitirse lo mismo que hacían otros, pero eso los llevaba a gastar casi todo en aparentar. Después, nosotros les ayudamos, era lo que tocaba dado que siempre se desvivieron por mí, por casarme bien, y lo consiguieron. Ya sabes que soy hija única. Ahora la historia se repite con Carola. Siempre siempre, Pizcueta, tenemos que ir a mejor. Retroceder es una catástrofe, una calamidad. Ya sabes lo que se dice, que pasar de pobre a rico es fácil, pero al contrario… Mi marido tiene que acceder porque si no, sintiéndolo mucho, en ese segundo caso, tendría que buscarme otro abogado. ¿A quién me recomendarías, Tomás?

Él no respondió a su desfachatez, sino que se abanicó con aquella escritura mientras movía la cabeza de un lado a otro y se regocijaba en un pensamiento: que era soltero y que por ese motivo sus errores y sus aciertos comenzaban y acababan solo en él. No quería ni imaginarse en qué se convertiría su plácida y resuelta vida con alguien así, como ella, a su lado.

Santa María de Sants, martes 9 de febrero de 1875

—¿Vamos adelante entonces, Augusto? —Tomás Pizcueta se había acercado a la fábrica para saber si era cierto que querían continuar con aquel negocio.

—¡Qué remedio! Esta mujer es imparable. A mí me falta energía para enfrentarme a ella. Es todo ímpetu. Cuando se le mete algo entre ceja y ceja... Dios quiera que salga bien.

—Como habéis tardado tanto en decidiros hay algunas modificaciones que debo comunicarte. Entre ellas, otro posible socio que os sustituiría.

—Si se cumple, será cosa del destino.

—Veremos lo que pasa. Aún no hay nada firmado. El barco irá desde aquí hasta la isla de Gorea.

—A mí todo esto me suena a chino, Tomás.

—Está enfrente de Cabo Verde, pero mucho más cerca de la costa. Parece que es un puerto muy resguardado, más recomendable que la bahía de Hann en el continente. Según la carta de navegación que tengo en mi despacho, de lado a lado Gorea mide menos de una milla. Allí hay una fortificación, la llaman la «casa de la doble escalera curvada». En ese punto se cargaría la mercancía. Después, el barco, en vez de atracar en Santiago o en La Habana, lo haría en Matanzas. Son unos cambios mínimos, pero para que el acuerdo se cumpla debes saberlo todo. Las armas, el alcohol y los caballos es lo que mejor se paga ahora en África, pero...

—Delia ya ha hablado con algunas tiendas de aquí para comprarles a precio de saldo paraguas de seda, sombreros, bolsos, carteras, pañuelos, afeites, bisutería…, menudencias de ese estilo, además de tabaco, bastante tabaco de Filipinas.

—Tienes que recordarle que solo puede ocupar la mitad de la bodega, y que lo que se embarque en la otra midad no es cuestión suya. Además, Augusto, cuando hablamos de comercio triangular se trata de que resulte rentable cada tramo de la travesía: desde Barcelona a esta isla de África, de allí a América y de nuevo de regreso a nuestro puerto. Un barco navegando vacío o a media carga es una pérdida de dinero enorme. No tiene sentido.

—Quiero algodón, todo el que sea necesario para arrancar la factoría de Santa Coloma y para tener suministro al menos durante medio año. Yo también estoy en mi derecho de poner condiciones.

—Augusto, me parece que entonces sois tres —sonrió el abogado.

—Me da igual, ya he cedido bastante. No me voy a convertir tampoco en un pelele. ¿Esto es seguro, Tomás?

—Hombre, tiene sus riesgos, bastantes, pero el dinero que se puede ganar equivale al que hay anotado aquí —Pizcueta posó la mano derecha sobre unos libros de contabilidad— durante diez años.

—Demasiado me parece —receló Esmerla—. Espero que Dios nos asista.

—O el diablo —le dijo Tomás—. Nunca se sabe quién gobierna las transacciones. Si todo está conforme, en una semana partirá de aquí el Iron Soul. A este todavía no le ha cambiado el nombre.

—¿Quién?

—El dueño.

—Una última cosa: tienes que decirme de una vez con quién estoy en esto.

—A través de su secretario en Barcelona intentaré convencerlo para que puedas saberlo. No te aseguro nada. Además, en determinadas cuestiones es mejor mantener el anonimato. Delia y tú deberíais hacer lo mismo, que figure el nombre del capitán y ya está. Es lo que te recomiendo. No siempre se puede cumplir con todas las condiciones que Inglaterra exige. Su flota cada vez está más al acecho, ese es el motivo de que algunas mercancías hayan multiplicado su valor casi por diez en los últimos años.

—Mantenme al corriente, Tomás. —Don Augusto Esmerla mostraba la misma desconfianza hacia todo aquello que al principio. Sintió que esta era una concesión excesiva a su mujer, pero ya no podía volverse atrás.

—También creo que una vez firmada la sociedad y puesto el capital, cuanto menos sepáis, mejor.

34

Siboney, martes, 9 de febrero de 1875

Durante el camino hacia Nuestra Señora de las Mercedes, Mauricio vio amanecer sobre la carreta. Los tonos naranjas y lilas se ensamblaban y fundían ante él. Nada más llegar, distinguió un olor a ceniza distinto al que producía la quema de las cañas. Llamó al vidrio enmarcado de la puerta de la cocina e Himar le abrió enseguida:

—Pase, don Mauricio. Le serviré un café e iré a avisar a su sobrina.

—Espera un momento. —Quería retener a la cocinera—. Antes quiero que me digas qué crees que le ha sucedido a mi hermana.

—Señor, no lo sé. Yo estoy muy apenada, igual que Ángela. Disimulamos ante su sobrina, pero esto es una tragedia, la pobre señora, tan joven.

—Himar, no me puedo creer que mi cuñado no lo haya puesto en conocimiento de la Guardia Civil, del gobierno militar... Si mi hermana es una persona tan importante en la isla, ¿por qué entonces no se investiga su desaparición? Voy a poner una denuncia, aunque cuando me pregunten por qué no lo ha hecho él, no sé qué voy a responder. Dime cualquier cosa que recuerdes, lo que sea. ¿Pudieron raptarla al volver de misa el domingo 29 de noviembre por la mañana? ¿O se habrá ido por su propia voluntad? Necesito saberlo para actuar en consecuencia.

—Aquella mañana yo estaba en mi cuartito, aquí al lado —le señaló una puerta, también pintada de blanco, donde acababa la cristalera—. Le subí el desayuno a Romi cuando me avisó Ángela, pero no llamé a la habitación de la señora por si ella seguía dormida. Imaginé que el señor Bartolomé estaría en la plantación porque tampoco lo vi. Todo estaba en calma, como cualquier otro domingo, todo igual que siempre, hasta que Ángela entró aquí a media mañana y me preguntó por ella, si la había oído salir. Después, se acercó a la cochera y comprobó que la calesa estaba allí. A esa hora supe por Rafael, su secretario, que el señor Gormaz se había marchado a La Habana. Él nunca desayunaba. Cuando estaba en la casa, nada más despertarse se ponía con sus papeles y con sus libros contables. Después llegaba este hombre que le digo, su secretario, con más carpetas y más papeles, y almorzaban los dos con los caporales, con Fulgor y los mayorales, o se trasladaban a sus otras fincas. Aquel día era domingo, pero eso a él no le afectaba. Los esclavos no trabajaban en la plantación, solo en los bohíos, pero a su secretario lo hacía venir igual.

—¿Y los días antes, Himar? ¿Cómo estaba mi hermana? ¿Estaba alegre, triste?

—Su hermana, señor Sargal, tenía muy buen carácter. Con su cuñado no hablaba mucho. —La cocinera bajó la voz—. No debería decirle esto, pero ese hombre... no se ocupaba de ella ni de su sobrina. Siempre de acá para allá. Las tenía abandonadas, como si no fueran una familia.

Mauricio apretó la mandíbula. Él siempre había sabido que sería así, que desde el momento en que tuviera a su hermana se olvidaría de ella, como si se tratara de una posesión arrinconada, arrumbada.

—Pero ellas... Daba gusto verlas. Siempre abrazándose. Algunas noches dormían juntas. Se adoraban. Para la madre, su hija era lo mejor del mundo y para la hija lo mismo. Pobre niña. Está perdida sin ella, por mucha compañía que le haga Ángela.

En ese momento se abrió la puerta que comunicaba la cocina con el salón y entró Romi. La cocinera se giró hacia los armarios que colgaban a demasiada altura. Temía que hubiera escuchado la conversación.

—Tío, ven conmigo, tengo algo que enseñarte. Llévate el café arriba.

—No, da igual —le dijo Mauricio mientras dejaba la taza sobre la mesa.

Romi lo cogió de la mano y subieron las escaleras. Él se sintió por un momento como cuando Dulce hacía lo mismo en la casa de su padre. Deseó estar en aquella situación y no allí, bajo la mirada estática de su hermana, detenida sobre el abanico de plumas del cuadro. En cuanto entraron en la habitación de Dulce, Romi cogió la caja que había encontrado en el armario para mostrársela. Mauricio apartó el dinero y las joyas y cogió el sobre.

—Es un recibo por la compra de tres pasajes a Nueva York para el lunes, para este lunes —le informó su sobrina.

—¿Y para quiénes son? —Más que dirigirse a ella, pensaba en voz alta—. ¿Para tus padres y para ti?

—No creo, él nunca viaja con nosotras y además solo lo hace en sus barcos. Dice que sería una ignominia y un despropósito naufragar en un buque ajeno. Lo repetía así muchas veces, con esas mismas palabras.

—Son para Nueva York.

—Ángela me ha dicho que desde allí se puede ir a Barcelona. Que ella lo ha escuchado.

—Tienes razón, no tiene por qué ser el destino final —asintió—. Tenemos que ir al puerto el lunes, ver quién embarca. Tanto si… —temió expresar aquello delante de su sobrina, pero decidió que no tenía otro remedio— aparece tu madre con alguien como si no, es posible que encontremos a quien la conozca, alguien con quien ella tuviera… —Iba a decir «una relación», pero se calló.

La posibilidad de la fuga con un amante a Mauricio le resultaba muy remota. Estaba seguro de que, si Dulce hubiera planeado algo así, se lo habría hecho saber. Cuando se marchó a Bayamo a estudiar, le había pedido que se lo contara todo y ella hacía lo mismo. Además de este pacto, tenían otro tácito respecto a sus misivas: tenían que hacerles reír siempre. Pero las joyas que habían encontrado en aquella caja y que tanto Ángela como su sobrina nunca le habían visto lucir sí que le hicieron pensar en la posibilidad de que hubiera alguien más en su vida del que él no supiera nada.

—Sobre lo que me dijiste en la carta… ¿Quién te contó cada cosa?

—Tío, yo no me creo ninguna de esas historias, creo que está viva. No puede haber muerto. Verás, lo del rapto lo mencionó Ángela. Me dijo que mi madre podía haberse levantado temprano ese domingo y haber ido a la iglesia sola, que la llevara alguien en una carreta y no en la calesa, pero ella tampoco sabe nada. Fulgor fue quien habló conmigo sobre los ahogamientos en la bahía; según él, hay muchos, lo que sucede es que casi nunca se encuentran los cuerpos porque la corriente los arrastra mar adentro. Lo del embarazo malogrado… Creo que si tuve aquella pesadilla fue por lo que me dijo Basilia, una de las mujeres que viene a limpiar. Ella la cuidó cuando le sucedió aquello hace medio año o así. Ángela se puso muy triste esos días y no tenía fuerzas para nada e Himar ya tenía bastante con la cocina. Parece que no hay forma de que pueda tener un hermano… o hermana. Pero aquella vez, cuando esta mujer, Basilia, encontró sangre en sus sábanas, me dijo que también podría haber enfermado. Tío, ¿dónde está?

En ese momento entró Ángela:

—Permiso, señor.

—Ven, siéntate. ¿Tú sabes qué pretendía mi hermana? ¿Para quién había comprado estos pasajes?

—No, señor, yo no tenía ni idea de que pensaba viajar. Es muy extraño. Otras veces me ordenaba que le preparara el equipaje con semanas de antelación. Encargaba vestidos, comprábamos zapatos… Pensaba que me lo contaba todo.

—¿Y las joyas? ¿Por qué las tenía escondidas aquí?

—Señor, esas no son las suyas —Ángela se acercó hasta el tocador de Dulce—. Las de su hermana son estas. Las de esa caja no sabemos de quién son, pero desde luego de ella no. Nunca se las puso —le aseguró mientras le mostraba el joyero recubierto de terciopelo rojo que contenía las suyas.

—Está bien. El lunes pasaré a recogeros muy temprano e iremos al puerto.

—Señor, hay algo que quiero contarle —le dijo Ángela.

La doncella se sentía muy intimidada ante él. No se atrevía apenas a mirarlo. Recordaba las veces anteriores que lo había visto, antes de que se marchara a Barcelona. A pesar de su simpatía le imponía mucho hablar con él. Decidió olvidarse de todo esto y seguir adelante con lo que quería transmitirle. Le dijo que, un día que había discutido con don Bartolomé, Dulce le había confesado a bocajarro que le hubiera gustado tener un esposo alegre y guapo como su hermano. En cuanto lo tuvo enfrente, la doncella pensó que le sobraban motivos para pensar así, que ni siquiera el parentesco podía disuadir a una mujer de su poder de seducción. En aquella ocasión, Dulce lloró, le dijo que había tenido que renunciar a conocer el verdadero amor para ir a parar a las garras de su rijoso marido. Fue esa la expresión exacta que utilizó. Después se había pasado un pañuelo por los ojos y le había dicho que tal vez aún no fuera tarde para ello, que para el amor nunca era tarde. Tras aquellas palabras, dejó de sollozar y sonrió como si una idea esperanzadora le hubiera pasado por la mente.

—Verá, un día fuimos a Santiago Romi y yo para visitar a Dada, una santera —comenzó a decir Ángela con bastante timidez, no sabía si Mauricio aceptaba aquellas prácticas. Como él no dijo nada, siguió—: Le echó los caracoles a Romi y dijo... —Mauricio parecía interesado en sus palabras, así que continuó— que a su hermana, señor, hay que buscarla, que por ella misma no aparecerá. También nos dijo que nadie sabe lo que hay en el fondo del mar. Los caracoles sí —añadió— porque proceden de allí. Todas las bocas hablaron.

Mauricio no supo a qué se refería con esta última frase, pero pensó en la imagen que le había trasladado Orfiria en el almacén del Providencia, en el mismo lugar al que lo habían llevado luego cuando enfermó.

—Nos dijo que los caracoles hablaban de profundidades y oscuridad, de plantas marinas. —La imagen del barco sumergido con los esclavos encadenados en su bodega se le apareció con la misma nitidez que a través de las palabras de la vidente—. Y algo más: que buscáramos a un rey.

De forma automática, Mauricio pensó en Alfonso de Borbón. Ella continuó:

—Que lo busquemos, porque un rey nunca miente. Y que él estuvo allí, en el centro de la oscuridad, que ese rey tiene el secreto, pero está bajo amenaza. Creemos que ese rey es Zoghe, el esclavo manco, él desciende del fundador del lugar donde vivían. Cuando ya nos despedíamos, Dada nos recomendó que nos fuéramos a España, que los Orishas nos protegerían.

Mauricio la miró unos instantes antes de responder. Apenas apreciaba entre ella y Romi diferencia de edad a pesar de que se llevaban más de diez años, le parecía que ambas estaban aún en la pubertad, pero que el dolor las había envejecido. Para finalizar, Ángela dijo:

—Sé por Himar que algunas noches la santera viene a la plantación. No puede entrar, pero… tal vez como trabajó aquí… Si quiere hablar usted con ella…

—Voy a hablar con Fulgor. —Mauricio recordó la escena del parto. La imagen del caporal con el machete en la mano abriéndole el vientre a aquella mujer no se le iba de la cabeza. Se preguntó qué habría sido del niño—. Volveré después.

—Tío, ven antes de irte —le pidió su sobrina.

Después de lo que había sucedido en los bohíos, él solo quería huir, pero no tenía más remedio que volver a bajar. En cuanto cruzó el jardín en aquella dirección, vio al caporal:

—Don Mauricio, ¿ya encontró su Prosperidad? —le dijo en alusión a la finca que él le había contado que buscaba.

—Todavía no. ¿Cómo está todo por allí? —le preguntó señalando con la cabeza hacia la plantación, el lugar más parecido al infierno que había conocido.

—Pues como siempre. No puedo bajar la guardia ni un momento, si no se desmandan.

—Fulgor, quiero hablar con usted, es... —Mauricio titubeó— sobre mi hermana.

—No se sabe nada de la señora Dulce. Cuando lo vi aparecer supe enseguida que usted había venido por ese motivo. ¿Quién busca una finca si antes tiene que encontrar a su hermana? ¿No es así, señor Sargal? ¿Me equivoco?

Mauricio no le respondió. Se le cruzó la idea de que para aquel hombre corpulento, con la cara tan ajada bajo el sombrero de paja, el parto que habían presenciado solo se diferenciaba del de una res por la cesárea salvaje. Se apoyó en uno de los postes de la rosaleda.

—Fulgor, quiero que me cuente lo que sepa, lo que haya oído por ahí.

—Poca cosa, don Mauricio, es como si a la patrona se la hubiera tragado la tierra. Además, yo aquel domingo volví muy tarde, la víspera me fui a visitar a mi madrecita. Una vez al mes voy a verla a Ciudad del Cauto. Está muy vieja ya. Volví de noche y con el guayabo —Mauricio sabía que el caporal no se refería en aquel caso al árbol, sino a la resaca que le había producido el alcohol—. Siempre aprovecho para tomarme unos tragos con mis compadres cuando ella se duerme.

Mauricio se acordó entonces del niño de dos cabezas y le preguntó por él:

—¿Y esa criatura deforme? ¿Qué ha pasado?

—No lo sé. No se le ve por ningún lado. Ellos sabrán. Parece que, tal como llegó, se fue.

—¿Cuántos han muerto ya? —lo interrogó con el convencimiento de que serían muchos, pero sabiendo que aun así le costaría asimilar aquella respuesta.

—Desde que se comenzó a cortar la caña aquí, en Nuestra Señora de Las Mercedes, y de eso hará unos quince años..., pues bastantes, unos treinta. Se rumorea que igual que se ha prohibido la trata, cualquier día se prohibirá tener negros. Ahora don Bartolomé quiere traer solo niños de unos diez años. Así se asegura de que crecen aquí trabajando y si llega el momento de liberarlos, como ya no podrá traer más de África, los contratará.

A Mauricio le costaba mucho contener su rabia. Cada mención a su cuñado, cada nuevo dato que conocía sobre sus actividades, hacía crecer su aversión hacia él. Mientras hablaba Fulgor, él se preguntaba si la falta de escrúpulos de Bartolomé Gormaz tendría límites.

—Además dicen —continuó el caporal— que, si se acaba la esclavitud, el gobierno de Madrid les pagará enormes fortunas a los amos para compensarlos. Eso es lo que yo he oído. Parece que el patrón ya ha percibido parte de ese dinero, pero aún le darán más.

Mauricio negaba con la cabeza.

—Les pagan a los amos, como si no se hubieran beneficiado bastante de exprimir a estos desgraciados —pensó en voz alta.

—Así lo he escuchado. —Fulgor se encogió de hombros.

Mauricio decidió volver a la casa para estar un rato más con Romi. Encontró a su sobrina sentada en el porche; en cuanto lo tuvo al lado, comenzó a hablarle:

—El último día que estuvimos juntas, el sábado, me dijo que el domingo iríamos a Santiago, que después de la misa en la catedral nos pasearíamos con la calesa, que comeríamos allí, cerca del puerto acompañadas como siempre por Ángela, y que por la tarde visitaríamos a Nausica.

—¡Nausica! —gritó Mauricio.

Para él era una referencia muy remota. No se le había ocurrido pensar que siguiera en la isla. La amiga de su hermana pertenecía a una familia bastante singular, siempre los consideró aves de paso. Su padre era pintor. Habían llegado a Cuba porque quería pintar los atardeceres del Caribe. Él siempre interpretó aquella intención como temporal, pero dedujo que no les habría ido nada mal si aún permanecían allí. La conocía incluso desde antes de que él se marchara a estudiar a Bayamo. Después ya no había sabido nada más de ella. Pensó que muchas cosas habían cambiado menos de lo que él creía. Volvió a mirar a su sobrina.

—De momento voy a continuar con mis averiguaciones por otros lugares. En unos días volveré.

Romi seguía ensimismada en aquellos recuerdos:

—Ella sabía que me gustaba mucho ir a casa de Nausica, estar con sus hijos. Todo eso íbamos a hacer y no hicimos nada. —A Romi se le quebró la voz.

Mauricio notó que su sobrina estaba a punto de llorar. Titubeó unos segundos, pero enseguida resolvió que no tenía más remedio que comunicarle lo que había decidido. Ya se enfrentaría más adelante a su cuñado, un motivo más o menos para enemistarse con él ya le daba igual, y en aquel caso se trataba de la vida de su sobrina.

—Romi, escúchame —le dijo mientras la miraba fijamente y la cogía de los hombros—. Vamos a seguir el consejo de la santera. Prepara tus cosas. Díselo a Himar y a Ángela también, que se lleven lo que necesiten. Quiero que sigáis el mismo trayecto que habría hecho ella y que cuando llegues me informes de lo que has visto. Estaréis en mi casa.

—Tío... —Ella estaba bastante desconcertada—. ¿Y mi padre? No creo que lo apruebe.

Mauricio tuvo ganas de decirle que tal vez tardaría bastantes días en percatarse de su ausencia tras su regreso de Brasil, que tampoco acudiría a las autoridades para denunciar su desaparición, pero se contuvo.

—Quiero ponerte a salvo, al menos hasta que sepamos lo que ha pasado. Si es una venganza de alguien contra tu padre —le manifestó esa otra idea que le rondaba desde hacía días—, no me puedo arriesgar a que desaparezcas tú también. Yo tengo que quedarme hasta que sepa lo que ha ocurrido. Te daré las señas de la fonda donde estoy y de mi casa en Barcelona.

Se abrazaron y Mauricio aspiró el mismo aroma a pastas recién horneadas y a jazmines de su hermana Dulce. Le acarició a Romi el cabello y después la mejilla. Sonrió ante la idea de que era Dulce, junto a ella volvía a tener veinte años, recobraba el tiempo y no había sucedido nada malo, sino que los dos tenían aún todas las oportunidades a su alcance y ninguna tragedia al acecho.

—Confía en mí. Allí estarás a salvo —le dijo con una sonrisa para intentar reconfortarla un poco—. No me perdonaría que también a ti te sucediera algo malo. Estás muy sola aquí en medio del campo. Ven. Acompáñame a hablar con Himar.

Rodearon la casa hasta la parte trasera donde los tilos daban sombra a la entrada de la cocina. La puerta la culminaba un remate triangular de madera. En cuanto entraron, Mauricio se dirigió a la cocinera:

—Me ha dicho Fulgor que el domingo 29 de noviembre él llegó muy tarde de Ciudad del Cauto. ¿Quiénes estaban entonces?

—Oquendo y Junio, dos de los mayorales.

—Voy ahora mismo a hablar con ellos —le dijo él dispuesto a salir enseguida.

—Señor, no va a poder —lo detuvo ella—. Don Bartolomé los mandó a África. Ya ve, unos queremos regresar allí y otros hacen ese viaje porque no tienen más remedio, porque lo manda el amo.

—Pero a África, ¿adónde?

—¡Y cómo lo voy yo a saber!

En cuanto se despidió de Romi y de Himar, Mauricio decidió salir de Nuestra Señora de las Mercedes en dirección a Ciudad del Cauto sin pasar antes por Santiago. Quería beber con los mismos con los que lo había hecho Fulgor y conocer a su madre para saber si era cierto todo lo que le había contado. Al anochecer se detuvo en San Luis. Entró en una cantina que se llamaba El Arreglo y pidió unos tamales y una jarra de vino. Enseguida se sentó junto a él un hombre de aspecto bastante hosco. Llevaba un pañuelo mugriento en el cuello y cortaba los trozos de una rodaja de coco con una navaja oxidada.

—¿Busca algo? ¿Quiere mujeres? —le preguntó a Mauricio mientras masticaba.

—No. Busco a Fulgor. ¿Lo conoce? Es de Ciudad del Cauto. Un pariente me habló muy bien de él y quiero contratarlo para que dirija la zafra en mi propiedad. —Se le ocurrió que aquella taberna sería un sitio habitual de parada tanto para comer como para dormir, como se disponía a hacer él aquella noche.

—Todo eso es muy bonito.

—¿A qué se refiere?

—Pues a que si le he ofrecido mi ayuda no es para que me engañe. Caporales sobran y no hay ninguno que merezca este viaje, porque usted, lo menos, viene de Santiago.

—Sí, así es.

—Ese es un pobre diablo. Lo único que hace es plantar su simiente en las negras, sembrar de mulatos los ingenios en los que trabaja. Dígame qué se le ofrece. Imagínese que comienza a llover y no puede salir de aquí durante una semana. Entonces sí que me necesitaría.

Mauricio miró las últimas luces del día a través de la puerta abierta del establecimiento. Temía que se cumpliera aquel vaticinio. Se angustió al pensar que, si aquello sucedía, no llegaría a tiempo de recoger a su sobrina y a sus sirvientas para llevarlas al puerto. Su compañero de mesa se hurgaba los dientes con el cuchillo.

—Le seré franco —le dijo Mauricio—. Quiero saber si en determinada fecha Fulgor estaba con los suyos o en una hacienda de Santiago. Pasaron algunas cosas que necesito aclarar.

—Bien. Ya comenzamos a entendernos.

—¿Usted me acompañaría? Siempre se desconfía más de las preguntas de un forastero. —El hombre asintió mientras clavaba el cuchillo en la mesa—. ¿Acepta entonces? Saldremos en cuanto amanezca. Le pagaré bien.

—Aún faltan unas horas. ¿No quiere mujeres? —le insistió.

Mauricio pensó que él ya no era el de otro tiempo. Solo cinco semanas atrás no lo hubiera dudado, le habría agradado poder desfogarse, beber, tener compañía hasta el alba, pero entonces quería permanecer a solas. Su propósito era regresar a Santiago en cuanto hiciera sus comprobaciones. Nada más.

—Yo solo quiero a una mujer. —Mauricio pensaba en Deva. Aquella frase había surgido de él sin que fuera consciente de lo que significaba. Después sonrió y le dijo—: Bueno, a dos. —Se había acordado también de Manón.

—Eso está mejor, patrón.

—Lo esperaré en esta misma mesa. Confío en que me sirva usted de algo.

El otro se incorporó y le lanzó una mirada torva, incómodo por este último comentario.

Cuando se quedó solo, acercó la palmatoria que había en el centro de la mesa y se sacó del bolsillo del chaleco la carta de su hermana, la que él creía que era la última que había escrito. Repasó de nuevo aquellas escasas líneas que le dirigía a la esposa de Manrique, el socio del Círculo Hispano Ultramarino. Al final del primer párrafo le decía a Violeta Bayul: «Tanto oropel, tantas joyas, tantas orquestas, tantos salones y palacios solo sirven para esconder la verdad, una verdad muy dolorosa: la muerte de tantos, de muchísimos». Para Mauricio era constante la presencia de los esclavos en su mente, sus condiciones de vida, pero sobre todo las circunstancias en las que morían. Estaba seguro de que su hermana se refería a lo mismo, a aquella masacre contra tantos.

Mauricio quería saber por qué Bartolomé Gormaz no le permitía que lo acompañara a Barcelona cuando él viajaba allí. Quizás era su manera de separarla aún más de él. En la carta, Dulce le rogaba después a su amiga que le escribiera, le decía que así paliaría su dolor. Por último, hablaba de Romi; por sus palabras era imposible deducir que se hubiera separado de su hija por voluntad propia. Releyó lo que decía sobre su sobrina: «Ella es la luz de mis días. La veo crecer y me parece un milagro. Solo estoy bien a su lado. Cuando la abrazo, cuando la acaricio, cuando me sonríe, las pesadillas se apartan, se desvanecen. Si me alejara de ella, moriría. Es como estar agarrada a un tronco en medio del océano. No quiero separarme, soltarme de ella, porque me hundiría».

Guardó la carta y pidió otra jarra de vino. Quería que el alcohol le indujera el sueño tan pronto se metiera en la cama y dejar así de cavilar.

35

Santiago de Cuba, miércoles, 10 de febrero de 1875

Mauricio volvió a Santiago a media tarde. Todos con los que se había encontrado en Ciudad del Cauto le confirmaron la estancia de Fulgor allí el último sábado de noviembre. Se acordaban de sus andanzas porque el sábado 28 de noviembre fue festivo; Mauricio no necesitó visitar a su madre. De regreso a San Luis, el hombre que lo había acompañado, Ramiro Antúnez, le dijo como toda despedida que si quería quitarse a alguien de en medio no tenía más que hacérselo saber. Mauricio pensó en su cuñado cuando alzó las riendas y las dejó caer con suavidad sobre las crines del caballo. Era la primera vez que tenía la tentación de encargar un asesinato. Decidió por este motivo, por este pensamiento, alejarse cuanto antes de aquel lugar fundado a partir de las caballerizas de una hacienda.

Cuando entró en Santiago pensó en salvar dos obstáculos: uno era la calle de San Tadeo. Como siempre, no quería pasar ante el escaparate de La Favorita, ya que aún no se sentía en disposición de colocarse ante aquella tienda que para él lo simbolizaba todo, que resumía su vida entera, con sus tragedias y también con mucha felicidad, sobre todo la vivida junto a Dulce. También quería sortear la casa de Diego Velázquez; aunque lo que más deseaba en el mundo era ver a Deva, su prudencia le aconsejaba no ponerse de nuevo en evidencia delante de los hombres del mariscal. Consideró, tal como le había dicho don Benito, que a pesar de que parecía que estaba en las últimas, a Rivadeneira aún le alcanzarían las fuerzas para dar alguna orden más. Por lo que le había contado, era inflexible, obcecado, no atendía a más razones que a las militares y no tenía más vida que la de los cuarteles.

Con ese trayecto alternativo, Mauricio quería esquivar su pasado y no ver aparecer todavía el que esperaba que fuera su futuro. Pero cuando ya se dirigía hacia la calle Corona, en el cruce con Santa Rita, vio una silueta inconfundible. Deva se giró en ese momento y Mauricio detuvo el caballo. La saludó y ella lo miró unos instantes, todavía callada. Después le dijo:

—Mi marido sigue igual. No ha empeorado su estado, pero tampoco progresa.

—Sabe que lo siento —le respondió enseguida Mauricio cuando reparó en que una mujer muy mayor y muy bien vestida se había parado al lado de Deva.

Esperaron a que se marchara, pero no lo hizo. Se quedó ante el escaparate de una pastelería sin decidirse a entrar. Él sabía que los observaba reflejados en el vidrio.

—Señora Rivadeneira, me alegro de haber tenido el placer de saludarla. —Mauricio habló bien alto para que lo escuchara la otra mujer y señaló con la cabeza la esquina que había a una sola manzana para indicarle a Deva que fuera hacia allí.

Ella asintió. Le había quedado claro que era inevitable que los recién llegados de la península llamaran la atención de quienes estaban allí, y más si se trataba de dos personas como ellos.

Mauricio se tocó el sombrero para fingir la despedida. Aquellos segundos los sintió como la antesala de un milagro. En cuanto la vio aparecer, bajó del carro.

—Deva —le dijo. Como siempre, necesitaba pronunciar su nombre.

—Yo también quiero que esto acabe cuanto antes. Parece que mi destino es estar encerrada. En esta casona —ella apuntó con el dedo hacia la calle Santo Tomás— me siento como si estuviera presa. Todo el día vigilada por ese hombre, por Gutiérrez. No me gusta ser la misión que le han encomendado.

—Es todo un ejemplo de celo profesional —le dijo él—. ¿Sabe lo que siento? Que nos hayamos conocido en estas circunstancias. Que no podamos disfrutar de esta ciudad y del resto de la isla.

—En continuo conflicto —añadió ella—. ¿Ha sabido algo de su hermana?

Mauricio negó con la cabeza.

—Dulce ha vivido rodeada de barbarie. Ha tenido que presenciar de cerca muchas atrocidades. Por ese motivo… —era la primera vez que Mauricio iba a decir aquello en voz alta— espero lo peor. O la ha matado mi cuñado o alguien que quería vengarse de él.

—No diga eso. No pierda la esperanza.

Deva le rozó la mano. Mauricio sintió que le quemaba y que el calor se le extendía por todo el cuerpo.

—Deva, quiero verla fuera de la casa de Velázquez y fuera de estas calles tan concurridas. Dígame cómo.

Ella se apresuró a responderle:

—A las doce en punto abriré la puerta trasera. Entre en el patio donde está la fuente, el que se ve desde la entrada principal. Busque a su izquierda unas escaleras. El claustro está hueco por debajo. Allí está la santabárbara, el arsenal. Lo estaré esperando. A esa hora solo hay un guardia en la puerta que da a la plaza.

Al escucharla, Mauricio se dio cuenta de que había planificado todo aquello con mucho detenimiento y durante días, lo que daba cuenta de lo mucho que deseaba también un encuentro a solas con él.

—Y… ¿Gutiérrez? —le preguntó él.

—En cuanto me cree dormida se marcha a la cantina.

—Deva, gracias. Al menos, rodeados de armas y municiones tendremos con qué defendernos si nos descubren.

—Espero que no —le dijo ella.

Mauricio le sonrió y se subió al carro. Esperó a que ella se alejara antes de continuar hasta El Remanso. Pensó que estar rodeados de pólvora era lo que más correspondía a aquel encuentro tan ansiado, que todo podía saltar por los aires, pero ellos estarían juntos.

—No, todavía no —se dijo—. Antes tengo que saber dónde estás, Dulce.

A última hora de la tarde, Mauricio bajó a la calle y fue a la estafeta de correos para llevar la carta que le había escrito a Manón. Además había redactado otra dirigida al alcalde de Biarritz con la intención de que le dijera a quién podía dirigirse para saber de su hermana. No se creía la historia que le había contado Bartolomé Gormaz sobre su viaje allí, pero necesitaba descartar cualquier posibilidad.

La inminencia de su encuentro con Deva le había impelido a saber de Manón. Se dijo que tal vez la había salvado de acabar también en la isla. Quería tranquilizar su conciencia respecto a ella, no dejarla caer después de haberle proporcionado otra oportunidad que le permitía vivir de forma digna. De paso, quería pedirle que en poco más de un mes se trasladara a vivir a su casa para hacerse cargo de su sobrina y ayudar a las dos mujeres que la acompañarían. En la oficina le entregó el sobre a un empleado:

—A ver, está todo correcto, señor... —entonces leyó el remite— Sargal. Llegó este envío para usted y no sabíamos dónde localizarlo. Verá, solo dice su nombre y Santiago de Cuba. Sin duda su remitente confía mucho en nuestra eficiencia.

Mauricio vio que era de Augusto Esmerla y se alegró.

—Gracias.

—Desde que don Bartolomé Gormaz tiene la concesión del transporte del correo de ultramar esto va como la seda. Apenas atendemos reclamaciones. Todos contentos, ¿no le parece?

—Sí —musitó él—. Así es. —No quería prolongar aquella conversación—. Mire, quiero enviar este sobre precisamente a la misma dirección. —Entonces cayó en la cuenta de que había escrito solo Manón porque no conocía su apellido.

—Manón. ¿Sin nada más? El caso es que como es tan poco usual... —masculló el oficinista para sí mismo.

—Así es. Solo Manón —dijo. Después se sacó unas monedas del bolsillo del pantalón y las dejó sobre el mostrador.

—Quite, quite, aquí hay mucho dinero.

—Quédese la vuelta y a partir de ahora ordene que me traigan el correo a la fonda El Remanso. Le estaré muy agradecido. Avisaré a mis conocidos de que incluyan la dirección, pero por si acaso me llega algo antes...

—Así lo haré, descuide, y muchas gracias. Me ha alegrado usted la tarde.

Mauricio rompió el sobre en cuanto salió del edificio. Desde la fachada lo miraba el mismo león de bronce dorado en el que Romi había depositado para él la fatídica carta. Se apoyó en una de las farolas de gas de la plaza y comenzó a leer las noticias que Esmerla le transmitía. Le contaba que en el Círculo Mercantil había escuchado que el título que se rumoreaba que el rey iba a concederle a su cuñado estaba al caer y con él su respaldo público y absoluto. Le hablaba de la marcha de las obras de la colonia, de que le gustaría que él ya hubiera regresado para cuando se inaugurara. Todo esto en apenas cuatro líneas porque después solo se refería a Dulce. Le decía que había conseguido indagar a través de un conocido de Bartolomé Gormaz que su hermana no estaba demasiado a gusto en su hacienda Nuestra Señora de las Mercedes, que esto era motivo de continuas desavenencias en su matrimonio, unidas a que su cuñado le recriminaba que a aquellas alturas aún no hubieran tenido un varón. Esto la hacía muy infeliz. Le decía también que su hermana había estado muy grave a consecuencia de uno de sus últimos abortos. Mauricio levantó la vista de aquellas líneas.

—¡De sus últimos! —exclamó asombrado por la magnitud de lo que le había ocultado.

Temía que después de todo aquello poco quedara de su alegría, de su jovialidad, que hubiera sepultado su risa allí para siempre, en aquel ingenio azucarero, junto a su cancerbero. Entendió entonces que incluso quisiera escapar, que hubiera comprado los pasajes del barco. Tal vez, se le ocurrió, quería llegar sin aviso a su casa, abrazarlo y llorar junto a él. Volvió la vista a la carta de Augusto Esmerla para leer:

«Mauricio, me pediste que pusiera en tu conocimiento cualquier cosa que supiera sobre tu hermana y eso me dispongo a hacer. Perdona, por tanto, estas palabras mías que vas a leer a continuación, pero su cometido es ayudarte a esclarecer lo sucedido: me han dicho que se rumoreaba que desde hacía tiempo ella se veía con alguien, que Bartolomé pasaba más días fuera de Cuba que allí y que ella aprovechaba sus prolongadas ausencias para estar con su amante. Parece que se trata de un español destinado allí, posiblemente un funcionario del gobierno. Siento tener que decirte esto, pero todo sea para que la encuentres pronto».

A su preocupación se unió el desconcierto que le producía que Dulce no le hubiera hecho partícipe de nada de aquello. Su vida junto a su marido había sido un sufrimiento continuo mientras él se divertía en Barcelona, por eso necesitaba que fuera cierta la historia de su amante. Saber que su hermana había encontrado consuelo en alguien le aligeraría la conciencia. Se dijo que, si daba con ella, ya vería la forma de librarla de Bartolomé Gormaz. Pensó que, durante el tiempo que permaneció en la isla después de la muerte de su padre, él le había servido de coraza, de protección, pero que tras su marcha ella se había quedado muy sola y abandonada a su suerte con un marido temible y despiadado. También pensó en que no era casual que justo aquella noche él fuera a encontrarse con Deva; necesitaba un asidero, saber que tenía dónde guarecerse. Se secó las lágrimas con el pañuelo y sacó su reloj. Decidió volver a El Remanso para cenar y descansar un rato antes de las doce.

Mauricio salió de la fonda cuando faltaban diez minutos para la medianoche. Además de fijarse el lazo con la aguja de las dos perlas negras, se lo había ajustado al cuello con un broche. Llevaba un sombrero de copa en la mano derecha. Se la acercó a la nariz para sentir el aroma intenso a madera de cedro y limón de su perfume de Guerlain. Temblaba como si fuera su primera cita o como si nunca antes hubiera protagonizado un encuentro así.

A la hora en punto, tras asegurarse de que nadie transitaba por aquel tramo de la calle Marina, pasó bajo un helecho y pegó después su espalda a la puerta trasera del palacio de Velázquez. Enseguida tuvo ante sí los perfiles de las plantas del patio que destacaban en la penumbra como recortados en cartón. Sobre el claustro central, la luna iluminaba solo los volúmenes más grandes y creaba un claroscuro en el que tenía que adivinar la mayoría de los elementos. El sonido del agua de la fuente, con sus chorros de caudal ininterrumpido, era lo único que desmentía que aquello fuera la visión de una postal. Mauricio pensó en todos los que habrían pisado aquellas losetas durante los más de tres siglos que tenía la casona.

Encontró la barandilla de forja de la escalera que le había indicado Deva. El frío del hierro detuvo el temblor de su mano antes de que los tres anillos sonaran contra él. Comenzó a bajar; los escalones de piedra eran irregulares, granulosos, incómodos. Pensó que estaban construidos así para evitar resbalones. Sintió el olor a pólvora, a humedad, a polvo, a cerrazón. Calculó que al menos estaría en la puerta el soldado que Deva le había dicho, y consideró muy probable que hubiera otro por allí o muy cerca del mariscal Rivadeneira.

Casi a oscuras, se apoyó en una de las esquinas de aquel almacén cuadrangular de apenas seis metros de lado. Enseguida se retiró para sacudirse del cabello y de la espalda la suciedad que se le había adherido. Pasaron un par de minutos hasta que una figura con uniforme ocupó el vano de la escalera. Mauricio cerró los ojos un momento. Sabía que estaba atrapado y que de nada le serviría intentar escapar. Imaginó la variedad de armas con las que el otro lo podría herir. Estaba seguro de que se le acercaría para atravesarlo con una bayoneta, no dispararía dentro del arsenal para que no saltara todo por los aires. Dejó de respirar, deseó borrarse, que su silueta se confundiera con el fondo, que se mimetizara con aquellos tonos que suponía grises. El soldado acabó de bajar la escalera. Mauricio vio que era bastante delgado y que tenía los hombros estrechos. Se le ocurrió que podía tratarse del marido de Deva que haciendo un gran esfuerzo hubiera llegado hasta allí asistido por sus últimas fuerzas. Mauricio volvió a cerrar los ojos. Cuando lo tuvo a menos de un metro sintió su respiración.

—Soy yo —escuchó que le decía Deva.

—¡Quieres matarme! —exclamó Mauricio en un susurro.

—Se me olvidó decirte que me vestiría así por si alguien me veía cruzar el patio desde la otra planta. No tengo ninguna intimidad en esta casa, pero me siento aún más vigilada en la calle, como si toda la ciudad estuviera pendiente de lo que hago mientras... —Ella colocó una mano en el pecho de él y notó su sobresalto.

—Estoy vivo y estoy contigo. —Mauricio apoyó la cabeza contra el muro y miró hacia arriba. Apenas podía calcular la distancia a la que quedaba el techo con la tenue luz que llegaba hasta allí. Le pasó a Deva el dedo índice por la mejilla y se detuvo en su cicatriz.

—Tengo que salir de aquí pronto. Me estoy agostando, me marchito. Necesito el agua y la luz —le dijo ella—. Algunas tardes paseo junto a la esclusa, voy hasta el mar, pero no es suficiente. Espero que acabe pronto este encierro. ¿Has sabido algo de tu hermana?

—Sé que cada vez estoy más cerca... de lo que sea. Deva —musitó él, y apoyó su frente contra la de ella—. Deva —repitió. Con la palma de la mano en su nuca acercó su rostro hasta sus labios y los recorrió con su boca, con su lengua, con su nombre.

Esperaba que ella le dijera que el mariscal estaba en su lecho de muerte, que aquello no era correcto, que estaba casada con uno de los hombres más poderosos de la isla, que podría entrar Gutiérrez allí de vuelta de la cantina o cualquiera de los otros, pero no habló. Solo siguió besándolo como si nunca antes hubiera besado a nadie y quisiera extraer de él todo el oxígeno que unos instantes antes le había dicho que le faltaba.

—Siento que estamos de nuevo en el Providencia, Mauricio. Que nos hayamos conocido en un barco no sé qué significará: ¿que compartimos derrota?, ¿que vamos a la deriva?

—Significa que estamos aquí y que nuestro destino ahora depende de nosotros.

Las palabras de Mauricio la acariciaban, hacían que se sumergiera en una especie de inconsciencia, que se dejara llevar. Él se soltó el nudo del lazo y se tanteó el bolsillo para introducir la agujilla en él. Hizo lo mismo con el broche. Después se desabotonó el chaleco y la camisa. Deva se abrió la casaca y colocó su pecho contra el de él. Ya no había una puerta entre ambos como en el camarote.

—No solo depende de nosotros. Yo no soy libre —le dijo.

Con una mano en cada pierna de Deva, a través del pantalón militar, Mauricio comenzó a pulsar con los dedos su carne, parecía que estuviera tocando el piano y quisiera componer una melodía exclusiva para aquel momento.

—Tienen que pasar muchas cosas aún, Deva, lo sé, pero sucederán.

—No podemos desearles el mal a otros para estar juntos. —Ella le rozó la mejilla y le acarició el cabello tan espeso y rizado.

—No, pero sí que ocurra lo que ya es irremediable. Solo nos queda aguardar. Deva, saldremos de la isla, volveremos a España, vendrás a mi casa, al Prodigio. Comenzarás…

—¿Comenzaré a vivir, ibas a decir? Es verdad que aún no lo he hecho.

Mauricio sonrió. No la veía, pero después de tantas conversaciones adivinaba sus gestos en cada momento. Le recorrió los pechos, las caderas, se acercó todavía más a ella. La besó otra vez. Se sentía de nuevo en el mar, en la cubierta, ante un horizonte amplio pero amenazado por la tempestad.

Deva jadeaba y Mauricio tuvo que colocarle la mano en la boca, pero ella giró la cara y rio. Le reconfortó mucho sentirla así. Le volvió a rozar la cicatriz de su mejilla, ella le dijo algo así como *yeraunosu*. No la entendió, ni siquiera sabía a qué idioma pertenecía aquella o aquellas palabras, pero en vez de preguntarle la besó con desesperación y notó cómo temblaba. Estaba seguro de que a la intensidad de la atracción que sentían se unía el nerviosismo que les provocaba tener a pocos metros de ellos, sobre sus cabezas, al mariscal moribundo. Escucharon un ruido arriba, junto a la fuente del patio, y se quedaron quietos dentro de aquella santabárbara polvorienta, lo más parecido al cráter de un volcán en el que ambos sabían que en cualquier momento podían quemarse. La posición de ambos, uno al lado del otro en silencio en aquel sótano, a Mauricio le recordó al sarcófago de un matrimonio que había visto en una capilla, con la diferencia de que en aquel instante ellos aún estaban vivos y ella era la esposa de otro.

36

Barcelona, miércoles, 10 de febrero de 1875

Clive Barnaby esperaba a Manón en la salita de estar de la pensión.

—¿El bolso lo encontró también en un nido de urraca? —le preguntó nada más aparecer y cerró las dos puertas que daban a la entrada. Él sonrió.

—Estaba preciosa la otra tarde.

—¿Y ahora no? —Manón no quiso perder la oportunidad de bromear.

—Me querías robar el protagonismo en el Círculo Hispano Ultramarino, pero no fue posible —el inglés la tuteó por primera vez— porque los escandalicé. Parece que les incomodó mucho escuchar la verdad.

Ella se fijó en sus tirantes, en el corte exacto de los pantalones, en la camisa azul marino arremangada. Entonces Clive le dio el libro que llevaba en la mano.

—Te lo he traído para que te entretengas.

—*Manual para viajeros por España y lectores en casa,* de Richard Ford —leyó ella.

—Estos libros siempre se escriben para quienes están de paso por un lugar, cuando en realidad tienen un mayor interés para quienes lo habitan. A ver si con él entiendes mejor a tus paisanos.

—¿Los entiende usted? —le preguntó Manón—. ¿Los entiendes tú? —se corrigió para corresponder a su cercanía en la conversación.

—Prefiero entenderte a ti, con eso me basta. De momento lo que sé es que has sufrido mucho y que ya es momento de que te lleguen tiempos mejores. —Miró alrededor—. Don Augusto me ha propuesto que lo acompañemos a él y a su esposa a visitar las obras de la colonia en Santa Coloma. Van todos los domingos.

Manón le había contado cómo la había rescatado Mauricio cuando pretendían embarcarla hacia América a la fuerza y también que había servido en la casa de los Esmerla. Sabía que no podía acudir a aquella cita, que doña Delia no soportaría verla allí de nuevo junto al ingeniero, y la convertiría en el blanco de su sarcasmo.

—Ve tú, Clive —le dijo.

—Quería que pasáramos el día en el campo, enseñarte después los nidos —sonrió—. Los dos juntos encontraríamos el doble de tesoros. Además, me han hablado del comedor de un balneario que hay por allí.

—Esta vez no. Si quieres te acompaño al campo el próximo domingo.

—Está bien.

—Voy a pedirle a doña Fuensanta que nos traiga unos cafés. ¿Te parece que pasemos aquí la tarde? No tengo demasiado ánimo hoy.

—Como quieras, Manón. Tenemos muchas cosas que contarnos.

—Así es, pero solo hablaremos sobre lo que no duele.

Manón no se sentía tan reconfortada desde hacía mucho tiempo, desde que comenzó la concatenación de tragedias en su vida. Entonces cayó en la cuenta de que aquello equivalía a decir que nunca antes se había sentido tan bien. Más que considerar a Clive de otro país, lo veía como a alguien llegado de otro mundo: un bálsamo, el oasis al que por fin había llegado para recuperarse.

Santiago de Cuba, jueves, 11 de febrero de 1875

Al día siguiente de su encuentro con Deva en el arsenal, Mauricio fue hasta la casa de quien había sido la mejor amiga de su hermana durante la infancia de ambas. La familia de Nausica siempre había vivido en el barrio de Vista Alegre en una mansión con columnas rodeada de plataneras. Él recordaba los grandes salones donde durante varias fiestas sintió las miradas con las que la anfitriona lo demandaba. Apoyó su mano izquierda en el arco de la entrada y con la otra hizo sonar la campanilla. Después se tanteó el lazo. No lo atravesaba la aguja con las dos perlas negras. Aquella mañana había sido incapaz de encontrarla. No la tenía en el bolsillo del chaleco donde creyó haberla guardado en la oscuridad del sótano de la casa de Velázquez.

Apareció enseguida en el atrio una criada negra. Él se presentó y le dijo que buscaba a la hija de los señores Bacarisse.

—Ahora doña Nausica es la señora. Sus padres fallecieron —le respondió la sirvienta, y lo invitó a pasar.

—¿Quién? ¿Quién ha llamado?

Mauricio, ya dentro de la casa, escuchó aquella voz a su espalda. Cuando se giró, la amiga de su hermana se llevó las dos manos a la boca.

—¡Mauricio, no puede ser! —exclamó.

Se acercó a ella y la abrazó.

—Has vuelto. Tienes que contarme qué tal te ha ido por Barcelona —le dijo ella mientras lo cogía de una mano. Con su tacto volvió a recuperar por un instante lo que había sentido por aquel hombre que le quitaba el hambre, el sueño y le cortaba la respiración.

Nausica llevaba en ese momento un vestido de muselina azul celeste y el cabello recogido con una diadema brillante que le cruzaba la parte alta de la cabeza hasta la nuca. Los ojos claros llenos de destellos dorados, los rasgos suaves, le hubieran permitido reconocerla en cualquier lugar del mundo. Vio superpuesta en ella a la niña que había sido.

Ella le dio un par de instrucciones a la criada y entraron en la biblioteca. Mauricio admiró las estanterías repletas de volúmenes que llegaban hasta el techo abovedado. Sobre una de ellas había apoyada una escalera de más de tres metros. Lo invitó a sentarse en uno de los sillones de piel.

—Cuéntame. ¿Qué te trae por aquí? Menuda sorpresa me has dado.

—No es nada bueno, Nausica. Se trata de Dulce. Ha desaparecido. He venido para averiguar cualquier cosa sobre lo sucedido.

—Estás confundido, Mauricio, a tu hermana no le ha pasado nada malo. —Nausica colocó su mano izquierda en el antebrazo de él—. Me alegra que te hayas decidido a pasar por aquí porque así puedo disipar tu preocupación. Creo que os habéis cruzado. Es solo eso.

Él la miraba tan estupefacto que ni siquiera encontró las palabras para pedirle que continuara.

—Verás, más o menos a finales de noviembre vino tu cuñado para comunicarnos a Darío, mi marido, y a mí que hacía unos días que Dulce se había marchado a Biarritz, que desde siempre había tenido el capricho de pasar la Navidad allí y que él había decidido que cumpliera aquel deseo porque sus negocios lo reclamaban en Filipinas durante esas fechas. A mí también me había hablado de ese lugar en otras ocasiones. Conocía a...

—Sí, se trata de unos parientes de mi padre. Viven allí.

—A Manila no quería ir. Mauricio, está allí, en Biarritz, no tienes de qué preocuparte. Siento que te hayas angustiado por algo que a todas luces no es más que un malentendido.

—Ojalá estuvieras en lo cierto, Nausica, pero no creo que sea así. Hay algo que lo cambia todo: mi hermana no hubiera hecho un viaje así sin mi sobrina. —Ella ladeó la cabeza.

—No sé. No tengo por qué dudar de que ese haya sido su destino. Quería visitar también San Sebastián.

—¿Y no pensaba visitarme a mí? ¿Eso no te parece muy extraño? Además, Nausica, ¿te ha escrito durante todo este tiempo?

—No, pero ya lo hará. Imagino que hasta ahora habrá estado muy ocupada. Esa estancia allí le vendrá muy bien, créeme. Y sobre lo que dices de ir a Barcelona, tal vez quisiera darte una sorpresa.

—¿Alguna vez habéis pasado tantas semanas sin saber la una de la otra? —insistió él.

—Mauricio, verás, tu hermana estaba muy… Necesitaba respirar. La amistad supone, ya lo sabes, ante todo no ser egoísta. No voy a negarte que me gustaría tenerla aquí, que ahora, por ejemplo, hubiera venido contigo, lo habríamos pasado muy bien los tres. Como cuando yo me quedaba varios días en vuestra casa. ¿Te acuerdas?

Él recordaba perfectamente los bisbiseos de ambas cuando aparecía, sus sonrisas ladinas, las propuestas que le hacían continuamente, entre ellas, la más aventurada de todas: Dulce le dijo una vez que Nausica y él podían hacerse novios y así estarían los tres siempre juntos. La mujer que estaba ante él, cuando tenía trece años, había asentido para señalar que aceptaba. Mauricio las dejó estar y se despidió de ellas diciéndoles que estaban locas. «Nausica está loca por ti», le había respondido su hermana. Unos meses después, antes de cumplir los quince años, Dulce formalizó su compromiso con Bartolomé Gormaz. A partir de aquel momento comenzaron a espaciarse las risas y a llegar las sombras. Mauricio se apretó los ojos y vio la estampa de su cuñado con su sonrisa displicente, de superioridad, la expresión con la que lo miraba siempre. Continuó:

—Tengo muchas razones para pensar que mi hermana no salió de la isla, Nausica —persistió—. Mi sobrina me escribió, estaba desesperada. Nadie le da noticias de ella. Una cosa es que no se la llevara y otra que no le dijera que se marchaba y que a estas alturas todavía no le haya escrito. Romi lo es... o lo era todo para ella. No la hubiera dejado aquí sola en la hacienda y además durante tanto tiempo. Por muy ajetreada que estuviera, sería incapaz de no escribirle a su hija. Además durante el trayecto en barco, durante un mes no es posible que no encontrara el momento de escribirle. Eso no es propio de mi hermana. —Mauricio vio cómo la tristeza transformaba la expresión de Nausica.

—Es probable que quisiera estar sola una temporada, tienes que entenderlo. Su vida en Nuestra Señora de las Mercedes no es fácil. Te aseguro que necesitaba alejarse de aquí, aunque fuera por unas semanas. Eso lo habíamos hablado en bastantes ocasiones.

Antes de volver a contradecirla, Mauricio decidió que le convenía más dejarla hablar.

—Verás, ya sabes que yo he sido su confidente durante todos estos años. No ha habido nada que nos haya separado, ni siquiera tu cuñado, y eso que se las trae. Sé que ella hubiera preferido vivir aquí en Santiago, que lloró cuando Bartolomé vendió la casa que había sido de vuestro padre, porque para ella era su casa, su vida. —Mauricio supo de aquella transacción cuando ya no había vuelta atrás porque Dulce le hizo llegar la cantidad correspondiente a la mitad de su valor—. Allí, en el ingenio, en Nuestra Señora de las Mercedes, estaba muy sola. Bartolomé no era el hombre con el que soñaba cuando éramos niñas, eso ya lo sabes. Ella necesitaba a alguien... como tú. —Mauricio se preguntó cómo sería el marido de Nausica—. Tengo tres hijos: David, Alejandro y Pablo, y muchas obligaciones, pero nunca he dejado de estar a su lado cuando me ha necesitado, aunque le costaba pedirlo. Casi siempre tenía que adivinar yo que me necesitaba. —Él volvió a sentir que la culpa lo atenazaba—. Yo siempre me he considerado otra hermana vuestra.

—Nausica, tienes que contarme cuándo y cómo la viste la última vez. ¿En qué circunstancias fue?

—Me encontré en el mercado con sus sirvientas, con Ángela y con la cocinera, Himar. Les pregunté por ella, entonces llevaba un par de semanas sin verla. Me dijeron que no se encontraba muy bien, que llevaba varios días sin salir de su habitación. Insistí para saber la causa. No quería ni pensar que hubiera abortado de nuevo.

Aquello corroboraba la información que Mauricio había recibido de Augusto Esmerla a través de su carta y lo que le había dicho Romi de la última vez que le sucedió.

—Que yo sepa, y creo que es así, había perdido ya tres criaturas —continuó Nausica—, y si te digo la verdad, mi esperanza era que no pudiera concebir más para no volver a pasar por lo mismo.

—¿Y cómo estaba?

—Mal, muy mal y muy débil. En aquella ocasión llegué a Nuestra Señora de las Mercedes en apenas dos horas, lo que tardé en volver aquí del mercado y prepararme para salir. Su cuarto estaba en penumbra, abrí solo un poco las cortinas para que no le molestara la luz porque me dijo que tenía jaqueca, pero esta mínima claridad fue suficiente para verle los ojos amoratados. No parecía ella, parecía que estaba tísica. Me dijo que tenía que salir de allí como fuera, que la ayudara a escapar porque, de lo contrario, languidecería hasta morir. Me contó que cuando Basilia, la mujer que la auxilió tras abortar, salió de la habitación, entró Bartolomé muy furioso y le gritó. Le recriminaba que de nuevo hubiera frustrado sus planes de tener un heredero varón, le dijo que solo servía para parir niñas o fetos muertos y sin acabar de formar.

Mauricio se llevó la mano a la frente y se cubrió con ella los ojos.

—¿Y dónde estaba mi sobrina? —No soportaba la idea de que Romi hubiera escuchado todo aquello.

—Aquí, estaba aquí con mis hijos. Siempre se queda una semana durante las fiestas de Santiago. Ahora con la guerra ya no hay aquel dispendio como cuando éramos niños, pero ellos se divierten igual. Tengo que decirte que los cuatro congenian muy bien. Alejandro es de la edad de Romi, David dos años mayor y Pablo tiene ahora trece.

A pesar de la referencia a su sobrina y a los hijos de Nausica, él no podía sustraerse a todo aquel horror que le había relatado.

—Tienes razón, esa no es vida para ella, para mi hermana… ni para nadie.

—Por eso sé que ahora me entiendes. Yo la animé a que hiciera ese viaje. Necesitaba respirar, volver con fuerzas para enfrentarse a lo que fuera. —Nausica permaneció callada unos instantes y después le dijo—: Quiero que conozcas a Darío. Estoy segura de que haréis muy buenas migas. Quédate a almorzar. ¿Sabes quién vendrá hoy también? Herbert Hollwege. ¿Te acuerdas de él? Está muy mayor, pero está, eso es lo que importa, y además enamorado de la isla como lo estuvo mi padre.

Mauricio nunca podría olvidar a aquel hombre que le enseñó a su padre el oficio con el que se hizo rico ni tampoco al pintor Bacarisse.

—Tengo la sensación de que todo está casi igual que cuando me marché. Como si vivierais en un tiempo… congelado. No me lo acabo de creer. Lo del almuerzo lo tendremos que dejar para otro día, Nausica. Aún quiero ir a Nuestra Señora de las Mercedes.

—Como tú quieras. En fin. Espero que pronto confirmes que Dulce está sana y salva en Biarritz. En cuanto me escriba, que estoy segura de que lo hará, te avisaré.

La miró en silencio. En aquellos momentos Mauricio deseó con todas sus fuerzas que fuera cierto y que su hermana se hallara allí en compañía de quien ella quisiera, aunque no le hubiera dicho nada.

—Solo una cosa más, Nausica, había rumores sobre la relación de mi hermana con cierto funcionario del gobierno.

—Nada, Mauricio, habladurías. Ella no se hubiera dejado llevar de esa manera. Además, yo lo sabría.

Dentro de aquella casa del barrio de Vista Alegre no pudo evitar recrear cómo hubiera sido la vida de ellos tres si él se hubiera quedado en Cuba. Se preguntó si Nausica habría sido su esposa como quería Dulce, si aquellos niños que había nombrado serían los suyos y si su hermana hubiera sido feliz con él allí más cerca. Se lamentó de nuevo por no haber sido capaz de oponerse a su matrimonio con Bartolomé Gormaz. Después salió y caminó muy despacio hasta la verja baja de la entrada y miró desde allí las plantas del jardín.

—¿Sabes, Nausica? Me estoy construyendo una casa cerca de Barcelona, con un invernadero donde guardaré plantas de Cuba. Antes de marcharme regresaré para que me des algunos esquejes de estas.

—Vuelve antes, que no sea el último día —le dijo ella.

Se subió a la carreta que había dejado en la puerta y antes de levantar las riendas le sonrió, pero con la mirada más triste y nostálgica que ella había visto nunca.

Mauricio se tocó el lazo sin su joya más preciada. Temió que se le hubiera caído en la santabárbara de la casa de Velázquez y que Gutiérrez la hubiera encontrado.

37

Deva Rivadeneira estaba sentada frente a Orfiria en una sala bastante pequeña de la casa parroquial. Entre las dos se interponía la misma mesa parlante con la que había entrado en trance en el Providencia ante Mauricio Sargal.

—Tiene que tener cuidado, señora —le decía la vidente con ambas manos elevadas sobre la tabla y los ojos cerrados—. Para que el mariscal no se la lleve con él, en cuanto vuelva a la casa de Velázquez gire contra la pared todos los espejos. Encienda una vela y déjela en su mesita toda la noche. De esta forma atraerá a la luz a otros espíritus benéficos que tirarán de usted para anclarla a la tierra.

Deva pensó que hablaba de los espíritus como si fueran luciérnagas. Esta imagen le resultó curiosa, pero aun así no pudo dejar de sentir cierta inquietud.

—Ha de prepararse para recibir a la muerte en su casa, pero asegúrese de que sea un huésped de paso. No tiene que molestarla, pero tampoco mostrarse demasiado amable porque correría el riesgo de que quisiera instalarse junto a usted y entonces todos los de su alrededor morirían uno a uno.

Deva se estremeció al pensar cómo había estado Mauricio en el camarote del Providencia.

—Compruebe que todos los relojes de la casa estén en hora y cuando el mariscal fallezca detenga el de su habitación.

«Cuando el mariscal fallezca», repitió para sí esta expresión. Deva se planteó que para parar el reloj tendría que contar no con la aquiescencia de Gutiérrez, sino con que se distrajera en algún momento.

—Abra todas las ventanas para que nada impida la marcha del alma de su marido.

No pudo evitar pensar que aquella mujer, Orfiria, le hablaba como si estuviera segura de que el desenlace era inminente. Quiso preguntarle por Mauricio sin mencionarlo, ver en sus ojos que lo sucedido en el arsenal tendría continuidad. La augur tocó con sus dedos las monedas que colgaban de su gorro fucsia y entonces le dijo:

—Señora Rivadeneira, ¿le entregó al señor Sargal el sobre que le di?

Ella se sobresaltó porque se sintió transparente ante Orfiria. La espiritista no había utilizado la ouija, ni le había leído las cartas ni los posos del café como hacían otras que se llamaban «adivinas», pero a Deva no le cupo ninguna duda de que tenía el poder de leer la mente, al menos la suya.

—Sí, cumplí con su encargo —le dijo de la forma más escueta de la que fue capaz.

—Lo que contenía ese sobre le vendrá bien a don Mauricio para su cometido. ¿Sabe? Él tiene una misión. Los invisibles lo han elegido a él para que la lleve a cabo. Usted de momento tiene mucho de lo que ocuparse. Ahora mismo está entre la vida y la muerte. No se descuide y crea en mis palabras.

Orfiria se incorporó y cuando Deva hizo lo mismo la vidente se detuvo ante la puerta; una cortina recogida tapaba casi la mitad del vano.

—Espero haberla ayudado. Siga mis consejos, señora Rivadeneira, a todos los que lo han hecho les ha ido bien.

Cuando estaba a punto de salir a la calle, Deva vio entre las sombras de la misma habitación, ante la hornacina con la Virgen de la Caridad del Cobre y junto al cuadro del Sagrado Corazón, al padre Narciso Vergel. Lo saludó. El hombre musitó algo a la vez que bajaba la cabeza.

—¿Volverá a la casa de Velázquez? Ya sabe que mi esposo lo estima mucho.

—No será necesario —dijo con un murmullo apagado.

—No lo he entendido.

—Él cree lo mismo que yo. Por lo tanto, ya no hace falta que vaya.

Salió de allí bastante espantada, como si en vez de en la casa parroquial hubiera estado en un lugar secreto, ignoto, con dos personas que no pertenecían a su misma realidad, sino que estaban en otro plano. Necesitaba recobrar sus costumbres, aunque estas consistieran solo en enfrentar su tristeza.

Cruzó la plaza Dolores a toda prisa. Escuchó el ulular de una lechuza y, cuando alzó la vista para intentar encontrarla entre la frondosa vegetación, un murciélago se le acercó tanto a los ojos que temió que se le incrustara en el rostro. Se colocó las manos en la cara, se acarició la cicatriz y llegó así ante la puerta de la casona. Gutiérrez le abrió enseguida. A ella no le cupo ninguna duda de que la había estado observando a través del ventanal desde su salida de la casa parroquial. Entró un gorrión que se posó sobre un rosal que había junto a la fuente.

—Esas flores no estaban ahí ayer —le dijo al militar.

—No lo sé, señora Rivadeneira, no me fijo en esas cosas.

Deva deseó bajar al arsenal, rememorar lo que había sucedido allí la noche antes. Acercarse a las paredes y al suelo, oler aquel lugar para comprobar que algo de ellos permanecía impregnado allí.

—El mariscal la reclamaba hace un rato, tiene que subir a verlo. Estaba un tanto alterado. He intentado tranquilizarlo diciéndole que usted volvería enseguida, pero se ha demorado más de una hora.

Deva lo miró con desagrado. Sintió ganas de empujarlo, de decirle que la dejara en paz, que era un subalterno de su marido, pero que nada tenía que ver con ella y que no le importaban sus andanzas. No veía el momento de perderlo de vista. Se recogió las faldas y comenzó a subir la escalera. En cuanto él se le colocó detrás lo detuvo:

—Déjeme. No me voy a perder. ¿Por qué no se marcha ya a la cantina? Aquí no lo necesito para nada.

—Usted no, pero el señor mariscal…

—Esta noche la pasaré en su habitación. No se preocupe. —Deva se había decidido a no separarse de su esposo durante el tiempo que le quedara. Quería llevar a cabo las operaciones que le había dicho Orfiria y además evitar así que su muerte la sorprendiera fuera de la casa o en su sótano.

Siboney, domingo, 14 de febrero de 1875

En cuanto llegó a la hacienda, Mauricio les preguntó a Romi, a Ángela y a Himar si ya tenían preparados sus equipajes. A su sobrina le sorprendió que llegara la víspera.

—Necesito estar a solas un par de horas en el despacho de tu padre —le dijo él para explicar su presencia allí. La miraba como había mirado siempre a Dulce: con una ternura infinita. Con ella allí, en el pasillo de la galería de la casona, se juró que no la abandonaría nunca. Estaba tan convencido de que la desaparición de su hermana se debía a su ausencia de la isla que no quería de ninguna manera que existiera la más mínima posibilidad de que los mismos acontecimientos se repitieran con su sobrina. No permitiría tampoco que la entregaran a un hombre como Bartolomé Gormaz y, sobre todo, no la dejaría sola.

Se situó detrás de la mesa de su cuñado, en el mismo lugar que solía ocupar él cuando al final del día contemplaba desde allí las labores en la plantación con una copa en la mano. Mauricio miró a su alrededor, había papeles con tablas dibujadas a regla, documentos con sellos y firmas y varios libros de asientos contables con la fecha en la tapa. Estaban sobre las baldas encajadas entre un pilar y la pared del fondo, sobre el escritorio, sobre otra mesa colocada ante dos sofás, incluso en el suelo. Quería ver qué retrato de quien más odiaba le trazaban aquellos números y aquellos datos. Repasarlos hasta dar con algo que apuntara hacia la causa de la desaparición de Dulce. Bartolomé

Gormaz tenía abogados, gerentes, marineros y demás empleados en varios países. Sabía que le iba a resultar imposible inventariar todas las propiedades, negocios y transacciones que le ocupaban, pero con confirmar solo un poco de lo mucho que atisbaba era suficiente para él. Leyó el nombre de Lupercio Sandoval, al que citaba como su encargado en la isla de Curazao. Encontró un registro de embarcaciones que habían sido capturadas por las patrullas inglesas; su tripulación había sido juzgada en Sierra Leona. Había datos desde 1845. Mauricio calculó que su cuñado llevaría dedicado a aquel comercio repugnante desde los treinta años. Junto a cada sentencia condenatoria, además de la multa impuesta constaba el número de esclavos hallados en el buque. Mauricio sabía que estos eran solo los supervivientes al encierro en el que esperaban tras ser capturados. Había cuadernos de bitácora en portugués, referencias a Cabo Verde, a la isla de Gorea, a Dahomey, a Cotonú. Mauricio recordó las palabras de Orfiria. Algunos de estos lugares eran los que ella había anotado en su cuaderno. También vio el nombre de Galinhas, en Pernambuco, subrayado sobre un mapa de la costa brasileña. Quería llevarse algunos de aquellos documentos y se decidió por los que estaban guardados en los armarios de la parte baja de la estantería que ocupaba una de las paredes. Sabía que sería más difícil que Bartolomé Gormaz echara en falta sus papeles antiguos que los de las transacciones que le ocupaban en aquel momento. A él, para su cometido, para intentar por todos sus medios que acabara en la cárcel, le servían las cifras, los inventarios y los recuentos de cualquier año, porque estaba seguro de que la pauta sería la misma. Recordaba su conversación con don Benito en El Remanso, en Puerto Rico la esclavitud se había abolido hacía solo tres años, a diferencia de lo que sucedía en la España peninsular donde desde 1837 ya no se podía poseer esclavos; mientras tanto, en Cuba todo seguía igual: eran muchos los que continuaban con el tráfico de africanos para explotarlos en las colonias de ultramar, a pesar de que era una actividad ilegal.

Cuando Mauricio agrupó todo lo que quería llevarse, lo sacó al pasillo para cargarlo al día siguiente en la carreta junto al equipaje de las tres mujeres. Después volvió a entrar en el despacho y sobre el papel con el membrete de la compañía naviera de Bartolomé Gormaz escribió:

> Apreciado cuñado:
>
> Romi pasará una temporada en Barcelona. Desde la desaparición de mi hermana su soledad es casi completa. Imagino que te harás cargo del desamparo en el que ha quedado. Además estimo que para poder continuar adelante con mis pesquisas, lo más adecuado es alejarla de aquí. Intuyo que es mejor que no vea determinadas cosas. Cuando llegue al fondo de todo se lo contaré, pero esto me permitirá buscar el momento, el lugar y sobre todo la manera de decírselo. Daré con la verdad que tú me escatimas.
>
> Tendríamos que haber acordado esto personalmente, pero la premura con la que saliste de viaje a pocas horas de mi llegada no lo permitió. De todas formas, recuerda que yo soy su tutor y que, en caso de que a ti también te sucediera algo, Romi quedaría bajo mi responsabilidad y custodia. Considera, por tanto, esta acción de ahora como un adelanto de esa situación.
>
> Sigo sin noticias de mi hermana, pero convencido de que me hallo más cerca de saber todo lo que se me ha ocultado.
>
> Sin nada más que decirte, se despide de ti.
>
> Mauricio

No quiso añadir ninguna fórmula más como «afectuosamente» o «atentamente». Ni siquiera las convenciones sociales exigidas conseguían convertirlo en un hipócrita. Tuvo ganas de tachar el término «apreciado» del principio de la carta, pero consideró que de alguna manera tenía que empezar. Dobló la hoja en dos y la dejó como si fuera un pájaro de papel sobre la carpeta que ocupaba la parte central de la escribanía de Bartolomé Gormaz.

Después bajó hasta la cocina para encontrarse con su sobrina.

—Tío, quiero pedirte un favor —le dijo Romi mientras lo tomaba de las manos—. Quiero que pasemos la noche tocando el piano.

Mauricio se había propuesto no contrariarla en nada. Además pensó que si en adelante iba a depender de él, como quería que sucediera desde aquel momento, también impediría que su sobrina regresara a Nuestra Señora de las Mercedes. Por tanto, aquella sería su última noche en aquella hacienda.

Entraron los dos en la habitación de Dulce. Predominaban los tonos claros, era como el aposento de una vestal, como el templo de una diosa. La luz de las velas que ambos portaban hacía que todo pareciera de nácar. Mauricio dejó su palmatoria sobre el piano y abrió la tapa del teclado. Comprobó la afinación y enseguida supo que las notas, un tanto destempladas, marcaban también la ausencia de su hermana.

—¿Qué quieres que toque? —le preguntó a Romi.

Su sobrina enseguida le respondió:

—Algo alegre.

Le gustó que esgrimiera su mismo criterio para la elección del repertorio, y más en aquellas circunstancias. Le halagaba sentir que se parecía tanto a él a pesar de la distancia. Mauricio primero interpretó al piano un par de fragmentos de zarzuelas de Barbieri, luego hablaron, después tocó otras piezas de Gaztambide, siguieron con varias habaneras y cuando quisieron darse cuenta había amanecido. Durante aquellas horas lograron mantener viva la esperanza.

Hacia las seis y media de la mañana, Mauricio salió para asearse y le dijo a Romi que bajaba a desayunar. Antes de sentarse a la mesa cargó en la carreta los documentos de Bartolomé Gormaz que había separado para llevarse. Le preguntó a Himar quién se quedaría a cargo de la casa mientras regresaba su dueño y esta le respondió que Basilia, la más veterana de todas las mujeres que se encargaban de la limpieza de la mansión.

En cuanto terminaron de tomar el pan con leche del desayuno, Mauricio se apresuró. Quería salir de allí cuanto antes, pero no pudo evitar que Romi se quedara parada ante la fachada del que hasta entonces había sido su único hogar. A su sobrina le brotaron las lágrimas.

—Ven —le dijo mientras la cogía de un hombro—. Te prometo que encontraré a tu madre.

Romi miró hacia la rosaleda, hacia los flamboyanes, hacia la tierra en barbecho que separaba el jardín de la plantación, y su tío adivinó en sus ojos que estaba convencida de que aquella partida era definitiva.

Cuando ya se disponían a salir, Fulgor se acercó a despedirse de ellas. Avanzaron unos cuantos metros y ante la puerta de la entrada vieron a Dada.

—He llegado justo a tiempo para daros mi bendición —les dijo. Sabía el día de su marcha por la cocinera—. Los Orishas llegarán antes a España y os darán la bienvenida.

38

A pesar del trasiego de mercancías y personas que había en el puerto, Mauricio escuchó las campanas. Primero pensó que se trataba de una alucinación provocada porque llevaba demasiadas horas sin dormir. Después relacionó aquel sonido con el del choque de los metales que embarcaban; incluso llegó a creer que era el sonido de un martillo contra un yunque en alguna herrería próxima.

Varios hombres se acercaron para descargar el equipaje y Mauricio saltó del pescante. Se quedó inmóvil junto al carro mientras miraba en el interior de un almacén ante el que se apilaban las cajas y los baúles, como si pudiera hallar allí la respuesta. Cada vez estaba más seguro de lo que significaba aquello y, sin embargo, no se lo quería creer. Era el toque de difuntos y por la nitidez con que llegaba hasta allí dedujo que procedía del campanario de la catedral de la Asunción. Enseguida se dijo que aquella era una ciudad muy populosa y que podría haber fallecido cualquiera de sus casi cuarenta mil habitantes, cualquiera que no fuera esclavo, que fuera católico y que mereciera el honor de que la noticia de su muerte se propagara desde la torre de la iglesia mayor. Mauricio se sobrecogió bajo la autoridad de aquellas notas que con tan poca variedad transmitían tanta tristeza y pensó en el entierro de su madre.

Escuchó cómo los descargadores se dirigían a su sobrina para cerciorarse del nombre del barco. Entonces vio que Himar y Ángela se santiguaban y se acercó a ellas.

—Decimos una oración por el alma del difunto —le respondió Himar.

—Sabéis de quién se trata. ¿Quién es? —Él fue consciente de que aquel apremio por obtener información evidenciaba su nerviosismo, pero le daba igual.

—Espere, don Mauricio, que Ángela irá a preguntarlo si tanto interés tiene —le dijo la cocinera.

La doncella detuvo a una criada que caminaba unos pasos detrás de la mujer a la que acompañaba.

—¿Sabes quién ha muerto? —le preguntó.

—El mariscal Rivadeneira. Parece que es alguien muy importante.

Ángela les dio las gracias y se giró hacia él. Mauricio se había apoyado en la carreta y con la mano en la frente miraba al suelo. El pecho se le había ensanchado, sintió que podía respirar mejor y tuvo ganas de gritar, pero se contuvo. Solo pronunció el nombre de Deva un par de veces en voz muy baja, inaudible. Ninguna de las tres mujeres entendió por qué le había afectado tanto aquel deceso y se miraron entre ellas. Mauricio llevó aparte a su sobrina dando por finalizada aquella liturgia íntima de cuyo carácter de celebración solo él sabía.

—Romi —le dijo—, cuando me mostraste el recibo de los pasajes que compró tu madre te dije que nos fijaríamos en todos los que se encontraran aquí. Vamos a colocarnos al lado de la escalera. Con mucho detenimiento, como si nos fuera la vida en ello —se quedó callado, consciente de la verdad que había en esas palabras—, observaremos a todos como si se tratara de un desfile. Tu madre puede aparecer en cualquier momento. Tal vez esté algo cambiada —le dijo él convencido de que, si Dulce se proponía subir a aquel barco, lo haría vestida de forma que nadie la reconociera—. Quiero que me digas a quién conoces y de qué. Cualquier cosa. Reza porque llegue tu madre. Seguro que tiene una explicación para su ausencia de estos dos meses y medio.

Mauricio pensaba en la posibilidad de que hubiera permanecido oculta y en compañía de alguien durante aquel tiempo, tal vez de aquel que le había mencionado don Augusto en su carta, del funcionario español, que estuviera en alguna casa de la capital para huir de su marido.

—Tío Mauri, quiero ver a mi madre. Todos los demás me dan igual.

Mauricio le acarició el cabello. Himar y Ángela se miraron. Ambas eran conscientes de lo mucho que tendrían que cuidar de ella en Barcelona para intentar mitigarle el enorme dolor que le producía verse privada de su madre. Romi miró a su alrededor, buscaba el rostro, la sonrisa, el abrazo de Dulce entre aquella multitud.

—Tío, nunca he visto a ninguna de estas personas.

Él dedujo que no tenía ganas ni interés en cumplir con aquel encargo con el que pretendía distraerla, que bastantes emociones contrapuestas se le acumulaban ya.

Entonces, mientras recorría con la vista la multitud que había en el muelle, a unos diez metros, Mauricio se encontró con la melena rizada y larga hasta la cintura de Dulce culminada por un sombrero pequeño con el ala de esparto trenzado. Estaba de espaldas a él, pero por la forma en que gesticulaba con los brazos, por cómo le caía el vestido, él no tuvo ninguna duda de que se trataba de su hermana. Corrió hacia allí gritando su nombre. Su sobrina lo siguió. Al llegar junto a aquella mujer de piel blanca y ojos grises se sintió desfallecer; por un momento había creído que aquel milagro era posible.

Cogió a Romi de la mano y tras recuperar el aliento le anunció:

—El barco se llama Bonne Chance, «buena suerte». Es un buen nombre, ¿no te parece? —Quería animarla después de aquel chasco—. Aquí están las señas de mi casa. La portera, Margarita, os dará las llaves, y una muy buena amiga mía, Manón, se encargará de instalaros y de ayudaros en todo lo que preciséis. Romi, espero no tardar mucho en reunirme contigo y... —Fue incapaz de seguir.

—Y con mi madre, tío Mauri. Tienes que venir con ella. —Romi estaba desolada porque ya habían subido todos los pasajeros al barco y, por tanto, ya no había ninguna probabilidad de que Dulce apareciera allí.

Él suspiró y la abrazó con mucha fuerza. Quería consolarla, pero sin mentirle.

—Todo irá bien. A partir de ahora todo irá bien, pequeña —fue lo único que le dijo. Quiso darle algo, sus tres anillos, pero consideró que lo que le otorgaba era mejor que un recuerdo material: toda su protección y la posibilidad de comenzar una vida nueva al otro lado del mar.

Ellas subieron al Bonne Chance y Mauricio aún permaneció allí casi una hora, hasta que zarpó el barco y su estela se desdibujó de la bahía.

TERCERA PARTE

39

Santa María de Sants, lunes, 15 de febrero de 1875

Desde el domingo compartido con Laureano Parnás, Carola no podía pensar en otra cosa, a pesar de que ya había transcurrido una semana. Aquel día, cuando él se marchó de su casa, pasó un buen rato en el salón: recolocó la alfombra, los almohadones, frotó los restos de comida del suelo y las manchas de clarete de la tapicería, abrió el ventanal y recogió los trozos de una figura de cerámica que se había roto cuando empujaron con el canapé la mesilla lateral sobre la que estaba. «Ya soy casi como Manón», se dijo cuando se vio en aquellos quehaceres de limpieza. En el espejo de cuerpo entero del pasillo comprobó su aspecto; le gustó bastante más que el habitual: despeinada, con la blusa abierta, sin zapatos y con los labios inflamados se vio más favorecida que nunca.

Desde aquel día releyó *Lamento oferente de tempestuoso océano* de otra manera, como si antes de su encuentro con Laureano allí ya estuviera todo escrito. Quería terminar el poema a su padre para que el poeta lo revisara. Lo imaginaba en sus tertulias, en sus recitales, vestido con el mismo pantalón y la misma chaqueta negra. Deseaba que le escribiera de nuevo para reencontrarse en sus versos todavía más nítida tras sus metáforas, que el poeta le transmitiera a su cuerpo la belleza de sus estrofas.

Barcelona, lunes, 15 de febrero de 1875

Arlitán continuaba su peregrinaje a la búsqueda de Manón. Estaba obsesionado, su empecinamiento por poseerla como fuera iba cada día a más. Se había propuesto no cejar en su empeño aunque le fuera la vida, el trabajo, todo en ello.

Manolita, su mujer, no se explicaba por qué tenía que entregar al servicio sus trajes cada vez más sudados y cepillar con agua y jabón y airear sus sombreros de fieltro durante horas.

En los escasos ratos que compartía con su esposa, Arlitán no podía quitarse de la cabeza a Manón. Había interrogado al ingeniero inglés sobre la relación de ambos y como Clive le había respondido con evasivas a pesar de que ella había asistido a su conferencia en el Círculo Hispano Ultramarino y lo había esperado al final, supo que había dado en el clavo y que había encontrado además el medio para rastrearla.

Lo siguió la tarde del miércoles de la semana anterior, cuando Clive Barnaby estuvo en la pensión de doña Fuensanta y le propuso a Manón que lo acompañara a la colonia Esmerla. En cuanto el de Manchester entró, él observó con mucho detenimiento el humilde edificio de la calle Mirallers.

Respecto a lo que sucedía en la pensión, doña Fuensanta había aceptado la propuesta de Manón de encargarse de la limpieza y de hacer las compras a cambio de que no le cobrara por la habitación. De esta forma, Manón solo tenía que pagarle las comidas que hiciera y además pasaba sus días entretenida. Esto le convenía, no solo por su economía, sino porque mantenía la cabeza lo más ocupada posible. Por ese motivo, Arlitán la veía salir a las nueve hacia el mercado. Él buscaba siempre un pretexto para ausentarse de la fábrica de Esmerla entonces y seguirla. La observaba caminar entre los puestos, detener su mirada a un lado y a otro. Pronto comenzó a aborrecer la manera en la que se dirigía a los tenderos, su excesiva amabilidad con la que él no dudaba que buscaba una rebaja en el precio para aumentar la sisa que le haría a su patrona. Le gustaba ver cómo se recogía las faldas cuando pasaba cerca de algún charco, pero detestaba que, a su entender, caminara como una reina, como una reina entre el fango y la mugre, se decía. Cada vez estaba más desconcertado por lo que no sabía de ella y más ansioso por lo que pretendía llevar a cabo. No podía controlarse. Todo lo demás le daba igual. Cuando Manón terminaba, la seguía hasta que entraba en el edificio de la calle Mirallers. Pero lejos de conformarse con esta forma de acecharla, esas visiones cotidianas aumentaban aún más su afán de apartarla del mundo para tenerla a su merced hasta que le hubiera desvelado todos sus secretos: los de su mente y los de su cuerpo.

40

Santiago de Cuba, lunes, 15 de febrero de 1875

Mauricio dejó la carreta cerca del puerto y se adentró a pie en la ciudad. Quería acercarse hasta la casa de Velázquez, pero no llamar, no ver a Deva todavía, para eso tendría que esperar al funeral. Era mejor aguardar hasta el oficio de difuntos porque entonces sería uno más allí, le transmitiría sus condolencias, como si en realidad sintiera la muerte del militar. No sabía qué planes tenía ella. Dudaba de que continuara en la isla. Todo se había precipitado desde su encuentro en el arsenal, como si la proximidad de ambos lo hubiera desencadenado, como si aquella energía contenida en el sótano hubiera ascendido hasta el patio, hasta la galería y hubiera salido de aquella casona casi hermética para otorgarles cierta ilusión de libertad.

En la plaza Dolores, Mauricio se encontró con el padre Narciso Vergel. El sacerdote se detuvo y lo miró desconcertado. Después de ese gesto, se vio obligado a saludarlo:

—¿Me recuerda? Llegué en el Providencia. Apenas nos vimos, si me conoce es porque soy… —como siempre, le costaba pronunciar aquello— el cuñado de Gormaz. —Mauricio pensó que tendría que dedicarse en exclusiva a ser el confesor de Bartolomé Gormaz porque no daría abasto para escuchar tantos pecados, la enumeración de tantas atrocidades; eso si la falta de escrúpulos le permitía a su cuñado considerarlas como tales.

El otro se quedó callado.

—Espero que siga componiendo versos. Yo también estoy

escribiendo un libro. *La música alegre* se titulará. —Mauricio sintió lo poco acorde que era aquel adjetivo con su estado de ánimo. Después de unos segundos y ante el mutismo del cura añadió—: Bien, hasta otro día.

—Espere. No lo conozco solo de eso —habló por fin con una voz cavernosa mientras permanecía muy quieto con la mirada fija en él.

Sin querer saber a lo que se refería, Mauricio le dijo:

—He venido a buscar a mi hermana. ¿Qué sabe usted de ella? ¿Qué cree que le ha sucedido?

—A ella no la confesaba —le respondió el sacerdote.

—Tal vez porque no tenía pecados —Mauricio no pudo contenerse.

—Sé que no está. Que no está en la hacienda.

Mauricio lo miró con desagrado. No entendía por qué se había detenido a hablar con alguien a quien sentía casi como una pared.

—A usted lo conozco porque ellos lo tienen muy presente. Yo le ordené a Orfiria que lo pusiera sobre aviso.

—¿Ellos?

—Le hablo de los invisibles —empleó el mismo término con el que la médium había llamado a los espíritus.

—Usted es un sacerdote católico.

—Por eso mismo soy también un pastor de almas hacia el otro mundo. Señor Sargal, usted y la viuda de Rivadeneira están muy próximos a la dimensión extracorpórea.

—No sé si tomarme eso como el peor de los presagios.

—No tiene por qué. Vivir…, morir. Qué más da. Estar aquí…, estar allá. Embarcado… o en tierra firme. ¿Cree que el mariscal ya no está o que por el contrario sigue estando, pero de otra manera?

Mauricio sintió que lo recorría una corriente de aire frío; primero la notó en su espalda y después en las piernas. Para acercar su conversación a la realidad quiso cambiar de tema.

—No creo que todo le dé igual, como dice. Usted ganó el premio especial de los Juegos Florales. Además, acepta el mecenazgo de mi cuñado. Él le pagó la edición de su libro…

—Vacuas vanidades son las que se cultivan en esas justas poéticas. Una pura mascarada. No presenté yo mis versos a ese concurso, aunque una vez que supe que habían elegido mi libro no quise rechazar el premio, hubiera sido un desprecio. Los laureles solo sirven para ocultar ciertos abismos, protegernos del horror diario que sentimos. Escribo para no enloquecer, solo eso.

Mauricio pensó que el estado mental de aquel hombre no era precisamente un ejemplo de equilibrio.

—Me ayuda a canalizar mi furia. —Le resultó difícil imaginárselo airado—. Por lo que tengo entendido, para usted la música también es muy importante.

—Sí, pero apenas me he acercado a un piano un par de veces desde que salí de Barcelona. Lo echo mucho de menos, pero los ánimos... —Mauricio fue consciente de que, si continuaba por aquel camino, él también lo iba a convertir en su confesor. Decidió cortar allí su conversación:

—Salude a Orfiria de mi parte.

—Los esperamos en la casa parroquial a usted y a la señora Deva.

Le sorprendió mucho esta invitación.

—¿Se refiere a la señora Rivadeneira? Me temo que eso no va a ser posible —le dijo enseguida Mauricio. Le pareció una inconveniencia social incluso a él, que nunca antes se había preocupado por estas cuestiones.

—Ellos los llamarán. Ya verá. Entonces me dará la razón en muchas cosas.

—Que tenga un buen día —se despidió Mauricio, que deseaba alejarse de él cuanto antes.

Elevó la mirada hacia el balcón central de la casa de Velázquez. La puerta estaba abierta de par en par igual que la de la entrada, pero, apenas se acercó a ella, aceleró el paso para llegar cuanto antes a El Remanso. Nada más atravesar la puerta de la fonda se encontró con don Benito:

—Que Dios tenga en su gloria al mariscal. Ya ha librado su última batalla. Se habrá enterado de esta lamentable pérdida.

En otra época le habrían dado el título de adelantado como al primer poblador de la casa que ahora ocupa su… desconsolada viuda. ¿Cree usted, amigo Sargal, que su viuda está desconsolada? ¿Que llorará sin tregua su pérdida?

Mauricio no pudo evitar sonreír, pero enseguida miró a su alrededor porque no quería que ni doña Gadea ni la chica que trabajaba allí con ella descubrieran su reacción.

—Le diré lo que pienso: creo que lo voy a echar más de menos yo en las partidas de dominó que ella. Ese hombre tenía una sagacidad… proverbial. No se le escapaba ni una. Es probable que incluso llegara a saber de su existencia.

—No creo que yo le importara lo más mínimo. Ni soy militar ni mi fortuna se debe a mi destreza en los negocios, solo la he heredado. Por todo eso no creo que tuviera el menor interés en mí.

—Amigo Mauricio, lo mejor de mi vetusta edad es que ya no tengo por qué andarme con disimulos. Digo lo que quiero y da la casualidad de que lo que digo es además lo mismo que pienso. Soy tal cual. Y dígame…, imagino que querrá asistir al funeral mañana en la catedral. Lo esperaré aquí a las cinco menos cuarto. Veremos cuántas lágrimas brotan de esos ojos tan bellos, verdes como esmeraldas fulgurosas, candentes, que diría un poeta.

41

A bordo del Bonne Chance, lunes, 15 de febrero de 1875

Una vez que Romi y Ángela se durmieron, Himar salió a la cubierta. Miró al mar, la balsa sin fin ni principio, y recordó la travesía desde África. El día que la cazaron volvía de bañarse en el río; le echaron una red de cuerda encima y después la llevaron hasta un claro donde vio a muchos otros atados de pies y manos. No conocía a ninguno de ellos. Los tuvieron allí varias horas hasta que consiguieron apresar a todos los que pretendían llevar a la fortaleza de la costa. En su aldea habían quedado sus hermanos y sus sobrinos. Ella siempre agradeció no haber tenido descendencia y que sus padres no vivieran, así hubo menos personas que sufrieron por ella. De la suerte que corrieron sus vecinos tampoco tuvo noticia. La primera noche allí, sus captores abusaron de las más jóvenes, a ella ni la miraron. Rondaría entonces los treinta años, sabía que ese era el límite de edad para ser vendida a cambio de un precio que compensara a quienes trasladaban a los esclavos.

Himar se tocó la parte alta del brazo y se acarició la carimba, la marca que la identificaba como propiedad de Bartolomé Gormaz. Además de las iniciales de su amo, le habían grabado varios números. En cuanto se cerró el trato de la venta, a ella, junto con unos doscientos más, los sacaron a empujones del presidio en el que los tratantes habían convertido el castillo de Elmina, en Ghana. Algunos no podían ponerse en pie después de semanas en los calabozos. Les dolían los ojos por la luz. Los guardianes vigilaban que todos permanecieran en su sitio en la cola. Aquel día, desde donde estaba, Himar comenzó a escuchar aullidos aún más sobrecogedores que aquellos que proferían bajo la lluvia constante de latigazos. Enseguida notó el olor a carne quemada y vio el humo que salía cada vez que uno de ellos gritaba. Cuando le llegó su turno, la sujetaron entre dos hombres blancos y un tercero le frotó con grasa el lugar donde le iban a aplicar el hierro candente y después le colocó un papel aceitado. Himar creyó que el hierro la traspasaría entera, que no encontraría ningún obstáculo en cruzarle el hueso, que aquella punta le saldría por el otro lado del brazo.

Solo cuando se despertó en la bodega del buque, Himar supo que se había desmayado. Tiempo después supo también que aquella forma de identificarlos servía para que quienes intentaran la fuga fueran devueltos a sus amos en cuanto se los atrapara con la ayuda de los perros que tenían entrenados para ello. Esa marca en su brazo atestiguaba que se habían pagado por ella los impuestos pertinentes, como sucedía con cualquier otra mercancía de las muchas que entraban por los puertos de aquellas islas del Caribe de las que Himar solo conocería la hacienda Nuestra Señora de las Mercedes. Sabía que por cada «pieza», como los llamaban, que llegara hasta allí con vida, el capitán general de la isla recibía una cantidad. Ella nunca sabría cuántos pesos valía la pérdida de su dignidad. Le contaron que, cuando la trata se declaró ilegal, los marcaban con una fecha anterior a la promulgación de la ley para burlarla, y los vendían por un precio también mucho más alto.

Lo que más recordaba del barco era el hedor de los vómitos y la tristeza que se adueñaba de todos; algunos tardaban más en sucumbir, otros menos, pero en menos de tres semanas todos compartían el mismo ánimo hundido de náufragos sin perspectiva de salvación en alta mar. En el fondo de los oídos de Himar se habían quedado para siempre las plegarias de las mujeres y los llantos de sus hijos. Durante el trayecto, al menos cuatro de ellas lanzaron a sus pequeños por la borda. Aquellas madres prefirieron antes aquel desgarro, aquella herida incurable, a dejar que llegaran a puerto y perderlos de vista porque los vendieran a otro amo o, en el caso de que permanecieran a su lado, a asistir como testigos maniatados a los abusos y todo tipo de penalidades que sufrirían.

Himar en la cubierta del Bonne Chance sintió la brisa en el rostro, pensó que en Barcelona sería libre. Cocinar para la señorita Romi, para Ángela y para ella no lo consideraba ninguna carga. Aquella niña se había criado entre sus pucheros y siempre la había visto sonreír hasta que la patrona desapareció. La ausencia de Dulce había sido para ella, así lo sentía, como la de varias personas a la vez. Lo llenaba todo con sus risas, con sus cantos, con su piano, con sus bromas continuas cuando don Bartolomé no estaba en la hacienda. Las sentía a ellas dos, a él no, como su familia, y también le tenía mucho afecto a Ángela. Aun así, una vez en Barcelona, quería ver si le resultaría posible regresar a su país, a pesar de que varias personas le habían recomendado que no lo intentara porque a muchos de los rescatados por los barcos de la flota inglesa los habían capturado de nuevo, y a ella podría sucederle lo mismo.

Himar sabía que era muy probable que no sobreviviera esa segunda vez. Por su edad, por tener más de sesenta años, ya no la embarcarían, y sabía cuál era el destino de «los sobrantes», como los llamaban los gerentes de las factorías de negros. Pero incluso así estaba decidida a intentarlo, porque perseguir la libertad ya era una forma de ser libre, se decía.

Apoyada en la barandilla de la nave, sobre el mismo mar, le resultaba muy difícil pensar que el Concepción y el Bonne Chance fueran el mismo medio de transporte. Uno era como un infierno ambulante y ese en el que entonces estaba casi su reverso, el camino hacia una vida que ella quería creer que sería ya definitiva e irreversible.

Puerto de Barcelona, martes, 16 de febrero de 1875

—Augusto, ya está a punto de zarpar el Iron Soul. —Doña Delia miraba entusiasmada el barco que ambos tenían enfrente. Mientras, agitaba un pañuelo blanco que llevaba cogido al dedo mediante un aro de hilos trenzados—. ¿No te resulta emocionante? Va a África y después a América para traernos de allí una fortuna.

—¿Por qué no ha venido Carola?

—No sé, Augus, esta chica cada día está más rara, más *intrometida.*

—Introvertida —puntualizó él.

—Es joven, son momentos de muchos cambios, necesita adaptarse.

—¿Pero qué cambios si no hace apenas nada? Bueno, tocar el piano y cantar, y ahora le ha dado por escribir.

—Eso está bien. Tenemos que desarrollar nuestros talentos.

—Pues el mío creo que son los negocios. Al final, toda la quincalla que quería comprar me ha salido por cuatro perras. ¡Y el tabaco! ¡Qué maravilla! Sacos y sacos, todo el que he querido. Bueno, hasta que no cabía más. Espero que no se lo coman los caballos que han embarcado también.

—¡Y tú pensabas que Tomás Pizcueta te iba a revelar el nombre del otro, de nuestro socio!

—¿Sabes qué? Que me da igual quién sea.

—Eso lo dices porque no has conseguido salirte con la tuya. En este tipo de tratos los abogados no se casan con nadie. Para eso tendría que tener yo a uno que trabajara en exclusiva para mí. Y ahora que lo digo, no me parece mala idea. No sé cómo no se me ha ocurrido antes.

—Lo tendremos, Augus, lo tendremos, todo se andará. Pero ahora déjame a mí.

Barcelona, martes, 16 de febrero de 1875

Clive Barnaby se despidió de Manón aquella tarde en el portal de su pensión. Por un instante pensó en besarla allí, entre las sombras, pero se dijo que, después de la reacción de ella a la propuesta que le había hecho de mantenerla, no quería dar lugar a ningún malentendido más. Eso sí, estaba dispuesto a hacer todo lo posible para que llegara un día en el que fuera su amiga quien no pudiera resistirse a besarlo. Si tomaba ella la iniciativa, todo quedaría claro, resuelto. Así que inclinó la cabeza, giró la espalda y comenzó a caminar por la calle Mirallers.

A Evie, su mujer, la tenía en el pensamiento de forma constante. Ella siempre creyó que se marchaba de este mundo porque las momias que se había empeñado en desvendar la habían castigado con una maldición. Él la dejaba desahogarse, la escuchaba, ya que otra cosa no podía hacer.

En su lecho de muerte le hizo prometer que buscaría a otra mujer, que la olvidaría, que cuando a ella se la llevaran a la sepultura consideraría que aquella etapa de su vida había concluido. No quería recuerdos, que la asociara con una sola fecha o le llevara flores. Le dijo que era el mejor hombre que había conocido y que había conseguido que fuera su marido, que esto lo consideraba un triunfo y que moría satisfecha por ese motivo, pero que lo vigilaría para que cumpliera con sus deseos.

Hasta el último momento, conservó la sonrisa. Le dijo que había vivido muy bien, sobre todo desde que él se había encargado de que no le faltara de nada. Era cierto que la había colmado de cariño, había compartido con ella todo: lo más nimio y también su desasosiego. Ella siempre le había aconsejado con tino y con una claridad de juicio que lo admiraba. No sabía si lloraba a escondidas, acurrucada bajo la colcha, sobre la almohada cuando nadie la veía, pero él no podía dejar de hacerlo en cuanto se alejaba de su cama.

—Yo seré tu ángel, Clive. Te cuidaré tanto como me has cuidado tú hasta ahora. Siempre estaré contigo. Me sentirás. Nunca dejes de sonreír, mi amor.

Durante sus últimos instantes, él le había cogido la mano y había sentido lo mismo que la primera vez, su suavidad y su fortaleza conjugadas, su firmeza incluso en aquella situación.

—Clive —dijo de nuevo antes de cerrar los ojos para siempre.

A partir de aquel momento, tal como le había prometido, él la supo a su lado. Sentía su presencia, le hablaba y encontraba señales suyas por todas partes. Cuando las cosas no le salían bien, buscaba todavía más aquellos signos y, cuando encontró a Manón, supo que Evie la aceptaba porque todo a su alrededor cobró una nueva armonía. Velaba por él, y esto no le sorprendía porque nunca había conocido a nadie más generoso que su fallecida esposa; tanto que la creía capaz de ser magnánima incluso muerta.

A los pocos minutos de que el inglés se hubiera marchado, llamaron a la campanilla de la pensión. Doña Fuensanta atendió enseguida. Se encontró ante ella a una mujer de unos treinta años con lentes y el cabello recogido en un moño bajo. La notó un tanto confusa.

Era Ceferina. La secretaria de Esmerla sabía que aquella entrega era para quien se había dirigido a voz en grito a las obreras después del incidente con don Gerardo, por lo que no acababa de comprender para qué la reclamaban en la fábrica.

—Dígame qué desea —le preguntó la dueña del establecimiento convencida de que le solicitaría alojamiento.

—Traigo una carta de la fábrica textil Esmerla. Es para Manón. ¿Vive aquí? —Ceferina esperaba encontrarse otra cosa.

—Sí —le dijo por toda respuesta, decepcionada porque no fuera una clienta—. Yo se la entregaré —añadió para que se marchara cuanto antes.

Antes de despedirse, Ceferina miró hacia dentro: le pareció un lugar humilde, pero aun así agradable, limpio y ordenado. En el corredor que pudo atisbar, las flores de tela y ganchillo asomaban por todas partes.

—Con estas relaciones que tienes no sé qué haces en mi casa —le dijo doña Fuensanta a Manón cuando le entregó la carta.

—Vivo muy bien con usted. Y lo mejor es que no tengo que depender de nadie.

—Tienes unas ideas demasiado modernas, chiquilla. No sé si llegarás a algún sitio así.

Manón le cogió el sobre de la mano y le sonrió.

—Mañana quiero que me ayudes a despejar la buhardilla de trastos viejos. Ahí podría caber otra persona alojada.

Doña Fuensanta la miró de nuevo. No tenía queja de ella, siempre se mostraba solícita y amable, pero desde el primer momento que la vio pensó que se escondía de algo o de alguien. Después apareció el inglés y ahora recibía una carta de la fábrica de uno de los industriales más ricos de toda Barcelona. La dueña de la pensión se alejó por el pasillo dándole vueltas a todo esto. Decidió que al día siguiente, cuando estuvieran atareadas en la planta de arriba, le haría algunas preguntas.

En cuanto se quedó sola, Manón abrió el sobre:

> Estimada Manón:
>
> Si no es mucha molestia, pásate por mi despacho el último día de este mes sobre las diez de la noche. Tengo algo muy importante que comunicarte. Deseo que te encuentres bien.

No estaba firmada ni tenía remite, pero Manón supuso que era don Augusto Esmerla quien la citaba. Bajó al salón para mirar el almanaque y comprobó que el día al que se refería era el domingo veintiocho.

42

Santiago de Cuba, martes, 16 de febrero de 1875

Don José María Martín de Herrera y de la Iglesia, arzobispo de Santiago de Cuba, llevaba sobre la casulla, alrededor del cuello, la tira de tela blanca con seis cruces negras que lo identificaba como la máxima autoridad eclesiástica. Mauricio se tocó sus tres anillos al entrar en la catedral y avanzó un par de pasos para coger agua bendita de la pila. Lo acompañaba don Benito.

El padre de Mauricio le había contado que la primera catedral de Santiago era muy pobre, que la construyeron con madera y guano y que se había incendiado. También sabía que la anterior a aquella en la que estaban la había destruido un terremoto. Sin embargo, aquel lugar le daba tal impresión de solidez que no podía imaginar que nada acabara con el edificio.

—La viuda tiene la misma edad que la catedral, apenas veinte años —le dijo Friné a Mauricio en un murmullo a la vez que le señalaba el techo mientras avanzaban por el pasillo lateral.

Deva tenía algunos años más de los que su amigo le decía. Mauricio sabía que había conocido a su marido a los veinte, pero no quiso corregirlo porque sospechaba que la frase era un cebo para que él le desvelara aquel detalle y, por tanto, su proximidad a la entonces viuda del mariscal Rivadeneira.

Mauricio se pasó toda la misa con los ojos puestos en ella. Era lo único que le interesaba de lo que sucedía. Deva estaba seria, compungida, pero serena. Vestía por completo de negro. Gutiérrez la flanqueaba por la derecha y otro militar se había situado a su izquierda. Él deseó que se girara, que lo viera allí, atisbar solo su perfil, las pestañas largas y los labios abultados, pero a la vez temió que se produjera aquel cruce de miradas ante casi toda la alta sociedad santiaguera y una nutrida representación de las tropas allí desplazadas.

El féretro de Santos Rivadeneira ocupaba el centro de la nave entre las dos filas de bancos. Mauricio estuvo tan entretenido en sus cavilaciones que cuando se quiso dar cuenta el arzobispo ya movía el hisopo sobre el ataúd cubierto por una bandera de España. Después de la última oración, seis de los militares de más alto rango de los destacados allí se acercaron a la caja de caoba y la elevaron hasta sus hombros. La viuda se colocó detrás y comenzó a avanzar cabizbaja, sola, detrás del ataúd por el pasillo central de la catedral.

Don Benito miró a Mauricio con mucha intensidad mientras le decía:

—Bueno, ya está libre de las cadenas que le aprisionaban.

—Así es —asintió él.

—Doy por hecho que ambos nos referimos al mariscal, amigo Sargal. ¿No es así?

—Por supuesto —respondió Mauricio admirado una vez más ante aquel nuevo ardid dialéctico de don Benito.

A la salida del responso, los asistentes se congregaron ante la fachada de la iglesia. De uno en uno, por parejas o en grupos, comenzaron a darle el pésame a Deva, que se había situado junto a la carroza funeraria. Mientras saludaba, de espaldas a la puerta principal, no podía evitar sentirse un tanto ausente, como si se tratara del entierro de un extraño. Cuando consideró que ya había recibido las condolencias de todos aquellos desconocidos, desvió la mirada en una dirección muy concreta, como si algo la atrajera desde allí, y vio a Mauricio apoyado contra el muro de la catedral.

Él tenía la mirada perdida. Recordaba las procesiones del día de la Virgen de los Dolores que veía pasar por allí cuando era niño. Aquellos desfiles de solemnidad triste, envueltos en el olor de la cera que le habían dicho que derretía los pecados si se rezaba lo suficiente ante ellas. Con estos pensamientos en la cabeza, alzó la vista y se encontró con los ojos de Deva. Todos los demás ocupantes de la plaza le parecieron una masa grisácea, como rocas o montones de tela difuminados. Sintió que dentro de él cesaba el ruido de los carros que transitaban por aquella calle, una de las más concurridas de la ciudad; en sus oídos se habían apagado las conversaciones y cualquier otro sonido. Tenía enfrente a la mujer a la que más había deseado nunca, pero en las peores circunstancias posibles para acercarse a ella.

Alguien le tiró de la manga. Era el exdiputado Aguinaga.

—Lo veo mucho mejor que la última vez que hablamos, Sargal. Será que lo tratan bien aquí las bellas isleñas. No hay mujer como la cubana. Créame, se lo digo por experiencia, por mucha experiencia. Don Benito —saludó a Friné—. Usted ya está retirado. No sabe cómo le envidio. Seguro que su vida es menos tortuosa, con menos exigencias que las nuestras.

—No del todo, Aguinaga. Sabe que lo mío ha sido siempre poner remedio a cuantas más dolencias mejor y en eso sigo, aunque ya no con la puerta abierta a la calle.

Don Benito se percató de que Mauricio no entendía a qué se refería y decidió aclarárselo:

—Estuve detrás del mostrador y en la trastienda de mi farmacia con las mezclas más de cuarenta años, así que me conozco vida y milagros de todos mis paisanos. A veces desearía no saber tantas cosas de ellos.

A Mauricio le sorprendió aquella revelación. Hasta entonces había pensado que su compañero de pensión era un escribiente jubilado que no se podía permitir otra vida que alojarse en la fonda de doña Gadea. Lo dio por supuesto de tal manera que no se le ocurrió preguntarle antes por su oficio.

Aguinaga cambió entonces de tema:

—¿Y están al tanto de cómo va todo por la península? Parece que ha habido otro encarnizado enfrentamiento entre carlistas y liberales. Es la historia que no acaba. Y lo de la isla de Joló. ¿Saben dónde está? Yo tampoco lo sabía, a pesar de mi cargo. Es un archipiélago entre Mindanao y Borneo nada menos, pero forma parte del imperio español de Asia y Oceanía. Es tan España como esta tierra que pisamos. Parece que el señor capitán general José Malcampo ha salido con la flota de Manila para intentar acallar los gritos de los insurrectos de allí. Señores, parece que los tiempos están cambiando.

Igual que le había sucedido en el barco, al escucharlo, Mauricio constató lo lejos que se sentía de todas aquellas circunstancias. Había estado primero muy distraído en Barcelona y después muy preocupado por la desaparición de su hermana, y en ese momento en concreto le interesaba mucho más vigilar los movimientos de Deva que atender a los conflictos de su patria. Se despidió del exdiputado con toda la amabilidad de la que fue capaz porque no quería que su conversación se eternizara, y cogió a don Benito del hombro para marcharse con él y evitar así la tentación de acercarse a la reciente viuda.

Deva ya estaba dentro de una carroza distinta a la que portaba los restos de su marido. Lo último que Mauricio vio de ella fue su mano con la que saludaba a todos los que aplaudían en la plaza como último homenaje al mariscal.

Cerca de la calle del Reloj, cuando apenas habían caminado un par de minutos, Mauricio notó en la nariz el olor dulzón que salía de una fábrica de licores.

—¿Así que era usted boticario? —le preguntó a don Benito.

—Un oficio no demasiado variado, siempre venían los mismos y a por las mismas cosas. Vamos a tomar un tentempié. Lo invito, Sargal.

Cuando se dirigían hacia la bodega Calixta se cruzaron con dos mujeres que él reconoció enseguida. Pertenecían al grupo de personas con quienes conversó a la salida del club San Carlos.

—Buenas tardes, don Mauricio —lo saludó la más alta.

Por sus atuendos, con menos escote, sin ningún rizo desprendido de sus peinados tirantes y las cabezas cubiertas por las mantillas de blonda negra, no le cupo ninguna duda de que también habían asistido al sepelio de Rivadeneira.

—Cómo le acuden, a pares —le dijo Friné entre dientes.

—Verá —intervino la otra—. Le hemos estado buscando desde aquel día de la fiesta.

—¿Es por mi hermana? —preguntó él enseguida muy ansioso.

—Sí…, es un tema un tanto delicado —la que habló dirigió su mirada a don Benito.

—No hay ningún problema, díganme lo que sea delante de mi amigo.

—Dulce quedó encargada de custodiar unas joyas que habíamos recogido en una colecta. Son para unas reformas muy necesarias en la Casa de Beneficencia. Ya sabe que en estos momentos todo se lo lleva la sanidad militar. Cada día hay menos fondos.

Mauricio supo enseguida que se refería a las joyas que su sobrina y su doncella habían encontrado en la caja de madera junto al dinero y el recibo de compra de los pasajes.

—Hemos esperado todo este tiempo porque queríamos pedírselas a su hermana personalmente, lo hubiéramos preferido, pero tampoco vino ayer por la tarde a nuestra merienda benéfica. Si usted fuera tan amable de transmitirle nuestro recado, le quedaríamos muy agradecidas. —Las dos le sonrieron a la vez.

—Se las entregaré yo mañana mismo. Díganme dónde puedo encontrarlas, dónde se reúnen.

La más alta le dio una dirección.

Hubiera preferido no tener que cumplir con aquel encargo, pero quería velar también por el buen nombre de su hermana, que nadie pensara que se había fugado con aquel tesoro.

Una de ellas añadió:

—Solo nos falta convencer a la señora viuda de Rivadeneira de que participe también, aunque nos hacemos cargo de que en su situación…

Mauricio volvió a recordar que había perdido la agujilla con las dos perlas negras y se hizo el propósito de buscarla aquella misma noche.

Continuaron su camino hasta la bodega Calixta. Don Benito le cedió el paso y una vez dentro le señaló una mesa al fondo del establecimiento.

Nada más acomodarse, Mauricio le dijo:

—Friné, creo que ya le tengo la confianza suficiente como para decirle que el motivo que me ha traído a la isla es la desaparición de mi hermana y me temo que el cafre de mi cuñado tiene mucho que ver en esto. He sabido algunas cosas sobre su vida. Parece que le exigía que tuvieran un heredero varón, que ella no era demasiado feliz en la hacienda.

—¡Sargal! Pero... lo que me cuenta es gravísimo. Gracias por la deferencia que me hace —le dijo él muy serio—. Imagino que ha sido su prudencia la que le ha hecho ocultármelo hasta este momento. Pero no tema, ese hombre al que otros tanto admiran a mí siempre me ha dado mala espina. Ya se lo dije sin importarme que fuera su cuñado. Además, el tiempo me ha dado la razón, porque solo hay que fijarse en sus negocios para saber que no tiene alma. ¿Lo ha puesto en conocimiento de las autoridades?

—Aún no. Quería indagar primero por mi cuenta, ver hasta dónde era capaz de llegar, pero me encuentro en un callejón sin salida después de hablar con el personal de Nuestra Señora de las Mercedes e ir incluso hasta Ciudad del Cauto para preguntar por las costumbres del caporal de la hacienda... También registré el despacho de Bartolomé y repasé con mi sobrina todas las pertenencias de mi hermana. Encontramos en su habitación un recibo de compra de tres pasajes para Nueva York. En el mismo barco se ha marchado Romi, mi sobrina, acompañada de su doncella y de la cocinera para ir hasta Barcelona... Y me he entrevistado con la mejor amiga de mi hermana, Nausica Bacarisse se llama. Ya no sé qué más hacer. Por muchas cosas que haga, tengo la sensación de que no sirven de nada.

—Nausica, la hija del gran Bacarisse, el pintor de atardeceres. Otra criatura deliciosa esa mujer, sin duda —le dijo don Benito dejándose llevar por la evocación de la amiga de su hermana.

Mauricio pensó de nuevo en que, si hubiera seguido el consejo de Dulce, ella sería entonces su esposa.

—¿Recuerda nuestra conversación sobre el abolicionismo? Solo espero que este sometimiento, esta degradación, esta masacre acabe cuanto antes. He visto en qué condiciones viven los esclavos de la plantación. Tenemos que hacer algo al respecto, hacer todo lo posible para que esta situación acabe de una vez también en Cuba. Asistir a tanta barbarie no era vida para mi hermana; y no solo para ella esa situación es insoportable, sino para cualquier persona sensible.

—Parece que el final de tanto salvajismo aquí ya está cerca. Le diré lo que haremos —le propuso Friné mientras le daba unos golpes en el hombro—: usted cuéntemelo todo, cualquier cosa que le haya llamado la atención, lo que le han dicho unos y otros. Yo me pasaré la noche rumiándolo. Hoy se ha enterado de que soy hombre de fórmulas y, por tanto, de precisión, siempre he conseguido saber ajustarlo todo. Y creo, mi buen amigo, que usted necesita a alguien que vea estos acontecimientos desde fuera. Pero, insisto, tendría que haberlo puesto ya en conocimiento de las autoridades.

—Si no lo he hecho todavía —le dijo Mauricio—, ha sido porque quería evitar a toda costa el escándalo. Además, considero que eso le correspondía a Bartolomé. No sé qué va a contarles.

Permanecieron allí durante un par de horas más, hasta casi las nueve de la noche. Mauricio no le ocultó nada, le contó hasta lo que le dijo la santera a su sobrina, aquellas frases tan enigmáticas, y su indicación de que buscaran a un rey porque un rey nunca miente.

—Ellas dicen que se trata de un esclavo manco que hay en la plantación, que desciende del fundador de un reino —le dijo Mauricio.

—Mañana se lo diré cuando ordene todo esto dentro de mi cabeza —le respondió Friné.

43

Deva cruzó la verja del camposanto. Reparó enseguida en una inscripción junto a una cruz de forja. Se trataba de la tumba de una mujer joven, de su misma edad. La tierra estaba removida, recién colocada en aquella forma oblonga que reproducía el contorno de un lecho. Deva pensó en la brevedad de la vida, de cualquier vida por muchos años que durara, y en que ella casi nunca había sido feliz por unos motivos o por otros. Apartó aquellos pensamientos de su mente porque le parecieron muy egoístas en un momento como aquel.

La comitiva llegó hasta la capilla que había al fondo del cementerio. El enterrador abrió la puerta y le indicó a ella que pasara primero. Después, sin mediar palabra, como si la muerte impusiera el silencio, le señaló con la mano una sala con las paredes de mármol y una mesa del mismo material en el centro.

—Señora viuda de Rivadeneira, le avisaremos en cuanto esté embalsamado el cuerpo de su insigne esposo —le dijo nada más verla entrar un hombre que se presentó como el doctor Argensola—. Emprenderé mi trabajo enseguida.

En cuanto colocaron el ataúd sobre aquel velador de piedra, un sacerdote comenzó a rezar. El arzobispo le había transmitido a la viuda sus condolencias antes de retirarse del altar. Deva se estremeció.

Gutiérrez se acercó a ella y la rodeó con una capa militar sin preguntarle nada:

—Hace mucho frío aquí. Es por las criptas. Todo el subterráneo está hueco.

Ella pensó en la santabárbara de la casa de Velázquez y también en la resignación que había mostrado siempre ante los acontecimientos que la anegaban, en la necesidad de estar próxima al agua que le daba la vida, y se dejó conducir por ese hombre que, desde que llegó a Santiago de Cuba, se había encargado de custodiarla y de impedirle respirar con libertad. Calculó que había pasado más tiempo con aquel militar que con su marido en todos los años de matrimonio.

Cuando el médico comenzó a sacar el instrumental de su maletín tras el amén del cura, los demás consideraron que era el momento de marcharse. Durante el trayecto entre los parterres, Gutiérrez le dijo a Deva:

—Me encargaré de todos los trámites. Usted solo tiene que preocuparse de su equipaje. Cuanto antes se marche, mejor.

Tras aquellas palabras, ella pensó que Gutiérrez tenía tantas ganas de que se marchara para dar por concluida de ese modo la misión que le habían encomendado. No se había molestado en disimular sus ansias de verla ya embarcada. De nuevo su opinión no contaba para nada, Deva sabía que ni por un momento se le había pasado por la cabeza al militar que ella quisiera permanecer un tiempo más en la isla. La empujaba a alejarse muchas leguas de la única posibilidad que tenía de ser feliz. Su marido había tenido mucho poder, pero ella no tenía ninguno, ni siquiera sobre su propia vida.

Santiago de Cuba, miércoles, 17 de febrero de 1875

Mauricio conoció a Darío Bazán, el marido de Nausica, la mañana siguiente al funeral de Santos Rivadeneira. Le sucedió con él que, nada más tenerlo enfrente, lo sintió muy próximo, como si se tratara de un familiar o un amigo. Era alto, también lucía una barba poblada como la suya y sonreía tanto como él lo había hecho siempre; tenía el cabello frondoso, difícil de mantener peinado, la mirada alegre y un porte muy elegante.

Invitó a Mauricio a sentarse en la terraza acristalada que daba al jardín. Hablaron sobre su proyecto de coleccionar plantas tropicales en el invernadero del Prodigio. Al entrar Nausica, ambos se pusieron en pie. Después de saludarse y de preguntarle si había recibido correspondencia de su hermana, Nausica le dijo:

—¿Sabes, Mauricio? Hay otras mujeres de hacendados que prefieren ignorar lo que sucede con los esclavos ante sus narices, pero tu hermana no podía soportarlo. —Hablaba como si quisiera expresar en orden y ante ellos lo que no se le iba del pensamiento—. A veces me hablaba de las amputaciones a las que eran sometidos, de cómo los castigaban dejándolos al sol dentro de una jaula de hierro. Cada vez que sabía de algo así, pasaba días enteros sin comer. Como te dije el otro día, ya no aguantaba más, quería marcharse de allí. —Después de unos segundos, Nausica le reprendió—: Mauricio, no nos hemos despedido de tu sobrina. La queremos tanto…

—Siento que tuviera que ser así, pero no quería que se aplazara más su partida. Tenía que ponerla a salvo. En mi piso de Barcelona estará segura. Le diré que os escriba. Tengo amigos allí que se encargarán de que no le falte de nada. Por ella no tenéis que preocuparos.

—Esa pequeña, tan igual a tu hermana y tan poco parecida a Bartolomé. —Nausica suspiró.

—Ahora aún puedo ir a la hacienda porque mi cuñado está fuera, pero en cuanto vuelva… —Mauricio acababa de regresar de Nuestra Señora de las Mercedes. Había ido en aquella ocasión a recoger las joyas de la colecta tal como le habían pedido las mujeres con las que se encontró la víspera. Ya las había dejado en su poder.

Nausica dijo entonces:

—Así hace siempre. Ellas solas aquí y él viajando a Filipinas, a Brasil, Barcelona, Cádiz; también va a África. No era vida para tu hermana. Cuánta soledad. El dinero no lo compensa todo. Además, a ella ya sabes que eso no le interesa. No es una persona que guste de hacer ostentación, sino todo lo contrario. Siempre estaba en el campo, con el piano, con sus partituras, con el servicio y sobre todo con su niña. Ella la salvaba de todo.

Nausica se quedó callada, pero él no quiso intervenir para no cortar el hilo de su narración:

—Verás, hay algo…, algo más. El otro día no te lo quise decir porque sé que aún te va a ocasionar más sufrimiento, pero me he decidido a contártelo. —De nuevo se detuvo para decir a continuación—: Bartolomé la acusaba de que Romi no era su hija. Le decía que, si la hubiera embarazado él, habría parido un hombre como todos los que llegaron después, aunque nacieran muertos. Esto a Dulce la torturaba.

—¡Qué barbaridad! —exclamó Darío en aquel momento.

Mauricio apretó tanto las manos que se clavó las uñas en las palmas.

—Ella sabía que como consecuencia de sus celos la vigilaba —continuó Nausica—, que cuando se marchaba se encargaba de que un par de hombres no la perdieran de vista. Por eso ella se negaba a salir, porque en su habitación, donde solo podían entrar su hija y su doncella, era libre. Sé que suena a contradicción esto de que un encierro proporcione la libertad, pero así era.

Mauricio se quedó con aquel dato, el de que dos hombres la custodiaban. Le pareció, por tanto, muy difícil que con aquellas medidas que tomaba Bartolomé hubiera conseguido fugarse. Y se dijo que a su cuñado también se lo tendría que parecer.

—Yo tenía que mandar un coche a que la recogiera —dijo Nausica—, obligarla a venir con Romi para que les diera el aire. Una vez aquí, se sentía reconfortada: reía, se alimentaba bien, paseábamos; por momentos, volvía a ser la que era antes. Eso sí, con aquellos dos hombres de Bartolomé apostados en las esquinas de enfrente. Mientras estaba aquí, no quería que organizara fiestas, decía que no quería hablar con nadie, cada vez acudía menos a los actos benéficos que antes le ocupaban tantas horas y… te echaba mucho de menos, Mauricio. Ella no quería importunarte con sus lamentaciones, sabía que eras feliz, que estabas muy ilusionado con la construcción de tu casa, que te dedicabas a la música como siempre habías deseado. Me decía que no quería ser una nube negra en tu cielo.

—Nausica, tenías que haberme escrito, haberme puesto sobre aviso, contarme que estaba sucediendo todo esto. Pero hay algo que no encaja. Si Bartolomé tenía tantos celos, ¿no te extrañó entonces que aprobara que viajara sola a Biarritz?

—No eran celos. Es un sentimiento más complicado. Algo así como si velara por una propiedad que solo le importara por el hecho de que era suya. Entiendo respecto a lo de Biarritz que como iba a visitar a vuestros parientes… Yo aún espero, aún deseo que, al contrario de lo que tú dices, eso no sea mentira. Espero que se encuentre allí.

Cuando Mauricio escribió al ayuntamiento de aquella localidad del cantábrico francés con la esperanza de que le dieran noticia de su hermana, sabía que era difícil que le contestaran siquiera. Eran muchos los viajeros que se alojaban allí, y tampoco entraba dentro de las obligaciones del gobierno de la ciudad atender su petición, pero se dijo que nada perdía por intentarlo. Descartar que estuviera allí también le serviría para enfrentarse a Bartolomé con un argumento más.

—Una última cosa —Nausica lo sacó con aquellas palabras de sus cavilaciones—. No sé si te tendría que contar esto, sé que así dicho suena terrible… —ella miró también a su marido—, pero Dulce fantaseaba con enviudar. No dejaba de hacer planes para cuando aquello sucediera. Como Bartolomé siempre estaba de un lado para otro, saltaba de los barcos a tierra, tenía tantos negocios, pero también tantos enemigos, no perdía la esperanza de que de alguna de aquellas expediciones no regresara. Entonces sé lo que hubiera hecho: llenar los baúles con sus cosas y marcharse contigo. Era lo que más deseaba en el mundo.

Todas aquellas palabras ahondaron en la desolación que sentía Mauricio. La culpa lo poseía por completo. Se acusaba de su desaparición, de la situación de desamparo en la que su sobrina y ella habían vivido, hasta de las atrocidades que había tenido que presenciar Dulce, como si hubiera estado en su mano evitar todo aquello. Se recriminaba, por encima de todas las cosas, haber sido tan feliz lejos de ella. Cerró los ojos. No podía soportar la carga de todo aquello sobre su conciencia.

Darío le ofreció una copa de ron. Él asintió en silencio mientras pensaba en cómo se enfrentaría a su siguiente diligencia: sabía que, por la guerra, la Guardia Civil estaba empleada casi a fondo en cuestiones de policía militar como la vigilancia de las estaciones de telégrafo o de las vías del ferrocarril; sus guardias patrullaban durante horas los caminos para observar cualquier movimiento de los rebeldes. Por tanto, era el peor momento para que se encargaran de la búsqueda de una persona. Todo aquello también lo había disuadido de ir antes al cuartel.

Mauricio recordó que entre las cartas de recomendación que le había firmado su amiga, la soprano Lupión, había leído el nombre de un mando de la policía. Estaba decidido a utilizar todas sus influencias, e incluso las de su cuñado, ya que él no lo había hecho, hasta dar con su hermana.

Mientras el marido de Nausica servía las bebidas, ella le acariciaba la mano que tenía sobre el brazo del butacón. Mauricio aprovechó su proximidad, aquel roce, para insistir en lo más delicado de lo que había llegado a sus oídos hasta entonces.

Esperó a que Darío se sentara también y dijo:

—Nausica, lo que te pregunté sobre el funcionario español... Me lo dijo mi mejor amigo en una carta. Si ese rumor ha llegado hasta Barcelona..., quiero pensar en aquello de que cuando el río suena, agua lleva. Él, Augusto Esmerla, a través del Círculo Hispano Ultramarino conoce a muchas personas que tienen contacto con Cuba.

—Mauricio, sabes que no me imagino a tu hermana con un amante. Esos dobles juegos no le iban.

—Eso creo yo también. Pero aunque lo de su relación no sea cierto, ¿no sabes quién puede ser? ¿A quién se refieren?

Nausica no supo qué decirle.

Mauricio se tomó el ron de un trago y se despidió de ellos y de aquella casa que le resultaba paradisíaca: un mundo aparte. Quedó en acercarse en cuanto supiera algo más. Nausica le dijo que rezaría y que le comunicaría enseguida cualquier novedad.

Mauricio se subió al coche y los saludó desde el pescante. Aquella vez, a diferencia de la anterior, le costó esbozar una sonrisa. Recorrió la avenida principal del barrio de Vista Alegre hasta el final. Las casonas rivalizaban en suntuosidad, pero para él ninguna se podía comparar con el Prodigio; aquellas otras, a excepción de la de Nausica, eran impersonales, daba igual quién las habitara porque el espíritu de sus propietarios no se reflejaba en ellas, pensó. El del pintor Bacarisse sí que permanecía en la suya. Mauricio necesitaba aferrarse a sus ilusiones, imaginaba cómo habrían avanzado las obras sin su presencia, se preguntó si a su regreso aquella construcción se habría convertido en una planta salvaje que sería necesario podar o si, por el contrario, Gustau Farnés, el arquitecto, y sus ayudantes habrían seguido todas sus instrucciones. El Prodigio, su sobrina, su libro postergado sobre la música alegre, sus amistades en Barcelona, Manón y, sobre todo, Deva le impedían desfallecer.

Mauricio detuvo el carro antes de entrar en la calle Marina porque vio a alguien vestido de negro que se desplazaba como una sombra junto a una tapia con las grietas llenas de plantas.

—Padre Vergel —lo llamó—. ¿Ha vuelto por Nuestra Señora de las Mercedes? ¿Qué sabe de Bartolomé? ¿Ya se encuentra allí?

El sacerdote lo miró con desconfianza.

—Ese niño de dos cabezas era un aviso. ¿Sabe adónde me dirijo ahora? Voy a liberar a una pobre joven de una posesión. El mal nos acecha, Sargal. Venga esta noche a la casa parroquial. Orfiria y yo hablaremos con usted. Ahora tengo prisa. En mi labor siempre hay prisa. La vida es muy corta. Dígame, ¿cree en los santeros?

Mauricio se encogió de hombros.

—Debería hacerlo. ¿Por qué no visita a Dada? —le dijo el sacerdote—. Mauricio no sabía si la citaba solo por su fama o porque sabía que su sobrina la había consultado—. Usted tiene los ojos demasiado fijos en lo visible —continuó Vergel—. No se olvide de la otra mitad.

Sin despedirse, el capellán siguió calle arriba.

—¿No va a embarcarse? —Mauricio lo siguió con el coche a su paso.

—No querría. No estoy para perder el tiempo en el mar. Tengo mucho trabajo aquí, entre los vivos y entre los muertos de esta isla. Mi intención es continuar mi lucha, pero si don Bartolomé dispone lo contrario... Recuerde las palabras de Orfiria, Sargal. No se desvíe de su misión. Todos tenemos que hacer algo, de lo contrario se nos resta cuando rendimos cuentas ante Dios, y el balance puede ser muy trágico. Ya sabe dónde encontrarme. Ahora déjeme seguir. Otros me necesitan más que usted, se lo aseguro. Tengo el tiempo en mi contra.

Mauricio se llevó la mano al cuello. Seguía sin encontrar la agujilla. Se quedó allí sobre el carro en el centro de la calle. Lo veía alejarse. De vez en cuando, el cura rozaba con una mano el muro y daba unos golpes como si quisiera asegurarse de que lo que lo rodeaba era tangible. Con esa visión, a Mauricio le llegaron a la mente unas palabras, solo tres: confesor, Bartolomé y secreto. Entonces, como si se descorriera una cortina o una luz muy intensa iluminara un rincón oscuro, cayó en la cuenta de que casi con toda probabilidad aquel hombre sabía dónde estaba su hermana, lo que había sido de ella. El método alternativo a interrogarlo era obligarle a que quien confesara en aquella ocasión fuera él. Tenía que continuar de igual manera con sus averiguaciones, con sus deducciones, pero acababa de tener la certeza de que Vergel estaba al final de aquel camino. Había escuchado a su cuñado durante años y sabía que su alma era tan negra como la sotana que él vestía, y con toda seguridad sabría también que no había redención posible para Bartolomé Gormaz.

Mauricio pensó en el capellán como en una caja fuerte que tuviera que forzar para encontrar dentro lo que más codiciaba. Alzó las riendas y se dirigió a la comandancia. Así, mientras las autoridades hacían su trabajo, él se encargaría de Vergel.

En menos de diez minutos tenía el edificio ante sí. Se tocó el bolsillo para asegurarse de que llevaba las cartas de recomendación de Lupión. Entró muy decidido, pero lo detuvo un guardia para pedirle que se identificara y le dijera el motivo por el que quería acceder a aquellas instalaciones. Mientras se lo explicaba, un hombre uniformado que pasaba por el patio central lo interpeló:

—Le he escuchado decir que su hermana es la esposa de don Bartolomé Gormaz.

Mauricio asintió y el otro le tendió la mano:

—Soy el inspector general Juan Valero. Venga conmigo a mi despacho.

Sabía que este encuentro le había supuesto saltarse muchos trámites.

El oficial de la Guardia Civil le ofreció un habano, pero Mauricio lo rechazó. Aprovechó aquel momento para decirle que tenían una amiga común. Sacó la carta de Lupión y se la dio. El oficial sonrió mientras la leía y después le dijo:

—Cuénteme. Imagino que Gormaz…

Durante bastante rato, y de la misma manera que había hecho con don Benito, Mauricio no le ahorró ningún detalle; incluso cuando le preguntó si había pensado en algún sospechoso, no titubeó al decirle que su cuñado era para él el artífice de la desaparición de Dulce.

Al escuchar esto, el inspector frunció el ceño porque no le gustó esa última derivación. Aun así le aseguró que reuniría a sus efectivos para establecer un plan de investigación, y añadió:

—Pronto estaré en condiciones de informarle, pero ya le anticipo que el hecho de que no lo haya puesto antes en nuestro conocimiento lo complica todo. Muchas señales de lo que pasó aquella noche en la hacienda de la carretera de Siboney ya se habrán borrado.

44

A bordo del Bonne Chance, miércoles, 17 de febrero de 1875

Los días de Ángela, la doncella de los Gormaz, eran tan plácidos que resbalaban indolentes sobre ella. Por primera vez en su vida no tenía apenas nada que hacer; le preparaba la ropa a Romi para ir al comedor o para asistir a media tarde a alguno de los bailes o conciertos que se organizaban para entretener al pasaje y poco más. Dulce le había contado que los barcos que partían rumbo a América tenían otro aire, que no eran tan tristes como los que iban y venían desde España. No le cabía duda de que su señora se refería en concreto a los de la compañía de su marido.

Ángela pensaba en cómo sería Nueva York, el lugar que pronto tendrían ante los ojos. Hasta entonces, estaba convencida de que moriría en la hacienda cuando fuera muy vieja, cuando estuviera seca, exprimida después de trabajar toda su vida. Aquella casa en Siboney y la suya anterior en la villa de Gracia eran todo lo que había conocido.

Sus padres desconfiaron cuando don Bartolomé les propuso llevársela. Habían escuchado historias terribles de niñas que desaparecían devoradas por el océano, por los marineros, por las enfermedades, por las selvas tropicales, por tantos peligros que las acechaban durante la travesía y una vez en las Antillas. Pero se dejaron convencer con el argumento de que también podía encontrar la prosperidad de la mano de quien era uno de los prohombres más respetados a ambos lados del mar y que se había ofrecido a hacerse cargo de ella, que eso era algo que no sucedía todos los días.

María, la madre de Ángela, era una de las más de cincuenta planchadoras del ajuar de la compañía naviera. Bartolomé mandó una mañana a uno de sus hombres al local donde estaban instaladas las planchas de vapor en el puerto de Barcelona para que les preguntara a aquellas mujeres por una niñera de unos diez o doce años para llevársela a Cuba. A María, al principio, le espantó la idea de alejarse de su hija, pero las demás mujeres la animaron, le dijeron que no se lo pensara, que era la manera que tendría Ángela de ver mundo y que, si tenía suerte, hasta de progresar.

Después de tanto tiempo, Ángela no podía creerse que en unas semanas se reencontraría con su familia. Había planeado cómo sería aquel momento. Iría con uno de los trajes heredados de Romi, ambas tenían ya la misma talla, subiría por la escalera recubierta de cal mezclada con azulete y cuando estuviera ante la puerta se quedaría un rato en el rellano para escuchar los ruidos del interior: los de las puertas, los de los platos y los cubiertos, el alboroto de sus sobrinos... Imaginaba el balcón con la silla de su madre siempre allí, junto a la jaula del periquito, que entonces ya sería otro pájaro distinto al que ella había conocido antes de marcharse hacía entonces más de quince años. Y anticipaba los abrazos, la admiración por sus ropas, por las joyas que incluso tenía como regalo de doña Dulce.

Ángela pertenecía a una estirpe de criadas. Su madre lo había sido, también su abuela y la madre de su abuela. Según le habían contado, hasta donde se perdía la memoria de su familia, ninguna mujer se había dedicado a otro quehacer que no fuera servir a los demás. Entre todas ellas, Ángela se consideraba la más afortunada por haber tenido tan joven la oportunidad de viajar a Cuba. Como resultado de esto, podría darles todas las monedas y billetes que había reunido desde que se marchó. No necesitaba dinero, al menos mientras viviera en la casa de don Mauricio. Solo deseaba que estuvieran todos con vida. Les escribía con frases sencillas y ajustadas a lo que quería decirles, como le había enseñado a hacerlo Romi, pero ellos casi nunca le contestaban. Aunque sus padres y sus hermanos eran analfabetos, Ángela albergaba la esperanza de que alguno de sus sobrinos hubiera aprendido a leer y a escribir porque en los últimos años había recibido varias postales y tarjetas con unas pocas palabras trazadas con bastante torpeza. Las había guardado todas y en ese momento, mientras paseaba por la cubierta del Bonne Chance, las apretaba contra su pecho.

Santiago de Cuba, miércoles, 17 de febrero de 1875

Mauricio llamó a un niño que pasaba con un tirachinas en la mano por la puerta de la fonda El Remanso. Mientras el mozo se encargaba del caballo, habló con el pequeño.

—¿Quieres ganarte tres reales?

—Claro que quiero. ¿Cómo no voy a querer? —respondió abriendo mucho los ojos.

—Espérame aquí cinco minutos. Voy a escribir una nota para que la entregues.

Mauricio volvió enseguida con un sobre en la mano.

—Quiero que se lo des a la señora que vive en la casa de Velázquez, pero solo a ella. Si aparece cualquier militar, no saques la carta del bolsillo. Les preguntas si está y, si no es así, dices que ya volverás otro día porque te había prometido una limosna. ¿Lo has entendido?

—Lo he entendido todo, señor.

—Después vienes aquí y te pagaré.

Mauricio sabía que aquella espera se le haría eterna. Sentía el estómago revuelto y a la vez tenía hambre. En toda la mañana solo había tomado el ron que le había ofrecido el marido de Nausica. Decidió entrar en el comedor de doña Gadea. Abrió la puerta y buscó con la mirada a don Benito. Su amigo no estaba allí. Apenas se sentó, la camarera le puso delante una gran ración de callos. Comenzó a mojar el pan en la salsa y bebió un poco de vino. Aquella estancia recubierta de madera no tenía ventanas. Mauricio estuvo tentado de incorporarse por si el niño ya había vuelto, pero decidió que ya encontraría él la forma de avisarlo. Cuando terminó el arroz con leche del postre, subió a su habitación para descansar un rato antes de marcharse a Nuestra Señora de las Mercedes.

Sobre las tres estaba de nuevo en la calle dispuesto a acercarse al establo a por el coche de alquiler. Vio al niño en la fachada de enfrente.

—¿Cuánto rato llevas aquí?

—Mucho.

—¿Y por qué no me has llamado?

—Porque no sabía su nombre, señor —le dijo con una mirada que era a la vez astuta e implorante.

—Está bien, está bien —asintió Mauricio—. ¿Le has entregado la carta a la señora?

—Sí, pero como me ha preguntado de quién era y yo no sabía su nombre —respondió—, le he dicho que era de un señor que se hospeda en El Remanso.

—Bien, bien. Está bien.

—Ella me ha dado esta —el niño sacó de debajo de un gabán muy ajado un papel doblado en dos.

Mauricio no se lo podía creer:

—Entonces voy a tener que pagarte otro precio.

—Me dijo tres reales, señor. —El niño pensó que quería regatearle.

—Te voy a dar seis entonces: tres por la carta de ida y tres más por la de vuelta.

—Muchas gracias, señor —le dijo mientras tomaba las monedas de su mano—. Si otra vez me necesita, pregunte por Guzmán.

—Así lo haré. Lo que te acabo de dar es una fortuna. ¿Sabes que tendrías que hacer? Comenzar a ahorrar. No te lo gastes todo enseguida.

—¿Usted ahorra?

—Yo no, pero mi padre sí que lo hizo y ahora disfruto de ese dinero.

—Tiene mucha suerte, yo no tengo padre.

Mauricio pensó en aquellas dos frases. Le removió con la mano el pelo mugriento y se despidió de él. No veía el momento de encerrarse en su cuarto con aquellas palabras de Deva entre los dedos, como si fuera una forma de tocarla.

Subió las escaleras y dentro de su habitación se acercó a la ventana para leer aquellas líneas con delectación. Antes, olió el papel, que solo le devolvió el aroma a tinta y a celulosa.

> Estimado Mauricio:
>
> Sé que en estos momentos sería aún menos prudente que la otra vez que te acercaras a mi casa. Gracias por mandarme a este pequeño mensajero, porque así tengo ocasión de despedirme de ti.
>
> Me preguntas sobre lo que voy a hacer como si yo fuera libre de decidirlo. Aunque me haya quedado viuda, tengo aún otras servidumbres que atender.
>
> No he visto la agujilla de la que me hablas. La recuerdo de sobra porque la llevabas siempre. Bajaré a la santabárbara cuando esté la casa en calma para ver si la encuentro.
>
> En tres días embarcaré hacia España. Una vez allí, te mandaré mis señas. Ahora no. Tampoco voy a firmar estas palabras porque, aunque anhelo que lleguen a ti como a mí me han llegado las tuyas, siempre es posible que se pierdan o que las lea alguien más.
>
> Sé, Mauricio, que para mí solo hay una forma de felicidad y que esa felicidad eres tú, pero, como tantas otras cosas en esta vida, esta también me ha sido vedada. No dudes ni por un momento de que, si pudiera elegir, te elegiría a ti entre todos los hombres. Mi vida es mejor desde que te conozco, le has dado una nueva dimensión, me has hecho sentir. Por ese motivo, siempre te guardaré en mi recuerdo y te llevaré conmigo.

A continuación, Deva había dibujado unos trazos que a él le recordaron la marca de su mejilla. Mauricio acarició el papel con el dedo índice. Pensó en que las servidumbres y los vetos de los que le hablaba no eran más que nimios obstáculos que él se encargaría de apartar y que, en cuanto pasara el luto, no habría ningún impedimento real para que se reencontraran, lejos de militares y de encierros.

Escuchó que un carro entraba en la calle de El Remanso y se apresuró para bajar enseguida. Quería ir y volver de la hacienda de Gormaz en la misma tarde. Vio al mozo de siempre.

—Señor Sargal, no sabía que iba a necesitar el carro también esta tarde. El caballo está algo cansado.

—Iré despacio y pararé cada tanto para que beba, pero tengo que marcharme ya, Fabio —le dijo. Al cochero le gustó que recordara su nombre—. Estaré de vuelta a última hora de la tarde. Descuide, que lo trataré bien. Me gustan los animales bastante más que algunos hombres —lo tranquilizó, y añadió—: Y no dude de que, si sucede algo, correré con todos los gastos.

Mauricio entró en la plantación y preguntó a uno de los capataces por Zoghe. Después de lo que le habían contado Ángela y Romi sobre él, las palabras de Dada, la historia sobre que su antecesor fundó un reino según Himar, él esperaba ser capaz de arrancarle alguna palabra al esclavo; ya que sabía que su mutismo ante su sobrina y su doncella había sido absoluto.

—¿Y para qué quiere al negro? —le preguntó un capataz—. A su cuñado no le gusta que nadie husmee en sus cosas.

—Quiero hacerle unas preguntas. Solo eso.

—Espere aquí —le dijo mientras lo miraba de arriba abajo.

Al poco rato, vio aparecer entre las cañas al esclavo mutilado.

—Pensaba que solo te encargabas de los caballos —le dijo Mauricio como saludo.

—Eso por las tardes. También corto caña por la mañana y hago otras cosas como puedo.

—Acompáñame. —Zoghe miro hacia atrás muy temeroso. No sabía si el vigilante permanecía aún allí—. No te preocupes. Cuentas con su permiso. Además no tardaremos nada —dijo Mauricio en un tono más alto para que lo escuchara el otro hombre—. Vamos debajo del porche —le indicó apuntando hacia la casa.

Una vez allí lo invitó a sentarse en uno de los peldaños de la entrada mientras permanecía de pie frente a él.

—¿Cómo te hiciste eso? —le preguntó, como si no lo supiera, señalando el antebrazo.

—En el trapiche. La mano se quedó dentro. Me cortaron el brazo.

—¿Y vino el médico? ¿Quién te curó? —A Mauricio se le ocurrían muchas preguntas e intentaba ordenarlas en su cabeza antes de lanzárselas al esclavo, no quería que se asustara—. Zoghe, no te preocupes. Nadie te va a castigar por hablar conmigo.

—Vaya, vaya, vaya —escuchó una voz a su espalda—. Esta sí que es una reunión sorprendente. ¿Te has enamorado de mi negro manco, Mauricio? Ahora me explico por qué eres soltero.

La voz de Bartolomé se le metió tan adentro que lo mareó. Sabía que ya llevaba muchos días ausente, pero no esperaba encontrarlo tan pronto porque le había dicho que se marchaba a Brasil y era imposible que ya estuviera de regreso de ese viaje. Le había mentido de nuevo.

—Estás aquí —le respondió él con mucho desagrado.

—Estoy aquí porque es mi casa. ¿Y esto qué es? —Se había sacado del bolsillo de la levita la carta que le había dejado sobre la mesa de su despacho—. ¡Has mandado a mi hija a Barcelona sin mi permiso! ¡Me acusas de abandonarla! Me marcho unos días y te enseñoreas de todo. Cómo se nota que no sabes lo que es trabajar. ¿Qué te has creído?

—Soy su tutor, Bartolomé.

—Pero te recuerdo que muy a tu pesar aún estoy vivo.

—¿Y su madre vive? ¿Dónde está mi hermana? ¿Por qué le dijiste a Nausica que estaba en Biarritz?

—Vaya, Nausica. También Nausica. Veo que estás empeñado en apropiarte de nuestra vida entera, de nuestra casa, de nuestras amistades, de mis negros, de mi fortuna, eso es lo que de verdad quieres. Que trabajen otros mientras tú te pegas la gran vida, ¿verdad, Mauricio? Después ya los despojarás tú de sus cuartos. Siempre ha sido así. Lo hiciste con tu padre y ahora quieres hacerlo conmigo. Con los dos únicos hombres de tu familia que, además, nunca hemos dejado de trabajar.

Zoghe los miraba. No sabía si marcharse o permanecer allí. Al final se decidió por bajar la cabeza y comenzar a caminar hacia el cañaveral.

—¿Dónde está Dulce, Bartolomé? No te lo voy a preguntar más. Quiero que aparezca.

—¡Quiero que aparezca! La reclamas como si tú fueras el marido. ¿Y crees que yo no quiero que aparezca? Ya te lo dije: necesito un heredero. Si se ha marchado para siempre, tengo que saberlo cuanto antes para casarme con otra. El tiempo pasa demasiado deprisa. Yo soy el principal interesado en saber dónde está.

—No me mientas. Además, ¿eso es lo único que te importa? ¿Saber si la puedes sustituir ya? Eres un egoísta. Un gusano. Eres despreciable, Bartolomé.

Mauricio se echó encima de él y le apretó las clavículas con las dos manos. Después fue a darle un puñetazo, pero su cuñado le cogió la mano por la muñeca.

—Tranquilo, Mauricio, tranquilo. Eres tan impulsivo, tan poco frío. La otra vez, igual. —Él se soltó enseguida. Miró hacia el carro y pensó que lo mejor que podía hacer era marcharse—. No quiero volver a verte por aquí ni por ninguna de mis propiedades. En cuanto a mi hija... —Bartolomé se quedó callado y enseguida añadió—, haz lo que quieras con ella. No me sirve para nada, peor que eso, solo me servirá para traerme a alguno que me desplume. No quiero partir mi herencia. Respecto a ti, no te hagas ilusiones: no vas a tocar nada que sea mío. Ya me encargaré yo.

Mauricio no le contestó. Salió de Nuestra Señora de las Mercedes sin mirar atrás y dispuesto a abrazar a Deva, a refugiarse en su pelo, contra su pecho, a buscarla como fuera antes de que partiera.

45

Cuando aquella noche Mauricio fue a entrar en la casa parroquial vio a través de la ventana a dos mujeres. Una vestía por completo de blanco y la otra, de negro. A pesar de que solo las iluminaba un candil, supo enseguida que ninguna de las dos era Orfiria. Llamó con la aldaba y le abrió el padre Vergel:

—Pase, pase. Me alegra que busque nuestro cobijo y el de ellos.

—He visto que tienen visita.

—Así es. También le espera a usted.

Mauricio no le había concretado que iría esa noche cuando se lo encontró de camino a atender a la joven que según él estaba poseída. No respondió a su invitación para estar allí, pero, a pesar de eso, parecía que el capellán lo esperaba.

—Usted es el abogado del diablo —le dijo nada más traspasar el umbral.

—¿Por qué me dice eso, Sargal? Debería agradecer mi hospitalidad. Se nota que aún no me conoce.

—Se lo digo porque usted presta auxilio espiritual a mi cuñado, un depravado, un criminal. ¿Por qué lo hace? ¿Porque le paga sus libros de poesía? ¿Porque le da trabajo en su compañía naviera? Usted es un siervo de Dios, solo a él se debe y por él tendría que decirme lo que sabe de mi hermana.

Mauricio recordó en ese momento que no estaban solos en la casa parroquial.

—Estoy tan cansado, ¿sabe? Me exige mucho esfuerzo controlar las fuerzas perniciosas que nos rodean —le dijo el sacerdote—. Entre en esa sala. Ya le he dicho que lo esperan.

El padre Vergel le abrió la puerta de la habitación. *El libro de los espíritus* de Allan Kardec estaba sobre la mesa. El sacerdote lo dejó solo allí. Las dos mujeres que había visto desde fuera ya no estaban. No entendía por qué le había dicho que alguien lo esperaba. Enseguida pensó que se referiría a los espíritus con los que Orfiria y él decían convivir de forma tan estrecha.

Sin el candil encendido, solo alcanzaba a ver el libro y el resto de los objetos que había sobre la mesa: una pluma, un cuaderno y una figura de marfil de una bailarina a la que rodeaba una serpiente. Se sentó en el canapé y cuando sus ojos se acostumbraron a las sombras vio que algo se movía en el fondo de la habitación, en el lado opuesto al de la cristalera ante la que él estaba. Se levantó y fue hacia allí. Enseguida, enfundada en un abrigo negro abrochado desde el cuello hasta los tobillos, vio la silueta inconfundible de Deva y tuvo que pronunciar su nombre para convencerse de que aquello no era una visión.

La abrazó enseguida, la besó sin dejar de llamarla, como si no la tuviera allí, notó en los labios sus lágrimas y comenzó a secárselas con los dedos.

—Desde fuera he visto a dos personas. No sabía que una eras tú. He visto a otra mujer sentada aquí. ¿Quién te acompañaba? Estaba justo en esa silla —Mauricio señaló una de las dos que estaban apoyadas contra la pared que él tenía a su izquierda.

—Orfiria no está. Me ha dicho el padre Vergel que se ha marchado a visitar a una santera. He estado todo el tiempo sola… esperándote. Ven —le dijo ella llevándolo hasta el canapé.

—¿Quién era? —volvió a preguntarle él.

—Déjalo, Mauricio. No ha venido nadie mientras he estado yo aquí.

—¡Os he visto desde fuera a las dos! La tenías a tu lado —insistió él—. A ti no te he distinguido, si no, habría entrado enseguida, pero ella… estaba más cerca de la ventana, llevaba el cabello suelto y vestía de blanco.

—Les preguntaremos. A lo mejor se trata de uno de los fantasmas que convocan Orfiria y él. No sabía que se hubiera prestado a hacerme compañía mientras te esperaba. Le estoy muy agradecida aunque sea alguien inmaterial. —Ella quería que sonriera.

Él seguía desconcertado. Deva continuó:

—Parece que Vergel sabía que nos íbamos a encontrar. No sé, dice y hace tantas cosas extrañas... Te dije en el barco que era muy excéntrico, pero no me imaginaba que hasta el extremo de hacernos de celestino. Además...

—Tendrá sus motivos, pero todo eso da igual ahora —le dijo bastante recompuesto, besándola de nuevo. Repasó con las manos el contorno de su cintura, de sus caderas, de sus pechos para cerciorarse de nuevo de que estaba allí—. Deva, no te marches, quédate aquí en Santiago conmigo hasta que encuentre a mi hermana —le pidió Mauricio como si todo lo demás ya le hubiera dejado de importar.

—Eso sería un escándalo. Tengo que volver a España. Tengo que llevar a Asturias el cuerpo embalsamado de mi marido, lo sabes de sobra. No querrás que lo mande solo en el barco como un bulto más de los que cargan en la bodega. Tengo que asistir a su sepelio.

—Encontrémonos donde prefieras. Aquí o allá. Después.

—Después aún no existe. Tengo muchas cosas que resolver, Mauricio. Me he arriesgado a que nos despidiéramos de esta manera y eso ya es bastante. Espero que Gutiérrez no se dé cuenta de mi ausencia, pero...

—No digas que no habrá nada más.

—No depende de nosotros.

—No es verdad que no dependa de nosotros. Deva, ¿quieres estar conmigo? Ser... ¿mi esposa?

—Mauricio —le dijo mientras reía—, piensas que nada se puede interponer. Creo que eres mucho más soberbio que yo.

—Respóndeme.

—Acabo de enviudar. Tengo que pasar el luto. —Escucharon el portón de la entrada—. El padre Vergel me ha dicho que no volvería hasta el alba, que tenía que atender unos asuntos espirituales durante las que, según él, son las horas más propicias.

—Estamos solos en esta casa.

—No sé cuándo volverá Orfiria —le dijo ella.

—Vamos. —Mauricio la tomó de la mano y salieron al pasillo. A continuación de aquella sala había otros dos cuartos—. Espera aquí un momento. —Mauricio abrió la puerta de la calle para iluminarse y entró en la habitación en la que habían estado hasta ese momento. Encontró enseguida el candil y lo prendió.

Se alejaron hasta el fondo de aquella vivienda. A la izquierda vieron la sacristía.

—¿Qué quieres hacer, Mauricio?

—Casarme contigo ante Dios. Entraremos en la iglesia.

—Vámonos ya —lo apremió ella—. No quiero tentar más a la suerte.

—Como quieras —accedió él, y comenzó a subir de su mano las escaleras.

—¿Hay otra salida por aquí?

—Sí, hay otra salida, ya que no quieres estar ante el altar conmigo…

Mauricio comenzó a abrir las puertas de aquella planta de una en una. Encontró una despensa, una habitación de costura y un dormitorio con varios canastos alrededor de la cama.

—Aquí nos vamos a casar. —Dejó el candil sobre el velador y fue hasta el balcón para juntar del todo las contrapuertas—. Si esta noche es la última o la primera de muchas, no lo podemos saber ahora, pero nada nos impide pasarla juntos.

Deva pensó de forma fugaz en Gutiérrez.

Mauricio comenzó a desabotonarle el abrigo. Era tan entallado que parecía la funda de un sable. Se lo apartó de los hombros y lo dejó sobre una silla. Después, le abrió la blusa de encaje negro y dejó caer su falda al suelo tras desanudarle el lazo que se la ajustaba sobre el polisón. No pudo evitar acordarse de la otra mujer, la que había visto en la sala de abajo.

—Ven. —La llevó hasta la cama para que se sentara. Entonces, Mauricio se desabrochó el chaleco, la camisa, los pantalones y se quedó junto a ella—. No podemos desperdiciar esta noche. Es un regalo que nos ha hecho el destino. Ahora no nos vamos a marchar cada uno por nuestro lado, ya lo haremos al alba. Además eres libre. Libre, Deva, libre de hacer lo que desees.

Ella cerró los ojos, se reclinó contra la almohada y sonrió. Pensaba que aquello no podía ser posible. Mauricio le pasó los dedos por la cicatriz de su mejilla.

—¿Me vas a contar qué es esto?

—Algún día —le prometió ella.

—¡Algún día! Me gusta que te contradigas, que pienses que habrá algún día, algún otro día en el que podamos estar juntos como hoy. Creo que tú también sabes que habrá algún día, que habrá muchos otros días, y que tus impedimentos son inventados para enloquecerme todavía más.

—Primero tienes que saberlo todo.

—Dime.

—No, ahora no. —Después de estas palabras, fue ella quien lo besó.

Mauricio comenzó a pulsarle las piernas con sus dedos de músico como lo había hecho en la santabárbara. Después le recorrió con sus manos la cara interior de los muslos, despacio, como si quisiera conquistar cada porción de la piel por la que avanzaba. Le deslizó las manos por el torso, por su cuello, se frotó de nuevo contra sus labios y la abrazó.

—No te podría olvidar por mucho empeño que pusiera. Solo quiero estar contigo, con nadie más. —Se dejó caer del todo sobre ella y continuó—: Y a ti te pasa lo mismo. Deva, quiero quedarme a vivir en ti, no salir nunca de tu cuerpo —le dijo mientras se movía sobre ella—. Quiero dedicarte mi vida entera. Dime que te casarás conmigo, dime, mejor, que ya estás casada conmigo.

—Lo estoy. Tal vez solo durante esta noche, pero lo estoy. —Ella sintió un placer inmenso, se estremeció de una forma que no alcanzó a comprender, con una intensidad en la que todos sus nervios parecían cobrar vida a la vez y conjugarse con la laxitud extrema que irradió desde su centro. Él la alzó desde la espalda para pegarse todavía más a ella y agitarse aún más fuerte.

—Mauricio, nunca he sido tan feliz. No sabía que esto fuera posible.

Él sonrió y después de sentir cómo se derretía dentro de ella se dejó caer a su lado.

—No quiero que vengas mañana al puerto a despedirme —le dijo Deva de repente—. Prefiero recordarte así. Además, no podemos arriesgarnos a que nos vean siquiera mirarnos. Sé que voy a tener muchos ojos pendientes de mí.

Mauricio aún no había recobrado el aliento. Continuó callado porque no quiso contestarle para no incomodarla.

46

Casa de Velázquez, Santiago de Cuba, sábado, 20 de febrero de 1875

—¿Busca esto, señora Rivadeneira? —Gutiérrez entró en la santabárbara mientras Deva recorría con sus manos, palmo a palmo, todo el suelo del arsenal.

Se incorporó muy sobresaltada.

—¿A qué se refiere?

—Venga, salga de aquí —le dijo él tendiéndole la mano. En cuanto llegaron al claustro le mostró la joya de Mauricio—. Ya sabe que solo quiero ayudarla. A eso me he dedicado desde que usted llegó. —Deva tragó saliva—. Señora Rivadeneira... —le dijo el militar en un tono condescendiente.

—¡Deme eso! —le exigió mientras alargaba la mano para coger la agujilla con las dos perlas negras.

—Del mariscal no creo que sea. A él no le gustaba nada vestir de paisano, prefería ir siempre de uniforme. —Gutiérrez cerró los dedos en torno a la alhaja—. Pero parece que a usted le interesa mucho. Así que... merezco una recompensa, ¿no cree?

El oficial la había llevado poco a poco hacia uno de los rincones. Ante los azulejos sevillanos y entre las plantas, Deva se sentía atrapada.

—Démela, se lo ruego. En unas horas me marcho y no me volverá a ver. Ya no le daré más trabajo. —Él le sonreía—. ¿Quiere dinero? ¿Es eso? —le preguntó Deva.

—No, quiero algo que vale bastante más que el dinero. Y por el interés que usted muestra en este adorno, parece que lo podré obtener. —Gutiérrez la miró con mucha intensidad y después le dijo—: Acompáñeme.

Deva no perdía de vista la mano en la que el oficial llevaba la joya por si se la podía arrebatar en un despiste.

—Aún me queda bastante por empacar. El barco zarpa en cuatro horas. Tengo el tiempo justo.

—Está bien, usted decide. Yo no voy a obligarla a nada. —Ella lo siguió por la casa de Velázquez—. Entre aquí —le ordenó Gutiérrez al abrir la puerta de su despacho—. Estoy a punto de conseguir que me destinen a Salamanca, a mi casa, por fin, pero parece que las altas instancias no se acaban de decidir. El otro al que quieren mandar allí es un desecho humano y, a pesar de que mi hoja de servicios es impecable, sin una sola tacha, me han llegado noticias de que quieren inclinarse por él. Usted seguro que conseguiría convencerlos. Quiero que me redacte una carta de recomendación.

—Eso debió solicitárselo a mi esposo.

—Y así lo hice, mire —el militar le mostró una hoja firmada por Rivadeneira—. Pero ahora quiero una suya. A veces, en estas decisiones, por la influencia sobre sus maridos, las mujeres también tienen voto y mucha voz, aunque no sea pública. A usted la conocen allí más que aquí. Diga lo bien que me he portado durante su estancia.

—Traiga —le dijo ella para leer lo que había escrito el mariscal y usar aquellas líneas como modelo para las suyas—. Enumeraré sus muchas virtudes y obviaré el exceso de celo con el que se ha comportado.

—Es mi deber, señora, que usted permanezca sana y salva durante su estancia en Santiago. Le recuerdo que estamos en guerra. Una incursión de los rebeldes, un tiroteo, podría haber sucedido cualquier cosa. Una emboscada incluso.

—¿Pero qué emboscada si casi no he salido de aquí? Como no se descolgaran desde el tejado…

—Todo es posible. No hay que descartar ninguna acción. Tenga —colocó la aguja sobre unos papeles en blanco.

Ella se dispuso a escribir sobre las virtudes castrenses de

aquel hombre que también se había tomado como parte de sus obligaciones no quitarle la mirada de encima en ningún momento.

En cuanto Deva terminó bajó al zaguán. Allí la esperaba el doctor Argensola que le explicó con todo detalle el proceso de embalsamamiento del cadáver de su marido. Le contó que, después de rasurarlo y masajearle todo el cuerpo para que sus músculos se ablandaran y evitar así la rigidez, al contrario de lo que hacían otros, él no le había inyectado arsénico, sino que había empleado una técnica moderna que consistía en sustituir ese veneno por formaldehído.

Ella deseó que acabara cuanto antes, pero aún añadió que le había cosido los párpados y la boca y frotado entero con grasa animal para que mantuviera la humedad.

—Está bien —lo interrumpió—. No tengo ninguna duda de que ha hecho un excelente trabajo.

—Si quisiera verlo… Le parecerá que está dormido, salvo por la respiración. Si no fuera por eso, nadie diría que está muerto de lo bien que lo he dejado.

Deva quería cerrar los ojos, volverlos a abrir y encontrarse por arte de magia en su casa de Llanes.

—No sé qué hacer con su sangre —continuó el médico—. Tirarla me parece algo irrespetuoso. En esa sangre está su valentía.

—Doctor Argensola —le dijo ella—, le reitero las gracias por encargarse del cuerpo del mariscal, pero ahora tendrá que disculparme: debo salir ya hacia el puerto.

Le resultaba bochornoso que aquel hombre, para darse importancia, incidiera en todas aquellas cuestiones anatómicas. Además sintió rabia porque de nuevo debía enfrentarse a otra situación desagradable. Eso había sido una constante en su vida desde que cambiara de improviso cuando tenía once años. Allí en Santiago de Cuba quería huir de todo y de casi todos, como ya le había pasado antes, subir sola a lo alto de una montaña y gritar.

—Acabé un poco mareado, no se crea. Aquella sala no tiene ventilación... Ni una sola ventana.

—Gutiérrez —llamó ella—. ¿Ya están todas mis cosas cargadas?

—Sí, su coche seguirá al del mariscal, como el día de las exequias. La comitiva ya está en formación dispuesta para marchar a caballo. Le rendiremos al mariscal los últimos honores.

Deva respiró hondo. Quería que se acabaran para siempre en su vida los desfiles, las salvas y los toques de corneta. Una vez más, esperaba que fuera la última, se dejó conducir por el ayudante de su marido y subió al carruaje.

Durante el trayecto no quiso mirar al frente, hacia la carroza fúnebre, sino que se entretuvo en observar a los niños que los rodeaban. Entre ellos distinguió al que había hecho de mensajero entre ella y Mauricio; la miraba muy serio mientras avanzaba, con la gorra entre las manos en señal de respeto. También vio a algunas mujeres que se santiguaban al paso del cortejo; los hombres se descubrían.

Sentía que le faltaba el aire. Gutiérrez tenía los ojos puestos en ella, como siempre. Deva no se había quitado el tocado rodeado de gasa que le cubría casi toda la cara. Comprobó que llevaba el abrigo abotonado hasta arriba y la agujilla con las dos perlas negras de Mauricio en el bolsillo, y continuó con su despedida de Santiago de Cuba. En cada calle, a pesar de que le había rogado que no fuera, esperaba encontrar a Mauricio.

Llegaron al puerto, y en el muelle donde estaba atracado el barco, vio al padre Vergel dispuesto para el responso. En cuanto todos estuvieron colocados a su alrededor, roció con agua bendita el ataúd que contenía los restos de Rivadeneira. El monaguillo que lo acompañaba hizo sonar una campanilla y a continuación una banda militar interpretó el himno nacional. Cuando terminaron de tocar, Gutiérrez, junto con otros cinco oficiales, se encargó de subir el féretro a cubierta. Saludaron y desembarcaron. Los relevaron arriba otros miembros de la dotación para trasladarlo a la bodega.

Después subió Deva. Mauricio la observaba desde una ventana del segundo piso de una de las empresas consignatarias de

Bartolomé Gormaz. Tras presentarse como su cuñado, había preguntado por las fechas de partida del vapor The Commodore desde Nueva York. El hombre al que se dirigió consultó varias tablas sobre las que deslizaba una regla.

—El próximo viernes zarpa hacia Barcelona. Sabe que ese no es de nuestra compañía.

—¿La fecha prevista para la llegada del Bonne Chance me la podría mirar también?

El hombre recorrió con la vista la misma tabla.

—Si todo va bien arribará a puerto este miércoles.

—Gracias. Quiero pedirle otro favor —le dijo Mauricio—. Me gustaría ver cómo parte el buque del mariscal. ¿Podría subir? —le preguntó señalando las escaleras que había detrás de los mostradores.

Aquel hombre se encogió de hombros para mostrarle que por su parte no había ninguna objeción. Comenzó a ascender. Se golpeaba la pierna derecha con el sombrero de copa. La planta superior era el archivo de la oficina, no tenía tabiques ni otras divisiones. Se acercó al ventanal y enseguida reconoció a Deva. Tenía la espalda apoyada en la barandilla del otro lado de la cubierta de la misma forma y en el mismo lugar donde él la había visto la primera vez. No le cupo la menor duda de que lloraba, como también estaba seguro de que ninguna de las lágrimas que recorrían sus mejillas era por el mariscal.

Cuando el barco empezó a moverse, Mauricio se llevó la mano izquierda al pecho y después superpuso la otra con los tres anillos, como si con aquel gesto quisiera detener el trozo de alma que sentía que había comenzado a desprendérsele.

Siboney, lunes, 22 de febrero de 1875

Mauricio estaba en la plantación con el vigilante negro que se encargaba de controlar los movimientos en el trapiche.

—¿Cuánto tiempo llevas aquí? —le preguntó al esclavo porque le extrañó que hablara tan bien español.

—Los mismos años que tiene la señorita y que tiene mi hijo: quince. Él ya nació aquí. Soy de los pocos que tiene a su familia con él, que no nos han separado. —El vigilante no le sostenía la mirada a Mauricio.

—Y como estás tan agradecido a don Bartolomé te dedicas a martirizar a los otros —le reprochó él mientras daba un par de pasos hacia la valla de madera.

—Yo solo hago lo que me mandan —respondió el hombre de nuevo sin mirarlo.

—A ti nadie te surca la espalda a latigazos.

—Será porque me lo he ganado. —En ese momento alzó la cabeza y fijó su vista en el horizonte, donde estaban las palmeras que junto al río marcaban los lindes de aquella finca.

—Me han dicho que casi siempre llevabas tú a mi hermana a Santiago —Mauricio lo cogió de los dos hombros para que no pudiera apartarle de nuevo la mirada.

—Así es, patrón. Y así será siempre que ella lo necesite.

Estas palabras le sirvieron a Mauricio para comprobar que la casa de la hacienda y la plantación eran dos mundos separados, que lo que sucedía en uno no llegaba al otro, y viceversa, como si entre ambos hubiera una distancia cósmica.

—¿Y cuánto hace que no la llevas a ningún sitio? —lo interrogó para asegurarse de que las fechas coincidían.

—Mucho, semanas, casi tres meses, creo, pero porque durante la zafra me tengo que ocupar de estos, tengo que asegurarme de que no paren de trabajar ni un momento. No sé quién habrá ido con ella durante la cosecha.

—¿Algún caporal? ¿Oquendo o Junio? —le hizo esta pregunta porque quería comprobar, igual que había hecho con Fulgor, que no le mentía—. ¿Puedo hablar con ellos? —añadió para continuar con la misma estrategia, pues él ya sabía por Himar del nuevo destino de estos.

—Eso es imposible. Están en África, fíjese, el amo los mandó allí cuando ellos no querían ir y los que queremos regresar a nuestra casa… aquí estamos. —Aquellas palabras eran casi casi las mismas que le había dicho la cocinera.

Antes de marcharse, Mauricio decidió hacerle una pregunta más, aunque estaba convencido de que no iba a obtener ningún resultado:

—Y durante el trayecto por la carretera de Siboney hasta la ciudad, ¿mi hermana te pedía algo? ¿Que la llevaras a algún lugar determinado?

—Sí, señor. Muchas veces nos deteníamos en una casa. Si la patrona iba a tardar mucho, yo regresaba aquí y volvía después a por ella.

—¿En el barrio de Vista Alegre? —Mauricio pensó en la de Nausica Bacarisse.

—No, señor, en esta misma carretera de Siboney antes de llegar a Santiago. Tiene una parra delante de la fachada y tres ventanas redondas en el segundo piso. Es rosada.

—¿Sabes si esa casa es propiedad de mi cuñado?

—Eso ya no lo sé, señor. Solo sé que antes de la zafra la señora iba al menos una vez a la semana allí.

No sabía muy bien qué lo había empujado a hacerle aquella pregunta, pero sabía que había dado en el blanco. Mauricio deseó que su cuñado no estuviera en la atalaya de su despacho. Después miró en dirección al cementerio de la hacienda. El vigilante negro le dijo:

—Está prohibido enterrar a un esclavo en el cementerio cristiano, para eso están los de los ingenios. Cada hacienda tiene el suyo.

Se despidió del esclavo con un gesto rápido, fue hacia el rosedal y lo cruzó en dirección a los tilos de la parte trasera de la mansión. Desde que se había marchado Himar, la cocina estaba cerrada. Rompió con una piedra el picaporte y entró.

En la habitación de Dulce volvió a sentir su perfume como si estuviera allí. Olía a limón, al sol que ella acumulaba siempre bajo su piel y a mañana de domingo. Toda la ropa de su hermana seguía sobre la cama tal como la habían dejado Romi y Ángela. Escuchó ruido en el despacho de su cuñado.

Mauricio fue desde la habitación de Dulce al despacho de Gormaz dispuesto a matarlo. Ya no podía más. La mentira sobre su viaje a Brasil en medio de todas aquellas circunstancias había hecho que se le desatara la ira. Aguardar aquel momento no había hecho más que hacerla crecer. Se situó enfrente de él, lo maldijo y le gritó hasta desgañitarse. Le dijo que era un ser despreciable, un arribista, que había puesto sus ojos miserables, codiciosos, de negociante advenedizo y sin escrúpulos en su hermana por la dote, por la tienda y por el almacén, y que no se había molestado nunca lo más mínimo en ocultarlo. Que él solo había llevado infelicidad a su familia y sobre todo a su hermana.

Bartolomé Gormaz, después de mirarlo durante unos segundos en silencio, le respondió:

—Desahógate, querido Mauricio. Yo ya lo he hecho. Que nos haya sido arrebatada Dulce ha sido terrible, estamos los dos de acuerdo. Te pondré un ron. Necesitas sosegarte. Ese estado de ánimo no es nada bueno para ti. Te va a dar un ataque al corazón. Estás fuera de ti.

Cuanto mayor era la calma de su cuñado más se exasperaba él.

—No quiero nada tuyo —le dijo cogiendo la copa vacía que había sobre su escritorio y lanzándola contra el vidrio de la ventana—. Quiero que vayas a la cárcel, que te arresten, quiero tu humillación pública, que te conviertas en un apestado social, tu muerte civil, que nadie quiera acercársete. Eso quiero. Quiero quitarte de en medio. Mi hermana, Gormaz. Mi hermana. —Mauricio sentía deseos de llorar, de dejarse caer de rodillas, pero no quería que Bartolomé lo viera rendido—. Solo hay algo que me consuela —le dijo—: al menos he conseguido alejar a mi sobrina de tus garras y de una vida desgraciada a tu lado.

—Tengo que decirte que sin pretenderlo me has hecho un favor —después de decirle esto soltó una carcajada.

Entonces Mauricio cogió a su cuñado por el cuello, como la vez anterior, y comenzó a golpearle la cabeza contra la estantería repleta de libros de contabilidad y archivadores que había a la derecha del ventanal. Bartolomé Gormaz sonreía:

—Todo es inútil, Mauricio. Todo lo que hagas no servirá para nada. Ya tenías que haberlo entendido, tenías que haberlo entendido mucho antes.

—Me encerrarán de por vida, pero antes te llevaré a ti por delante. Voy a matarte. Eso es lo único que me dará algo de paz.

La única variación en el rostro de Bartolomé Gormaz era el color rojo que le producía la falta de oxígeno.

—¿Qué sucede, señor? —preguntó su secretario Rafael, que había acudido allí al escuchar los gritos.

Aquel hombre vestía siempre la misma levita, como si encargarse de llevar al día las cuentas de las siete propiedades de su jefe en la isla no le dejara tiempo para ocuparse de su vestimenta. Incluso daba la impresión de que dormía con ella. Cuando Mauricio se giró para ver de quién se trataba, Bartolomé aprovechó para separarse de él.

—De nuevo mi cuñado ha tenido uno de sus arrebatos de cólera. Le sucede desde que era un crío. De repente, una idea se le fija en la cabeza, se pone violento y carga contra todo y contra todos. A estas alturas, me temo que su enajenación ya no tiene remedio.

—¡Bartolomé! —gritó él fuera de sí mientras lo señalaba con el dedo índice—. Recuerda lo que te he dicho. Acabaré contigo. No te quedan muchos años de vida, pero te aseguro que haré todo lo posible por acortarlos. ¡No solo te odio, es mucho más que eso! El odio sería un sentimiento dominable, esto que siento no lo es. Eres un engendro, un…

Bartolomé Gormaz continuaba sin alterarse, como si todo lo sucedido le resultara ajeno. Después de mirarlo durante un par de segundos, se acercó al hombre que acababa de entrar y le bisbiseó algo al oído. Después dijo en voz alta:

—Rafael te acompañará abajo. Aún tienes un par de horas de luz, tiempo de sobra para regresar a Santiago. Y vuélvete a España, Mauricio, sigue mi consejo. Si me hubieras hecho más caso... Aquí no haces nada. No eres hombre para estas tierras y menos para estos negocios. Lo tuyo es la música. Y creo que solo la música. Has tenido suerte de poder vivir como vives, sin trabajar.

Mauricio estaba agotado. Tenía hormigueos en las manos después de haberle apretado con fuerza el cuello, le dolían también los hombros por la tensión, pero lo peor era la profunda desazón que lo había dejado sin fuerzas, que lo había vaciado y debilitado. Tan mal se sentía que dudó de que fuera capaz de llegar hasta la fonda El Remanso, el lugar del que entonces lo separaba un abismo que sentía insalvable. Aun así estaba decidido a ir como fuera, y además a detenerse antes en la casa de la que le había hablado el vigilante negro.

Bartolomé Gormaz estaba convencido de que su esposa se había fugado con otro hombre. Hasta él habían llegado también los mismos rumores que había conocido Mauricio a través de don Augusto Esmerla. Por ese motivo decidió no levantar la liebre, no informar a nadie de su desaparición, contar lo de aquel viaje a Biarritz, algo bastante verosímil porque ella ya les había adelantado a algunos de sus conocidos que quería ir allí. Él se había desplazado en primer lugar a casa de Nausica para que fuera su íntima amiga, como Dulce la llamaba siempre, quien se encargara de expandir por la ciudad la noticia. Después se había encargado de hacer llegar a Barcelona el destino cantábrico de su mujer para que lo supieran sus amigas de allí, pero por mucho que se empeñara su cuñado, él tampoco sabía nada más. Solo que su matrimonio no había sido como esperaba. A pesar de que formalizó su compromiso con Dulce cuando ella tenía quince años, le había parecido siempre demasiado resabiada. Incluso entonces, tan joven, no era nada ingenua y sí, en su parecer, frívola en exceso. A punto estuvo de arrepentirse de desposarla conforme la conoció más, pero se dijo que para lo que él la quería casi cualquiera le servía. Ella no había sabido tolerar sus continuas ausencias, ni había accedido a sus requerimientos con tanta frecuencia como deseaba. No había sido para él una buena esposa, sino alguien demasiado inmanejable y distante.

Estaba decidido a casarse de nuevo para que su heredero naciera cuanto antes. A su hija le enviaría una invitación de boda. Se alegraba incluso de que Mauricio le hubiera quitado de en medio a Romi. Si Dulce reaparecía, no sucedería nada, porque todos entenderían que durante su ausencia o su abandono él hubiera continuado con su vida. Ya lo arreglaría con la iglesia. Solo le faltaba encontrar una candidata. La elegiría bien, no estaba dispuesto a equivocarse de nuevo. Cualquier padre le entregaría muy satisfecho a su hija sabiendo que él la convertiría en una de las mujeres más ricas de Cuba y de Barcelona. Bartolomé Gormaz decidió que, parapetado tras la siempre creíble excusa de sus negocios, asistiría a la siguiente fiesta en el club San Carlos y echaría un vistazo. Sabía que podría tener a la que quisiera, pero entre todas ellas elegiría a la más apocada.

Respecto a Dulce, solo esperaba que aquel con el que hubiera escapado fuera alguien al menos de la misma clase que ellos, o que se tratara de un funcionario español destinado allí, como había escuchado que se comentaba. Pero la creía capaz también de fugarse con un esclavo. Sabía que era una idea disparatada, pero aun así, imaginarla en la montaña o en la selva con un cimarrón, con un negro asilvestrado huido de una plantación, le repugnaba. No soportaba pensar que yacía con alguien así y dio un puñetazo sobre la mesa.

Su secretario Rafael entró en ese momento en el despacho para relatarle lo sucedido con su cuñado Mauricio Sargal.

47

Santiago de Cuba, martes, 23 de febrero de 1875

Don Benito buscó a Mauricio en el comedor de la fonda. Quería transmitirle lo que él había llegado a atisbar una vez unidas las piezas del rompecabezas con los datos que le había contado sobre la desaparición de su hermana. También quería informarle de que el inspector general Juan Valero, el ayudante del capitán general, se había acercado hasta allí.

—¿Sabe dónde está Sargal, doña Gadea? —le preguntó don Benito a la dueña de aquel establecimiento en el que ambos vivían.

—Pues no. Desde ayer a mediodía no lo he visto, pero ya es hora de que salga un poco. Es demasiado joven para estar tan encerrado, aunque la guerra… nos baja los ánimos a todos.

Él quiso creer que su ausencia se debía a un escarceo amoroso, pero su instinto, ya muy entrenado, como si el hecho de ser boticario le permitiera oler la sangre desde lejos, le indicó lo contrario. Decidió dejar el almuerzo para más tarde e ir a la comandancia. En menos de diez minutos se identificó ante el guardia de la puerta y le rogó que lo dejara pasar:

—Estoy muy preocupado por un amigo. Temo que le haya sucedido algo. —Friné pensó en algún incidente en el camino que conducía a la hacienda de Bartolomé Gormaz por la carretera de Siboney.

—Y nosotros estamos muy ocupados. Déjeme el nombre de esa persona y le informaremos si nos llega algo.

—Me consta que el señor inspector general también lo conoce. Si pudiera hablar con su superior.

En ese momento se acercó otro guardia al que Friné le calculó unos cincuenta años. Le explicó a él todo de nuevo.

—Se trata del cuñado de don Bartolomé Gormaz.

Al escuchar este nombre el recién llegado reaccionó.

—Espere un momento. Tengo que arreglar un par de cosas aquí antes de acompañarle.

A don Benito no se le había ocurrido acercarse a Nuestra Señora de las Mercedes, pero en aquel momento le pareció lo mejor: recorrer el camino inverso al que había hecho Mauricio al menos le serviría para descartar que estuviera allí.

Don Benito y el guardia civil con el que partió de la comandancia habían recorrido casi toda la carretera que conducía desde Santiago hasta la hacienda de Bartolomé Gormaz. Acababan de cruzarse con un grupo de unos diez colonos asiáticos atados entre ellos a los que acompañaban dos vigilantes negros.

—Esta es tierra de atrocidades —comentó don Benito—. Y nos quieren hacer creer que esos pobres desgraciados son trabajadores contratados. Lejos, en la península, tal vez se lo crean. «Hombres libres» los llaman, a pesar de que llevan esas cuerdas. Conforme avance el abolicionismo, sustituirán a los negros por los amarillos. Usted sabe —don Benito se dirigió al guardia— que Céspedes liberó a todos los esclavos de su finca la Demajagua hace ya siete años. Así comenzó su lucha.

—¿No me dirá que apoya a los rebeldes?

—¿Cómo se llama usted?

—Martín —le dijo el guardia.

—Martín, nos han hecho creer que tenemos que ser de un partido, tomar partido siempre, estar con unos o con otros. Nos abocan a considerar que los de enfrente son nuestros enemigos y, permítame que le diga, aunque sea usted hombre de armas, que esto no es así. No hay necesidad. Nos quieren hacer creer también que necesitamos un ejército que nos defienda, cuando lo que se defiende siempre son los intereses de los más poderosos. ¿Y sabe por qué? Porque la carne de pobre es muy barata. Son carne de cañón que apenas cuesta nada y permiten que los privilegios de los de siempre se mantengan.

—Yo no quiero saber nada de política —le dijo el guardia a don Benito—, que tengo mujer e hijos en España y aún esperan que vuelva.

—Mujer e hijos tendrán ellos también, y padres, hermanos... Mírelos, «culíes» los llaman —le dijo mientras señalaba a los chinos—. Y los traen aquí, dicen que desde la zona del delta del río de las Perlas, en Cantón. No sé si usted sabrá geografía. El caso es que ahora los dirigen los africanos, que ya conocen el trabajo, y se comunican con ellos solo con el lenguaje de los azotes. Dicen que muchos se suicidan, aún más que los negros. No me extraña. Usted y yo también lo haríamos en esas condiciones.

—Mi padre me enseñó que no me metiera en esos asuntos, que no es cosa nuestra, y siguiendo su consejo no me ha ido mal. Yo agacho la cabeza y obedezco al inspector general y a quien sea que esté al mando.

Don Benito sintió que lo separaban de él muchas cosas.

—Mire —el guardia le señaló la casona de Bartolomé Gormaz—. Es Nuestra Señora de las Mercedes, ya no falta nada.

Escucharon el relincho de un caballo. Al verlo, Friné se dio cuenta enseguida de que se trataba de una de las monturas de la fonda El Remanso. Lo habían atado a un jagüey y se movía sin parar porque las ramas le rozaban el lomo.

—Es... —don Benito iba a decir que se trataba del carro que utilizaba Mauricio para desplazarse, pero ya no pudo, porque lo vio a él tendido boca abajo y con la nuca ensangrentada—. Martín, es él, es mi amigo. Venga, ayúdeme. —Entre los dos le dieron la vuelta. Friné acercó la oreja a su corazón, le puso después la mano en la frente y le tomó el pulso en la muñeca—. Está muy malherido. Parece que ha perdido bastante sangre. Está frío. Tenemos que llegar cuanto antes al hospital. Ya avisaré para que vengan a por el caballo y el carro. Vamos, vamos a cargarlo. Más nos valdría ponerle un uniforme militar. Así lo atenderían antes.

Mauricio tenía el cabello húmedo y pegado a ambos lados de la cara y la barba sucia con restos de paja y hierba.

—Creo que le han dado un buen golpe en el cuello. Como a un conejo —dijo el guardia.

Les costó mucho levantarlo hasta la caja de la carreta. Don Benito pensó que el traqueteo por aquel camino tan irregular no le iría nada bien, pero no tenían más remedio que trasladarlo cuanto antes y como fuera. No llevaban siquiera agua. Él se colocó en la parte de atrás: le desanudó el lazo, le desabrochó los botones del chaleco y la camisa y lo abanicó con su sombrero, pero no consiguió que abriera los ojos.

Cuando en el hospital le quitaron a Mauricio el chaleco turquesa, don Benito vio que sobresalía de su bolsillo un papel. Dejó el resto de la ropa sobre una silla al lado de la cama del paciente y lo leyó:

> Si cualquier cosa me sucediera, fuera lo que fuese, ruego a quien tenga a bien hacerse cargo de mí que me embarque, vivo o muerto, de forma inmediata hacia España. Y que este deseo, no sé si será también mi última voluntad, se cumpla sin vacilaciones. Esta petición es sagrada. Gracias y Dios le guarde.

Debajo decía «Mauricio Sargal». Solo estaba escrito el nombre, pero sin rúbrica. Don Benito se quedó muy desconcertado con aquel papel en la mano, pensó que su amigo lo había llevado siempre encima por si le sucedía algo. Lo releyó. No sabía qué hacer. Pensó en todas las alternativas, en trasladarlo a la fonda, en llevarlo a su casa, la antigua botica. Después de un par de horas, al final se decidió por secundar aquellas indicaciones, ya que, dadas las circunstancias, eran la única señal que tenía. Se levantó y fue a buscar a una enfermera.

—Por favor —paró a la primera mujer que vio con el uniforme sanitario—, necesito llevarme a... —miró en dirección a la sala de curas—, a mi amigo. Ha surgido un contratiempo, un inconveniente. Tiene que coger un barco cuanto antes. A bordo se harán cargo de él.

—¿De quién se trata?

—Es el hombre herido que está en la última cama junto a la ventana.

Ella miró hacia allí.

—¿Es un soldado? Porque, si es un soldado, en ese caso me temo que no será posible.

—No. Es el cuñado de don Bartolomé Gormaz. —No había nadie en la isla que no supiera quién era—. Va a viajar en un barco de su compañía —improvisó Friné— y él en persona se encargará de que no le falte de nada durante la travesía. Estará muy bien atendido, igual que aquí.

—Igual que aquí no. Tal como están las cosas, creo que estará incluso mejor. Estamos desbordados. Mire cómo está todo. Voy a hablar con el director.

A la entrada, a don Benito le había costado abrirse paso. Los heridos de guerra ocupaban los pasillos e incluso algunos espacios entre las camas. En pocos minutos regresó la enfermera.

—La autorización —le dijo mientras se la entregaba—. Queda usted como responsable. Ojalá tenga suerte, aunque no sé... Lo he visto muy débil. Espero que sobreviva.

Don Benito nunca creyó que se despediría de aquella manera de su amigo. Pensaba en el puerto, en cómo lo izarían por la pasarela de madera entre varios marineros sobre una camilla hecha con dos maderos y una sábana, cómo lo depositarían solo en su camarote... Anticipaba todo esto y se le partía el alma. Le parecía que a Mauricio aún le quedaban por hacer muchas cosas a sus cuarenta años... Que se marchara además sin saber qué había sido de su hermana lo apenaba todavía más.

Delante de la fachada del hospital había varios coches. Se dirigió al que tenía más cerca:

—Quiero que traslade a un hombre a la enfermería del puerto. Que lo dejen allí, yo iré enseguida.

Friné, con una energía que ya no sabía que tenía, llegó a El Remanso y le pidió a doña Gadea su cuenta y la de Mauricio. Le dijo que se veían obligados a viajar de inmediato a España por la situación política que se vivía allí.

—Esto sí que no me lo esperaba, don Benito. Pensaba que

usted ya no se movería de aquí. No quiero decir solo de mi casa, sino de Santiago.

—Pues ya ve. Yo tampoco me lo esperaba, pero parece que la vida nos depara sorpresas hasta el final.

—Se le echará de menos.

—Mándeme a la chica para que me ayude a recoger nuestras pertenencias.

—¿Y no viene don Mauricio?

—No, él está en el puerto… ocupado en algunos trámites.

—Dígale que aquí estaremos por si decide regresar.

—Gracias, doña Gadea, es usted siempre una madre para sus huéspedes.

—Para algunos me gustaría ser otra cosa, pero a esta edad… —le dijo con una sonrisa.

Don Benito tenía muy claro que lo que tenía en la fonda le bastaba para su vida diaria, incluso le sobraban algunos objetos que sentía como un lastre. Había cerrado su casa hacía años, pero no sintió la menor nostalgia ni vio la necesidad de pasar por allí antes de marcharse. Apenas una hora después, llegó al edificio de la consignataria de la naviera de Bartolomé Gormaz y preguntó qué alternativas de viaje tenía.

—El Feilory sale mañana para Santander. Ese es el primero. El próximo para Barcelona no parte hasta el viernes.

—Deme dos pasajes en primera para el de mañana. Vamos a España, a cualquier lugar de España.

El empleado de la compañía no entendió tanto apresuramiento cuando aún faltaban tantas horas.

—Con viento favorable, un clíper como este puede llegar allí antes de tres semanas y media.

—¡Tres semanas y media! —A don Benito aquel tiempo le pareció una eternidad dado el estado en el que se encontraba Mauricio.

—Señor, no se puede ir más rápido, se lo aseguro. Estamos a la cabeza en lo que a servicio de pasajeros se refiere.

Don Benito dejó sobre el mostrador el dinero para pagar ambos pasajes y se dirigió a la enfermería.

Nueva York, miércoles, 24 de febrero de 1875

Nada más entrar en el puerto de Nueva York, unas barcas que transportaban frutas, hortalizas y flores rodearon al Bonne Chance. Al mirar hacia el muelle, Romi tuvo la impresión de que se trataba de una ciudad en obras. A la levedad del silencio durante la travesía en el mar se oponía aquel ruido variado y sólido que producían las decenas de hombres que cargaban todo tipo de mercancías mientras hablaban a gritos. Temió el momento en que tuvieran que descender. Para serenarse un poco, repasó las instrucciones que les había dado su tío. Su doncella guardaba el papel en el que les había anotado el nombre del establecimiento al que tenían que dirigirse. Les dijo que lo verían enseguida porque estaba al principio de la calle que arrancaba desde el muelle central. Les indicó también que les preguntaran a los mozos que se ofrecerían a llevarles el equipaje.

«No os vais a perder. Además solo permaneceréis el tiempo que tarde en zarpar el clíper The Commodore. En poco más de dos semanas os llevará a Barcelona. Llegaréis allí sobre el 10 de marzo. Es el que me han recomendado aquí, el más rápido, pero tendréis que comprar los pasajes nada más llegar. Y no os distraigáis con los americanos», les había dicho con una sonrisa.

Romi intuía que el reencuentro con su madre se produciría en la casa de Mauricio, una vez que él la hubiera rescatado de donde estuviera. Aquellos meses, desde el 28 de noviembre, el sábado en el que la vio por última vez, habían sido los primeros, y esperaba que también los últimos, que había pasado sin su compañía. Las escenas vividas con ella se le agolpaban en la mente. Cuando la peinaba con mucha suavidad ante el espejo del tocador, le contaba historias; a ella las que más le gustaban eran las que se inventaba para hacerla reír, para emocionarla o solo para distraerla. Nunca se le acababan, ni tampoco los dichos y los refranes.

Nunca vio a su madre tratar a Ángela como a una criada, sino como a una hermana o como a una amiga. Junto con la cocinera Himar, Basilia y las demás que acudían para encargarse de las sábanas y las toallas, de la plata y de las lámparas, de los muebles y las cortinas, formaban un mundo amable donde todo era más fácil que en el de su padre. Durante el trayecto entre Santiago de Cuba y Nueva York, Romi apenas pensó en él. Su ausencia la sentía de forma muy distinta, casi como un alivio.

Cuando Ángela bajó por la escalera de madera del barco, notó que Romi estaba aturdida y le dijo que no se soltara de su mano. Caminaron durante un par de minutos con todos los sentidos puestos en evitar chocarse con nadie mientras sorteaban las carretillas que manejaban los descargadores.

Himar caminaba delante de ellas con dos bolsos de piel y el mozo que les llevaba el equipaje las seguía. Antes de diez minutos estuvieron ante un rótulo que decía The Black Crown. La cocinera empujó la puerta con los codos y, avisada por el ruido de las bisagras, enseguida apareció una mujer muy voluminosa que las saludó en inglés. Ellas tres se miraron. El chico que transportaba sus equipajes entró enseguida:

—*They come from Cuba* —le dijo.

—Bien, bien, bien —asintió ella en castellano, y las tres le sonrieron—. ¿Cuántos días se quedarán?

—Hasta este viernes que parte nuestro barco rumbo a Barcelona —le informó Ángela.

—Oh, Barcelona. Barcelona bella, dicen los marineros. Acomódense y bajen en un rato a comer.

—Gracias —le respondió Romi—. *Thanks* —añadió después, muy orgullosa de poder decir por primera vez algo en aquella lengua.

En cuanto se quedaron solas en la habitación con tres camas, se sentaron sobre una de ellas, se cogieron de las manos y comenzaron a rezar. Estaban aterrorizadas.

Santiago de Cuba, viernes, 26 de febrero de 1875

—Estimada Orfiria —le dijo el padre Vergel a su amiga mientras le tomaba la maleta de la mano para aligerarla de su carga—, contra todo pronóstico, nuestra misión en la isla ha concluido. Ya no queda ni un caso de posesión demoníaca y me consta que el maligno tardará una buena temporada en volver por aquí. Ya se encargará Dada; sabes que con sus limpiezas espirituales, los rompimientos, sus ceremonias para eliminar maleficios y aojamientos será capaz de mantener la salud de las almas. Por muy distintas que a algunos les parezcan sus prácticas, se acostumbrarán. Nosotros sabemos que es lo mismo, que solo hay un más allá común donde todos nos encontraremos.

—Narciso, antes de marcharnos deberíamos pasar por su casa, ver nosotros también a la santera. Aún estamos a tiempo. Ese cansancio que tienes, tu palidez extrema, incluso la pesadez de tus brazos y piernas, la tristeza. ¿Crees que no te he escuchado llorar? ¿De dónde piensas que te viene todo eso?

—De mis contradicciones. Soy hombre, pero soy sacerdote, soy descreído y crédulo, soy fuerte y muy débil a la vez, amado y odiado, alabado y vilipendiado, justo e indiferente, apasionado y frío... La enfermedad me la produce ser yo, Orfiria, y contra eso no hay más remedio que la muerte. Descansar...

Orfiria pensó que nunca podría amar a nadie como lo amaba a él. Era su delirio. Su compañía la compensaba de la ausencia de trato carnal y la hacía olvidar que su relación nunca contaría con el reconocimiento público. Pero, a su entender, era mucho lo que obtenía a cambio. Las ganas de besarlo, de que la estrechara entre sus brazos, la mantenían con vida, bella, tintineante como los cascabeles que utilizaba como adorno.

—En un mes estarás con tus cofrades, Orfiria, con los otros discípulos de Kardec. Yo ya he buscado el lugar de mi retiro. Sé que allí, en la casa en la que me instalaré, me acogerán bien. Podré recibir a mis amigos y cada tarde veré cómo se pone el sol tras las montañas de Montserrat. Será la antesala del cielo.

—Narciso, aún podemos...

Ella le iba a proponer que emprendieran una vida juntos lejos, a salvo de miradas ajenas, como cualquier hombre y como cualquier mujer, pero se calló porque no quería sentir su respuesta como un jarro de agua fría. Ella también necesitaba proteger su ánimo para continuar adelante y para conseguirlo se nutría de las ilusiones que no quería que las palabras de Vergel deshicieran.

—Don Bartolomé nos espera en el puerto. Él también viaja a Barcelona —le dijo el sacerdote para concluir aquella conversación de la forma más apresurada posible.

48

Santa María de Sants, domingo, 28 de febrero de 1875

Aquel último día del mes, Manón llegó a la fábrica Esmerla un par de minutos antes de las diez. Encontró el portalón abierto y lo empujó. No había nadie en la portería. La nave de los telares estaba vacía, sin ninguna máquina ni nada más. Sabía por Clive Barnaby que ya faltaba poco para que se inaugurara la fábrica de Santa Coloma y que habían trasladado allí los telares antiguos hasta que él pusiera en funcionamiento el nuevo modelo.

En vez de utilizar el pasillo lateral, esta vez cruzó por el centro de la nave hacia la zona de los despachos. Las lámparas de gas de fuera le marcaban el camino. Escuchó aleteos en la parte alta y vio las siluetas de algunos pájaros que se chocaban contra los murciélagos y contra los vidrios de los ventanales durante su huida. Sintió frío, solo llevaba la toquilla sobre los hombros.

Al salir al patio, tuvo la sensación de que habían pasado años desde su visita anterior. Pensó en las muchas obreras que antes había allí, en si se habrían trasladado a trabajar a la nueva colonia o si habrían encontrado otro trabajo en Barcelona. Después, con la imagen de don Gerardo y el recuerdo de lo sucedido en su despacho en la cabeza, comenzó a ascender por la escalera de hierro. Una vez en lo alto, abrió con facilidad. Dentro no se veía ninguna luz. A través del cristal protegido con tela metálica de la ventana de su derecha vio a alguien en el pasillo. Deseó que se tratara de don Augusto Esmerla. Miró hacia abajo con la espalda apoyada en la barandilla, hacia el tejado inmenso de la fábrica que ocupaba casi por completo aquel solar.

Se abrió la puerta y entró aún sin saber quién estaba allí.

—Manón, ya estás aquí. Por fin te tengo —la sorprendió Arlitán mientras cerraba con fuerza la puerta. Después de darle dos vueltas a la llave se la guardó en el bolsillo.

Ella se quedó muy quieta y callada. No se le había ocurrido que pudiera ser una trampa de quien había llegado a despreciar tanto. Arlitán aprovechó que Manón estaba desconcertada para meterla en su despacho. Le tiró de una manga para acercarla a una silla, pero ella se revolvió con la navaja en la mano.

—Vaya, vaya, esto sí que no me lo esperaba —le dijo él con las dos manos en alto. Después añadió—: Dámela, no sabes manejarla. No tienes ni idea.

Manón le acercó el filo al estómago decidida a presionar el metal contra él, pero, durante el único segundo de vacilación que tuvo, él le sujetó la mano por la muñeca y se la apretó hasta que el arma cayó al suelo. Ella intentó acercársela con un pie, pero el administrador la alejó de una patada. Entonces la sentó de golpe, le empujó la cabeza hacia el respaldo y se apresuró a inmovilizarle las manos con una cuerda. Después le colocó un trozo de tela sobre la boca.

—Así probarás el tejido que fabricamos aquí, furia. Eres una insensata. No sabes lo que te has perdido. Si hubieras accedido, no habrías tenido que preocuparte más. Y en cambio, mírate, eres una muerta de hambre. Con aires de marquesa, pero una muerta de hambre. —Ella movía la cabeza a un lado y a otro. Y golpeaba con las manos la parte trasera del respaldo—. Lo que no me quisiste dar por las buenas lo voy a tomar por las malas.

El administrador sacó de uno de los cajones de su escritorio un cuchillo con una hoja de más de un palmo y la acercó a la cara de Manón.

—Voy a librarte de estos harapos —le dijo a la vez que dejaba caer su toquilla al suelo. Cogió su blusa por el escote, la separó de la carne, metió el filo debajo de la tela y la rasgó. Hizo lo mismo en su espalda y la prenda se dividió en dos mitades. Repitió los mismos cortes en la falda y en la enagua. Manón tenía los pechos desnudos y en la parte de abajo solo le había dejado los pololos. Él apreció la delicadeza de aquella prenda llena de encajes y de lazos.

—Son de cuando no eras mucama. —Arlitán acariciaba la única ropa interior que ella había conservado durante años.

Cortó con la navaja la tela sobre sus costuras laterales y le hendió la piel. De aquellos surcos, comenzó a manarle la sangre desde las caderas hasta las rodillas. Manón se miró y comenzó a llorar. Pensó que después de tantas horas, tantos días y tantas personas había terminado en el mismo lugar del que una vez escapó.

Don Gerardo se sirvió una copa muy grande de brandy. Bebió y después se la acercó a la cara a Manón. Ella giró el cuello para despreciársela.

—Ya me pedirás que te dé de beber. De rodillas me lo vas a pedir mientras yo... Qué ganas tenía de tenerte así. Abre las piernas.

Ella obedeció.

—Voy a meterte este cuchillo hasta el fondo. Eso es lo que te mereces. Lo estás dejando todo perdido. No sé quién va a limpiar esto. Me estás dejando el suelo hecho un asco, Furia. —Le dio una bofetada.

Manón sintió un fuerte tirón en el cuello, como si uno de sus tendones no diera más de sí y se le hubiera soltado como la cuerda rota de una guitarra.

—¿Dónde está ahora tu genio? —le preguntó pasándole el revés de su mano por la nariz. Se acercó la mano a la lengua y comenzó a lamer la sangre—. Me la voy a beber toda. Verás cómo te debilitas poco a poco.

Las lágrimas no dejaban de caerle a Manón. Recordaba otra habitación, unas cortinas de terciopelo, otros hombres mayores que olían como aquel: a perfume rancio, a armarios cerrados y a comidas demasiado especiadas.

—Quiero que te bebas esto. —Le retiró la venda y le incrustó el borde de la copa en la boca.

Manón accedió pensando en gritar en cuanto la vaciara. Gritar hasta que la oyeran más allá de los muros de la fábrica, que la escucharan en algún lugar de Santa María de Sants y la salvaran. Él no se alarmó por sus chillidos y dejó que continuara durante un par de minutos antes de amordazarla de nuevo.

—Ya está. Descansa —le dijo.

Lo tenía todo planeado. Muy bien planeado. Se decía que los demás pensarían que se la había tragado la tierra, y así sería tal cual; pero allí, en el lugar que le tenía preparado en el sótano, la mantendría con vida para su deleite continuo. Sabía que el ingeniero la echaría en falta, pero consideraba que pronto la olvidaría, porque era un ave de paso. Estaba seguro de que nadie más reclamaría a quien, según él, era solo una pobre desgraciada, aunque por una de esas contradicciones que a veces suceden, era también quien más poder tenía sobre él, porque reinaba de forma absoluta en su pensamiento a todas horas.

—He mandado al portero a comprar tabaco y le he dicho que me lo traiga mañana. Sin duda ha entendido el mensaje. Ya se buscará cobijo. Pensará que estoy aquí con alguna ramera callejera, y andará en lo cierto. Hay muchas como tú. ¿Y el inglés ese? ¿Quién se cree que es? ¿Leonardo da Vinci? Él tampoco vendrá. Esta noche se quedaba en la colonia de Santa Coloma. Dijo que volvería muy temprano, pero por muy temprano que vuelva, tú ya no estarás aquí. ¿Ya has probado la cama que tiene allí en la colonia? Pensabas que con él tendrías el futuro resuelto. Cuando te vi allí, en el Círculo Hispano Ultramarino, me diste pena. No sabías lo que te esperaba, pobre desgraciada.

Manón se ahogaba. Las lágrimas no solo le salían por los ojos, sino que le recorrían también la garganta. Acababa de beber y sentía mucha más sed. Como había augurado Arlitán, deseó que le ofreciera más brandy, o lo que fuera.

—Voy a mirarte —le dijo él sacando su silla de detrás de la mesa para colocarla frente a ella—. Abre las piernas, te he dicho. Déjame que te vea entera.

Ella comenzó a mover la cabeza para señalarle la botella.

—Bien, quieres más. Esto se anima. —Él volvió a llenar la copa y repitió la operación hasta que ella se tragó todo el licor.

Manón había decidido que el alcohol le serviría para mitigar el dolor que sentía en las piernas, en el pecho. Quería quedarse inconsciente cuanto antes para no saber lo que vendría después. Cuando se terminó el brandy, le escupió.

—Así me gusta, que sigas siendo tú, con tu brío, en cualquier momento y situación. —Como había hecho la tarde de la conferencia de Clive, don Gerardo se pasó los dedos por la mejilla y se llevó la saliva de ella a su boca—. Venga, una tercera copa te hará la noche más agradable.

Manón ya comenzaba a marearse. Notaba el sabor del brandy con tanta intensidad que le parecía que toda ella estaba llena de aguardiente. Cuando terminó de beber, cerró los ojos y ladeó su cabeza. Quería dormirse cuanto antes, perderlo de vista aunque fuera de aquella manera.

El administrador dejó la copa en su mesa y se giró hacia ella. Le golpeó la cara con el antebrazo y la silla de Manón cayó hacia atrás. Sintió mucho dolor cuando su espalda chocó contra el suelo.

—Sí, quédate así. Será mejor para lo que quiero hacer.

A ella se le había nublado la vista, apenas distinguía ya los contornos del mobiliario del resto de los objetos de aquella oficina, y solo atisbaba la figura de Arlitán, que se movía en su dirección. Vio que llevaba algo en la mano izquierda. Cuando lo acercó a su pierna sintió la aspereza del tejido de arpillera.

Él volteó la silla hasta que Manón estuvo de lado y con la misma navaja le cortó la cuerda que le ataba las manos a la espalda.

—Así, quietecita. Aunque si no pareces tú, esto pierde gracia.

La separó de la silla y le metió los pies, las piernas y el tronco dentro de un saco. Le cubrió el cuello y la cabeza y lo ató con un trozo de la misma cuerda con la que la había inmovilizado antes. Entonces se echó encima y comenzó a rodar con ella por la habitación.

—Esto va a ser incluso más divertido de lo que pensaba, y eso que he imaginado muchas cosas.

Manón estaba aturdida por completo. El administrador abrió la puerta de su despacho y después la que daba a la barandilla de las escaleras metálicas. Pensó en un primer momento en tirarla por allí, pero después decidió bajarla a rastras escalón por escalón para que no se rompiera de momento ningún hueso.

Ella sintió cómo el hierro de cada peldaño golpeaba su columna. Apenas tenía energía para contarlos, solo deseaba que se terminaran. Cuando por fin sintió que había llegado al final de la escalera, ya no pudo reaccionar.

Arlitán la arrastró por el patio, pasó con ella dentro del saco por delante del taller de Clive y entonces el que escupió fue él:

—Pensabas que te la ibas a llevar. Ahora es mía y no la voy a compartir con nadie.

Rodeó el almacén y entró por la puerta que había junto a la de Clive. Metió el saco allí y buscó con qué iluminarse. Como no encontró nada, volvió a subir a su despacho y sacó del mismo cajón donde guardaba el cuchillo dos velas. Un minuto después entró con una encendida en cada mano.

—Bien, veo que no te has movido —dijo como si Manón pudiera hacerlo o escucharlo—. Solo queda un piso.

En el centro de aquel depósito había una tapa cuadrada con una argolla encima. El día antes, había dejado allí, en un rincón, un hierro que pasado por el aro metálico movía la piedra que tapaba la entrada al sótano. Le costó bastante más de lo que esperaba. El hueco dejó al descubierto una escalera pegada a la pared.

—Aquí vas a tener que bajar tú solita. Siento no poder hacerte compañía durante más tiempo. Mis obligaciones me reclaman.

El techo y el suelo de aquel subterráneo estaban bastante más próximos entre sí que los del resto de los pabellones de la fábrica. No quiso dejarla caer por lo que salió con una de las velas para buscar una cuerda en el taller de Clive Barnaby. Estuvo tentado de fisgar un rato entre sus cosas, pero decidió que ya lo haría en otro momento.

—Lo tengo que tener vigilado. Esmerla no se quiere convencer de que es un anarquista, y eso que asistió a su perorata en el Círculo.

Volvió al otro almacén, ató la cuerda a la que rodeaba el cuello del saco y después comenzó a dejarlo caer por el hueco.

—Al pozo —dijo. Colocó de nuevo la piedra que cerraba aquel depósito, apagó las velas y subió a su despacho para quitar de la vista todo lo que evidenciara lo sucedido.

49

Casa de los Esmerla, Santa María de Sants, domingo, 28 de febrero de 1875

—Augusto, qué ganas tengo de que regrese el Iron Soul —Delia pronunció el nombre del barco como le había escuchado hacerlo al abogado Tomás Pizcueta.

—Pues tendrás que armarte de paciencia. Aún estará en África. Solo han pasado doce días desde que zarpó. Fue el 16 de este mes. Después emprenderá la travesía hacia América y aún faltará que vuelva de Cuba. Lo que me corre más prisa es que se ponga la fábrica en marcha. Podemos adelantar la fiesta. Celebrarla ya. Ya casi lo hemos trasladado todo. No necesitamos los muebles, lo importante son los telares. ¡Y Clive!

—¿Qué pasa con él? ¿Aún no tiene tu máquina?

—Me está dando demasiadas largas. Voy a pedirle a Manón que no me lo entretenga tanto —Augusto se arrepintió de haber pronunciado estas palabras en cuanto lo hizo.

—¡A Manón! Sabía desde el día que la vi en el Círculo Hispano Ultramarino cuáles eran las intenciones de esa lagarta.

—Deberías alegrarte, Delia, es una buena chica.

—Una buena buscona. Además, seguro que ha conocido al inglés porque se lo has presentado tú.

—Pues sí, así fue. Nos encontramos con ella un día que llovía tanto que aún no sé ni cómo la vimos.

—Nos encontramos, dices. Qué ingenuo eres, Augus, a saber el tiempo que te llevaría rondando. Tal vez la presa no era él, sino tú, pero se ha tenido que conformar con el ingeniero.

—¿Pero qué dices, mujer? Se te ocurren unas cosas... No sé por qué le tienes tanta inquina. Si total no te ha hecho nada. Aquí se portó muy bien en todo momento.

—Déjalo estar. A veces parece que no estás en este mundo.

—¿Y Carola? —Augusto Esmerla quiso cambiar de tema.

—Ha ido a pasear con una vecina de la tía Enriqueta. Esta mujer está más sorda que una *sepia*. Cada día más.

—Una tapia.

—¿Qué tapia? Ay, Augusto, cada día me entiendo menos con la gente. Te decía que me cuesta tanto hablar con esta mujer que me agoto. Cambia todas mis frases y piensa que le he dicho lo contrario. Aún no he conseguido saber quién es esa conocida suya con la que Carola pasa algunas tardes.

—Delia, pon fecha ya para la fiesta, que sea cuanto antes, el barco ya volverá, pero no podemos esperar. Encargaré en la imprenta las invitaciones en cuanto sepamos el día. ¡Qué bien va a quedar la revista del ateneo! Ese día la repartiremos. Los obreros, de momento, se apañarán bien con los muebles que lleven desde sus casas, les facilitaré unos carros para el transporte. Y con el colegio, la biblioteca, el teatro, la sala de conferencias y todo lo demás iremos poco a poco.

Barcelona, lunes, 1 de marzo de 1875

Aquel día, Clive Barnaby fue muy temprano a la pensión en la que vivía Manón con un ramo de flores silvestres que había recogido la tarde antes durante una de sus excursiones para buscar nidos. Doña Fuensanta le abrió enseguida.

—Es usted, el inglés —le dijo.

—¿Puede avisar a Manón?

—No está —le anunció ella enseguida.

—¿Ya ha salido a comprar? Si son las siete…

—No ha ido a comprar. —La dueña de aquel establecimiento comenzó a sentirse incómoda.

—¿Y dónde está entonces?

—Pues no lo sé, mire. No lo sé —le dijo.

—La habrá oído salir, le habrá dicho algo —insistió Barnaby.

—Desde anoche aún no ha vuelto —le dijo de golpe.

—No ha dormido aquí entonces —concluyó él como si se lo confirmara a sí mismo.

—Buenos días, señor. Voy a seguir dándole al plumero.

A doña Fuensanta nunca le había gustado explicar demasiado sobre la vida de sus huéspedes, y menos a quienes no lo eran, por eso quiso deshacerse de él cuanto antes.

Clive se quedó con el ramo junto a la puerta cerrada. No se le había ocurrido pensar que Manón tuviera otras ocupaciones nocturnas. Creía que a aquellas horas no salía de allí. Aquello lo ratificaba en la idea de que eran muchas las cosas que desconocía de ella. Volvió a llamar a la pensión:

—¿Otra vez usted?

—Sí, hágame un favor: déjele estas flores en su cuarto para cuando regrese —le pidió.

Doña Fuensanta alargó el brazo para cogerlas.

Clive llegó a la fábrica de Sants muy abatido. Caminaba con las manos en los bolsillos y sentía sobre los hombros una sensación pesada, funesta, como si aquellas palabras de la dueña de la pensión y la entrega del ramo fueran un ritual de despedida. Pensó en Manón como en un espejismo, como en alguien fugaz, apenas intuida.

Una vez en el edificio, entró en el habitáculo que ocupaban sus artefactos, debajo de la escalera metálica que conducía a los despachos. Era uno de los antiguos almacenes de algodón que habían quedado libres cuando trasladaron la materia prima a la parte anterior de la nave. Menos la pared en la que estaba su camastro, las demás tenían estanterías llenas de todo tipo de cachivaches mecánicos, cajas de metal, herramientas y botes. Quería ordenar su taller, limpiarlo y despejarlo de los muchos materiales que había utilizado durante aquellos meses. En el centro, bajo una sábana, estaba la máquina automática de miles de husos que a la mañana siguiente mostraría a don Augusto y a los carpinteros y mecánicos encargados de replicarla por decenas. Detrás de ella, y también cubierto, ocultaba un telar ensamblado a imitación del de Cartwright. Había estudiado el de su compatriota a conciencia hasta ajustarlo para aumentar su efectividad. Con este modelo quería maravillar a Augusto Esmerla. Su jefe le había encargado que desarrollara el sistema de hilatura, pero él estaba haciendo bastante más, quería agradecerle su confianza. Estaba convencido de que con aquella aportación, Cataluña sería, en lo que respectaba a la producción textil, la Inglaterra del Mediterráneo.

Santa María de Sants, martes, 2 de marzo de 1875

Don Augusto felicitó a Clive Barnaby con mucha efusividad cuando vio funcionar el telar, y lo abrazó con fuerza tras la puesta en marcha de la hiladora. Su emoción superó incluso las expectativas del inglés. Tenía los ojos muy brillantes y la sonrisa permanente. Estuvieron en la fábrica hasta las dos y después lo invitó a comer junto con los mecánicos y los carpinteros. Les dijo durante el brindis que iban a conseguir que el corazón industrial de Barcelona comenzara a latir con todo su vigor como motor que era de la economía de España.

En cuanto se despidieron a la puerta del restaurante, Clive se dirigió a la pensión de doña Fuensanta para preguntar de nuevo por Manón. Durante todas aquellas horas, se había visto obligado a disimular su preocupación mientras los demás celebraban que hubiera terminado sus máquinas.

Se detuvo unos instantes ante la puerta tras la que esperaba reencontrarse con ella. Tomó aire y llamó. La dueña le abrió y se le dirigió de malos modos:

—¿Otra vez? Rápido, dígame qué quiere que me quedan muchas cosas por hacer —le dijo como si no supiera que su presencia allí solo podía obedecer a un motivo.

En vez de intervenir, él bajó la mirada. Ella se fijó en sus ojeras amoratadas y sintió lástima. Aun así, decidió no manifestarlo:

—Mire, mis huéspedes ya me dan trabajo suficiente como para tener que ocuparme también de sus amigos. Respecto a ella le diré que, si en dos días más no regresa, recogeré sus cosas y alquilaré su habitación. Figúrese usted si tengo demanda que he tenido que habilitar otra en el desván. Comprenderá que no puedo tener un cuarto parado.

—Señora, ¿podría llevarme yo sus cosas? Le pagaré tres meses por adelantado.

A Fuensanta se le iluminaron los ojos. Nunca hubiera imaginado que nadie estuviera dispuesto a dar tanto por unos harapos que ella habría tenido que guardar a falta de saber qué hacer con ellos. A Clive tomar aquellos objetos en prenda le pareció una forma de asegurarse que Manón lo buscaría.

—¿Y no le parece muy pronto para eso? Es verdad que no ha dado señales de vida en dos días, pero igual en unas horas o… Pero a mí, si ustedes se entienden… —No quería perder aquella oferta.

—Le ruego entonces, si está de acuerdo, que me deje pasar.

—El dinero por delante.

—Aquí lo tiene —le dijo Clive a la vez que se sacaba un fajo de billetes atados con un cordel del bolsillo de su abrigo.

Doña Fuensanta los recorrió con el dedo pulgar, como si se tratara de las páginas de un libro, y después los olió.

—Sígame.

Cuando el inglés estuvo solo en la habitación de Manón, lo primero que hizo fue aspirar el aroma del jabón que se había quedado allí como esperando volver a posarse sobre ella. Después abrió el armario y sacó sus escasas pertenencias. Hizo lo mismo con las del cajón del velador y las de la cómoda y las dejó todas encima de la cama. Como no tenía cómo llevárselas decidió apartar la colcha y dejarlas caer sobre la sábana para envolverlas con ella. Antes de anudar la tela, rozó con sus dedos la falda que Manón vistió para asistir a su conferencia en el Círculo Hispano Ultramarino. Después se fijó en la manga demasiado abultada de un corpiño y al tocarla vio un corte en el raso del forro a través del que sobresalía el dinero que él le había entregado. Lo contó y comprobó que estaba casi todo. Aquel descubrimiento lo consternó. Por una parte, lo sintió como un rechazo, pero, por otra, aún lo desazonó más la idea de que si no se había llevado nada, era muy posible que no estuviera ausente por voluntad propia, que hubiera salido a hacer un recado y que su intención de regresar se hubiera visto frustrada por algo o por alguien.

Cuando salió al pasillo se encontró a doña Fuensanta allí. Clive había apartado uno de los billetes para dárselo.

—Y tenga, esto por la sábana. Cuando Manón regrese dígale que se acerque a la colonia textil de don Augusto Esmerla en Santa Coloma de Cervelló y yo se lo entregaré todo.

50

Santa María de Sants, martes, 2 de marzo de 1875

Arlitán pasó por delante del portero, a aquellas horas era el único empleado que quedaba en la fábrica. Después de saludarlo con mucha afabilidad e interesarse por su familia, recorrió la factoría textil hasta la parte trasera. Las paredes de aquel patio entre los almacenes estaban cubiertas por una hiedra tupida que albergaba a las alimañas e insectos cuyos zumbidos y chirridos se escuchaban día y noche.

Entró enseguida en el depósito vacío. De nuevo pasó el hierro por el aro metálico de la losa y, después de apartarla, bajó por la escalera.

—Furia, ¿dónde está tu furia ahora? —El administrador advirtió que el saco no se movía. Lo empujó con un pie, pero aquel bulto volvió a la misma posición—. Mira si soy bueno que voy a sacarte del saco.

En cuanto cortó el nudo que lo cerraba, Manón le lanzó las manos al cuello. Manón estaba amordazada, pero no atada.

—Furia, ya has vuelto. Esta eres tú.

Ella quería apretar más, pero se sentía muy débil. Aun así consiguió colocarse sobre él y comenzar a golpearle la cabeza contra el suelo.

—¿Así que te gusta más arriba?

Él parecía no acusar los golpes. Manón se sentía muy mareada, le dolía mucho la cabeza. Cuando se inclinó de nuevo para acompañar su gesto con toda la fuerza de su cuerpo, le llegó una arcada. Giró su cabeza para intentar recomponerse, pero el vómito le subió por la garganta. En ese momento, Arlitán se incorporó y le puso el saco al revés: le cubrió la cabeza con él y se lo ató a los pies. Manón no podía detener las regurgitaciones ni defenderse.

La acercó hasta las cadenas que le había encargado al herrero. Las tuvo que fijar él mismo a la pared porque nadie hubiera entendido que algunos de los perros que vigilarían aquellas instalaciones vacías estuvieran atados en un sótano. Dejó de nuevo allí a Manón, pero esta vez agujereó el saco para que sacara la cabeza y un brazo de forma que pudiera colocarle uno de los cierres de los eslabones de hierro en torno al cuello y otro en la muñeca.

—Ahora eres mi esclava —le dijo.

Después salió y se olió la ropa. Se le ocurrió enseguida la manera de asearse antes de llegar a su casa y sentarse junto a su esposa Manolita.

Cerca de la calle Mirallers, Arlitán entró en un establecimiento que tenía una señal en la fachada: un rostro femenino tallado en piedra.

—Quiero lavarme —le dijo a la mujer que custodiaba la entrada.

—Lavarse y lo demás, ¿no? ¿O lavarse solo? ¿Es una nueva moda? —le preguntó mientras lo miraba de arriba abajo.

—Déjeme pasar.

—Pues pague.

Él le puso un par de billetes en la mano extendida.

—¡Costanza! Mira a ver lo que quiere este.

Arlitán vio a una mujer muy menuda. El pelo negro pegado a la cabeza le caía hasta los hombros sin apenas movimiento y de una forma tan recta que él pensó que se trataba de una peluca.

—*Usté* dirá.

—Quiero una palangana con agua y jabón y una toalla.

—Enseguida. Entre aquí.

En menos de dos minutos la mujer volvió a la habitación, le dejó lo que le había pedido y comenzó a desnudarse. Él procedió con mucha parsimonia a su aseo. Primero se sacudió el polvo de los hombros y de los pantalones, humedeció el paño para frotarse con él la chaqueta, se la quitó, repasó su camisa, la desabrochó, se frotó las axilas y la nuca y se lo volvió a abrochar todo. Cuando hubo acabado, salió al pasillo sin ni siquiera mirarla. Tampoco se despidió de la mujer que estaba en la puerta.

En menos de diez minutos llegó a su casa, cruzó el vestíbulo acristalado con el suelo de mosaico y enseguida se encontró con Manolita en el dormitorio de matrimonio.

—Alma de Dios, ven. ¿Dónde estabas? Pero si tienes la ropa húmeda. Ven —le repitió—. Vas a coger una pulmonía. Ay, Gerardo, qué despistado eres, siempre tengo que pensar yo en todo. Más vale que el señor me dé muchos años de vida porque, si se me lleva antes, no sé qué será de ti. Quítate todo eso. Huele a… Ay, no sé. —Él se dejó llevar—. Aquí tienes el pijama. Póntelo ya. Además está calentito. Qué buen invento este —le dijo mientras cogía del mango el calientacamas para moverlo entre las sábanas.

Él miró el utensilio de cobre perforado como si lo viera por primera vez.

—Además, te he hecho los huevos como a ti te gustan. Faustina ya se ha ido a casa de su hermana.

Barcelona, miércoles, 3 de marzo de 1875

Clive le había solicitado permiso a don Augusto para buscar a Manón en los hospitales. Él se había ofrecido a acompañarlo, pero el ingeniero le dijo que en aquellas circunstancias prefería estar solo.

—Como quieras, pero aquí me tienes.

Clive Barnaby comenzó su doloroso peregrinaje por el hospital de la Santa Cruz. Sobre el portalón había un cartel en el que se leía «No hay camas». En cuanto le abrieron, percibió el olor a desinfectante y escuchó los quejidos de los enfermos, solo separados del vestíbulo por las cortinas que había a ambos lados. Después llamó a la puerta del hospital de La Convalecencia, que dependía del anterior. En ninguno de los dos le dieron noticia de Manón. Descartó ir al de San Lázaro, el de los leprosos. Su última parada fue en el depósito, donde acumulaban cadáveres para su identificación. No hubiera querido llegar hasta allí, pero se dijo que no tenía otro remedio. Se tocó el bolsillo de la chaqueta para comprobar que llevaba el dinero de ella.

—¿Una mujer joven y guapa, dice? —El empleado que le atendió se rascaba la barbilla como si así pudiera pensar mejor—. Lo que más traen son viejos. Apenas los tenemos aquí un par de días, pero pase.

Entraron en una gran sala con nueve mesas colocadas de tres en tres. Solo cuatro de ellas estaban ocupadas. La visión de las sábanas que envolvían aquellos cuerpos le hizo recordar las momias que desvendaron durante la velada a la que quiso asistir su esposa. Clive desfiló ante ellos. El otro hombre apartaba la tela blanca durante unos segundos y enseguida volvía a cubrirles el rostro.

—No está aquí.

—Me acordaría —le dijo el otro con una sonrisa.

Antes de regresar a la factoría nueva, Clive decidió acercarse a Santa María de Sants. Necesitaba recoger sus herramientas, agruparlas para que se las transportaran a su nuevo puesto de trabajo. Ante el edificio, sintió que el abandono no solo se apreciaba en las instalaciones, sino en el aire espectral que lo envolvía. Pensó que son precisamente los lugares que albergan más vida los que más acusan después la ausencia de sus habitantes.

51

Santiago de Cuba, miércoles, 3 de marzo de 1875

El inspector general Juan Valero y el guardia Martín acudieron a la fonda El Remanso para entrevistarse con Mauricio Sargal. Enseguida doña Gadea salió a su encuentro:

—Partió hace una semana.

—¿Dejó alguna dirección?

—Sí, aquí la tengo. Esperen. —La dueña de la fonda se metió detrás del mostrador de la entrada y comenzó a abrir los cajones del mueble—. Miren, es de Barcelona. La copiaré en otro papel por si le llega alguna carta. A un hombre tan generoso es bueno no perderle el rastro. También se marchó con él mi otro huésped, el que más años llevaba aquí.

—Don Benito Friné —dijo Martín mientras recordaba el estado en el que ambos habían encontrado al amigo de este.

—¿Sabía usted que don Mauricio estaba malherido? —El guardia miró a su superior, quería su permiso para continuar. Cuando Valero asintió, siguió—: Lo encontramos casi desangrado en la carretera de Siboney. —Doña Gadea no dijo nada y el guardia continuó—: Pensábamos que permanecería en la isla, que en el mejor de los casos estaría recuperándose aquí después de salir del hospital, por eso hemos esperado hasta ahora. Que hubiera viajado en su estado no lo habíamos contemplado.

—¿En el hospital, dice? Por allí solo se está de paso, si ustedes saben que a los que no son soldados los echan a la calle como a perros. El hospital es solo para los militares, aunque los que tienen dinero… Ese es otro cantar.

—Señora, que tenga un buen día —se despidió el inspector.

En cuanto estuvieron solos en la calle, Valero se dirigió a su subalterno:

—Vamos a comisaría. Redacte usted la carta y envíesela a esta dirección. Cuanto antes, mejor. Haces además otra copia y le mandas el informe también a don Bartolomé Gormaz a Santa María de las Mercedes. A él lo citas para que venga.

Barcelona, miércoles, 10 de marzo de 1875

Romi, Ángela y la cocinera Himar descendieron del clíper The Commodore en el puerto de Barcelona. La ciudad estaba a oscuras, apenas se veían los faroles de quienes se acercaban al barco. Todo les resultó muy distinto al descenso en Nueva York. Romi recordó lo que describía alguna de sus lecturas y pensó que aquel momento se correspondía con el atraque de un barco fantasma y que ellas tres estaban muertas, que habían muerto durante algún momento de la travesía y se habían convertido en almas en pena. Se miró la mano con una sortija que le había regalado su madre y después observó a sus compañeras de viaje, como si necesitara descubrir en ellas rasgos o pistas nuevas que le confirmaran que seguían con vida.

—Romi, anímate —le dijo su doncella—. Nos queda la parte más fácil. Solo necesitamos que nos lleven hasta la casa de tu tío. Allí nos echaremos en una cama mullida y descansaremos, por fin, sin más movimiento, sin temer por las tormentas, seguras.

Himar se adelantó de nuevo con las dos bolsas de piel, igual que había hecho en el puerto anterior. Como nadie parecía reparar en la criada negra, silbó y de forma inmediata uno de los mozos se colocó a su lado.

—Búsqueme un coche —le dijo, y a él le hizo sonreír su acento.

Lo vieron alejarse y esperaron allí de pie junto al buque, que desde fuera parecía un arca descomunal, hasta que regresó. Para localizarlas en medio de la oscuridad, dio varias palmas.

—Aquí estamos.

Los otros pasajeros ya se habían dispersado.

—Pues acompáñenme.

Después de darle una propina, comenzaron a recorrer con el coche las avenidas espaciosas, arboladas, demasiado solemnes comparadas con las calles bullangueras de Santiago. Hicieron todo el recorrido en silencio y cuando tuvieron ante ellas la finca de la calle Portaferrissa retomaron la conversación y el ánimo, como si aquel trayecto hubiera sido un paréntesis durante el que se habían trasladado de un mundo a otro.

Dieron tantos golpes con la aldaba que no les cupo duda de que despertarían a todos los vecinos, pero necesitaban entrar cuanto antes. Al cabo de un par de minutos les abrió la portera:

—Buenas noches, soy Romualda Gormaz, la sobrina de don Mauricio Sargal. Acabamos de llegar de Cuba y hemos acordado con mi tío que nos instalaremos en su piso. Él se ha quedado en la isla...

La portera se frotaba los ojos porque las legañas no le permitían apreciar demasiado bien a aquellas mujeres. Como no se decidía a moverse, Romi continuó:

—Ayúdenos con el equipaje, por favor. Ya ve cuántos baúles traemos.

A aquellas horas tan intempestivas lo único que quería la portera era volver a la cama, por lo que decidió facilitarles el acomodo cuanto antes y dejar las averiguaciones para la mañana siguiente.

—Síganme, es el primero. No sé cómo estará. Si hubiéramos sabido de su llegada, les habría preparado...

—Con que nos abra la puerta es suficiente —la interrumpió Ángela.

Dejaron el equipaje en el rellano. La mujer acercó el farol a la cerradura. Nada más entrar, vieron una gran sala con el piano de cola negro de Mauricio delante del balcón. Sobre las paredes había carteles de representaciones de zarzuela. Romi sonrió porque estaba segura de que pronto volvería su tío con buenas noticias.

Santa María de Sants, lunes, 15 de marzo de 1875

Carola estaba echada sobre dos almohadones de satén bordados con sus iniciales. Con la ayuda de Laureano Parnás, había terminado el poema para su padre y además escrito bastantes más para su cancionero.

El poeta era cada vez más atento con ella. La había recibido incluso en su pensión, a pesar de las amonestaciones de la dueña, que le dijo que, si aquella señorita lo visitaba con tanta asiduidad, se vería obligada a cobrarle más. Cuando Laureano le contó aquello, ella soltó una carcajada.

—Dinero, qué estupidez amenazarte con el dinero. No tiene ni idea de quién soy. Bueno, mejor así. Mañana te traeré mucho. Ya verás. Incluso podrías mudarte a un sitio mejor. Además, ¿qué asiduidad si solo he ido dos veces? —le dijo.

Laureano solo pensaba en el tiempo luminoso al que se aproximaba si no soltaba la mano de la hija de don Augusto. Se veía con sus compañeros versificadores hasta altas horas de la madrugada en el gran salón de los Esmerla cuando estos murieran. Si la poesía conseguía proporcionarle todos aquellos dones, él demostraría que estaba en lo cierto cuando decidió consagrarse a ella en cuerpo y alma. Además conocería París, las ruinas de la antigua Roma y de Cartago, el lago de Como, Grecia. Su vida ya no tendría límites. Hasta su trabajo como redactor de la publicidad de la fábrica cobraría sentido, porque gracias a él había llegado hasta la hija de Esmerla.

Carola se incorporó del canapé y se preparó para ir al encuentro de Laureano. Quería ver su cara cuando le comunicara la noticia, que él también supiera que nada podría detener ya su amor. Se acicaló más que nunca y se probó un vestido que aún no había estrenado. Le ajustaba demasiado la cintura, pero encogió el estómago y se lo abotonó. Antes de media hora, estaba subida en el coche de punto que la dejó casi al lado de la calle Mirallers. Prefería este medio de transporte para pasar desapercibida y que en su casa no supieran dónde iba. Era tanta su euforia que no le molestaba tener que compartir aquel carruaje con otras personas ni esperar a veces varios minutos hasta que el aguador les llevaba sus cubos a los caballos y estos se los terminaban.

—Otra vez aquí —la recibió de malos modos doña Fuensanta cuando la vio ante la puerta de la pensión.

—Sí, otra vez aquí y todas las que yo quiera. Tenga —le dijo mientras le tendía un fajo de billetes— y cállese.

—Dios mío —exclamó la dueña del establecimiento sin poder contenerse—. Gracias, muchas gracias. Bendito sea el poeta.

Sin mirarla, Carola continuó hasta el fondo del pasillo y llamó a la puerta con mucha suavidad por si él escribía. Esta labor lo sumergía en una especie de sonambulismo, y sabía que no era bueno que saliera de él de golpe. Esperó un par de minutos en el pasillo hasta que Laureano abrió.

—Vuelve a sentarte —le dijo ella muy decidida mientras se quitaba los guantes—. Vamos a tener un hijo, Laureano. Será nuestro mejor poema. Tengo un retraso de más de una semana y esto a mí nunca me había ocurrido.

Al principio, a él se le ensombreció la mirada, pero después sonrió. Aquello era lo que más deseaba y a la vez lo que más temía. Se dijo que la suerte ya estaba echada y que asistiría a los acontecimientos que se desencadenaran como si leyera los capítulos de una novela. Se levantó y la abrazó. Carola le humedeció el hombro con sus lágrimas de felicidad.

52

Santa María de Sants, lunes, 15 de marzo de 1875

—Augusto, ¿qué te parece mi vestido? Dime cómo me ves, tú que tanto entiendes de tejidos.

Doña Delia recorría de un lado a otro el salón mientras se sujetaba las faldas tornasoladas que refulgían, aunque no tanto como la gargantilla, la pulsera y la diadema brillante que también llevaba.

—Es magnífico. Pero… —no sabía si continuar—, si me lo permites, te diré, Deli, que lo de la tiara en una fiesta en medio del campo no sé si es lo más adecuado.

—Pues esta joya no es nada en comparación con las que me voy a comprar cuando vuelva el barco. El Iron Soul —con aquellas dos palabras en inglés a la esposa de Augusto Esmerla se le llenaba la boca—. ¡Y este verano a Comillas! Tal vez podamos comprar ya un terreno. Y quien dice allí, pues dice en San Sebastián.

—¿Dónde está Carola? Cada día veo menos a mi hija.

—También quería decirte algo respecto a ella. Podríamos aprovechar la fiesta para anunciar su compromiso con Adrián.

—¿Adrián? —preguntó Augusto Esmerla bastante desconcertado.

—Adrián, Augus. No me puedo creer que no te acuerdes de él con lo bien que te has portado siempre con su madre. Me refiero al hijo de tu socio. Ahora tiene veinte años.

A don Augusto le retumbaron en la mente los gritos de la

huelga general de 1855, la paradoja que suponía, a su entender, que los trabajadores de la industria pretendieran detener justo eso: la industrialización, la mecanización completa de su actividad. El ayuntamiento, la diputación y hasta el obispado de Vich habían intervenido con sus llamamientos en la revuelta para exhortar a los obreros a que abandonaran las protestas. Cuando don Augusto escuchó el tiro que acabó con la vida de su amigo, pensó que era en la calle. Casi a la vez vio el cadáver de quien trabajaba con él codo con codo y a un hombre huir por la ventana. Al asesino lo detuvieron. Supo tiempo después que había muerto en la cárcel a consecuencia de una paliza, pero, lejos de reconfortarlo, aquella noticia le entristeció.

—No sé cómo he aguantado tanto tiempo aquí en esta situación —le dijo a su esposa—. Aire nuevo, eso es lo que necesito.

Su mente volvió a los sucesos ocurridos entonces. Acababa de nacer Adrián cuando dispararon a Esclapé. Su socio era el presidente de la asociación patronal y además diputado a Cortes. Él sabía que a su viuda y a su hijo nunca les había faltado de nada, al menos en el terreno económico. Pero aun así, Augusto Esmerla se había jurado que nunca dejaría de interesarse por ellos. En aquel momento, se sentía desasosegado, como si hubiera abandonado uno de los quehaceres que más tenían que ver con su personalidad: la continua supervisión de que todo en su entorno, al menos lo que dependía de él, estuviera bien. Por este motivo, una vez recuperado de la sorpresa, pensó que en aquella ocasión Delia había tenido una gran idea: la boda entre Carola y Adrián sería la manera de llevar a buen puerto, de culminar, aquel juramento que formuló ante la tumba de Esclapé.

—No sabía que se frecuentaran —le dijo a su esposa.

—Y no lo hacen, pero ya lo harán. Se van a cansar de frecuentarse cuando se casen. El roce hace *a los niños.*

—Hace el cariño.

—Sí, si se hacen con cariño, mejor. ¡Estoy tan ilusionada, Augusto! Además los dos, Adrián y su madre, Marta, son tan solícitos, tan dóciles. Lo que más nos conviene a nosotros.

Augusto Esmerla pensó que en aquello Delia era muy sincera: reconocía que necesitaba mandar, tenerlo todo muy bien controlado, ajustado hasta lo más mínimo, y que las personas de su alrededor, sobre todo él, le obedecieran.

—¿Y qué te ha dicho Carola?

—No lo sabe aún, ya veré la manera de comunicárselo —le respondió sin darle la menor importancia a aquello.

—Se lo tenemos que decir ya.

—Augus, no te preocupes. Lo haremos.

—No, Delia, vamos a decírselo ya, bueno, primero déjame hablar a mí con Marta y con su hijo. No sea que él esté ya comprometido.

—Bien, me parece bien. Como quieras. —A ella aquella posibilidad no le preocupaba lo más mínimo, no la consideraba un obstáculo para conseguir lo que deseaba—. Así él llevará la fábrica contigo, como hubiera hecho su padre si no lo llega a matar aquel anarquista. Los anarquistas son el mismo diablo, de la piel de *Fierabrás*.

—De Barrabás, mujer.

—Pues de Barrabás, qué más me da cómo se llamen los demonios. ¿Por dónde irá el barco ahora, Augus? ¿Habrá llegado ya a América?

—Si salió el martes 16, ha pasado un mes, pues aún estará en África.

—¡Pues vaya, qué lentitud! —exclamó Delia, pero enseguida volvió a recobrar la energía—. Mira, Augus, qué bien han quedado las invitaciones. Este ribete dorado ha sido un acierto. Y la letra *bastardita* también.

—Bastardilla.

—Ay, qué puntilloso eres. ¿Qué más dará bastardilla que *bastardita*? Siempre poniendo los puntos sobre las íes —le reprochó—. Estarán todos. Nadie se quiere perder nuestra fiesta. Es normal que sea así. Ahora se mueren de curiosidad y después se morirán de envidia. Ya tengo los sobres preparados también. —Doña Delia los pasaba de uno en uno mientras leía los apellidos de sus invitados en voz alta—: Los Vell, los Timoret, Orencio Capdevila, Anatolio Cadicea y señora, los Calomard, Clarabel y su sobrina..., creo que están todos. He incluido a los socios del Círculo Hispano Ultramarino y, por supuesto, a Adrián Esclapé y a Marta. Ellos son para mí los primeros.

—¡Cómo me gustaría que nos acompañara Mauricio Sargal!

—¿Para que tocara el piano hasta las tantas? Para eso ya tenemos a una orquesta de músicos muy elegantes y además bastante más discretos que él. Tampoco es cuestión de convertir nuestra fiesta de inauguración en una juerga de las suyas.

—Solo expresaba un deseo, Delia. Mauricio no está. Aún no ha regresado de Cuba.

—Pues mejor.

—Delia, yo le entregaré la invitación a Clive Barnaby. Dámela y me la llevaré a la fábrica. —Ella no hizo ningún ademán de buscarla—. ¡Deli! No me digas que no pensabas invitarlo a él, que es uno de los principales artífices del progreso industrial que va a suponer esta fábrica. ¿Te das cuenta de la cantidad de dinero que vamos a ganar gracias a las máquinas que ha diseñado? Tanto dinero que no sé para qué te empeñaste en lo del barco. Bueno, sí lo sé. Lo has hecho porque no confías en mi capacidad para amasar una fortuna. Al menos la fortuna que tú ansías.

—Escribiré una tarjeta para él si eso es lo que quieres. Pero que venga solo —le respondió como si no hubiera oído nada de lo anterior.

—Que venga con quien quiera, mujer.

—No quiero a esa en mi casa. Si ya tenía aquellos aires de superioridad cuando era nuestra criada, no quiero ni imaginarla ahora. Menudas *ínsulas* tendrá.

Augusto no quiso corregirla de nuevo.

Santa María de Sants, martes, 16 de marzo de 1875

Carola Esmerla salió hasta la verja del jardín cuando escuchó al cartero. Además de una invitación para un concierto, encontró la carta de Mauricio Sargal a Manón. El matasellos tenía fecha del 10 de febrero. La abrió enseguida:

> Estimada Manón:
>
> Te escribo porque quiero saber cómo estás. Yo no estoy bien, pero ya te contaré los detalles en Barcelona. Don Augusto Esmerla está al tanto de todo, puedes preguntarle a él. Pero ahora lo que me gustaría es que me hablaras de ti. Quiero asegurarme de cumplir con mi promesa. No quiero faltar a mi palabra, pero en estos momentos mis circunstancias me impiden estar ahí y saber muchas cosas de primera mano.
>
> Te escribo además por otro motivo: mi sobrina Romi va a alojarse en mi piso de la calle Portaferrissa, número 36. Quiero que te acerques a hablar con ella y que te traslades a vivir allí. Estaré más tranquilo si sé que tú te haces cargo de ella y de la casa.
>
> Manón, no te pido esto con la finalidad de que saldes tu deuda conmigo, porque no tienes ninguna. Tu rescate no lo sentí como un favor, sino como un acto de justicia. Lástima que no pudiera hacer lo mismo con las demás.
>
> Para que veas que esta propuesta mía no constituye una

obligación, la expongo a tu consideración, aunque no voy a negarte que me gustaría mucho que la aceptaras.

Tuyo afectísimo.

Mauricio Sargal

Carola retorció aquella cuartilla y el sobre y los hizo trizas. Después dejó caer aquellos trozos de papel y los pisó. No podía entender por qué motivo Mauricio Sargal se dirigía en aquellos respetuosos términos a alguien que para ella no solo no lo merecía, sino que no debería haber pisado nunca aquella casa ni otros lugares como el Círculo Hispano Ultramarino. Los celos que le despertaba Manón no los había sentido nunca.

53

Colonia Esmerla, Santa Coloma de Cervelló, sábado, 20 de marzo

—Lo que nos une, estimados amigos —Augusto Esmerla se dirigía con la copa alzada a todos los invitados a su fiesta—, no es solo que seamos la flor y nata, por qué no decirlo, la *crème de la crème* de la industria textil de este país, el motor de su progreso. Os decía que hay algo más importante que todo eso y es nuestra humanidad; no pensamos solo en enriquecernos, sino también en los obreros —a fuerza de repetirse aquello, Augusto Esmerla había llegado a creérselo—, y estas nuevas instalaciones son una muestra. En unas semanas, un domingo os invitaré a recorrerlas. Veréis el teatro, el ateneo, la biblioteca, la escuela, os presentaré al profesor que he contratado para que les dé clases nocturnas a mis empleados. Os mostraré sus casas con jardín, el economato, la cooperativa, la bodega, la tienda de ultramarinos, todo lo que hará posible que no deseen salir de aquí, de esta Arcadia.

Se escucharon algunas toses.

—No querrán saber nada de revueltas, no me pedirán nada porque ya lo tendrán todo. Hasta un médico propio de la colonia que, además de ocuparse de la salud de todos los habitantes, velará también porque no se cometan abusos, porque no se alarguen innecesariamente las convalecencias —repitió don Augusto lo que tantas veces había expresado ya ante sus más allegados—. También quiero comunicaros que para el buen ejercicio y organización de todo esto, he decidido nombrar a un nuevo administrador. Él será mi mano derecha. En un principio, nos ocuparemos los dos de todas estas cuestiones hasta que consiga caminar solo, adquiera voz de mando y se gane el respeto de todos. Quiero presentároslo. Se trata de Adrián Esclapé. Seguro que ninguno de vosotros ha olvidado a su padre, a mi socio, a mi amigo, al buen hombre asesinado de aquella forma tan vil durante la huelga de 1855.

Doña Delia comenzó a aplaudir. Ella, y no don Augusto, se había encargado de transmitirle a la madre del joven las dobles intenciones de los Esmerla respecto a Adrián.

—Ven, hijo. —Don Augusto vio su aturdimiento, sus pasos vacilantes, su inseguridad, y consideró que esos eran rasgos muy fáciles de remediar. Por el contrario, lo que no resultaba posible enmendar era la depravación de un hombre como Gerardo Arlitán.

En ese momento se escuchó un portazo. Arlitán había abandonado aquel salón y la casa. Lo persiguió una criada para entregarle su abrigo y su sombrero y él la apartó de una forma muy brusca, tanto que la chica acabó estampada contra el mueble del recibidor entre el paragüero y las perchas. Ya fuera, don Gerardo dio unos cuantos palmetazos para que acudiera un cochero y le ordenó como si escupiera las palabras:

—A Barcelona, rápido. —Después, mientras se subía en el carro masculló—: Vais a pagar todos, todos me vais a pagar esta afrenta, pública además, pero tú la primera, furia. ¡Me has arruinado la vida! —Golpeó la puerta un par de veces y se dirigió al conductor del caballo—. Te he dicho que tengo prisa —le gritó.

—Mamá, yo también tengo algo que comunicarle —le anunció Carola Esmerla a doña Delia en cuanto don Augusto dejó de hablar.

—¿A que te alegras de que Adrián Esclapé sea el nuevo administrador, hija? Ese chico merece una vida mejor de la que ha tenido hasta ahora.

—¿Recuerda a Laureano Parnás? —le preguntó su hija como si no la hubiera escuchado.

—¿El poeta que ganó los Juegos Florales gracias a las influencias de tu padre? —le dijo ella.

—Sí, ahí está —las dos dirigieron la mirada hacia una esquina de la sala y el aludido alzó la mano para saludarlas—. Sé que a mi padre le va a emocionar el poema que he escrito para la revista del ateneo. Ha quedado precioso, lo han recuadrado en la imprenta con una orla. —Después de una breve pausa, continuó—. Pues lo he escrito con su ayuda, con su imprescindible ayuda.

—Marita —exclamó Delia para saludar a una mujer que pasaba por su lado a la vez que le tocaba el brazo y le sonreía.

—Madre, estoy embarazada —le soltó Carola a bocajarro.

Doña Delia se quedó sin respiración. Cogió a su hija de la mano y la sacó de allí como a una niña que tuviera alguna necesidad inaplazable. Una vez en la salita de al lado, cerró la puerta y le gritó:

—¡Embarazada no, lo que estás es loca! ¡Dime que no es verdad, por favor! ¡Además ahora! ¡Precisamente ahora! —Delia gritaba a la vez que no dejaba de recorrer la habitación de un lado a otro con las manos en la cabeza—: ¿Qué has hecho? ¡No tienes conocimiento! Nunca tienes en cuenta las consecuencias de… nada.

Doña Delia pensaba en su marido, en cómo se lo diría a él. Las palabras de Carola le llegaban como de otro lugar. Su nerviosismo le impedía prestarle atención, la oía sin escucharla.

—Pero va a tener un nieto. Entiendo que se haya puesto así. Es por la sorpresa, pero ese niño va a hacerla muy feliz. Estoy segura, ya verá. Tan feliz como ya lo soy yo.

—¡Calla! ¡Que no te oiga nadie! —le dijo su madre sin pensar que a la que podían haber escuchado desde fuera era a ella.

—Voy a casarme con Laureano Parnás.

—¡Madre de Dios! —gritó doña Delia—. ¡Ahora sí que veo que has perdido el juicio! No sabes lo que estás diciendo. Casarte con ese muerto de hambre sin oficio ni beneficio. ¡No sabes lo que es el matrimonio!

—Madre, él redacta todos los anuncios de la fábrica, revisa la correspondencia, los carteles… Ese es su trabajo.

—¿Su trabajo? ¿A ti eso te parece un trabajo? ¿Crees que repasando letras y cambiándolas de sitio se puede mantener a una familia? ¡Te vas a casar, Carola, claro que te vas a casar, y cuanto antes, pero con quien yo diga! Y el padre de esa criatura —le dijo mientras le señalaba el vientre— será quien ya hemos decidido tu padre y yo que sea tu esposo. Menos mal que ya se me había ocurrido pensar en esa cuestión, y eso que aún no sabía nada. Como si lo viera venir. En cuanto me descuido…

Su hija se quedó muda. Delia no quiso nombrarle aún a Adrián Esclapé porque consideró más urgente hablar con Laureano Parnás.

—Madre, pero si estoy muy ilusionada, nos hemos enamorado.

—Deja de decir tonterías, por favor. ¡Enamorados! ¿Sabes lo que son las ilusiones? Mentiras. Después llegan los desengaños, la amargura, y cuando eso sucede, lo mejor es que pase entre paredes como estas y no en la calle.

—Ustedes son felices. No sé por qué me habla así.

—Somos felices porque somos sensatos. Lo demás está bien para las novelas, para los poemas, pero la vida es otra cosa.

—Me da igual lo que me diga, no va a convencerme. Si no lo aprueba, me marcharé con él.

—¿Y adónde irás? Acabarías más pronto que tarde en un burdel y tu hijo en un asilo o… muerto.

Carola se tapó la cara con las manos y comenzó a llorar.

—No diga eso —le pidió.

—¡Infeliz! —le gritó su madre—. ¿Cómo se te ha ocurrido hacernos esto? En cuanto he bajado la guardia, para unas semanas que me dedico a los negocios y a la colonia, tú aprovechas para regalarte a ese don nadie. ¡Dile que venga!

Entonces Carola atisbó aún cierta esperanza:

—Cuando lo conozca, me va a comprender. —Confiaba tanto en el atractivo de Laureano que estaba segura de que convencería a su madre.

En cuanto lo tuvo enfrente, doña Delia se fijó en su desgastada levita pardusca. Le desagradó todo de él, desde el cabello hasta la punta de los zapatos.

—Carola, déjanos que hablemos nosotros primero, cariño. Después te avisaré. —Doña Delia consiguió sonreírle de una forma que a su hija le pareció muy natural. En cuanto abandonó la habitación, su madre se dejó caer sobre una de las sillas que había junto a la mesa camilla—. Señor Parnás…

—Señora, me siento tan honrado, tan…

—¿Qué es lo que más deseas? —le preguntó ella sin ningún preámbulo.

—Por supuesto, casarme con su hija. Eso ante todo, antes que nada.

—¿Y?

—¿Me pregunta además de eso?

—Sí.

—Viajar, recorrer los países sobre los que tanto he leído: Grecia, Italia, visitar el lugar donde estuvo la biblioteca de Alejandría en Egipto, empaparme de saberes, conocer a otras gentes, aprender lenguas y después escribirlo todo. Dejar tras de mí una obra ingente y eterna.

—Por tu trabajo me consta que eres una persona avispada. —Doña Delia no conocía los detalles de sus quehaceres hasta que se los había descrito su hija. Siempre consideró que su presencia en la fábrica era una extravagancia más de su marido, otra forma de practicar el mecenazgo—. Además, ganaste los Juegos Florales, te auguro un brillantísimo futuro. Te veo como a los antiguos, con una corona de laureles en la cabeza. —Doña Delia juntó las manos para aplaudir.

—Gracias, señora Esmerla, por sus cumplidos.

—No tengo que explicarte que esos planes que pretendes llevar a cabo por varios países de Europa e incluso de África cuestan dinero, mucho dinero. —Después de una pausa, ella añadió—: Pues bien, te diré que estoy dispuesta a sufragar todo ese *vituperio.*

—Dispendio —no pudo evitar corregirla.

—Me da igual en lo que gastes el dinero: en dispendios, en vituperios…

Laureano Parnás estaba desconcertado. Había anticipado todas las reacciones posibles, pero no aquella generosidad desmedida por parte de quien ya consideraba de su familia.

—Es más, te voy a extender un cheque. —Conforme avanzaba la conversación, menos crédito daba el poeta a todo aquello—. Pero...

Sabía que llegaría aquella palabra, la que rompería el hechizo, la que le mostraría que aquel sueño que tenía al alcance de la mano estaba a punto de escapársele.

—Tienes que marcharte ahora mismo a Francia. En una semana tendrás todas tus pertenencias en el puerto de Marsella, ya me encargaré yo. De allí puedes coger un barco a Italia, después a Grecia, Egipto, adonde quieras. Ahora espera aquí. —Doña Delia salió antes de que él pudiera replicar.

Encontró a Augusto Esmerla rodeado por sus amigos. Todos fumaban y reían a la vez mientras conversaban en círculo. Ella pensó en lo que sucedería si en medio de aquel corro soltaba la noticia bomba del embarazo de su hija y quién era el autor.

—Augus —le dijo al oído—. Necesito que me firmes un pagaré.

—¿Y tiene que ser ahora? —le preguntó él en voz alta.

—Lo siento, señores. Solo serán unos instantes —Doña Delia les sonrió inclinando la cabeza.

Mientras se alejaban en dirección al despacho de don Augusto, se apresuró a decirle:

—Es una urgencia, Augus. Sabes que si no no te hubiera molestado. Me conoces, soy muy mirada para estas cosas. Cuando te lo cuente lo entenderás, pero ahora no es el momento.

—¿Ha ocurrido algo grave, mujer?

Ella tuvo que reprimirse para no hablar.

—¡Nooo, todo lo contrario! ¡Vamos de alegría en alegría! Tú déjalo todo en mis manos. —Le sonrió y le guiñó un ojo.

Él sacó el talonario del primer cajón de su escritorio.

—Dime la cantidad que necesitas.

—Tú fírmalo, ya la añadiré yo, que aún la tengo que calcular.

Dos minutos después doña Delia estaba de nuevo ante Laureano Parnás. Temió que durante su ausencia Carola hubiera vuelto allí, pero no fue así. El poeta vio que su futura suegra llevaba el cheque en la mano.

—Y una cosa más. No quiero que regreses antes de un año. Después de esa fecha, seguro que te encontramos acomodo aquí en la ciudad, pero antes, entiéndeme, tantos cambios que tenemos entre manos... Ocuparnos de ti sería difícil. Comprenderás que no puedo hacerte el cheque ahora por el monto total, pero creo que con esto te llegará por lo menos hasta Atenas —le dijo mientras escribía las cifras delante de él—. Una vez allí, me avisas y ya veré la manera de enviarte el resto. Además, así sabremos cuánto tiempo has tardado y cuánto te falta más o menos. De esta forma me podrás informar de manera más ajustada de tus próximas escalas, planes, de todo.

Doña Delia le tocó el hombro y le sonrió.

—Voy a escribirle un poema laudatorio —le dijo él. A ella aquella palabra le sonó a «lavatorio», pero no quiso decirle nada—. Pero ¿y Carola? ¿Y nuestro hijo?

—Ellos son lo más importante de todo esto. ¿No pensarás que van a estar desatendidos? Eso no ocurriría en nuestra familia de ninguna manera. Tú fórmate, hazte alguien de provecho. Nuestros amigos entenderán que hayas tenido que emprender este periplo tan oportuno, tan necesario, para convertirte en un hombre de mundo. Ahora quiero que te encierres en la habitación que hay al final del pasillo. Pasados diez minutos sales y te pones en marcha enseguida. —Durante ese tiempo, doña Delia pretendía encontrar a su hija y hacerla pasar a aquella salita para que no lo viera partir—. Buen viaje, Laureano. —Lo besó—. Bienvenido a nuestra familia. Escríbenos a nuestra casa de Barcelona, aquí ya ves cómo está todo aún. Pero dentro de pronto llegarán los muebles de América. ¿No quieres ir a América también?

—No, de momento a América no. Ya sería abusar.

Laureano Parnás no salía de su estupefacción. De repente se materializaba ante él lo que nunca creyó posible, pero también sentía mucha zozobra. Se dijo que, probablemente, aquellas sensaciones eran las que envolvían siempre la conversión en realidad de cualquier anhelo perseguido durante años, durante toda una vida, pero que él no podía saberlo porque nunca antes lo había experimentado.

—Señora Esmerla, no puedo marcharme sin despedirme de Carola.

—¿Pero qué dices? Claro que puedes. Ella prefiere que sea así. Además lo de tus viajes me lo ha propuesto mi hija. Le pregunté cuál quería que fuera nuestro regalo de boda y me sorprendió con esto. Es muy sensible y muy generosa, a veces demasiado, siempre piensa en los demás antes que en ella misma. Así que estamos todos de acuerdo. Mientras tanto, ella te esperará aquí tranquila, en reposo. En su estado es mejor que esto no se convierta en un valle de lágrimas, es mejor que se ahorre el trago de la despedida. Así lo hemos decidido. Buen viaje, Laureano, y no te olvides de mis indicaciones. De ninguna.

Desde el ventanal de la salita de la torre del amo de la colonia Esmerla, doña Delia vio partir al poeta Laureano Parnás. Antes de subirse al coche, él levantó el sombrero en su dirección, pero ella no correspondió a su saludo.

En cuanto perdió de vista el carruaje, volvió al salón principal para asegurarse de que todo estaba en orden: los camareros vestidos de etiqueta pasaban con las bandejas de plata entre los invitados, la música sonaba muy suave, como un fondo amable, sin inmiscuirse en las conversaciones que, en algunos casos, tenían un tono muy alto, como la que mantenían a su lado varios socios del Círculo Hispano Ultramarino. Doña Delia dejó de sonreír a diestro y siniestro y se acercó a ellos. Estaban muy soliviantados:

—Ironso. ¿El Ironso ha dicho? —preguntaba Manrique, el esposo de Violeta Bayul.

Doña Delia los había visto a él y a su mujer por última vez en la conferencia de Clive Barnaby.

—¿Quién es ese tal Ironso, señores? ¿Qué le ha sucedido? ¿Por qué están tan apenados? —quiso saber.

—Un barco que ha naufragado. Dicen que en la Costa de Oro. Parece que había zarpado de la bahía de Porto Novo. Esta vez el negocio era con los portugueses —le respondió otro de sus interlocutores mientras se ajustaba a la nariz sus lentes finas. Después continuó—: Se ha recibido un cable esta tarde en el puerto, porque había partido de aquí. El telegrama lo han mandado desde Cádiz. Alguien que habrá pasado por allí los últimos días y se habrá enterado… No hay rastro de la tripulación ni de la mercancía. Parece que era de Bartolomé Gormaz, pero solo el flete, el buque no pertenecía a su compañía. Cosa extraña, si me permiten la apreciación.

—Querría burlar el pago de algunos impuestos, no tendría todos los permisos. A saber… —intervino Manrique—. Todos sabemos que ahora el comercio triangular se ha complicado mucho con los ingleses siempre al acecho.

Doña Delia había empalidecido. Estaba furiosa. En su mente, otra palabra se formaba a partir de la que ellos habían pronunciado, el nombre de *Ironso* mutaba dentro de ella a *Ainsoul*, como lo pronunciaba el abogado Tomás Pizcueta. Era su barco.

—Parece que iba bien cargado y que se ha perdido todo —prosiguió el mismo hombre—. Aunque les digo una cosa, si, como presumo, el cargamento era ilegal, mejor que no quede ni rastro. Así no habrá denuncias ni acusaciones. Nadie se va a molestar en buscar los restos. Si tenía asegurado el cargamento, ya no lo sé. A veces se quiere ganar demasiado, se escatima cualquier gasto y la avaricia rompe el saco.

Doña Delia salió de allí y se encerró en la misma salita en la que había estado con Carola y con Laureano Parnás. Quería romperlo todo, pero se contuvo. Pensaba en lo que significaba aquello, temía la reacción de don Augusto y se maldecía por ver frustradas sus expectativas de prosperidad, por constatar con qué facilidad se habían disuelto en el mar sus sueños de mejora. Además, tenía que buscar el momento para contarle a su marido que Carola estaba embarazada, y que coincidiera con el naufragio le pareció de lo más inoportuno. Todo se volvía contra ella.

Clive Barnaby había escuchado las últimas frases de aquella conversación y no le quedó ninguna duda de que hablaban de comercio de esclavos y de la muerte de decenas de infelices más que habrían perecido encadenados los unos a los otros. Él había remarcado durante su conferencia en el Círculo Hispano Ultramarino que gran parte del dinero que había permitido el progreso de Manchester y la misma revolución industrial en Cataluña provenía de aquella actividad inhumana, atroz, de aquel oprobio que segaba la vida de tantos. Los que sobrevivían llegaban a América, donde se los obligaba a cortar la caña, a recolectar el algodón, el café, el tabaco y el cacao en los latifundios de los grandes propietarios, los mismos a los que el gobierno de Cánovas del Castillo pretendía indemnizar si se abolía la esclavitud y se veían forzados a liberar a sus trabajadores y contratarlos.

El inglés abominaba de aquel mundo de fingida indiferencia, de cultivada frivolidad, de hiriente ostentación, en el que no se le miraba demasiado bien por su nacionalidad. Los conflictos diplomáticos más frecuentes entre su país y España se debían al ilícito tráfico de esclavos, entonces solo en manos de los más poderosos, de quienes eran capaces de organizar la infraestructura necesaria para su transporte clandestino. Clive sabía que esto había supuesto que cada vez los esclavos hicieran la travesía en peores condiciones y, por tanto, que murieran más por el camino.

Antes de la conversación sobre el hundimiento de aquel buque, había escuchado en otros corrillos a los invitados enumerar las labores filantrópicas a las que se dedicaban, la manera en que contribuían a que se crearan asilos y escuelas para los niños pobres, sus participaciones en las obras civiles que promovía el ayuntamiento. Pero cómo alardeaban de sus actos mostraba cuál era el verdadero interés a la hora de llevarlos a cabo: la pública admiración por repartir lo que para ellos eran solo migajas. Una forma de filantropía que rimaba con hipocresía. Clive pensó en la causa de todo aquello: el injusto sistema instaurado para los obreros, necesitados de recibir la caridad de sus patronos a causa del régimen en el que vivían. Los amos y señores de todo, los que manejaban el dinero y tomaban las decisiones, los prohombres, los benefactores...

Muchos de los reunidos allí eran senadores del reino, diputados en las Cortes o regidores, personas bien asentadas en los lugares donde se decidía la historia. Clive los veía comer dátiles, llevarse a la boca trufas rellenas con licor y sonreír ante las buenas perspectivas de casamiento de sus hijos, con los que perpetuarían el linaje privilegiado al que pertenecían. Todo aquello alimentaba su rebeldía. No podía soportar el abusivo *statu quo* de allí, pero tampoco el de su país, y el de Alemania, Prusia, Francia... Le costaba trabajo entablar cualquier relación con quienes obtenían sus riquezas de la explotación de los más débiles. Pensó en que repetiría punto por punto allí su conferencia en el Círculo Hispano Ultramarino, pero que tenía que hacer algo más efectivo que hablar y de forma inmediata por la causa abolicionista.

Clive recordó el gesto generoso de Mauricio Sargal, alguien que le había parecido bastante distinto en medio de aquel paisaje de depredación. No había dudado en salvar a Manón de una esclavitud segura; era cierto que gozaba de una muy buena posición económica, pero otro más egoísta hubiera utilizado todas aquellas pesetas en su propio beneficio o en satisfacerse con ella o con otras. A Mauricio le debía su felicidad, que hubiera puesto en su camino a aquella mujer a la que entonces no encontraba. Este pensamiento le llevó a considerar que ya había permanecido el suficiente tiempo allí y que, por tanto, podía marcharse.

Apreciaba a Augusto Esmerla, pero esto no era suficiente para soportar durante demasiado tiempo una incursión en el ambiente en que este se desenvolvía, sus compañías y, sobre todo, la dominante presencia de doña Delia. Dejó la copa de brandy junto a un helecho y se dispuso a salir de aquella casa a la que, como sucedía con la vivienda del propietario en todas las colonias textiles, ya se le había comenzado a llamar «la torre del amo». Mientras bajaba la escalinata vio a Carola en el vestíbulo. Abría una tras otra las puertas de las habitaciones que daban allí, asomando la cabeza en cada una de ellas para mirar en su interior.

—Señor Clive, ¿ya se va? —le preguntó bastante inquieta.

—Tengo que madrugar mañana. ¿Busca algo o a alguien?

—Sí, a mi prometido. —Ella no mencionó su nombre—. Lo mandó llamar mi madre y ahora no lo encuentro. No sé dónde se ha metido.

—Mire en los dormitorios, quizás se haya sentido indispuesto. Se ha servido comida y bebida de una forma tan exagerada... —le dijo Clive sin saber muy bien qué responderle.

A ella se le ocurrió algo:

—¿Va a dormir en la colonia?

—No, hoy no. Mañana tengo asuntos que resolver en Barcelona. —Ya había demorado bastante la búsqueda de Manón por acudir a aquella cita obligada.

—Lléveme con usted. Es muy posible que Laureano esté allí, que haya regresado a su pensión o a la fábrica. Tal vez se ha disgustado con mi madre. Ella tiene tanto carácter y él es tan sensible... —Al inglés le dio la impresión de que estas últimas frases, más que a él, se las decía a sí misma.

A Clive le sorprendió que Carola nombrara al poeta que además vivía en el mismo lugar que Manón, pero no quiso preguntarle nada más.

—Tendrá que abrigarse bien si quiere acompañarme —le dijo.

Carola descolgó varias prendas del mueble contra el que Arlitán había empujado a la criada y se las puso.

54

En menos de una hora, Carola y Clive llegaron ante el edificio de la fábrica en Santa María de Sants. Compartir aquel carruaje les había llevado a la convicción, a cada uno por su lado, de que no tenían nada en común.

—¿Dónde quiere ir? —le preguntó Clive para indicárselo al cochero.

—Bajaré también aquí. Que espere para dejarme después en mi casa. Prefiero echar primero un vistazo al cuartucho donde trabaja Laureano. Con lo que merece, y está confinado en un habitáculo impropio de él, inmundo. La mínima expresión de oficina.

—Como quiera —le dijo él sin prestarle demasiada atención.

Descendieron los dos y Clive abrió con su llave. Cruzaron la nave central y una vez en el patio trasero él se dirigió a su taller. Frente a la puerta vio el barro arremolinado, lleno de líneas, que cambiaba de tono en algunos lugares. Lo achacó a la grasa que había utilizado para la puesta a punto de sus máquinas. Creyó que la sangre de Manón no era más que el lubricante que habían arrastrado en sus pies los carpinteros e ingenieros que admiraron sus ingenios mecánicos.

Mientras tanto, Carola tocaba la pared de hiedra para encontrar la ventana del cuarto donde Laureano revisaba los textos con que se anunciaban los paños y el algodón de la fábrica, donde también se encargaba de redactar las características técnicas de la producción para que se incluyeran en los folletos de ferias y demás exposiciones, pero donde, sobre todo, la mayor parte del día escribía poemas.

Entró en el depósito vacío. Al ver aquel espacio abierto, sintió curiosidad. En el centro de aquel almacén ya sin género, la piedra cuadrada con la argolla estaba desplazada del hueco. Había luz en el sótano. Cuando se agachó para ver qué sucedía, se estremeció: don Gerardo estaba allí sin pantalones ni calzones, solo con la camisa y la chaqueta sobre las nalgas desnudas, y dejaba caer la cera del velón que llevaba en su mano derecha sobre los brazos y las piernas de una Manón desmadejada que Carola quiso creer que solo sufría un desmayo. Se recogió las faldas para que no se le enredaran, se incorporó muy poco a poco y, guiada por el haz luminoso de la farola de gas del patio, salió. Encontró sobre una jardinera una cuerda bastante sucia enroscada como si fuera una serpiente. Al tirar de ella, la sobresaltó un sapo que croaba pegado a la pared del fondo de la fábrica. Pensó que en cualquier momento aquel animal viscoso se le adheriría a la piel. Se detuvo nada más atravesar el umbral porque se vio también a sí misma sepultada en vida en aquel agujero junto a Manón, a quien había odiado y envidiado tanto, a merced además de un ser tan repulsivo como siempre le había resultado don Gerardo. Pensó en que tenía que salir enseguida a avisar a Clive, pero prefirió asomarse primero con la cuerda a aquel hueco para ver en qué estado se encontraba Manón, «a pesar de que se trataba de ella», se contradecía, no sabía cómo actuar, pero se dijo que no podía tolerar aquella situación monstruosa, que tenía que reaccionar y que quien fuera la víctima era secundario.

Saber bordar le sirvió para anudar la cuerda de un modo muy particular. Se colocó de pie junto al hueco y, aunque tenía las manos temblorosas, se armó de paciencia a la espera de que Arlitán se colocara justo debajo de aquella abertura para acertarle con la soga de forma que esta le rodeara el cuello. Quería reducirlo, esa intención ocupaba su mente. Todo lo demás, incluso Laureano, había desaparecido de su pensamiento de tan concentrada como estaba.

Carola separó las piernas, colocó un pie a cada lado de aquella ventana en el suelo que se asomaba al averno. Cuando el hombre se alejó de Manón unos pasos para comprobar cómo había convertido su cuerpo en una superficie con escamas brillantes y redondeadas, ella comenzó a bajar el cabo con el nudo corredizo. Arlitán no dejaba de hablarle a Manón:

—Serás mía hasta que yo me canse. O hasta que te deje como una piltrafa. Entonces te arrojaré al río, a algún río. ¿Te gustaron los pasteles que te eché ayer desde arriba? Veo que sí porque no has dejado ni los envoltorios. No te ha faltado comida. Y no han sido sobras de las que se les echan a los perros precisamente. —Manón no podía responderle porque seguía amordazada—. Hablando de perros, a partir de mañana traeré un perro para que te haga compañía, y tal vez algo más...

Carola movía la cuerda en la oscuridad, de un lado a otro. Abajo no se veía su sombra. El círculo que había hecho con la soga era bastante holgado, pero necesitaba encajárselo primero en el cuello y que él lo cogiera; ese sería el momento en el que ella tiraría. Sintió una punzada en el vientre. Pensó que tal vez aquel gesto, hacer aquella fuerza, pondría en peligro a su adorado hijo, pero se armó de valor. Además, sabía que en cualquier momento podía gritar para que la oyera el inglés. Don Gerardo, en el mismo sitio desde el que contemplaba a Manón, comenzó a mover los brazos mientras le regañaba:

—Más te hubiera valido aceptar el primer día. Ya te lo dije. Mira todo lo que ha venido después. Has ido a peor. Mañana te arrojaré un balde con agua. No te preocupes por el frío, te traeré también una manta para que no cojas una pulmonía. ¡Cuánto podrías haber ganado y cuánto has perdido! Lo has perdido casi todo, lo poco que te queda solo tiene valor para mí.

Entonces Carola se decidió, lanzó la cuerda y esta le rodeó el cuello a Arlitán. Él se quiso desasir y solo consiguió que el nudo se estrechara aún más a su alrededor. En cuanto ella tuvo claro que su cabeza ya no pasaba a través del lazo, se retiró hacia atrás y comenzó a tirar. Calculó que aquel hombre solo pesaría unos cincuenta kilos. Casi estaba en la puerta de aquel depósito vacío cuando medio cuerpo de él asomó del hueco. Había dejado caer la vela dentro del sótano, por lo que Carola solo veía su silueta. Quería arrastrarlo hasta el patio, pero en cuanto alcanzó la parte alta de la escalera, el hombre apoyó los pies, corrió hacia ella y se le echó encima sin darle tiempo a gritar.

—¿Quieres ir tú también al agujero? —le dijo Arlitán frotándose el cuello. Carola le vio la herida que le había hecho la soga—. ¿Has venido para eso? Os haréis buenas amigas. No me cabe ninguna duda. Compartir cautiverio ha forjado grandes alianzas.

Cada vez le manaba más sangre del cuello. La cuerda era tan rasposa que le había cortado la piel y la carne. A ella la había herido también en las manos.

En aquel momento, Carola fue consciente de su imprudencia, de que se había sentido como alienada al ver a Manón en aquella situación. Pensó también que había ido a la fábrica en busca del amor y que encontraría, en cambio, la muerte. Gritó con todas sus fuerzas para que Clive saliera de su taller, sabía que era muy difícil que a aquellas horas entrara nadie más en aquel lugar. De repente, desde el suelo, vio una sombra delante de la puerta y supo que era la muerte que llegaba a por ella y a por su hijo. La sombra se tambaleó y apoyó una mano en el suelo. Don Gerardo permanecía de espaldas, a horcajadas sobre el vientre de Carola. Ella estaba segura de que aplastaría a su hijo. La muerte que se acercaba no llevaba una guadaña, sino una barra en la mano. Carola apenas podía distinguir nada más. Se desmayó un momento después de que Manón le atizara a Arlitán en la nuca y en la espalda con el hierro del que él se había servido para desplazar la piedra que cubría la entrada al sótano.

Arlitán comenzó a mover a la vez los brazos y las piernas con unos movimientos extraños, automáticos, que cesaron enseguida, aunque sus gritos y sus maldiciones continuaron. Se quejaba de que solo sentía hormigueos en los pies y en las manos. Pasados unos segundos, dejó de tener conciencia de su cuerpo para comprobar que su mente trabajaba mejor que nunca; él le dictaba lo que tenía que hacer, pero sus extremidades no le obedecían.

Manón se dejó caer. Respiró con avidez la noche, la humedad de la tierra cercana, escuchó el croar del mismo sapo que había observado a Carola coger la cuerda y pensó en Clive de una forma tan intensa que lo vio aparecer ante sus ojos antes de que estos se cerraran. Él salió a la calle para dar la voz de alarma y avisar al cochero de que lo necesitarían unas horas más. Un sereno llegó enseguida.

—Ayúdeme, por favor, ayúdeme. Parece que han entrado a robar y se han encontrado con el administrador, la hija del amo y... otra mujer —añadió Clive—. Los tres están malheridos. Tenemos que avisar a la policía, trasladarlos a un hospital. Salvarlos... Al menos a ellas dos —no pudo evitar añadir aquel matiz.

El cochero saltó desde el pescante. A pesar de que eran casi las doce de la noche, se armó mucho revuelo alrededor de los tres hombres.

—¿Y dice que son familiares de don Augusto Esmerla? —le preguntó el sereno.

—Así es —le respondió Clive Barnaby por abreviar y porque sabía que de aquella forma la atención que le prestarían a su petición de auxilio sería mayor.

—Voy a acercarme a la comisaría. Usted quédese aquí y no deje entrar a nadie. Si es posible, que ni siquiera se acerquen. Usted colabore también —le ordenó el sereno al cochero.

Clive quería volver dentro, correr a los brazos de Manón, estrecharla, arroparla... Estaba tan desquiciado que le costaba dominar el arranque que sentía y que lo impelía a golpearse contra la pared por haber estado distraído una vez más con sus bártulos mientras ella luchaba por su vida. No sabía qué hacía allí a aquellas horas, pero deseó con todas sus fuerzas tener la oportunidad de que fuera la propia Manón quien se lo contara.

El cochero y un guardia al que avisó el sereno depositaron a Manón en una cama de La Convalecencia. Antes habían dejado a Carola en su casa a cargo de Enma y de su tía Gertrudis. La esposa de don Gerardo se santiguó cuando vio a su marido en aquel estado.

Los señores Esmerla se presentaron a primera hora en su casa de Santa María de Sants muy preocupados por el estado de su hija. Ella les dijo que había sentido algunos pinchazos en el vientre, pero que no tenía ningún signo más, al menos externo, que evidenciara lo que había sucedido la noche anterior en la fábrica.

—Ahora, hija, te tomas esta tisana y nos lo cuentas todo —le dijo doña Delia mientras le daba una taza humeante—. En cuanto a la policía…

—A ellos ya les dije algunas cosas anoche cuando me trajeron a casa.

—No importa. Dinos qué sucedió.

—Dos disgustos en un día. Esto y lo del barco —se lamentó don Augusto.

—Tres.

—¿Qué dices, mujer?

—Que las malas noticias que he recibido durante las últimas horas han sido tres. —Doña Delia nunca había visto a su marido con aquel semblante tan sombrío—. Pero de eso ya hablaremos después.

—De eso ni hablar. Dime qué ha pasado, además de que ya es un hecho mi descrédito. Pronto se sabrá que participo en negocios ilegales. Ahora dirán que toda mi fortuna procede de la trata de esclavos.

—¡Padre! ¿Qué ha sucedido?

—¿Quién estaba anoche en la fábrica? —le preguntó él sin responderle.

Carola les ahorró el detalle de la desnudez de don Gerardo. Les refirió cómo lo había visto allí, en aquel sótano donde tenía encerrada a Manón, cuando entró con Barnaby en la fábrica con la intención de encontrar a Laureano Parnás. Don Augusto sabía que el ingeniero inglés llevaba bastantes días sin saber de ella. Carola les dijo que Arlitán había quedado imposibilitado de moverse después de que su prisionera le atizara con un hierro, primero en la nuca y después en la espalda.

—Aunque en ese momento a quien tenía atrapada ese miserable era a mí, yo la salvé. Salvé a Manón —les contó con una sonrisa de satisfacción y sorprendida todavía por su forma de actuar.

—Augusto, aún te tocará pagarle una pensión a ese sátiro. —Doña Delia parecía que no hubiera escuchado lo anterior.

—Creo que se ha quedado paralítico —dijo Carola.

—Pues mejor, así no saldrá de su casa, aunque la pobre Manolita... Antes de dos días la tendremos aquí para reclamarnos una paga, Augus, ya lo veréis, y si no, al tiempo.

—Todo esto es muy desagradable. Ven, hija —Augusto Esmerla tomó la taza de la mano de su hija, la depositó en la mesa que había frente al canapé y la hizo levantarse para abrazarla—. Menos mal que tú estás bien. No quiero ni imaginarme cómo estaríamos en estos momentos si te hubiera sucedido algo. Mi preciosa hija.

—Ahora, Carolita, ahora —le dijo su madre.

—Padre, tengo que decirle que, aunque a mi madre le parezca una mala noticia, no es así. Un embarazo no puede serlo nunca.

—¿Un embarazo de quién? —preguntó don Augusto mirándolas alternativamente.

—Van a ser abuelos. —Augusto Esmerla se quedó tan desconcertado que necesitó pensar si Carola era su única hija—. Fui a la fábrica porque quería encontrar a Laureano. Mi felicidad está a su lado y este hijo nuestro es el colofón a tanta dicha —dijo ella.

—¿A Laureano? —Don Augusto ató cabos. Después miró a su esposa por encima del hombro de su hija.

—Eso sí, ahora mismo no sé dónde está.

—Aparecerá, ya verás. Tarde o temprano, aparecerá. Por él no tienes que preocuparte —la animó doña Delia—. ¿Aún tienes dolor?

—Apenas noto ya nada. Creo que eran los nervios. Madre, usted estuvo hablando con Laureano anoche. ¿Qué le dijo?

—Hablamos de sus proyectos, de sus ideas...

—¡Un momento! —gritó don Augusto Esmerla—. ¿Me estáis diciendo que el padre del hijo que espera Carola es Laureano Parnás?

—Augus, tranquilízate. Eso es solo lo que cree ella.

—¿Lo que cree? Lo que yo creo es que me voy a volver loco. Un naufragio, lo sucedido en la fábrica y el embarazo. ¿Alguien da más?

Doña Delia hizo como que no lo había escuchado. Decidió que después volvería a tratar el tema con él.

—Como Carola está bien, no voy a anular el almuerzo con Marta y Adrián Esclapé. Los invitamos durante la fiesta, antes de que vinieran a avisarnos de lo ocurrido. ¿Te acuerdas, Augus? Ahora creo que lo mejor es seguir adelante. Tenemos que celebrar que él es el nuevo administrador.

—Tendrán que disculparme con ellos, yo… voy a descansar.

—Descansa ahora. Aún faltan bastantes horas. Verás como en un rato estás como nueva. Ese chico…

—¡Carola embarazada de Parnás! ¿Y Manón? ¿Dónde se la llevaron? ¿Está Clive con ella? —le preguntó don Augusto a su hija.

—Manón, Manón, ¿qué nos importará a nosotros Manón? Con todo lo que tenemos encima —dijo Delia.

—Querida, ya hubo un asesinato en la fábrica de Santa María de Sants, otro hecho de ese cariz nos perjudicaría. Creerían que atraigo la desgracia. —Carola les hizo un gesto de despedida—. Deli, tú quédate aquí. Tenemos que ver cómo enfrentamos esta situación. —Augusto Esmerla fue hacia la puerta y la cerró, después cruzó la sala y se quedó inmóvil ante el ventanal, con la vista fija en el jardín—. Lo del embarazo. Lo del embarazo… —don Augusto se llevaba la mano a la frente y se apretaba las cejas—. ¿Y con el barco? ¿Qué ha sucedido? ¿Qué dijeron los del Círculo? Son tantos frentes abiertos que creo que no voy a sobrevivir a todo esto.

—Tus amigos del Círculo Ultramarino dijeron que el Iron Soul había naufragado y que nadie lo va a buscar.

—¿Así? ¿Así de fácil? A veces creo que eres de pedernal. Estos hombres, los socios del Círculo y el resto de los industriales están al tanto de todo el comercio de ultramar, saben qué barcos zarpan en cada momento, qué carga llevan. Te dije desde el primer momento que este negocio no me daba buena espina, que eso de no saber el nombre del otro socio era algo inhabitual, oscuro.

—Augus, esto no es cosa nuestra. Mira, hazte a la idea de que el barco iba desde aquí a la isla con las mercancías que yo había fletado y que regresaba con las que había encargado que trajeran de Cuba. Esa parada intermedia y ese cambio en su cargamento no nos incumbe.

—¿Te das cuenta de lo que estás diciendo? Manda a la muchacha, a Enma, a llamar a Tomás Pizcueta. Esta es la situación más comprometida en la que me he visto nunca y todo por tu empeño. Como si os faltara algo. —Ella bajó la mirada—. La multa puede ser millonaria y la sentencia incluso me puede llevar a la cárcel. ¿Qué va a pasar si la pena es de prisión? A saber lo que tendría que hacer para librarme, pedir un favor así me empeñaría de por vida. Además, dicen que el otro socio era Bartolomé Gormaz. Por eso había tanto sigilo. A él siempre le gusta estar en la sombra, solo aparece cuando los negocios tienen que ver con la política. Sabes que eso es lo que nos faltaba. Él lo va a negar todo y, si se tienen que llevar a alguien por delante, será a mí. Nos arruinaremos. ¡Tanto esfuerzo invertido en la colonia de Santa Coloma para esto!

—Augus, yo... Lo siento —fue la única disculpa que doña Delia fue capaz de pronunciar.

—No sé cómo vamos a salir de esta. Si hubiera sido en otro momento, hace un par de décadas, pero, ahora, con los abolicionistas cada vez más fuertes... Que se prohibiera el tráfico de esclavos en 1817 solo ha conseguido convertirlo en la actividad más lucrativa del mundo. Hasta algunos capitanes generales han estado en connivencia con los negreros con el consentimiento de las autoridades de aquí y de allí... Y tenía que salpicarnos el asunto a nosotros. A mí, que no me he dedicado a otra cosa que a la hilatura y al tejido, que no he querido saber nada nunca de esas cuestiones. ¿Sabes qué me decía mi padre? Que la única diferencia entre el mantenimiento de los negros y de los bueyes que trabajaban la tierra y cargaban la caña primero y el azúcar después era que los segundos no necesitaban vestido.

Doña Delia pensó que le convenía dejarlo hablar sin interrumpirlo, que se desahogara, que expusiera sus razones, sus prevenciones, sus miedos y que, una vez se encontrara más calmado, entre ellos y el abogado idearían una estrategia para enfrentar todo aquello y que les permitiera escapar de la situación con las consecuencias menos nefastas posibles.

—¿Qué pasará si se me cierran las puertas del mercado americano? Que no pueda comprar la materia prima allí puede ser una de las medidas —continuó don Augusto—. ¿De dónde traeré entonces todo el algodón que necesito para la fábrica? ¿Y a qué precio? ¿Lo has pensado? ¿Has pensado que esto nos puede suponer la ruina?

—Augus, pues lo haríamos a través de terceras personas, de otros fabricantes.

—¡Y el embarazo! Di que avisen a Laureano Parnás. ¡Que venga enseguida!

—Querido, me temo que eso no va a ser posible. De él ya me he encargado yo —le dijo doña Delia.

—¿Lo has matado? —le preguntó su marido sin ningún atisbo de ironía, sino muy convencido de que era capaz de hacerlo.

De pie ante la mesa ya dispuesta con la cubertería de plata grabada con la «E» mayúscula de «Esmerla», las copas de cristal tallado, la vajilla de porcelana de Limoges y el mantel y las servilletas bordadas por las dominicas, Carola decidió que antes de que llegaran los invitados le preguntaría a su padre por Mauricio. Tras lo sucedido con Manón, sentía muchos remordimientos por haber roto la carta que Mauricio le dirigía a quien había sido su doncella. En ella lo había notado muy preocupado y además le solicitaba a su antigua criada que se encargara de su sobrina. Carola no sabía cuántos años tenía, pero la imaginaba sola en su piso y esto la desasosegaba. Se dijo que estaba obligada a trasladar aquel mensaje, siempre que con ello no se delatara. Aquella tarde se acercaría también hasta su casa de la calle Portaferrissa. A ella el enamoramiento del poeta le había borrado el más mínimo interés por cualquier otro hombre, incluso por Mauricio, de cuyo amor llegó a pensar que nunca se curaría. Se reconfortó al pensar que con la intención de parecerse a las mujeres que a él le gustaban, para impresionarlo, había comenzado a estudiar canto; tiempo después, su buena voz y su afinada entonación, estaba segura, habían sido una de sus principales bazas para conquistar al poeta. Después de la sobremesa, continuaría su búsqueda de Laureano.

—Es un tema muy delicado, hija, el que llevó a nuestro amigo a Cuba —le dijo don Augusto—. No quise contároslo antes porque pensaba que se resolvería, pero el caso es que su hermana, doña Dulce, desapareció hace unos meses, y él se fue a ver qué podía averiguar. Además, sabes que es la esposa de Bartolomé Gormaz. —Al pronunciar este nombre, Augusto Esmerla sintió un dolor agudo en la cabeza al recordar lo sucedido con el barco.

—¿Y su hija? Porque tenían una hija, ¿no? —se corrigió enseguida para no demostrarle a su padre que ella ya lo sabía.

—Sí, se llama Romualda. Ese hombre…

Carola esperó a que continuara, pero dejó la frase inconclusa. En ese momento llamaron a la puerta y de forma casi simultánea escucharon los pasos cortos y apresurados de Enma:

—Permítanme que les guarde sus sombreros y sus abrigos —les dijo a los invitados en cuanto estuvieron en el vestíbulo.

Antes que ellos, entró doña Delia en el comedor:

—Carola, y ahora ni una palabra sobre el poeta y menos aún sobre tu estado. ¿Me has entendido? Ciertas cosas solo nos importan de momento a nosotros, así que ni mu.

CUARTA PARTE

55

A bordo del Feilory, domingo, 21 de marzo de 1875

El barco en el que regresaba Mauricio a España estaba a apenas un día de navegación de Santander. Ya hacía cuatro jornadas que habían dejado atrás la isla portuguesa de Santa Cruz das Flores.

—Ya no falta nada —informó el capitán a don Benito.

—Aun así, no sé si este hombre aguantará —le respondió él.

—He visto perecer a muchos. El mar no está hecho para todos. ¿Qué le ha dicho el médico?

—Que está muy débil. Apenas le encuentra el pulso.

Don Benito no había querido contarle qué le había llevado a aquel estado, decirle que cuando lo encontraron bajo las ramas del jagüey ya había perdido mucha sangre y que quien le hubiera golpeado así ya lo habría dado por muerto a aquellas alturas.

Friné salía a airearse cuando los ojos se le cansaban de tanto leer. Se había embarcado con todos los libros que había acumulado durante los últimos años en El Remanso. Pensaba que ya no le daría la vida para recorrer sus líneas, pero en aquella travesía tan solitaria le proporcionaban mucha distracción.

Mauricio, durante sus delirios, no dejaba de repetir los nombres de Dulce y de Deva, como si aquellas mujeres fueran las únicas anclas de su existencia. Le cogía de repente y con mucha fuerza la mano a don Benito cuando este se la acercaba para comprobar su temperatura. Tenía los ojos vidriosos y lo miraba exigiendo respuestas unas veces y como si no supiera de quién se trataba, otras.

Se alimentaba solo con cucharadas de caldo a las que Friné añadía migas de pan. Cuando había intentado darle cualquier otra cosa, la tos le había impedido tragarlo. La esperanza de su amigo era que no se produjera una infección que agravara su estado y para eso necesitaba que ingiriera las infusiones de plantas que había metido en la maleta. Algunas de ellas llevaban mucho tiempo en sacos de tela sobre las estanterías de su habitación de la fonda. Una vez a bordo, las había olido para identificarlas y había colocado a cada paquete una etiqueta de cartón que había recortado con unas tijeras y atado al cordel que los cerraba. Aunque ingería sus hierbas, estas no parecían obrar ningún efecto, pero tampoco perjudicarle. De nuevo le habló como si estuviera consciente:

—Amigo Sargal, parece que está siendo una travesía sin complicaciones por lo que me dice el capitán Mane, estamos a punto de llegar. Tiene que sobrevivir. —Don Benito le colocó la mano debajo de la nuca y notó la herida bastante abierta aún. Continuó hablándole—: Creo que hay algo en lo que no ha caído. La viuda del mariscal Rivadeneira tiene su casa en Llanes. Cuando desembarquemos, si mi memoria geográfica no me falla, nos hallaremos a apenas un par de horas de ese lugar. ¿No le gustaría visitar a su viuda? Es muy probable que ella se encuentre allí o, en todo caso, que alguien nos indique dónde encontrarla. —Por lo que conocía a Mauricio, sabía que no le gustaría que ella lo viera así: demacrado, débil y envejecido, sino que postergaría su encuentro para cuando volviera a ser el mismo de antes o casi.

Mauricio continuaba paralizado. Don Benito se sacó del bolsillo la nota que había encontrado en su chaleco. La miraba de vez en cuando. Desde el primer día en el Feilory, nada más ver los papeles guardados en las carpetas de Mauricio la comparó con su letra. No sabía qué pensar. Si no la había escrito él, temía su reacción cuando se viera embarcado, aunque, por otra parte, que despertara era su mayor deseo.

Don Benito intentaba mantener el ánimo, pero conforme avanzaba el barco hacia la península le resultaba más difícil. Consideraba el desvanecimiento de Mauricio ya irreversible y se decía que, al igual que Deva había puesto rumbo a España con el cuerpo del mariscal, él estaba allí junto a otro cadáver inminente. El golpe asestado a su amigo en la carretera de Siboney había sido de tal gravedad que él se planteaba continuamente si había hecho bien al subirlo a aquel buque.

Se dejaba mecer día y noche, le parecía que era cuestión de las olas y de los amaneceres decidir el momento en que terminaría la vida de Mauricio. En cuanto el boticario despertaba en la otra cama del camarote, acercaba la oreja a su pecho para cerciorarse de que el corazón aún no se le había parado. Cada mañana desde que habían embarcado, le leía a Mauricio durante un buen rato y le hablaba.

—Sé que le gusta mucho la historia de Manon Lescaut del Abate Prévost, y no le faltan motivos. ¡Qué vida la de esta mujer! Como la suya, como la mía..., como la de cualquiera. Si se sabe contar bien, cualquier suceso puede convertirse en apasionante. Pero ya se nos acaba esta obra. Tendré que elegir otro libro.

Leyó la última página y cerró con mucha fuerza aquel volumen encuadernado en cuero. Con aquel gesto de aplauso quería agradecerle al autor las buenas horas pasadas, pero también intentar, como con cada cosa que se le ocurría, que el ruido imprevisto despertara de una vez a Mauricio. Levantó el plato y la taza con los restos de su desayuno para coger el periódico que había debajo.

—Este creo que ya se lo he leído todo. Además, como es quincenal aún tiene más tiempo. Ya estaba atrasado cuando lo guardé en la maleta en Santiago. Nos pondremos al día de la actualidad política cuando lleguemos a Santander. Aquí dice que el mes pasado inauguraron el edificio de la ópera de París. ¿Irá, Sargal? No, no, claro que no, lo consideraría una traición; como me contó, lo suyo es la zarzuela. Y el gran Alejandro Dumas ya está en la academia francesa, dice aquí. Parece que Víctor Hugo se negaba a que entrara, pero por mucho poder que tenga no ha podido salirse con la suya. ¿Sabe que el autor de *Notre-Dame de Paris* vivió durante su infancia en Madrid? —Don Benito le decía lo primero que le venía a la mente, no dejaba de hablarle, quería llenar de sonidos aquel silencio que lo amedrentaba y combatirlo con su voz le parecía la mejor forma de aparentar normalidad, de modo que su deseo fuera capaz de suplantar el estado real en el que se hallaba Mauricio—. Y nada de los abolicionistas, parece que se los haya tragado la tierra después de la conferencia del 72. ¿Sabe qué va a pasar? Que mientras dure la guerra, no habrá libertad para los esclavos. Los necesitan más que nunca. Y al hilo de esto, otra noticia: «El ilustre patricio, prohombre de las dos orillas —don Benito alzó el tono como si fuera un rapsoda que quisiera sobrecoger a su auditorio—, gloria nuestra, don Bartolomé Gormaz, se dispone a viajar a Barcelona por estas fechas como cada año para poner en orden sus asuntos de allá y seguir incrementando con su natural talento la riqueza de nuestra nación». Estaría bien que llegara a la vez que nosotros. Solo le falta a usted este disgusto.

Cuando terminó de leer el artículo, alzó la vista y le pareció que Mauricio apretaba los ojos, parecía sentir un dolor muy intenso. Se acercó a él y vio sus párpados relajados de nuevo. Pensó que se lo había figurado y lo achacó a que llevaba demasiado tiempo dedicado a la lectura.

—Sargal, voy a tomar el aire un rato. A mi edad ya no puedo hacer grandes esfuerzos y esto de pasar varias horas tan concentrado no me hace demasiado bien. Volveré después del almuerzo.

Don Benito en señal de despedida se tocó el sombrero después de colocárselo.

Llanes (Asturias), domingo, 21 de marzo de 1875

A Deva Rivadeneira la falda negra le arrastraba sobre el barro del cementerio. A su lado, un hermano del mariscal le sostenía el paraguas. Se tocó las horquillas que le sujetaban el cabello a la nuca para comprobar que a pesar de la lluvia no se le había soltado ningún mechón. Se pasó la palma de la mano después por la frente y notó que la tenía cubierta de sudor frío. Apenas había unas veinte personas allí. Las autoridades con sus esposas, unos militares que habían compartido destino con su marido, los empleados del camposanto que habían excavado la tumba, dos monaguillos, el párroco y ella en el centro de todo. En el centro siempre de cualquier suceso luctuoso.

Atardecía de una manera tan rápida en Llanes que Deva pensó en la soledad que durante la noche la acompañaría en la casona grande, desangelada y oscura. El sacerdote puso fin al responso con el «Requiescat in pace» y todos le dieron gracias a Dios. Ella elevó la voz como si su «amén» pusiera el punto final a aquel largo y agonioso proceso. La despedida se le hizo eterna. Cada persona a la que saludó se le ofreció para acompañarla durante aquellas horas.

—Son momentos desoladores, señora Rivadeneira —le dijo uno de los militares.

Ella imaginó que de nuevo tendría a alguno pegado todo el tiempo como le había sucedido con Gutiérrez en Santiago de

Cuba. No veía el momento de comenzar a volar sola, aunque fuera entre cuatro paredes.

—Gracias a todos. Muchas gracias. Creo que entenderán que prefiera retirarme ya a mi casa. Les agradezco sus palabras de consuelo, pero estoy aún tan cansada del viaje...

—Cada uno atraviesa su dolor como mejor puede y sabe. Nos hacemos cargo, señora Rivadeneira —asintió otro militar.

La mujer del alcalde le tocó un hombro:

—Sabe dónde me tiene, a mí, a todos. No dude en solicitarnos ayuda.

—Gracias —le respondió.

Cuanto más se acercaban a la entrada del cementerio, más lejos veía sus rejas. Quería correr para alcanzar la puerta de una vez. Subirse al carruaje para estar por fin a salvo de miradas, de dictámenes sobre su condición, su apariencia, su comportamiento.

Aún tuvo que esperar casi media hora hasta atravesar el portalón de la entrada de su casa. Tal como lo había dispuesto, no había nadie del servicio. La tarde antes, en cuanto llegó, todos se apresuraron a darle el pésame, a continuación la informaron de las cuestiones domésticas, le dijeron que deseaban que se quedara mucho tiempo allí con ellos, en la costa, pero ella les ordenó que no volvieran en dos días porque necesitaba vivir a solas, al menos al principio, su pesar. Ante estas palabras, ninguno de ellos osó ofrecerle nada más y mucho menos contradecirla. Ella solo quería sentir la presencia reconfortante del mar.

En cuanto estuvo dentro de la casona de tres alturas con los capiteles azules y las columnas enormes, subió muy deprisa la escalinata de la mansión a la que por allí llamaban del «ángel negro» por la figura que culminaba su veleta. Aquella propiedad la había conseguido su suegro a base de los muchos golpes de sable y mandobles que le proporcionaron sus ascensos junto a los cañones que se dispararon en la Cochinchina, donde formó parte de la expedición hispano-francesa enviada por las autoridades de los dos países tras el asesinato de varios sacerdotes católicos. El coronel Rivadeneira, padre de su esposo, estuvo al mando de los soldados tagalos que partieron de Manila para apoyar la invasión francesa allí, entre los arrozales del delta del Mekong.

A Deva la casona siempre le había parecido un mausoleo a escala, con capacidad de sobra para dar cabida a todo el concejo. Al llegar al piso de arriba, dejó el bolso con tanta prisa sobre una silla del pasillo que cayó al suelo; no lo recogió. En su huida de las miradas de los antepasados de su marido que vigilaban desde los cuadros de la galería, entró en el que había sido su dormitorio y descolgó el cuadro del mariscal de la pared de enfrente de la cama. Pesaba más de lo que había previsto, pero aun así lo sostuvo con fuerza y comenzó a golpearlo contra uno de los adornos del pie de su cama, una pieza de madera torneada con forma de pica. Aquella especie de punta de flecha agujereaba el lienzo cada vez que ella lo estrellaba contra el adorno del lecho. Después rasgó la tela, separó las cuatro maderas que la enmarcaban y se dejó caer exhausta sobre la colcha. Con los ojos cerrados, rememoró la noche en la que había sentido de forma tan intensa a Mauricio.

—*Yeraunosu* —dijo mientras se rozaba con los dedos la cicatriz de su mejilla mientras susurraba estas palabras. No le había contado a Mauricio por qué tenía aquellos cortes. Y cuando se le escapó aquella frase en el arsenal, brotándole de la boca sin haber pasado antes por su mente, tampoco se la había aclarado.

Deva tenía ante sí el lienzo rasgado y el marco partido en trozos del cuadro del mariscal. Se arrepentía de haberlo despedazado. Antes de que volvieran quienes trabajaban allí, quería simular un robo para justificar la ausencia de aquel retrato. Dejaría varias ventanas abiertas y les explicaría que ella no había escuchado ningún ruido, pero que era una evidencia que faltaban algunos objetos, entre ellos aquel. Se apresuró a recogerlo todo y lo metió en un hato para bajarlo al jardín.

Mientras descendía la escalinata fue consciente de que su vida era un inmenso campo sin eco. Al traspasar la puerta con aquella carga al hombro, pensó de nuevo en Mauricio. La dejó junto a un castaño y buscó una pala en un almacén. Tardó casi media hora en enterrar también en efigie al mariscal. Después de aplanar la tierra y colocar un montón de leña sobre ella y algunas yerbas sueltas, volvió a rozarse la piel y notó que tantos años después la herida de su rostro sangraba, como si lo sucedido aquella tarde en el bosque fuera reciente. Allí, apoyada con las dos manos bajo la barbilla en el mango de la pala, rememoró lo que le había sucedido en una cabaña cerca de una de las laderas del macizo de Ándara, en los picos de Europa.

En aquella época su familia tenía una casa en Bejes. La tarde del encontronazo, ella había salido con todos los demás para dar un paseo por el bosque, pero se despistó después de acercarse a un árbol hueco y meterse dentro de su tronco. Cuando salió comenzó a llamar a su madre, a la criada y a sus dos hermanos, pero nadie le contestó. Caminó durante una media hora hasta que empezó a sentir el viento ábrego y la lluvia fina que lo acompañaba.

Vio a la derecha de un camino un casetón y entró. Corrió enseguida el pestillo de la puerta y se quedó muy cerca de ella, sin atreverse a mirar lo que había en el interior. Aún no habría pasado un minuto cuando Deva escuchó varios golpes contra la puerta. Cerró los ojos con mucha fuerza. No sabía qué hacer, no se atrevía a abrir porque estaba convencida de que no era nadie de su familia. Se acurrucó en un rincón mientras los impactos contra la madera eran cada vez mayores. La puerta entera cayó hacia dentro y sobre ella un oso pardo diez veces más pesado que Deva. Ella se apretó la garganta para no gritar, pero el animal la descubrió igual. Olisqueó la pared de la entrada, mientras Deva tanteaba con la mano detrás de su cabeza para ver si tenía forma de escapar, pero solo había otra puerta al lado de la chimenea. Se incorporó de un salto y fue hacia allí, pero antes de que pudiera escapar el oso lanzó una zarpa contra su cara un instante antes de que ella entrara por el vano de la escalera que salvaba el desnivel de aquella construcción en la falda de la montaña. Deva rodó por los peldaños y quedó abajo inconsciente. El oso no dejaba de gruñir mientras intentaba atravesar aquella abertura demasiado estrecha.

La encontraron dos hombres con el vestido hecho jirones,

despeinada y con la cara muy sucia y la llevaron hasta la plaza de Bejes por si alguien la conocía. Como nadie se acercaba a ellos, decidieron entrar en una bodega donde pidieron varias bandejas de comida. Deva estaba hambrienta. Comió hasta que, antes de una hora, la recogió su padre que, en vez de agradecerles que le entregaran a su hija sana y salva, los miró con mucha desconfianza. La llevó enseguida a casa y cuando le preguntó sobre lo sucedido ella se negó a hablar. Hasta un mes después no dijo:

—*Yeraunosu.* Era un oso.

Enseguida comenzaron las murmuraciones sobre la niña de la que todos dieron por cierto que habían abusado aquellos dos hombres; mineros expulsados de una explotación por desacato, dijeron quienes se atrevieron a inventarles un oficio. Que se presentaran con ella en el pueblo solo se interpretó como una forma desafiante de aumentar el escarnio al que la sometieron. Además, su ropa y el resto de su aspecto confirmaban aquellas sospechas. Nadie se molestó en buscarlos ni en averiguar qué había de cierto en aquella historia del estupro. La familia no esperó a que terminara el verano para abandonar aquella propiedad en Bejes. Nunca volvieron. El padre de Deva pidió el traslado a Llanes de su puesto de notario en la capital de Liébana, en Potes. Aquel alejamiento, poner tierra de por medio, no los libró de las habladurías que solo parecía ignorar el mariscal Rivadeneira.

Las palabras que un militar borracho, compañero de su esposo, le había gritado en medio de una fiesta, y que de forma continua le retumbaban dentro de la cabeza tenían que ver con este incidente.

—Si hasta la marcaron a cuchillo. ¿Quién lo puede negar? Es una mujer de saldo —había dicho delante de todos mientras le alzaba la barbilla en medio de la pista de baile.

56

Barcelona, lunes, 22 de marzo de 1875

Ángela e Himar abrieron todas las ventanas de la casa de Mauricio, frotaron los muebles hasta conseguir que brillaran, barrieron el suelo, ordenaron los enseres de la cocina y sacaron de los armarios juegos de cama y toallas limpias.

A media tarde, Romi se sentó al piano. Primero lo tocó con timidez y después de la manera arrebatada en que había visto hacerlo a su madre durante las mañanas de sábado en las que la sentaba en sus rodillas, cuando le colocaba las manos sobre las suyas en el teclado para que sintiera cómo se movían sus dedos. La música era para Romi tan natural que la sentía dentro, como si, al igual que les sucedía a su tío y a su madre, se les hubiera mezclado con la sangre y les hubiera compuesto el carácter. Pero hasta aquel momento solo se había atrevido a tocar, nunca bailaba ni cantaba.

Desde el portal de la calle Portaferrissa, Carola escuchó el piano y sonrió porque pensó que Mauricio ya habría vuelto de Cuba. Le indicó a la portera dónde iba y subió muy ilusionada las escaleras. Quería cantar con él, acompañarlo. Aquella sería su manera de celebrar su bienvenida. Quería ser por unos instantes como una de las mujeres que lo acompañaban. Pero enseguida pensó en Laureano, en que había salido a buscarlo; se llevó la mano al vientre y llamó a la puerta.

—¿Es usted la señora Manón? —le preguntó la cocinera.

—No, no, yo me llamo Carola Esmerla, soy la hija de un amigo de don Mauricio. Quería… conocer a su sobrina Romualda —miro a Ángela y a Romi de forma alternativa.

Ambas vestían ropas del mismo estilo, por lo que era muy difícil saber quién era el ama y quién su doncella.

—Soy yo —le dijo ella. Llámeme Romi, por favor.

Carola se acercó a ella y la besó.

—Manón está en el hospital, ha sufrido un accidente. De momento no podrá venir, pero quiero ofrecerles mi ayuda. Aquí les he anotado mi dirección, cualquier cosa que necesiten…

Ellas se lo agradecieron. A Carola le gustó mucho el acento que adornaba sus palabras, las dulcificaba y las hacía más amables.

—Estamos limpiando —se disculpó Ángela—, pero, si quiere pasar, un chocolate sí que podemos ofrecerle. Eso no puede faltar en ninguna casa.

—No, no, gracias, me encuentro algo indispuesta. Solo quería que estuvieran al tanto de lo sucedido y que sepan dónde encontrarme. Hablaré con mis padres y le ofreceremos un almuerzo a Romi.

—Muy amable. Gracias. Asistiré encantada —respondió ella.

En cuanto salió a la calle, Carola suspiró con alivio. Había conseguido salvar la situación. Ya vería la forma de responder ante él por la carta rota. Le diría que se había extraviado o que la tinta se había borrado al caérsele en un charco tras sacarla del buzón. Se anudó con la cinta de seda el sombrero y se dispuso a buscar a Laureano por todos los cafés de la ciudad.

A bordo del Providencia, lunes, 22 de marzo de 1875

Bartolomé Gormaz se había embarcado desde Santiago de Cuba dos días después que Mauricio. Tenía que supervisar sus negocios en Barcelona, ver el estado de las obras de los inmuebles cercanos al puerto e informarse de la marcha de las explotaciones tabaqueras en Filipinas. Además, aprovecharía el viaje para algo que lo llenaba de orgullo: Alfonso XII lo iba a recibir en el Palacio Real para darle noticia de la concesión de un título. Le reconocía así los enormes servicios prestados a la patria, tanto el transporte de las tropas como el servicio de correos ultramarino, cuya concesión tenía su compañía en régimen de monopolio y que por primera vez en la historia funcionaba con una eficiencia y puntualidad inmejorables como todo el mundo reconocía. Pero él sabía que, aunque se adujeran estos motivos comerciales, aquella distinción le sería otorgada, sobre todo, por su importantísimo papel en la coyuntura que propició que el rey llegara al trono.

Bartolomé Gormaz era uno de los que más habían apoyado su regreso, quería que acabara la República cuanto antes, que hubiera estabilidad, porque sabía que eso era lo que más convenía a sus negocios. Al general don Arsenio Martínez Campos sus correligionarios le habían mandado un telegrama desde Sagunto que decía «Naranjas en condiciones»; ese era el mensaje en clave con el que le informaban de que todo era favorable para dar comienzo al levantamiento que provocaría la caída del Gobierno. Él estaba al tanto desde hacía meses y había respondido como se esperaba de un hombre como él: con su fortuna. Financió el transporte y manutención de las tropas trasladadas desde Segorbe hasta Sagunto. A la ciudad de la costa de Valencia llegaron los casi dos mil hombres que componían dos batallones de infantería y otros tantos escuadrones. Además, se desplazaron hasta allí bastantes piezas de artillería. Bartolomé Gormaz deseaba la restauración monárquica porque sabía que de esa forma tendría carta blanca para cualquier actividad. En Sagunto se gritaron vivas al que querían que fuera el nuevo rey, se unieron en Valencia y Madrid otros generales y nada se pudo hacer desde el Ministerio de la Guerra para oponerse. En pocas horas, se colocó al frente de este Fernando Primo de Rivera y al día siguiente se constituyó el Ministerio-Regencia presidido por Cánovas del Castillo para gobernar el país. En cuanto llegó, Alfonso XII confirmó en su cargo al presidente y a los ministros hasta entonces provisionales.

Con el advenimiento de aquellos hechos, Bartolomé Gormaz había conseguido lo que quería: quedar en la posición más ventajosa posible ante los que comenzaron a ostentar el poder, como uno de los principales benefactores de los modos que anunciaban los nuevos tiempos.

Volvería a la isla como marqués de Gormaz-Siboney. Quería que su denominación fuera única, que nada tuviera que ver con los numerosos marquesados que comenzaban por «Monte» o «Villa». Su título, además de perpetuar su apellido, reflejaría los inequívocos orígenes antillanos de su riqueza. Estaba muy animado ante esta perspectiva. No dudó ni un momento de que el rey, como hombre de honor que era, saldaría con este gesto su deuda con él. Su regreso a Cuba en aquellas condiciones sería también su retorno a la vida social de Santiago. Se relacionaría de nuevo con los latifundistas de la sacarocracia para llevar a cabo su plan de encontrar una nueva esposa con quien compartir aquella nueva y merecida dignidad. Con ella daría inicio a un linaje nobiliario que presumía muy extenso. Pensó en Romi, en que podía reclamarle el título también. Estaba dispuesto a reconocerle ese derecho en su testamento. Se sentía tranquilo, magnánimo incluso, después de tener la certeza de que la única persona que además de su hija, tan lejos entonces, le ataba a su pasado con Dulce, su hermano Mauricio, ya había dejado de ser un problema.

Unos días antes de partir hacia Barcelona, Bartolomé Gormaz le dictó a su secretario Rafael las últimas disposiciones respecto a los envíos de la caña y la administración de los otros ingenios; le dejó también varias cartas para que se encargara de leerlas y responderlas. Repasaron durante un rato más algunas cuestiones de la contabilidad de sus propiedades y después de decirle que todo iba muy bien le preguntó por lo sucedido la última tarde que Mauricio estuvo allí:

—Lo he comprobado, señor, y no queda ni rastro del botarate de su cuñado en la carretera de Siboney.

—¿Arrojaste el cuerpo al lago de la mina como te pedí?

—Se me adelantaron las aves carroñeras. Cuando volví, comprobé que solo habían dejado de él su reloj y varias monedas. Ni el sombrero estaba. ¿Quiere que se lo entregue?

—Ni se te ocurra. Escóndelo, mejor destrúyelo. Que nadie relacione su desaparición con nosotros. Se ve que es cosa de familia, que esto de esfumarse se contagia.

El secretario bajó la vista porque no le gustó que se refiriera así a la ausencia de su patrona. Bartolomé Gormaz echó una última mirada a la plantación:

—¿Y esta casquivana dónde estará? Lo que daría por averiguarlo.

—Y yo, señor. Pobre señora.

—¿Pobre? ¿No se te ha ocurrido pensar que se ha marchado por su propia voluntad?

—No, señor.

—Qué poco conoces a las mujeres, pero haces bien. Tú a lo tuyo, que solo sirven para distraernos y para meternos en problemas. Si no las necesitáramos para que parieran... Para eso las ha hecho Dios. —Don Bartolomé cogió su chaqueta del respaldo de la silla y se la puso. Después le dijo—: Rafael, estoy muy disgustado. No has cumplido mis órdenes, te dije que te deshicieras del cuerpo.

—Señor, me disponía a cargarlo, pero oí caballos, casi me descubren. No tuve más remedio que arrastrarlo debajo de un árbol y alejar también la carreta. Esto que le digo de mis comprobaciones fue días después. —Rafael no sabía si Bartolomé Gormaz descubriría su mentira. Prefería arriesgarse con aquella historia que reconocer que el aguardiente lo había dejado fuera de juego y que no logró ponerse en pie sin marearse hasta dos días después.

—Bien, encárgate de todo durante mi ausencia, pero no improvises. Yo tengo mucho que hacer allí. Puede que a mi vuelta tengas que llamarme ya señor marqués. Marqués de Gormaz-Siboney. Suena bien. Muy bien.

Santander, lunes, 22 de marzo de 1875

El Feilory acababa de atracar en la bahía. Don Benito fue de los primeros en bajar del barco porque quería encontrar pronto acomodo en la posada más cercana al muelle. Preguntó en la taberna La Inglesa y su dueña se ofreció a proporcionarles una habitación en la parte de atrás del edificio.

—Mi amigo está enfermo.

—¿Es contagioso? —le preguntó ella.

—No, tuvo un accidente.

—Tráigalo —accedió ella al saber que no había peligro. En los puertos estaban muy escarmentados después de la última epidemia de cólera en Cuba.

—Necesito que mande llamar a un médico. Cuanto antes lo vea, mejor. —Ella fijó la vista en su maletín—. Yo solo soy boticario.

De regreso al buque, Friné dio órdenes de que lo bajaran con mucho cuidado. La noche antes había construido una camilla con una sábana doblada en tres y dos palos que habían formado parte de la arboladura del Feilory en algún momento. Aseguró bien la tela mientras pensaba en las velas del barco y en que aquel bastidor rectangular podría conducir a su amigo hasta su salvación.

Desde el muelle vio cómo descendían con él cuatro marineros que equilibraban con sus brazos la altura de aquella anda para que en todo momento estuviera nivelada. Le pareció una estampa digna de reflejarse en un cuadro. Él había tenido la precaución de sujetarle el torso con dos cinturones unidos para que no cayera durante la maniobra.

Cuando lo depositaron con la camilla sobre el camastro de La Inglesa, la dueña entró y, después de mirarlo durante medio minuto, le acarició la frente. Entonces, Mauricio le cogió la mano.

—Señora, no podemos estar en mejor lugar. Usted es milagrosa —le dijo Friné lleno de alegría.

—Creo que a su amigo le sentará bien este mar. Tal vez solo sea cuestión de paciencia.

—En este caso… —comenzó a decir don Benito, pero no completó la frase.

Ella soltó la mano de Mauricio y sonrió:

—Bien, los dejo, que me esperan fuera los hambrientos y los sedientos.

En cuanto se marchó, Friné acercó una silla a la cama.

—¿Sargal, puede oírme?

Notó por primera vez que respiraba con más fuerza. Después lo tomó de la mano para comprobar su temperatura.

—Haga un gesto, cualquier cosa que me indique que está ahí.

El perchero de pie que había junto a la puerta se cayó en ese momento.

—Eso sí que no me lo esperaba. Me refería a un gesto suyo —bromeó después de sentir un estremecimiento. Permaneció a su lado durante un buen rato y cuando se dio por vencido le dijo—: Enseguida regreso. Voy a pedirle a nuestra amable hospedadora un vaso de leche con mucho azúcar.

Apenas había estado fuera diez minutos, pero a su vuelta comprobó que Mauricio se había girado hacia la pared. Salió de nuevo para rogarles a dos de los clientes de la taberna que lo acompañaran para sacar la camilla de debajo de él con el fin de acomodarlo mejor sobre el lecho. Los hombres así lo hicieron, pero sin demasiados miramientos. Entonces escuchó que Mauricio emitía un gemido.

—Amigo, se le fue la mano con el alcohol —le dijo uno de los que le ayudaron. Don Benito quiso excusarlo, pero consideró que no valía la pena. Más le valdría que Mauricio estuviera borracho y no postrado en aquel estado.

En cuanto salieron, cogió el vaso de leche con azúcar y comenzó a llenar la jeringuilla para administrarle aquella mezcla. Apenas había oprimido el émbolo dentro de su boca cuando su amigo tosió.

—Sargal, está volviendo. Lo sabía. Tiene que abrir los ojos, mueva los dedos, haga un esfuerzo.

Mauricio continuaba en la misma posición. Don Benito volvió a llenar la jeringuilla para repetir la operación.

—Voy a leerle un libro que lo resucitará. Lo terminé de escribir anoche. Bueno, lo terminamos de escribir, poco he tenido que hacer yo más que ordenar sus notas. Mire, aquí está —le acercó unas páginas a la cara—. *La vida alegre* se titula. Creo que le va a gustar. He aprovechado mucho la travesía en el Feilory. Ha quedado muy bien. Qué mujeres, qué voces, qué gracia. Me las tiene que presentar a todas. Pero primero tiene que alimentarse un poco más, está en los huesos. También he escrito otra cosa, pero esa es más... comprometida. Ya le hablaré de ella más adelante.

Don Benito seguía con su monólogo, pero muy convencido de que en aquel momento ya era escuchado. Tenía que remontarse a su juventud para recordar un momento tan feliz como aquel.

Barcelona, martes, 23 de marzo de 1875

Clive Barnaby estaba sentado en el lecho de Manón en el hospital de La Convalecencia. Mientras ella dormía, el inglés pensaba en la losa que había visto a la entrada con los nombres de los benefactores de aquella institución. Sabía que varios de ellos se hallaban presentes en la fiesta de inauguración de la colonia de don Augusto.

No sabía si le iban a permitir permanecer allí durante más tiempo, ningún otro enfermo estaba acompañado. Esto respondía a las medidas higiénicas que se tomaban para prevenir infecciones. Pero él necesitaba que Manón abriera los ojos y lo mirara, solo quería eso antes de marcharse hasta el día siguiente.

Ella tenía la cara surcada de cortes y rasguños, además de algunas excoriaciones que le habían dejado la carne al descubierto. Un tanto desollada, pero estaba allí junto a él, que se había prometido que a partir de ese momento su suerte comenzaría a cambiar.

Manón comenzó a mover los labios. Musitaba. Clive se acercó más a ella y aun así apenas podía escucharla. Las únicas palabras y frases inteligibles que consiguió captar aludían a Celso, el hombre con el que él sabía que estuvo a punto de casarse. Cogió un paño, lo humedeció en el agua con vinagre de la palangana que había sobre la mesilla junto a la cama y se lo puso en la frente. Entonces ella despertó.

—Agua —dijo con una voz diferente a la de su letanía.

Clive se levantó, cogió un vaso de la mesa de la entrada, salió al claustro y lo llenó en la fuente que había en el centro. Una vez de vuelta en la habitación, incorporó a Manón para que bebiera mejor:

—Hay cosas que tengo que contarte. Por si me muero —hablaba con mucho esfuerzo.

Él le acarició la mejilla con cuidado de no tocarle ninguna de sus heridas.

—Descansa, nada tiene importancia en este momento, solo que estás viva. No me tienes que contar nada. ¡Ese malnacido! Parece que se ha quedado impedido por el golpe que le diste. Aún me parece poco para lo que se merece.

—No, no, quiero hablar. Escúchame, por favor... —Manón tomó aire y continuó—: De nada me sirvió llevar mi navaja. —En ese momento se le saltaron las lágrimas—. Ya he estado encerrada otras veces, Clive. Aún era muy joven cuando unos hombres me sacaron de la casa de mi padre y me llevaron... Del trayecto recuerdo muy poco, dudo hasta que estuviera consciente. —Hizo una larga pausa—. Aparecí en una habitación con las paredes recubiertas de terciopelo rojo. No sé cuánto tiempo pasé allí. —Manón tenía la frente llena de gotas de sudor—. Querían que bebiera el vino Mariani que me dejaban en la mesita de vez en cuando, me decían que era un reconstituyente; también que tomara una resina... y hachís. —Al decir aquello lo miró con los ojos muy abiertos—. Yo enterré todas aquellas sustancias en una maceta. Algunos de los hombres que entraron en aquella habitación en la que me tenían lo hacían para fumar opio, otros inhalaban éter... Y todo porque un día desperté y me vi sola en mi casa, sin mi padre ni mi hermano.

—Manón, qué más da ahora —le dijo él para que descansara.

—Déjame que continúe —le pidió con mucho trabajo—. Uno de los hombres que me visitó allí fue Celso. Sé que pagó por mí, como también hizo Mauricio. Ya me han comprado dos veces, por eso, cuando viniste a la pensión con el dinero... Pero tuve suerte. —Entonces ella le cogió la mano—. Al menos más suerte que muchas otras a las que escuché allí, a saber dónde estarán ahora las pobres.

—¿Y tu madre?

Clive la notó muy sofocada.

—Murió de tuberculosis cuando yo era pequeña. Casi no la recuerdo... Por eso fue tan importante para mí trabajar en casa de don Augusto Esmerla. Allí me sentía protegida a pesar de las miradas y las palabras de su esposa y de su hija. Sus desplantes, sus desprecios no eran nada comparados con todas las humillaciones que había pasado. Aguanté hasta que no pude más.

Después de decir esto dejó caer sus brazos a ambos lados de su cuerpo sobre la cama.

—Manón, Carola fue quien te sacó de aquel agujero. Piensa en eso, tiene buen fondo —le sonrió—. Me hubiera gustado ser yo quien te socorriera, pero como siempre que entro en mi taller, y pese a lo poco que queda ya de él, me distraigo. Siempre me pasa lo mismo. He estado demasiado pendiente de las máquinas. A partir de ahora, cobraré la mitad que me corresponde de la patente y creo que... —Clive dudó antes de hacerle esta proposición— a los dos nos vendría muy bien cambiar de aires. ¿A qué país te gustaría ir, al menos durante una temporada?

Manón decidió continuar con aquella fantasía:

—A Francia —respondió con un hilo de voz.

—Nos iremos allí. Nadie te reconocerá, no tendrás que tener ningún miedo. He advertido cómo miras siempre a tu alrededor. Ahora sé que es porque temes volver a la situación de la que saliste o encontrarte con alguno de aquellos hombres y que te reconozca.

Ella asintió.

—He escapado dos veces, creo que eso ya es tentar mucho a la suerte.

Clive la besó en la frente y después en los labios.

—Ahora descansa. Ya hemos hablado bastante. En cuanto me den permiso, te sacaré de aquí.

57

Barcelona, martes, 23 de marzo de 1875

La entrada de la casa de Arlitán estaba separada de la salita por una celosía que formaba un arco de inspiración árabe. En aquel momento había un quinqué encendido sobre la mesa camilla. Don Gerardo permanecía en el mismo sillón donde lo habían depositado cuando lo llevaron allí desde la fábrica:

—Hombre de Dios —le decía su esposa Manolita mientras intentaba que tragara unas sopas de ajo—. ¿A quién se le ocurre ir allí a esas horas? Por la noche solo sale la gente de mal vivir. Y si querían robar, ¿a ti qué? En un rato vendrán a darte otra vez unas friegas, verás como pronto podrás caminar de nuevo. El doctor Campillo me dijo el lunes que también vendrá cuando acabe sus consultas, y además me tienes a mí. No voy a dejarte solo ni de noche ni de día. Seguro que el señor Esmerla entiende que no te hayas incorporado de momento a tu trabajo allí en Santa Coloma. Será un mal trance, Gerardo, pero lo pasaremos. Con mis cuidados no hay mal que cien años dure. Rezaremos mucho para que así sea.

Arlitán miraba al frente, a un cuadro en el que varias ninfas se bañaban en un río. Llevaba tantos años colocado allí, sobre la chimenea, que su fondo se había oscurecido; tanto que parecía que en aquella escena hubiera atardecido para siempre.

Santander, martes, 23 de marzo de 1875

Don Benito quería que Mauricio reaccionara a sus palabras y por ese motivo pensó que no había mejor táctica que la que se disponía a poner en marcha aquella mañana. Ya le había hablado de Deva en otras ocasiones, pero estaba convencido de que entonces no había surtido efecto porque su amigo estaba perdido en unas simas tan profundas de la inconsciencia que alcanzar desde allí la superficie le resultaba imposible. El boticario le rozó la nuca para comprobar que los labios de la herida ya se le habían cerrado. Durante aquel tiempo lo que más le había preocupado fue que tuviera la sangre coagulada dentro de la cabeza. Para que le fluyera de nuevo, empapaba unas fibras de algodón en una infusión de jengibre y clavo y le colocaba esta cataplasma con los dedos en el borde de la boca, esperando que le llegaran, aunque fuera, algunas gotas de este preparado.

—Amigo mío, la señora viuda de Rivadeneira está a apenas dos horas de aquí. Dos horas. Dos horas no son nada. —A pesar de que estaba seguro de que se negaría a verla en aquel estado, le insistía para provocar su reacción. El boticario esperó unos segundos antes de seguir—: Si gusta, puedo mandarla llamar. Por lo que me contaba el mariscal durante nuestras partidas de dominó, la casona familiar está en Llanes, ya se lo dije, y de Llanes a aquí, a Santander, no se tarda ni media jornada.

Entonces vio cómo Mauricio levantaba de forma muy lenta

la cabeza de la almohada para dejarla caer enseguida. Repitió este gesto y don Benito gritó:

—Amigo Sargal, ¡me ha escuchado!

Mauricio no dejaba de repetir aquel movimiento mecánico. La forma de sus hombros y su semblante traslucían mucho dolor, como si tuviera el cuello en carne viva atravesado por una barra de hierro. Don Benito apreció que bajo sus párpados cerrados sus ojos se movían. Incluso abrió la boca, pero no salió de ella ningún sonido. Entonces su amigo continuó:

—Mauricio, lo hirieron en la carretera de Siboney de regreso de Nuestra Señora de las Mercedes. Creo que no lo remataron porque lo dieron por muerto. Lo subí al barco que nos trajo hasta Santander.

Entonces notó que Mauricio volvía a colocar sus mandíbulas de forma que le permitieran exhalar bastante aire. Habló solo con un hilo de voz, pero él lo entendió:

—Santander —fue la primera palabra que pronunció. Y después dejó los brazos aún más laxos a ambos lados de la cama, como si se rindiera.

—Estamos en España.

—Friné —dijo a continuación—. Mi hermana, mi hermana.

Don Benito se había preparado para aquel momento. Además sabía que, conforme recobrara el vigor, aumentaría su furia por verse allí, tan lejos del lugar donde quería llevar a cabo sus pesquisas. Entonces lamentó haberlo embarcado, a pesar de lo que decía la nota.

Santa María de Sants, miércoles, 24 de marzo de 1875

Allí, en la torre de los Esmerla de Barcelona, Romi, la hija de Bartolomé Gormaz, quedó maravillada ante don Augusto y Adrián, a quien aquel presentó como su administrador. El trato que manifestaban hacia Carola y su madre, y hacia Marta, la madre de Adrián, era muy distinto al que su padre había tenido siempre con ella. Mientras los jóvenes y Marta estaban distraídos, doña Delia cogió a su marido y le habló aparte:

—El barco, Augus, el barco. Y ahora no me puedo creer que tengamos a la hija de Gormaz en nuestra casa —le dijo.

—El maldito barco. ¿Habías pagado las mercancías por lo menos? No quiero que además los tenderos nos reclamen el dinero que valía su género.

—Sí, eso ya estaba resuelto. —Llamaron a la puerta—. Ya está aquí.

—Mamá, ¿será Laureano? —le preguntó su hija.

—¡Qué cosas tienes! El de los poetas y los pintores es tu padre —le respondió Delia para disimular. Después le dijo en voz baja para que solo lo escuchara ella—: Y calla, de esto y del embarazo.

Carola no había cesado en su búsqueda, pero nadie sabía de él. Nadie lo había visto después de aquel día en el que se celebró la fiesta en la colonia. Se le ocurrió pensar que estuviera oculto en algún lugar, preso de sus versos, sin detenerse en su escritura, arrebatado del mundo exterior por la inspiración.

Tomás Pizcueta entró en el comedor.

—Mira, Romualda, este señor es nuestro abogado. Es la hija de Gormaz —los presentó doña Delia para medir su reacción.

—¿De don Bartolomé Gormaz? —repitió él como si no diera crédito.

—Sí, de mi socio —asintió Delia, y después añadió en voz baja—: ¿Pensabas que no me iba a enterar? —Le clavó los ojos—. Pero ahora comamos, ya tendremos tiempo de hablar después.

Don Augusto, su esposa y el abogado apenas compartieron una hora con Adrián, su madre, Romi y Carola; enseguida dijeron que necesitaban retirarse para tratar un asunto muy urgente con Tomás Pizcueta. Marta, la viuda de Esclapé, dijo que ella también se marchaba porque tenía que llegar a su casa cuanto antes para atender una visita.

Una vez en el despacho, Augusto Esmerla se dejó caer en su silla y doña Delia le indicó con un movimiento de cabeza al abogado que se sentara en un sofá de cuero que había a la izquierda del escritorio. Ella permaneció de pie.

—¿Qué vamos a hacer ahora, Tomás? En menudo lío estamos.

—Yo se lo advertí a doña Delia, pero ella se empeñó.

—Me culpas de intentar medrar... Además, yo no tenía toda la información —replicó ella.

—Tenéis derecho a saberlo todo, ya que lo que se ha hundido ha sido vuestro capital. Después de una semana ya poseo más información. Gormaz os ha utilizado como ha hecho antes con tantos. No tiene una de las mayores fortunas de España por casualidad. A él casi le convenía este naufragio. Había firmado con una casa de cambios londinense un seguro por mucho dinero. Ahora cobrará y no tendrá que molestarse con más trámites. Va a ganar mucho más que llevando la mercancía a puerto.

—¡Pero eso no es posible! —intervino Augusto Esmerla—. Él no puede haber suscrito esa garantía que dices, y menos en Inglaterra, el tráfico está prohibido.

—Él se dirigió a esa compañía inglesa y puso en depósito una cantidad enorme para salvaguardar la carga. Una cantidad mucho mayor que el precio de lo que transportaba. Podríamos pedir copia de ese registro, pero ¿para qué? Os aseguro que no habrá declarado que lo que se disponía a llevar desde la Costa de Oro hasta las Antillas eran esclavos.

—¡Los esclavos son ya lo que nos faltaba! —exclamó ella como si descubriera entonces que se trataba de seres humanos.

—A veces la flota inglesa intercepta alguno de sus buques, pero casualmente, de un tiempo a esta parte, casi siempre sucede cuando él no aparece como propietario de la mercancía. A saber a quién pagará para que sea así. Tiene hombres en una factoría negrera de Porto Novo. Eso está…

—Da igual dónde esté —lo interrumpió ella—. Y la que tampoco va a estar aquí ni un minuto más va a ser su hija. Ahora mismo la voy a echar a la calle. Ese sinvergüenza. Y pensar que yo me quería asesorar con él.

—Delia, deja a su hija, no debe nada. Bastante desgracia tiene ya.

Doña Delia abrió mucho los ojos y la boca. Parecía un pez que buscaba oxígeno. Augusto Esmerla se dirigió a su abogado:

—Tomás, me dijiste que era todo legal, que no teníamos nada que temer. Recuerdo el día que llegué aquí después de vernos. Me hablaste de constituir una sociedad para el comercio triangular, de recoger el cargamento en África para llevarlo después a Cuba, y de que en ese mismo barco traeríamos a la vuelta, sobre todo, el algodón que necesito para la fábrica de la colonia. Después hablamos de importar café, azúcar, ron y chocolate. Eso fue antes de que Delia insistiera en traer de allí algunos muebles y demás cosas que necesitamos llevar a Santa Coloma. Fue exactamente así. —Augusto Esmerla quiso repetírselo punto por punto.

—Y me reitero, Augusto.

—Hemos perdido el terreno de mi padre —le reprochó doña Delia—. Eso es lo que más me duele. Es lo único que me quedaba de él.

—A mí también me engañó uno de sus abogados. Me mandó llamar para que acudiera al edificio que Gormaz ya tiene terminado frente al puerto, me aseguró que todo sería muy fácil, que solo necesitaban otro socio que aportara el mismo capital. Exactamente lo que os conté.

—Pero si él no necesita el dinero de nadie —dijo doña Delia.

—No quería dinero, sino alguien que asumiera la responsabilidad. Ahora sabe, después de lo que ha pasado, que no diremos nada y mientras él se embolsa esa suma cuantiosísima. ¡Y otros muchos más habrán caído antes en esa trampa! —se lamentó Augusto Esmerla.

—Sin duda, muchos. Si alguien de la tripulación hubiera quedado con vida, es posible que recibiéramos una denuncia, pero así, dentro de lo malo...

—¡Adiós a la casa en el Cantábrico, Augus! ¡Y a tener una modista en París y a nuestras estancias en los balnearios de Alemania y Prusia! Tendremos que conformarnos, como siempre, con que nos lo cuenten, con que nos pongan los dientes anchos.

—Largos —le corrigió su esposo. Después se dirigió al abogado—: Tomás, quiero que hablemos del traspaso de poderes de Gerardo a Adrián Esclapé. Eso es lo que más me urge ahora.

—He sabido del desgraciado accidente. Este chico, no sé, lo veo muy verde. —Esa era la impresión que Adrián Esclapé le había dado a Tomás Pizcueta durante la fiesta en la colonia—. Sé que lo haces por la memoria de su padre, pero tampoco es cuestión de que por ese empeño te perjudiques. ¿Por qué no nombras al inglés? Ese sabe mucho, viene de Manchester.

—Tienes que ver las dos máquinas que ha hecho, Pizcueta. Son un prodigio. Van como la seda, pero me consta que Barnaby no permanecerá mucho tiempo aquí. Además, cuando se comience a comercializar nuestro modelo, va a poder vivir muy bien del cobro de la mitad de la patente. Solo tiene que invertir bien el dinero.

—¿Pero vas a permitir que otros copien tus máquinas?

—Tomás, las que copiarán te aseguro que no serán exactamente las mismas. Ya hemos tomado medidas para evitarlo. Otros pueden ser proteccionistas, nosotros lo que somos es precavidos. —Augusto Esmerla se había relajado desde que el abogado le había dicho que veía improbable que los denunciaran. En cambio, doña Delia había enrollado su puño en un pañuelo que se apretaba contra la boca para intentar contener la rabia.

58

Santander, miércoles, 24 de marzo de 1875

Don Benito agradeció al cielo poseer el dinero suficiente para alquilar una diligencia que los llevara de Santander a Barcelona a ellos dos solos. El boticario tuvo que pagar además casi el equivalente a otro viaje completo de ida y vuelta para que su propietario se aviniera a sustituir tres de los asientos por un jergón de lana, de forma que Mauricio pudiera trasladarse acostado. Don Benito enseguida advirtió que, más que un medio de transporte, aquel era un instrumento de tortura y que los caminos solo tenían de camino el nombre, porque no existían. Su preocupación aumentó a pesar de que Mauricio cada vez pronunciaba más palabras, aunque siempre inconexas y solo entrelazadas con algún quejido.

—No sé, amigo Sargal, si no hubiera sido mejor hacer el trayecto en ferrocarril, al menos los tramos de más adelante donde sea posible. Pensaba que con la diligencia el trayecto completo se haría de puerta a puerta, sin el bullicio de las estaciones, sin cambiar de tren, pero a este paso veo muy lejano lo de llegar a nuestro destino así.

—¡Siboney! —exclamó, y don Benito pensó en el recorrido con él moribundo desde aquella carretera hasta Santiago de Cuba—. ¡Dulce! ¡Dulce, no me dejes! —A pesar de la tristeza que le dio escuchar aquello, don Benito aplaudió porque aquella era la primera frase completa que Mauricio decía.

—Dios mío, veinticinco leguas al día. ¿Cuándo llegaremos?

—Don Benito lanzó aquella imprecación porque pensó que, si para él resultaba insoportable aquel desplazamiento, en el caso de Mauricio era un suplicio—. Hay más de ciento setenta y cinco leguas entre Santander y Barcelona. Seis días aún metidos en este cacharro —dijo—. ¡Qué cosas nos depara la vida! ¡Da miedo pensarlo! —Enseguida se dio cuenta de que el pesimismo inundaba sus palabras y cambió el tono—. Una promesa es una promesa, Sargal, me tiene que presentar a sus amistades femeninas. Yo soy inofensivo ya, pero solo con admirarlas me nutriré la vista y el ánimo. Y lo de la sala que dice en su libro, si quiere puedo ser su socio, a los dos nos vendría bien alegrarnos la vida.

Cuando el vehículo se detuvo, don Benito le preguntó al cochero dónde estaban.

—Ya hemos dejado atrás Bilbao hace un buen rato.

Aquellas palabras aumentaron su desolación. Había pasado media jornada y tiraban del carruaje cuatro caballos y aún se hallaban en la región limítrofe. Entonces pensó que cuando llegaran a la posada, al parador o donde pasaran la noche, además de aprovisionarse de varios quilos de fruta, se informaría sobre las alternativas para salir de aquel infierno. Pero, para que aquello fuera posible, antes tenía que conseguir que Mauricio se incorporara y anduviera, al menos unos pocos pasos cada día.

Santa María de Sants, jueves, 25 de marzo de 1875

Doña Delia consolaba a su hija de la falta de noticias de Laureano Parnás.

—No puede ser que ni siquiera me escriba. Si él siempre está escribiendo. Vamos a mandar a alguien a buscarlo también, pero alguien que averigüe lo que le ha sucedido. Él me quiere.

—Carolita, tranquilízate —le decía su madre mientras le acariciaba el cabello a ambos lados de su cabeza—. Verás como todo se resuelve. Además, en tu estado no es bueno que te disgustes. Piensa en tu hijo, en nuestro nieto. En A... —doña Delia se contuvo antes de decir Adrián.

—¿Qué voy a hacer?

—Descansar y dejar que yo me encargue de todo. Si antes de una semana el poeta —pronunció esta última palabra con displicencia— no da señales de vida, tendremos que pensar en una alternativa.

—¿Una alternativa? —Carola se agarró el vientre.

—Sí, en otro padre.

—El padre es Laureano.

—El padre será el escándalo si no me dejas actuar a mí como te dije en la colonia. ¿Quieres que esa criatura nazca marcada? ¿Quieres que digan que un don nadie te preñó y que después te abandonó? ¿Eso quieres? Nosotros no vamos a abandonarte, Carolita. Sé que la noche de la fiesta te dije que acabarías en un burdel y tu hijo en un asilo o muerto, pero, entiéndeme, estaba muy nerviosa: esto, el barco, todos allí…

—Lo voy a encontrar. Removeré cielo y tierra.

Doña Delia se quedó unos instantes callada, con los brazos cruzados y la vista puesta en una estantería del salón sobre la que se alineaba una colección de miniaturas de loza. Cuando se giró hacia Carola le dijo:

—Está bien. Tú lo has querido. No pensaba decírtelo, hija, pero no me dejas otra opción. Nunca te lo hubiera contado, pero lo voy a hacer porque debo impedir que arriesgues tu vida y la de mi nieto.

Sacó de la abertura de su falda junto a la costura derecha una postal con unas vistas de la playa de Saint-Tropez y una carta.

—De esto es de lo que quería protegerte, pero te has empeñado en que te lo diga.

—Traiga —Carola le arrancó las dos cosas que llevaba en las manos—. ¿Cómo se le ha ocurrido escondérmelo? ¡Usted no me quiere!

—Cuando lo leas, me entenderás.

Su hija leyó el poema de la postal. Hablaba del mar cromático de la Costa Azul, de la fuerza de Neptuno y de los designios cifrados en las profundidades abisales. Ella ya lo conocía. Lo había escrito antes de marcharse, como si anticipara todo lo que vería.

Nada más comenzar a leer la carta le brotaron las lágrimas:

Querida Carola:

Tal vez no me lo perdones nunca y esta acción mía te llene de rencor. Pensarás que me he aprovechado de ti y de tu familia, que soy el peor hombre sobre *el haz* de la tierra, pero tengo que pedirte que no me esperes. Siempre te llevaré en mi corazón, tu recuerdo iluminará mis días, nunca olvidaré tu sonrisa, pero no quiero sacrificar mi destino inmortal a tu lado. Sé que los Esmerla me proporcionaríais mucho, muchísimo, lo que nunca hubiera soñado que estuviera a mi alcance, pero quiero lanzarme en pos de mi sueño. No me perdonaría nunca marchitarme a tu lado, que mi canto sempiterno enmudeciera, no quiero enterrar prematuramente mi poesía en tu jardín como un fruto fallido.

Adiós, Carola, nunca le hables a tu hijo de su padre. No quiero que piense que soy un cobarde. Si acaso, algún día léele mis versos, que indague en mis *taméforas* el sentido de esta acción mía de ahora.

Hasta siempre.

Laureano Parnás

Carola estaba tan ofuscada que ni siquiera le extrañó la letra. Su novio tenía varias caligrafías, cambiaba mucho su forma de escribir según la ocasión. La confusión le impidió advertir también que el papel estaba levantado debajo del sello y fijarse en los dientes rotos de la estampilla con la imagen del nuevo rey. Respecto a la palabra «taméforas», pensó que era una figura retórica que ella aún no conocía entre las muchas que aún le quedaban por aprender de aquel arte arcano, mágico, por el que tanto había admirado a Laureano.

Salió del salón sin mirar a su madre. Gemía de una forma descorazonadora, pero doña Delia consideró aquel dolor muy necesario para encarrilar de nuevo la vida de su hija.

59

Barcelona, viernes, 26 de marzo de 1875

Cuando Bartolomé Gormaz llegó al puerto de Barcelona lo recibieron más de cien personas, entre ellos varios periodistas. Uno de ellos se dirigió a él como vizconde. Él quiso corregirle, decirle que su majestad lo nombraría marqués, pero decidió que por el momento lo mejor era sonreírle y callarse. Su hija no estaba allí. No le dio ninguna importancia a este detalle aunque no creyó que no se hubiera enterado. Su llegada a Barcelona siempre se convertía en un acontecimiento social. Entró en sus oficinas de la compañía naviera. Todos sus empleados se pusieron en pie y le aplaudieron. Les preguntó a los directores por el tráfico marítimo y por la situación del comercio mercante, como si él no estuviera al tanto y solo se ocupara de los barcos que llevaban el correo y que trasladaban las tropas. Su incapacidad para dejar en otras manos sus negocios le impedía descansar. Eso le había supuesto también contar con el doble de trabajadores que otro empresario hubiera necesitado, pero que le informaran de forma pertinente, frecuente y veraz era para él la clave de su éxito.

Después se dirigió junto con su abogado a las obras de los edificios que daban a la muralla del mar, frente a la bolsa y la lonja. Ya habían colocado en ellos los medallones que representaban con figuras alegóricas el comercio y ultramar, los dos ejes de su vida. «Hacer las Américas», lo llamaban otros. Para él no había más secreto que el tesón, el poco sueño y los muchos desvelos. Comentó con el arquitecto los progresos, le preguntó por el plazo de finalización y este le informó:

—Don Bartolomé, falta la filacteria.

A don Bartolomé esta palabra lo desconcertó. Pensó que se refería a alguna variedad de la enfermedad que afectaba a las vides, hasta que cayó en la cuenta por sus gestos y sus explicaciones que le mencionaba un ornamento. Aquel hombre estaba empeñado en colocar en el pórtico un rótulo con forma de cinta enrollada tallado en piedra con su nombre porque junto a él aparecería la firma del arquitecto como artífice y ejecutor de aquel proyecto.

Bartolomé Gormaz rio a carcajadas y después le dijo que no era necesario, que todo el mundo sabía que él era el dueño de aquellos edificios, «los mejores de Barcelona», añadió. Después se giró hacia su abogado y le preguntó por su agente en Londres y por el de Nueva York.

A las tres de la tarde llegó a su casa de la calle de la Canuda, un palacio que en su opinión solo tenía un defecto: estaba demasiado cerca del piso de su cuñado en la calle Portaferrissa. Nada más entrar, se despidió de su abogado en el vestíbulo. De esta forma le dejó muy claro que no pensaba invitarlo a comer. La sirvienta que se encargaba de regentar aquella casa bajó enseguida a su encuentro.

—¿Viene solo? ¿Cómo están la señora y Romi? —le preguntó ella muy decepcionada.

—¿No ha venido mi hija por aquí? Si está desde hace dos semanas a apenas dos calles... Qué desagradecida. Tengo hambre, Marcela, prepárame algo.

—Sí, señor —le dijo ella mientras se retiraba en dirección a la cocina para dar la orden del amo.

Bartolomé Gormaz se entretuvo en recorrer la casona para comprobar que todo estaba bien y que sus criados no le habían saqueado sus tesoros.

«Aún huele al incienso de Vergel. Ni lo he visto durante todo el trayecto. No sé para qué le pago. Además vive amancebado. Mala cosa esta de la poesía; empezó por ahí y dicen que ahora habla también con los espíritus», se dijo.

Regresó al comedor dispuesto a terminar cuanto antes para continuar con sus asuntos. Entre los cubiertos le habían dejado un plato con una masa pardusca salpicada de piñones. Se llevó una cucharada a la boca y escupió:

—¿Qué es esta bazofia, Marcela? Hasta la tropa come mejor en mis barcos. Qué asco.

—Señor, es una crema de col y setas. ¿Prefiere que le traiga ya la carne?

—Ven aquí.

Aquellas dos palabras la hicieron temblar. La tomó del brazo y le pellizcó la muñeca. Marcela tenía unos cincuenta años, era muy enjuta, con los pómulos angulosos y los ojos hundidos.

—¿Sabes lo que quiero? —continuó él—, que vayas a casa de mi cuñado y que te traigas a la cocinera que tienen allí. Seguro que detrás se vendrá mi hija y la otra, la doncella, pero qué remedio... Ve inmediatamente y dile a Cosme que me lleve este baúl a mi despacho. Estaré allí repasando unos papeles. Avísame en cuanto llegue. Si antes no me he muerto de hambre... Se llama Himar.

Marcela ya trabajaba allí con los anteriores dueños de aquella casa en la que había hasta un teatro. Ellos habían muerto muy mayores y sin descendencia. Para recomponerse se dijo que la ventaja era que aquel hombre estaba la mayor parte del tiempo fuera de Barcelona. Sabía que de lo contrario su vida sería un calvario. Ella no alcanzaba a saber que esto era lo que les sucedía a todos los que tenían la desgracia de relacionarse con él.

Cuando le fueron con el aviso a Himar, ella supo que había llegado el momento de sacar de la bolsa de piel las hierbas que había recolectado Zoghe. Entró enseguida en la casa y el amo la saludó como si acabaran de verse la tarde anterior y ninguno de los dos hubiera cruzado un océano para estar allí.

—Hazme algo que me pueda comer. ¿Dónde está Romi? —Más que una pregunta, aquella última frase le sonó a la cocinera como un rugido.

—Está en la casa de una familia que, según nos ha contado, usted conoce. Con la hija de los Esmerla. Se han hecho muy buenas amigas. Esto a ella le ha ido muy bien porque tocan el piano, salen y hasta frecuentan a un muchacho que se llama Adrián. Al menos sonríe de vez en cuando, que ya es mucho. Creo que le ha venido muy bien este cambio de aires.

—Basta de cháchara —le dijo él sin disimular que no le importaba nada de todo aquello—. Con todo el dinero que tengo y estoy a punto de morir de inanición.

En cuanto entró en la cocina, Himar abrió los armarios, la alacena, la fresquera y un par de cajones; enseguida se sintió dueña y señora de aquel territorio. Se aplicó mucho en la elaboración de un arroz con conejo, más que nunca. Sacó una cucharada del caldo del horno, pero solo la olió para comprobar que ni el estramonio ni la belladona se apreciaban, al menos, al olfato. Tenía que arriesgarse, servirlo y esperar que don Bartolomé tampoco notara el gusto alterado. Unos cuarenta minutos después se lo sirvió.

—No sé a quién se le ocurrió liberaros a los sesenta años.

—¿Eso es que le ha gustado, señor?

—No quiero que te marches de aquí hasta que yo me vuelva a la isla, después haz lo que quieras.

—Como mande.

Santa María de Sants, viernes, 26 de marzo de 1875

Aquel día, doña Delia esperó hasta que Romi Gormaz se marchó de su casa para hablar con su hija:

—¿Le has dicho algo a tu amiga?

—No, madre, todavía no, pero hemos intimado tanto que me siento mal ocultándoselo. Ella me contó enseguida que su madre había desaparecido, las pesquisas de Mauricio allí, lo que sucede en la plantación con los esclavos.

—Esa chica está llena de historias y de pájaros.

—Es muy grave lo que le ha sucedido.

—Aún no se sabe lo que ha pasado. A mí me han dicho que está tan tranquila en Biarritz. Puede que lo único que pase es que su madre no se la quisiera llevar a saber por qué. Tenéis mucha fantasía a esta edad. Ahora vamos a lo nuestro. Quiero que me escuches con mucha atención. Si mis cálculos no me fallan, ahora han pasado siete semanas desde… desde aquel día. Menos mal que me lo dijiste en cuanto tuviste la primera falta. Algo hiciste bien. Entenderás, Carola, que ese niño necesitará un padre, ya te lo he dicho, no podemos contar que ha surgido así como una planta omnívora.

—Laureano no tiene idea de regresar. Ya me lo dijo muy claro en la carta de la que no quiero acordarme.

—Laureano, Laureano. Deja a Laureano. Tú te mereces a alguien mejor, mucho mejor. Aunque para ser mejor que él tampoco se necesita mucho —dijo esta última frase en voz muy baja.

—¿Qué, madre?

—Me preguntaba si no te haría ilusión preparar tu boda con la ayuda de Romi. No tengo que decirte que no vamos a reparar en gastos, puedes disponer de todo lo que quieras. ¿No te gustaría que tu amiga te ayudara con el vestido, con la organización del banquete, con el ajuar que llevarías a la casa Esclapé? —Delia no dejaba de felicitarse porque todos sus quebraderos de cabeza sobre con quién casarían a su hija se disiparon en el primer momento en que pensó en él.

—¿Esclapé? —Carola sintió que aquella palabra estallaba dentro de ella.

—Esclapé. Tu padre y yo hemos decidido que no hay mejor partido para ti que Adrián, dadas las circunstancias.

—¿Adrián? —Carola no daba crédito a lo que le proponía su madre.

—Adrián. Ya sabes lo que pasó con su padre, lo obligados que nos sentimos con la familia. Además, es el nuevo administrador. Viviréis de momento con Marta. Su casa es enorme. Hasta diez hijos os cabrían en ella. —Carola no podía ocultar su sorpresa. Su asombro era tan grande que la había dejado muda—. El hecho de que nazcan de vez en cuando sietemesinos es una bendición, porque nos deja cierto margen de maniobra, aunque no mucho. Ahora no nos queda casi nada de tiempo. Lo que te recomiendo es que adelantes acontecimientos. Nosotros nos marcharemos este domingo también a la colonia. Solo tienes que hacer lo mismo que aquella otra vez, que aquel fatídico siete de febrero en el que tú y Laureano... Será como si todo ocurriera ahora. Vuelta a empezar.

A Carola no le extrañó que supiera lo sucedido a través de Gertrudis, la cocinera, y su sobrina Enma. Estaba segura de que habían compartido con su madre las instrucciones que les había dado aquel día.

—Además, después de lo que has hecho, no tienes ningún derecho a opinar ni a replicar. Si yo no lo hubiera arreglado —dijo sin pensar que todavía tenía a su hija delante—, ahora estaríamos hundidos. ¡Un escándalo semejante en nuestra familia! Menos mal que hemos reconducido las aguas. No nos ha salido gratis, pero…

Doña Delia se acercó a su hija y la besó en las mejillas como hacía cada noche después de arroparla en su cama, a pesar de su edad. En aquel momento estaban ambas de pie en la entrada de su casa y Carola pensó que hacía tiempo que no la notaba tan cariñosa. No se atrevió a decir nada porque supo que no tenía alternativa.

—Hijita, ¿ves cómo aún tiene arreglo? No tienes de qué preocuparte porque todo saldrá bien. Solo tienes que obedecerme. Esclapé y Esmerla —clamó trazando un semicírculo en el aire—. Voy a encargar las invitaciones.

—¿Pero Adrián lo sabe?

—Eso tendrás que averiguarlo tú. Me refiero a lo de la boda. Lo del embarazo no se te ocurra nombrárselo. Si no, ¿de qué serviría todo esto?

Le acarició el cabello a su hija, la besó de nuevo y la dejó allí frente al jardín. Después pensó que aquello había sido una prueba a la que la había sometido el destino, un reto que, como tantas veces, ella había sabido resolver muy bien.

Aquella primera noche en Barcelona, Bartolomé Gormaz tuvo una alucinación. Él lo achacó a que había pasado buena parte de la tarde dormido y que a las dos de la madrugada seguía sin poder conciliar el sueño. Primero escuchó el ruido de una azada que de vez en cuando chocaba contra una piedra. Se levantó para ver a qué respondía aquel sonido que durante su infancia le había resultado tan familiar y encontró el salón sembrado de coles y a su madre encorvada sobre unos surcos que llegaban de pared a pared.

—¡Madre! —gritó.

Ella se giró y le respondió con una mirada severa, reprobatoria y llena de vergüenza:

—Eras un buen hijo, pero te has convertido en un mal hombre, en el peor de todos.

A Bartolomé Gormaz le llamó la atención una silueta descomunal que apareció ante uno de los ventanales de la estancia. Fue hacia allí y vio El Concordia, el mismo barco que se había quedado a dos millas de la costa de Curazao. Estaba encasquetado en la calle de la Canuda de tal forma que había doblado las fachadas de las casas para hacerse hueco. A pesar de eso, no podía avanzar, encallado allí en el centro de Barcelona. Escuchó el ruido de las cadenas, de los grilletes, y los lamentos que procedían de él.

Pasó el resto de la noche en vela sentado en su cama y cubierto con una manta para mitigar los escalofríos. Tenía el corazón acelerado y temblaba. Al amanecer sintió mucha sed y fue a la cocina para llenar un vaso con la jarra, pero arrojó el agua en la pila cuando notó en la garganta su intenso sabor a sal.

60

Vallvidrera, martes, 30 de marzo de 1875

Orfiria y el padre Vergel se instalaron en la casa en la que el sacerdote había decidido retirarse después de que sus dueños se la ofrecieran porque se marchaban a vivir al extranjero. No le precisaron dónde.

Su amiga no tuvo que preguntarle si deseaba que lo acompañara porque parecía que él lo daba por supuesto. Aquella actitud le hizo ver a la espiritista que su preocupación había sido innecesaria, que no había nada que decidir, sino que solo tenía que dejarse llevar hasta que llegara el día en el que él buscara el cobijo de sus sábanas.

—Quiero que me acompañes a Torre Salvana —le pidió Narciso Vergel—. Tienes que ver ese lugar.

—Cuando quieras. Iré donde tú vayas siempre —le contestó sin saber a qué se refería.

Él le sonrió.

—Ese lugar… Tengo que acercarme también a casa de Gormaz, pero eso lo considero menos urgente. Estoy tan bien aquí bajo este reloj… —Desde la galería, señaló la esfera con las horas que, con su más de un metro de diámetro, ocupaba el centro de la parte alta de la fachada—. Además, con el monasterio tan cerca —Vergel se refería al de Montserrat—. Creo que si decidimos que solo habiten estas paredes quienes nosotros queramos, ellos…, podremos ser muy felices.

A Orfiria le pareció que aquellas palabras encerraban los trazos del futuro con el que siempre había soñado.

—¿Cuándo te marcharás a París? —le preguntó. En ese mismo instante ella salió de su ensimismamiento—. Querías visitar a tus condiscípulos.

—Hay tiempo, Narciso, París puede esperar. Siempre va a estar ahí.

Él la cogió de la mano.

—Te lo pregunto para prepararme. No sé si después querrás volver. Y perdóname que sea tan egoísta, pero estoy tan hecho a ti...

«Hecho a ti, hecho a ti», se repitió Orfiria a sí misma. Vergel parecía haber mudado su piel. Estaba sosegado, en paz, renovado, como si hubiera olvidado sus tribulaciones, como si todas sus luchas internas hubieran cesado.

Ella dio gracias al cielo, a los invisibles, a los santos incorpóreos que sostenían el castillo de las nubes de las vidas humanas, a los Orishas..., a todos por lo que en aquellos momentos sentía.

—Narciso, este será nuestro paraíso.

—Hasta que venga la serpiente —le contestó él—. No me cabe duda de que nos busca.

Barcelona, martes, 30 de marzo de 1875

Manón salió del hospital del brazo de Clive Barnaby. Aquellos diez días allí le habían sentado muy bien. Pasearon hasta unos jardines cercanos y una vez allí se sentaron en un banco bajo un álamo. Enseguida, mientras la tomaba de las manos, Clive le dijo:

—Mi trabajo aquí ha acabado. Esmerla ya tiene las máquinas y serán otros quienes se ocupen de su mantenimiento. Antes de ir a Francia quiero que nos marchemos juntos una temporada a Madrid.

—¿A Madrid?

—¿Recuerdas lo que dije en mi conferencia del Círculo Hispano Ultramarino? Voy a involucrarme por completo en las actividades de la Sociedad Abolicionista. Tal vez sean muchos los que ignoren lo que está sucediendo, pero no es mi caso. Yo he estado allí, en las factorías de África, ya conté lo que vi, cómo se queman vivos, cómo los arrojan al mar, cómo los torturan… Quiero emplear el resto de mi vida en algo útil. Sé que puedo servir de mucha ayuda. He mantenido correspondencia con Julio Vizcarrondo, un portorriqueño que dedica al servicio de esta causa todo lo que tiene. Puedo poner en conocimiento de las autoridades de mi país muchos de los desmanes que cometen hombres de aquí y facilitarles información sobre los atropellos que sufren los esclavos en Cuba y que hacen que mueran como chinches, o peor. Acompáñame, Manón. Significa mucho para mí contribuir en algo a que este mundo sea mejor. He estado pensando en una estrategia mediante la que puedo conseguir darle un vuelco a esta situación tan injusta. Tiene que ver con las ingentes cantidades de dinero que se gasta el Gobierno para silenciar a los abolicionistas y a sus medios. Manón, a ti te vendieron como esclava. No tengo que decirte nada más. Bueno, solo una cosa. —Hizo una pausa y después añadió—: ¿Quieres ser mi esposa?

—Clive —susurró Manón sin dejar de mirarlo.

Durante el encierro en el sótano y la convalecencia se había dado cuenta de que solo añoraba estar con él, lo único que había valido la pena en su vida. Para responderle le sonrió. Él la cogió de las manos para que se pusiera en pie, la abrazó con mucha fuerza y después la besó.

—Gracias, Manón. Te prometo que mereceré siempre tu amor.

—En cuanto me sienta más fuerte iré a Madrid contigo. Pero todavía no. Me gustaría… —Manón titubeó antes de continuar— que se lo comunicáramos a don Augusto. Por el aprecio que nos tiene a ambos, sé que se alegrará.

Barcelona, jueves, 1 de abril de 1875

Bartolomé Gormaz estaba sumido de nuevo en un estado delirante. En esa ocasión, veía a su esposa vestida solo con un camisón dentro de uno de sus barcos cargados de negros. Su tono de piel se había oscurecido todavía más y solo se distinguía de los demás esclavos en que no llevaba cadenas. Dos marineros la cogían y la arrojaban por la borda. Ella se hundía en el mar con las ropas levantadas y la melena estirada sobre su cabeza; un haz de luz la rodeaba hasta que quedaba en el fondo, embarazada y yerta.

Seis días después de llegar a Barcelona tenía estas visiones ya no solo por la noche, sino a cualquier hora del día. La primera vez que lo visitó su hija lo encontró muy desmejorado, ido. Solo repetía:

—Quiero donar toda mi fortuna a los más pobres, construir asilos, escuelas, hospitales, quiero pasar a la historia como el mayor filántropo de todos los tiempos.

Y comenzaba de nuevo. Repetía aquellas palabras punto por punto una vez tras otra.

—Padre, ¿ha estado aquí Vergel?

—Aquí, sí, está aquí. Está aquí conmigo —le respondió él.

Ella se incorporó y recorrió aquel salón en penumbra.

—No hay nadie, padre, estamos solos. Solos usted y yo como pocas veces lo hemos estado. ¿Qué le pasó a mi madre? ¿Dónde está?

—Madre, mi madre trabaja la tierra, está muy cansada. Somos muchos. Mi padre no volvió. No volvió nunca. Yo me fui a Lebrija. No lo encontré.

—Don Augusto me ha dicho que su confesor está aquí en Barcelona. Voy a ir a buscarlo.

—Confesor, confesar, profesar, profanar.

—Padre. —Romi sintió que lo había perdido sin haberlo tenido nunca.

Lo dejó allí y fue a la cocina. Desde fuera escuchó unos murmullos, entreabrió la puerta sin hacer ningún ruido y escuchó lo que decía Himar:

—Oyá, diosa del cementerio, dueña de los vientos, ven.

La cocinera estaba de espaldas. Romi fue hacia ella y pegó su pecho a su cuerpo.

61

Santa Coloma de Cervelló, jueves, 1 de abril de 1875

Clive y Manón estaban en el despacho de don Augusto Esmerla ante el ventanal desde el que se veía la fábrica textil junto al río Llobregat. Ya le habían comunicado su compromiso y el propósito de viajar a Madrid, pero sin anunciarle que el motivo era la lucha abolicionista. Clive solo le había dicho que quería encontrarse con unos compatriotas.

—¡Todo es paz aquí! —exclamó Esmerla—. Para trabajar prefiero sin duda la naturaleza, que nos inunde la sabiduría de los campesinos. —Estaba muy ufano con su obra—. Estas máquinas son un prodigio. Manón —dijo para cambiar de tema—, la sobrina de Mauricio Sargal está en Barcelona, vive junto a su doncella y su cocinera en su piso de la calle Portaferrissa. Me ha dicho mi hija que su deseo es que te encargues de ayudarlas.

—A don Mauricio le debo mucho, no puedo negarle nada.

—Acércate entonces en cuanto puedas. Romi, así se llama, también asistirá a la boda de mi hija con el hijo de quien fue mi socio. Lo anunciaremos cuanto antes.

—Enhorabuena —lo felicitaron los dos a la vez.

—Sí, estoy muy satisfecho, con esto se cierra un círculo, una deuda, todo encaja. —Augusto Esmerla hablaba como si hubiera olvidado que su nieto no era hijo de Adrián Esclapé—. Y otra cosa —continuó—, sé que no te vas a alegrar, Manón, porque eres buena persona, pero me han dicho que han visto a Gerardo mendigando. Manolita falleció de un infarto hace unos días al enterarse de lo sucedido. Aquí todo se sabe tarde o temprano. Que lo encontraran sin pantalones ya fue bastante revelador. Los serenos se lo cuentan todo. En algo tienen que entretenerse. La ha matado el disgusto. Sus hermanos han desposeído a Arlitán de las propiedades de Manolita y de las suyas. Parece que lo han incapacitado.

Manón pensó que, al igual que quien no sabe gestionar su dinero se arruina, quien tampoco sabe manejar otras facetas de su vida acaba aniquilado por el resultado de sus malas decisiones.

Barcelona, viernes, 2 de abril de 1875

Como Manón no encontró a Romi en casa de Mauricio Sargal, se dirigió por indicación de Himar al palacete de Bartolomé Gormaz en la calle de la Canuda, número 18, por si ella había ido a visitar a su padre. Cuando iba a llamar con la aldaba, advirtió que el portón estaba abierto. Subió por una escalera forrada de terciopelo rojo que en cada peldaño tenía una barra dorada en el ángulo. Al llegar arriba escuchó una voz muy profunda, inquietante y sobrecogedora. Quiso marcharse de allí, pero su curiosidad pudo más. Miró primero por la cerradura de una puerta chapada con marquetería y vio a un sacerdote. El hombre estaba callado mientras que el que tenía enfrente hablaba con la voz de los dos, dialogaba consigo mismo ante la mirada del otro, pero alternaba las intervenciones con sonidos, formas y ademanes muy diferentes. Manón empujó la hoja de madera para ver y escuchar mejor. Vergel dijo en aquel momento:

—No cabe duda de que está poseído por el demonio, pero aún puede haber sucedido algo más. Puede que los espíritus de los negros muertos se hayan apropiado de su voluntad, que lo conviertan a usted, Gormaz, en un muñeco, que sean ellos ahora sus dueños. —Bartolomé no contestaba—. Volveré mañana, pero si no puedo llevar a cabo el exorcismo solo quedará una salida: muerto el perro se acabó la rabia. Así dejará de sufrir.

Manón dio la vuelta y bajó hasta la calle con la esperanza de que nadie hubiera advertido su presencia.

Narciso Vergel había pronunciado aquellas palabras con mucha delectación, disfrutando de cada término. Le gustó insultarlo, plantearle aquel final, inducirlo al suicidio. No quería volver a confesarlo porque la última vez vomitó y durante días la bilis lo inundó. Fueron tantas las atrocidades que le enumeró que aquel relato lo sobrepasó, lo destrozó, y se dijo que no cargaría sobre la conciencia con los crímenes más monstruosos que nadie podía imaginar. Estaba decidido a traicionar el secreto de confesión porque sabía que desvelar aquellas macabras formas de proceder con los esclavos propiciaría un viraje muy significativo a favor del abolicionismo. Desde que tomó aquella decisión, el sosiego que encontró en Vallvidrera se acompasó con el de su interior; había conseguido la calma y la reconciliación consigo mismo por fin. Y no lo sentía como una felonía, sino como su aporte a la reparación de la infamia más grande cometida nunca por la especie humana y de la que él había sido testigo. Quería contribuir de esa forma a que terminara cuanto antes aquella explotación tan sangrienta en la que tantos, en apariencia honorables próceres de aquella ciudad, estaban implicados.

Dentro de la diligencia, Mauricio pasaba la mayor parte del tiempo dormido. A la altura de Zuera, en la provincia de Zaragoza, como el día anterior y el otro, el cochero y don Benito se disponían a bajarlo con ayuda de algún hombre más. Antes de entrar en la fonda La Estrella, les pidió que lo dejaran sostenerse por sí mismo de pie. De esta forma se quedó ante la puerta. Don Benito no se separaba de él por si se caía. Después caminó solo cuatro pasos, los justos para llegar hasta un banco que había fuera del establecimiento, y sonrió.

—Poco a poco, Sargal, lo importante, como en todo, es no retroceder.

Cuando don Benito se acercó para ayudarle a incorporarse, le indicó con un gesto de la mano que prefería quedarse allí.

La siguiente vez que anduvo, aún de forma vacilante, fue junto a un campo de almendros cerca de Gelida. A las pocas horas de subirse de nuevo al carruaje, divisaron los perfiles de Barcelona y sintió que no podía ser posible que después de tantas peripecias regresara de nuevo allí.

—Mauricio, tienes que darme tu dirección —le dijo Friné cuando la carretera comenzó a convertirse en una calle.

—La Canuda, 18 —le respondió con mucho esfuerzo.

Lo que más les costó a don Benito y al cochero fue subir a Mauricio de pie por aquella escalinata alfombrada. Al llegar al primer rellano, Mauricio les señaló con la cabeza la puerta de la derecha. Ante ellos se abrió un salón con el suelo brillante de mármol anaranjado y beis en el que una lámpara de cristal para velas colgaba a media altura. Los otros dos hombres elevaron la vista hacia la bóveda donde un fresco no dejaba un solo espacio sin decorar. Con otro gesto les indicó que lo condujeran hasta un sillón que había junto a la chimenea. Después solo les dijo:

—Quiero descansar, estar solo. Corra todas las cortinas, por favor, Friné.

Don Benito le obedeció enseguida y se retiró. Confiaba en que alguien del servicio se ocupara pronto de él. Mientras tanto, para no alejarse demasiado, entró en una taberna de aquella misma manzana en compañía del cochero.

Durante las horas que Mauricio pasó allí se adormiló. Casi a la vez que sonaba el carrillón de un reloj, escuchó que alguien giraba el picaporte de aquel salón tan lujoso como hueco y que tan poco tenía que ver con el de su casa. En la penumbra solo atisbó el movimiento. No pudo distinguir a quien había entrado hasta que le pasó muy cerca, a un par de metros en dirección a la puerta que comunicaba aquella estancia con otra. Entonces habló:

—Bartolomé… Soy yo, Mauricio.

Su cuñado se detuvo y se llevó las manos a la cabeza, pero continuó mudo. Mauricio se sorprendió cuando vio que no detenía sus pasos, como si no le pareciera real su presencia.

—Ellos, los invisibles, durante un sueño muy largo que he tenido me anunciaron que estarías aquí —le dijo Mauricio.

Bartolomé Gormaz comenzó a cogerse mechones de cabello y a tirar de ellos. Mauricio vio cómo se arañaba la cara y se quitaba pelos de las cejas. Le extrañaron aquellos gestos, dudó incluso que se tratara de él, pero aun así continuó:

—Café, azúcar, ron, cacao, algodón… Todo sale de la sangre de los esclavos, de sus huesos triturados, de sus dientes y sus ojos arrancados, de su sudor, de su muerte. De ahí surge tu riqueza, del crimen, de los crímenes, de miles de crímenes. —Mauricio se detuvo porque necesitaba recuperar el resuello. Mientras, Bartolomé Gormaz avanzaba hacia él, se retiraba y después volvía a repetir aquella insólita coreografía—. Ponte a bien con Dios, pero antes dime dónde está mi hermana. Si no lo haces tú, lo hará tu confesor. Presiento que no tendré que presionarlo demasiado.

Al fin escuchó la voz de su cuñado. En vez de hablar, canturreaba:

—Mauricio, estás muerto, muerto, más que muerto. No estás aquí, aquí estoy yo solo. Eres una figuración. Te quedaste allí, en la carretera de Siboney. No estás, estoy yo, tú no.

—¿Qué hiciste con Dulce?

Bartolomé continuó con su cantinela:

—Dulce no está, ella tampoco está, ni tú, solo estoy yo. En la carretera de Siboney os quedasteis los dos. Ella y tú, tú y ella.

Mauricio se puso en pie después de apoyarse en los brazos de aquella butaca durante unos segundos, cogió a su cuñado del traje y lo llevó hasta uno de los ventanales. Se sentía muy débil, pero no le resultó difícil arrastrarlo hasta allí porque Bartolomé Gormaz se dejó llevar.

—Tú no, yo sí, yo estoy, tú no estás. Mi madre aquí, la tuya no. —Mauricio abrió las contraventanas. Sintió que podía colocarle el cuello contra aquel hierro porque no oponía ninguna resistencia. Continuaba con su salmodia—: Aquí, allí, todo es mío, nadie tiene tanto como yo. Yo sí, tú no.

Mauricio lo apretó todo lo que pudo contra la forja, pero no podía hacer nada más. La puerta se abrió y vio, gracias a la luz de la farola de gas del exterior, una silueta con sotana. Enseguida lo soltó. Vergel había pasado la tarde en la cocina con Himar, había merendado y sobre todo habían conversado mucho mientras Bartolomé descansaba en su habitación. El sacerdote se acercó hasta ellos y, en vez de amonestar a Mauricio, cogió de las dos piernas a quien había sido su jefe, su patrón, su amo, su mecenas, su protector, y lo puso cabeza abajo. Mauricio se apartó un poco para dejarlo maniobrar. Cuando el cuerpo colgaba fuera de aquella ventana de la fachada de su casa, entró Romi. Ellos dos retrocedieron con Bartolomé. Este se puso de nuevo en pie, tenía las venas del cuello y de la cara hinchadas, la piel muy roja y los ojos a punto de salírsele de las órbitas.

Sin distinguir aún a su tío, Romi preguntó qué sucedía:

—Ellos aquí, yo allí, tú no estás, tu madre tampoco está.

Vergel reaccionó enseguida:

—Hija, siento que hayas tenido que presenciar esto. Es tan difícil expulsar al maligno. Menos mal que él me ha brindado su ayuda. —Romi no sabía a quién aludía, quién era el otro hombre—. Ahora podéis marcharos, yo me quedaré rezando aquí a su lado. El proceso será largo.

Bartolomé Gormaz se tiraba entonces del pelo con más fuerza, hasta arrancárselo; se había quitado ya todas las pestañas e intentaba sin ningún éxito hacer lo mismo con sus uñas.

Romi no reaccionaba porque Mauricio estaba tan delgado y desmejorado que aún no lo había reconocido en medio de aquella casi oscuridad, pero unos segundos después gritó:

—Tío, eres tú. —Se abrazó a él y le preguntó—: ¿Y mi madre?

62

Barcelona, sábado, 3 de abril de 1875

A la mañana siguiente, don Benito volvió a aquella casa de la calle de la Canuda. Himar le ofreció un desayuno compuesto de frutas, panes, café, leche, queso, jamón y tortilla. Después de disfrutarlo con bastante calma, Ángela lo acompañó a la alcoba en la que descansaba Mauricio. Comprobó que a su amigo le había vuelto el color a las mejillas.

—Don Benito, a mediodía partiremos hacia El Masnou, quiero enseñarle el Prodigio.

—Antes tengo que atender a una visita.

—¿Aquí? ¿En Barcelona?

—Conocimientos que tengo de la isla.

—Pues dígale a esa persona que nos acompañe a mi casa en obras. Si se trata de un amigo suyo, no veo el inconveniente. Pasaremos el día allí.

—Sargal, tiene que reposar.

—Paso casi todo el tiempo dormido, creo que al menos unas horas al día puedo vivir. Además, esta casa… Aquí no estoy bien. Quiero ir a la mía.

Don Benito había advertido sus progresos durante aquellos días no solo en su apariencia, sino, y sobre todo, en que había recobrado el humor.

—Haremos lo que guste. Otra cosa, Sargal. Cuando lo llevé al hospital de Santiago encontré una nota en su chaleco. Decía que lo embarcara hacia España si le sucedía algo. ¿La escribió usted?

Mauricio negó con la cabeza mientras pensaba que aquello parecía obra de Bartolomé, que se la habría introducido en su bolsillo cuando fue a Santa María de las Mercedes en una visita anterior a aquella en la que había decidido matarlo.

A media tarde ascendieron por la misma colina suave donde Mauricio había leído la carta de su sobrina. Se apoyaba en un bastón. A su paso apartaba algunas hierbas para apreciarlas mejor. Comprobó que el invernadero junto a la fachada lateral estaba ya terminado. Los albañiles izaban cubos desde el suelo hasta los andamios, otros picaban piedra junto a las escaleras de la entrada y tres de ellos estaban subidos al tejado.

—Ya casi está, Friné, y tal como la había imaginado. No pensaba que sería capaz de hacerme entender tan bien. El arquitecto se merece que coloquemos una estatua suya en el jardín.

—Amigo Sargal, qué mal lo he llegado a ver. Déjeme que le ayude.

Los dos hombres entraron. En el vestíbulo ya habían colocado las baldosas hidráulicas. Mauricio pasó la mano por las dos placas recubiertas de jade, avanzó por el pasillo y al llegar al fondo se apoyó contra unos sacos de cemento Portland que había bajo el hueco abierto para la ventana de la que sería su habitación.

Desde allí escucharon a los albañiles que lo llamaban.

—Yo iré. No se mueva, Sargal, apóyese bien, no se vaya a caer —le dijo mientras le sonreía.

Mauricio escuchó que don Benito hablaba con alguien en la puerta y, después, que quien había llegado entraba. Enseguida advirtió que era una mujer vestida de la cabeza a los pies con la misma prenda: un abrigo de color azul acero abotonado de arriba abajo. Creyó que había muerto, porque aquello le pareció irreal. No podía creer que estuviera en su casa. Ella le sonrió, se situó enfrente y le acarició el rostro, la barba, el pelo rizado, se pegó a él y aspiró la misma fragancia que había conocido en la santabárbara de la casa de Velázquez y en el dormitorio lleno de canastos de la casa parroquial. Se quedaron así sin hablar, sin decirse nada durante unos instantes. Después ella se separó un poco de Mauricio y le entregó la agujilla con las dos perlas negras que había perdido en la casa Velázquez. Al verla, él volvió a recordar el momento en que la recibió de manos de su madre, cuando abrió el estuche de baquelita y encontró junto a la joya una nota que decía: «Hijo, siempre estaré contigo. Siénteme».

Deva le dijo:

—Aún está en obras.

—Sí —asintió él—, todo está en obras, como nuestras vidas, pero pronto las habitaremos de nuevo. —Y entonces pronunció su nombre—. Deva —y le tocó la cicatriz, la marca que él ya tenía litografiada en su interior de forma indeleble—. Deva, estás aquí —le dijo, y la estrechó muy fuerte, todo lo fuerte que pudo.

Se imaginó con ella en la torre alta del Prodigio mientras sonaban las campanillas de cristal tintado que colgarían de las galerías, la vio junto a él en la playa de Montgat y en Barcelona. Pensó que sin saberlo había comenzado a construir aquella casa para ella y por eso la había llamado el Prodigio. Entonces entendía que este nombre se refería a aquel amor sin reversos y oceánico como su origen.

En cuanto Himar se quedó sola en el palacete de Gormaz en la calle de la Canuda, regresó al piso de Mauricio, allí Carola y Romi ensayaban la zarzuela *El juramento.* Desde el almuerzo en casa de los Esmerla, se habían visto un par de veces más. La hija de don Augusto y de doña Delia, siguiendo las instrucciones de su madre, aún no le había contado a nadie que estaba embarazada, ni siquiera a Romi. Ángela se había marchado a visitar de nuevo a su familia. Desde que estaba en Barcelona regresaba a la que había sido su casa en la villa de Gracia al menos dos tardes a la semana.

Apenas llevaba Himar media hora allí cuando Margarita, la portera, le entregó una carta para don Mauricio. En cuanto ella la tuvo en su mano notó cómo los Orishas le hablaban.

63

Siboney, madrugada del 28 al 29 de noviembre de 1874

La noche en la que desapareció Dulce Sargal, algunos caballos se volvieron locos y se ahogaron en la bahía. Los que permanecieron en la orilla comenzaron a relinchar de una forma sobrenatural, extraña. Se habían alterado por la presencia de animales salvajes junto a las vallas. Los mayorales disparaban al aire para intentar calmarlos.

Bartolomé Gormaz, en cuanto oyó aquel estruendo, bajó a la plantación solo vestido con los calzones. Uno de los capataces le señaló un bohío con el fusil y después de cederle el paso entraron los dos en aquella construcción. Dentro yacía Zoghe inconsciente, Fulgor lo había derribado de un culatazo.

—Estaba aquí con una esclava, patrón —le dijo.

Bartolomé Gormaz temió que todo aquello fuera una maniobra de distracción y que los demás se acercaran sigilosos para asaltarlos a él y a su mayoral en medio de aquella oscuridad tan densa. Se llevó la mano al cuello como si anticipara el corte de un machete.

Junio entró también en el bohío. Bartolomé Gormaz le preguntó qué había hecho con la esclava y su capataz le dijo que la cogió por detrás, antes de que ella siquiera pudiera advertir su presencia, y la amordazó metiéndole en la boca varias bolas de algodón del que siempre tenían allí para untar de grasa el trapiche.

—No quería que gritara, don Bartolomé, e hiciera crecer aún más este alboroto. Parece que estaba curando al otro, a Zoghe. Después le rodeé la cabeza con un cinturón de cuero y se la lancé a Oquendo para que la sacara de allí.

—Son como animales, don Bartolomé —le dijo Oquendo—. No sienten más que los palos.

Bartolomé, en compañía de sus dos secuaces, recuperó el temple. Fue hacia la hoguera. Sabía que su sola presencia allí a aquellas horas intimidaría a los esclavos. Se había levantado mucho viento y algunas chispas habían alcanzado el tejado de un par de bohíos. Los esclavos comenzaron a correr con cubos de agua que lanzaban hacia lo alto para que el fuego no se extendiera mientras varios capataces los azotaban.

—Al raso vais a tener que dormir a partir de ahora. No cuidáis nada —les recriminó don Bartolomé a los esclavos en medio de los mugidos de los bueyes. Los niños gritaban a la vez que huían de los latigazos.

—Don Bartolomé —le dijo Junio—, ¿quiere ocuparse usted en persona del esclavo manco? —junto con Oquendo lo había sacado del bohío y arrastrado hasta allí. Zoghe aún no había recuperado el sentido.

Cuando Bartolomé Gormaz tuvo a Zoghe ante él tirado en el suelo, pensó en Dulce. A ella siempre le recriminaba su trato demasiado amable con los esclavos, a los que saludaba, le decía, como si fueran personas cuando pasaban cerca de la casa. Además, el que tenía allí a sus pies en aquel momento había sido el motivo de una de sus últimas discusiones.

Su esposa le había pedido que arreglara el marco desclavado de una ventana. Cuando él lo vio en su comedor montó en cólera. Le dijo que para aquellos menesteres ya estaban los carpinteros. Muy malhumorado se había dirigido a su esposa para decirle que ella sería la responsable de que aquellos maderos les cayeran sobre la cabeza mientras comían por encargarle que los recolocara a alguien que para esas tareas era como una mula. Aquel día, Bartolomé Gormaz había avisado a uno de los capataces para que lo azotara mientras él le gritaba: «No vuelvas a traspasar el umbral de nuestro sagrado hogar». Delante de todos, Dulce se echó a llorar, le suplicó de rodillas a su esposo que parase, que el vigilante lo iba a desollar, pero él estaba fuera de sí. Cuanto más le insistía Dulce, más ordenaba a su empleado que lo azotara. Cuando el caporal se disponía a colgarlo de un árbol, volvió a rogarle que lo dejaran ya, que bastante daño le habían causado y solo porque ella le había solicitado una reparación. Tras maldecirla porque lo había puesto en evidencia ante todos, su marido le ordenó que entrara en casa. Cuando izaron la cuerda, la rama se rompió y decidieron dejar a Zoghe en el suelo porque había una superstición que decía que, si intentaban de nuevo el ahorcamiento, la mala suerte anidaría para siempre en todos los presentes.

Y entonces, aquella madrugada del 28 al 29 de noviembre de 1874, Bartolomé Gormaz lo tenía de nuevo allí mientras rememoraba lo sucedido con él. A su alrededor solo se distinguían las siluetas de quienes estaban próximos a la hoguera. Donde terminaba el resplandor del fuego ya no se veía nada. Los mayorales habían colocado a cinco esclavos en el cepo. Mientras Oquendo permanecía junto a don Bartolomé, Junio se había alejado de allí para ocuparse de la mujer. La había inmovilizado colocándola boca abajo contra la tierra. Después se sentó sobre su espalda; ella se agitó para intentar liberarse, como si eso fuera posible teniendo el cuello y las muñecas aprisionados entre los tres huecos de la madera del cepo. Junio la agarró del pelo mientras se movía sobre su cuerpo. Ella, con el rostro contra la tierra, apenas podía respirar con el peso de él encima.

Un par de horas antes del amanecer, cuando ya se habían retirado todos y tras comprobar que los esclavos colocados en el cepo estaban tranquilos, Oquendo pasó por el lado de aquella mujer y le pegó una patada bastante fuerte en la cadera. Ella no se movió. Al darle la vuelta, comprobó que había muerto. Le pareció que se trataba de una de las mulatas. Tenía el rostro cubierto de tierra, la nariz aplastada y las mejillas hinchadas por el algodón de dentro de la boca. Pensó que le habría fallado el corazón hasta que, a la luz del quinqué, se fijó en la sangre que había alrededor y en que en el muslo recubierto de barro tenía un tajo que le dejaba al descubierto la mitad del fémur. Mientras recorría el camino hacia el bohío donde la habían sorprendido con el esclavo manco, vio una cuchilla que alguien había dejado allí sobre la tierra, y no le cupo duda de que era lo que le había rasgado la carne cuando la sacaron a rastras. Se había desangrado. Buscó entonces al vigilante negro y lo llevó hasta allí.

—Entiérrala —fue lo único que le dijo.

El otro hombre se la cargó al hombro para no tener que acercar la carreta y fue con ella así hasta el cementerio del ingenio. Al pasar junto a la valla, se enganchó su ropa. El vigilante tiró con fuerza, pero un trozo de tela se quedó en la esquina. Desde aquel día ondeaba allí como una bandera.

Después, con ella en el suelo, cumplió a rajatabla con la orden de don Bartolomé de cavar siempre el doble que antes del cólera. Así evitaban que los perros hambrientos escarbaran hasta dar con los restos. Sobre su tumba clavó una estaca de guayabo. Esa fue la única marca que quedó sobre aquel lecho de tierra junto al manglar.

64

Durante su visita a la plantación a principios de marzo de 1875, el guardia Martín y su superior Juan Valero repararon en el retal de tela que agitaba el viento en una esquina de la valla del cementerio del ingenio. Regresaron al cañaveral para ordenarle al vigilante y a Fulgor que desenterraran a las dos últimas mujeres que habían fallecido en la plantación. Ellos también habían oído hablar del tumulto de aquella noche; querían desentrañar paso por paso qué sucedió para dilucidar si había relación entre aquellos hechos y la ausencia de la hacienda de la esposa de don Bartolomé Gormaz. Cuando, después de cavar durante bastante tiempo, el vigilante y Fulgor las colocaron juntas ante los guardias, estos vieron que una de ellas tenía el vientre abierto. Era la madre del niño de dos cabezas.

Toda la investigación fue más rápida de lo que Martín y el inspector Valero esperaban. Tanto que al día siguiente ya se hallaron en disposición de redactar en la comandancia un informe, tras pasar por la fonda El Remanso en busca de Mauricio, a quien se lo quisieron contar en persona. Este escrito decía, en sus últimos párrafos, que el mismo vigilante negro que llevó a aquella otra mujer hasta al cementerio del ingenio después de sacarla del cepo declaró que sabía que había muerto a manos de Junio y Oquendo, los capataces que entonces se encontraban en una factoría de carga de mercancía de don Bartolomé Gormaz en Porto Novo, en el Atlántico africano. El vigilante describía aquel lugar, por lo que había oído y por lo que él mismo había vivido en un lugar similar, como un fuerte más entre los muchos de la llamada Costa de Oro, donde aquellos dos hombres enviados por su patrón se encargaban de que fueran muchos los que cruzaran la puerta sin retorno en dirección a Cuba.

En las últimas líneas de aquel documento oficial se relataba con todo detalle el desenlace de los hechos sucedidos aquella madrugada del 28 al 29 de noviembre de 1874 en la plantación Nuestra Señora de las Mercedes. La única diferencia con lo que tantas veces había ocurrido antes allí con los esclavos explotados y masacrados, en aquella misma carretera de Siboney o en el valle de los ingenios, en Puerto Rico, en Haití, en Brasil, en los estados del Norte y en tantos otros lugares fue que en aquella ocasión la mujer que falleció la noche del tumulto, cuando los caballos enloquecieron por la proximidad de animales salvajes y se ahogaron en la bahía, no procedía de África. Esto lo supieron enseguida por el anillo con una fecha y dos iniciales: B.G, que llevaba el cadáver. A pesar de las mejillas abultadas por el algodón que habían utilizado para amordazarla, y de la nariz aplastada contra el suelo, supieron enseguida de quién se trataba, era Dulce Sargal, la esposa de don Bartolomé Gormaz, la dueña de aquella hacienda.

Se comunicaba al final del informe de la comandancia que su cuerpo había sido trasladado al cementerio general de Santa Ifigenia de Santiago de Cuba. Allí estaba depositado en una fosa solo numerada, para que cuando su esposo regresara a la isla se encargara de darle cristiana sepultura.

Una vez que el agente que siempre escribía a máquina al dictado de su superior concluyó el informe, le enviaron por correo una copia a don Bartolomé Gormaz a Nuestra Señora de las Mercedes y otra a Mauricio Sargal a la dirección de la calle Portaferrisa de Barcelona que les había facilitado la dueña de la fonda El Remanso. Pero el primero había partido de Cuba en uno de sus buques de la compañía naviera hacia Barcelona y el hermano de Dulce hacia Santander. Esta carta fue la que llegó al piso de Mauricio mientras Romi tocaba el piano y Carola

Esmerla, de pie junto a ella, cantaba un pasaje de la zarzuela *El Juramento.* El mismo sobre que Himar escondió en cuanto sintió que a través de su tacto le hablaban los Orishas dueños de los destinos de los hombres.

65

Barcelona, domingo, 4 de abril de 1875

La tarde en la que Mauricio, en su piso de la calle Portaferrissa, les presentó a Deva a su sobrina, a su doncella y a Himar, les preguntó si ellas sabían quién vivía en una casa que había en la carretera de Siboney un poco antes de llegar a Santiago. Les describió aquella construcción con una parra delante de la fachada rosada y tres ventanas redondas en el segundo piso, tal como se había referido a ella el vigilante negro de la plantación. Himar fue la primera que reaccionó: le dijo enseguida que pertenecía a un señor muy apuesto al que creía que había enviado a Cuba el Gobierno de España. De esta forma utilizó el mismo rumor que había escuchado ella en el mercado y del que también le informó don Augusto Esmerla a Mauricio. La cocinera nunca le confesó que esto no era cierto, sino que Dulce Sargal pasaba algunos ratos en aquella propiedad porque necesitaba estar sola, pensar, escribir, contemplar el paisaje, serenarse y sacar fuerzas para enfrentar los sinsabores a los que la había abocado su vida con Bartolomé Gormaz; tampoco le dijo Himar que aquella vivienda llevaba abandonada desde que ella era esclava y que, por tanto, no tenía dueño. Era la casa de nadie, por eso iba Dulce allí, porque la habitaba la soledad.

66

Santiago de Cuba, 21 de mayo de 1875

En cuanto Mauricio sintió que recobraba las fuerzas, volvió a embarcarse hacia la isla. Lo acompañó don Benito Friné. Nada más llegar a Santiago de Cuba fueron a la comandancia, y el inspector general Juan Valero los recibió. Pocos días antes de su partida de Barcelona, el 15 de abril había muerto Bartolomé Gormaz en medio de fuertes palpitaciones, escalofríos y convulsiones. Según el médico que lo atendió en los últimos momentos, y que firmó el acta de defunción, falleció de *delirium tremens.* Su funeral fue multitudinario. Alfonso XII le envió a Romi un telegrama en el que decía que España había perdido a uno de los hombres que más grandes servicios le había prestado.

El inspector general Juan Valero le dio el pésame por la muerte de su cuñado a la vez que le estrechaba la mano a Mauricio. Después le ordenó a uno de los guardias que fuera al archivo a por el informe sobre la desaparición de Dulce Sargal.

—Dígame en qué estado está la investigación. No crea que me he desentendido. Tuve que abandonar Cuba de forma precipitada. Ya sabe que sufrí un ataque.

El inspector general lo miró desconcertado.

—Señor Sargal, le enviamos una copia del informe a su casa de Barcelona. De la misma manera que procedimos a comunicárselo a su cuñado.

—¿Saben algo de mi hermana entonces?

El inspector cogió la carpeta con los documentos de manos

de su subalterno. Titubeó unos instantes porque, a pesar de los muchos años de oficio, siempre le resultaba muy difícil trasladar a los familiares las malas noticias sobre sus seres queridos.

—Lamento comunicarle que la señora Gormaz fue encontrada muerta en el cementerio de su hacienda. La confundieron con una esclava.

Mauricio sintió que algo le estallaba dentro de la mente. Se dejó caer en uno de los butacones que había frente a la mesa del inspector y comenzó a apretarse con fuerza las sienes. Las lágrimas le brotaron a raudales.

—Mi hermana. Mi hermana —no era capaz de decir nada más.

Don Benito Friné, aún de pie, le acarició un hombro.

—Proceda —le dijo Juan Valero al guardia para que comenzara con la lectura del informe.

Aquellas líneas lo destrozaron. Mauricio solo pensaba en cómo se lo diría a su sobrina. El inspector general nunca había visto llorar a un hombre de aquella forma.

Don Benito no sabía qué hacer: si llevar a Mauricio a la fonda para que se echara un rato o a una bodega para que bebiera hasta desfallecer. Entonces se le ocurrió decirle al inspector:

—¿Nos procuraría un coche para desplazarnos hasta Siboney y recoger las pertenencias de la hermana de don Mauricio?

—Eso y todo lo que esté en mi mano. Ahora mismo daré la orden. Esperen en el patio.

Desde la carretera de Siboney olieron el humo que salía de los cañaverales. Don Benito Friné sabía que la quema era el procedimiento que se empleaba porque resultaba rápido y barato, más que el corte de las cañas. Pero, a medida que se acercaron al camino que conducía hacia la hacienda, advirtieron que no era solo la plantación lo que ardía. Desde la verja de la entrada vieron en llamas la casa de Nuestra Señora de las Mercedes. El fuego salía por las ventanas de tal forma que parecía que se trataba de cortinas que ondearan al viento. Sobre el tejado formaba crestas y rodeaba también la mansión, ennegrecía su fachada a la vez que vaciaba de enseres su interior.

Los capataces, los esclavos, Rafael, el secretario de Gormaz, y Basilia, la mujer que había quedado al cuidado de la vivienda, contemplaban muy quietos el incendio porque todos sabían que no podían hacer nada. En cuanto vio llegar a Mauricio y a don Benito, Fulgor se acercó a ellos.

—Ha sido ese maldito negro, Zoghe. ¿Sabe que le oyeron gritar? Que era un rey sin reino y que esta era su venganza.

Mauricio pensó en la habitación de su hermana, en aquel templo convertido entonces en una pira. Su ropa, el piano, las partituras, los cuadros, las joyas..., todo destruido por el fuego. El recibo por la compra de los tres pasajes con los que, a él no le cabía la menor duda, Dulce quería huir de todo aquello con su hija y con Ángela, y la carta, la carta que se había enviado desde la comandancia también se había quemado, así como el resto de los papeles del despacho de Gormaz. Todo sería pronto solo cenizas.

—Rafael —Mauricio se dirigió al secretario de Bartolomé después de permanecer allí en silencio varios minutos—, sabe que tras la muerte de mi cuñado mi sobrina es su única heredera, y también debe estar al tanto de que yo soy su tutor. Esa es la razón por la que me corresponde tomar cualquier decisión al respecto de todo esto. Así que pongo en su conocimiento que quiero que, de forma inmediata, vaya a la ciudad para iniciar los trámites necesarios que me permitan concederles la libertad a los trabajadores de esta plantación. Dese prisa. —Deseaba perderlo de vista cuanto antes.

Mauricio se había propuesto comenzar a paliar, en la medida de lo posible, el inmenso dolor que Bartolomé Gormaz había esparcido a su alrededor.

Ninguno de los esclavos se movió ni se atrevió a decir nada, a pesar de que pronto conseguirían lo que durante tanto tiempo habían ansiado. Parecía que la visión del fuego los había hipnotizado.

A través de la entrada, entonces ya sin puerta, se veían caer las vigas contra el suelo, los cristales explotaban y se escuchaba el ruido de los distintos objetos que se rompían dentro de la casa. Mauricio vio que el cuadro de su hermana, colgado en la pared del fondo, comenzaba a balancearse, el abanico de plumas se arrugó y, en segundos, las llamas incineraron su rostro.

Se despidió de todos ellos y subió a la carreta en compañía de don Benito. Ya no volvió la vista atrás.

En la carretera de Siboney, poco antes de llegar a Santiago, se detuvieron en la casa rosada que tenía una parra delante y tres ventanas redondas en el segundo piso. La fachada de atrás daba al manglar. Allí los árboles retorcidos entraban en el agua. Mauricio había escuchado que aquellos terrenos pantanosos aminoraban los efectos de la fuerza del viento y protegían las costas de la continua erosión del oleaje. Imaginó a su hermana en aquel balcón trasero, con la mirada fija en las garzas y el deseo irredimible de unirse a su vuelo. La veía abrir las puertas de cristales polvorientos y vestida de blanco perderse con ellas en el cielo de aquel paisaje.

Decidió que le diría a Romi que habían encontrado a su madre flotando en la bahía. Sin añadir nada más. Más adelante, tal vez solo en su lecho de muerte, y cuando su sobrina fuera una mujer capaz de enfrentar aquel horror, le relataría los terribles y descorazonadores pormenores de lo sucedido. Mientras se miraba los tres anillos, rogó para que no leyera el informe que habían enviado a su casa de Barcelona desde la comandancia de Santiago de Cuba.

A la mañana siguiente, en el cementerio de Santa Ifigenia, el enterrador y un ayudante sacaron el cuerpo de Dulce Sargal de la fosa solo numerada. Los restos estaban envueltos en una sábana. Cuando los depositaron en el ataúd, Mauricio prendió en la tela la agujilla con las dos perlas negras que le había regalado su madre. «Siempre estaré contigo. Siénteme», le dijo, después le cogió la mano a Nausica y cerró los ojos. No se lo había querido comunicar a nadie más que a su amiga de la infancia.

En ese mismo momento, en la cocina del piso de la calle Portaferrissa de Barcelona, Himar escuchó a los Orishas. Le decían que Oyá, reina de los espíritus, había guiado a su señora y que ya estaba con ellos.

EPÍLOGO

Mauricio Sargal y Benito Friné publicaron a finales de 1875 un libelo contra Bartolomé Gormaz que supuso un revulsivo definitivo en la estancada situación de la lucha antiesclavista. Con apenas ochenta páginas lograron desencadenar el proceso por el que se reconoció como seres humanos a los africanos trasladados a la fuerza a Cuba. Lo redactó don Benito Friné durante la travesía desde Santiago a Santander en el Feilory. En él aparecieron sus ideas al respecto y las impresiones de algunos intelectuales que habían visitado la isla. También incluyó Friné algunas estremecedoras litografías que reproducían los llamados árboles con extraños frutos que era el nombre que recibían las láminas en las que aparecían los esclavos ahorcados. El alemán se las dio a Mauricio la tarde antes de que partiera este hacia España. Cuando abrazó a Herbert Hollwege sintió que su padre seguía estando allí, entre ambos. Mauricio aportó también todo lo que se llevó del despacho de Bartolomé Gormaz en Nuestra Señora de Las Mercedes: las tablas dibujadas a regla, los documentos con sellos y firmas, los libros de asientos contables, los nombres de sus abogados, gerentes y demás empleados en varios países y, sobre todo, el registro de embarcaciones que habían sido capturadas por las patrullas inglesas y las sentencias condenatorias de los juicios celebrados en Sierra Leona. Junto a las multas impuestas constaba en cada caso el número de esclavos hallados en estos buques.

Entre las ilustraciones estaban también las láminas que el padre Vergel le había entregado a Mauricio, el sacerdote había recopilado durante años información sobre la disposición de los esclavos en los buques negreros, la forma de colocación de los grilletes y las cadenas, y la larga serie de torturas a las que eran sometidos. Junto con Narciso Vergel, Orfiria ante su tabla de ouija desplegó su enorme capacidad de persuasión para influir sobre quienes accedieron a intentar comunicarse con los espíritus. A todos ellos les trasladó el mismo mensaje antiesclavista para cumplir con la voluntad de los invisibles.

Mauricio hizo de esta lucha la razón de su vida. Para distanciarse de los antiabolicionistas, Augusto Esmerla, tras lo sucedido con el Iron Soul y contra la opinión de su mujer, se prestó a participar en una estratagema ideada por Mauricio: encuadernar el libelo con las tapas de la revista del ateneo de su colonia textil. De esta forma se repartió y leyó en pocas horas en el Círculo Ecuestre, en el Círculo Hispano Ultramarino de exresidentes en Las Antillas, en el ayuntamiento de Barcelona, en la Diputación y en todos los demás lugares donde se cimentaba el poder. Nadie creyó que se tratara de un error de la imprenta.

Por su parte, Clive Barnaby, codo con codo con Manón (Isaura Mitre, antes de que la rebautizara Mauricio), se implicó también a fondo en el abolicionismo. Después de bastantes meses de relación epistolar con Julio Vizcarrondo, un hacendado portorriqueño que había liberado a todos los esclavos de su hacienda, el ingeniero de Manchester se trasladó a Madrid para conocerlo. Su casa fue la sede de la Sociedad Abolicionista y Clive Barnaby se convirtió en su mano derecha.

Bartolomé Gormaz murió demente sin saber quién era y Romi se encargó de administrar su fortuna según lo que su padre, antes de perder del todo la razón, le había dicho: que quería dedicarla a obras de auxilio social.

Delia vivía para su nieto Adrián Esclapé, quería moldearlo a su imagen y semejanza, mientras ante su hija Carola, amadrinada por la soprano Lupión, la gran amiga de Mauricio, se abrían las puertas de los principales teatros de España, Italia, Francia y Alemania. El poeta Laureano Parnás fue a saludarla a su camerino de la recientemente inaugurada ópera de París en el palacio Garnier. Durante este encuentro ambos se dijeron que estaban enamorados del arte, y que lo que los unió en el pasado tan solo fue el frenesí propio de aquella edad. Laureano preguntó por su hijo y ella le mostró una fotografía de un niño que parecía feliz y que, en sus palabras, rebosaba salud. Después se despidieron y, una vez a solas, los dos lloraron por lo que pudo haber sido.

Adrián Esclapé fue un buen padre, un buen marido y un buen administrador de la colonia textil de Santa Coloma de Cervelló.

Don Benito, el sabio boticario, se quedó en Santiago de Cuba cuando viajó con Mauricio en mayo de 1875. Desde allí ayudó a articular el movimiento abolicionista.

Deva, durante sus desayunos junto a Mauricio en el Prodigio, a un lado u otro de los cristales de la galería según la estación, se decía a sí misma que daba por bueno todo lo que le había sucedido: la marca que el incidente con el oso en la cabaña había dejado en su mejilla, el insólito escarnio público posterior, su vida marchita al lado del mariscal... Eran solo los pasos necesarios que la habían conducido hasta Mauricio, aquel hombre que Deva no se acababa de creer que fuera real.

Orfiria le había dicho a Mauricio en el almacén del Providencia que la vida humana era como un navío que flota en el aire sostenido por santos incorpóreos; que hay cables telegráficos que unen el corazón de cada persona con los de las demás: vivas y muertas, y, por ese motivo, hay transmisiones entre esta dimensión y la de los invisibles. Que aunque no se los vea están.

Dulce Sargal seguía presente en los momentos más importantes de la vida de quienes la amaron, se aparecía ante ellos, como se había aparecido en la casa parroquial la noche en la que Mauricio se encontró allí con Deva, y también se aparecía en el lugar de Siboney que fundaron los esclavos liberados por su hermano. Allí todavía la invocan.

CRONOLOGÍA

1837. Se abole la esclavitud en la península, pero se mantiene en las colonias: Cuba, Puerto Rico y Filipinas, islas adyacentes y territorios africanos.

1843. Leopoldo O'Donnell es nombrado capitán general de Cuba.

1855. 2 de julio. Primera huelga general en España.

1865. Se crea la Sociedad Abolicionista española a instancias del portorriqueño Julio Vizcarrondo.

1870. Se promulga la ley de «libertad de vientres» por la que los hijos nacidos de esclavas ya no pasan a formar parte del patrimonio del dueño de la madre.

1873. Se aprueba la ley que abole la esclavitud en Puerto Rico.

1873. Primera República.

1874. Pronunciamiento del general Arsenio Martínez Campos en Sagunto. Alfonso XII es proclamado rey. (Llegó a España el 15 de enero de 1875).

1875-1876. Tercera guerra carlista. (21 de abril de 1872-28 de febrero de 1876).

1880. Abolición del régimen de esclavitud en Cuba y sustitución de este por el sistema de patronato. (13 de febrero).

1886. Abolición de la institución del patronato en Cuba.

2019. Según el informe Global Slavery Index 2018 publicado por la Walk Free Foundation, en el mundo hay en la actualidad 40,3 millones de esclavos.

POST SCRIPTUM

En el sudeste de Martinica está la Rocher du Diamant, la roca del Diamante. Es una pequeña isla deshabitada, de unos setecientos metros cuadrados, llamada así por el brillo del basalto que forma este promontorio que sobresale del agua. En ella hay quince esculturas descomunales de hombres de piedra colocadas en cinco filas frente al mar Caribe. Todas tienen la mirada baja y los hombros y la cabeza hundidos. Este conjunto monumental recuerda una tragedia sucedida allí cuando una gran ola provocó el naufragio de un barco con trescientos esclavos a bordo. Sus cuerpos se hundieron en pocos segundos por el peso de las cadenas.

Junto a un cementerio de anclas en la orilla, se lee la siguiente inscripción sobre una piedra:

«La libertad no puede comprarse ni venderse y nadie puede concedérnosla porque ya es nuestra».

NOTA DE LA AUTORA

En una casona cántabra vi una fotografía de su propietario. Me llamó la atención su mirada: traslucía a partes iguales picardía y nostalgia. Lo decía todo con los ojos. Supe que dentro de ellos estaba esta novela entera y que yo solo tenía que lanzarme al fondo de sus retinas para emerger con ella.

Ese primer flechazo literario se convirtió en una pasión sostenida en el tiempo, conforme sentía que mis intuiciones eran ciertas. Durante la fase de documentación hice muchas cosas: viajé a Cuba varias veces, a El Masnou, a otras localidades de El Maresme como Alella, a Santander... Leí decenas de ensayos y novelas sobre el siglo XIX y escritas en el siglo XIX, tuve enfrente de forma permanente el calendario de 1874 y 1875 y muchos mapas de rutas marítimas, pero también estuve en el invernadero de las plantas exóticas del protagonista, recorrí su casa solar y sin cocina, supe que era abogado y que había escrito una historia del cuplé. También disfruté de su forma arrebatada de tocar el piano y de su defensa a ultranza de la música que nos mejora el ánimo. Estuve en la colonia textil que se describe aquí, la de Santa Coloma de Cervelló, y al otro lado del océano entré en los calabozos del fuerte del castillo de San Severino, en Matanzas. Seguían allí las argollas a las que encadenaban a los esclavos antes de venderlos. Aún olía a sangre. He llegado a conocer tanto a Mauricio Sargal que sé que le hubiera gustado verse retratado en esta novela y, sobre todo, le habría agradado que entre sus páginas permanezca intacta la memoria de su hermana.

En algunas obras del XIX aparece un tipo social muy de la

época, el negrero filántropo y sus variantes: el esclavista benefactor, el prócer explotador, etc. En este caso, alguien así fue el reverso de Mauricio (su némesis, como dicen algunos narratólogos). Más que un enemigo para él fue un castigo y una maldición y además su cuñado.

Cuando leí que de los archivos públicos se habían robado y destruido documentos con el fin de ocultar el inhumano origen de algunas fortunas actuales supe que esta era la historia en la que quería embarcarme. Hay investigadores que dicen que las únicas pruebas que se han salvado de este saqueo han sido las que están en los legajos de los colegios notariales. Espero que ahí continúen. Aún así es fácil rastrear estas deleznables acciones que se han pretendido esconder: los nombres de ciertas propiedades de la España ultramarina son los que se corresponden con los títulos de los negreros que devinieron aristócratas.

Entre quienes no cejaron en su empeño de que terminara el exterminio de millones de personas que suponía el llamado «comercio triangular» que enriqueció a tantos estaban el ya mencionado Julio Vizcarrondo y su esposa Harriet Brewster, José María Blanco White, Emilio Castelar Ripoll, Joaquín María Sanromà, Gabriel Rodríguez, Rafael Maria de Labra y Cadrana, Segismundo Moret y Prendergast, Nicolás Salmerón y Alonso, Francisco Pi Margall, Estanislao Figueras Moragas, José María Orense, Gabriel Rodríguez, María de Mariátegui, Laureano Figuerola y Ballesteros, Luis María Pastor Coxo, Francisco Giner de los Ríos, Concepción Arenal, Fernando de Castro, José Antonio Saco, Faustina Sáez de Melgar, Domingo del Monte y Aponte, Francisco Arango y Parreño, Fray Félix Varela, José Miguel Guridi Alcocer, Agustín Argüelles y muchos otros, entre ellos Gertrudis Gómez de Avellaneda y María Rosa Gálvez de Cabrera, que hablaron con valentía en sus obras ya a principios del siglo XIX de la esclavitud, este tema que tantas veces se eludía porque no era de buen tono tratarlo en los salones.

Es fácil compartir el orgullo que sienten por ellos sus descendientes. En cuanto a quienes tienen antepasados esclavistas, la vergüenza que les produce pertenecer a su estirpe los distingue de sus antecesores.

AGRADECIMIENTOS

En mis presentaciones siempre digo que el autor que crea que el libro que ha publicado es solo suyo está perdido en su egolatría. *Desaparecida en Siboney* no sería lo que es sin la profesionalidad de quienes habitan el planeta Planeta. Mis editoras Raquel Gisbert y Purificación Plaza, Laura Franch, directora de comunicación, Laura Verdura, jefa de prensa, y Fátima Santana e Isa Santos, también. Gracias, Carmen Ramírez, Vanesa Santaolalla, Lidia Esteban, Silvia Ropero, Emili Albi, Gemma Sanjuán, Pilar Lafuente, Javier Sanz, María Juncosa, Begoña Berruezo, autora de la portada, también a Germán Carrillo y Sabrina Rinaldi por las anteriores, Zoa Caravaca, Esther Aizpuru, Rosa María Pérez Mosonis, Clara Merino, Maria Àngels Hernández, Bárbara Fernández y Pilar Alonso. Gracias a todos por enarbolar mis libros así, por vuestra defensa siempre. En todos vosotros he encontrado mucha comprensión y cercanía. Doy fe de que así se escribe mucho mejor. Creo que estáis (casi) todos. También quiero expresar mi agradecimiento a los comerciales de nuestra editorial que me llevan siempre en su maleta, en su tablet, en el catálogo, en cualquier formato, pero con ellos. Y por supuesto, a los bibliotecarios y a los libreros, porque sois nuestra conexión con los lectores. Atravesar una librería puede cambiarnos el destino. Estoy convencida de que en vuestras estanterías se guarda el cofre del tesoro que contiene lo que más necesitamos: esperanza. Y mi agradecimiento también a quienes nos unen: periodistas culturales, autores de blogs, organizadores de ferias y demás eventos literarios, compañeros escritores. Tampoco esta novela sería la misma sin los imprescindibles y rigurosos apuntes militares de Fernando Martínez de Baños, coronel de Artillería retirado y doctor en Historia, entre otras muchas cosas.

La lectura en profundidad previa a su publicación la han realizado mis admirados María Frisa, Verónica Segoviano, Isabel Ubé, Elena Torrejoncillo, Rosa Miró y Emilio Sáez. Vuestras palabras durante el proceso de escritura hicieron crecer mi entusiasmo, que ya era mucho. Tenéis en común el sentimiento y la pasión con que lo vivís todo. Mucha suerte también con vuestros libros. A Agnès Rouilleault, además de que me abriera las puertas de Francia con su traducción del primer capítulo de mi primera novela, quiero agradecerle sus indagaciones en torno a la frase de Honoré de Balzac que aparece en la portada: «Detrás de toda gran fortuna siempre hay un crimen». Esa es la forma más frecuente con la que se enuncia, pero en el original es exactamente así: «Le secret des grandes fortunes sans cause apparente est un crime oublié, parce qu'il a été proprement fait». Es decir, aproximadamente: «El secreto de las grandes fortunas sin razones aparentes es un crimen olvidado porque ha sido muy limpio». Estas palabras las dice Vautrin, el enigmático personaje de la novela *Le Père Goriot* que aquí se tituló *Papá Goriot* y que forma parte del ciclo de *La comedia humana*.

En mi novela, don Benito, el boticario santiaguero amigo de Mauricio Sargal, dice: «La carne de pobre es muy barata». El 6 de septiembre de 1898, Vicente Blasco Ibáñez dijo en la sesión de ese día del Congreso: «¡Ah, señores ministros! ¡Bien se conoce que la carne del pobre va barata, y os importa poco que mueran esos soldados!». Me tomé la licencia de que alguien la dijera veintitrés años antes porque considero que no se puede resumir mejor la esencia de la guerra que como lo hizo el gran autor valenciano.

También quiero expresar mi agradecimiento a todas las personas que habitan mi otro universo laboral y afectivo por todo lo bueno que me han aportado mientras esta novela crecía. Son los trabajadores de esta fábrica de alumnos brillantes, continuamente premiados y reconocidos internacionalmente, compañeros de esta universidad joven que asciende imparable en el ránking de las mejores del mundo, seguramente porque cuenta con un valioso capital humano. Me refiero a la Universitat Jaume I de Castellón, nuestra Uji. Gracias a todos los que formáis parte de ella por vuestro apoyo incondicional desde hace catorce años y por creer en mí. También quiero recordar a mis alumnos de Lengua Española de los grados de Periodismo, Humanidades, Historia y Patrimonio de este curso 2018/19, a los que han pasado por el curso de Escritura Creativa desde 2005 y a todo el personal de Administración y Servicios que tanto me ha ayudado siempre.

A mi familia y amigos no os enumero aquí porque ya sabéis que cada día os reitero mi infinita gratitud por hacer tanto por mí.

Quiero terminar con una frase del arquitecto chileno Alejandro Aravena: «Si tienes algún talento, en vez de usarlo para llegar más lejos, úsalo para llegar más acompañado». Creo que en estas palabras está la clave para encontrar la felicidad.

Segorbe y Castellón, febrero de 2017-marzo de 2019